VUURVLINDER

Van Michelle Paver verschenen eerder:

Een liefde uit vervlogen tijden
Schaduwvanger

~

Michelle Paver

Vuurvlinder

roman

~

VAN REEMST
UITGEVERIJ
HOUTEN

Oorspronkelijke titel: *Fever Hill*
Oorspronkelijke uitgave: Bantam Press,
a division of Transworld Publishers, Ltd.

www.unieboek.nl
www.michellepaver.com

Vertaling: Ans van der Graaff
Omslagontwerp: Andrea Scharroo
Omslagfoto: Pierre Auguste Renoir (Fotostock bv)
Opmaak binnenwerk: ZetSpiegel, Best

ISBN 90 410 1454 3/ NUR 340

DEEL 1

Jamaica 1903

1

De dokters zeiden dat ze tuberculose had, wat werd veroorzaakt door onzichtbare wezentjes die ze 'bacillen' noemden, maar Sophie wist wel beter. Ze was ziek omdat de geestenboom haar dood wilde hebben. Dat had het dochtertje van de wasvrouw gezegd, en Evie wist alles van dat soort dingen, want haar moeder was een heks.

Toen Sophie een jaar later twaalf was, werd ze beter, maar ze droomde nog steeds over geestenbomen. Dus nam haar zwager haar op een dag mee de heuvels in om een geestenboom te zien. Cameron reed op zijn grote vosbruine ruin en Sophie op haar nieuwe pony Puck. Toen ze bij de grote boom op de open plek op Overlook Hill kwamen, gingen ze op de wortels zitten. Ze aten de maïsweegbreekoek die Madeleine voor hen had ingepakt. Sophie was bang, maar voelde zich toch veilig, omdat Cameron bij haar was.

Terwijl ze naast hem in het blauwe maanlicht zat keek ze naar de kleine hagedissen die tegen de enorme boomstam omhoog en omlaag renden, en naar de vuurvliegjes tussen de bladeren; ze luisterde naar het zoemen van de mangokever en het heldere lied van de krekels. Cameron zei: 'Kijk, Sophie, daar gaat een gele slang,' en ze zag een staart achter een wortel verdwijnen.

Ze dacht aan alle kleine dieren die tussen de takken boven haar hoofd verscholen zaten, en realiseerde zich dat ze het mis moest hebben gehad met haar idee dat de boom haar dood wilde hebben. Daarna was ze niet meer bang voor geestenbomen. Ze ontwikkelde er zelfs een hartstochtelijke belangstelling voor en probeerde er een in een pot te kweken.

'Sophie maakt een ommezwaai,' zei Cameron met een lach.

Maddy glimlachte naar hem en hielp haar zusje een plek voor de geestenboom te vinden op de veranda, waar hij geleidelijk doodging.

Toen zei Maddy: 'Waarom kweek je dan niet iets wat op een geestenboom groeit?'

Dus kochten ze een boek over Jamaicaanse orchideeën, en nam Cameron Sophie mee naar het woud achter het huis om haar eerste exemplaren te zoeken.

Nu ze daaraan terugdacht terwijl de trein door de heuvelachtige weilanden naar Montego Bay reed, voelde Sophie een plotselinge golf van liefde voor hen beiden – en bezorgdheid. Sinds Maddy's laatste brief had ze de vage indruk dat er iets niet in orde was. Die indruk moest ze kwijt zien te raken.

Ze zette die gedachte van zich af, draaide haar hoofd om en keek naar de voorbij glijdende weilanden. Fel groen gras dat wuifde in de wind, bespikkeld met witte koeien. Op een stoffig rood pad droeg een zwarte vrouw met vlotte gratie een mand yams op haar hoofd.

Ik ben thuis, dacht Sophie. Ze kon het nog steeds niet geloven. Drie jaar lang had ze erover gedroomd terug te gaan naar Jamaica. Ze was misselijk geweest van heimwee bij elke brief die ze van Eden ontving. En toen leek het opeens allemaal heel snel te gaan. Ze was klaar met school en had Southampton verlaten. En nu was ze aan het laatste deel van de reis bezig. Kingston lag achter hen, evenals Spanish Town en Four Paths. Dierbare namen. Uren die ze liggend op het grote Turkse tapijt in de studeerkamer van haar grootvader op Fever Hill had doorgebracht, opkijkend naar de grote gekleurde landkaart.

Tegenover haar schraapte meneer van Rieman zijn keel. 'Volgens dit hier,' zei hij, op de krant in zijn hand tikkend, 'wordt de Jamaicaanse suikerplanter snel een bedreigde soort. Er staat dat honderden plantages aan het vee zijn overgelaten of gewoon zijn verlaten sinds de slaven zijn bevrijd.' Hij keek Sophie over het draadmontuur van zijn bril aan en zijn kleine oogjes glommen van genoegen bij die opmerking. 'Ik neem aan, juffrouw Monroe, dat de plantage van uw zwager een dergelijk lot niet zal treffen?'

Ze schudde glimlachend haar hoofd. 'Op de een of andere manier weet Cameron Eden altijd draaiende te houden.'

'Werkelijk,' zei meneer van Rieman met een enigszins geïrriteerde blik.

'Eden,' zei mevrouw van Rieman opgewekt, 'wat een prachtige naam.' Sophie wierp haar een dankbare blik toe en vergaf haar bijna dat Theo, het vervelende zoontje van het Amerikaanse stel, gedurende een groot deel van de reis stiekem tegen haar benen had zitten schoppen wanneer zijn moeder niet keek.

De trein reed Appleton binnen voor de lunchonderbreking en ze stapten stijfjes uit, de hitte van de novemberzon in. Jamaica viel als een golf over hen heen. Kinderen renden tussen de benen van de mensen door. Venters overspoelden het perron en probeerden hun waren aan de man te brengen. *'Boterdeeg! Paradijselijke pruimen! Alle soorten mango, paperskin, kerstmis, cherry-cheek!'*

Sophie genoot van de kruidige geur van het rode stof, en het vertrouwde ritme van het patois. Mevrouw van Rieman klampte zich aan de arm van haar echtgenoot vast en klaagde over zijn keuze voor de vakantiebestemming. Ze had nog nooit zoveel zwartjes gezien.

Meneer van Rieman ging hen voor naar het Stationshotel met het air van een missionaris die donker Afrika wil veroveren. Twee keer gaf hij lucht aan zijn verbazing over het feit dat Jamaica geen eigen reisgids had. Een land dat niet zijn eigen *Baedecker* had, had zichzelf duidelijk nog niet aan het moeras van het barbarisme ontworsteld.

De lunch was onplezierig; de Van Riemans ondervroegen Sophie op luide toon, terwijl de rest van de eetzaal met gespitste oren meeluisterde. Sophie schoof haar trots opzij en antwoordde zo goed ze kon, want de Amerikanen waren vriendelijk tegen haar geweest bij het loket in Kingston – al waren ze wel geschokt over het feit dat een jongedame van negentien alleen reisde.

'Als ik het goed begrijp, juffrouw Monroe,' zei mevrouw van

Rieman, 'dan bent u tien jaar jonger dan uw zus, die twee schatten van kinderen heeft?'

Sophie had haar mond vol vleesschotel en kon dus alleen maar knikken.

'En hoe zit het met u?' vroeg mevrouw van Rieman met een guitige blik. 'Al een vrijer?'

Sophie schonk haar een bescheiden glimlachje. 'Nee,' antwoordde ze. Een vrouw aan het aangrenzende tafeltje wierp haar een meewarige blik toe.

'Juffrouw Monroe staat boven zulke onbelangrijke zaken,' merkte meneer van Rieman op. Zijn geestigheid begon haar de keel uit te hangen. 'Juffrouw Monroe is een blauwkous! Ze is van plan medicijnen te gaan studeren!'

'Daar denk ik alleen nog maar over,' zei Sophie snel. 'Er is een kliniek in de buurt van de plantage van mijn zwager en ik wil proberen daar wat ervaring op te doen, kijken of ik het leuk vind.' Ze bloosde. Dat hoefde ze hen allemaal toch niet te vertellen? Maar ze praatte altijd te veel als ze zich schaamde. Dat was een van haar slechte gewoonten.

'U hebt uw vroege jeugd toch doorgebracht in Londen?' ging mevrouw van Rieman verder. 'En toen bent u naar Jamaica gekomen omdat u hier familie had?'

Sophie knikte weer. En toen zei ze, omdat ze bijna thuis was en zich een beetje roekeloos voelde: 'En ook omdat ik ziek was en Maddy dacht dat de tropen me goed zouden doen. Ik had TBC.'

Het gesprek viel stil.

'Tuberculose,' zei meneer van Rieman met een peinzend knikje. Zijn vrouw bracht haar hand naar haar keel. De andere eters richtten hun aandacht op hun maaltijd.

'Tuberculose aan een knie,' legde Sophie uit. 'Daardoor kreeg ik belangstelling voor geneeskunde. Maar ik ben al zeven jaar vrij van ziekte. Er is geen gevaar voor besmetting.'

'Natuurlijk niet,' zei mevrouw van Rieman zwakjes.

De ober kwam met een schaal fruit. Sophie pakte een *sapotille*. Kleine Theo wilde hetzelfde doen. Zijn moeder trok zijn hand weg en schonk Sophie een nerveuze glimlach. 'Te zuur,' mompelde ze.

Sophie wilde dat ze hoofdpijn had voorgewend en in de trein was gebleven. Of althans haar mond had gehouden.

Naast haar zat Theo constant tegen de tafelpoot te trappen. 'Had je een spalk?' vroeg hij.

'Theo, stil,' fluisterde zijn moeder.

'Maar hád je er nou een?'

'Ja,' zei Sophie. 'Een lelijk zwaar ijzeren exemplaar dat ik twee jaar lang altijd moest dragen. Ik vond het vreselijk.'

'Viel je vaak om?' vroeg Theo met iets van minachting.

'In het begin niet, omdat ik niet mocht opstaan. Ik moest op de veranda blijven liggen en lezen. Daarna kreeg ik krukken. Daar viel ik wél mee.'

'Loop je mank?'

'Theo!' waarschuwde mevrouw van Rieman.

'Nee,' loog Sophie. In feite liep ze wel een klein beetje mank als ze moe of slecht op haar gemak was. Maar ze was niet van plan dat aan het hele Stationshotel te vertellen. Ze hadden toch allemaal al medelijden met haar: het ziekelijke, leesgrage jongere zusje zonder vrijer.

'Als je de spalk nooit af mocht, hoe waste je je dan?'

'Nu is het genoeg,' beet mevrouw van Rieman hem toe en ze lieten het onderwerp verder rusten.

Toen ze weer in de trein stapten, overwoog Sophie even om voor te stellen naar een ander compartiment te gaan, maar ze vermoedde dat ze de Van Riemans daar alleen maar mee in verlegenheid zou brengen. Dus namen ze bedeesd glimlachend hun plaatsen weer in. Sophie staarde uit het raam en verlangde naar huis.

Geleidelijk maakten de weidevelden met vee plaats voor rietpercelen. Ze waren nu in de suikerrietstreek en de zware geur van melasse dreef door het raam naar binnen.

Er is iemand al vroeg aan het oogsten, dacht ze. Ze ademde diep in. De geur van thuis.

De bekende namen flitsten voorbij. Ginger Hill, Seven Rivers, Catadupa. En in de verte zag ze de akelig blauwgrijze heuvels van de Cockpits: een harde wildernis vol verraderlijke zinkputten en vreemd conische heuvels die haar als kind hadden gefascineerd. Haar pols begon sneller te kloppen. Aan de andere kant van de Cockpits, naar de zee gericht, lag Eden.

De trein hield voor de laatste rustpauze stil in Montpelier, nauwelijks vijftien kilometer van Montego Bay vandaan. Meneer van Rieman haastte zich uit het derde-klascompartiment om met zijn koerier te overleggen, en zijn vrouw ging het stationsgebouw in om gebruik te maken van het toilet, haar zoon – duidelijk met enige twijfel – achterlatend bij Sophie.

Ze wachtten boven aan de stationstrap in de schaduw van een grote zijdekapokboom, en keken naar de kleinsteedse bedrijvigheid en de ossenwagens die, hoog opgetast met suikerriet, voorbij rolden. Toen ging Theo opnieuw in de aanval. 'Hoe waste je je nou?' vroeg hij schaamteloos.

'Ik waste me niet,' zei Sophie zonder haar hoofd om te draaien.

Theo dacht daar even over na. 'Ik wed dat dat een leugen is,' mompelde hij.

Sophie antwoordde niet.

'Ik vind Jamaica niet leuk,' verkondigde Theo.

'Dat verbaast me niets,' antwoordde Sophie. 'Het is een heel angstaanjagende plek voor een kleine jongen.'

'Ik bedoel niet dat ik bang ben,' pareerde Theo.

'Dat zou je wel moeten zijn. Jamaica zit vol geesten.'

Theo knipperde met zijn ogen.

'Sommige leven in grotten in de heuvels,' zei ze kalm, 'maar de meeste leven in bomen zoals die achter je.'

Theo schrok op. 'Dat verzin je maar,' zei hij strijdlustig. 'Dat is gewoon een oude boom.'

'Nee, dat is het niet, het is een *duppy tree.* Je kunt het iedereen vragen. *Duppy tree* is Jamaicaans voor geestenboom. Zie je de plooien in de stam? Daar wonen ze. Ze komen 's nachts tevoorschijn om mensen ziek te maken.'

Theo slikte, duidelijk onder de indruk.

Ze begon er plezier in te krijgen. 'Ik dacht vroeger dat een geestenboom me ziek had gemaakt,' ging ze verder. 'Maar toen heeft een heel dappere jongen de dingen voor me in orde gemaakt en daarna werd ik beter.'

Theo keek haar bleek maar tartend aan. 'Hoe dapper?'

'Buitengewoon dapper. Hij was een straatjongen uit Londen en hij vloekte de hele tijd.'

'Hoe heette hij?'

'Ben.'

'Wat is er met hem gebeurd?'

'Dat weet niemand. Nadat hij dat met de geestenboom had gedaan, is hij nooit meer gezien.'

Theo dacht daarover na. 'Heeft de boom hem gepakt?'

'Heel goed mogelijk,' zei Sophie.

Theo had zijn schouders opgetrokken en staarde met wijdopen ogen naar de zijdekapokboom. Sophie liet zich bijna vermurwen en wilde zeggen dat de straatjongen korte tijd later nog was gezien toen hij als scheepsjongen op een stoomboot werkte. Maar toen herinnerde ze zich zijn heimelijke trappen en hield ze haar mond.

'Hoe zag hij er uit?' vroeg Theo, zijn lippen nauwelijks bewegend.

'Wie?'

'De straatjongen die verdween. Ben.'

Ze haalde haar schouders op. 'Als een straatjongen.'

Aan de overkant van de weg sprong een jonge stalknecht van een koets om het tuig van zijn paarden te controleren. Iets aan de manier waarop hij zich bewoog deed haar aan Ben denken.

Wat is het geheugen toch vreemd. Ze had al tijden niet aan hem gedacht en nu kon ze hem bijna voor zich zien. Mager als een straatkat, met vuil, zwart haar en een groezelig gezicht met scherpe trekken en smalle, groene ogen. De tienjarige Sophie was door hem gefascineerd en wilde wanhopig graag indruk op hem maken.

'Je weet wel veel over Jamaica,' zei Theo gedwee.

Ze voelde een steek van berouw. 'Eigenlijk,' zei ze, 'is er nog iets wat ik je niet heb verteld over geesten en geestenbomen. Ze vallen nooit Amerikanen aan. Dat is tegen de regels.'

Theo keek onzeker naar haar op. 'Maar hoe weten ze dan dat ik Amerikaan ben?'

'Dat weten ze gewoon.'

Hij knikte. Er kwam weer wat kleur rond zijn lippen.

'Kom mee,' zei Sophie. 'Laten we je moeder gaan zoeken.' Toen ze echter zijn hand vastpakte en zich omdraaide om weg te lopen, keek ze over haar schouder naar de jonge stalknecht. Zijn baas en bazin kwamen de straat in gelopen en hij stond op hen te wachten. Sophies hart maakte een sprongetje. De baas en bazin van de jonge stalknecht waren Madeleine en Cameron.

Ze vergat de regels van het fatsoen en riep haar zusters naam: 'Maddy! Cameron! Hier ben ik!'

Ze hoorden haar niet. En op dat moment kwam een wagen vol suikerriet de straat door rollen en benam haar het zicht op hen.

Ze liet Theo los, pakte haar rokken bij elkaar en rende de stationstrap af naar de straatkant. Ongeduldig wachtte ze tot de ossen voorbij waren gesjokt. En toen het rode stof langzaam optrok, zag ze hen aan de overkant van de straat: knappe, onmiskenbare Maddy, met haar weelderige, zwarte haar opgestoken onder een brede strohoed en haar prachtige figuurtje in haar favoriete bronskleurige zijden stofjas gehuld. Ze leunde op Camerons arm en hij boog zich naar haar over terwijl zij haar ogen depte en een glimlach probeerde te produceren.

Sophie opende haar mond om opnieuw te roepen... en deed hem toen weer dicht. Er was iets mis. Maddy leek van streek.

Op dat moment draaide Cameron zich om naar de stalknecht en zag Sophie plotseling dat het helemaal niet Cameron was. Cameron was lang en breedgeschouderd en begin veertig, had onhandelbaar blond haar en trekken die niet verfijnd genoemd konden worden, maar hij beschikte over een grote kracht en onmiskenbare charme. De man aan wie haar zuster zich vastklampte – vastklampte! – was ook blond, maar veel kleiner en tengerder, en pas eind twintig, net als Maddy zelf. Sophie had hem nog nooit gezien.

Ze dacht als een razende na. Er moest iets met Cameron gebeurd zijn. Er was iets vreselijk mis.

'Juffrouw Monroe?' zei mevrouw van Rieman achter haar. 'De trein staat op het punt te vertrekken... Is er iets?'

Sophie draaide zich om en probeerde iets te zeggen, maar haar woorden gingen verloren in het lawaai van weer een ossenwagen. Toen ze weer omkeek en het stof was neergedaald, waren de koets, de staljongen, de blonde jongeman en haar zus verdwenen.

Ineens wilde ze wanhopig graag naar Montego Bay. Maar mevrouw van Rieman deelde haar met grimmig genoegen mee dat de trein vertraging had. Er was net buiten Montpelier een wagen gekanteld, en de lading hout was op de rails terechtgekomen. Het zou minstens een half uur duren om dat op te ruimen.

Terwijl Sophie over het perron liep te ijsberen, wist ze zichzelf de paniek uit het hoofd te praten. Er kon immers niets ernstigs zijn, anders had Maddy haar wel een telegram gestuurd. Toch?

Eindelijk, na bijna drie kwartier, konden ze weer op weg. De trein begon zijn trage afdaling naar de vlakten van de noordkust. Ze rolden voort tussen vele hectaren groene rietvelden die golfden in de bries. Sophie telde de minuten tot ze hun bestemming zouden bereiken.

Mevrouw van Rieman slaakte een uitroep van plezier bij het zien van Montego Bay dat zich voor hen uitstrekte – de rode daken en de gigantische palmen, en de glimmende turquoise zee. Sophie zag het allemaal nauwelijks. Maddy en Cameron zouden zo dadelijk toch zeker wel op het station op haar staan te wachten, zoals ze hadden beloofd? Misschien zou de tengere jongeman erbij zijn en werd alles opgehelderd. Natuurlijk zou het opgehelderd worden.

Ze reden in een wolk van stof en stoom het station binnen. Het perron werd overspoeld door venters in alle kleurschakeringen zwart en bruin. De arme mevrouw van Rieman riep zachtjes naar

Theo dat hij dicht bij haar moest blijven. Ze merkte nauwelijks Sophies gemompelde dankjewel en haastige vertrek op.

Toen zag ze hen allebei. Ze zakte bijna door haar knieën van opluchting. Daar kwam Maddy aanlopen, in haar bronskleurige zijden stofjas en met een stralende glimlach. Cameron kwam al naar voren om Sophie op te tillen in een omhelzing. De tengere jongeman was nergens te zien.

'Wat een opluchting!' riep Sophie toen Cameron haar neerzette en ze weer adem kon halen. Ze wendde zich tot Maddy. 'Ik zag je in Montpelier en ik riep nog, maar je was weg voor ik je aandacht kon trekken.'

'Montpelier?' zei Maddy lachend, terwijl ze bukte om haar stofjas onder de wielen van een passerend bagagewagentje uit te trekken. 'Sorry, maar dat kan niet. Cameron, wil je de kruier vragen daar voorzichtig mee om te springen? Sophie kennende zit hij vol met boeken, en weegt hij een ton.'

'Maar Maddy,' zei Sophie verbaasd. 'Ik heb je echt gezien.'

Madeleine rechtte haar rug en keek haar geamuseerd aan. 'Dus ik heb een dubbelgangster in Montpelier? Wat spannend.'

'Maar...'

'Sophie, ik heb de hele middag gewinkeld in Montego Bay. Ga nou maar mee. Je moet uitgeput zijn. En we hebben zoveel om over te praten. Ik kan het niet geloven – drie jaar! We hebben het al helemaal geregeld. Cameron rijdt achter ons aan, we hebben het kleine rijtuigje voor onszelf. Braverly maakt een speciaal diner klaar, en de kinderen mogen opblijven. Ze zijn helemaal wild van opwinding. Kom mee!'

2

Ze werd bij het ochtendgloren wakker, vreselijk vermoeid en met een gevoel van onbehagen dat zich niet liet wegredeneren.

Ze opende haar ogen, schoof het muskietengordijn opzij en ging naar het zonlicht liggen kijken dat de terracotta vloertegels opwarmde. Ze luisterde naar het zachte kletsen van de canvasslippers van de bedienden en naar het gekwetter van de grasvinken onder de dakrand. Ze ademde de gemengde geur van bijenwas, jasmijn en houtrook in. Het was de geruststellende geur van Eden dat nu leek te worden bedreigd.

Hou op je zorgen te maken, sprak ze vermanend tegen zichzelf. Geniet ervan dat je thuis bent.

Ze herinnerde zich hoe ze bij het ochtendgloren in deze zelfde kamer wakker werd en wegglipte naar de rivier, naar haar beste vriendin Evie, die vanaf Fever Hill door de rietvelden daarheen was komen lopen. Ze gingen dan naar een van hun geheime plekjes in het bos en vroegen de geesten om Evies sproeten weg te nemen, de bacillen uit Sophies knie weg te houden en over Ben Kelly te waken, waar hij ook was.

Ze draaide zich om en drukte haar gezicht in het kussen. Waarom moest ze nu aan hem denken? Het leek wel of haar gedachten vastbesloten waren zich op het onopgeloste en onverklaarde te richten. De jongen die korte tijd haar vriend was geweest, en toen zonder afscheid te nemen was vertrokken. De zus die zich zo merkwaardig gedroeg.

Ze stapte uit bed en liep naar het raam, boog en strekte de stijfheid uit haar knie. Haar kamer keek uit op het oosten, over een oerwoud van grootbladige philodendrons, naar de stallen onder aan de helling. Door de groengouden bladeren van een boomvaren onder de dakrand zag ze Cameron zijn paard bestijgen en een laatste opmerking maken tegen Moses de stalknecht. Hij droeg zijn gebruikelijke rijbroek, jagersjasje en rijlaarzen en zag er uit als altijd: gehaast en wat slordig maar uitermate capabel. Het zou toch zeker wel aan hem te zien zijn als er iets mis was, dacht ze.

Zich weer omdraaiend naar de kamer, zag ze met hoeveel zorg haar zuster die had klaargemaakt voor haar terugkeer. Er hingen nieuwe gordijnen van blauwe en witte katoen, er stond een bureau met een flinke voorraad papier en inkt; een wastafel met eau de cologne en rozenwater en op een plank lag een fikse stapel boeken.

Het was een bonte verzameling, met respectvol onbegrip vergaard door iemand die zelf nooit de smaak van lezen te pakken had gekregen. Een Thomas Hardy; Carlyles geschiedenis van de Franse revolutie; een boek over Florence Nightingale. Madeleine moest hun grootvaders verzameling op Fever Hill hebben geplunderd. Zoveel zorgzaamheid kon niet zijn ingegeven door schuldgevoel.

En het was ontroerend dat Madeleine de grote landkaart uit Jocelyns studeerkamer had meegebracht, en zo opgehangen dat ze hem vanuit haar bed kon zien. Terwijl ze terug in bed kroop kon Sophie bijna haar grootvaders scherpe, zakelijke stem horen die haar verhalen vertelde uit de familiegeschiedenis. Hoe Benneit Monroe en zijn vriend Nathaniel Lawe in 1655 naar Jamaica waren gekomen om tegen de Spanjaarden te vechten en toen de noordzijde samen hadden verdeeld. Benneit Monroe had het land ten westen van Falmouth genomen en Nat Lawe – Camerons voorouder – het land ten oosten ervan. En zoals Jocelyn haar steeds maar weer bleef vertellen, hadden ze hun bezittingen 'thuis' ook altijd gehouden: het landgoed van de Lawes in Dumfriesshire, en de grote, lelijke kast van een huis van de Monroes in Strathnaw, die Sophie alleen kende van het grimmige, maar niettemin fascinerende olieverfschilderij achter Jocelyns bureau.

Als kind had ze een gelukkig einde aan het sprookje gewild: de verzekering dat alles 'tot de dag van vandaag' onveranderd bleef. Tot haar ontzetting had ze gehoord dat het fortuin van de Lawes na de grote slavenopstand van 1832 was geslonken en ze gedwongen waren geweest eerst Burntwood te verkopen, daarna Arethusa en tot slot het landgoed thuis.

'Cameron heeft het verval tot stilstand gebracht,' zei Jocelyn dan altijd met een trotse schittering in zijn felle, door de zon gebleekte ogen.

'Maar wij dan?' vroeg Sophie soms fronsend. 'Er zijn geen mannelijke Monroes meer, of wel? Alleen Maddy en ik, dus...'

'Dus wat?' beet Jocelyn haar toe. 'Als ik er niet meer ben, krijg jij Fever Hill en Madeleine Strathnaw. Dat is wat telt.'

'Maar...'

'Sophie, je kunt op z'n best niet verder kijken dan de volgende paar generaties. Het land blijft in de familie. Dat volstaat voor mij.'

Misschien voor hem, maar niet voor haar. Ze had bestendigheid gewild, maar het leek erop dat, zelfs bij land, bestendigheid niet gegarandeerd kon worden.

Ze dacht daaraan nu ze in haar bed lag en zich haar grootvaders stem voor de geest probeerde te halen. Het leek onmogelijk dat Jocelyn Monroe niet meer op Fever Hill op haar wachtte. En het leek onmogelijk dat Madeleine Cameron bedroog. Ze hield van hem en hij hield van haar. Er moest een andere, onschuldige verklaring zijn. Madeleine was naar Montpelier gegaan om stiekem een verjaardagscadeau voor hem te kopen. Of... of iets.

Ze draaide zich op haar zij en keek in de ogen van haar moeder, die vanaf het vervaagde daguerreotype in het reislijstje naar haar keek. Rose Durrant was een donkere schoonheid geweest, net als Maddy. Bij de geboorte van Sophie was ze gestorven. Sophie kende haar alleen uit roddels en familielegenden. Bestendigheid? Stabiliteit? Daar had Rose Durrant haar neus voor opgehaald. Ze had de conventies genegeerd en levens verwoest – inclusief haar eigen leven – door naar Schotland weg te lopen met Jocelyns gehuwde zoon en erfgenaam. Sophie staarde naar de wilskrachtige, dode ogen van haar moeder. *Het probleem met de Durrants,* had een vriend van de familie haar ooit verteld, *was dat ze altijd te ver gingen.* Had Maddy meer van haar moeder geërfd dan haar verbijsterende schoonheid en haar talent voor fotografie? Was zij ook te ver gegaan?

Terwijl ze daarover lag te piekeren viel ze weer in slaap. In haar dromen werd ze echter niet bezocht door haar strenge, liefdevolle, volstrekt betrouwbare grootvader, maar door de roekeloze, geheimzinnige Rose Durrant.

Het was bijna middag toen ze weer wakker werd. De frisheid van de vroege ochtend had plaatsgemaakt voor hitte. Het huis voelde leeg en stil aan, maar ze hoorde Madeleine roepen naar de kinderen in de tuin.

Ze kleedde zich snel aan en liep de grote ruimte binnen die werd gebruikt als woonkamer, eetkamer en algemene afzetplaats. In de beroering van haar aankomst gisteravond had ze nauwelijks om zich heen gekeken, maar nu merkte ze met verbijstering op hoeveel sjofeler alles er uitzag. De reusachtige mahoniehouten tafel vertoonde nog steeds de watervlekken uit de tijd dat Cameron hier als vrijgezel onder een lekkend dak had gewoond. En naast de gebruikelijke troep op de kast – een stormlantaarn met een kapot ruitje, de katoenfluwelen zebra van een kind (die een oor miste) – lag een stapel lakens die omgezoomd moesten worden. Geld was kennelijk nog net zo schaars als altijd op Eden.

Dat was ten dele haar schuld. Madeleine en Cameron hadden diep in de buidel getast om haar naar de hogeschool in Cheltenham te sturen, al hadden ze daar nooit iets over gezegd. De enige manier waarop ze hen had kunnen bedanken was door uitvluchten te verzinnen om in de vakanties in Engeland te kunnen blijven, waarmee ze in elk geval het geld voor de overtocht naar Jamaica uitspaarde.

Ze keek om zich heen in de grote, rommelige gouden kamer die ze vroeger prachtig had gevonden, omdat alles aan Eden toen precies goed had geleken. Vergeleken met veel grote huizen op

Jamaica was het klein, met maar één bewoonbare verdieping onder een grote opslagzolder en Madeleines donkere kamer. Slaapkamers, de kinderkamer en Camerons werkkamer lagen allemaal rondom de centrale woonkamer, terwijl een loggia aan de zuidoostkant naar buiten leidde, naar het badhuis en het kookhuis. Als kind had Sophie gemeend dat het precies was hoe een huis hoorde te zijn. Het was er nooit te warm en nooit te koud, want het stond ruim tweehonderd meter boven de vlakte, ving overdag de zeewind en 's nachts de landwind die uit de heuvels omlaag kwam.

Ze fronste. Misschien kwam het door de droom die nog om haar heen hing, maar nu zag ze alleen maar de rommel en het verval.

Er was nog iets anders. Eden was gebouwd door een Durrant. Op een nacht in 1817 was de overgrootvader van Rose dronken het maagdelijke woud in gereden en had gezworen hier een huis te bouwen.

Wie anders dan een Durrant zou een plantage hebben uitgehouwen op de helling van de Cockpits? Wie anders dan een Durrant zou zo vreselijk hebben gefaald als plantagehouder dat hij gedwongen was geweest het terrein weer aan het bos terug te geven?

Tegen de tijd dat Cameron in 1886 de plantage had gekocht, was Eden al twintig jaar lang een ruïne. Als kind had Sophie zich vaak proberen voor te stellen hoe het toen geweest moest zijn: prachtig, mysterieus en onwerelds terugglijdend naar het verleden, terwijl het figuurzaagwerk voor de ramen uiteenviel als versleten kant, de hoge kamers stilletjes werden overgenomen door kruip- en klimplanten.

Voor een kind had het een plaatje uit een sprookje geleken, maar nu voelde ze de latente dreiging. Was Madeleine meer een Durrant dan een Monroe? Had ze daar haar hang naar geheimzinnigheid vandaan?

Ze liep de veranda op en vond haar zus op een van de grote rieten banken, bezig een kussensloop te verstellen.

Madeleine keek naar haar op en glimlachte. Toen zag ze haar gezichtsuitdrukking. De glimlach verdween. Ze keek naar de kussensloop en streek hem glad op haar knie. 'Braverly heeft het ontbijt voor je laten staan,' zei ze. 'Maar het is bijna tijd voor de lunch, dus ik neem aan dat je liever even wacht?'

Sophie knikte en zei dat dat prima was.

'En je zult het niet leuk vinden,' zei Madeleine terwijl ze een draad afbeet, 'maar ik heb een uitnodiging voor de thee bij de Trahernes aangenomen. Ik weet dat het saai is op je eerste dag, maar Sibella wilde je verwelkomen. Dat zei ze tenminste. Eigenlijk denk ik dat ze wil vragen of je haar bruidsmeisje wilt zijn. Ik hoop dat je het niet erg vindt?'

Ik hoop dat je het niet erg vindt? Sinds wanneer was Maddy zo beleefd tegen haar? 'Helemaal niet,' zei ze, haar eigen valse beleefdheid ongelovig aanhorend. 'Het zal leuk zijn haar weer te zien.'

Ze keek om zich heen op de veranda en monsterde de eenvoudige cederhouten dakspanten. Hier buiten was tenminste niets veranderd. Daar hing het vogelvoederhuisje in de deuropening naar de kamer van Madeleine en Cameron. Hij had het in de begindagen van hun huwelijk opgehangen, zodat Maddy vanuit hun bed naar de kolibries kon kijken. Daar lagen de geruite kussens die ze zelf had helpen maken: rood en groen voor de Monroes, en blauw en geel voor de Lawes. Ze herinnerde zich hevige kussengevechten met de honden, waarbij Madeleine en Cameron te hard lachten om te kunnen protesteren.

Alles is nog hetzelfde, dacht ze, en de bezorgdheid die ze voelde nam iets af. Er kan niet echt iets mis zijn. Er is vast een verklaring waar je niet aan hebt gedacht.

Ze draaide zich om en keek uit over de tuin. Vanwaar ze stond leidde een prachtige witmarmeren trap omlaag naar het gazon. Het gras onder aan de trap was platgetrapt en bruin, want hoewel de voordeur aan de andere kant van het huis was, reed iedereen altijd achterom naar de trap om de paarden vast te maken.

Alles nog hetzelfde.

Beneden in de tuin fladderden kolibries in een oerwoud van boomvarens en hibiscussen. Ze zag het feloranje en kobalt van de paradijsvogelbloem en het grijsblauw van het loodkruid. Aan het eind van het gazon gleed de *Martha Brea* voorbij tussen oevers vol rode heliconia en reuzenbamboe. Daarachter, voorbij de wuivende rietvelden en de rode sliert van Eden Road die naar Falmouth kronkelde, zag ze in de verte de zee glimmen.

Met beide handen greep ze de warme balustrade beet. 'Cameron was vroeg weg,' zei ze.

Madeleine zuchtte. 'Dat was in feite nog laat voor hem. Ik zie hem tegenwoordig nauwelijks. Ik moet er niet aan denken hoe het tijdens de oogsttijd zal zijn.'

'Maar ik dacht dat hij een manager had voor Fever Hill.'

'Jazeker, Oserius Parker. Maar je kent Cameron. Hij moet het allemaal zelf regelen, anders heeft hij geen rust.'

'Maar dat is toch niet zíjn schuld?' zei Sophie over haar schouder.

Madeleine keek haar verbaasd aan. 'Natuurlijk niet. Het was ook niet als kritiek bedoeld.'

Sophie knikte. Wat lager, op een bananenblad, keek een kleine groene hagedis haar met een draaiend oog aan.

'Sophie,' zei Madeleine zacht, 'je hoeft je geen zorgen te maken.'

Sophie draaide zich om en keek haar zus aan. 'Waarom wil je me dan niet vertellen wat je in Montpelier deed?'

Madeleine zuchtte. 'Omdat ik niet in Montpelier was.'

'Maar...'

'Sophie. Genoeg.' Ze keken elkaar aan. Toen schudde Madeleine het hoofd, alsof ze een onplezierige gedachte probeerde kwijt te raken. Ze richtte zich weer op haar naaiwerk. 'Zoals ik zei,' mompelde ze, 'je hoeft je geen zorgen te maken.'

Boos draaide Sophie zich weer om naar de tuin.

Ze zag iets roods bij de rivier. Belle – klein, vastberaden en donker als haar moeder – kwam niezend en stof uit haar ogen vegend tussen de bamboe uit. Ze droeg een overgooier van rode keperstof die volgens haar moeder onverslijtbaar was en goed opviel. Een flits van een blauw matrozenpakje en daar kwam ook de zesjarige Fraser tevoorschijn, lang en blond als zijn vader, gevolgd door een jonge mastiff met fladderende karamelkleurige oren. Het waren gelukkige kinderen die opgroeiden in een gelukkig en veilig gezin. Sophie zou het Madeleine nooit vergeven als ze dat in gevaar bracht.

Het volgende moment voelde ze zich gemeen en wantrouwend dat ze dat zelfs maar had gedacht. 'Je hebt een nieuwe hond,' merkte ze op om het goed te maken.

'Dat is Scout,' zei Madeleine, kennelijk opgelucht dat ze weer op neutraal terrein waren gekomen. 'Het is een lastpost, maar de kinderen zijn dol op hem.'

'Waar is Abigail?'

'Diep in slaap onder de veranda. Ze heeft het Cameron nooit vergeven dat hij haar uit onze slaapkamer verbande.'

Sophie tekende een cirkel op de balustrade. 'Gisteren in Montpelier...'

'O, Sophie, hou toch op.'

'...zag ik iemand die op Ben leek.'

Madeleine knipperde met haar ogen. 'Welke Ben?'

'Onze Ben. Ben Kelly. Van jaren geleden.'

Madeleine keek naar haar naaiwerk. 'Lieve hemel. Nou, zeg dat maar niet tegen Cameron, wil je?'

'Waarom niet?' vroeg Sophie scherp.

'Dat weet je toch zeker wel? Hij heeft nooit begrepen hoe we bevriend konden zijn geraakt met een jongen van die... soort.'

'Is dat echt de reden dat je niet wilt dat ik er wat van zeg?'

'Natuurlijk,' beet Madeleine haar toe. 'Wat is er toch met je?'

Wat volgde was een geladen stilte.

Beneden in de tuin kwam Belle gillend uit de crotonstruiken tevoorschijn, haar zonnehoed heen en weer fladderend terwijl ze met Scout op haar hielen over het gazon rende. Nog steeds gillend sprong ze op een schommel die tussen twee wilde lindebomen hing.

Sophie zag Madeleines naald in en uit de stof gaan en bedacht hoe vreemd het was dat ze nooit over Ben praatten, of over de jaren in Londen, of over nicht Lettice, de grimmige kleine tiran die hen had grootgebracht. Madeleine sprak trouwens ook nooit over haar jeugd in Schotland, of over hun ouders of de beginjaren op Fever Hill, of over de twee fijne littekens rond haar polsen, die ze altijd verborg onder een paar dunne zilveren armbanden.

Sophie had altijd gedacht dat het was omdat ze zulke dingen met Cameron besprak. Nu vroeg ze zich af of Madeleine überhaupt wel praatte – echt praatte – met wie dan ook. Ze had altijd al talent gehad voor geheimzinnigheid. Daardoor had ze het overleefd.

De vorige avond in het rijtuigje op weg naar huis hadden ze bijna zonder onderbreking gepraat, terwijl Cameron naast hen meereed, luisterde en zijn gebruikelijke bijna-glimlach lachte. Nu ze er echter op terugkeek, realiseerde ze zich dat zij vooral zelf aan het woord was geweest en dat Madeleine eigenlijk maar heel weinig had gezegd.

Op het gras was Belle van de schommel gevallen en had haar knie gestoten. Ze zat gehurkt op de grond en onderzocht haar been op sporen van bloed. Haar broer boog voorover en zei dat ze niet zo'n sufferd moest zijn, en Scout duwde zijn neus tussen hen in.

Sophie keek naar Madeleine, die onverstoorbaar weer een draad afbeet, en voelde een steek van onbehagen. Wat leek ze op hun moeder! Dat glanzende zwarte haar, die prachtige donkere ogen; de welvende rode mond. *Een heimelijk stel, die Durrants. En ze gingen altijd te ver.*

Braverly had zichzelf ter ere van Sophie overtroffen tijdens de lunch. Gebakken zwarte landkrabben met rijst en erwtjes; gepureerde zoete aardappelen en een avocadosalade; en daarna zijn beroemde kokospudding met vlokjes gestampte vanille en een vleugje gouden rum uit Edens eigen distilleerderij in Maputah.

Enigszins tot haar opluchting kreeg ze de kans niet nog meer vragen te stellen. Cameron was terug en de kinderen hadden Madeleine net zo lang aan het hoofd gezeurd tot ze samen met hun tante Sophie mochten eten.

'Heb je de koning gezien toen je in Engeland was?' vroeg Belle.

'Kun je sneeuw echt eten?' wilde Fraser weten.

'Hoe groot is de koh-i-noor-diamant?'

Pas toen Poppy, het kindermeisje, hen had meegenomen voor hun middagdutje en de koffie was geserveerd op de veranda, kregen ze de kans een gesprek te voeren. Maar zelfs toen bleef er een toestand van gewapende vrede heersen tussen Sophie en haar zus.

Maar wiens schuld was dat, vroeg ze zich met een mengeling van irritatie en genegenheid af, toen ze haar kopje van Madeleine aannam en zag dat die dapper haar best deed de barsten te lijmen. 'Ik wilde je nog vragen,' zei Madeleine, haar wenkbrauwen optrekkend zoals mensen doen om hun belangstelling voor iets onbelangrijks te kennen te geven. 'Heb je er nog aan gedacht om visitekaartjes te bestellen?'

'Ach,' zei Sophie, op haar beurt haar wenkbrauwen optrekkend. 'Ik vrees dat ik dat vergeten ben.'

Cameron stak een sigaar op, leunde achterover in zijn stoel en keek van de een naar de ander.

'O, nou ja,' zei Madeleine opgewekt, 'je kunt de mijne wel lenen. We kunnen een telegram naar Gardner's sturen en ze vragen je met voorrang te behandelen.'

'Ja,' zei Sophie, 'laten we dat doen.' We lijken wel toneelspeelsters, dacht ze. Dit is Maddy. Maddy! Wat is er toch aan de hand?

'Ik weet dat het vervelend is,' zei Madeleine zonder haar in de ogen te kijken, 'maar er zijn allerlei verplichte bezoekjes die je gewoon moet afleggen.'

Sophie knikte gehoorzaam.

'De Modenners en de Palairets,' zei Madeleine, 'en de oude mevrouw Pitcaithley en Olivia Herapath. En oudtante May. Dat zal een beproeving zijn, dat weet ik, maar je kunt er niet onderuit.'

'Nee, natuurlijk niet.'

'En dan is er Clemency nog. Hoewel je haar moeilijk een verplichting kunt noemen.'

'Hoe is het met haar?' vroeg Sophie.

'Veel slechter, vrees ik. Zelfs Cameron kan niets met haar beginnen. Misschien kun jij een wonder bewerkstelligen.'

'Mm,' zei Sophie, 'of misschien,' voegde ze er in een opwelling aan toe, 'kan ze weggaan van Fever Hill en bij ons komen wonen? Ik bedoel, ze kan toch niet in haar eentje in zo'n kast van een huis blijven wonen?'

'Natuurlijk kan ze dat niet,' zei Cameron, 'maar probeer jij haar daar maar eens weg te krijgen.'

Sophie legde haar lepeltje neer. 'En als ik het nou eens verkocht?' zei ze plotseling. 'Dan moet ze wel verhuizen.'

Het bleef even stil. Madeleine keek haar vol afgrijzen aan. Cameron keek alleen maar.

Ze had niet eens geweten dat ze met die gedachte rondliep tot ze het had gezegd. En ze wist niet waarom ze daar nu aan dacht – behalve misschien dat als Clemency bij hen kwam wonen, er iemand meer zou zijn om Maddy af te leiden en haar weg te houden bij die knappe jongeman in Montpelier.

'Maar je verkoopt het niet,' zei Cameron rustig.

'Nee,' zei Sophie, 'al zou ik het wel kunnen doen. Ik bedoel, het is maar een idee. En Eden heeft het geld nodig...'

'Nee, dat is niet waar,' zei hij.

'En dan... dan zou jij niet zo hard hoeven te werken en zou Maddy,' ze nam een flinke hap lucht, 'nou ja, dan zou Maddy niet zo vaak alleen zijn.'

'Waar heb je het in hemelsnaam over?' zei Madeleine op scherpe toon.

'Het was maar een idee,' sputterde Sophie tegen.

'Maar Sophie,' kwam Cameron haar te hulp, 'zelfs al zou je willen verkopen, wat voor voogd zou ik zijn als ik je je erfgoed al liet verkwanselen voordat je meerderjarig bent?'

Sophie glimlachte. 'Is dat niet nogal Victoriaans?'

Hij lachte. 'Natuurlijk, maar ik ben immers een Victoriaan.'

'Kunnen we het alsjeblieft ergens anders over hebben?' beet Madeleine hen toe.

Het was weer even akelig stil.

Madeleine legde het met kralen bezette kleedje over de melkkan om de vliegen weg te houden, jaagde Scout weg van het dienblad met koffie en zei tegen Belle, die aan de andere kant van de veranda net de trap af sloop, dat ze terug naar bed moest gaan voor haar dutje. Toen pakte ze haar kopje op en begon nogal snel in haar koffie te roeren.

Cameron knipte een mier van zijn knie, leunde weer achterover en keek naar de horizon met een frons die duidelijk maakte dat hij zich wel bewust was van de spanning tussen de beide zussen, maar niet zo gek was om zich daarmee te bemoeien.

Toen de stilte lang genoeg had geduurd, streek Madeleine haar rok glad over haar knieën en stond op. 'Nou,' zei ze kordaat. 'Ik moet me gaan verkleden. De Trahernes verwachten ons om vier uur.'

Een half uur later stond Sophie met het lijfje van haar middagjapon te worstelen toen er een knoop af schoot en door de kamer rolde.

Hè, waarom ging alles fout? Ze kon verdorie niet eens een jurk aantrekken.

Verhit en knorrig en kwaad op zichzelf wierp ze zich op het bed. Zij en Maddy hadden nooit ruzie. En er waren nooit – maar dan ook nooit – dergelijke stiltes, uitvluchten en geheimen geweest.

Haar spiegelbeeld keek haar aan. Een warrige bos lichtbruin haar – de kleur van stof, dacht ze vol afgrijzen – en stofkleurige ogen, donkere mannenwenkbrauwen, een te brede mond die altijd ging pruilen als ze moe was.

En nu ook nog eens die vervloekte jurk. Het was dom geweest om geen nieuwe jurk te bestellen toen ze in Engeland de kans had. Dit lichtgroene exemplaar van foulardzijde kon echt geen jaar meer mee, zo hield ze zichzelf voor. Hij maakte haar mager en bleek en het lijfje trok bij haar hals.

'God!' riep ze, er nog eens aan rukkend.

Er werd aangeklopt en Maddy stak haar hoofd om de deur. 'Mag ik binnenkomen?'

Sophie stond op, draaide zich naar haar om en sloeg met haar armen tegen haar zijden. 'Het is vreselijk, vind je niet?'

Madeleine hield haar hoofd schuin en bekeek haar eens goed. 'Je overdrijft altijd.'

'Deze keer niet,' zei Sophie.

'Jawel, deze keer wel. Je hebt hem achter verkeerd dichtgeknoopt. Daarom trekt hij.'

Sophie blies haar adem uit.

Madeleine draaide haar om en begon de knopen goed te doen. 'Je mist er ook een.'

'Ik weet het, die is onder de kast gerold.'

'Aha. Als je nog heel even wacht kun je hem gaan pakken en zal ik hem er voor je aannaaien.'

Terwijl Sophie stond te wachten tot ze klaar was, dacht ze aan al de keren in het verleden dat haar zus de dingen voor haar in orde had gemaakt. De kapotte teugels van de speelgoedezel. De gescheurde kaft van haar poëziealbum. De te ruime neusband die ze overijverig te groot had gemaakt voor haar pony, en die Maddy op de een of andere manier passend had gemaakt. Jaren en jaren had ze alles in orde gemaakt.

Wat deed het ertoe dat ze had gelogen over Montpelier? Wat maakte het uit?

'Zo,' zei Maddy, haar een klopje gevend. 'Nu hoeven we alleen de knoop er nog aan te naaien.'

3

'Rebecca Traherne kennende,' fluisterde Madeleine toen ze de butler volgden door de grote, marmeren balzaal, 'zal het wel onberispelijk Engels zijn. Je zult het zien. We zouden evengoed op een theeparty in Kent kunnen zijn.'

'Afgezien van de bedienden,' mompelde Sophie toen ze een zwarte lakei in het azuurblauw met zilveren huisuniform tegenkwamen.

Tot haar verbazing was ze zenuwachtig. Ze was vergeten hoe voornaam het grote huis op Parnassus was. Een enorm, drie verdiepingen tellend gebouw van goudkleurige uitgesneden stenen dat de Coast Road naar Falmouth domineerde, en boven diverse hectares Italiaanse tuinen en Franse bloembedden uittorende. Het contrast met Eden had niet groter kunnen zijn. Maar als Madeleine of Cameron zich daar al bewust van waren, lieten ze het niet merken.

Net voor ze de zuilengang bereikten bleef Madeleine stilstaan en keek Sophie even vragend aan. 'Ik weet dat je dit soort dingen vreselijk vindt. Gaat het wel lukken, denk je?'

Sophie was ontroerd. 'Ja hoor.'

'Onthoud maar gewoon dat iedereen vol ontzag is omdat je zo pienter bent en in Engeland hebt gestudeerd.'

Sophie keek haar verrast aan. Het was er zo vlot uitgekomen dat ze zich afvroeg of Madeleine dat zelf ook zo voelde. 'Nou, ik ben ook vol ontzag voor hen,' antwoordde ze, 'omdat ze allemaal zo knap en mooi gekleed zijn.'

Madeleine snoof.

Het was te warm voor thee buiten, dus waren de kleine, vergulde tafels op de grote zuidelijke galerij neergezet, die was omgevormd tot een kunstmatige tuin met sinaasappelbomen en varens in potten. Het was koel, beschaafd en, zoals Madeleine had voorspeld, typisch Engels. Rebecca Traherne gruwde bij de gedachte gewoon te worden gevonden, en wees alles wat Jamaicaans was af ten gunste van artikelen die van 'thuis' waren geïmporteerd.

Het porselein was dus Wedgwood, de thee kwam van Fortnums, en de koekjes waren gebakken volgens een traditioneel recept van de Schotse nichten van mevrouw Herapath. Alleen de kreeftensalade had iets Jamaicaans, maar werd weer respectabel gemaakt doordat het de favoriet van Zijne Majesteit de Koning was.

Haar grootvader zou zich door dit alles geen seconde voor de gek hebben laten houden, dacht Sophie plotseling. Jocelyn Monroe had de Trahernes verafschuwd, die hij – met uitzondering van zijn schoondochter Clemency – altijd als parvenu's had beschouwd. En dat waren ze ook; althans voor een Monroe die zijn voorgeslacht 700 jaar terug kon voeren.

Owen Traherne was een hoefsmid geweest die in 1704 uit Cardiff hierheen was gekomen, een stuk land ten westen van Falmouth had gekocht en zich erop had toegelegd een heer te worden. Opeenvolgende Trahernes hadden hun fortuin gemaakt met suikerriet, en hadden daarbij tienduizenden slaven gebruikt. Toen de regering in 1834 de slaven bevrijdde, had Addison Traherne al snel ingezien dat de heersende klasse van planters het af zou leggen en was hij geldschieter geworden. Hij was welvarend geworden en via een reeks strategische huwelijken doorgedrongen tot de top van de Northside-society.

Zijn zoon Cornelius had hetzelfde gedaan en was nu de rijkste man van Trelawny: een sluwe financier en herenplanter, die nog steeds uitgestrekte rietvelden bezat in Millfield en Waytes Valley, en een grote veeboerderij in Fletcher Pen.

Hij hield er ook een reeks jonge minnaressen op na, wat de hogere klasse discreet negeerde – net zoals ze verkoos het er niet over te hebben (althans niet hardop) dat Cornelius' derde, rijke echtgenote Rebecca, een grootvader had gehad die zijn naam had veranderd, van Salomon in Sammond.

'Weet je nog wat Jocelyn altijd zei?' mompelde Madeleine toen ze even bij de ingang van de zuilengang naar de menigte bleven staan kijken.

Sophie boog iets naar haar over en samen gaven ze zachtjes een imitatie van hun grootvader ten beste: *'Parnassus? Belachelijke naam! Waarom doe je het dan niet meteen goed en noem je het Olympus?'*

Ze lachten – een beetje bedeesd misschien, maar Sophie voelde zich beter dan ze sinds Montpelier had gedaan.

Iedereen die iets voorstelde was aanwezig en ze kende ze allemaal. En omdat ze een Monroe was, zij het dan een buitenechtelijke, accepteerden ze haar met open armen. Dat vond ze buitengewoon geruststellend. Ze praatte met Rebecca's knappe logee, een mevrouw Dampiere uit Spanish Town, en wisselde beleefde knikjes uit met Amelia Mordenner, haar jeugdvijandin. Ze zat een poosje bij Olivia Herapath (*née*, de hooggeboren Olivia Fortescue van Fortescue Hall), en pareerde een hoop roddels en een stortvloed van vragen over 'die rotknie'. 'Hoezo, geen tennis? Waarom niet? Je bent toch niet kreupel?'

Ze zocht haar toevlucht bij mevrouw Pitcaithley en verwende haar met scones, want het inkomen van de lieve oude dame nam jaarlijks af en ze had heel strikte ideeën over *noblesse oblige*, wat inhield dat ze liever zelf honger leed dan aanzag dat haar personeel niet naar behoren te eten kreeg. 'Zoveel veranderingen,' kermde ze, toen Sophie haar alles over Londen vertelde. 'En blijf vooral bij die gruwelijke ondergrondse spoorwegen vandaan! Vreselijke, bedompte dingen. En volstrekt ongepast voor een jongedame.'

Later stelde Madeleine haar voor aan een reeks begerenswaardige jonge mannen. Sophie was opgelucht toen ze hun belangstelling verloren nadat ze beleefd het genoegen had afgewezen om toe te kijken terwijl zij gingen biljarten.

'Gedraag je niet als een blauwkous,' fluisterde Sibella toen ze in een wolk van met sleutelbloemen bespikkelde mousseline op haar toe kwam.

'Dat doe ik niet,' protesteerde Sophie. 'Ik wou alleen...'

'Ga mee, ik wil je wat laten zien.' En ze trok haar mee naar een antichambre waar ze elkaar tenminste konden verstaan. 'Dat is beter,' zei ze, zichzelf koelte toewuivend met haar hand. 'Ik smachtte ernaar met jou alleen te praten.'

'Hoe was het op finishing school?' vroeg Sophie.

'Saai,' zei Sibella.

'Je ziet er vreselijk mooi uit. Verloofd zijn doet je goed. Gefeliciteerd.'

Sibella rolde met haar ogen. 'Als ik had geweten hoe veel werk het was, had ik het nooit gedaan.' Maar ze aanvaardde het compliment als vanzelfsprekend.

En ze zag er inderdaad verrukkelijk uit. Ze was wat plomp en blond, had haar vaders enigszins uitpuilende blauwe ogen en een klein neusje waar ze vreselijk trots op was, omdat het niet op de neus van haar moeder leek. Rebecca Traherne was bleek en donker, en haar neus verried haar Salomons-afkomst. Sibella maakte geen geheim van het feit dat ze een hekel aan haar had.

Nu keek ze Sophie aan en kneep in haar hand. 'Je wilt toch wel mijn bruidsmeisje zijn, hè?'

'Natuurlijk, als je dat wilt...'

'Maar eerst moet ik je wat vragen. Je bent toch geen voorstandster van vrouwenstemrecht geworden, is het wel?'

'Wat?' zei Sophie verbaasd.

'Stemrecht voor vrouwen. Je hebt je toch niet bij die beweging aangesloten, hè?'

'Ik heb me nergens bij aangesloten,' antwoordde Sophie naar waarheid. Ze had in feite wel enkele bijeenkomsten bijgewoond van die beweging, maar het leek niet zinvol dat te zeggen.

Sibella slaakte een zucht van verlichting. 'De hemel zij gedankt! Ik heb een hekel aan ze. Gemene, lelijke vrouwen die geen man kunnen krijgen. En mevrouw Palairet zou het nooit goedgevonden hebben.' Mevrouw Palairet was haar toekomstige schoonmoeder en de matriarch van een van de oudste families in Trelawny.

Sophie was geïrriteerd. 'Waarom zou het mevrouw Palairet iets uitmaken wat ik doe?'

'O, Sophie, wat een vraag! Je wordt mijn bruidsmeisje. Denk je eens in wat dat over mij zou zeggen.'

Toen wist Sophie dat ze niet uit vriendschap als bruidsmeisje was gekozen, maar omdat ze een Monroe was, en de bruiloft *cachet* zou verlenen, terwijl ze niet knap genoeg was om de bruid te overschaduwen. Vreemd genoeg deed dat haar weinig. Sibella was zich er zelf waarschijnlijk niet eens van bewust, want ze dacht nooit na over haar eigen gevoelens. En zij kon er weinig aan doen dat ze was opgegroeid in een familie die naar andere mensen keek in termen van hoe ze ze konden gebruiken.

Nu trok ze Sophie mee naar een bijzettafel waarop twee grote boeken lagen met vergulde randen, gebonden in weelderig lichtblauw marokijnleer. 'Kijk, dit is mijn geschenkenboek. Is het niet prachtig?'

'Wat is een geschenkenboek?' vroeg Sophie.

'Voor de bruiloft! Er staan kolommen in voor Afzender, Beschrijving en Categorie Geschenk, en Datum Bedankbriefje. En dat daar,' zei ze, naar het tweede boek wijzend, 'is de Verlanglijst.'

Sophie sloeg het boek open en keek naar de eerste bladzijde. Ze knipperde met haar ogen. 'Lieve hemel, Sib, twaalf dozijn zakdoeken? Wat ga je daarmee doen?'

'O, Sophie, waar heb jij gezeten? Minder kan echt niet! En mevrouw Palairet is het daar helemaal mee eens. Ze...'

'En dan moet het goed zijn.'

Er verschenen twee rode vlekjes op Sibella's plompe wangen. 'Het zal in Londen wel mode zijn om een vriendin uit te lachen, maar ik moet zeggen dat ik het helemaal niet amusant vind.'

'Ik lachte je niet uit,' zei Sophie oprecht.

Sibella aaide over de Verlanglijst en fronste. 'Ik wil gewoon dat alles perfect is,' zei ze. 'Je moet je zo waarmaken, als je met een Palairet trouwt. Je kunt je niet voorstellen welk een zorg dat is.' En heel even ving Sophie weer een glimp op van het dikke, bange schoolmeisje dat zich tijdens hun eerste schooljaar in Cheltenham aan haar had vastgeklampt.

'Nou, onthou maar gewoon dat je niet met mevrouw Palairet trouwt, maar met Eugene,' zei ze.

'Wat heeft dat er nou mee te maken?' zei Sibella geïrriteerd.

Sophie keek haar aan. 'Maar Sib... Je houdt toch wel van hem, of niet?'

'Natuurlijk hou ik van hem,' snauwde ze, 'maar ik zie het nut er niet van in om daarover door te gaan.'

Sophie antwoordde niet.

'Je bent zo romantisch,' zei Sibella. 'Dit is het echte leven, Sophie, geen roman. En het is verdraaid hard werken.'

Sophie dacht daarover na. Tijdens de rit hierheen had ze Madeleine naar Sibella's verloofde gevraagd. 'Dik, zelfingenomen, en een beetje te dol op de renbaan,' had haar zus met haar gebruikelijke scherpzinnigheid gezegd, 'maar het zal uiteindelijk wel goed komen met hem, denk ik.'

Hardop zei Sophie: 'Waar is Eugene eigenlijk? Ik heb nog geen kans gezien hem te feliciteren.'

'Daarginds,' zei Sibella met merkbare genegenheid, 'in gesprek met je zwager.'

Sophie volgde haar blik en zag een dikke, zelfingenomen jongeman in een wit linnen kostuum – Madeleines beschrijving was akelig treffend – iets staan uitleggen aan Cameron, die een geeuw onderdrukte. 'Hij ziet er heel respectabel uit,' zei ze zwakjes.

Sibella streek over het boek en knikte.

Net op dat moment draaide Cameron zijn hoofd om en zocht discreet naar zijn vrouw. Op hetzelfde moment hief ook Madeleine, aan de andere kant van de galerij, haar hoofd op en keek naar hem uit. Hun blikken ontmoetten elkaar, even wisselden ze een glimlach uit. Het was duidelijk dat de andere gasten voor hen niet meer bestonden.

O, goddank, dacht Sophie met een golf van opluchting. Alles is in orde tussen hen.

Naast haar sloeg Sibella met een klap de Verlanglijst dicht. Haar gezicht zag er ijzig uit. Misschien was ook zij getuige geweest van die blik.

'Sib, wat is er aan de hand?' vroeg Sophie.

'Niets,' zei Sibella, haar ogen heel wijd opentrekkend. 'Ga maar terug naar de anderen, dan ruim ik dit even op.'

Sophie keek haar geërgerd aan. Sibella was net zo oud als zij en een erfgename aan de top van de sociale ladder. Ze hoefde niemand te huwen van wie ze niet hield, zelfs geen Palairet. Dus waarom deed ze het dan?

Maar ik hou wel van hem, zou ze ongetwijfeld zeggen als Sophie zo dom was het onderwerp weer ter sprake te brengen. *Dit is geen romannetje, Sophie, het is het echte leven en het is verdraaid hard werken.*

Kan dat waar zijn, vroeg Sophie zich af. Is het allemaal alleen mogelijk in romans?

Daaraan denkend liep ze de zuilengang weer in, pakte een kop thee en keek om zich heen op zoek naar een stoel, waarbij ze recht in de ogen keek van de tengere jongeman uit Montpelier.

De geluiden van de theeparty vielen weg en ze liet bijna haar kop en schotel vallen.

Hij zag er vreselijk goed uit, had lichtblauwe ogen en gebeeldhouwde trekken en fijne, zijdezachte gouden krullen. En hij keek glimlachend op haar neer, alsof hij haar kende. 'Ik vrees dat je niet weet wie ik ben, is het wel?' zei hij zacht.

Ze opende haar mond, maar kon niets bedenken.

Hij stak haar zijn hand toe. 'Alexander Traherne.'

Ze pakte onhandig haar kop en schotel over en pakte zijn hand beet. 'Toch niet... Sibella's oudere broer?'

Hij boog. 'Schuldig aan de tenlastelegging.'

Ze slikte. 'Je bent in het buitenland geweest, neem ik aan?'

'Eton. Oxford. Het gebruikelijke rondje. En jij?'

'Cheltenham Ladies' College.'

'Betekent dat dat je een afschuwelijke blauwkous bent?'

'Afschuwelijk, vrees ik.'

'Hemeltje, wat zonde. Maar wat vreemd dat we elkaar nooit eerder ontmoet hebben. Of hebben we dat wel? Ja, nu ik erover nadenk, geloof ik van wel, jaren geleden, toen ik thuis was voor de vakantie. Ik was ongetwijfeld een onuitstaanbare kwast.'

Hij praatte te veel en ze vroeg zich af of hij haar probeerde af te leiden. 'Toevallig,' zei ze vlotjes, 'heb ik je gisteren in Montpelier gezien.'

Heel even week zijn glimlach, maar hij herstelde zich snel. 'Wat fascinerend,' zei hij, 'met name omdat ik me gisteren de hele dag heb zitten vervelen bij de races in Mandeville.'

'Weet je dat zeker?'

Hij lachte. 'Jammer genoeg wel. Het kostte me vijfhonderd guineas.'

'Dan vraag ik me af wie ik in Montpelier gezien heb.'

'Ik ook. Ik moet een dubbelganger hebben. Wat vreselijk intrigerend.'

Ze dwong zichzelf tot een glimlach. 'Zoals je zegt. Ik moet me vergist hebben.'

'Normaal gesproken zou ik niet graag willen zeggen dat een dame zich vergist, maar in dit geval vrees ik toch dat het zo is.' Hij weerstond haar blik zonder met zijn helderblauwe ogen te knipperen, maar ze wist dat hij loog, en hij wist bovendien dat zij dat wist. 'O kijk,' zei hij met iets van opluchting, 'Davina komt je bij me weghalen. Als je het mysterie ooit oplost, laat het me dan weten, wil je?'

'Dat zal ik beslist doen,' zei ze.

Dat leverde haar een geschokte blik op toen hij wegliep.

Ze excuseerde zich bij zijn zus, liep snel de galerij door en naar buiten. Er wandelden mensen onder de pergola, dus liep ze snel om naar de voorkant van het huis en een paar traptreden af naar het grote bloembed rechts van de oprijlaan. Toen ze de schaduw van de koningspalmen verliet, sloeg de hitte haar in het gezicht. Het kon haar niets schelen. Ze moest alleen zijn. Ze vond een bankje en ging erop zitten, haar handen tot vuisten gebald.

Ze begon nu echt kwaad te worden op haar zus. Waar was ze in hemelsnaam mee bezig? Wat moest ze met Alexander Traherne? Na de blik die ze Madeleine met Cameron had zien wisselen kon het geen affaire zijn, maar er was beslist iets gaande. Een of andere intrige die zo belangrijk was dat die voor haar eigen echtgenoot en zus verborgen moest blijven.

Maddy, wat heb je gedaan? Heb je enig idee welk risico je loopt? Realiseer je je niet dat de mensen de ergst mogelijke conclusies zullen trekken zodra hier iets van bekend wordt?

Ze sloot haar ogen en dwong zichzelf tot kalmte. De zon beukte op haar schouders en het gezang van de krekels klonk luid in haar oren.

Toen ze haar ogen weer opendeed, was ze nog steeds kwaad. Het zonlicht was zo fel dat het pijn deed aan haar ogen en alles om haar heen was verblindend helder. Het bloembed lag er verbluffend bij in het zonlicht: een vreugdeloze, formele rangschikking van droge grijze lavendel en klein gesnoeide lindeboompjes. Links van haar wierp een stijve reeks koningspalmen harde, zwarte schaduwen op het glimmend witte marmer van de oprijlaan. In de verte kon ze nog net de stenen huizen aan de Coast Road zien, en daarachter de glanzende Caribische Zee.

Geen schaduw en geen respijt. Nou, het is je eigen schuld dat je je parasol hebt vergeten, hield ze zichzelf geërgerd voor. Ze stond op en liep het bloembed langs, maar bleef toen weer staan. Ze wilde niet terug naar binnen.

Rechts van haar, achter de lage stenen muur van het bloembed, scheidde een haag de siertuin af van de stallen erachter. Voor de stallen, op een breed, zonnig stuk hard bruin gras, liep een stalknecht heen en weer met een kleine voskleurige merrie, waarschijnlijk om haar te laten afkoelen, terwijl een stelletje jongens toekeek vanaf de strobalen.

Sophie liep de trap op en leunde tegen de muur om toe te kijken. Toen hield ze haar hand boven haar ogen en fronste ze haar voorhoofd. De stalknecht met de merrie was dezelfde als die ze in Montpelier had gezien. Ze herkende zijn manier van bewegen;

de rechte rug en de gracieuze behoedzaamheid die haar aan Ben Kelly deden denken. Ze vroeg zich grimmig af hoe Alexander zich hieruit zou kletsen.

De stalknecht zette zijn cap af en veegde met zijn pols over zijn voorhoofd toen ze zich realiseerde dat hij haar niet alleen maar aan Ben Kelly deed denken, hij wás Ben Kelly.

Ze was niet eens zo vreselijk verbaasd. In zekere zin had ze het geweten sinds ze hem in Montpelier had gezien.

Het was Ben Kelly, en toch ook weer niet. De Ben Kelly die ze zich herinnerde – het beeld dat ze met zich mee had gedragen – was een broodmager straatschoffie van een jaar of veertien: niet echt meer een jongen, maar ook nog geen man, zijn gezicht gehard door een jeugd in de sloppen. De jongeman waarnaar ze nu keek moest... een jaar of tweeëntwintig zijn. Hij was nog steeds mager, maar had niets meer van een kind. Hij was netjes geschoren, had sluik zwart haar en een heel knap gezicht dat echter vastberaden leek niet te lachen.

Ze herinnerde zich wat Madeleine had gezegd toen ze haar op de veranda vertelde dat ze hem in Montpelier had gezien. *Welke Ben? Lieve hemel. Nou, zeg dat maar niet tegen Cameron, wil je?* Madeleine had geweten dat hij het was. En ze had niets gezegd.

Nou, Maddy, deze keer zul je je er niet uit kunnen kletsen, dacht Sophie kwaad. Evenmin als die zelfvoldane Alexander Traherne.

Ze duwde zich van de muur af en deed een stap naar voren. 'Jij was het dus toch in Montpelier,' zei ze luid en haar stem weerkaatste over het dode gras.

Hij draaide zich om, zag haar en verstarde. Hij stond maar vijf meter van haar vandaan. Ze stond dicht genoeg bij hem om te zien dat zijn gezicht verbleekte en zijn ogen zich verwijdden door de schok.

'Hallo, Ben,' zei ze. 'Ken je me nog? Sophie Monroe.'

Hij antwoordde niet, stond daar maar in de blakerende zon naar haar te staren. Naast hem schudde de kleine merrie haar manen uit en duwde speels haar neus tegen zijn schouder.

'Ik heb je gisteren gezien,' zei Sophie, 'in Montpelier. Maar je was al weg voor ik de kans kreeg je gedag te komen zeggen.'

Hij gaf nog steeds geen antwoord. In plaats daarvan maakte hij een lichte buiging – de perfecte stalknecht – zette toen tot haar verbazing zijn cap weer op, draaide zich om en liep met de merrie naar de stallen.

'Ben!' riep ze scherp. 'Kom terug!'

De staljongens zwegen en draaiden zich naar haar om. Sophie negeerde hen. 'Kom terug. Ik moet met je praten.'

Hij keek haar echter over zijn schouder aan en schudde zijn hoofd. Toen liep hij weg.

Ze wilde hem achterna lopen, maar zakte door haar knie en moest zich aan de muur vasthouden.

Ergens achter haar giechelde een vrouw. Sophie keek om zich heen en zag Amelia Mordenner en de lieflijke mevrouw Dampiere op de trap voor het huis naar haar staan kijken. Ze trok een lelijk gezicht naar hen.

Toen ze zich weer naar de stallen wendde, was Ben Kelly verdwenen.

4

Hij dacht dat alles goed ging tot hij Sophie zag.

Hij was tweede stalknecht op Parnassus. Het zou een kwestie van tijd zijn tot ze de oude Danny op stal zouden zetten om hem stalmeester te maken. Ben Kelly, stalmeester. Niet slecht.

Maar gisteren liep hij wat met Trouble heen en weer om haar af te laten koelen, en toen stond ze daar opeens: Sophie Monroe, volwassen inmiddels.

Hij had jaren niet aan haar gedacht. Niet één keer. Dat is heel gemakkelijk als je eenmaal weet hoe het moet. Je slaat gewoon het deksel dicht en richt je gedachten ergens anders op. Gewoon het deksel heel hard dichtslaan.

Hij dacht tenminste dat het zo werkte. Maar gisteren, heel even maar, was alles weer naar boven gekomen en was hij weer terug bij het begin. Negen jaar geleden in die fotozaak in de Portland Road, met dat deftige kind in haar roodgestreepte jurk dat hem zo'n waardeloos boek wilde geven.

'Ik dacht dat je het misschien wel wilde hebben,' zei ze alsof het de normaalste zaak van de wereld was. 'Dan kun jij ook lezen.'

Hij kon er maar niet uitkomen wat ze nou eigenlijk wilde. Hem dingen geven? Waarom? Hij werd er helemaal warm en stekelig van. Hij had haar pijn willen doen, zodat ze voortaan wel beter zou weten dan hem zomaar dingen te geven.

En gisteren, toen ze daar in het felle zonlicht naar hem stond te roepen dat hij terug moest komen om met haar te praten, had hij het weer gehad, dat warme en stekende gevoel in zijn borst.

Ach wat. Wat verwacht ze eigenlijk?

Het is nog donker. Alle anderen in de barak zijn nog diep in slaap. Hij kan het daar niet meer uithouden, dus trekt hij zijn kloffie aan, zet Sophie uit zijn gedachten en gaat naar de paarden. Het is een lange nacht geweest.

Wanneer hij klaar is met de paarden, haalt hij wat vers hooi voor Trouble, zijn favoriet, om haar eetlust op te wekken. Wat een belachelijke naam, Trouble. Degene die haar zo heeft genoemd had voor geen vijf cent verstand van paarden, want dit dier doet geen vlieg kwaad. Ze zou niet weten hoe. Ze heeft het te druk met prakkiseren wat de mensen van haar willen, zodat ze hen kan gehoorzamen, en niet met de zweep krijgt. Maar dat is gemakkelijker gezegd dan gedaan, aangezien ze een paard is en zo stom als het achtereind van een varken.

Nu staat ze dus tevreden op het hooi te knagen. Hij krabt haar achter haar oor als ze plotseling geschrokken haar hoofd opricht.

Het is meneer Alex, die al vroeg een rit wil maken. Trouble is bang voor hem. Misschien komt het door zijn gele handschoenen. Misschien is ze in het verleden geslagen door een stalknecht in een gele jas, of getrapt door een paard met een geel zadeldek. Of misschien ligt het gewoon aan meneer Alex.

'Wel, jongen,' zegt hij met die valse vrolijkheid die Ben doet knarsetanden. 'Zadel haar maar, als je wilt.'

'Wat, meneer?' zegt Ben, om tijd te rekken.

Meneer Alex schenkt hem een irritant lachje. 'De merrie. Zadel haar voor me. Als je daar tenminste geen bezwaar tegen hebt.'

Eerlijk gezegd heeft Ben dat wel. Het punt met Trouble is dat ze ooit heel slecht is behandeld. Ze was er afschuwelijk aan toe toen ze hier kwam: zat onder de luizen, was bang voor haar eigen schaduw en had allerlei slechte gewoontes. Ben was maanden met haar bezig. Hij behandelde haar met olie tegen de luizen en met spoelingen tegen de wormen; hij praatte constant tegen haar, zodat ze wist dat hij haar geen pijn zou doen. En wat die slechte gewoontes betrof, dat was gewoon een kwestie van verveling. Dus zette hij haar in een paardenbox waar ze uitzicht had op het erf en gaf hij haar een knolraap of een stuk touw om mee te spelen, en nu is ze hartstikke tevreden. Ze ziet er zelfs weer uit als een paard. Mooie, glanzende vacht en een goede loop.

Niet dat meneer Alex daar iets van ziet, en hij heeft ook nog niet op haar mogen rijden. Daar heeft Ben wel voor gezorgd. Het laatste wat ze nodig heeft is een hardhandige idioot als hij die aan haar teugels gaat zitten rukken.

'Ben je zover, m'n jongen?' zegt meneer Alex sarcastisch. Grappig dat hij Ben altijd 'm'n jongen' noemt, terwijl ze ongeveer even oud zijn.

'Ja, meneer,' zegt Ben met een tikje tegen zijn cap. 'Ik zal haar snel even wassen met zachte zeep.'

Meneer Alex fronste. 'Waar is dat voor nodig?'

'In verband met de luizen, meneer. Ze is ze nog niet helemaal kwijt, maar de laatste paar blijven altijd het langst zitten.'

Meneer Alex werpt hem een schattende blik toe, alsof hij denkt dat hij voor de gek wordt gehouden maar het niet zeker weet. Tenminste, niet zeker genoeg om de luizen te riskeren.

Dus stapt hij uiteindelijk op Eagle, een grote, snelle vos met weinig uithoudingsvermogen. Ze zijn voor elkaar gemaakt, die twee. Ben verbijt een grijns als hij hen nakijkt.

'Pas maar op, jongen,' zegt Danny Tulloch op weg naar de zadelkamer.

'Waarom?' vraagt Ben.

Danny trekt zijn zure oude gezicht in rimpels en spuugt op de grond. 'Je weet waar ik het over heb, jongen. Die kleine merrie is van meneer Alex, niet van jou. Als jij brutaal tegen hem bent, zet hij je zonder pardon op straat.'

Ben haalt zijn schouders op. 'Dan zal ik maar oppassen, nietwaar?'

Danny schenkt hem een zure grijns en schudt zijn hoofd.

Hij is een goeie vent, die Danny. Hij en Ben begrijpen elkaar. Danny is een neef van Grace McFarlane, Evies moeder. Zij heeft Ben jaren geleden ooit een dienst bewezen, en hij haar. Dus een neef van haar is wat hem betreft in orde, en zo ziet de oude Danny het ook.

Meneer Alex is inmiddels weg, dus doet Ben Trouble een eenvoudig leidsel om, springt op haar blote rug en rijdt met haar naar het strand, voor het jodium.

Het strand is oké: wilgenbomen, wit zand en heel helder water. Toen hij pas op Jamaica was, sliep hij daar altijd. Het was de enige plek waar hij wat rust kon vinden. Op andere plaatsen raakte hij vanbinnen helemaal in de knoop.

Het probleem was dat er te veel van alles was. Alle denkbare soorten fruit, die gewoon in het wild langs de kant van de weg groeiden. De bloemen en kleurige papegaaien, en de warme, schone, kruidige lucht. Het deed hem denken aan Kate en Robbie en de anderen die in Londen wegrotten in hun koude, modderige graven. Dan voelde hij zich beroerd. Het was toen dat hij had geleerd het deksel hard dicht te slaan.

Maar Trouble houdt van het strand. Dus galopperen ze een stukje, waarbij Ben laag boven haar nek hangt en mompelt: 'Ga door, lieverd, laat maar eens zien wat je kunt.' Ze doet het prima. Een echte kleine Jamaicaanse volbloed: ze is snel, houdt het lang vol en rent met lichte tred.

Na een poosje laat hij zich van haar rug glijden. Ze lopen de zee in. Hij laat het leidsel los en ze volgt hem als een hondje, blaast tevreden haar adem uit om hem te laten merken dat ze geniet. En wanneer hij weer op haar rug springt, draait ze zich om en knabbelt even aan zijn knie. Dat is paardenpraat voor: 'We zijn maatjes, jij en ik'. Hij beantwoordt het gebaar door met zijn vingers in haar nek te krauwen. Nog meer tevreden geblaas.

De laatste keer dat hij Sophie heeft gezien – dat wil zeggen voor ze naar Engeland ging – krabde ze ook haar pony in de nek. Ze was uit rijden met haar grootvader, een stukje voorbij Salt Wash. De oude man zat op een grote, sterke schimmel, en Sophie op een dikke, kleine Welsh Mountain-kruising. Ze was een jaar of veertien en ze reed schrijlings, in zo'n deelbare rok, misschien omdat ze op een dameszadel te veel last had van haar knie. En ze babbelde natuurlijk, en krauwde haar pony in de nek.

Ze zag Ben niet. Hij maakte deel uit van een wiedploeg in het suikerrietveld langs de weg en ze zag hem niet. Waarom zou ze ook? Hij had haar kunnen roepen, maar deed het niet. Wat voor zin had het? Zij was klasse en hij niet. Allemaal goed en wel als je kinderen bent, maar als je ouder bent moet je niet van alles door elkaar gooien.

Madeleine begrijpt dat. Laatst in Montpelier hadden ze elkaar aangekeken. Ze had geglimlacht en gezegd: 'Hallo, Ben, je ziet er goed uit,' maar daarna had ze nauwelijks nog een woord gezegd. En ze had gelijk. Ze mochten in Londen dan vrienden zijn geweest, maar dat was jaren geleden. Je moet de dingen niet door elkaar gooien.

Dat moet Sophie ook inzien. Zoals ze gisteren naar hem keek. Min of meer verbaasd, en misschien een tikkeltje gekwetst omdat hij niet met haar wilde praten.

Maar daarna – o, wat had ze die mevrouw Dampiere lelijk aangekeken toen ze door haar knie zakte en ze haar uitlachten! Ze was dus nog even fel als vroeger.

Een keer in Londen waren ze in de keuken van die nicht Lettice en hij stond bij de deur, klaar om te verdwijnen bij het eerste teken dat er problemen kwamen, terwijl Madeleine, Sophie en Robbie aan tafel soep zaten te eten. Plotseling draaide Sophie zich om op haar stoel, trok haar katoenen jurk een paar decimeter op en rolde haar kous omlaag. 'Kijk, Ben, ik heb een blauwe plek.' Daarbij wees ze naar een kleine roze zwelling op de schoonste knie die hij ooit had gezien.

'Dat is geen blauwe plek,' had hij gesnauwd.

'Dat is het wel,' hield ze vol.

O, ze was beslist fel. Het vreemde was echter dat ze ook heel gemakkelijk te kwetsen was. Zoals toen ze hem dat prentenboek gaf en hij tegen haar snauwde en haar honingkleurige ogen even vol tranen stonden.

Had hij haar gisteren dan ook gekwetst door weg te lopen? Ach wat. Wie kon het wat schelen?

In Londen was er eens een ouwe kerel geweest, meneer McCluskie, die had gezegd: 'Weet je wat, Ben Kelly, jij bent beter dan je zelf denkt. Waarom geef je jezelf geen kans?' Maar dat is onzin. En hoe eerder Sophie dat inziet hoe beter.

Hij brengt Trouble in een korte galop, steekt de Coast Road met haar over en rijdt de poort van Parnassus door. De huizen zijn groot en van steen. Ze hebben blinde vensters en een Latijns motto boven de deur. *Deus mihi providebit*. Danny's broer Rueben, die priester is in Coral Springs, zegt dat het betekent: God zal voor mij zorgen.

Nou, dat mag dan zo zijn in het geval van Alexander Traherne, Madeleine Lawe of Sophie Monroe, maar als je Ben Kelly heet betekent het helemaal niks. God laat de Kelly's aan henzelf over.

Nou en? Zo gaat het in de wereld. Maar het punt is, dat je geen dingen door elkaar moet gooien.

Het is middag wanneer hij terugkomt. Het stalerf ligt er leeg en stil bij onder een beukende zon. Niets dan het rode stof, en de krekels die in je oren klinken.

Hij wrijft Trouble droog. Nu kijkt ze over de deur van haar paardenbox heen, helemaal gelukkig en ontspannen.

Trouble is een fijn paard. Als hij haar 's ochtends haar voer brengt, hinnikt ze naar hem. Het eerste paard dat hij ontmoette – echt ontmoette zogezegd – deed dat ook. Tot hij de baan in Berner's Mews had gekregen, had hij nooit over paarden nagedacht. Maar op zijn tweede dag daar had die haveloze oude vos naar hem gehinnikt. Hij vroeg meneer McCluskie waarom hij dat deed en de man zei: 'Het komt doordat je hem gisteravond gevoerd hebt, jongen.'

'Nou en?' zei Ben. 'Dat wil toch niet zeggen dat ik dat weer zal doen?'

'Nee, maar dat weet hij niet, of wel soms?'

Zo zijn paarden. Weinig verstand, maar ze vergeten niets. Nooit. Wat een manier van leven. Alles onthouden. Alles over Madeleine en Sophie, en over Robbie en de anderen en... en Kate. Verdomme. Hij maakte zich nog liever van kant.

Dus nu is het middag, en de dames gaan op visite. Ze willen altijd graag dat Ben hen rijdt, omdat een blanke stalknecht wat meer cachet heeft dan een zwartje. Dus moet hij zich opdoffen in zijn geitenleren broek, hoge laarzen en strakke, blauwe jasje met hoge kraag. Allemaal om de verfijnde dames rond te rijden, zodat ze elkaar visitekaartjes kunnen geven.

Vanmiddag doet alleen mevrouw haar ronde, dus is hij op tijd terug voor de thee. Maar juist op dat moment gaat er een groep uit rijden. Er moeten vier paarden worden opgetuigd, waardoor hij alsnog de thee misloopt.

Meneer Alex en meneer Cornelius rijden met mevrouw Dampiere naar Waytes Lake. Ze hebben het allebei op haar voorzien en ze nemen juffrouw Sib mee om het respectabel te maken. Daar gaan ze dan. Maar een uur later is meneer Cornelius alweer terug, helemaal verhit en boos. De merrie van juffrouw Sib loopt kreupel. Ben moet haar een vers paard brengen en met het kreupele dier teruglopen.

Ben vertrekt op Samson. Hij rijdt door de rietvelden in zuidwestelijke richting naar Waytes Valley. Hij vindt het fijn om alleen te zijn. Niets dan het kraken van het tuig en de wind in het riet. Rechts van hem ziet hij de uitgestrekte vlakte van de Queen of Spain's Valley, die meneer Traherne heeft gekocht van Sophies grootvader. Links in de verte staat de reuzenbamboe langs Fever Hill Road.

Hij vindt hen aan de zuidzijde van Waytes Valley, verwisselt de zadels en helpt juffrouw Sib op Samson. De merrie is inderdaad kreupel. Het zal een lange wandeling terug worden.

Nu hebben die deftige lui echter ruzie. Juffrouw Sib heeft hoofdpijn en wil naar huis, maar ze wil niet dat de stalknecht haar brengt, want dat zou te langzaam gaan. Ze wil haar broer en mevrouw Dampiere. Meneer Alex wil daar echter niets van weten; hij wil met mevrouw Dampiere naar het meer. Ja, natuurlijk wil hij dat.

Uiteindelijk wint juffrouw Sib het natuurlijk en moet meneer Alex zich een heer tonen en haar naar huis begeleiden. Dan komt mevrouw Dampiere tussenbeide. 'Ik had me er zo op verheugd naar het meer te gaan,' zegt ze op verontschuldigende toon. 'Ik vraag me af, Alex, of het te veel moeite zou zijn... Zou de stalknecht me de weg kunnen wijzen?'

Ze is een mooie meid. Jong en vriendelijk, met licht goudkleurig haar, verraste grijze ogen en een kleine, roze mond. Het soort dat altijd haar zin krijgt.

Meneer Alex knarsetandt, glimlacht en zegt: 'Maar natuurlijk.'

Dan zegt hij tegen Ben met de kreupele merrie naar het huis op Waytes Point te lopen. Daar moet hij een vers paard halen en de dame naar het meer brengen.

'Ja, meneer,' zegt Ben. Alsof hij dat zelf al niet bedacht had.

Meneer Alex kijkt hem lelijk aan. Hij heeft de ogen van de Trahernes: lichtblauw en in het midden zwart en bodemloos, als van een geit. 'Zorg dat je voor donker terug bent,' zegt hij met een waarschuwende klank in zijn stem. 'En ga nu maar, jongen.'

Dus nu zijn ze op weg naar Waytes Point, hij en mevrouw Dampiere. Weldra staat de kreupele merrie in een weiland te grazen en zit Ben op de rug van Gambler, die zeker vijftien jaar oud is, maar blij reageert op het uitje. Mevrouw Dampiere rijdt achter hem, ze zegt geen woord, en dat vindt Ben prima. Hij weet niet goed wat hij van haar moet denken. Waarom moest ze nou gaan staan lachen toen Sophie bijna viel?

Hij gooit echter het deksel dicht en binnen een half uur zijn ze bij het meer. Het stelt niet veel voor. Gewoon een stenen dam om het water tegen te houden dat van de heuvels omlaag komt, met slijmerig groen water erachter. Het is niet Bens favoriete plekje. Dat dode water, gesmoord door waterlelies. De grote, ziekelijk gele bladeren. Het stinkt er naar dood en verrotting.

Mevrouw Dampiere lijkt dat echter niet te merken. Ze stoppen onder een groepje bomen bij de dam en ze zegt dat hij haar van haar paard moet helpen. Het is het eerste wat ze die middag tegen hem heeft gezegd.

Terwijl hij voor de paarden zorgt loopt zij de dam op. Die is goed te belopen en meer dan een meter breed. Aan de ene kant kun je een lelijke val maken in de doornstruiken en aan de andere kant stroomt het slijmerige, groene water; dus gaat hij achter haar aan, om op haar te letten. Meneer Cornelius zou hem villen als ze eraf viel.

Halverwege de dam gebeurt dat inderdaad bijna. Hij biedt haar zijn arm aan, die ze zwijgend aanneemt.

Ze draagt een donkerblauw rijkleed, erg strak om de taille, lange, zwarte handschoenen met zwarte parelknoopjes en een klein hoedje met een donkerblauwe sluier. Bij haar hals is een lok goudblond haar ontsnapt.

Om de een of andere reden doet dat hem aan Sophie denken toen ze nog klein was. Haar haar was niet zo fijn als dat van mevrouw Dampiere, maar dik en stug als paardenmanen, en rossig. Maar nu is het donkerder, eerder lichtbruin. Afgezien daarvan is ze niet veel veranderd. Ze was nooit een schoonheid, niet zoals Madeleine. Ze is te mager en ziet er uit alsof ze problemen zal veroorzaken. Die rechte zwarte wenkbrauwen en die mond. Kleine deukjes bij de hoeken, die dieper worden als ze pruilt. Nee, ze is geen schoonheid, maar ze is wel opgegroeid tot het soort meisje dat je nog eens nader wilt bekijken.

Doe het deksel dicht, houdt hij zichzelf woedend voor. Houd het deksel erop wat Sophie Monroe betreft. Ze is niet je maatje, dat is ze nooit geweest. Ze is boven je stand.

'Dus hier gaan jullie zwemmen,' zegt mevrouw Dampiere, zijn gedachten onderbrekend.

Hij kijkt haar aan. 'Ik neem aan dat sommige mensen dat wel doen, mevrouw.'

'Maar jij niet?'

'Mevrouw?'

'Ga jij hier niet graag zwemmen?'

'Nee, mevrouw.'

Ze buigt voorover om de waterlelies te bestuderen. 'Hoe heet je?' vraagt ze zonder hem aan te kijken.

'Kelly, mevrouw.'

'Kelly. Dus je bent Iers?'

'Nee, mevrouw.'

'Maar je teint is wel Iers... of misschien moet ik zeggen Keltisch. Hoewel ik veronderstel dat je niet weet wat dat betekent. Maar Kelly is een Ierse naam.'

'Mijn pa was Iers, mevrouw.' En moge de klootzak eeuwig branden in de hel.

'Aha, dus je lijkt op je vader?'

'Nee,' zegt hij snel, voor hij zich kan inhouden.

Ze kan zien dat ze hem geraakt heeft. Haar zachte, kleine mondje vertrekt tot een glimlach.

Dan begrijpt hij wat voor vrouw ze is. Het is simpel. Ze is een flirt.

Veel van de dames zijn dat. Het is gewoon een spelletje dat ze spelen. Ze bevelen je, en je gehoorzaamt en het gaat allemaal heel correct; maar zo nu en dan laten ze merken dat ze beseffen dat je ook een man bent. Ze doen het alleen omdat ze zich vervelen, en negen van de tien keer laten ze het daarbij en gebeurt er verder niets.

Aan de overkant van het meer vliegt een grote blauwe reiger op van een houtblok. Mevrouw Dampiere blijft kijken tot hij nog maar een stipje in de lucht is. 'Ze slaan hun vrouwen,' zegt ze, zonder zich om te draaien.

'Mevrouw?' zegt hij, een beetje geschrokken.

'De Ieren. Ze slaan hun vrouwen. Dat heb ik tenminste gehoord.' Ze draait zich om en kijkt hem aan. 'Ik vraag me af, Kelly, of jij dat ook doet.'

Hij bukt en slaat een graszaadje van zijn laars. 'Het wordt tijd dat we teruggaan, mevrouw,' zegt hij. De perfecte stalknecht.

Ze schenkt hem een wrange glimlach. 'Inderdaad, Kelly. Inderdaad.'

Dus lopen ze terug naar de paarden. Hij is opgelucht omdat ze doet alsof er niets gebeurd is. Ze wijst met haar zweepje naar de bomen en vraagt hoe ze heten. Ze zegt dat ze nieuw is op Jamaica en dat het allemaal nog wat vreemd voor haar is.

Dus natuurlijk werkt hij mee. 'Dat is een guango, mevrouw.'

'En die met die veervormige bladeren?'

'Poinciana. En die ernaast,' voegt hij eraan toe, omdat hij nog steeds kwaad op haar is, 'dat is een mimosa, mevrouw. Wat de zwartjes "shame o'lady" noemen.'

Daar moet ze om lachen. Ze heeft wel lef.

In de schaduw van de poinciana blijft ze staan. Hij denkt dat ze wacht tot hij haar paard gaat halen, maar dan maakt ze de kleine parelknoopjes van haar handschoen los en begint hem uit te trekken.

O, verdomme. Verdomme. Ze meent het. Niet hier. Niet nu. Niet nu hij Sophie nog in zijn hoofd heeft zitten.

'Weet je, Kelly,' zegt ze, terwijl ze aan elk van de vingers van haar handschoen trekt, 'meneer Cornelius geeft nogal over je op. Wist je dat?'

Hij zegt niets. Waarom zou hij, voor de duivel?

Trek, trek, trek, en de eerste handschoen is uit. Ze gooit hem in het gras.

'In feite,' zegt ze wanneer ze aan de tweede handschoen begint, 'zegt hij dat je alles kunt berijden. Is dat waar?'

Hij geeft nog steeds geen antwoord. Dat verwacht ze ook helemaal niet van hem.

Ze gooit de tweede handschoen neer, licht haar sluier op, trekt haar hoedenspelden los en legt de hoed op de grond. 'Misschien moet ik je uitleggen dat meneer Cornelius je daarmee een compliment gaf.'

Hij staart haar nietszeggend aan. 'Ik zou het niet weten, mevrouw.'

Ze houdt haar hoofd schuin en kijkt hem aan. 'Jij toont je gevoelens niet graag, is het wel, Kelly?'

'Ik heb geen gevoelens, mevrouw. Ik ben een stalknecht.'

'O, is dat zo?' Ze steekt haar hand uit een strijkt langzaam met haar vinger over zijn onderlip. 'Geen gevoelens? Dat geloof ik niet. Niet met zo'n mond.'

Hij schraapt zijn keel. 'Ik zal uw paard halen, mevrouw. Het wordt nu gauw donker. We moeten...'

'Als je niet doet wat ik zeg,' onderbreekt ze hem, 'dan vertel ik meneer Cornelius dat je vrijpostig bent geweest. Dan laat ik je ontslaan.'

Heel even dacht hij erover te zeggen: ga je gang, slijmerig kreng. Maar waarom zou hij zich om haar laten ontslaan? En bovendien, als hij Parnassus verlaat, wie zal er dan op Trouble letten? Trouwens, waarom aarzelt hij? Ze is heel mooi. Het is ook niet zo dat hij niet weet hoe het moet.

Ze komt dicht bij hem staan en legt haar hoofd in haar nek om zijn gezicht te bestuderen. Haar ogen glanzen. Tussen haar lippen kan hij haar roze tong zien. Hij wil haar bij de schouders pakken en door elkaar schudden tot haar tanden klapperen; tot ze weet hoe het is om te worden gebruikt.

Ze brengt haar hand omhoog en maakt het bovenste knoopje van zijn jas los. Haar nagels krassen over zijn keel en hij deinst terug. 'Kopschuw,' zegt ze glimlachend. Kopschuw, als een paard. Alsof hij verdomme een dier is in plaats van een man. Woede balt samen in zijn onderbuik.

Ze maakt het volgende knoopje los en het volgende. Daarna de knopen van zijn hemd en die van zijn onderhemd. Ze legt haar gemanicuurde hand plat op zijn buik. Hij spant zijn spieren aan als ze de koude halvemaantjes van haar nagels in zijn huid drukt.

Haar glimlach wordt breder. 'Maak je geen zorgen. Ik zal je geen pijn doen. Maar ik hoop ten zeerste dat jij mij pijn gaat doen.'

Het is ver na middernacht. Hij is aan het strand, probeert haar geur van zich af te spoelen in de zee. De wind is scherp en het water is koud, maar het is schoon en zout, precies wat hij nodig heeft.

Ze waren laat terug op Parnassus. Natuurlijk gaf ze hem daar de schuld van. Ze zei dat hij verdwaald was. Meneer Alex maakte hem belachelijk waar iedereen bij was en meneer Cornelius gaf hem een uitbrander en hield een week van zijn loon in.

Ze bleef staan kijken tot het haar begon te vervelen, wierp hem toen haar teugels toe en liep weg. Dezelfde vrouw die kreunend, naar zijn rug klauwend en schreeuwend om meer onder hem in het gras had gelegen.

Ze had hem in moeilijkheden gebracht omdat ze dat kon, en omdat ze wist dat ze ermee weg kon komen, dat hij haar niet terug kon pakken. Nou en? Zo zijn de mensen. Ze zijn tot alles in staat als ze weten dat ze ermee weg kunnen komen; als ze weten dat je het ze nooit betaald zult kunnen zetten.

Even sluit hij zijn ogen. Hij stelt zich voor dat hij een miljonair is die het de hoge heren en dames betaald zet. Maar het probleem daarmee is dat Sophie ook bij de hoge heren en dames hoort. En hij kan haar niets betaald zetten, of wel? Want zij heeft hem nooit iets aangedaan.

De gedachte daaraan brengt dat warme, stekende gevoel in zijn borst weer terug. Hij grauwt en drukt zijn knokkels in zijn ogen.

Denk er dan niet aan, stomme idioot. Denk niet aan Sophie of Madeleine, of wie dan ook. Keer ze gewoon je rug toe. Keer ze je rug toe en sla het deksel hard dicht.

5

Het punt was dat Ben Kelly nooit tegen haar gelogen had. Hij was geringschattend en nors geweest, en één keer had hij haar bijna aan het huilen gemaakt, maar hij had nooit tegen haar gelogen. 'Wat heeft dat verdorie voor zin?' zou hij gezegd hebben als ze het hem gevraagd had. 'Als je de waarheid niet aankunt, is dat jouw probleem.'

De eerste keer dat ze elkaar ontmoetten was in 1894 in Londen, in de fotostudio aan Portland Road waar Maddy een handje hielp. Vroeg op een mistige ochtend in maart had ze Sophie meegenomen als verrassing voor haar tiende verjaardag. Ze waren op twee ongelooflijk smerige straatschoffies gestuit die op zoek waren naar iets om te stelen.

Sophie noch Madeleine had ooit eerder een straatschoffie ontmoet. Dus in plaats van ze de studio uit te jagen of een politieagent te roepen, pakte Maddy een houten geweer van de plank en riep: 'Stop, dief!' met wat Sophie een ongelooflijke tegenwoordigheid van geest vond. En omdat geen van de jongens een echt geweer van een namaakgeweer kon onderscheiden, verstarden ze als in het nauw gedreven dieren.

'Wat hebben jullie daar in je zakken?' beet Maddy de jongens boos toe.

Schoorvoetend leegden de jongens hun zakken. Er vielen diverse rotte appels en een peer op de toonbank.

De meisjes waren stomverbaasd. Elke week kocht meneer Rennard, de eigenaar van de fotostudio, een schaal fruit voor het geval een van zijn modellen verlevendiging behoefde met wat hij 'enige achtergrond' noemde. Deze week was hij er echter niet aan toe gekomen het fruit te vervangen.

'Wat wilden jullie daarmee gaan doen?' vroeg Maddy, de vraag onder woorden brengend waaraan Sophie dacht.

'Opvreten natuurlijk,' snauwde de oudste jongen, alsof ze iets heel doms had gezegd. 'Wat dacht je dan?'

'Maar die zijn rot,' zei Maddy. 'We wilden ze weggooien.'

'Nou, ken je zien hoe weinig je weet,' mompelde hij.

Sophie was gefascineerd. Ze had nooit iemand als hij ontmoet. In feite had ze helemaal weinig mensen ontmoet, want nicht Lettice stond niet toe dat ze met andere mensen omgingen. En natuurlijk waren de armen dubbel verboden, omdat het hen aan moreel ontbrak en ze ziekten bij zich droegen.

Hij zei dat hij Ben Kelly heette; zijn broertje heette Robbie. Al zijn antwoorden waren even smalend, want hij wist dat hij meer van de wereld had gezien dan zij tweeën.

Sophie kwam weer op adem en probeerde niet te staren. Hij zag grauw van het vuil en stonk als een rioolrat, maar dat droeg in haar ogen alleen maar aan zijn bekoring bij. Hij leek een duveltje uit een andere wereld; zoiets als een exotisch en gevaarlijk verjaardagscadeau.

Zijn broertje Robbie had een bochel, klittend peentjeshaar en een saai gezichtje vol vertrouwen. Een met korsten bedekte blote voet was onhandig verbonden met krantenpapier. Hij moest op één been staan terwijl hij met open mond naar Maddy staarde. Stukjes half kapot gekauwde appel vielen op zijn trui.

Ben was lang en mager. Onder de dikke laag vuil op zijn gezicht zat een zuivere beenderstructuur die Sophie deed denken aan een beeld in een kerk. Toen zag ze zijn ogen en voelde ze een vaag, koud ontzag over zich komen. Ze had nog nooit iemand gezien met groene ogen. Ze besloot dat hij een wisselkind moest zijn, dat afstamde van een ras van meermannen, of misschien van koning Arthur. Ze kon wel zien dat hij ouder was dan zij, maar tot haar verbazing wist hij niet hoe oud. Het leek hem ook niets te kunnen schelen. 'Weet ik veel,' zei hij schouderophalend. 'Dertien? Wat kan jou dat schelen?'

Ze vroeg zich af hoe hij dan zijn verjaardag vierde.

Ze had medelijden met Robbie, maar met Ben nooit. Vanaf het begin had ze alleen maar vrienden met hem willen zijn. Om zijn aandacht te trekken raapte ze haar moed bijeen. Ze besloot hem haar nieuwe boek te laten zien.

'Ik was vorige week jarig,' zei ze, snel pratend, zoals altijd wanneer ze nerveus was. 'Ik heb geen feestje gehad omdat we niemand kennen. Daarom is het zo leuk dat we jullie nu zijn tegengekomen...'

'Sophie...' zei Maddy met een waarschuwende blik.

'...maar Maddy heeft me *Black Beauty* gegeven,' ging ze door met een smekende blik op haar zus, 'en het is zooo mooi. Ik heb het al twee keer gelezen.' Ze legde het op de toonbank en schoof het in zijn richting.

Hij keek even naar de kalfsleren kaft en bekeek het toen wat beter. Ze voelde een rilling van triomf toen hij met zijn smoezelige wijsvinger over de vergulde hals van het paard streek. Toen keek hij op en zei hij: 'Het hoofdstel zit verkeerd.'

Ze was onder de indruk. 'Weet jij veel van paarden?'

'Ben heeft bij Berners Koetshuizen gewerkt en...' zei de kleine Robbie op zangerige toon, alsof hij het van buiten had geleerd.

'Kop dicht,' snauwde zijn broer. En toen tegen Sophie: 'Je kunt dus lezen. Nou en?'

Ze knipperde met haar ogen. 'Maar iedereen kan toch lezen.'

Toen zag ze dat Maddy haar hoofd schudde en haar scheef toelachte alsof ze wilde zeggen: *O, Sophie toch!* en zag ze plotseling haar fout in. Ze was geschokt. Zelf zat ze elk vrij moment met haar neus in de boeken; ze was echt dol op lezen. Het was nooit bij haar opgekomen dat er misschien mensen waren die het niet konden.

Ze vroeg zich af hoe dat moest zijn. Als je nooit een boek kon inkijken, was je buitengesloten. De hele wereld was dan grauw. Maar toch niet voor hem?

'Het spijt me vreselijk,' zei ze oprecht. 'Het was niet mijn bedoeling om... uh... Kun je niet lezen?'

'Ik ken het alfabet wel, hoor,' snauwde hij.

Dichter bij een leugen was hij tegenover haar nooit gekomen. Ze kwam er later achter dat hij maar een paar weken naar school was geweest. Dat was toen ze daar soepbonnen uitdeelden. En doordat hij pienter was, had hij de meeste letters wel opgepikt, al had hij niet geleerd hoe hij ze tot woorden aaneen moest rijgen.

Op dat moment wist ze daar echter nog niets van. Ze worstelde nog steeds met het idee niet te kunnen lezen. Toen kreeg ze een plan. 'Maddy heeft hier een paar boeken voor de kinderen van klanten,' zei ze, met een vragende blik op haar gezicht naar een lade achter de toonbank lopend.

Maddy knikte en zette het geweer op haar heup.

'Om ze bezig te houden,' vervolgde Sophie ademloos. Ze keek hem over haar schouder aan, zag zijn koele, ernstige blik en draaide zich verward weer om naar de lade. 'Misschien wil je er ook een hebben,' ging ze verder, 'dan kun jij ook lezen. Het gaat over een cavaleriepaard in de Krimoorlog. Dat vind je vast leuk, omdat je van paarden houdt.'

Ze dacht dat hij blij zou zijn, of misschien wel dankbaar. In plaats daarvan tuurde hij met nors onbegrip van haar naar het prentenboek. Hij zag er uit alsof ze hem dodelijk beledigd had. 'Ik ga het echt niet lezen, hoor,' snauwde hij terwijl hij het uit haar hand graaide. 'Ik ga het verkopen!'

Ze dacht dat ze hem verkeerd begrepen had. Ze probeerde te glimlachen en zei tegen hem dat hij terug kon komen voor een ander boek, als hij dit uit had. Tot haar afgrijzen maakte dat het alleen maar erger.

'Ben je niet goed snik? Waarom zou ik terugkomen?'

Er sprongen tranen in haar ogen. Ik ga niet huilen, hield ze zichzelf dapper voor. Ik ga echt niet huilen.

Maddy kwam haar te hulp. Ze keek de jongen heel streng aan en hij bond in, waardoor Sophie haar zelfrespect behield. Even later mompelde hij: 'Kom mee, Robbie, tijd dat we gaan,' en daarop vertrokken ze.

Sophie stond bij de deur haar tranen te verbijten. Ze keek hen na toen ze in de gele mist verdwenen en begreep niet wat ze verkeerd had gedaan.

Pas later besefte ze dat hij gewoon niet had geweten hoe hij anders moest reageren. Hij was als een hond die zijn hele leven niets dan slaag had gehad, en alleen maar kon grauwen naar iemand die hem een bot voorhield.

Ze dacht dat ze hem nooit meer zou zien, maar een paar maanden later kwam hij terug.

Het was kort nadat de man van nicht Lettice was gestorven en hen bankroet had achtergelaten. Madeleine had uitgelegd wat dat betekende: arm, althans arm naar de maatstaven van nicht Lettice, want ze moesten kokkie en Susan ontslaan en hun kleren zwart laten verven in plaats van nieuwe te kopen voor de rouwperiode. Maar het betekende niet arm zoals Ben en Robbie. Dat begreep Sophie wel.

Het was een warme, zweterige dag in augustus. Nicht Lettice had een slaappoeder genomen en was gaan liggen. Sophie en Madeleine waren in de keuken de lunch aan het klaarmaken. Sophie zat op de tafel. Ze liet haar benen bungelen. Madeleine roerde in de soep en las hardop voor met een grappige stem. Plotseling ging de deur van het souterrain open en stonden ze daar.

Sophies hart zwol pijnlijk op. 'Maddy, kijk! Het zijn Ben en Robbie!'

Hij bleek te hebben gehoord dat 'die ouwe hen platzak had achtergelaten', en hij had hen gevonden door 'navraag te doen' en nu kwamen ze even langs om 'te zien hoe het zat'.

Maddy schonk hem een koele blik en zei dat hij de deur dicht moest doen, dus kwam het op Sophie neer om hun het gevoel te geven dat ze welkom waren. 'Mag ik hun de salon laten zien?' smeekte ze haar zus. En toen, tegen Ben: 'Daar is een glas-inloodraam dat Maddy afschuwelijk vindt, maar ik vind het schitterend. Net als in een kerk.'

Hij schonk haar zijn argwanende, teruggetrokken blik. Ze realiseerde zich vol afgrijzen dat ze te veel praatte. Alweer.

Maddy wilde hen niet in de salon laten, omdat ze alleen maar dingen zouden stelen. Sophie vond haar grof, maar Ben leek het helemaal niet erg te vinden. Hij grijnsde zelfs naar Maddy en zei goedkeurend: 'Nou, je begint het te leren.'

Daarna praatten hij en Maddy over het bankroet, terwijl Sophie zelfbewust met Robbie babbelde en zich afvroeg wat ze moest doen om ervoor te zorgen dat Ben zo naar háár grijnsde. Ze was vastberaden hem deze keer niet voor het hoofd te stoten. Er zou geen herhaling komen van het prentenboekfiasco. Toen Maddy haar vroeg de tafel te dekken, keek ze hem niet eens aan. Ze liep naar het dressoir, pakte van alles vier stuks en zette het servies op de tafel. Jawel, hij kon soep krijgen als hij wilde. Ze bedacht dat het leek op een eekhoorn lokken met een stukje brood en dat stemde haar wat hoopvoller, want daar was ze altijd heel goed in geweest.

Maddy schepte vier kommen vol soep en zette ze op de tafel. Maar toen zij, Robbie en Sophie gingen zitten, bleef Ben nerveus bij de deur staan.

Om een onplezierige stemming te voorkomen bleef Sophie praten terwijl ze hem vanuit haar ooghoeken in de gaten hield. Aanvankelijk keek hij toe terwijl zij aten, maar na een poosje begon hij om zich heen te kijken, naar de pannen en het porselein op de kast. Hij zag er niet verbitterd of afgunstig uit. Hij bekeek het gewoon allemaal met aanvaarding, alsof hij begreep dat wat Madeleine 'arm' noemde niets met zijn leven te maken had.

Tien minuten later leunde hij nog steeds tegen de deur. Sophie besloot de zaak in eigen hand te nemen. 'Kijk, Ben,' zei ze, 'ik heb een blauwe plek. Ik ben van de trap gevallen en heb mijn knie gestoten.'

'Sophie...' mompelde Madeleine met haar mond vol soep.

Sophie negeerde haar, draaide zich om in haar stoel en stroopte haar zwarte kous af om het hem te laten zien.

'Dat is geen blauwe plek,' zei hij minachtend.

'Dat is het wel,' beet ze terug, 'en het doet pijn ook.'

Ze was woedend op zichzelf omdat ze tegen hem was uitgevallen, maar tot haar verbazing lachte hij alleen maar schamper.

Toen kwam hij dichterbij, nam plaats aan de tafel en werkte met een geconcentreerde frons drie kommen soep naar binnen.

Ze voelde een golf van triomf. Ze had slechts een vaag idee van hoe ze het had bereikt, maar ze had hem aan tafel weten te krijgen en dat was het belangrijkste.

Ze praatten wat over hun ouders en stelden vast dat die allemaal dood waren. Nou, dat hebben we in elk geval gemeen, dacht Sophie blij.

Toen hief Robbie zijn hoofd lang genoeg op om een van zijn schijnbaar erin gestampte verhaaltjes op te dreunen. 'Ma had rood haar, net als ik, maar pa was net zo zwart als Ben. Pa sloeg haar; daardoor ging ze dood. Toen nam Ben me mee en pa ging ook dood, en Ben zei: "Net goed." Ma stuurde ons er altijd opuit om hop te plukken. Daardoor is Ben zo sterk, maar ik was eigenlijk te klein. En we hadden twee hele kamers in East Street, met een apart bed voor de kinderen, en elke zondag moest Ben het eten uit de oven van de gaarkeuken halen: rundvlees en gebakken beslag en aardappels.'

Sophie was gefascineerd. Maar twee kamers? En zo te horen hadden ze niet eens een eigen keuken. Geen wonder dat hij zo naar die van hun had staan staren.

Ze wilde wat vragen, maar Ben gaf Robbie een draai om zijn oren en zei dat hij zijn mond moest houden, en Robbie grinnikte en deed wat hem gezegd werd. Ook dat fascineerde haar. Ben was net een herdershond wat zijn broertje betrof: hij maakte dat de jongen naar hem luisterde en snauwde tegen hem als hij dat niet deed, maar beschermde hem ook.

Maddy was tegenover haar net zo, alleen sloeg ze haar niet. Na de soep, toen Maddy tegen Sophie zei dat ze Robbie de tuin moest laten zien, aarzelde ze niet, hoewel ze wanhopig graag binnen wilde blijven bij Ben.

Hoe kon ze weten dat Maddy alles zou verpesten en hem het boek, *De ondergang van de derwisjen*, zou geven dat Sophie zelf een paar weken geleden had uitgezocht en van haar eigen geld had gekocht voor het geval hij terug zou komen?

Ze was buiten met Robbie, en liet hem de varens in potten van nicht Lettice zien, toen ze Ben geërgerd om zijn broertje hoorde roepen. 'Kom hier, Rob, opschieten! We gaan weg!'

Robbie zette zijn pet op en haastte zich de trap af. Tegen de tijd dat Sophie de keuken bereikte, waren ze allebei op weg naar buiten, Ben met een gezicht als onweer en met *De ondergang van de derwisjen* onder zijn arm geklemd.

Sophie was woedend. 'Ik wilde hem dat boek geven!' schreeuwde ze tegen haar zus toen ze weg waren. 'Ik heb het gekocht, het was míjn cadeautje!'

'Het spijt me,' zei Maddy, 'dat was ik vergeten.'

'Wat heb je tegen hem gezegd dat hij er zo snel vandoor ging?'

'Niets,' zei Maddy zonder veel overtuigingskracht. 'We hadden het alleen over geld verdienen. En... dat soort dingen.' Sophie wist zeker dat er meer was. Maddy kon haar soms gek maken met haar geheimzinnigheid.

Wekenlang hing Sophie in de keuken rond, voor het geval dat Ben terug zou komen. Ze dagdroomde erover om boeken met hem te ruilen en hem te imponeren met haar kennis van de derwisjen. Maar hij kwam niet terug.

Toen werd ze plotseling ziek. Het kleine roze plekje op haar knie werd een pijnlijke zwelling. Ze had 's nachts koorts en was 's ochtends slap en moe. Uiteindelijk werd de dokter erbij gehaald. Hij betastte haar knie en sprak het gevreesde woord uit. Ze lag in bed naar de grimmige gezichten boven haar te kijken en was voor het eerst van haar leven echt bang.

De aandoening maakt zich voor het eerst kenbaar, stond in het medische boek dat Maddy uit Mudies bibliotheek had geleend, *met een kleine laesie, zoals een kneuzing, via welke de tuberculosebacillen waarschijnlijk toegang krijgen tot het organisme.*

Het organisme. Dat was zíj.

Haar wereld kromp ineen tot haar slaapkamer.

Nicht Lettice was verontwaardigd dat een 'pupil' van haar zo ziek werd. Maddy deed geheimzinnig. Ze zag Ben Kelly nog een paar keer – zonder Sophie natuurlijk – en gaf uiteindelijk toe dat ze hem over de tuberculose had verteld.

Sophie was woest. Daarna geschokt. En vervolgens – toen hij haar niet kwam opzoeken – wanhopig. Ze wist waarom hij wegbleef. Het kwam door de tuberculose. En nu zou hij nooit meer terugkomen.

Toch bleef ze daarop hopen. Ze schreef in een geheime code over hem in haar dagboek. Ze dacht na over hoe ze zich zou gedragen als ze hem weer zag: of ze kwaad en uit de hoogte zou doen, of zich zou opstellen alsof ze niet had gemerkt dat hij weg was geweest.

Toen het uiteindelijk zover was, deed ze natuurlijk geen van beide.

Het was juli 1895. Ze woonden inmiddels ruim acht maanden op Fever Hill toen Maddy – op een toon die geen tegenspraak duldde – voorstelde dat Sophie met Jocelyn een ritje naar Falmouth zou maken, 'voor verandering van lucht'.

De waarheid was dat Maddy zich zorgen over haar maakte. Dat deden ze allemaal. Hoewel haar gezondheid na hun komst naar Jamaica verbeterd was, was ze de afgelopen weken gestaag achteruit gegaan. En niemand wist dat beter dan zijzelf. Ze was afschuwelijk mager en geel geworden, en zo zwak dat wanneer ze probeerde te lopen met de gehate beugel en het blokje onder haar andere voet om het verschil in lengte te compenseren, ze nauwelijks de kracht had om haar krukken te gebruiken.

Het was marktdag in Falmouth en het plein was vol mensen toen zij op het bankje op de veranda van het gerechtsgebouw zat te wachten tot Jocelyn terugkwam om haar op te halen. Het plein was lawaaierig en kleurrijk: de kassiebomen vol met grote trossen gele bloesem, de negerdames in fel groene, zachtpaarse en oranje bedrukte jurken. Sophie had er nauwelijks oog voor. Ze voelde zich banger en eenzamer dan ooit.

Het werd van kwaad tot erger op Fever Hill. Maddy was ongelukkig en teruggetrokken en wilde niet zeggen waarom. Er werd volop gefluisterd in huis; ze waren omringd door ziekte en dood. Een geestenboom had haar schaduw gestolen en ze zou sterven.

Er was niemand met wie ze kon praten. Ze kon niets vertellen tegen de oude mensen, zoals Jocelyn en oudtante May; en Clemency was wel aardig, maar nog niet vertrouwd genoeg om haar hart bij uit te storten. En het ergst van alles was dat ze Maddy niet meer kon bereiken; ze leek zelf te veel duistere geheimen met zich mee te dragen om tijd vrij te kunnen maken voor Sophie.

Er was niemand, absoluut niemand die haar kon helpen.

Maar toen had ze plotseling, door een wolk rood stof, Ben zien staan aan de andere kant van het plein. Háár Ben, uit Londen. Het was onmogelijk. Hij kon toch niet hier in Jamaica zijn, net nu zij hem het hardst nodig had... Maar hij was er wel.

Na de eerste schok werkte ze zich overeind en schreeuwde zijn naam zo hard ze kon. 'Ben! Ben! Hier ben ik!' Ze zwaaide zo wild met haar zonnehoed dat ze bijna omviel.

Na wat een eeuwigheid leek – waarin ze was vervuld van angst dat hij haar niet zou zien en voor altijd zou verdwijnen – hoorde hij haar eindelijk. Even bleef hij doodstil staan. Geen glimlach, alleen een plotselinge, behoedzame onbeweeglijkheid toen hij haar opmerkte.

Ze had het amper in de gaten. Ze had het te druk met lachen en huilen en roepen. En toen ze hem door de menigte dichterbij zag komen, zag ze hoezeer hij veranderd was. Hij was groter en sterker geworden – ze kwam er later achter dat hij op een suikerboot had gewerkt voor zijn passage naar Jamaica – en het meest opvallende was dat hij zo schoon was. Zijn zwarte haar glansde, zijn huid was niet langer grauw maar licht gebruind, en hij droeg een schone, blauwe werkbroek en een katoenen shirt. En iemand moest hem verteld hebben hoe hij zijn tanden kon schoonmaken met een takje, want toen hij tegen haar praatte, waren zijn tanden niet langer grauw maar wit.

'Hoe gaat het, Sophie?' zei hij terwijl hij op de veranda sprong. Hij nam zijn gerafelde strohoed af en ging aan het andere uiteinde van de bank zitten. Toen keek hij haar vragend aan, alsof hij haar de dag tevoren nog had gezien.

Ze ging onhandig zitten, liet haar krukken vallen en was nauwelijks in staat adem te halen. 'Wat ben je gegroeid,' babbelde ze, 'en bruin geworden! En je hebt nieuwe kleren en... en alles.'

'En ik stink niet meer,' zei hij grijnzend en raapte haar krukken op.

Ze lachte wat verlegen.

'En kijk jou eens,' zei hij. Toen vervaagde zijn grijns.

Ze zag dat hij iets probeerde te bedenken, maar niet wist wat hij moest zeggen, omdat ze er zo vreselijk uitzag en hij niet tegen haar wilde liegen. Ze bedacht dat hij weliswaar wist van de tuberculose, maar haar nog nooit met de beugel of de spalk had gezien. En hij had haar ook nooit zo mager en geel gezien. Ze streek haar rok glad over haar knieën. Haar handen waren vreselijk benig. Haar opgewektheid verdween. 'Ik dacht dat ik je nooit meer zou zien,' zei ze. 'Je bent nooit afscheid komen nemen.'

'Ik kon niet. Ik zat in de penarie,' zei hij.

'Wat is dat?'

'In de problemen. De smerissen zaten achter me aan.'

'De sme... o, de politie bedoel je.' Ze knikte. 'Ik dacht al dat het zoiets zou zijn.' In feite had ze dat helemaal niet gedacht. In haar fantasie had ze hem een interessante maar geneeslijke ziekte toegedicht die het hem onmogelijk maakte haar te zien, en hem tegelijk anders zou doen denken over tuberculose. Ze besloot niet te vragen in wat voor problemen hij verzeild was geraakt. Het volstond om te weten dat hij niet was weggebleven vanwege haar ziekte. Maar het leek onbeleefd er helemaal niets over te zeggen.

'Hmm,' probeerde ze, 'die problemen... Is alles nu weer in orde?'

Hij wendde zich af en keek naar het plein. Het lichte trekken van zijn gezichtsspieren vertelde haar dat ze ernaast zat. Ze werd bevangen door angst.

'Waar is Robbie?'

Hij hield zijn adem in. 'Hij is hier niet,' mompelde hij.

Toen wist ze het: dood. Arme Robbie, arme Ben.

Ze besloot het onderwerp te laten rusten. Als hij haar erover wilde vertellen, deed hij dat heus wel. En zo niet, dan had het geen zin ernaar te vragen. In plaats daarvan vroeg ze hem hoe hij in Jamaica gekomen was.

Hij dacht even na en vertelde haar toen dat hij op een boot had gewerkt.

'Jeetje, wat opwindend,' zei ze zo opgewekt als ze kon. Het was duidelijk dat hij nog steeds aan Robbie dacht. 'Ben je zeeziek geweest?'

Hij schudde zijn hoofd.

'Ik ook niet. En Maddy ook niet.' Ze wrong met haar handen. Het was moeilijk om niet aan Robbie te denken. Ze vroeg zich af hoe hij gestorven was en of ze hem weer zou zien als ze zelf naar de hemel ging. Ze dacht de laatste tijd veel aan de dood. Ze kon niet anders. De kans was groot dat de geestenboom zijn zin zou krijgen en dat ze spoedig zou sterven. Om die gedachte opzij te zetten, pakte ze haar beursje. Ze wilde Ben wat van haar zakgeld geven. Maar ze had beter moeten weten. Hij duwde het nijdig weg. Ze deed haar beursje dicht en klemde het in haar benige vingers. 'O, Ben,' stamelde ze, 'ik ben zo blij dat je er bent.' Toen barstte ze in tranen uit.

Ze leek een eeuwigheid te huilen; met luide, hikkende snikken. Door het snikken heen voelde ze dat hij even haar arm aanraakte en haar mouw schoonveegde, alsof hij die stoffig had gemaakt. 'Wat is er, Sophie?' zei hij bruusk.

Toen kwam het er allemaal uit. De spanning op Fever Hill. Haar doodsangst voor de geestenbomen. Haar vreselijke overtuiging dat ze zou sterven.

Tot haar grote opluchting zei hij niet dat ze niet zo idioot moest doen. En hij probeerde ook niet haar op te vrolijken. Hij luisterde gewoon zonder haar te onderbreken. Toen stelde hij een paar vragen en zei dat ze er met niemand over moest praten. Vervolgens bleef hij even zwijgend naar de venters op het plein zitten kijken zonder hen echt te zien. 'Goed,' zei hij toen. 'Laat het maar aan mij over. Ik regel het allemaal wel. Maar dan moet jij meewerken. Goed?'

Ze knikte en snoot beverig haar neus. 'Wat moet ik doen?'

'Niks zeggen, tegen niemand, en ophouden met piekeren en zorgen dat je beter wordt.'

En op de een of andere manier, door de wetenschap dat hij op Jamaica was, was haar dat gelukt. Haar eetlust keerde terug. Na die dag had ze voor het eerst in weken een rustige nacht. Maar ze zag hem nooit meer. Hij was opnieuw geruisloos als een kat uit haar leven weggeslopen. Dat wilde zeggen, tot nu toe.

6

'Sophie, wat ben je aan het doen?' vroeg Madeleine toen ze zag dat haar zus haar handschoenen aantrok.

'Dat lijkt me duidelijk,' antwoordde Sophie. 'Ik ga op visite.' Ze zette haar hoed op en stak er een hoedenspeld doorheen.

'Maar je hebt een hekel aan visites. En je kunt ook niet opeens van Parnassus wegblijven.'

'Ik ga niet naar Parnassus.'

'Je weet wat ik bedoel. De enige reden dat je naar Fever Hill gaat is dat Sibella vandaag bij Clemency op bezoek gaat en...'

'Dan kan ik dus zowel Sibella als Clemmy zien,' onderbrak Sophie haar. 'Precies. Twee vliegen in één klap.'

'Bedoel je geen drie?'

Sophie antwoordde niet. Sinds hun bezoek aan de Trahernes werd ze heen en weer geslingerd tussen woede om de risico's die Madeleine nam, en frustratie over het feit dat ze haar niets vertelde. Ze had haar zuster echter niet met Alexander Traherne geconfronteerd. Wat had het voor zin? Ze zou toch alleen maar ontkennen. Nee, de enige manier om de waarheid te achterhalen was Ben dwingen het haar te vertellen. Hij had nog nooit tegen haar gelogen en ze was er vrij zeker van dat hij dat nu ook niet zou doen.

Ze had de dag na de theeparty al geprobeerd haar plan ten uitvoer te brengen. Ze had het koetsje geleend en was naar Parnassus gereden 'om Sibella op te zoeken'. Maar tot haar ergernis was Ben er niet geweest. Van de oude Danny Tulloch had ze gehoord dat hij naar Waytes Valley was gestuurd. De volgende dag was

Sibella naar Eden gekomen om haar op te zoeken, maar was ze zelf weg geweest. Het leek wel alsof het lot haar van haar plan probeerde te weerhouden.

'Je hoeft niet naar Fever Hill te gaan om Sibella te zien,' hield Madeleine aan. 'Je ziet haar over een paar dagen op de picknick van het Historisch Genootschap.'

'Maar daar gaat Clemency niet heen, wel dan?' zei Sophie liefjes. 'En ik moet echt bij haar langs, vind je ook niet?'

Madeleine zuchtte. 'Nou, wat je ook doet,' zei ze zacht, 'bezorg Ben geen problemen. Dat zou niet eerlijk zijn.'

Sophie bleef stilstaan met nog een hoedenspeld in haar hand. 'Je geeft dus toe dat hij op Parnassus is?'

'Maar natuurlijk. Hij werkt daar al bijna twee jaar.'

'Maar... Maddy. Waarom heb je me dat nooit verteld?'

'Sophie...'

'Hij was mijn vriend.'

'Juist daarom heb ik het je niet verteld.' Fronsend plukte ze aan het lakwerk van de spiegellijst. 'Luister, Sophie. Je voelde kalverliefde voor hem toen je klein was...'

'Dat is niet waar,' zei Sophie verontwaardigd.

'...maar nu is alles anders. Je bent geen kind meer. Je kunt jezelf niet te kijk zetten zoals je op Parnassus hebt gedaan.'

'Dat heb ik helemaal niet,' mompelde Sophie zonder veel overtuiging.

'Ja, dat heb je wel. Sibella heeft je gezien, net als die logee van Rebecca, en de helft van het personeel.'

Slimme Madeleine, dacht Sophie. De aandacht van haar eigen besognes afleiden door zich op mij te concentreren. 'Ik had mezelf niet "te kijk hoeven zetten" als jij wat opener tegen me was geweest,' antwoordde ze.

Ze keken elkaar via de spiegel aan.

'Waarom kun je niet een beetje vertrouwen in me hebben?' vroeg Madeleine. 'Waarom kun je de dingen niet laten zoals ze zijn?'

'Hoe zou ik dat kunnen? Hoe kan ik gewoon maar toekijken en

de dingen laten voor wat ze zijn als ik zie dat er iets verkeerd gaat?'

Madeleine opende haar mond om te antwoorden, maar schudde toen haar hoofd. 'Jij doet altijd je eigen zin. Je bijt je ergens in vast en laat gewoon niet meer los.'

Ze behandelt me als een kind, dacht Sophie boos toen ze in Romilly de brug overstak en noordwaarts reed over Eden Road. Me in het duister laten tasten alsof ik te jong ben om de waarheid aan te kunnen. Wie denkt ze wel dat ze is? Ze vond het vreselijk om zo over haar eigen zus te denken; vreselijk om zo boos op haar te zijn, maar ze kon er niets aan doen.

Naast haar in het koetsje zat Fraser toonloos tussen zijn tanden door te fluiten, zich onbewust van het feit dat hij als excuus was meegenomen. Zodra ze het huis hadden bereikt en Sibella veilig bij Clemency bleek te zitten, wilde Sophie hem meenemen naar de stallen 'om naar de paarden te kijken'.

Bij de grote guangoboom sloeg ze linksaf, Fever Hill op. Ze reed westwaarts tussen de rietvelden van Bellevue door. Drie kilometer verderop draaide de weg naar het noorden en volgde de loop van Green River, tot het grote huis voor haar opdoemde: reusachtig, met gesloten luiken, eenzaam op de kale, bruine heuvel.

Ze voelde een steek van schuldgevoel tegenover Clemency. Het was niet eerlijk om haar te bezoeken als excuus om met Ben te kunnen praten. Clemency verdiende beter. En ze had hulp nodig. 'Ze is in jaren niet van de plantage af geweest,' had Cameron haar de vorige avond verteld. 'Ze eet nauwelijks... behalve laudanum, natuurlijk. Ze mengt het met pimentdrank om de smaak te verdoezelen. Probeer haar over te halen bij ons te komen wonen.' Om haar geweten te sussen had Sophie besloten dat inderdaad te doen.

Tot haar frustratie was er echter niemand toen ze voor de trap stilhielden. Sibella's rijtuigje was nergens te zien, en Clemency en haar nicht zaten ook niet op de galerij thee te drinken.

Fraser zoog zijn lippen naar binnen, sprong omlaag en liep naar het hoofd van het paard. 'Zal ik het koetsje naar de stallen brengen?'

'Zet het paard hier maar vast,' mompelde Sophie met een blik op de gesloten luiken. Haar woede was weggezakt en had alleen twijfel aan zichzelf overgelaten. Misschien had Maddy gelijk en moest ze zich er niet mee bemoeien.

Dode bladeren ritselden triest toen ze de trap opliep naar de galerij. Die was leeg en donker en rook naar verlatenheid en verval. Er lag veel stof op de vloer; het rieten meubilair was versleten en beschimmeld. Maar iemand had een poot van de bank vervangen door een stapel boeken en het zichzelf gemakkelijk gemaakt met een haveloze plaid. Op de vloer ernaast lagen enkele zaterdagbijlagen van de *Gleaner* en Clemency's zilveren schaar en knipselboeken. Op een bijzettafeltje naast een oude kerosinelamp stond een glimmend zilveren fotolijstje met de vertrouwde foto van de begrafenis.

'Clemency?' riep Sophie. Haar stem weergalmde door het donkere huis. 'Clemmy?'

Geen antwoord. Ze voelde weerzin om naar binnen te gaan. Het was altijd al een vreemd huis geweest. Een plek van schaduw en gefluister, in zichzelf gekeerd. Tijdens zijn laatste jaren was Jocelyn nauwelijks nog de bibliotheek uit gekomen, terwijl zijn oude tante, in de hele familie bekend als oudtante May, in genadeloze afzondering op de bovenverdieping had gewoond, en Clemency heen en weer fladderde tussen haar kamers en de familiebegraafplaats.

Maar nu was Jocelyn dood, en woonde oudtante May in Falmouth. Alleen Clemency was achtergebleven. Ze werd verzorgd door Grace McFarlane, die elke dag de klim vanuit het oude vernielde slavendorp aan de voet van de heuvel maakte.

Vanmiddag was zelfs Clemency echter nergens te vinden. Sophie haalde ongeduldig haar horloge te voorschijn. Ze zuchtte. Vijf uur. Volgens Madeleine kwam Sibella gewoonlijk rond vier uur hierheen.

Fraser tekende met de punt van zijn laars een pijl in het stof. 'Tante Clemmy zal wel op de begraafplaats zijn. Daar drinkt ze meestal thee.'

'Maar ik kan hier onmogelijk weg,' fluisterde Clemency. Ze gaf Sophie haar theekopje aan en wuifde met haar bleke, uitgedroogde handen in de richting van de doden. 'Hoe kan ik dit alles in de steek laten?'

Opnieuw verbeet Sophie haar frustratie. Ze hadden Clemency alleen aangetroffen op het bankje onder de poinciana die zijn schaduw over de graven wierp. Geen teken van Sibella. Toen Sophie vroeg of ze nog verwacht werd, keek de vrouw haar alleen maar nietszeggend aan.

'Soms komt juffrouw Traherne later,' zei Fraser die Sophies teleurstelling aanvoelde. Daarop rende hij weg om zijn speelgoedsoldaatjes op een grafsteen te gaan zetten.

Sophie hoopte dat hij gelijk had, maar bedacht wel dat aangezien zij aan de andere kant van de heuvel zaten, ze het rijtuigje niet eens zou horen als Sibella inderdaad nog kwam. Sibella kon wel aan komen rijden, niemand thuis treffen en weer vertrekken. En zij zat hier gevangen op deze deprimerende plek: een overwoekerde open plek omzoomd door kokospalmen en wilde lindebomen, waar zeven generaties Monroes de eeuwen wegdroomden in een wirwar van pluimasperge en lang, zilverkleurig gras.

Haar ongeduld verbijtend wendde ze zich weer tot Clemency en richtte zich vastberaden op haar taak. 'Je zou het heerlijk vinden op Eden,' zei ze zo overtuigend mogelijk, 'en de kinderen zouden het fantastisch vinden om je bij zich te hebben.'

Tot haar verbazing trok Clemency echter geschokt haar porseleinblauwe ogen wijdopen. 'Stil nou! Anders voelt Elliot zich buitengesloten!'

Sophie aarzelde. 'Clemmy, lieverd, Elliot is al negenentwintig jaar dood.'

Fraser keek op van zijn huzaren en tuurde belangstellend de

begraafplaats rond. Volgens Madeleine beschouwde hij zijn overleden familielid als een soort schimmige vriend die zich graag verstopte in het hoge gras.

'Stil!' fluisterde Clemency weer, alsof de bewoner van het kleine marmeren graf haar zou kunnen horen en beledigd zou zijn. 'Dat weet ik heus wel, Sophie, maar ik zie niet in dat het iets uitmaakt.'

Haar zoon was in 1873 twee dagen na zijn geboorte overleden. Door een samenloop van omstandigheden was hij niet gedoopt. Tien jaar lang had ze zich gekweld met de overtuiging dat hij in de hel was. Toen had Cameron haar ervan weten te overtuigen dat Elliot in de hemel was, en was ze weer opgebloeid. Voor het eerst in jaren had ze zich overdag weer buitenshuis gewaagd. Ze was zelfs weer naar de kerk gegaan, maar het was een vals ochtendgloren geweest. Geleidelijk had het idee dat haar zoon vanuit de hemel op haar neerkeek post gevat in haar brein, tot hij een alziende, vermanende, bijna goddelijke aanwezigheid was geworden aan wie ze nooit kon ontsnappen.

Sophie zette haar theekopje terug op het blad en probeerde het nog eens. 'Je zou hier maar een uur rijden vandaan zijn en je zou elke dag hierheen kunnen als je wilt.'

'Dat zou niet hetzelfde zijn.' Clemency haalde een klein flesje pimentdrank uit haar zak, goot een beetje in haar theekopje en dronk het op, met een verontschuldigende glimlach naar Sophie.

Sophie dwong zichzelf de glimlach te beantwoorden. Zoals altijd bij Clemency ervoer ze een steek van indirect schuldgevoel. Deze onderdanige en toch vreemd koppige vrouw was ooit met haar vader getrouwd geweest. Getrouwd en vervolgens verlaten voor Rose Durrant.

Clemency had nooit een woord van verwijt geuit. Het viel zelfs te betwijfelen of ze zich wel herinnerde dat ze een echtgenoot had gehad, want ze was alleen met hem getrouwd omdat haar broer Cornelius dat wilde. De bepalende gebeurtenis in haar leven was niet de verdwijning van haar echtgenoot geweest, maar de dood van haar kindje. Ze had haar verlies om zich heen gewikkeld als een sjaal en zich volledig op haar verdriet toegelegd. Al bijna dertig jaar droeg ze niets anders dan saaie witte rouwkleding en waren haar kamers behangen met begrafenisfoto's van haar dode baby. En toen haar haren weigerden wit te worden van verdriet, had ze ze zelf grijs geverfd.

Ze was nu eenenvijftig, maar leek eerder dertig; haar bijzondere jong-oude trekken nog steeds teer en knap, altijd een verontschuldigende blik in haar grote blauwe ogen. Behalve als het ging over het vertrekken van Fever Hill.

Sophie roerde in haar thee en verzette zich tegen de deprimerende invloed die deze plek altijd op haar had. Haar afschuwelijke, oude voorvader Alasdair lag daarginds in de verste hoek. Haar grootvader Jocelyn lag dichtbij, na vijf eenzame decennia herenigd met zijn beminde jonge vrouw Kitty. En haar vader Ainsley lag onder de lage leistenen zerk waarop Fraser nu met zijn loden huzaren zat te spelen. Haar vader, die een spoor van verwoeste levens had achtergelaten: een onwelkome herinnering aan de risico's die Madeleine liep.

'O, kijk,' zei Fraser, opkijkend van zijn veldslag, 'daar is juffrouw Traherne.'

Gelukkig, dacht Sophie. Ze stond op, pakte haar parasol en schonk Clemency een glimlach. 'Ik herinner me net dat ik Fraser had beloofd hem de paarden te laten zien. Vind je dat erg? Ik ben zo terug.'

Haar hart klopte onaangenaam snel toen ze de verdorde gazons overstaken en het pad naar de stallen opliepen. Fraser rende als een jonge hond voor haar uit en kwam telkens teruglopen, als om zich ervan te overtuigen dat ze volgde. Ze vond het niet echt prettig dat ze hem zo gebruikte, vooral omdat hij met het onfeilbare vertrouwen van een zesjarige met haar idee had ingestemd.

'Je raadt nooit wie er op het stalerf is,' zei hij ademloos tegen haar terwijl hij aan haar hand trok om haar tot spoed te manen. 'Evie! Ze kan dieren maken van restjes riet. Ze heeft een giraffe gemaakt voor mijn verjaardag en die is echt prachtig!'

O nee, dacht Sophie. Ze wilde Evie weer zien, maar niet hier. Niet nu, nu ze met Ben moest praten. Ze stapte ongerust van het overschaduwde pad het zonovergoten stalerf op. Aan de andere kant zag ze Sibella's rijtuigje staan. Ernaast zette Ben, zonder pet en in hemdsmouwen, een emmer water voor het paard neer. Op de zitting van het rijtuigje zat een kleurlinge in een roze jurk tegen hem te babbelen en met haar benen te zwaaien.

Fraser rende over het erf. Evie draaide zich om en keek glimlachend op hem neer. Toen zag ze Sophie. Ze zei iets tegen Ben. Hij rechtte zijn rug, veegde zijn handen af aan zijn broek en keek Sophie behoedzaam, zonder glimlach, aan.

Ze voelde zich vreselijk verlegen toen ze over het erf naar hem toe liep. Ze moest zich inspannen om niet mank te lopen. 'Hallo, Ben,' zei ze met alle nonchalance die ze kon opbrengen. 'Hallo, Evie, hoe is het met je? Het is leuk je weer te zien.'

Vanuit haar ooghoek zag ze Ben zijn mouwen afrollen en zijn pet en jasje pakken. Hij beantwoordde haar groet niet.

'Hallo, Sophie,' mompelde het andere meisje met een verlegen glimlach. 'Ik vind het ook leuk jou weer te zien.'

Als kind had Sophie altijd ontzag gehad voor Evie, die behalve een jaar ouder ook knapper en gezonder was, een geheime geboortedagnaam had en een moeder die een heks was. Nu zag Sophie dat het kind was uitgegroeid tot een adembenemend mooie jonge vrouw. Donkere, amandelvormige, bijna oosterse ogen; perfecte gelaatstrekken; een vlekkeloze koffiekleurige huid. Sophie voelde zich te opzichtig gekleed in haar overdadige onflatteuze middagjapon en met haar handschoenen en haar parasol met ruches.

Ze draaide zich om en schonk Ben een naar wat ze hoopte vriendelijk knikje. Hij knikte ook, maar keek haar niet aan. Fraser kwam dichterbij en keek naar hem op met het voorzichtige respect dat kleine jongetjes hebben voor de mysterieuze broederschap van stalknechten. Onbeholpen vouwde Sophie haar parasol dicht en stak de punt in het stof. Vroeger zou Ben naar haar gegrijnsd hebben en gezegd hebben: 'Hoe is het met je, Sophie?' Maar nu was alles anders.

Zichzelf hatend om haar lafheid wendde ze zich weer tot Evie. 'Ik vroeg me al af wanneer we elkaar weer tegen zouden komen,' zei ze opgewekt. 'Ik wist niet dat je een betrekking had aangenomen op Fever Hill.'

'Dat heb ik niet,' antwoordde Evie met haar zachte Creoolse accent. 'Ik geef les in Coral Springs.'

Ze was te beleefd om zich beledigd te tonen over het feit dat ze voor een dienstmeid werd aangezien, maar Sophies wangen brandden. Evie was altijd heel pienter en ambitieus geweest. Hoe kon ze nou zo'n blunder maken?

Evie trok zich er echter niets van aan en begon te vertellen over de dissertatie over de plaatselijke geschiedenis waar ze in de weekenden aan werkte.

'Mijn grootvader had een hoop oude documenten,' zei Sophie snel om iets goed te maken van haar vergissing. 'Je kunt de bibliotheek gebruiken zo vaak je wilt. Heus.'

Evie glimlachte en bedankte haar, maar ze wisten allebei dat ze het nooit zou doen.

Wat klink ik toch gewichtig, dacht Sophie. De blanke dame die een gul gebaar maakt tegenover de kleurlinge. Ze schraapte wat er nog van haar moed restte bij elkaar en draaide zich om naar Ben. 'Hallo, Ben,' zei ze, maar herinnerde zich toen dat ze hem al begroet had.

Hij tikte respectvol tegen zijn pet. 'Gaat het om het paard, juffrouw?' mompelde hij met zijn blik op de grond gericht.

'Het paard?'

'Uw paard, juffrouw. Het staat nog voor. Ik heb het een emmer water gegeven. Wilt u dat ik het naar achteren breng?' Hij keek haar nog steeds niet aan en er lag een vastberaden uitdrukking op zijn gezicht, alsof hij van tevoren had besloten hoe hij zich zou gedragen.

'Uh, nee. Nee, dank je, dat hoeft niet.' Ze beet op haar lip. 'Ben... Het spijt me als ik je laatst in verlegenheid heb gebracht. Ik bedoel, op Parnassus.'

'U hebt me niet in verlegenheid gebracht, juffrouw,' mompelde hij. 'En... Zegt u maar Kelly, juffrouw. Niet Ben. Het is beter zo, als u begrijpt wat ik bedoel.'

Weer voelde ze dat ze bloosde. Zo moet het dus zijn, dacht ze. Madeleine had dus toch gelijk. *Alles is nu anders. Je bent geen kind meer.*

Ze keek naar haar parasol en trok er een streep mee in het stof. 'Zoals je wilt,' zei ze. 'Nou, ik zal je verder niet van je werk houden, ik wil je alleen nog één ding vragen. Ik geloof dat ik je maandag heb gezien, in Montpelier?'

Hij keek fronsend naar zijn laarzen. 'Dat kan ik me niet herinneren, juffrouw.'

O nee, dacht ze ontmoedigd. Niet jij ook. 'Weet je het zeker?' vroeg ze.

Hij knikte.

Er volgde weer een gespannen stilte. Evie zat in het rijtuigje naar haar schoenen te staren. Ben draaide fronsend zijn pet om in zijn handen.

Sophie vroeg zich af waarom ze eigenlijk gekomen was. Wat deed ze hier? Wat kon ze hiermee bereiken, behalve dat ze het iedereen, ook haarzelf, alleen maar moeilijker maakte?

Ze keek naar de jongeman die met gebogen hoofd en zijn zwarte haar voor zijn ogen voor haar stond, en realiseerde zich dat ze zich in hem vergist had. In haar gedachten had ze hem tot iets gemaakt dat hij nooit zou kunnen zijn. Hij was maar een stalknecht. Zijn huid was gebruind door de wind en de zon, en zijn handen ruw van het werk in de stal. Hij was een eenvoudige jongeman die zich had opgewerkt uit de sloppen – die voor zijn doen heel wat had bereikt, maar die nooit meer zou zijn dan een eenvoudige jongeman. Hij was geen bijzondere vriend, zoals ze als kind had gedacht. Hij dacht niet zoals zij.

Het was een trieste gedachte, die haar een gevoel van verlies gaf. Ze had iets verloren dat er feitelijk nooit was geweest, en ze realiseerde zich pas nu hoeveel waarde ze eraan had gehecht.

Fraser kwam haar te hulp. Misschien voelde hij dat er iets mis was. Hij kwam dichter bij haar staan, pakte haar hand vast en keek glimlachend naar haar op: een kleine bondgenoot in matrozenpak. Ze voelde een golf van dankbaarheid.

'Wel,' zei ze, hem in zijn grijze ogen kijkend, 'Fraser en ik moeten maar eens terug. Tot ziens, Evie, ik zie je vast binnenkort weer. En succes met je dissertatie. Tot ziens... Kelly.'

'Tot ziens, Sophie,' zei Evie met haar verlegen glimlach.

'Juffrouw,' zei Ben met een knikje in haar richting.

Het pad leek eindeloos lang en ze wist dat ze kreupel liep. Ze voelde hun ogen in haar rug branden.

Toen ze echter een blik achterom wierp, zag ze dat Ben niet eens keek. Hij stond onder de buik van het paard gebogen om het gareel opnieuw vast te maken. Alleen Evie keek hen na, met een vreemd intense uitdrukking op haar knappe gezichtje.

Fraser hield nog steeds haar hand vast en liep met grote, langzame passen naast haar. 'Tante Sophie,' zei hij fronsend.

'Ja?'

'Hebt u gezien dat de stalknecht van juffrouw Traherne groene ogen heeft?'

Ze antwoordde niet.

'Betekent dat dat hij een wisselkind is? Mamma heeft ons daar ooit over voorgelezen. Het betekent dat hij als baby is gestolen en omgeruild, en dat hij eigenlijk een prins is.'

'Onzin,' mompelde Sophie. 'Hij is geen wisselkind. Hij is gewoon een stalknecht.'

Ze vond Clemency en Sibella in de bibliotheek. Clemency probeerde haar systeem van het reorganiseren van de boeken uit te leggen, en Sibella verloor al snel haar geduld. '*Bonne chance,*' mompelde ze terwijl ze ten afscheid haar wang tegen die van Sophie drukte. 'Als ik nog een tel langer blijf, verlies ik mijn zelfbeheersing. Kom, lieve Fraser, ga jij maar met mij mee naar buiten.'

'Maar het principe is niet ingewikkeld,' zei Clemency, terwijl ze een hand door haar grijs geverfde haar haalde en er een paar haarspelden op het parket vielen. 'Ik vind het niet meer dan gepast dat de mannelijke schrijvers apart worden gezet van de vrouwelijke.'

Sophie bukte zich om de haarspelden op te rapen. Ze benijdde Sibella. Ze wilde zelf ook weg. Ze voelde zich eenzaam en verloren en kon niet veel meer van Clemency's gepraat verdragen, vooral niet in deze kamer vol boeken en herinneringen. Aan de muur hing het sombere oude schilderij van Strathnaw, eronder het daguerreotype van Kitty. Ze miste Jocelyn ontzettend. *Alles is nu anders. Je bent geen kind meer.*

'...tenzij ze natuurlijk met elkaar getrouwd zijn,' vervolgde Clemency, 'in welk geval ze samen een plank krijgen.'

Sophie ademde diep in en drukte haar vingers tegen haar ogen. 'Staan de Brownings daarom op de vloer?'

'Precies,' zei Clemency. 'Zie je, ik heb nog geen plank voor ze gevonden. Die arme lieve Jocelyn had zo'n gigantische verzameling.'

Sophie pakte een oud schrijfboek op en bladerde het snel door. Het leek het journaal van een opzichter. Misschien moest ze het aan Evie geven als zoenoffer.

'O, lieve hemel!' riep Clemency uit in een van haar verbazingwekkende stemmingswisselingen. 'Het spijt me verschrikkelijk!'

Sophie staarde haar aan. 'Wat spijt je?'

'Ik herinner het me ineens. Dit is allemaal van jou! En ik loop hier alles overhoop te gooien alsof het van mij is.'

'Clemmy...'

'Ik was het helemaal vergeten! Die beste Cameron heeft het me uitgelegd toen Jocelyn dood was, maar ik was het vergeten. Wat vreselijk van me dat ik weigerde weg te gaan toen je me dat vroeg! Ik ga meteen weg. Nu meteen.'

'O, Clemmy, stop! Stop.'

Gehoorzaam hield de oudere vrouw haar mond dicht. Ze begon als een kind op haar lippen te bijten.

Sophie keek om zich heen naar de dierbare boeken, en naar Clemency's knappe, jong-oude gezicht, dat vertrokken was van spanning. Ze had alles verkeerd aangepakt. Ze had Evie uit de hoogte behandeld, Ben in verlegenheid gebracht en nu ook nog deze arme vrouw van streek gemaakt, die ze had moeten helpen. Madeleine had gelijk. Ze moest zich niet overal mee bemoeien. Ze maakte het alleen maar erger.

Ze nam Clemency's warme, droge handen in de hare. 'Je kunt hier blijven zo lang je wilt. Voor altijd, als je dat fijn vindt. Begrijp je me?'

Clemency keek naar haar mond en knikte.

'Goed, dat is dan geregeld.' Ze masseerde haar slapen. 'En nu, waar zetten we de Brownings neer?'

De nacht valt snel over het oude slavendorp. Evie zit op de trap samen met haar moeder fufu te eten en probeert het zwarte onbehagen uit haar hart te weren.

Muskieten vliegen gonzend rond, de krekels en de kikkers zetten hun avondlied in, en Patoo roept hoe-hoe in de kalebasboom.

Evie huivert. Sophie heeft problemen, of krijgt ze binnenkort. Wat die problemen inhouden weet Evie niet. Maar er komen moeilijkheden, dat is zeker. Ze heeft de tekenen gezien.

'Hé, Patoo!' schreeuwt Grace. 'Ga van mijn erf af!' En de uil spreidt zijn vleugels en vliegt weg. Tevreden trekt Grace nog een keer aan haar pijp. Dan kijkt ze met samengeknepen ogen naar Evie. 'Je ziet er uit of je zorgen hebt, meisje. Probeer me te vertellen.'

Evie schudt haar hoofd. 'Dit ik kan zelf regelen.'

Verdorie. Waarom praat ze thuis toch altijd patois? Zodra ze hier is, lijkt haar opleiding van haar af te vallen als een paar oude sandalen die ze voor de deur laat staan.

Dat is een van de dingen die ze zo vreselijk vindt aan hier wonen. Patois praten en buiten eten, als een of andere achterlijke bergneger. Dat en de obeah-stok naast de deur, en haar moeders brede blote voeten en negerhoofddoek. En haar vastberadenheid om in dit vervallen dorp te blijven wonen.

Goeie genade, haar moeder is pas vijfenveertig! Ze is nog altijd een knappe, lenige vrouw. Waarom kiest ze ervoor zo te leven?

Evie verdient toch genoeg als lerares. Ze zou met plezier een paar schoenen en een jurk uit de winkel betalen. Waarom kunnen ze niet in Coral Springs gaan wonen, en de slaventijd en de geesten vergeten?

Maar nee. Niet Grace McFarlane. *Ik niet vergeten waar ik vandaan kom,* zegt ze altijd, *en jij moet ook niet vergeten. Jij bent vieroog, Evie. Jij geboren met de helm. Je draagt daar een klein stukje van in de talisman aan je nek, om te zorgen dat geesten je met rust laten.*

Maar Evie had nooit een vieroog willen zijn. Had iemand haar iets gevraagd? Had iemand haar de keus gegeven? En haar moeder heeft het mis. Het stukje van haar geboortevlies helpt helemaal niet de geesten op afstand te houden.

Het begint altijd hetzelfde. Ze ruikt plotseling een heel zoete geur en dan kruipt de koude angst door haar nek. Een geest ziet er altijd net zo uit als een levende, maar toch weet je dat er iets niet klopt. Je weet dat ze dood zijn. Ze maken geen geluid, en hun haren bewegen niet in de wind. Ze zijn in de verkeerde tijd en de verkeerde wereld. En zolang ze ze ziet is Evie ook in die wereld.

Toen ze klein was heeft haar moeder haar ooit gewaarschuwd voor geesten. *Het zijn lastige dingen,* zei ze. *Soms bedoelen ze goed, en soms slecht. En vierogen als jij, Evie, moeten leren dat uit elkaar te houden, anders zie je de dingen verkeerd.*

Maar Grace had nooit verteld hoe Evie dat moest leren. En Evie heeft lang geleden geleerd dat ze, omdat ze niet weet of ze het goed of slecht bedoelen, beter haar mond kan houden en niets zeggen.

Zoals toen ze twaalf was en haar blinde grootmoeder Semanthe, die was gestorven toen zij nog heel klein was, bij de haard zag zitten, haarscherp. Twee weken later was Evies broertje gestorven. Ze had zichzelf dat jarenlang kwalijk genomen. Als ze het had verteld, was hij misschien blijven leven. Maar hoe moest ze nou weten dat nana Semanthe het als een waarschuwing had bedoeld?

En vorige maand had ze een geestenmeisje achter Ben zien staan. Een mager, verdrietig geestenmeisje met rood haar en blauwe schaduwen onder haar ogen, dat daar alleen maar stond. Evie heeft het niet tegen Ben gezegd. Wat zou het uithalen, ze weet immers toch niet wat het betekent.

Daaraan denkend, staat ze snel op en veegt het stof van haar rok. 'Ik ga even wandelen.'

Grace kauwt op haar pijp en blaast een rookring. 'Pas goed op jezelf, daarbuiten, meisje.'

'Dat doe ik altijd.'

Ze verlaat het erf en loopt het donker in, beweegt zich geluidloos voort tussen de ingestorte en door kruipplanten overwoekerde slavenhuizen en de grote zwarte papajabomen die de wacht houden. Alle huizen zijn ruïnes, behalve dat van hen. Zij zijn de enigen die hier nog wonen. Zij en de geesten.

Vleermuizen en maneschijn, denkt ze vol afgrijzen, dat is mijn thuis. Halverwege de poorten naar Fever Hill Road en het bushahuis op de heuvel. Een halfwegplek voor een halfwegmeisje, dat zwart noch blank is.

Ze bereikt het oude aquaduct aan de rand van het dorp en gaat op de oude stenen muur zitten. De kikkers zijn luidruchtig hier, en de vieze geur van het stilstaande water vult haar neusgaten. Als kinderen gingen Sophie en zij hier vaak naar schatten zoeken: een van de grote kruiken met Spaans goud dat hier volgens de nana's lang geleden verloren was gegaan. Natuurlijk zagen ze die nooit. Maar één keer vonden ze een kleine kalebasrammelaar uit de slaventijd, met nog steeds een paar gedroogde bonen erin. Ze hadden getost om wie hem mocht houden en Sophie had gewonnen. Zij had altijd het meeste geluk. Dat is nog steeds zo.

Evie strekt haar benen uit en kijkt met afkeer naar haar bruine canvasschoenen. Vanmiddag bij de stallen zag Sophie er zo mooi en verfijnd uit in haar prachtige jurk met ruches, haar witte kanten handschoentjes en haar hoge schoenen met kleine parelknoopjes. Jaloezie wervelt door haar binnenste. *Hoe gaat het met je, Evie? Ik wist niet dat je hier een betrekking had aangenomen.* Alsof Evie een dienstmeid was!

Er vliegt een vleermuis voor de maan langs. Een duizendpoot

kruipt over de stam van de akee. Evie slaat haar handen om haar knieën en trekt een lelijk gezicht.

De waarheid is dat ze Sophie niets kwalijk mag nemen. Ze bedoelde er geen kwaad mee en schaamde zich dood over haar vergissing. Evie McFarlane is degene met duistere, onbehaaglijke, verwarde gevoelens in haar hart. Er staan Ben problemen te wachten, vanwege dat roodharige geestenmeisje. En Sophie ook. Maar hoe ernstig? En wanneer? En wat moet zij nu doen?

Misschien moet ze met Ben praten. Ze kan hem veel vertellen, want hij is als een broer voor haar; soms noemt ze hem zelfs haar 'buckra-broer'. Zijn huid mag dan blank zijn en de hare bruin, maar daaronder zijn ze hetzelfde: ze hebben allebei dierbaren verloren en verkeerde dingen gedaan, en ze horen allebei nergens thuis.

Als ze daaraan denkt, haalt ze het kleine zakje aan een koord om haar hals tevoorschijn. Niet de talisman met een stukje van haar geboortevlies, maar het andere, kleine groenzijden zakje dat ze haar 'buckra-amulet' noemt, omdat er een fijn gouden kettinkje in zit dat ze nooit openlijk kan dragen. Als ze dat deed, zou haar moeder vragen stellen en de man die het haar gaf zou weten dat hij haar nu echt kon krijgen. De mooiprater met zijn kristalheldere ogen en zijn aristocratische buckra-manieren.

Maar Evie McFarlane is niet gek. Hij heeft nog geen kus van haar gekregen en haar nog nooit mogen aanraken. Ze is een fatsoenlijk meisje en ze weet wat ze waard is.

En toch... soms voelt het goed het gouden kettinkje uit het zakje te halen en van haar ene in haar andere hand te laten glijden, en te bedenken dat ze hem maar hoeft te wenken en dat alles dan zal veranderen. Geen slavendorp meer. Geen fufu meer buiten op het erf. En bovenal, geen vieroogflauwekul. Geen dode en begraven geesten die in het zonlicht rondlopen.

Want al dat geklets over vierogen is niets dan geleuter, Evie, niets dan geleuter. Je bent geen vieroog. Je ziet géén geesten. Je hebt nana Semanthe helemaal niet op de trap zien zitten, en geen roodharig meisje achter Ben zien staan. En je hebt pertinent niet, vanmiddag bij de stallen, de oude meneer Jocelyn achter Sophie aan zien lopen op het pad; een beetje ineengezakt en steunend op zijn wandelstok met zilveren knop, zoals hij altijd deed voor hij stierf.

7

Sophie was er nooit goed in geweest haar gevoelens te verbergen. Dus als haar iets dwarszat duurde het niet lang voor heel Trelawny het wist. Ook Ben. Hij deed zijn best het uit de weg te blijven, maar kon er niets aan doen dat hij soms wat opving. Moses Parker en zijn nichtje Poppy hoorden het het eerst, op Eden. Ze vertelden het aan hun neven, de McFarlanes op Fever Hill en die vertelden het weer aan hún neven, Danny en Hannibal Tulloch op Parnassus. En aan Ben.

Het blijkt dat juffrouw Sibella Sophie op het stalerf heeft zien praten met Evie en daarna een 'woordje met haar gesproken heeft', over al te grote intimiteit met de kleurlingen. Sophie pakte dat niet al te best op. Ze reed zelfs nog diezelfde middag naar dr. Mallory in zijn zwartjeskliniek in Bethlehem, om hem te gaan helpen. Ze zei wel dat ze dat steeds al van plan was geweest, maar Ben laat zich niet voor de gek houden. Ze doet het gewoon vanwege dat 'woordje' met juffrouw Sibella.

En volgens Moses en Poppy waren ze er op Eden ook niet blij mee. Madeleine was bang dat de jongeheren erdoor weg zouden blijven. 'Hoe kan je nou iemand ontmoeten als je altijd in Bethlehem zit?' Wat meneer Cameron betreft, hij zag het nut er niet van in. 'Ik zie niet in waar je patiënten vandaan zult halen, Sophie. Ik bedoel, mensen van ons soort laten echt hun eigen dokters niet vallen voor een ziekenhuis ergens in de bossen. En wat de zwarten betreft, die zullen vinden dat ze hun eigen mensen in de steek laten... hun tovenaars en obeah-vrouwen. Ze zullen misschien zelfs beledigd zijn.'

Hij had gelijk, maar Sophie wilde dat niet inzien. Ze had weer eens iets in haar hoofd.

Dat was een week geleden, sindsdien was het allemaal vrij rustig voortgesudderd. Maar vandaag is de picknick van het Historisch Genootschap en het ziet ernaar uit dat de dames het weer tegen haar willen gaan opnemen.

De picknick is een grote, deftige liefdadigheidstoestand met een lezing en een lunch en thee erna. Dit jaar is meneer Cornelius de gastheer; kosten noch moeite zijn gespaard. Een grote gestreepte feesttent en een orkestje, en allerlei sjieke hapjes. Het enige is dat de picknick bij Waytes Lake is, niet Bens meest favoriete plek.

De laatste keer dat hij hier was, was met mevrouw Dampiere. Hij ziet haar staan, met meneer Cornelius onder de poinciana. Ze vangt zijn blik op en doet haar best om niet te glimlachen. Ze vindt het grappig. Ben helemaal niet. Hij heeft het gevoel dat iedereen naar hem kijkt, dat iedereen het weet. En dat Madeleine en Sophie ook hier zijn maakt het alleen maar erger.

Nu is het dus theetijd. Madeleine staat bij het meer te praten met meneer Alex. Sophie zit in de feesttent met juffrouw Sibella, de oude mevrouw Pitcaithley en mevrouw Herapath, en dan beginnen ze tegen haar over de kliniek. Allemaal erg damesachtig en beschaafd en 'voor haar eigen bestwil', maar ze beginnen er wel over. Hannibal Tulloch loopt te serveren en hoort het allemaal. Maar hoe hij op het idee komt dat het Ben iets kan schelen, is hem een raadsel.

Wat maakt het Ben nou uit als zo'n deftig juffertje zichzelf in de nesten werkt? Bovendien, dat hij laatst op het stalerf zo stuurs tegen haar deed is nog geen reden dat hij zich nu zorgen om haar zou maken.

Maar toch. Hij loopt een keer langs de tentdeur, om te kijken wat er gaande is. En wordt verrast. Hij had verwacht haar een beetje boos te zien. Ze is immers niet het type dat van slag raakt door een uitbrander. Maar dan ziet hij haar helemaal alleen bij de theeketel zitten, met die blik in haar ogen die ze altijd krijgt als ze haar best doet niet te laten merken dat ze van streek is. Dat doet hem denken aan de keer dat ze hem als kind een prentenboek gaf en hij tegen haar uitviel. Het doet hem denken aan die middag laatst op Fever Hill.

Een poosje later staat hij met Trouble bij de koets als hij haar weer ziet. Meneer Alex en Madeleine zijn nog bij het meer en ze stapt heel vastberaden op hen af. Ze loopt meteen naar meneer Alex – keurt haar zuster geen blik waardig – trekt hem een stukje mee en begint tegen hem te praten, op heel lieve toon, maar ook zeer vastberaden. Zo is Sophie: het ene moment zit ze in de put, en het volgende klautert ze er weer uit.

Aanvankelijk kijkt meneer Alex glimlachend op haar neer, de perfecte heer; dan vervaagt zijn glimlach, alsof hij net iets vervelends te horen heeft gekregen. Vervolgens kijkt hij naar Ben.

Shit, denkt Ben terwijl hij hen samen dichterbij ziet komen. Wat heeft ze tegen hem gezegd?

'Het lijkt erop dat juffrouw Monroe haar pols heeft verstuikt,' zegt meneer Alex, lichtelijk blozend. 'Je moet haar maar meteen naar huis brengen.'

Ben werpt een blik op Sophie, maar ze heeft zich heel kalm van hem afgewend. Wat voor spelletje speelt ze? Toen hij haar tien minuten geleden thee zag inschenken was er niets mis met haar pols.

Hij zoekt snel naar een excuus. 'Trouble zou eigenlijk de koets niet moeten trekken,' zegt hij tegen meneer Alex, 'laat staan helemaal heen en weer naar Eden.'

Meneer Alex trekt een wenkbrauw op. 'Ik denk, jongen, dat je het nemen van zulke beslissingen wel aan mij over kunt laten.'

'Maar meneer...'

'Doe wat je gezegd wordt, Kelly, en houd je mond.'

Heel even kijkt Ben in de lichtblauwe ogen. Hij ziet dat meneer Alex er zelf ook niet blij mee is, maar om de een of andere reden heeft ingestemd. Misschien heeft Sophie iets gezegd over wat ze in Montpelier heeft gezien, om hem op die manier over te halen. Sophie is absoluut niet dom.

Dus slaakt Ben een zucht, tikt tegen zijn pet en springt op de bok, waar hij voor zich uit gaat zitten staren.

'Is er iets?' vraagt Sophie dodelijk kalm aan meneer Alex.

Vanuit zijn ooghoeken ziet Ben dat meneer Alex een zuur gezicht trekt en zijn hoofd schudt. 'Typisch een stalknecht: beschermend jegens de paarden, tot op het brutale af.' Dan helpt hij Sophie in de koets en wendt zich tot Ben: 'Naar Eden, en schiet op. Ik wil dat je om zeven uur terug bent.'

Nu zijn ze twintig minuten onderweg en ze heeft nog steeds geen woord gezegd, maar verdomd als hij als eerste zijn mond open doet. Hij heeft er niet om gevraagd haar thuis te mogen brengen. En als ze denkt dat ze hem kan dwingen te praten omdat hij een knecht is, dan heeft ze het mis.

Ze rijden een bocht om en zien een kalkoengier midden op de weg zitten, die zich tegoed doet aan de laatste restjes van een rat. Trouble briest en schudt met haar hoofd. De kalkoengier draait haar lelijke rode nek om, slaat haar vleugels uit en verdwijnt. Ben zegt tegen Trouble dat ze rustig moet blijven en ze schudt een keer geïrriteerd met haar manen als reactie.

Sophie zegt nog steeds geen woord.

Ze rijden Waytes Valley uit en de Fever Hill Road op wanneer hij zich realiseert dat hij wel als eerste zijn mond open moet doen, om haar te vragen welke route ze wil nemen. Hij zit lelijk in de nesten!

Hij tikt tegen zijn pet en draait zijn hoofd naar opzij. 'Wilt u via het dorp, juffrouw, of over Fever Hill?'

'Fever Hill,' antwoordt ze. 'Dat wil zeggen, als je de weg weet door de rietvelden.'

Hij klemt zijn tanden op elkaar. Hij kent de weg blindelings, en dat weet ze heel goed. Wat voor spelletje speelt ze? Zit ze hem te stangen omdat hij het haar lastig heeft gemaakt op Fever Hill? Nou, wat verwacht ze dan? Ze is nu volwassen, en een dame. Het past haar niet om met een stalknecht te praten.

Dus na een halve kilometer rijden slaan ze rechtsaf het pad

naar Fever Hill op. Ze rijden door de suikerrietvelden van Alice Grove naar boven, voorbij de Pond, en de oude vernielde suikerfabriek die tijdens de Opstand is afgebrand; voorbij het slavendorp waar Evie woont, voorbij het oude aquaduct. Ze rijden onder langs de heuvel en langs de stallen van het grote huis, daarna langs het smalle stroompje van Green River en de rietvelden van Bellevue in. Het is een warme middag voor begin december. Alles is ademloos en stil. Zelfs de krekels slapen half. Het enige wat hij hoort is het geklepper van hoeven en het gekraak van het koetsje, en zijn eigen hartslag in zijn oren.

Ze komen bij de guangoboom die het einde van de plantage markeert en hij slaat rechtsaf Eden Road in. Het terrein begint te klimmen, dus laat hij Trouble wat langzamer lopen. Wilde amandelbomen hangen over de weg heen; hun grote, donkere bladeren vormen lange schaduwen in het stof. Het koetsje maakt veel lawaai. Sophies stilzwijgen begint op zijn zenuwen te werken. Waarom zegt ze niets?

Ze gaan de helling af naar de brug over de Martha Brae en hij vangt de vertrouwde geur van planten en verrotting op. In deze tijd van het jaar is de rivier stroperig, modderig groen en de oevers overdekt met kruipplanten en die grote rode bloemen die op klauwen lijken. De brug is zacht van het mos. Aan de andere kant kan hij de ruïne aan de rand van Eden zien. Nog een paar kilometer, denkt hij opgelucht.

Het is een eigenaardige plek, de ruïnes van Romilly. Bouwvallige muren, overwoekerd met berenklauw en boomwurgers. IJzerhout en reuzenbamboe houden al het licht weg. En tussen de kruipplanten staan vreemde kleine zacht paarswitte bloemetjes. Evie zegt dat het orchideeën zijn. Ben weet alleen dat ze een zware, zoete geur hebben die hem aan graven doet denken.

De zwartjes zeggen dat Romilly jaren geleden een soort slavendorp was, zoals dat op Fever Hill. Daarom komen ze hier niet, vanwege al de geesten. Maar Ben geeft helemaal niets om geesten. Als jongen kwam hij hier altijd. Hij sliep hier. Geesten van de zwartjes? Wat heeft hij daarmee te maken? Hij heeft zelf geesten genoeg.

'Als we de brug over zijn,' zegt Sophie zo plotseling dat hij ervan schrikt, 'dan wil ik dat je stopt.'

Wat? Wat is ze van plan?

Hij geeft een rukje aan de teugels. 'Zoals u wilt, juffrouw,' mompelt hij.

'En daarna help je me uit de koets.'

'Jawel, juffrouw.'

'En hou op me juffrouw te noemen.'

'Oké.'

Als ze over de brug zijn, trekt hij aan de teugels en stopt. Dan springt hij van de bok en helpt haar uit het koetsje. Ze valt bijna als ze haar voet op de treeplank zet en moet zich aan zijn arm vastgrijpen. Ze kijkt hem niet aan, maar hij weet dat ze kwaad is op zichzelf. Ze heeft altijd een hekel gehad aan die slechte knie. Hij vraagt zich af of ze er nog steeds last van heeft. Ze loopt niet mank, maar af en toe schijnt ze erdoorheen te zakken.

Hij zet Trouble vast aan een bosje reuzenbamboe en blijft bij haar hoofd staan met zijn hand op de ruwe zwarte manen. Het is benauwd onder de bamboe, en in zekere zin gedempt. Niets dan het zachte kraken van de stengels, het gezang van de krekels en het gemurmel van de rivier. Hij ademt diep in, maar voelt zich nog steeds ademloos. Waar is alle lucht gebleven?

Hij kijkt toe terwijl Sophie naar de rivieroever stapt en met haar armen over elkaar heen en weer begint te lopen. Ze draagt lichtgroene kleren. Een wijde, lichtgroene japon, kanten handschoenen, en een grote strohoed met een lichtgroen lint op haar rug. Het is mooi, maar het past niet bij haar. Vreemd is dat. Madeleine is geboren voor strakke tailles en vleermuismouwen. Ze heeft rondingen, net als die Lillie Langtry op een ansichtkaart. Maar als Sophie zo is opgetut, ziet het er niet goed uit. En dat weet ze zelf ook. Ze is te mager en beweegt zich te snel, alsof ze telkens weer vergeet dat ze een lange rok aanheeft. Ze lijkt niet lang genoeg stil te kunnen blijven staan om de deftige dame uit te hangen. Hij houdt zich voor dat ze gewoon zo'n sjiek mens is als de anderen;

als die slijmerige mevrouw Dampiere. Maar het werkt niet. Dat lukt hem bij Sophie nooit.

'Ik ging hier altijd heen met Evie,' zegt ze, naar de rivier kijkend. 'We brachten rumoffers aan de Vrouwe van de Rivier en deden dan een wens. Ik deed altijd dezelfde wens. Ik vroeg de Vrouwe van de Rivier om ervoor te zorgen dat alles in orde was met jou, waar je ook was.'

Nou, ze kan wel recht voor z'n raap zijn als ze wil. Dat was hij vergeten. Hij krijgt er weer dat strakke, stekende gevoel in zijn borst van. Het maakt dat hij zich gevangen voelt.

'Het lijkt erop dat de Vrouwe van de Rivier me gehoord heeft,' gaat ze verder, 'hoewel het nogal lang heeft geduurd voor ik daarachter kwam.' Ze draait zich om en kijkt hem aan. Koppig en vastberaden; de donkere rechte wenkbrauwen samengetrokken in een frons; de kleine kuiltjes bij haar mondhoeken dieper dan normaal. Er staan hem beslist problemen te wachten. 'Ik weet dat je niet wilt dat ik met je praat,' zegt ze, 'maar dat kan me niets schelen. Ik heb er genoeg van dat iedereen me vertelt wat ik moet doen. Dus deze keer doe ik gewoon wat ik wil, en daar kun jij me niet van weerhouden.'

Daar heeft ze gelijk in. Hij kan haar moeilijk in het koetsje zetten als ze niet verder wil, wel dan? En hij kan haar ook niet hier achterlaten en haar naar huis laten lopen... al verdient ze dat wel omdat ze hem zo onder druk zet.

'Sinds ik terug ben,' zegt ze, 'is alles veranderd. Eden. Maddy. Mijn vriendinnen. Jij. Ik heb geprobeerd te doen alsof het niet zo is, maar wat voor zin heeft dat?'

Wat wil je nou dat ik daaraan doe, vraagt hij haar zwijgend. Als je mij wilt vragen te zorgen dat je je beter voelt, ben je aan het verkeerde adres.

Ze doet een paar passen in zijn richting en kijkt naar hem op. 'Acht jaar geleden verdween je zomaar. Waar ben je toen heen gegaan?'

Hij zegt niets. Waarom zou hij? Waarom zou hij haar verdorie antwoorden?

'Kom op, Ben, geef antwoord.'

Hij wendt zijn hoofd naar de rivier, dan weer naar haar. In de vlekkerige groene schaduw ziet ze er uit als iets wat onder water zit. Ze heeft zo'n heel bleke huid, de soort die zelfs geen blosje krijgt van de zon.

'Ik ben naar Kingston gegaan,' zegt hij tussen zijn tanden door. 'Naar Kingston en Port Antonio en Savanna la Mar, en nog een stuk of vijf andere plaatsen. Nu weet je het.'

'Maar wat heb je dan gedáán?'

'Wat bedoel je?'

'Hoe leefde je? Waar leefde je van?'

'Wat denk je? Ik heb gewerkt.'

'Ja, maar als wat?'

'Wat kan jou dat schelen?'

'Ik wil het weten.'

'Nou, dat is dan jammer, want ik ga het je niet vertellen. Het is hoog tijd dat we gaan.'

'Nee!' roept ze stampvoetend.

Een paar grondduifjes vliegen verschrikt de boom in. Trouble legt haar oren plat en lijkt bezorgd.

Sophie negeert hen. Ze klemt haar lippen op elkaar en ziet er plotseling heel jong uit. Hij heeft bijna medelijden met haar. Ze is nog steeds dezelfde Sophie. Gemakkelijk te kwetsen, maar altijd nog meer pijn over zichzelf afroepend. Waarom zou ze anders met hem praten?

'Toen ik klein was,' zegt ze, 'heb jij me geholpen beter te worden.' Ze zegt het bijna kwaad, beschuldigend. 'Ik weet niet wat je hebt gedaan. Misschien was het alleen het feit dat ik je had gezien, dat ik wist dat ik een vriend had... of dat ik dacht een vriend te hebben. Je kunt dan wel doen of het niet gebeurd is, Ben Kelly, maar ik geloof niet dat je alles vergeten kunt zijn.'

'Natuurlijk ben ik het niet vergeten,' bijt hij haar toe. 'Vergeten? Hoe zou ik dat kunnen?' Hij is plotseling zo kwaad dat hij haar wel door elkaar zou willen schudden. Hij zet zijn pet af, veegt met zijn pols over zijn voorhoofd en loopt een rondje op zijn plaats. Dan komt hij met zijn handen op zijn heupen voor haar staan. 'Denk je dat ik er als kind aan gewend was dat mensen me dingen gaven. Mij? Een rioolrat? Nou, denk je dat?'

Ze knippert met haar ogen alsof hij haar geslagen heeft.

'*Black Beauty* en *De ondergang van de derwisjen*,' zegt hij, op zijn vingers aftellend. 'Plus een hele hoop soep, en dat fruit op de eerste dag, en de zak met kersen die Madeleine ooit aan Robbie gaf. Natuurlijk ben ik dat niet vergeten.'

Ze bijt op haar lip, kijkt even naar haar voeten en dan weer naar hem.

'Dat iemand ergens niet over praat, wil niet zegen dat hij het vergeten is. Maar wat heeft het voor nut om het op te halen? Wat hebben we daaraan?'

Ze wil iets zeggen, maar hij doorklieft de lucht met zijn hand. 'Nee. Hou je mond. Ik weet wat je gaat zeggen.'

De kuiltjes bij haar mondhoeken worden dieper, maar deze keer lijkt het een glimlach. 'Nee, dat weet je niet.'

'Jawel, dat weet ik wel. Je wilt weer beginnen over Montpelier. Nou, ik zal je de moeite besparen, oké? Je hebt gelijk. Ik was daar, zoals je al zei. Net als meneer Alex en je zus.'

Haar mond valt open. De lichtbruine ogen zijn heel groot. 'Maar... waarom?'

'Waarom wat?'

'Waarom waren jullie daar? Wat waren ze...'

'Genoeg!' roept hij. 'Meer vertel ik je niet.'

'Maar...'

'Nee! Het kan me niet schelen hoe lang je me erover doorzaagt, ik zeg het niet. Dat heb ik Madeleine beloofd en ik ga die belofte niet breken. Voor jou niet en voor niemand niet.'

Het blijft even stil terwijl ze dat verwerkt. Dan wendt ze zich van hem af en slaat ze haar armen over elkaar. De spieren in haar armen trekken samen. Hij ziet haar schouderbladen uitsteken onder haar jurk.

Ze draait zich weer om en kijkt hem aan. Ze kijkt heel intens, maar deze keer heeft hij geen idee wat ze voelt. Hij ziet de gouden vlekjes in haar ogen en de gouden puntjes aan haar wimpers, waardoor je pas ziet hoe lang ze werkelijk zijn als je heel dichtbij bent. Weer krijgt hij die stekende pijn in zijn borst. Hij kan nauwelijks ademhalen.

Trouble duwt met haar neus tegen zijn rug, en hij legt een hand op haar nek om haar duidelijk te maken dat ze moet stoppen. 'Waarom kun je Madeleine niet gewoon vertrouwen?' zegt hij. 'Ze probeert alleen maar voor je te zorgen.'

'Ze behandelt me als een kind.'

'Nee, dat doet ze niet. Ze is je grote zus, ze zorgt voor je. Je mag van geluk spreken dat je haar hebt.'

Dat doet hem aan zijn eigen grote zus denken, Kate, en heel even welt een afschuwelijk gevoel in hem op. Het is angstaanjagend, alsof alles op het punt staat open te barsten. Hij moet het deksel heel hard dichtgooien.

O, hij had dit nooit moeten laten gebeuren. Waar zat hij met zijn verstand? Om zo met Sophie te praten! Hij wordt opnieuw kwaad... al kan hij niet zeggen of hij kwaad is op zichzelf of op haar.

Hij vermant zich, draait zich op zijn hielen om, loopt naar de reuzenbamboe en trekt met een ruk de teugels los. 'Je zei dat we vrienden waren,' zegt hij over zijn schouder, 'maar dat is voorbij. We zijn geen kinderen meer en we zijn ook geen vrienden.'

'Maar...'

'Luister, de enige reden dat je me kunt dwingen met je te praten is dat ik een knecht ben en dat jij me kunt commanderen. Dat is geen vriendschap.'

Ze doet haar mond open om iets terug te zeggen, maar hij overstemt haar. 'Je had dit niet moeten doen,' zegt hij terwijl hij het trapje van de koets uittrekt en haar gebaart in te stappen. 'En ik wil niet dat je het ooit weer doet.'

'Ben, ik wilde niet...'

'Het is niet eerlijk, en ik wil het niet hebben. Het kan me niet schelen hoe deftig je bent.'

'Het spijt me.'

'Ik wil je spijt niet. Ik wil alleen je belofte – je plechtige belofte – dat je nooit meer zo'n stunt met me uithaalt.'

Ze zuigt haar onderlip tussen haar tanden, en trekt haar wenkbrauwen samen in een gepijnigde frons. Vervolgens knikt ze. 'Goed dan. Ik beloof het.'

8

De rest van de rit legden ze af in een onplezierig stilzwijgen. Sophie keek naar Bens rug en vroeg zich af waar hij aan dacht, maar hij draaide zich niet naar haar om en zei geen woord. Hij leek niet meer kwaad, maar hij vond kennelijk ook niet dat er nog iets te zeggen viel.

Ze wist niet goed wat ze had willen bereiken door te regelen dat hij haar naar huis moest brengen – of wat ze had gehoopt te bereiken. Ze voelde zich verward en van streek, maar toch vreemd opgetogen. En ze begon nu al spijt te krijgen van haar belofte.

Toen ze bij het huis aankwamen stond tot haar verbazing Moses bij de deur te wachten, met een angstige blik in zijn ogen. '*Jesum Peace*, ik blij u te zien, juffie Sophie!' riep hij handenwringend toen hij op hen toe liep terwijl Ben het trapje van de koets uittrok. 'Meneer Cameron heel boos, juffie! Vloekt als oordeel en schreeuwt tegen mevrouw...'

'Tegen mevrouw?' zei Sophie terwijl ze uitstapte. 'Maar mevrouw is nog niet thuis, ze was nog bij Waytes Lake toen ik wegging.'

Moses probeerde te slikken, zijn hoofd te schudden en te praten, alles tegelijk. 'Nee, juffie. Meneer Cameron laat haar halen, meteen naar huis komen, zegt hij en nu zij samen op de veranda en hij woedend op haar, zegt gemene en duistere woorden! Echt waar, juffie Sophie! Ik was klaar om weg te lopen!'

Sophie wierp een nerveuze blik op Ben, maar hij keek zelfs niet naar haar. De perfecte stalknecht, dacht ze geërgerd. Ze keek ongelovig toe terwijl hij weer op de bok klom, de koets omdraaide en zonder omkijken wegreed.

De aanwezigheid van Moses riep haar terug naar het probleem van het moment. Hij was duidelijk opgelucht om haar te zien, en wilde dat ze naar binnen ging om het in orde te maken.

Ze zette de gedachte aan Ben van zich af en keek ongerust naar het huis. Er moest iets heel erg mis zijn. Cameron was wel de laatste man om zijn kalmte te verliezen tegenover zijn vrouw, laat staan haar te gebieden onmiddellijk naar huis te komen en dan tegen haar te gaan schelden.

En Madeleines route naar huis bewees ook dat ze niet zichzelf was. Om niet langs Romilly te komen moest ze de allerkortste weg hebben genomen vanaf Waytes Lake, naar het zuiden door de suikerrietvelden van Glen Marnoch en dan bij Stony Gap de rivier over. Dat zou haar heel dicht bij de Cockpits hebben gebracht, en ze had een hekel aan de Cockpits. Ze zou die weg nooit nemen als er geen noodgeval was.

Sophie rechtte haar schouders en stapte naar binnen, bang voor wat ze zou aantreffen.

De spanning was zelfs bij de entree voelbaar in de lucht. 'Wat is er in hemelsnaam aan de hand?' fluisterde ze tegen de bange Poppy, maar het zwarte meisje schudde haar hoofd en bracht de kinderen naar de kinderkamer.

'Hoe kon je dat doen?' klonk Camerons stem vanaf de veranda. 'Hoe kon je jezelf ertoe brengen zoiets te doen?'

Madeleines antwoord was zo zacht dat ze het niet kon verstaan.

'Wat?' bulderde Cameron. 'En moet dat het rechtvaardigen?'

Sophies hart zonk in haar schoenen. In al de jaren dat ze hem kende had hij zelden zijn geduld verloren. Het kon maar één ding betekenen: hij had het ontdekt over Montpelier. En God weet wat nog meer.

Zonder eerst haar hoed af te zetten liep ze op haar tenen de hal door om naar haar kamer te gaan, maar ze was pas halverwege toen Cameron haar zag. 'Sophie, ben jij dat?' riep hij vanuit de deuropening. 'Wil je zo vriendelijk zijn even hier te komen?'

Ze zocht naarstig naar een excuus, maar kon niets bedenken. 'Uh... ja, natuurlijk. Geef me alleen even de tijd om mijn hoed af te zetten.'

In haar kamer trok ze de hoedenspelden uit haar hoed en gooide de hoed op het bed. Toen liep ze naar de spiegel en maakte haar kapsel in orde. Haar handen trilden. Ze zag er moe en schuldig uit. Wat kon ze zeggen als hij iets vroeg? Moest ze tegen hem liegen? Of haar zus verraden? Een moeilijke keus.

Toen ze de veranda opliep beende hij heen en weer, zijn vuisten diep in de zakken van zijn jagersjas gestoken, zijn lichtgrijze ogen glazig van woede.

Madeleine zat heel rechtop op de bank, haar gezicht strak en uitdagend. Scout had zich tegen haar rokken aangedrukt. Hij beefde; zijn oren lagen plat tegen zijn kopje en met zijn zwarte snuit volgde hij het ijsberen van zijn baasje.

Sophie bleef in de deuropening staan met een naar ze hoopte neutrale glimlach.

Cameron keek haar aan, maar bleef ijsberen. 'Jij weet hier zeker alles van,' zei hij tussen zijn tanden door.

Ze keek naar haar zus, maar Madeleines ogen waren gericht op een punt ergens in de verte en haar gezicht verried niets. 'Waarvan?' vroeg Sophie.

Cameron stak zijn handen omhoog. 'Van het simpele feit dat mijn vrouw haar erfgoed achter mijn rug om heeft verkocht.'

Sophies mond viel open. 'Wa-at?'

'Bedoel je dat je het niet wist? Nou, het is waar. Strathnaw. De familiezetel van de Monroes. Verkocht. Achter mijn rug om.' Hij begon weer heen en weer te lopen. 'Mijn God, wat zullen de mensen lachen als ze erachter komen...'

'Onzin,' protesteerde Madeleine. 'Ze kunnen niet lachen als ze er niets van weten, en ik heb me alle moeite getroost om het geheim te houden.'

'Ja,' smaalde Cameron, 'geheim voor je echtgenoot.'

'Als je het op voorhand had geweten, zou je me hebben tegengehouden.'

'Natuurlijk zou ik je hebben tegengehouden! Wat is dat nou voor logica?'

Dat was te veel voor Scout. Hij jankte een keer en stoof met zijn staart tussen zijn poten de trap af. Een vlucht pauwduifjes vloog geschrokken op van het gazon.

De stilte weergalmde over de veranda. Madeleines vogelvoederhuisje wiegde zachtjes in de wind. Er hing een kolibrie met regenboogblauwe vleugeltjes boven.

Cameron haalde zijn hand over zijn gezicht, liep naar de balustrade en keek een poosje over de tuin uit. Sophie zag de spanning in zijn schouders; de moeite die het hem kostte om zichzelf onder controle te krijgen. Hij vond het vreselijk om zijn geduld te verliezen. En hij zou het zichzelf niet gemakkelijk vergeven dat hij tegen zijn vrouw had geschreeuwd.

Sophie liep stilletjes naar de bank en ging naast haar zus zitten. Madeleine keek haar aan en deed een dappere poging te glimlachen. Sophie kon haar glimlach niet beantwoorden. Ze schaamde zich te zeer. Ze begon nu iets te beseffen van wat ze in Montpelier had gezien.

Wat was ze stom geweest. Erger dan stom. Dat ze haar eigen zus verdacht van ontrouw – ontrouw met een gedachteloze jonge knul als Alexander Traherne – terwijl ze bezig was geweest dat grimmige oude Schotse huis te verkopen waar ze zo van hield. En wie kon haar beter helpen dat in het geheim te verkopen dan de familie Traherne, de belangrijkste handelsfamilie in Trelawny?

Hoe kon je zo blind zijn, verweet Sophie zichzelf. Hoe kon je zoiets zelfs maar vermoeden? En hoe kon je over het hoofd zien dat Eden het niet zomaar even moeilijk had, maar ten onder dreigde te gaan?

En toch had alles daarop gewezen. De lange uren die Cameron maakte. Het feit dat Madeleine constant zat te naaien; dat ze haar eigen jurken vermaakte in plaats van nieuwe te bestellen; dat ze alle kleren voor de kinderen zelf maakte. En waar Sophie zich nog het meest voor schaamde was dat ze haar al die tijd zonder klagen hadden onderhouden. De opleiding in Cheltenham, de eersteklas passage naar huis, en zelfs het kleine tweedehands rijtuigje om naar die verdraaide kliniek te rijden.

Ze zag dat haar zus haar handen tegen haar slapen drukte en haar haren naar achteren streek. Zolang Sophie zich kon herinneren deed Madeleine dat al als ze onder druk stond. Ze was altijd de sterkste geweest. Dapper, resoluut en zeker van zichzelf, zelfs als ze ongelijk had. Sophie voelde zich plotseling zwak, de jongere zus.

'Je begrijpt toch zeker wel waarom ik het gedaan heb?' zei Madeleine tegen Camerons rug. 'Eden is ons thuis. Je hebt hier al zestien jaar met hart en ziel aan gewerkt. Ik weiger toe te kijken terwijl het door de bank in beslag wordt genomen.'

Met zijn handen nog steeds op de balustrade keek hij over zijn schouder. 'Zelfs als dat betekent dat je achter mijn rug om te werk moet gaan?'

Madeleines lippen trilden. 'Ik heb je gezegd waarom ik dat heb gedaan. Ik heb je uitgelegd...'

'Toen we trouwden hebben we elkaar een belofte gedaan. Geen geheimen. Ben je dat vergeten?'

Ze keek naar haar schoot, waar haar handen zich tot vuisten balden. 'Natuurlijk niet,' zei ze. 'Maar Eden is ons thuis. Het is belangrijker dan Strathnaw...'

'Strathnaw was je erfenis. Madeleine toch! Dat land is meer dan vierhonderd jaar van de Monroes geweest. Hoe kon je het verkopen? Hoe zou Jocelyn zich voelen als hij er getuige van was geweest?'

'O, dat is gemeen...'

'Het zou zijn hart gebroken hebben. Heb je daar ooit aan gedacht?'

'Natuurlijk heb ik daaraan gedacht! En aan weinig anders!'

Sophie pakte haar hand beet en gaf er een kneepje in. 'Ik vind je immens dapper,' zei ze. 'Wie heb je bereid gevonden het te kopen?'

Madeleine glimlachte zwakjes. 'Dat weet ik niet eens. Ik wilde het niet weten. De Trahernes hebben dat allemaal geregeld.'

'De Trahernes?' zei Cameron ongelovig. Hij hief zijn ogen op naar het plafond. 'O, God in de hemel.'

Madeleine keek hem verbijsterd aan. 'Maar... ze waren fantastisch. Zowel Cornelius als Alexander.'

Cameron snoof. 'Dat geloof ik wel, ja. Ze vonden het vast fantastisch om samen te zweren met een mooie jonge vrouw achter de rug van haar man om.'

Madeleines kin ging weer omhoog. 'Wat wil je daarmee zeggen?'

'Een jonge losbol als Alexander en een ouwe geilaard als Cornelius. Een fantastische keuze voor een samenzwering, liefste. Er wordt nu beslist in elke club in Kingston over je gepraat. Waar dacht je dat je mee bezig was?'

'Ik dacht dat ik bezig was Eden te redden,' pareerde ze. 'Wat natuurlijk volstrekt verkeerd van me was. Neem me alsjeblieft niet kwalijk.'

'Maar de Trahernes, Madeleine? Je weet toch dat Alexander nog nooit een geheim heeft kunnen bewaren?'

'Cameron, schreeuw niet zo, anders horen de bedienden het.'

'Die weten het toch al! Ik veronderstel dat half Trelawny het inmiddels weet!'

'Ach, je overdrijft!'

Sophie ademde diep in en deed haar best het te begrijpen. 'Dus daarvoor was je in Montpelier?' zei ze.

'Wat?' zei Madeleine.

'Je was daar voor de verkoop. Dat is het, nietwaar? En je was van streek en Alexander troostte je.'

'Natuurlijk,' zei Madeleine afwezig. 'Wat dacht je dan?' Ze besefte duidelijk nog niet wat Sophie had vermoed.

Cameron wendde zich tot Sophie. 'Hoe bedoel je, heb je haar in Montpelier gezien? Ga je me nu vertellen dat je er toch van wist?'

'Nee,' zei Sophie. 'Het is alleen dat...'

'Maar je zegt net dat je haar in Montpelier hebt gezien.'

'Nou... met Alexander Traherne en...' Ze had Ben Kelly willen zeggen maar hield zich net op tijd in. Dit was niet het moment om Cameron te vertellen dat het straatschoffie dat hij altijd had gewantrouwd bij het plannetje van zijn vrouw betrokken was geweest.

'Ja?' vroeg Cameron. 'En wie nog meer?'

'En ik begreep er niets van,' zei Sophie, naar hem opkijkend. 'Ik zag haar met Alexander Traherne en ik begreep er niets van.'

Hij keek haar scherp aan.

'Cameron, ga alsjeblieft zitten,' zei Madeleine. 'Van dat omhoog kijken krijg ik hoofdpijn.'

Hij keek van Sophie naar zijn vrouw en weer terug. Toen wreef hij over zijn nek, zuchtte, liep naar een stoel en liet zich neervallen. Hij zette zijn ellebogen op zijn knieën en schudde zijn hoofd. 'We hadden wel een manier gevonden,' mompelde hij. 'We hadden heus wel een manier gevonden om uit deze ellende te geraken zonder iets te hoeven verkopen.'

'Hoe?' vroeg Madeleine zacht.

'Ik weet het niet, maar ik zou iets hebben bedacht.'

Madeleine keek hem even aan. Toen stond ze op, liep naar hem toe en ging op de armleuning van zijn stoel zitten, met haar handen op zijn schouders.

'En wat had ik dan in de tussentijd moeten doen? Toekijken terwijl jij je doodwerkte?'

'Madeleine...'

'Ik heb het voor ons gedaan,' zei ze vastberaden. 'En ik zou het morgen weer doen.'

Hij deed zijn mond open om te protesteren, maar ze schudde hem zachtjes door elkaar. 'Ik zou het weer doen,' herhaalde ze. 'Dat kun je maar beter accepteren.'

Hij zuchtte.

Ze streek een lok van zijn haar weg van zijn slaap. 'Ik weet dat het je trots een knauw geeft. Dat weet ik. Maar zeg nou zelf, wat dan nog? Je hebt in het verleden wel erger dingen meegemaakt en doorstaan.'

Hij lachte schamper.

'En je zult dit ook doorstaan,' vervolgde ze. 'Maar ik sta niet toe dat iemand ons dwingt Eden te verlaten. En daarmee basta.'

Toen Sophie wegging, leunde Madeleine met haar hoofd tegen het zijne. Ze praatte zacht maar vastberaden tegen hem. En hij luisterde.

'Maddy, waarom heb je het me niet verteld?' vroeg Sophie de volgende middag, toen ze haar zuster eindelijk even voor zich alleen had. Het was Poppy's vrije middag en ze liepen samen door de tuin en hielden de kinderen in de gaten, die op het gazon achter een uitbundige Scout aan renden.

'Hoe kon ik het je vertellen?' zei Madeleine. 'Dan had ik je moeten vragen voor me te liegen. Te liegen tegen Cameron. Hoe kon ik dat van je verlangen?' Ze wendde zich plotseling af en Sophie realiseerde zich voor het eerst wat de weken van misleiding van haar gevergd moesten hebben.

'Ach, Madeleine, het spijt me zo.'

Madeleine lachte en droogde haar ogen met haar vingers. 'Wat spijt je?'

'Dat ik zo'n idioot ben geweest. Dat ik je voortdurend op je nek zat.'

'Lieve hemel, ik had in jouw plaats wel erger dingen gedaan. Nee, ik ben degene die spijt heeft. Wat een thuiskomst was dat voor je! Ik kon het niet geloven toen Alexander zei dat we naar Montpelier moesten op de dag dat jij aankwam. Ik heb die hele nacht niet geslapen.'

'Maar... waarom moest het dan juist op die dag?'

'Het was de enige dag dat de advocaat kon komen. Hij bracht de papieren mee die ik moest tekenen.' Ze zweeg even. 'Cornelius dacht dat het Montpelier Hotel daarvoor een rustige, discrete plek zou zijn. En kijk nou hoe dat heeft uitgepakt.' Ze huiverde. 'Ik was doodsbang dat we niet op tijd in Montego Bay zouden zijn om jou af te halen. Daar hadden we in elk geval nog geluk bij, dat je trein vertraging had.'

Sophie fronste haar voorhoofd. 'Ik begrijp het nog steeds niet helemaal. Toen je me in Montego Bay afhaalde, was je samen met Cameron. Hoe...'

'Ik had gezegd dat ik iets eerder ging om boodschappen te doen en hem daar wel zou zien. Alweer een leugen, vrees ik.'

Sophie dacht even na. 'Dat is inmiddels drie weken geleden. Waarom kon je het ons niet vertellen toen het eenmaal achter de rug was?'

'Omdat het nog níet achter de rug was. De advocaat moest het eigendomsrecht nog bekrachtigen, of zoiets. Ik snap het allemaal niet precies, maar ik wist wel dat ik moest wachten tot het absoluut onomkeerbaar was voor ik het Cameron vertelde, anders zou hij het tegenhouden.' Ze zag er plotseling uit alsof ze zou gaan huilen. 'Je weet hoe hij over Jocelyn dacht. De oude man was als een vader voor hem. Hij zou er nooit mee hebben ingestemd dat Strathnaw uit handen van de familie verdween, ook al is het al jaren alleen maar een belasting voor ons.'

'Hoe kwam hij erachter?'

Madeleine lachte hol. 'O, dat was de mooiste vergissing die je je kunt voorstellen! De brief van de advocaat om te bevestigen dat het helemaal rond was kwam gisteren. Maar de klerk had hem per ongeluk aan Cameron geadresseerd. Hij trof hem gisteren aan toen hij de post ging ophalen in de stad.'

'O, hemeltje,' zei Sophie.

'Zeg dat wel,' zei Madeleine. 'Nou ja. Ik heb het mezelf aangedaan, zoals gewoonlijk. Maar we komen er wel overheen.'

Sophie zweeg even. 'Ik had geen idee dat het zo slecht ging. Met Eden, bedoel ik. Op de een of andere manier heb ik steeds gedacht dat Cameron het wel zou redden.'

Madeleine glimlachte. 'Hij kan geen wonderen verrichten, Sophie.'

'Je weet toch dat je Fever Hill kunt krijgen, hè? Je hoeft het maar te zeggen, dan verkoop ik het morgen en krijg jij het geld.'

'Lieve hemel, wat een aanbod! Wat zou Clemency daarvan zeggen?'

'Het is geen grapje, Maddy. Ik meen het.'

Madeleine legde een hand op haar arm en probeerde te glimlachen. 'Dat weet ik en het is fantastisch, maar het is voorlopig niet nodig om ook jouw erfenis op te offeren. Met het geld van Strathnaw kunnen we ons heel wat jaartjes redden. En wie weet, schiet de prijs van suikerriet wel de lucht in en worden we allemaal miljonairs!'

Sophie zag dat ze vastbesloten was er luchtig over te doen. En misschien was dat wel de beste manier om ermee om te gaan.

Ze wandelden een poosje zwijgend onder de boomvarens. Scout was aan het graven onder het loodkruid en kwam even later tevoorschijn met een ring van rode aarde rond zijn neus. Onder de lindebomen stond Belle te stampvoeten en tegen Fraser te roepen dat hij haar nu op de schommel moest laten omdat ze het anders zou gaan vertellen.

Madeleine riep naar Fraser dat hij zijn zusje op de schommel moest laten en haar niet te hard moest duwen. Toen wendde ze zich weer tot Sophie alsof ze nog iets wilde zeggen, maar ze bedacht zich en liep door.

Sophie liep naast haar mee en dacht huiverend na over haar eigen gedrag van de afgelopen week. Ze had Madeleine bij elke gelegenheid aangevallen, Alexander praktisch in zijn gezicht voor leugenaar uitgemaakt en Ben op zijn huid gezeten – al met al een beroerd uitgevallen kruistocht om 'de waarheid' te achterhalen; en zij werd verondersteld de slimste van de familie te zijn.

Bij de gedachte aan Ben voelde ze een vaag onbehagen. Als wat ze gisteren had uitgehaald nou consequenties voor hem had? Of voor haar? Niemand had er een woord over gezegd, maar het kon niet onopgemerkt zijn gebleven. En als Sibella zich al gedwongen voelde met haar te praten over Evie McFarlane, wat zou ze dan van een knecht denken?

Er klonk gejammer van onder de lindebomen. Belle was van de schommel gevallen, maar toen er niemand kwam kijken wat er aan de hand was, ging ze zitten en grinnikte ze naar hen om te laten merken dat alles in orde was. Madeleine keek even naar haar dochter, haakte haar arm toen door die van Sophie en liep over het gazon terug. 'Er is nog iets waar ik met je over moet praten,' zei ze zacht.

Sophie keek haar verbaasd aan. 'Nog iets?' Ze trok een vragend gezicht. 'Lieve hemel, bedoel je dat er nog meer is?'

Ze had het als een grapje bedoeld, maar Madeleine lachte niet. 'Ik ben bang van wel,' zei ze. 'Het gaat om Ben.'

Sophie zette zich schrap. 'Als het met gisteren te maken heeft...'

'Niet precies. Dat geloof ik tenminste niet.'

'Wat bedoel je dan?'

Madeleine keek fronsend naar de grond. 'Susan vertelde het me net. Ze had het van Moses gehoord.'

'Wat heeft ze gehoord? Is er iets mis?'

'Ze hebben hem ontslagen, Sophie.'

Sophie bleef staan en staarde haar aan.

'Kennelijk heeft Cornelius hem gisteravond de laan uitgestuurd.'

'Maar... waarom?'

'Ik weet het niet. Iets over brutaliteit. Maar ik krijg de indruk dat dat maar een smoesje was.'

Sophie keek geërgerd om zich heen. 'Natuurlijk is het een smoesje! Het gaat om ons, is het niet? Het komt doordat ik hem heb gedwongen over Montpelier te vertellen. Alexander is daar op de een of andere manier achter gekomen en...'

'Nee, je trekt veel te snel conclusies...'

'Nou, dan is het misschien omdat ik hem bij Romilly aan de praat heb gehouden en hij te laat terug was. Hoe dan ook, het is onze schuld.'

'Sophie...'

'Nou, het is toch zo, of niet dan? Dat moet het zijn.'

Madeleine antwoordde niet, maar Sophie zag aan haar gezicht dat ze dat ook dacht.

'Het is zo oneerlijk,' zei Sophie bijna in tranen. 'Hij wilde helemaal niets met ons te maken hebben, dat zei hij elke keer tegen me. En dat had ook niet gehoeven als wij hem niet gedwongen hadden.' In haar woede haalde ze Madeleine erbij als schuldige partij, maar ze wisten allebei wie het meeste schuld had. 'Hij deed het zo goed op Parnassus. En nu hebben wij het voor hem verpest.'

'Dat weten we niet zeker, Sophie.'

'Ja, dat weten we wel. Hij is zijn baan kwijt en hij kan nergens heen. En dat is allemaal onze schuld.'

9

Het kostte hem een tijdje om te bedenken waarom hij ontslagen was. Het kwam allemaal nogal onverwacht. Het ene moment was hij in de tuigkamer bezig stijgbeugels schoon te maken en het volgende kwam meneer Cornelius binnen en zei tegen hem dat hij over twee weken kon vertrekken zonder getuigschrift. 'Ik ben teleurgesteld in je, Kelly. Teleurgesteld en heel boos,' zei hij.

Ik ook, dacht Ben terwijl hij de stijgbeugel op een baal hooi legde. Ontslagen? Waarom? Omdat hij meneer Alexander had tegengesproken tijdens de picknick? Omdat hij te laat terug was? Waarom?

Hij keek naar meneer Cornelius, die door de tuigkamer heen en weer liep. Hij is een kleine, forse, goed uitziende man achter in de vijftig; het soort man dat je meteen aardig vindt, maar nooit helemaal vertrouwt. Daarvoor heeft hij te veel van een hagedis: uitpuilende, lichtblauwe ogen, die alles wat een rok aanheeft nakijken; rode lippen die nooit droog lijken; schilferige hagedishanden.

'Weet je, Kelly,' zei hij, een potje paraffinewas oppakkend en fronsend naar het etiket kijkend, 'je hebt het aan jezelf te danken. Misschien zul je in de toekomst beter op je woorden letten. Vooral als er een dame bij is.'

Een dame? Welke dame? Waar gaat dit over?

Twee jaar naar de sodemieter... daar gaat het over. En zonder een getuigschrift is de kans op een ander baantje verdomd klein, althans hier in de omgeving. Wat een einde betekent aan de per-ongeluk-expres ritjes naar Eden, en aan het gekibbel met Sophie.

En dat is wel goed, zo houdt hij zichzelf de volgende dag voor. Je had gelijk toen je zei dat er een einde aan moest kopen. Je had gelijk om het haar te laten beloven Het is beter zo.

Hij staat bij Trouble in de paardenbox en laat Lucius zien hoe hij haar moet verzorgen. Hij moet nog twee weken werken, maar hij wil zeker weten dat Lucius het goed in de vingers heeft. 'Ze vindt het niet fijn om vastgebonden te staan als je haar verzorgt,' zegt hij.

Op dat moment draait Trouble zich om en duwt haar neus in zijn nek, alsof ze hem om zijn aandacht vraagt. Het is net of ze weet dat er iets aan de hand is.

Lucius knikt. Hij weet al wat Ben hem net heeft verteld, maar hij weet ook dat Ben er behoefte aan heeft het nog een keer te zeggen. Lucius is een goede kerel. Zo groot als een beer en pikzwart, maar met zachtere handen voor een paard dan je ooit hebt meegemaakt.

'En soms,' zegt Ben, 'heeft ze wat last van een zwelling in haar linkerachterkoot. Dan helpt een zemelenomslag. En laat haar niet te hard werken als het heet is, anders wordt ze neerslachtig.'

'Ik hoor je, Ben.'

Ben aait even over haar neus, geeft haar dan een klopje op haar nek en loopt de box uit. Al dat gedoe om een paard.

Op dat moment klinkt er hoefgekletter en komen juffrouw Sib, mevrouw Dampiere en meneer Alex terug van hun rit. Meneer Cornelius is ook buiten, met een sigaar in zijn mond, en kijkt naar mevrouw Dampiere op haar merrie. Als ze langs Ben rijdt, kijkt ze hem even kil aan. Dat is hij gewend. Sinds die eerste keer bij het meer heeft ze nog een paar keer met hem gerollebold, en daarna werd ze erg koeltjes.

Maar hij ziet nog iets meer in haar blik. Ze kijkt... tevreden. Ben kijkt van haar naar meneer Alex en dan naar meneer Cornelius en weer naar haar. En plotseling weet hij waarom hij de zak heeft gekregen.

Waarom had hij het niet eerder door? Het ligt voor de hand. Meneer Cornelius en meneer Alex hebben allebei een oogje op haar, maar hebben tot dusver niets bereikt en hebben onlangs besloten waar dat aan moet liggen. En misschien heeft zij ook wel haar steentje bijgedragen. *Ik zal zeggen dat je vrijpostig bent geweest en dan laat ik je ontslaan.*

Twee jaar naar de sodemieter, denkt hij. En dat allemaal voor een vrijpartij die ik niet eens wilde.

Op dat moment springt meneer Alex van zijn paard, gooit hem de teugels toe en zegt dat hij het tuig voor de verandering maar eens fatsoenlijk schoon moet maken. Ben kijkt naar de teugels die over de grond slepen en er knapt iets in hem. 'Weet u wat?' zegt hij. 'Waarom doet u het niet zelf?'

Het is eigenlijk heel grappig. Je kunt plotseling een speld horen vallen op het stalerf.

Meneer Cornelius neemt zijn sigaar uit zijn mond en meneer Alex gaapt hem aan, alsof hij niet kan bevatten wat hij zojuist heeft gehoord. De mond van juffrouw Sibella hangt ook open, maar hij kan zien dat ze geniet. Nou heeft ze weer wat om over te kletsen tijdens een theeparty.

Mevrouw Dampiere zit nog in het zadel, schikt zorgvuldig haar rijkleed en kijkt niemand aan. Op de hooizolder staan Reeve en Thomas stil met balen hooi in hun armen. Danny staat in de deuropening van het koetshuis grimmig te kijken en Lucius staat tegen de paardenbox geleund en verbijt een grijnslach.

Ben bukt en raapt een handje stro op om zijn handen schoon te vegen. Hij kan nu niet meer naar de slaapbarak lopen om zijn spullen te halen. Hij zal zijn extra shirt en broek en die speciale roskam waar hij voor gespaard heeft achter moeten laten. Dat is zonde. En nu zal hij Sophie zeker niet meer zien. Ook dat is zonde. Nou ja. Zo is het leven. 'Dus dan zal ik maar gaan,' zegt hij.

Meneer Alex knippert met zijn ogen. 'Wat?'

'Weg. Het geluk zoeken. Weg van hier.'

'Niet zo snel, jongen...'

'Je hebt nog twee weken werk,' zegt meneer Cornelius op hetzelfde moment.

Ben snuift. 'Twee weken? Stop die maar ergens waar niemand ze ziet, jullie allebei.'

'Wat zei je daar?' vraagt meneer Alex.

'U hebt me wel gehoord,' zegt Ben. 'Of hebben jullie geen kont, zoals andere mensen?'

Een geschokte kreet van juffrouw Sibella. Een verstikt geproest van Lucius. De arme oude Danny rolt zijn ogen naar boven, alsof hij altijd heeft geweten dat dit een keer zou gebeuren.

Waarom doen mensen toch altijd alsof, denkt Ben. Kijk ze nou toch allemaal, ze doen alsof ze vreselijk verontwaardigd zijn, terwijl ze het prachtig vinden. Hij neemt zijn pet af en maakt een spottende buiging. Dan herinnert de duivel in zijn binnenste hem aan mevrouw Dampiere. 'Weet u wat?' zegt hij tegen meneer Alex en meneer Cornelius. 'De grootste grap is nog dat ik haar nooit gewild heb.' Hij gebaart met zijn hoofd naar haar, om er zeker van te zijn dat ze weten wie hij bedoelt. 'Het ging allemaal van haar uit. Nou, u mag haar van me hebben. En bovendien, zo goed is ze helemaal niet.'

En dat, zo houdt hij zichzelf voor als hij zijn handen in zijn zakken stopt en het pad af begint te lopen, is wat je zou kunnen noemen je schepen verbranden.

Tot Sophies consternatie weigerde Madeleine botweg Ben een baan op Eden te geven. 'Geen sprake van,' zei ze toen ze de volgende ochtend naar Falmouth reden. 'We kunnen ons niet nog een stalknecht veroorloven.'

'Maar waarom wil je Cameron niet eens vragen erover na te denken?' vroeg Sophie.

Madeleines neus werd roze. 'Zeg geen woord tegen hem over Ben.'

'Wordt het geen tijd dat hij zich daar overheen zet? Ze hebben elkaar maar één keer ontmoet en dat was jaren geleden, toen Ben nog een kind was.'

'Daar gaat het niet om. Een man wordt er niet graag aan herinnerd dat zijn vrouw bevriend is geweest met... met een....'

'... een straatschoffie,' vulde Sophie aan. 'Maar hij was een vriend voor ons, en nu heeft hij onze hulp nodig. Maddy, vertel me geen smoesjes. Wat is de werkelijke reden?'

Madeleine kneep haar lippen op elkaar. 'Dat lijkt me nogal voor de hand te liggen. Hij is veel te knap, en hij is een stalknecht. Hoe minder je hem ziet hoe beter.'

Sophie voelde dat ze bloosde. 'Wat een onzin.'

'Vertel me dan eens waarom je er zo op gebrand bent hem te helpen?'

'Omdat hij door mijn schuld ontslagen is!'

Maar zelfs in haar eigen oren klonk dat niet echt overtuigend.

Ze wendde haar hoofd af en keek naar het voorbijglijdende landschap. Ze waren een kilometer of vijf ten noorden van Romilly. Links van haar glommen de suikerrietvelden van Fever Hill in het zonlicht; rechts van haar kwetterden nachtegalen en boomklevers in de hoge ceders van Greendale Wood. Ze dacht aan Ben in Romilly, heen en weer lopend onder de reuzenbamboe. *Vergeten? Hoe zou ik dat kunnen?*

Hij was kwaad op haar geweest en toch had hij gemaakt dat ze zich beter voelde. Omdat hij nog steeds dezelfde Ben was. Maar haar zus wilde dat niet begrijpen.

Ze wendde zich weer tot Madeleine. 'Goed dan,' zei ze, 'dan maar op Fever Hill. Clemency geeft hem wel een baan als ik haar dat vraag.'

'Je geeft het niet op, hè? Clemmy heeft geen stalknecht nodig. Ze heeft niet eens een paard.'

'Maar, Maddy, we kunnen niet niets doen.'

'Ja, Sophie, dat kunnen we wel.' Madeleine gaf een klein rukje aan de teugels. 'Bovendien weet je niet eens waar hij is. Hij zal wel ver weg zijn.'

'Dat is geen goed argument,' vond Sophie. 'Ik kan het Evie vragen. Die weet vast wel waar hij is.'

'Houd je erbuiten, Sophie,' zei haar zus. 'Je kunt niets doen. En zelfs als je dat wel kon, help je hem niet door je ermee te bemoeien. Je zou het alleen maar erger maken.'

Sophie antwoordde niet. Madeleine had het mis. Ze kon nog wel iets doen. En dat was ze van plan ook. Waarom ging ze anders naar Falmouth?

Haar vreselijke oudtante May had haar hele leven op Fever Hill gewoond, maar na de dood van haar neef Jocelyn had ze iedereen verrast door naar Falmouth te verhuizen.

Hier leefde ze verder in onverbiddelijke afzondering. Afgezien van een wekelijks ritje per rijtuig naar de kerk kwam ze het huis niet uit. Ze ging nergens op bezoek, hoewel heel Trelawny haar uit pure angst uitnodigde. Ze opende nooit een boek, en tijdschriften waren beneden haar niveau, net als grammofoons, verlichting op gas, en comfortabele stoelen.

Zelfs haar eigen bedienden wisten niet hoe ze de tijd doorbracht, maar de kinderen van Duke Street hadden zo hun eigen ideeën. 'Zij is een oude heks,' fluisterden ze terwijl ze angstige blikken op de gesloten mahoniehouten luiken van haar galerij op de eerste verdieping wierpen. 'Ze heeft rauwe ogen, draagt altijd handschoenen om haar benige vingers te verbergen, en rijdt 's nachts uit om het leven uit pasgeborenen te zuigen.'

Altijd als Sophie dat verhaal hoorde, voelde ze zich een beetje schuldig. Het idee dat oudtante May de oude heks uit de plaatselijke legendes was, vond zijn oorsprong bij haarzelf en Evie toen ze nog klein waren.

Nu ze achter de zwijgende butler Kean de trap opliep naar de salon op de eerste verdieping, voelde ze zich vreemd ongerust. Ze hield zich voor dat ze niets te vrezen had van een oude, vierentachtigjarige dame, maar dat was niet helemaal waar. Oudtante May beschikte over een akelig talent om iemands zwakke punten bloot te leggen. Ze rook kwetsbaarheden waarvan je zelf niet eens besefte dat je ze had.

Na het felle zonlicht in Duke Street moesten Sophies ogen even wennen aan de duisternis. De luiken waren dicht en de mahoniehouten wandpanelen absorbeerden het merendeel van het licht dat tussen de luiken door sijpelde. Er drongen geen geluiden van buiten door in de kamer. Er tikte geen klok. Het was doodstil in de salon.

Oudtante May zat heel recht op een harde, mahoniehouten stoel, haar in handschoenen gestoken handen gekruist op de ivoren knop van haar wandelstok. Oudtante May droeg altijd handschoenen. Ze had al zesenzestig jaar geen ander levend wezen aangeraakt.

Ze was nog net zo mager en recht van lijf en leden als Sophie zich herinnerde, en droeg een strakke, hooggesloten japon van stugge grijze moiré die geen enkele concessie deed aan de warmte. Oudtante May had een hekel aan concessies, net zoals ze een hekel had aan ziekte, plezier en enthousiasme.

Achter haar hing het befaamde Winterhalter-portret van haarzelf in baljurk. Ze was een hooghartige schoonheid geweest op haar achttiende: statig, met goudkleurig haar, ijsblauwe ogen en een porseleinen teint die nog nooit de zon had gezien. *Kijk naar mij en wanhoop* leek het portret te zeggen. Sophie voelde het naar haar kijken toen ze over het parket liep en haar best deed niet mank te lopen.

'Wel, wel, jongedame,' zei oudtante May met haar harde, droge stem. 'Ik had niet verwacht dat je zo snel je opwachting zou maken. Het kan nauwelijks meer dan drie weken geleden zijn dat je schip in Kingston aanlegde.'

Ondanks haar hoge leeftijd waren er nog steeds sporen van haar vroegere schoonheid zichtbaar. Haar gelaat was heel teer en de ogen waren nog steeds blauw, al waren ze nu rood omrand. Ze keek grimmig geamuseerd toe terwijl Sophie op het puntje van een stoel ging zitten en herschikte haar handen op de knop van haar wandelstok.

'U bent goed ingelicht, oudtante May,' zei Sophie, de schimpscheut negerend.

'Waarom ben je hier? Je hebt je nooit ook maar iets van mij aangetrokken en je zult wel weten dat ik helemaal niet op je gesteld ben.'

'Dat weet ik, maar...'

'Ik wil mooie dingen om me heen hebben. Jij bent niet mooi. Bovendien ben je ziek.'

'Ik ben al jaren genezen.'

De oude dame tikte met haar wandelstok op de vloer. 'Je bent ziek, zeg ik! Je bent praktisch kreupel. Ik zag het wel. Geef me nu antwoord. Waarom ben je hier?'

Sophie zweeg nog heel even om zichzelf onder controle te krijgen. 'Ik heb gehoord dat u een koetsier nodig hebt,' zei ze op vlakke toon.

'Nee maar, jongedame, je verbaast me! Wat voor belangstelling kun jij nou hebben voor de samenstelling van mijn huishouden?'

'Nou, ik ken iemand die onlangs uit een andere betrekking ontslagen is en die wellicht geschikt zou zijn.'

'Ontslagen, zeg je. Wat was de aanleiding?'

'Brutaliteit. Maar dat was...'

'Nou, je hebt een vreemd idee over de kwaliteit van bedienden die ik zou willen aannemen.'

'Ik geloof dat het een misverstand geweest zou kunnen zijn. Meneer Traherne...' Ze zweeg even om de naam extra gewicht mee te geven, 'heeft altijd een hoge dunk gehad van de bediende in kwestie.'

Er flakkerde iets in de ontstoken blauwe ogen.

Sophie bleef heel stil zitten. Als de oude dame doorhad dat ze gemanipuleerd werd, zou het heel lastig worden. En toch... als ze een kans zag de Trahernes te treiteren...

Het was algemeen bekend dat oudtante May die hele familie verafschuwde met een intense, felle haat waar geen einde aan kwam. Zes decennia geleden had ze de schande ondervonden van een huwelijksaanzoek van de vader van Cornelius, en die vernedering was ze nooit te boven gekomen. De achterkleinzoon van een hoefsmid! En hij had de onbeschaamdheid gehad om naar de hand van juffrouw May Monroe te dingen! Zesenzestig jaar later was haar rancune nog niet getemperd. Waarschijnlijk hield die haar in leven.

Weer tikte ze met haar stok op de vloer. 'Ik laat me níet beïnvloeden.'

'Dat weet ik, oudtante May.'

'Als iemand naar de betrekking komt solliciteren, dan zal ik erover nadenken, áls me dat schikt. Maar ik laat me níet beïnvloeden. En vertel me nu de waarheid. Wat voor belangstelling heb jij voor een mannelijke bediende van de Trahernes?'

Sophie aarzelde. 'Geen.'

De oude dame stortte zich op haar aarzeling. 'Waarom ben je dan hier?'

Sophie voelde dat ze bloosde.

'Zal ik het je vertellen, jongedame? Zal ik je zeggen waarom je blijk geeft van ongepaste belangstelling voor je minderen?'

'Dat is niet zo,' zei Sophie tussen haar opeengeklemde tanden. 'Het is alleen zo dat er in dit geval redenen zijn...'

'Probeer jezelf niet vrij te pleiten! Ik heb verhalen gehoord over je gedrag. Je vriendschap met mulatten. Je bemoeienissen met die... kliniek, noemen ze het toch?' Ze leunde voorover en haar felle blauwe ogen boorden zich in die van Sophie. 'Je voelt je tot je minderen aangetrokken omdat je weet dat je niemand anders kunt krijgen.'

Sophie stond op. Dit hoefde ze niet te nemen. Zelfs niet voor Ben.

Maar oudtante May had haar prooi in haar klauwen en wilde haar niet laten gaan. 'Je hebt geen opvoeding gehad,' vervolgde ze. 'Geen manieren. Geen gezondheid. Geen schoonheid.'

'Ik hoef hier niet naar te luisteren...'

'Je zult uiteindelijk misschien wel een man vinden, maar die zal alleen uit zijn op je bezittingen.'

'Hoe komt u op het idee dat u zulke dingen over me kunt zeggen? Is het omdat u oud bent? Is dat het?'

De blauwe ogen glommen van meedogenloos plezier. 'Aangezien je alleen maar kunt reageren met onbeschaamdheid ga ik ervan uit dat je wat ik zeg als de waarheid accepteert.'

'Onzin!'

'Aha, en nu beledig je me ook nog in mijn eigen salon! Als het onzin is, jongedame, vertel me dan eens: heb je ooit een vrijer gehad? Heeft ook maar één jongeman van gegoede familie ooit je aandacht proberen te trekken? Nee. En zal ik je zeggen waarom niet? Kijk naar het portret aan de muur achter me. Dat is schoonheid. Dat is opvoeding. Jij hebt geen van beide, en zult ze ook nooit krijgen. Je bent geen echte Monroe.'

'Ik ben net zo goed een Monroe als u...'

'Je bent een Durrant. Je moeder had de instincten van een straatmeid, net als jij.'

Sophie draaide zich op haar hielen om en liep weg. Ze smeet de deur van de salon achter zich dicht, duwde de verbaasde Kean opzij en rende naar beneden, de straat op.

Daar bleef ze even staan hijgen, verblind door het felle zonlicht. Na de schemer in de salon was Duke Street absurd zonnig en vredig. Een Chinese man wierp een klein stofwolkje op toen hij voorbij fietste. Een Oost-Indisch meisje in een prachtige paarse sari stak statig-gracieus en met rinkelende enkelbanden de straat over. Ze droeg een brede, ondiepe mand met mango's op haar hoofd. Alleen haar donkere ogen bewogen toen ze Sophie beleefd nieuwsgierig aankeek.

Sophie ademde de geruststellende geuren van stof en mango's in en voelde haar hartslag langzaam weer normaal worden. *Je voelt je tot je minderen aangetrokken omdat je weet dat je niemand anders kunt krijgen. Je moeder had de instincten van een straatmeid, net als jij.* Het was niet waar. Er was niets van waar. Ze was kwaad op zichzelf omdat ze zich zo door oudtante May van streek had laten maken... en erger nog, het had laten blijken. Waarom zou ze zich iets aantrekken van het geraaskal van een kwaadaardig oud mens dat genoot van de angsten van andere mensen en die verdraaide tot leugens?

Ze begon langzaam de straat door te lopen. Weldra had de zonnige vreedzaamheid van het stadje zijn effect en begon ze zich beter te voelen. Wat maakte het ook uit wat oudtante May tegen haar had gezegd? Ze had bereikt wat ze wilde. Ze had het oude kreng een manier laten zien om het oordeel van de Trahernes af te keuren; nu was het aan Ben om te solliciteren naar de betrekking.

Hoewel hij dat natuurlijk nog niet wist. Nu moest ze hem dus nog vinden.

10

Uit het dagboek van de heer Cyrus Wright, opzichter op plantage Fever Hill:

1 mei 1817 *Op deze dag ben ik mijn werk op de plantage Fever Hill begonnen. Meneer Alasdair Monroe heeft me de bezittingen laten zien: een groot aantal rietvelden, een veeboerderij, citrus- en pimentbomen, verfhout en veel vee en negers, waaronder twee dozijn onlangs gekocht op een veiling. Meneer Monroe is zevenenzestig jaar oud, maar kras. Hij adviseerde me een vrouw, of in elk geval een negermeisje te nemen.*

10 mei *De hitte is afschuwelijk. Het land is helemaal verdroogd en op sommige plaatsen geschroeid door vuur. Mijn nieuwe huis op Clairmont Hill is mooi maar eenzaam. Heb een Chamboy-meisje, genaamd Sukey, opgedragen de tuin te wieden, maar ze is onbeschoft. Heb haar erop betrapt dat ze suikerriet zat te eten en heb mijn stok gebroken op haar rug. Vanavond heb ik gedineerd in het grote huis met meneer Monroe, zijn oudste zoon meneer Lindsay en meneer Duncan Lawe. Gebakken krab, gestoofde eend, honingmeloen en kaas. We spraken over gekke Durrant, die zijn grote huis op Eden bouwt tussen de boomvarens. Veel tafelwijn en cognac. Bij thuiskomst,* cum *Sukey in de voorraadkamer,* stans, *achterwaarts.*

18 mei *Vandaag word ik achtenveertig jaar. Nog steeds geen regen. Parkieten hebben vreselijk huisgehouden in mijn tuin en vannacht heeft het vee aan de maïs gezeten, hoewel ik de oude Sybil op wacht had gezet. Heb haar laten ranselen en de wonden met zout ingewreven. Ze maakte veel misbaar.* Cum *Acubah,* supra terram, *onder de kapokbomen.*

31 mei *Hitte buitensporig en nog steeds geen regen. Heb twee groepen negers aan het wieden gezet, en een groep kinderen aan het ruimen van mest bij de rietvelden van Glen Marnoch. Veel gemakzucht. Die negers zouden hun tijd verlummelen als ik het toeliet. Als avondeten mangrove-oesters, koude tong en bier met suiker.* Cum *Sukey* in dom., bis.

Er valt een akeeblad op de bladzijde. Evie staart er even naar en veegt het dan opzij.

Ze kijkt met een zure smaak in haar mond naar het kleine handschrift dat de bladzijde vult. Ze kent genoeg Latijn om de betekenis te doorgronden. *Cum* Sukey in de voorraadkamer, *stans*, achterwaarts. Dat betekent: met Sukey in de voorraadkamer, staand, achterwaarts. *Cum* Accubah *supra terram*, onder de kapokbomen. Met Acubah op de grond onder de kapokbomen. *Cum* Sukey *in dom., bis*. Met Sukey in huis, twee keer.

Ze gaat verzitten op de muur van het aquaduct, maar vindt geen comfortabele houding. Verbeeldt ze het zich, of hangt hier een sfeer van waakzaamheid? Een heimelijke fluistering van de bladeren in de akee, steels gekraak in de reuzenbamboe?

Waarom, zo vraagt ze zich af, voelde Cyrus Wright zich verplicht elk van zijn gedwongen, heimelijke paringen op te tekenen? En waarom in Latijn? Schaamde hij zich? Waarom hield hij het dan niet helemaal voor zich? Nee, hij wilde het zich blijven herinneren. Dat maakt haar misselijk.

Een grondduifje waggelt over het pad naar haar toe en ze fladdert met haar hand om het te verjagen. 'Weg! Verdwijn, geestenvogel!'

De grondduif vliegt een paar meter weg, maar is al snel weer terug, houdt zijn kopje schuin en kijkt haar met zijn rode oogjes aan.

'Ga weg,' fluistert ze. Ze steekt haar hand onder haar lijfje en pakt het kleine groenzijden zakje vast waarin het gouden kettinkje van de buckra-man zit. Ze houdt het stevig vast, als een talisman.

Het boek op haar schoot is een dood gewicht. Waarom maakt

ze zich er zo druk over? Ze weet wat er in de slaventijd gebeurd is. Haar moeder vertelt haar er al over sinds ze een klein meisje was. Waarom is het zo veel erger om erover te lezen? Om de details en de namen in dat kleine handschrift te zien staan, naast wat Cyrus Wright heeft gegeten?

Overal waar ze kijkt lijkt het verleden door de kieren heen te sijpelen. Die dag bij het busha-huis, toen ze de oude meneer Jocelyn achter Sophie aan zag lopen. Wat gebeurt er? Wat staat er te gebeuren?

En waarom heeft Sophie haar dit boek gestuurd? *Beste Evie,* luidde het briefje in Sophies grote, slordige handschrift. *Ik vond dit boek in mijn grootvaders bibliotheek en dacht dat het misschien kon helpen bij je dissertatie. Met hartelijke groet, Sophie Monroe.*

De dissertatie? Dat is vast niet meer dan een smoes. Probeert Sophie zich te verontschuldigen voor laatst? Of wil ze iets anders?

In feite doet het er niet toe. Wat ertoe doet – waardoor Evie zich ademloos en opgesloten voelt – is dat het lot dit boek naar háár gestuurd heeft: de vieroogdochter van de plaatselijke heks. Het boek is zwaar en roept haar. Ze is er bang voor, maar kan er niet aan ontsnappen. Ze slaat de bladzijde om en begint weer te lezen:

13 september 1817 *Buitengewoon harde regen. De negers hadden yams en pisangstekken geplant in hun moestuinen, maar alles is weggespoeld. Ik heb gezegd dat ze volgend jaar dieper moeten poten en zich ondertussen tevreden moeten stellen met zoute vis. In de voormiddag naar Falmouth gegaan voor de veiling. Gekocht:*

> *1) Een flinke jongen, een Ebo, 1 m 73, ongeveer 16 jaar oud. Gezicht en lijf getekend met veel stammerktekens. Landsnaam Oworia. Ik heb hem Strap genoemd. £ 45.*
>
> *2) Een Coromantee-jongen, 1 m 35, ongeveer 9 jaar oud. Landsnaam Abasse. Heb hem Job genoemd. £ 25.*
>
> *3) Een klein Coromantee-meisje, 1 m 5, ongeveer 6 jaar. Leah, zuster van bovengenoemde. £ 15.*

4) Een Coromantee-vrouwmeisje, 1 m 63, ongeveer 14 jaar, genaamd Quashiba. Zuster van Job en Leah en erg aantrekkelijk. Geen stammerktekens op buik of rug, kleine, smalle vingers, tanden niet gevuld, heldere blik. Enigszins majesteitelijke verschijning. £ 40.

Ik wilde ze net gaan brandmerken toen meneer McFarlanes boekhouder, meneer Sudeley aanbood het meisje Leah van me te kopen. Hij zei dat meneer McFarlane een huwelijksgeschenk zocht voor zijn bruid Elizabeth Palairet en dat het meisje geschikt was. Ik heb de koop meteen gesloten, met een guinje winst. Toen Leah werd weggeleid ontstond er echter een vreemde commotie. Quashiba en Job leken erg aan hun zusje gehecht en smeekten me hen niet van elkaar te scheiden. Ze protesteerden zelfs zo heftig dat ze met stokken geslagen moesten worden. Ik heb ze laten brandmerken en wegvoeren, waarna de jongen Strap, die hun vriend lijkt te zijn, Quashiba in hun eigen taal troostte. Ik merkte tegen meneer Sudeley op dat het vrouw-meisje haar zusje weldra zou vergeten, omdat iedereen weet dat negers geen hechte banden kunnen aangaan.

14 september *Heb Job in het negerdorp gezet, in Pompey's hut bij het aquaduct, en Strap aan de mulat Hanah gekoppeld, hoewel ze beiden protesteerden. Heb Quasihba in huis genomen, wil haar als huishoudster. Ze blijft lamenteren over het verlies van haar zusje en ik moest haar verbieden Job en Strap op te zoeken in het negerdorp. Gestoofde parelhoen gegeten als avondeten.* Cum *Quashiba* in dom., *maar ze verzette zich. Vreemde onbeschaamdheid. Ik heb haar Eve genoemd.*

Evie slaat het boek met een klap dicht. Het koude zweet breekt haar uit. Haar hart begint te bonken. Ze wil het boek in het water gooien... meneer Cyrus Wright aan het slijmerige groene water toevertrouwen, waar hij thuishoort. *Ik heb haar Eve genoemd.* Nee. Nee. Dit heeft niets met haar te maken. Ze is geen nikker van vroeger uit Guinea. Ze hebben alleen toevallig dezelfde naam. Bovendien, wat kan haar de slaventijd schelen? De slaven zijn bijna zeventig jaar geleden bevrijd. Ze betekenen niets voor haar.

Zij is Evie McFarlane, onderwijzeres in Coral Springs. Ze is half blank.

Een warme bries doet de droge bamboebladeren ruisen. Evie steekt haar handen uit naar een struik, plukt een gemberlelie en wrijft de witte bloemblaadjes tussen haar vingers fijn. De geur is zo scherp dat haar ogen ervan gaan tranen... Maar dat is goed, want dat spoelt haar gedachten schoon.

Wat je goed moet onthouden, zo houdt ze zichzelf voor, is dat dit niet over jou gaat. Jij kunt hier weg wanneer je maar wilt. *Wanneer je wilt*. Je hoeft het maar tegen die buckra-heer te zeggen en hij helpt je. *Jij mag zeggen waar en wanneer*, heeft hij gezegd. *Alleen om te praten, natuurlijk. Ik wil alleen maar met je praten*. En hij heeft beloofd haar met respect te behandelen en niets van haar te vragen. Tenzij ze dat zelf wil.

'Hallo, Evie,' zegt Sophie achter haar.

Evie springt op en het boek valt bijna in het water.

'Het spijt me,' zegt Sophie. 'Ik heb je laten schrikken.'

Evie gooit de fijngeknepen blaadjes weg, zwaait haar benen van de muur en zoekt haar schoenen. 'Hallo, Sophie,' mompelt ze.

'Het spijt me,' zegt Sophie weer. Ze staat nerveus met haar rijzweepje te spelen. Ze is veel minder elegant gekleed dan toen Evie haar bij het busha-huis zag, in een gedeelde rijrok tot op de kuiten, een kort, bruin jasje en een dophoedje. Denkt ze dat ze door zich zo te kleden kan doen alsof de kloof tussen hen kleiner is dan hij is? Nou, dat kan niet. Haar laarzen zijn van kalfsleer en op de kraag van haar blouse zit een kleine zilveren broche.

Nu ze naar haar kijkt, voelt Evie weer de vertrouwde menngeling van jaloezie, genegenheid en zelfwalging. Ze haat het dat Sophie haar heeft aangetroffen in haar oude jurk en canvasschoenen, in deze vervallen ruïne. Ze haat het dat ze blij is Sophie te zien.

Sophie kijkt naar het boek. 'Heb je er iets aan?'

Evie schokschoudert. 'Waarom heb je het me gestuurd?'

'Ik dacht dat het misschien zou helpen voor je dissertatie.' Ze aarzelt. 'En ik voelde me rot over laatst. Ik bedoel, om zomaar aan te nemen dat je een dienstbetrekking had.'

Evie negeert dat laatste. 'Heb je het zelf gelezen?' vraagt ze.

'Nee. Waarom?'

Ze snuift. 'Het gaat alleen maar over slaven.'

Sophie zucht. 'O, het spijt me, Evie. Daar heb ik echt niet bij stilgestaan.'

'Dat weet ik.'

Sophie draait zich om en kijkt naar het groene water. Dan wendt ze zich weer tot Evie. 'Waar het om gaat is dat ik Ben moet spreken. Kun je me vertellen waar hij is?'

Dus dat is het, denkt Evie. Ik had het kunnen weten. Sophie is altijd met Ben bezig. 'Ben is weg,' zegt ze.

'Waarheen?'

'Dat weet ik niet.'

Sophie gelooft haar niet. 'Ik heb namelijk een betrekking voor hem gevonden en dat moet ik hem vertellen, anders krijgt iemand anders hem. Het is in Duke Street, bij oudtante May.'

'Juffrouw May!' Dat verbaast Evie. 'Tjee! De oude heks zelf!' Dan herinnert ze zich tegen wie ze het heeft en slaat haar hand voor haar mond.

Sophie grinnikt. 'Inderdaad, de oude heks! Ik ben gisteren bij haar geweest en ze jaagt me nog steeds de stuipen op het lijf. Maar zie je, ze zoekt echt een koetsier. Het is belachelijk, want ze rijdt alleen maar die achthonderd meter naar de kerk, maar ik dacht dat als Ben nou solliciteert, ze hem waarschijnlijk zou aannemen. Het zou haar wel aanspreken om de Trahernes een hak te zetten.'

Slimme juffrouw Sophie. Slimme, domme juffrouw Sophie, die met open ogen de problemen blindelings tegemoet gaat.

En nu weet Evie echt niet wat ze moet doen. Natuurlijk weet ze waar Ben is. Hij zit in het oosten, in de heuvels voorbij Simonstown. Daniel Tulloch heeft een slaapplaats voor hem gevonden bij zijn nicht Lily, die lesgeeft op de dorpsschool. Maar Evie heeft voortdurend het beeld in haar achterhoofd van de oude meneer

Jocelyn die achter Sophie over het pad loopt. Misschien betekent dat problemen voor Sophie, of misschien voor Ben. Of misschien voor allebei.

Met de punt van haar schoen tekent ze patronen in het stof. 'Je kunt beter bij hem uit de buurt blijven, Sophie.'

'Dat zegt iedereen al.'

'Iedereen?'

Ze slaat met haar rijzweepje tegen haar laars. 'Ik probeer alleen maar de dingen in orde te maken. Dat is alles.'

Evie vraagt zich af of Sophie echt gelooft wat ze zelf zegt.

'Wil je in elk geval zorgen dat hij de boodschap krijgt?' zegt Sophie.

Evie schudt haar hoofd.

'Waarom niet? Wil je hem niet helpen? Hij is toch ook jouw vriend.'

Evie antwoordt niet.

'Geef hem de boodschap nou maar door,' dringt Sophie aan.

Ach, waarom ook niet, denkt Evie. Je bent immers niet echt meer bevriend met Sophie, dus waarom zou je proberen haar uit de problemen te houden? En waarom zou je je zorgen maken om Ben? Ben kan wel voor zichzelf zorgen. Dat heeft hij altijd al gedaan.

'Evie... alsjeblieft!'

Ze zucht. 'Goed dan.'

'Dank je!'

Daarna blijft Sophie niet lang meer en Evie probeert haar niet tegen te houden als ze gaat. Toch heeft ze daar spijt van als ze eenmaal weg is. Het is eenzaam bij het aquaduct, met de fluisterende akee boven haar en de krakende bamboe, en het journaal van Cyrus Wright dat op de muur naar haar ligt te roepen.

Ze verwacht half en half dat het vanzelf verplaatst is, maar als ze omkijkt, ligt het nog steeds op dezelfde plek op haar te wachten. Met een akelig voorgevoel gaat ze op de muur zitten. Ze slaat het boek open.

Tot haar frustratie vindt ze echter niets meer over Eve. Met groeiende ongerustheid bladert ze verder langs meldingen over de oogst en het aantal vaten per hectare, en beknopte meldingen in Latijn over gedwongen gemeenschap in de rietvelden. Wat is er gebeurd? Is ze ziek geweest? Heeft ze een pak slaag gehad dat te ver is gegaan?

Net als ze de hoop begint op te geven, vindt ze iets.

3 december 1817 *Gisteren heb ik Eve mijn oude jas gegeven, maar 's avonds was ze hem kwijt, dat zei ze althans. De oude Sybil zegt dat Eve hem aan Strap heeft gegeven. Ik was kwaad en heb Eve naar de veldwerkers gestuurd voor een afstraffing. Heb de hut van Strap laten doorzoeken, maar de jas niet gevonden (NB: Oude Sybil zegt dat de negers Eve de laatste tijd 'Congo Eve' noemen, om haar te onderscheiden van meneer Durrants Chamboy Eve in Romilly, maar dat is zonder mijn toestemming.)*

15 december *Congo Eve is weggelopen. Heb mannen achter haar aangestuurd en ben zo kwaad dat ik alleen wat ham en kaas als avondeten heb genomen.* Cum *Accubah* in dom.

17 december *Congo Eve is gevangen en teruggebracht door de opzichter van meneer McFarlane. Ze was naar Caledon gegaan om haar zusje Leah te zien. Heb haar met de zweep laten geven en de wonden laten inwrijven met zout. Zag 's avonds dat ze een enkelband van kalkoengierkralen droeg. Ze zei dat het een cadeautje was van haar broer Job. Omdat ik vermoedde dat het iets met Obiah-praktijken (d.w.z. zwarte magie) te maken had, heb ik haar het ding op de afvalhoop laten gooien.*

18 december *Heb een vreemd klaagbezoek gehad van een meneer Drummond, opzichter in Waytes Valley. Hij vertelde dat hij gisteren op weg was naar Pinchgut toen hij een aantrekkelijk negerwicht tegenkwam. Ze stemde ermee in met hem de bosjes in te gaan, maar toen ze daar waren verlangde ze eerst betaling, waarop hij zijn blauwzijden beurs tevoorschijn haalde. Hij hield die vrij achteloos vast en het meisje graaide de beurs uit zijn hand en rende ermee weg, en sindsdien heeft hij*

haar of de beurs niet meer gezien. Hij zou het meisje ook niet meer herkennen, want ze droeg een doek laag over haar hoofd. Hij zei dat hij vijf shilling was kwijtgeraakt en wilde van mij compensatie, want hij zei dat het meisje waarschijnlijk van mij was. Ik weigerde dat resoluut en hij ging weg. Daarna heb ik Congo Eve ondervraagd, maar ze zei dat ze van niets wist, al keek ze me wel heel brutaal aan.

19 december *De afgelopen weken heb ik mijn veldnegers koperhout laten kappen op Pinchgut Hill en nu heb ik honderd en zestien wagenladingen vol langs het kookhuis klaarliggen. Ik liep net na het einde van de werktijd heel tevreden terug naar huis, toen ik Congo Eve bij de vijver met Strap zag praten. Ze glimlachte en streelde zijn wang. Heb hem laten geselen en beide neusgaten laten doorsnijden.* Cum *Congo Eve* in dom., sed non bene. Illa habet mensam.

'Evie! Evie!'

Ze kijkt met een wazige blik in haar ogen op, alsof ze uit een droom is ontwaakt.

Het is haar moeder, die haar roept voor het eten. Ze staat op, slaat het boek dicht en veegt haar rok schoon. Ze vindt het niet erg om te gaan. Het wordt donker en ze voelt hier de vernietigende aanwezigheid van geesten.

Met Congo Eve in huis, maar het was niet fijn. Ze had haar cyclus. Alleen al het lezen van die woorden maakt dat ze zich smerig voelt; alsof Cyrus Wright kleine schandvlekjes in haar geheugen heeft achtergelaten.

Wanneer ze het erf oploopt, kijkt haar moeder op van het fornuis, ziet het boek in de hand van haar dochter en glimlacht trots. Grace McFarlane heeft zelf nooit leren lezen, maar vindt het heerlijk Evie met een boek te zien. 'Wat wilde juffrouw Sophie?' vraagt ze terwijl ze haar dochter een dampende kom fufu aanreikt.

Evie haalt haar schouders op. 'Niets. Ze kwam gewoon even langs.'

Een tijdlang eten ze zwijgend. Dan zegt Grace: 'Weet je, je kunt beter geen tijd met haar doorbrengen, meisje.'

Evie blaast over haar fufu en fronst haar voorhoofd. 'Waarom niet?'

'Je weet waarom. Ze is van een andere klasse van leven en ideeën dan jij.'

'Moeder, ik ben onderwijzeres, geen dienstmeid. Ik kan tijd doorbrengen met wie ik wil.'

'Allemaal goed en wel, maar er komt niets goeds voort uit bemoeienissen met koetsvolk. Dat weet je.'

Evie bijt op haar tanden. Dat hoort ze haar hele leven al. Uit de mond van haar moeder komt het hard aan. 'Bemoeienissen met koetsvolk?' zegt ze zacht. 'Maar moeder, je hebt het over jezelf. Nietwaar? Jij had "bemoeienissen" met een buckra-heer en...'

'Evie...'

'... en daar ben ik het gevolg van. Nietwaar, moeder? Je ging met een buckra-man, al wil je me niet eens zijn naam vertellen.'

Grace werpt haar een duistere blik toe, maar Evie wordt steeds kwader en trekt zich er niets van aan. 'Vertel me dus alsjeblieft niet met wie ik wel of geen tijd kan doorbrengen, moeder. Ik ben half blank, ik kan...'

'Half blank is niet blank,' bijt Grace haar toe. 'Weet je dat nu nog niet?'

Evie kan het niet meer verdragen. Ze gooit haar kom neer, loopt het erf af en smijt de bamboepoort achter zich dicht. Ze loopt helemaal naar het aquaduct voor ze zich realiseert waar ze is... of dat ze het journaal van Cyrus Wright onder haar arm heeft. Haar hart bonkt.

Wat moet ze nu doen? Het wordt al donker. Ze hoort de muskieten gonzen. Zwaluwen zweven naar beneden om te drinken. Zal ze wat vuurvliegjes vangen en in een potje stoppen, zodat ze nog even kan lezen?

Verder lezen is het laatste wat ze wil, maar omdat ze zo kwaad is, gaat ze het juist wél doen. En opnieuw kan ze diverse bladzijden niets over haar naamgenote vinden. Het is alsof Cyrus Wright genoeg had gekregen van alles, behalve suikerriet planten en koffie verbouwen. Of misschien schaamde hij zich. Wat de reden ook is, het duurt twee jaar voor hij Congo Eve weer noemt.

13 september 1819 *Nog steeds geen regen; uitermate heet. Had mijn veldnegers opgedragen om mahoebast te kappen om touw van te maken, toen Job in zijn been hakte. Er kwam guineaworm in en het zwol erg op, dus heb ik hem naar het zweethuis gestuurd. Congo Eve wilde er per se heen om hem te bezoeken en eten te brengen, dus heb ik haar weer vast moeten binden met een ketting om haar nek. Ze is pervers en weigert zichzelf te helpen, maar blijft zich tegen me verzetten.*

15 september *De vrouw van meneer Monroe heeft een dochter gekregen. Hij heeft haar May genoemd. Het is zijn zevende kind bij zijn vrouw, hoewel hij bij zijn negervrouwen natuurlijk veel mulatten heeft verwekt. Job is nog steeds in het zweethuis, erg koortsig en roept steeds om zijn zuster. Zelf heb ik brandende urine en ik vrees dat het syfilis is. Heb op advies van dr. Prattin vier kwikpillen en een verkoelend poeder genomen. Hij opperde dat ik net als mijn negers naar het zweethuis zou gaan en vond het wel een goede grap. Ik niet.* Cum *Congo Eve,* stans, *in het drooghuis. Als avondeten gestoofde schildpad met een groot glas donker bier.*

17 september *Job is overleden aan tetanus. Congo Eve werd bijna gek en wilde niet naar rede luisteren. Moest haar weer aan de ketting leggen. Heb de negers vrij gegeven om het lichaam te begraven achter de bijenstallen.*

26 september *Veel problemen vannacht. Tegen mijn bevel in hield Strap een negernacht voor Job in het dorp, en Congo Eve was erheen geglipt. Ik volgde haar in het donker en zag toen een groot aantal mensen trommelen en vreemde muziek maken, en Strap speelde op een banjo. Zag Congo Eve bezig met haar Obiah. Toen dansten zij en Strap de negerdans die zij de* shay-shay *noemen, afstotend om te zien: veel langzaam gedraai van de heupen, maar het bovenlichaam blijft stil. Ik heb hen onderbroken, zwaaiend met mijn musket en heel kwaad. Heb Congo*

Eve laten geselen, 29 slagen, en heb vanmiddag Strap verkocht aan meneer Traherne van Parnassus voor £ 43, een verlies van £ 2. Toen heb ik Straps banjo gepakt en hem voor de ogen van Congo Eve in stukken gehakt met mijn machete. Ze dreigde ervandoor te gaan en heeft sindsdien haar mond niet meer tegen me opengedaan. Meneer Monroe heeft gelijk als hij zegt dat het gebrek aan morele vaardigheden van de neger hem onderwerpt aan zijn hartstochten. Had als avondeten twee gebraden duiven, heel vet en lekker. Cum *Congo Eve* supra terram *in Pimento Walk,* bis.

Evie steekt haar hand in haar jurk en pakt het kleine zakje van warme zijde vast als een talisman. De dag is net aangebroken en de vuurvliegjes in het potje zijn dood. Zo dadelijk komt haar moeder naar buiten om het vuur op te porren, en dan vraagt ze zich af waarom haar dochter al zo vroeg op is.

Ze kan niet verder lezen. Haar hart klopt zo luid dat ze zich misselijk voelt. Ze heeft hoofdpijn gekregen van het lezen van de klein beschreven bladzijden. *Het gebrek aan morele vaardigheden van de neger onderwerpt hem aan zijn hartstochten.* Wat een leugens vertellen de mensen toch om het kwaad dat ze aanrichten goed te praten.

Om haar heen worden de vogels wakker. Een vlucht kwebbelende kraaien nestelt zich in de akeeboom. Grondduiven pikken in het stof. Ze kijkt om zich heen, naar de stenen die nog steeds zwart zien uit de slaventijd, toen de oude meneer Alasdair het dorp na de slavenopstand in brand had gestoken. Waar ze nu is, woonden Strap en Job en honderden, misschien wel duizenden anderen. Hier danste Congo Eve de shay-shay, tot afkeer van Cyrus Wright. Zijn hun geesten nog steeds hier? Kijken ze nu naar haar?

Ze zwaait snel haar benen van de muur en springt op de grond. Ze hebben niets met haar te maken. Congo Eve betekent niets voor haar. Ze kan hier weg wanneer ze maar wil. Wanneer ze maar wil! Ze hoeft het alleen maar te zeggen. Snel, zodat ze niet van gedachte kan veranderen, rent ze over het pad naar haar moeders huis, met het boek tegen haar borst gedrukt. Ze sluipt de trap op om haar moeder niet wakker te maken en haalt haar kleine, houten schrijfkistje onder het bed vandaan. Dan loopt ze naar het eind van het erf en gaat op haar grootmoeders graf onder de kersenboom zitten. Ze pakt haar pen en inkt en een vel van haar speciale briefpapier en schrijft snel: *Ik ga morgenmiddag om vier uur een luchtje scheppen in Bamboo Walk. EM.* Ze verzegelt het met een stompje zegelwas.

Dit heeft niets met Congo Eve te maken, zo houdt ze zichzelf voor. Het bewijst in feite alleen maar hoe anders alles tegenwoordig is: dat dit een tijd is waarin een mulattenmeisje bewondering en respect kan ontvangen van een buckra-heer.

Zonder terug te lopen voor een hoed of haar schoenen, neemt ze het pad naar de oude vijver en gaat daarvandaan westwaarts dor de rietvelden van Alice Grove. Ze rent helemaal naar Pinchgut Hill.

Wanneer ze daar aankomt, begint de nederzetting net te ontwaken. Honden en geiten snuffelen in het stof. Kookvuren roken. Er hangt een rijke geur van kokosolie, gebakken broodvruchten en cerassee-thee.

Niemand is verbaasd haar te zien, en niemand kijkt ervan op dat ze de kleine Jericho Fletcher bij zijn kraag pakt en hem meetrekt achter een boom om even met hem te praten. Ze kan Jericho vertrouwen. Hij is vlug van begrip en hij kan zwijgen, en hij bewondert haar zoals alleen verlegen kleine jongetjes dat kunnen.

'Hier heb je een quattie,' zegt ze tegen hem. 'Je krijgt er nog een als je zo snel als een zwarte mier dit briefje afgeeft aan wie ik zeg. Denk erom, alleen wie ik zeg, niemand anders. Begrepen?'

Jericho kijkt naar haar op met zijn glimmende zwarte ogen en knikt plechtig. Even voelt Evie zich schuldig omdat ze het kind gebruikt, maar dan zegt ze tegen zichzelf dat hij immers twee quatties krijgt en daarmee kan hij eindelijk zijn droom waarmaken om een speelgoedpaardje te kopen.

Ze geeft hem de eerste quattie en het briefje en duwt zijn hand dicht. 'Ga snel dan,' fluistert ze, 'en geef dit aan meneer Cornelius Traherne.'

11

Een slaapverwekkende middag in de kliniek en geen patiënt te zien. Dr. Mallory was weggegaan en had Sophie alleen gelaten. Ze zat bij de open deur aan de wankele tafel en deed haar best om zich op *Ziekten van de longen* te concentreren. De woorden drongen echter niet tot haar door. Haar gesprek met Evie was vijf dagen geleden en ze had nog steeds niets van Ben gehoord. Misschien was Evie van gedachte veranderd over het overbrengen van de boodschap. Misschien had hij Trelawny verlaten of was hij scheep gegaan naar Engeland, Barbados, Panama of Amerika. Ze kon daar alleen achter komen door het aan Evie te vragen en daar was ze te trots voor.

Ze legde haar kin op haar handen en slaakte een zucht. Wat deed ze hier? Wat wilde ze eigenlijk? Ze kon zich tegenwoordig nergens op concentreren. Ze voelde zich voortdurend ontevreden: prikkelbaar en huilerig en vervuld van vage maar hardnekkige verlangens. Soms merkte ze zelfs dat ze Madeleine benijdde – omdat ze zo mooi was, omdat ze een man had die haar aanbad – ook al was ze nooit eerder jaloers op haar zus geweest. Wat was er met haar aan de hand? Wat wilde ze toch?

Eén ding was pijnlijk duidelijk. De kliniek was niet wat ze wilde. Het was een reusachtige vernederende vergissing geweest.

Bethlehem zelf was wel een leuk plaatsje. Een typische pachternederzetting, vijf kilometer ten oosten van het grote huis van Eden, en anderhalve kilometer ten zuiden van de Martha Brae. Een verzameling huisjes van tenen en leem, gedekt met rietafval rondom een stoffige open plek met een wit gestuukte baptistenkapel, een broodboom, en de kleine barak met tinnen dak die dr. Mallory tot zijn kliniek had uitgeroepen. Om het dorp heen strekte zich een keurig patchwork van bananenpercelen, koffiepercelen en moestuinen uit, in oostelijke richting naar de rietvelden van Arethusa, en in noordelijke richting naar de rivier en de rand van Greendale Wood.

De mensen waren vriendelijk maar koppig en, zoals Cameron al had voorspeld, niet zomaar genegen hun eigen bush-dokters te laten vallen voor een 'dokterswinkel' waar ze geen calvariepoeder of dodemannenolie konden kopen. Meestal had Sophie weinig anders te doen dan hoestsiroop uitdelen en zo nu en dan een splinter uit de voet van een kind halen.

Ze had het niet zo erg gevonden als dr. Mallory er niet was geweest. Hij was een intelligente, verbitterde, wanstaltig dikke weduwnaar die een hekel had aan geneeskunde en alleen dokter was geworden omdat God hem dat had gezegd. Hij maakte er geen geheim van dat hij zich stoorde aan Sophies aanwezigheid, ook al had hij zelf voorgesteld dat ze hem zou komen helpen. Het meest genoot hij als hij haar kon bekritiseren – onder het mom van 'vriendelijk advies' – en haar heimelijk belachelijk kon maken om haar gebrek aan medische ervaring.

'Ik vrees, juffrouw Monroe, dat onze kleine kliniek zijn glans voor u begint te verliezen? Nee, nee, ik begrijp het volkomen. Wat moeten we ontoereikend lijken na uw Londense hospitaals!' Hij wist heel goed dat drie dagen als vrijwilligster in het hospitaal voor werkende vrouwen in Cheltenham haar enige ervaring was in een hospitaal. Maar als ze hem daaraan herinnerde deed hij altijd of hij dat vergeten was.

De kliniek was een wilsstrijd geworden. Dr. Mallory verwachtte duidelijk dat ze de handdoek in de ring zou gooien, terwijl zij juist vastbesloten was hem dat genoegen niet te gunnen. Dus reed ze elke middag grimmig langs de Maputah-fabriek naar het oosten, sloeg dan af naar het noorden over een pad tussen het riet en stak het stroompje van de Tom Gully over, dat de grens markeerde tussen Eden en het dorpje Bethlehem.

Daar begroette dr. Mallory haar met een humeurige grimas, waarop zij hem een vastberaden glimlach schonk en ze gingen zitten wachten op de patiënten, die zelden kwamen. Na een uur of zo vertrok dr. Mallory naar zijn kleine huis voor een glas rum met water en een dutje, en pakte Sophie een boek.

Vanmiddag was het rustiger in het dorp dan gewoonlijk, want het was marktdag en de meeste mensen waren weg. Door de open deur kon Sophie een oude man onder een pawpawboom aan de andere kant van de open plek zien zitten. Hij zat zijn zondagse schoenen te poetsen met een handvol zwarte hibiscusbladeren. Kinderen kwamen voorbij, ze speelden paard en ruiter. Er zaten boomklevers te kwetteren op de bamboehekken en kippen liepen in het stof te pikken. Onder de broodboom zat Belle op haar hurken haar speelgoedzebra Spot te vermanen. Ze had een hartstochtelijke toewijding voor haar tante Sophie opgevat en had haar moeder net zo lang aan het hoofd gezeurd tot die ermee had ingestemd dat ze met haar tante meeging.

Met een tact die Sophie zeer waardeerde, vroeg Madeleine zelden naar de kliniek. Cameron sprak zich echter wel uit. 'Sophie, het duurt nou al, wat, twee weken?' had hij gisteravond aan tafel gezegd. 'Wordt het geen tijd dat je ermee stopt? Die oude Mallory heeft je immers niet nodig, en jij hem evenmin, en de hemel weet dat de zwarten jullie geen van beiden kunnen gebruiken.'

Hij had natuurlijk gelijk. Maar hoe kon ze het nu opgeven, nadat ze zich er zo voor had ingezet? Zou dit weer zo'n beroemde 'ommekeer' van haar worden?

Belles stem van buiten onderbrak haar gedachten. Ze vroeg aan iemand die Sophie niet niet kon zien om eens naar de hoef van Spot te kijken. 'Hij is wat wankel omdat Fraser eraan getrokken heeft,' zei ze. 'Tante Sophie heeft me carbolverband gegeven.'

'Verband helpt niet veel bij een gebroken kanonbeen,' zei Ben.

Sophies hart maakte een sprongetje.

'Wat is een kanonbeen?' vroeg Belle.

'Het stuk boven de vetlok,' antwoordde Ben. 'Het is inderdaad gebroken, en schiet naar alle kanten heen en weer.'

Heel stilletjes stond Sophie op. Ze liep weg van de deur, stapte naar het hoge raam met jaloezieën en ging op haar tenen staan om naar buiten te kunnen kijken.

Hij hurkte naast Belle in de schaduw van de broodboom. Hij droeg zijn gebruikelijke broek en hoge laarzen en een blauw shirt zonder kraag, maar in plaats van zijn pet lag er een oude strohoed naast hem op de grond. Hij fronste en draaide de zebra in zijn handen om.

'Wordt hij weer beter?' vroeg Belle, die met haar handen op haar rug voor hem was gaan staan.

Hij schudde zijn hoofd. 'Je kunt er het beste een eind aan maken.'

'O, wat betekent dat?'

'Hem de kogel geven.'

Belle knipperde met haar ogen. 'Bedoel je dat ik hem moet doodschieten?'

Hij gaf haar het speelgoeddier terug. 'Dat is wel het beste voor hem. Hij zal nooit meer op vier benen lopen.'

'Maar als ik hem nou draag...'

Hij haalde zijn schouders op. 'Wat je wilt. Als jij de hele dag een gestreept paard wilt ronddragen, moet je dat zelf weten.'

Ze knikte en hield Spot dicht tegen zich aan. 'Hij is eigenlijk geen gestreept paard. Hij is een zebra.'

'Wat is een zebra?'

'Uh. Een soort gestreept paard.'

Ben glimlachte.

Het was voor het eerst dat Sophie hem zag glimlachen – echt glimlachen – sinds hij een kind was. Ze moest er bijna om huilen.

Terwijl ze daar met haar handen op de vensterbank naar hem stond te kijken, ervoer ze plotseling een golf van gevoel voor hem die haar de adem benam. Het werd haar allemaal duidelijk. Ze gaf om hem. Dat was altijd al zo geweest. Vanaf die eerste dag in de fotostudio, toen hij tegenover Madeleines namaakgeweer had gestaan: een broodmagere straatjongen die snauwde en grauwde en even later geboeid stond te kijken naar een verguld paard op de kaft van een boek. Ze gaf om hem omdat hij hetzelfde dacht als zij, en omdat hij aanvoelde hoe zij zich voelde, en omdat... gewoon, daarom.

En nu begreep ze eindelijk waarom ze zich nooit aangetrokken had gevoeld tot de andere jongemannen die ze had ontmoet; waarom ze onmogelijk iets voor hen had kunnen voelen: ze waren Ben niet.

De vensterbank was ruw en ze klampte zich eraan vast. Dit was waarvoor Madeleine haar had gewaarschuwd. Ze voelde zich duizelig en geschokt. En hopeloos verdrietig.

Ze kon hem niet vertellen wat ze voelde. Ze kon het niemand vertellen. Niemand mocht het weten, omdat het onmogelijk was. Dat begreep zelfs zij.

Je kunt hier niets aan doen, hield ze zichzelf voor, en de waarheid van die woorden viel zwaar als een steen in haar neer. Er is niets aan te doen.

Ze hield haar adem in toen ze zag dat hij zijn hoed pakte, om zich heen keek en naar de deur kwam lopen. Snel, voor hij haar kon zien, stapte ze weg bij het raam, ging aan de tafel zitten en boog zich over het boek. Toen zijn schaduw door de deuropening naar binnen viel, keek ze op en deed haar uiterste best om verbaasd over te komen. Ze was op de rand van tranen en wist zeker dat dat aan haar gezicht te zien was, maar als hij er al erg in had, liet hij dat niet merken. Hij stond daar maar en knikte, zoals gebruikelijk zonder glimlach. 'Mag ik binnenkomen?'

Ze sloeg haar handen op het boek in elkaar en knikte.

Hij gooide zijn hoed op het medicijnkarretje, leunde tegen de muur en keek om zich heen naar de potten en flessen op de planken. Hij bewoog zich met zijn kenmerkende gratie. Heel even voelde ze een vleugje sympathie voor de arme dikke dr. Mallory, die waarschijnlijk zijn hele leven nog geen moment van gratie had gekend.

'Dus dit is de kliniek,' zei hij.

Ze schraapte haar keel. 'Ja. Dit is het.'

Hij pakte een pot fenol op, draaide hem tussen zijn vingers rond en zette hem weer neer. 'Ik heb ooit voor een ziekenhuis gewerkt. Ik was koerier voor het St. Thomas. Leerde alle namen van de medicijnen.'

'Was dat voor je mij en Madeleine leerde kennen?'

Hij knikte.

Ze vroeg zich af waar hij de afgelopen vijf dagen had doorgebracht. Zijn kleren waren stoffig maar schoon, en hij zag er niet uit alsof hij in de openlucht had geslapen. Hij was er zelfs in geslaagd zich te scheren, maar had daarbij in zijn kaak gesneden.

Toen ze naar zijn harde, schone gezicht keek, wenste ze dat haar kinderfantasie kon uitkomen – dat hij een als kind verwisselde prins zou zijn en dat alles goed zou komen.

Ze keek naar haar handen en zag dat ze die tot vuisten had gebald.

'Hoe zit het nu met die belofte die je me hebt afgedwongen,' zei ze, 'dat ik je nooit meer zou proberen te zien?'

Hij sloeg zijn armen voor zijn borst over elkaar. 'Ja, maar ík heb niets beloofd, wel dan? Maar goed, ik kwam je alleen bedanken, dat is alles.'

'Waarvoor?'

'Dat je een goed woordje voor me hebt gedaan bij je tante. Je oudtante. Wat dan ook.'

'Ik neem aan dat dat betekent dat je de baan hebt?'

Hij knikte. 'Angstaanjagend oud mens, nietwaar? Maar ik denk dat we er wel uitkomen samen.'

Ze herinnerde zich de aanmatigende uitspraak: *Ik wil mooie dingen om me heen hebben*. 'Ik denk,' zei ze, 'dat het heel goed zal gaan.'

'Waarom heb je het eigenlijk gedaan?'

'Waarom heb ik wat gedaan?'

'Een goed woordje voor me gedaan bij juffrouw Monroe.'

'Het was het minste wat ik kon doen, omdat je door mij ontslagen was.'

'Dat kwam niet door jou.'

'Jawel. De dag dat je mij naar huis moest brengen had je woorden met Alex – meneer Alex – ik bedoel Alexander Traherne.'

'Dat is niet de reden dat ik de zak kreeg.'

'Wat dan wel?'

Hij antwoordde niet. Zijn wangen kleurden vaag rood.

'Sibella zei dat je brutaal was geweest.'

Hij lachte. 'Dat zou je kunnen zeggen, ja.'

'Ze had het over een incident bij de stallen, maar ze zei niet wát er gebeurd was. Alleen dat Cornelius en Alexander allebei roodgloeiend waren.'

'Betekent dat kwaad?'

'Dat weet je best.'

'Nou, ze hadden het verdiend.'

'Maar waarom heb je het gedaan? Waarom moest je de machtigste mensen in Trelawny tegen je in het harnas jagen?'

Hij draaide zijn hoofd om en bestudeerde de potten op de plank. Toen haalde hij zijn schouders op. 'Ik weet het niet. Ik denk omdat ik wist dat het toch niet goed kon blijven gaan.'

'Wat niet?'

'Die baan. Het was te mooi om waar te zijn, dus heb ik er een eind aan gemaakt. Dat doe ik altijd.' Hij wendde zich weer tot haar en ze keken elkaar zwijgend aan.

Ze zat nog steeds achter de tafel en hij stond bij de planken aan de muur tegenover haar. Er was amper twee meter tussen hen.

Twee meter, dacht ze. Je hoeft alleen maar op te staan en die paar passen te zetten. Maar dat kun je niet, hè? Je zou evengoed boven aan een ravijn kunnen staan en maar één stap hoeven te zetten om naar beneden te vallen, maar het toch niet kunnen. Omdat je het lef er niet voor hebt.

Er klonk geen geluid in de kliniek. Buiten hoorde ze de krekels, en het verre neuriën van de oude man onder de pawpawboom. Ze voelde de middaghitte op haar huid, en het warme, in leer gebonden boek onder haar vingers. Ze zag een streep zonlicht over Bens gezicht vallen. Hij had zijn armen nog steeds over elkaar geslagen en ze zag wat stof op zijn pols en de dikke aderen op zijn handrug.

Tot dit moment had ze nooit de aandrang gevoeld een man aan te raken. En ze had nooit gewild dat een man haar aanraakte.

Maar je zult het niet doen, is het wel, zei ze tegen zichzelf. Omdat je niet dapper genoeg bent. Want wat als hij niet hetzelfde voelt als jij? Wat als hij jou niet wil aanraken?

Belle verscheen in de deuropening. Ze droeg de gewonde Spot – die nu een zakdoekverband om had – en hield hem fronsend omhoog voor Bens gezicht. 'Helpt dit?'

Ben schudde even met zijn hoofd, keek omlaag en knipperde met zijn ogen. 'Uh... een beetje, maar laat hem niet te veel op die hoef gaan staan.'

Belle knikte. 'Mag ik wat cyanidezalf?'

'Nee,' zeiden Ben en Sophie tegelijk.

Belle stak haar onderlip naar voren, keek hen aan en liep weer de kliniek uit.

Toen ze weg was, werd het weer stil. Toen schudde Ben opnieuw zijn hoofd en stak zijn hand uit naar zijn hoed. 'Ik kan maar beter gaan,' mompelde hij. 'Ik begin morgen te werken en ik moet nog naar de stad zien te komen.'

'Kom je nog eens terug?' vroeg ze snel.

'Nee.'

'Waarom niet?'

'Omdat het geen goed idee is.'

'Waarom niet?' Nu ze weer praatten voelde ze zich sterker. Ze mocht dan niet het lef hebben naar hem toe te gaan, maar ze had altijd wel genoeg lef om te redetwisten. 'Je bent bevriend met Evie,' zei ze. 'Waarom kun je niet ook met mij bevriend zijn?'

'Gewoon, omdat ik dat niet kan.'

'Waarom?'

Hij liep de kamer door en weer terug. 'Je kunt zulke dingen niet blijven zeggen,' zei hij boos. 'Niet tegen mij.'

'Waarom niet tegen jou?'

'Omdat ik een gewone burger ben. Omdat ik in de sloppen ben opgegroeid.'

'Dat weet ik, maar...'

'Dat is het nou juist, je weet het niet.' Hij schudde zijn hoofd. 'Je weet het niet.'

'Misschien niet. Maar dat is allemaal verleden tijd. Wat doet het er nog toe?'

'Natuurlijk doet het er verdorie toe.' Hij keek omlaag naar zijn hoed en gooide hem toen terug op het karretje. 'Luister, toen ik zo oud was als dat meisje daar buiten woonden we in twee kamers in East Street, met z'n achten. We sliepen met zes kinderen in één bed. Weet je hoe dat was?'

Ze schudde haar hoofd.

'Bedwantsen en luizen, en de jongens en meisjes door elkaar. Dus weinig kuisheid, als je begrijpt wat ik bedoel.'

Ze voelde dat haar gezicht warm werd.

'Dus op een nacht,' ging hij verder, 'toen mijn zus Lil een jaar of twaalf was, toen ging Jack – dat was onze grote broer – bij haar naar binnen. Weet je wat dat betekent?'

Ze slikte. 'Ja, ik geloof het wel.'

'De volgende dag zocht ze een pooier en ging ze de straat op om zichzelf voor zes stuivers te verkopen. En dat was goed! Want dat betekende dat ze de kost verdiende.'

Ze drukte haar nagel in een barst in de kaft. 'Kreeg Jack straf?'

'Tuurlijk niet! Waarom zou hij straf krijgen? Hij deed – hij deed alleen wat iedereen deed.'

'Waarom vertel je me dit?'

'Om je het verschil tussen jou en mij te doen inzien. Ik ben net als Jack en pa en de rest. Ik deed het al met meisjes toen ik elf was.'

Ze hief haar hoofd en keek hem tartend aan. 'Je hebt gelijk,' zei ze tussen haar opeengeklemde tanden. 'Het maakt wel iets uit. Ik voel me geschokt, en ik heb medelijden met je. Daar. Ben je nu tevreden?'

Hij keek haar even aan en wendde toen zijn blik af.

'Wat gebeurde er met Lil?' vroeg ze plotseling.

'Hoe bedoel je?'

'Nou, er moet toch iets gebeurd zijn. Liep ze een ziekte op?

Raakte ze zwanger? Moest ze naar een... een aborteur? Zo noemen ze dat toch, is het niet? Als ze zich van ongewenste baby's moeten ontdoen?'

Hij kromp ineen alsof ze hem geslagen had.

'Waarom doe je dat toch altijd?' vroeg ze, boos haar tranen weg knipperend. 'Me wegduwen zodra ik te dichtbij kom.'

'Nou, ik moet wel, niet dan? Anders word je alleen maar gekwetst.'

'Je zou mij niet kwetsen. Niet echt.'

'O ja, dat zou ik wel! Ik ben wat dat betreft net als mijn pa. Iedereen die te dichtbij komt, wordt gekwetst. Neem dat maar van me aan.'

'Nee. Nee, dat geloof ik niet.'

'Dat komt omdat je niets weet. En het ergste is nog dat je niet weet dat je het niet weet.'

'Vertel het me dan!' Zonder na te denken was ze opgestaan en naar zijn kant van de tafel gelopen. 'Je zegt dat ik niets weet, maar telkens als ik wat vraag, wil jij me geen antwoord geven.'

'Je draait de zaak om,' mompelde hij.

'Nee, dat doe ik niet.'

Hij ademde diep in. 'Luister. Ik heb je die dingen niet verteld om je medelijden op te wekken .'

'Dat weet ik.'

'Ik heb het je verteld, opdat je het zou begrijpen. Om je te laten zien wie ik ben, zodat je uit mijn buurt zult blijven.'

Ze antwoordde niet. Ze stond daar met haar handen naast haar lichaam naar hem te kijken. Er was maar een meter tussen hen. Ze stond aan de rand van het ravijn.

Ze was dicht genoeg bij hem om te kunnen zien dat er een turquoise ring rond het groen van zijn ogen zat, met streepjes bruin ertussen.

Groene ogen, dacht ze, zijn niet zo opvallend als blauwe; je merkt ze niet meteen op, maar als je dat wel doet, is het alsof je een geheim hebt ontdekt.

'Jemig, Sophie,' mompelde hij, overbrugde toen de afstand tussen hen, legde een warme hand tegen haar wang en kuste haar snel op de mond.

Het duurde maar een ogenblik. Ze kreeg net de tijd om de warmte van zijn lippen tegen de hare te voelen en zijn droge, kruidige geur op te snuiven, toen wendde hij zich af en liep naar de deur.

Als in een waas hoorde ze het rinkelen van een hoofdstel, de hoeven van een paard en een mannenstem, plotseling dichterbij. Ze draaide zich om, knipperde met haar ogen tegen het zonlicht en zag Cameron in de deuropening staan.

Er verscheen een glimlach op zijn gezicht toen hij haar zag. Maar toen herkende hij Ben en verstarde.

Ochtend. De open plek bij de grote geestenboom op Overlook Hill. Het was maar een uur rijden vanaf het huis, en toch leek het een andere wereld, want hier begonnen de Cockpits. De grote bladeren van de philodendron dampten en er hingen kleine druppeltjes aan de spinnenwebben die van boom naar boom gespannen waren. Klimplanten en Spaans mos hingen omlaag van de uitgestrekte armen van de oudste zijdekapokboom in Trelawny.

Sophie ging op een van de grote wortels zitten en keek toe terwijl haar paard van de varens at. Haar ogen deden pijn van vermoeidheid. Ze had de hele nacht niet geslapen.

Cameron had in de kliniek geen woord gezegd. Hij had alleen maar naar Sophie gekeken, een lange, ondoordringbare blik op Ben geworpen en was toen weer naar buiten gelopen, had Belle opgepakt en was Bethlehem uit gereden. Ben had hem vanuit de deuropening nagekeken en zijn hoofd geschud, en was toen zonder nog achterom te kijken het dorp uit gewandeld.

Tijdens het avondeten was de sfeer beladen geweest. Sophie was voortdurend op haar hoede voor een aanval die niet kwam. Cameron was beleefd als altijd, maar stil en teruggetrokken. Madeleines ingespannen pogingen het gesprek gaande te houden maakten duidelijk dat hij haar alles had verteld.

Maar wat kon hij nou gezien hebben, hield Sophie zichzelf

steeds voor. Tegen de tijd dat hij bij de deuropening was, waren zij alweer uit elkaar gegaan. Hij had de kus niet gezien. Alleen hun gespannen gezichten – die niemand voor de gek hadden kunnen houden, laat staan een zo opmerkzaam man als Cameron.

Op de een of andere manier had Sophie de maaltijd weten te doorstaan. Daarna had ze hoofdpijn voorgewend en was ze vroeg naar bed gegaan. Ze had half verwacht dat Madeleine naar haar kamer zou komen om het uit te praten, maar dat had ze niet gedaan. En dat maakte het alleen maar erger.

Ze had de hele nacht wakker gelegen en vol verwarde gevoelens naar het muskietennet liggen staren. Wrevel jegens Cameron omdat hij haar een schuldgevoel bezorgde; boosheid op zichzelf omdat ze Ben weer in de problemen had gebracht; een wirwar aan emoties bij de herinnering aan de kus.

De zon klom. De hitte nam toe. Hoog boven het bladerdak klonk de eenzame kreet van een roodstaartbuizerd. Ze ademde de zware, zoete geur van groei en verval in en luisterde naar het heimelijke ruisen en gonzen van het woud, en het lied van de krekels.

Als ze haar ogen dichtdeed, kon ze het gevoel van zijn mond tegen de hare weer precies oproepen. Zijn lippen waren warm en droog en verbazingwekkend teder geweest, en zijn hand warm tegen haar wang. Ze kon zijn scherpe, onmiskenbare geur nog steeds ruiken.

Het was zo snel gegaan dat ze geen tijd had gehad om te reageren. Maar hoe reageer je eigenlijk, vroeg ze zich af. Wat werd je geacht te doen?

Ze had nog nooit een man gekust. Eén keer, toen zij en Evie veertien waren, hadden ze elkaar uitgedaagd tot een kus. Ze hadden zich met de ogen dicht naar elkaar toe gebogen en hun tongen uitgestoken tot de puntjes elkaar net beroerden... En waren toen achteruit gesprongen, gillend van de lach om het vreemde gevoel van warm, vochtig vlees.

Ze legde haar hand tegen de ruwe bast van de boom en naast haar duim betastte een grote groene katoenkever de lucht met zijn tere voelsprieten. Ze hief haar hoofd en staarde naar het uitgespreide bladerdak vol kleine rode orchideeën en stekelige dennennaalden.

Jaren geleden had Cameron haar hierheen gebracht om haar van haar angst voor geestenbomen af te helpen. En onder deze zelfde boom was bijna dertig jaar geleden haar zus verwekt. Rose Durrant had hem 'de levensboom' genoemd. Ze had Madeleine verhalen verteld over hoe zij en haar geliefde Ainsley Monroe elkaar om middernacht in het bos ontmoetten, wanneer de vuurvliegjes de klimplanten verlichtten en de bloemen van de wilde kamperfoelie open waren.

Rose Durrant was toen bijna zo jong geweest als Sophie nu; verblind door liefde en uitermate roekeloos. *De Durrants waren een onmogelijk stel,* had Olivia Herepath eens opgemerkt, *ze gingen altijd te ver.*

Zo moeder zo dochter, dacht Sophie, terwijl ze omhoogkeek naar de boom. Ze was niet vergeten dat ze pas een paar weken geleden Madeleine had verdacht van de Durrant-roekeloosheid, maar nu bleek zijzelf degene te zijn die het meest op hun onbesuisde moeder leek.

Verliefd worden op een stalknecht?

Ze dacht aan iets wat oudtante May had gezegd: *Je moeder had de instincten van een straatmeid, net als jij.*

'Het is niet waar,' zei ze hardop. Naast haar hand sloeg de katoenkever zijn vleugels open en vloog weg.

Je voelt je tot je minderen aangetrokken omdat je weet dat je niet geschikt bent voor iemand anders. Dat was ook niet waar. Dat wist ze. Het waren niets dan de verdraaide leugens van een gemene oude vrouw. En toch kon ze een steek van verbittering niet onderdrukken. Anderen hadden de liefde gevonden binnen hun eigen klasse. Sibella. Madeleine. Waarom zij dan niet? En wat moest ze hier nu aan doen?

12

Toen ze op Eden terugkwam, lag er een brief van Sibella op haar te wachten. Omdat ze problemen vermoedde, nam ze hem mee naar haar kamer om hem daar te lezen.

Parnassus
15 december 1903

Beste Sophie,

Ik wilde je gisteren bezoeken in die beestachtige 'kliniek' van je, maar je was er niet, en een afschuwelijke oude man vertelde me dat Cameron je naar huis had gestuurd. Ik huiver bij de gedachte aan de reden daarvoor.

Sophie, hoe kon je me zo te schande maken? Je arrangeert ronduit een rendez-vous met een bediende van mijn vader tijdens de picknick van het Historisch Genootschap, en vervolgens moet je zwager je wegsleuren van weer een rendez-vous in een of ander armoedig gat. Wil je dan helemaal niet naar rede luisteren? Heb je helemaal geen besef van fatsoen? En bovenal, ben je je dan niet bewust van je verplichtingen jegens mij in deze veeleisende periode in mijn leven?

Wat zou er gebeuren als iedereen zich de vrijheid permitteerde om zo met ondergeschikten om te gaan? Ieder schoolkind weet dat God zelf de verschillende rangen heeft geschapen, en dat wij als christenen onze plicht moeten doen op de plaats die Hij ons heeft toebedeeld. Wat zou er gebeuren als de mensen dat zomaar negeerden? Alles zou vreselijk in de war raken. Er zou algauw helemaal geen onderscheid meer zijn, en wat moesten we dan beginnen?

Het doet me pijn dit te zeggen, maar ik zie het als mijn plicht je te vertellen dat je jezelf door deze onnatuurlijke voorliefde ernstig hebt gecorrumpeerd. Meer nog, je hebt ook mij gecorrumpeerd. Ik had gedacht dat ik je een gunst verleende door je te vragen als mijn eerste bruidsmeisje achter mij naar het altaar te lopen. Ik ben zelfs tegen Amelia Mordenner uitgevallen toen ze opperde dat je je misschien niet op je gemak zou voelen, omdat je kreupel bent. En dit is mijn dank.

Het doet me onbeschrijflijk veel verdriet om het te moeten zeggen, maar je hebt me geen keus gelaten. Ik ben gedwongen mijn aanbod in te trekken, en Amelia tot mijn eerste bruidsmeisje te benoemen. Misschien zal dat je de dwaasheid doen inzien van...

Er was nog meer. Vier dichtbeschreven bladzijden. Sophie las de brief helemaal, verscheurde hem toen en verbrandde de snippers boven de wastafel.

Het verbaasde haar dat Sibella's argumenten haar helemaal niets deden. Het enige wat haar kwaad maakte was die verwijzing naar haar kreupelheid.

Ze bleef enkele minuten op haar bed zitten nadenken. Toen ging ze aan haar bureau zitten en schreef twee korte briefjes. Een aan Sibella, om haar succes te wensen met Amelia Mordenner. Het andere aan Ben, met de vraag haar overmorgen op Romilly Bridge te ontmoeten.

Snel, voor ze zich kon bedenken, verzegelde ze de brieven en liep naar de stallen, waar ze Quaco de staljongen een shilling gaf om ze direct en in het geheim te bezorgen. Toen ging ze terug naar binnen en nam plaats aan de ontbijttafel. Ze was er vrij zeker van dat ze er verkeerd aan had gedaan Ben te schrijven, maar het kon haar niet schelen. Ze moest hem weer zien, om orde op zaken te stellen. Ze wist niet zeker wat dat zou inhouden, maar ze wist dat ze de dingen onmogelijk kon laten zoals ze nu waren.

Tot haar opluchting was Cameron al aan het werk gegaan en hoefde ze alleen Madeleine en de kinderen onder ogen te zien. 'Wat wilde Sibella?' vroeg Madeleine terwijl ze thee inschonk.

'Me excommuniceren,' antwoordde ze.

Fraser keek op van zijn melk. 'Wat betekent ex...'

'Dat vertel ik je nog wel eens,' zei zijn moeder terwijl ze een snee geroosterde maïskoek op zijn bord legde en die met boter besmeerde. Ze keek haar zus vragend aan. 'Betekent dat dat je niet met ons meegaat op tweede kerstdag?'

'Wat?' zei Sophie.

'De Maskerade op tweede kerstdag. Op Parnassus?'

'Ach ja,' zei Sophie, 'dat was ik helemaal vergeten.' Het was het grootste kerstevenement van de hele Northside, en iedereen ging erheen. Zelfs oudtante May stuurde altijd haar rijtuig als blijk van erkenning, samen met haar butler Kean. En dit jaar natuurlijk met de nieuwe koetsier.

Sophie drukte haar handen tegen haar slapen en keek omlaag naar haar bord. Sibella zou haar voortdurend scherp in de gaten houden. En ze zou dan ook Ben al hebben ontmoet in Romilly en het met hem hebben uitgepraat. Wat dat ook inhield.

Madeleine stond op van haar stoel, kwam naast haar zitten en sloeg een arm om haar schouders. 'Persoonlijk heb ik altijd een hekel gehad aan gemaskerde bals. Ik krijg hoofdpijn van de herrie en nachtmerries van de maskers. Ga gewoon niet als je niet wilt.'

Sophie masseerde haar slapen. 'Maar Sibella dan?'

'Laat Sibella toch,' zei Madeleine beslist. 'Luister, Cameron en ik gaan omdat we moeten, maar er is geen reden waarom jij je ook zou kwellen. Stuur die dag maar een briefje om te zeggen dat je je niet goed voelt. Zeg gewoon dat je te veel plumpudding hebt gegeten, of zoiets.'

Sophie keek haar verbijsterd aan. Tot dusver had Madeleine nog geen woord gezegd over Ben en over wat Cameron wel of niet had gezien in de kliniek. En nu toonde ze zoveel begrip. Waarom?

Ze bedacht dat dit misschien een strategische manoeuvre was, maar het volgende moment schoof ze dat idee terzijde als haar zuster onwaardig. Als haar iets dwarszat zei Madeleine dat altijd gewoon.

Niettemin begon ze te wensen dat ze het konden uitpraten, en de lucht konden zuiveren. Alles zou beter zijn dan deze dreiging. Madeleine was echter de hele ochtend bezig met de kinderen en toen Cameron terugkwam voor de lunch hadden de gesprekken een algemeen karakter. En na de lunch ging Madeleine weg omdat ze wat bezoekjes moest afleggen.

Sophie bleef thuis van de kliniek, maar naarmate de middag verstreek, werd haar humeur steeds slechter. Ze snauwde tegen Poppy en Scout, en uiteindelijk tegen de kinderen. Vervolgens voelde ze zich schuldig en las ze hen twee verhalen voor uit hun favoriete boek: *De schat uit de Spaanse kruik* en *Hoe de kolibrie zijn staart kreeg*.

'Dat ging je plicht ver te boven,' mompelde Madeleine met een wrange glimlach nadat Poppy hen in bed had gestopt. 'Zelfs voor de lievelingstante.'

'Nauwelijks,' antwoordde Sophie. 'De lievelingstante heeft hen al dagen verwaarloosd.'

'Dat kan geen kwaad. Ze krijgen genoeg aandacht.'

Sophie antwoordde niet. Ze stond aan de rand van de veranda over de tuin uit te kijken. De schemering viel in. Cameron was net terug en was zich aan het omkleden voor het diner. Vanuit het kookhuis steeg een gemurmel van stemmen op, samen met de geur van rook. Beneden haar bereidde de tuin zich voor op de nacht. Het gerasp van de krekels was bijna verstomd en de kikkers namen het van hen over. Een vroege vleermuis flitste tussen de boomvarens door.

Madeleine kwam naast haar staan. 'Sophie,' begon ze met een lichte frons.

Sophie zette zich schrap. Daar zou je het hebben. Een preek over Ben.

'Ik weet dat ik soms nogal erg... conventioneel overkom,' zei Madeleine zacht. 'Ik bedoel, er zo op gebrand om visites af te leggen en je visitekaartje achter te laten en zo.'

Sophie keek haar verbaasd aan. Dit was het laatste wat ze had verwacht.

'Maar zie je,' ging Madeleine verder, met haar nagel aan een verfvlek op de balustrade krabbend, 'ik weet hoe het is om er niet bij te horen.' Ze beet op haar lip. 'Jij was te jong om het je te herinneren, maar voor mij lijkt het nog de dag van gisteren. Dat vreselijke gevoel minder te zijn dan anderen. Nooit over je ouders mogen praten. Nooit vrienden mogen maken. Altijd buitengesloten zijn.'

'Ik weet het nog,' zei Sophie.

Madeleine keek haar aan. 'Echt waar? Dat vraag ik me af.'

Sophie zuchtte. 'Maar Maddy, we zijn nu niet in Londen. Dit is Trelawny. Hier is het anders.'

'Nee, dat is niet waar. Dat is het nou juist. Het lijkt misschien zo... alsof alles en iedereen veel ontspannener is. Natuurlijk knijpen de mensen hier gemakkelijker een oogje toe wat je geboorte betreft als je een Monroe van Fever Hill of een Lawe van Eden bent. Maar dat wil niet zeggen dat ze... indiscreet gedrag door de vingers zien. Niet als je het ze onmogelijk maakt om dat te negeren.' Ze verzachtte die opmerking met een wat bezorgde glimlach. 'De mensen kunnen zich tegen je keren, Sophie. Dat kan heel snel gaan. En het is koud als je van buitenaf moet toekijken. Ik wil niet dat jij dat moet meemaken.'

Sophie antwoordde niet. Ze had een ruzie verwacht, maar dit was veel erger. Ze dacht aan het briefje dat ze Ben had gestuurd. Wat zou Madeleine denken als ze het wist? Het zou aanvoelen als verraad van de ergste soort.

'Nou,' zei Madeleine met een klopje op haar hand. 'Denk gewoon eens na over wat ik je heb gezegd. Dat is alles wat ik vraag.'

Sophie reageerde niet meteen, maar na een moment boog ze zich naar haar zus toe en kuste haar op de wang.

Madeleine deed haar best niet al te blij te kijken. 'Waar is dat voor?'

'Zomaar, omdat je bent wie je bent.'

'Nou,' zei Madeleine blozend, 'ik kan me maar beter gaan omkleden.'

'Ik kom zo.'

'En Sophie...' ze bleef nog even in de deuropening staan, 'maak je geen zorgen om Sibella. Die draait wel bij. Zo niet, dan pakken we haar samen wel aan.'

Sophie knikte en deed haar best te glimlachen. Toen Madeleine was verdwenen draaide ze zich weer om naar de donker wordende tuin.

Nu wist ze helemaal zeker dat het een vergissing was geweest om Ben te schrijven. En toch – en dat joeg haar nog het meeste angst aan – kon haar dat niets schelen.

Het is vijf dagen geleden dat Evie meneer Cornelius heeft ontmoet in Bamboo Walk, maar ze voelt nog steeds de bijtwond op haar borst kloppen, en de schrammen op haar armen en buik en dijen. Hij had bijna gekregen wat hij wilde.

Het is vijf dagen geleden en ze kan nog steeds haar evenwicht niet hervinden. Het ene moment is ze de tranen nabij, het volgende is ze woedend. Ze wil gillen en schreeuwen en huilen. Ze wil janken als een klein kind.

Hij was sterk, maar ze had gevochten als een kat. Ze droomt er elke nacht van. Ze denkt er de hele dag aan. Zelfs nu ze de kliniek van dr. Mallory uitkomt met een klein flesje jodium voor de schrammen. Zijn ruwe, natte tong. De gele randen aan zijn vingernagels. Zijn naar uien stinkende zweet. Ze voelt zich vies als ze aan hem denkt. Het is alsof hij slijmerige slakkensporen in haar hoofd heeft achtergelaten.

Met een blos van schaamte herinnert ze zich haar zielige zelfmisleiding: dat hij haar respecteerde; dat hij haar wilde helpen met haar carrière. Ze herinnert zich haar minachting voor haar moeders huis, en haar trots op haar opleiding. Wat voor opleiding? Ze is net zo stompzinnig als de eerste de beste bergneger.

Gelukkig was Sophie allebei de keren dat ze naar de kliniek is gekomen afwezig. Gelukkig had dr. Mallory haar gemompelde verklaring over een val van de veranda zonder vragen geaccepteerd. Anderzijds was hij zo verheugd over het feit dat hij een jonge vrouwelijke patiënt te behandelen had, dat hij alles zou hebben geaccepteerd. Zijn kraag was nat geworden van het zweet en hij bleef maar naar haar borsten staren terwijl hij pleisters op de schrammen op haar armen plakte. Hij had niet gemerkt dat ze beefde van woede, zelfafkeer en walging. En ze had gewild dat hij doodging. Ze had gewild dat haar moeder haar obeah-stok pakte en hem voor haar ogen zou laten sterven aan de geestenziekte.

Nee, nee, dat wil ze niet. Dr. Mallory is gewoon een eenzame, goedbedoelende, onaantrekkelijke man die door niemand aardig wordt gevonden. Bovendien is het niet zijn schuld. Het is helemaal haar eigen schuld.

Hoe heeft ze zo dwaas kunnen zijn? Hoe vaak heeft haar moeder haar niet gewaarschuwd dat als een buckra-heer aan een gekleurd meisje begint te snuffelen, hij maar op één ding uit is? Nou, Grace McFarlane had gelijk, en haar dochter had het mis, mis, mis. *Zoete tong verbergt slecht hart*, zoals het gezegde luidt. Of, zoals de kleintjes op school zingen: *B is van buckra, heel slechte man.*

Ze steekt de open plek over en gaat op weg naar huis, tussen de koffievelden en de kleine rietvelden door. Wanneer ze de rand van Greendale Wood nadert komt ze Ben tegen. Hij houdt een grote, kastanjebruine ruin aan de teugel en draagt zijn nieuwe koetsiersuniform, een donkergroene jas en broek die hem fantastisch staan. Hij ziet er gruwelijk goed uit, zou haar moeder zeggen, en ongewoon zorgeloos en kalm. Evie wil hem nu niet zien. Ze wil niemand zien die zo zorgeloos en kalm is.

'Wat doe je hier?' vraagt ze vinnig. 'Hoe zit het met je nieuwe baan?'

Hij grinnikt. 'Mijn baan! Ik heb de hele dag niks anders te doen dan het paard wat beweging te geven. Dus ik dacht, laat ik maar even bij Sophie langsgaan.'

'Ze is er vandaag niet.'

Hij fronst. 'Waarom niet? Is er iets aan de hand?'

'Hoe moet ik dat nou weten? Ik ben haar zus niet.'

Hij kijkt haar even peinzend aan, komt dan met haar in de pas lopen, met zijn handen in zijn zakken. Zijn paard drentelt als een hondje achter hem aan, de teugels losjes over het zadel.

Ze bereiken de bomen en nemen het pad westwaarts, naar de rivier. Ben breekt een takje af en slaat ermee naar de varens. Er is iets anders aan hem dan anders, ziet Evie, maar ze weet nog niet precies wat. 'Je zult je baantje niet lang houden,' zegt ze, 'als je steeds zo loopt te zwerven.'

Weer een grijns. 'Je hebt het mis. Dit is mijn werk. Het blijkt dat die oude heks wil dat ik op pad ga om het laatste nieuws op te pikken. Het heet "het paard beweging geven". '

'Wat voor soort nieuws?'

'Roddels. En hoe akeliger hoe beter. Wie er net dood is neergevallen. Wie zich voor zijn kop heeft geschoten en zijn kinderen aan de zorg van de parochie heeft toevertrouwd.'

Wie ternauwernood ontsnapt is aan een verkrachting in het rietveld, denkt Evie.

'Het gaat zo,' zegt hij, 'ik vertel het aan Kean, min of meer tussen neus en lippen door, en dan komt het bij haar terecht. Ik weet niet precies hoe, maar het gebeurt altijd.'

'En vind jij dat een goede zaak?' zegt ze tussen haar tanden door. 'Slecht nieuws doorgeven?'

Hij blaast langzaam zijn adem uit. 'Ze hoort dus graag de vervelende dingen van andere mensen. Wat dan nog? Ze betaalt me ervoor.' Hij kijkt haar met lichtelijk samengeknepen ogen aan. 'Wat is er met jou gebeurd?'

'Niets.'

'O nee? Hoe kom je dan aan die kneuzingen op je armen?'

'Ik ben van de veranda gevallen.'

Hij snuift. 'Sinds wanneer krijg je daarvan vingerafdrukken in je nek?'

Ze wendt zich af. Verdorie, waarom moet hij dat nou weer zien?

'Vertel me wie het is,' zegt hij rustig, 'dan zal ik hem eens aanpakken. De volgende keer dat hij je weer ziet, loopt hij een kilometer om.'

Er klinkt absoluut niets van grootspraak in zijn toon door en ze weet dat hij het meent. Heel even voelt ze een golf van dankbaarheid, maar ze schudt het hoofd. 'Je zou er alleen maar door in moeilijkheden raken.'

Hij lacht. 'Ikke? Nooit.' Dan vervaagt zijn glimlach. 'De kerel die je die kneuzingen heeft bezorgd... heeft hij gekregen wat hij wilde?'

'Nee.'

'Weet je het zeker?'

'Ja! En laat me nu met rust!'

Hij haalt weer zijn schouders op en slaat weer met zijn takje naar de varens. Ze lopen een poosje zwijgend verder. Als ze de rivier naderen worden de bomen kleiner en de struiken dichter. Ze duwen grote, wasachtige bladeren opzij en Evie loopt per ongeluk in een spinnenweb. Pas nadat ze de troep heeft weggeveegd en vijftig meter is doorgelopen realiseert ze zich wat ze heeft gedaan. Ieder klein kind weet dat je beleefd moet zijn tegen de spin Anancy, anders brengt hij je ongeluk. En als je zijn web verscheurt, moet je snel je verontschuldigingen aanbieden. Maar daar is het nu al te laat voor.

Haar hand gaat automatisch naar haar hals, zoekt naar haar amulet, maar die hangt er natuurlijk niet. Die is ze kwijtgeraakt tijdens de worsteling in Bamboo Walk, samen met het groenzijden zakje waar het gouden kettinkje in zat.

Vreemd, al sinds ze een vrouw werd, heeft ze neergekeken op uitingen van onwetend bijgeloof, zoals amuletzakjes. Maar nu ze het niet op haar hart draagt, voelt ze zich kwetsbaar en bang.

'En,' onderbreekt Ben haar gedachten, 'heb je Sophie nog gezien?'

'Nee. Dat zei ik toch al.'

Hij wrijft met zijn hand door zijn nek. 'Ach, nou ja. Ik zie haar gauw genoeg.'

'Hoe bedoel je?'

'Ik heb een afspraak met haar, overmorgen.'

'Waar?'

Hij schudt echter zijn hoofd. Hij probeert een glimlach te verbijten, maar slaagt daar niet in, en opeens weet ze wat er anders is aan hem. Hij is gelukkig. Ze realiseerde zich dat niet eerder omdat het bij hem zo ongewoon is, maar nu ziet ze het in zijn ogen en zijn mond, en de manier waarop hij loopt. Het maakt haar woedend. Hier loopt deze buckra-man, deze knappe, zorgeloze buckra-man naast haar bijna te borrelen van geluk. Waarom is hij verliefd terwijl zij zich zo ellendig voelt? Waarom voelt alles zo duister en verward?

'Ben,' zegt ze met harde stem, 'ik moet je wat vertellen. Je moet bij Sophie Monroe uit de buurt blijven.'

Hij bukt zich om een steen op te rapen en gooit hem door de lage varens weg. 'Heb je me ook nog iets te vertellen dat ik niet al weet?'

'Nee, luister naar me. Weet je wat ik soms zie als ik naar je kijk?'

'Wat dan?'

'Ik zie een roodharig meisje achter je staan.'

Oeps, dat had hij niet verwacht. Hij blijft stokstijf staan en staart haar aan. Zijn gezicht ziet plotseling wit.

Ze had niet gedacht dat het zo'n sterk effect op hem zou hebben, en het maakt haar bang, maar ze kan nu niet meer terug. 'Lang, rood haar,' zegt ze, 'en een bleek gezicht, alsof ze ziek is of zo.'

'Nee,' fluistert hij. 'Nee.'

'Ze is een pijnlijke dood gestorven nietwaar, Ben? Blauwe schaduwen onder haar ogen. Koortszweet op haar huid. En één kant van haar gezicht is helemaal kapot.'

Het bloed is uit zijn gezicht weggetrokken. Zijn lippen zijn grauw. 'Hoe weet je dat?' vraagt hij met gebroken stem. 'Hoe kun je dat weten? Ik heb het je nooit verteld, wel dan?'

'Ze is gekomen met een reden, Ben. Dat doen ze altijd. Ze is gekomen om je te waarschuwen. Te zeggen dat je afstand moet houden.'

Hij schudt zijn hoofd. Op zijn voorhoofd blinkt een dun laagje zweet.

Nu wordt ze pas echt bang. Ze had verwacht dat hij zou lachen en zijn schouders ervoor zou ophalen. Dat had ze gewild. Hij is immers een buckra. Hij word niet geacht bang te zijn voor geesten.

'Je kunt haar niet gezien hebben,' zegt hij dof. 'Ze is dood. Kate is dood.'

'O, dat weet ik ook wel,' zegt ze. 'Ik weet het altijd als ik een dode zie.'

Maar hij hoort haar niet. Hij staart langs haar heen in het niets.

'Het is een waarschuwing, Ben. Je moet naar haar luisteren.'

'Een waarschuwing?' Hij draait zich naar haar om en kijkt haar als van grote afstand aan. 'Waarom zou Kate mij willen waarschuwen? Het is míjn schuld dat ze dood is.'

13

Het is vierentwintig uur geleden dat Evie het hem heeft verteld, maar het lijkt wel een maand geleden. Hij kan niet slapen of eten. Hij kan zelfs niet rijden zoals hij gewend is. Als hij weggaat met Viking – een grote vos met mooie rechte benen die hij met plezier een poosje zou moeten laten draven – laat hij het paard gewoon gaan waar het wil.

Hij heeft zich niet meer zo beroerd gevoeld sinds Robbie is gestorven. Hij had niet gedacht dat dat nog zou kunnen, niet nu ze allemaal dood zijn. Maar nu komen lang begraven dingen terug naar de oppervlakte.

Kate is terug. Ze is terug.

Is ze nu hier, terwijl hij over Eden Road rijdt? Loopt ze naast hem? Glijdt ze de schaduwen in en uit, haar dode hand door het gras slepend? Zou hij het weten als ze er was?

Hij schrikt van een rat die vanuit het riet de weg over schiet. Een kalkoengier werpt zijn zwenkende schaduw over de weg. De enige geluiden zijn het gekraak van het zadel en het geklepper van Vikings hoeven op de stenen.

Hij denkt nog steeds aan Kate zoals ze die laatste zomer was. Hij was een jaar of tien, maar de herinnering is zo scherp dat hij haar bijna kan zien. Dat koperkleurige haar dat altijd zachtjes knetterde als ze het borstelde. Die warme, heldere blauwe ogen.

Hij heeft eens in een roddelkrant gelezen dat elke man datgene doodt wat hij liefheeft. Nou, dat klopt wat hem betreft. Als kind hield hij van zijn grote zus, al wist hij dat toen niet. Ze was meer een moeder voor hem dan zijn ma was. Ze gaf hem ervan langs als hij iets had gepikt, en ze gaf de grote jongens ervan langs als ze hem sloegen. Hij hield van haar, en hij had haar dood op zijn geweten.

Misschien ziet hij daarom Sophie voor zich als hij aan haar denkt. Omdat het een waarschuwing is, alleen heeft Evie het verkeerd begrepen. Sophie zal hem geen pijn doen, hij zal Sophie pijn doen.

Al met al is het dus het beste dat hij morgenavond niet naar Romilly gaat.

Maar och, wat zal ze verdrietig zijn. Ze zal denken dat het is omdat er iets mis is met haar... dat ze niet knap genoeg is, of dat het iets met haar knie te maken heeft. Ze zal het niet begrijpen en hij kan het haar niet uitleggen. Het is gewoon beter zo.

Hij wilde alleen dat hij haar uit zijn gedachten kon zetten. Dat moment net voordat hij haar kuste. Haar slimme, wilskrachtige gezicht dat naar hem opkeek: ernstig, nieuwsgierig en niet bang, alleen een beetje nerveus, alsof ze zich afvroeg hoe ver hij zou gaan. Hij had zich nooit zo nauw met iemand verwant gevoeld. En het vreemdste was nog dat het hem niets kon schelen. Hij had niet dat stekende gevoel in zijn borst. Hij viel gewoon, zonk helemaal weg in haar honingkleurige ogen.

Hoefgeklepper in de verte roept hem terug naar het heden. Het is een paard in volle galop, ergens links van hem, maar door de bomen kan hij het niet zien.

Viking springt wat heen en weer, en Ben zegt dat hij rustig moet blijven. 'Luister,' zegt hij, 'als een of andere maffe plantagehouder zo nodig met deze hitte moet galopperen, dan moet hij dat zelf weten. Wees jij nou maar blij dat ik meer verstand heb.'

Viking briest en knikt instemmend.

Ze laten de bomen achter zich en rijden nu tussen de veel opener rietvelden door, en dan krijgt hij de maffe plantagehouder in het oog. Die dwaas heeft een lelijke smak gemaakt op een pad tussen het riet en heeft de knieën van zijn paard gebroken.

Ben draait Viking om en stuurt hem het riet in. 'Alles in orde?' roept hij, al kan het hem helemaal niets schelen.

De man komt overeind en lacht schamper. 'Ziet het daarnaar uit?'

Ben negeert hem. Hij springt van zijn eigen paard, bindt Viking vast en loopt langs de man heen om naar het paard te kijken. Het is een mooie kleine merrie – of is dat ooit geweest, maar nu is ze rijp voor de paardenvilder. Ze heeft haar hoofd gebogen en trilt als een blad; ze zit onder het schuim, er stroomt bloed uit haar gehavende knieën en het kanonbeen linksvoor is gebroken. Ben kan het witte bot door het pulpachtige spierweefsel heen zien steken. Wat vreselijk zonde.

Ze ruikt hem en laat een verwelkomend gehinnik horen en... o nee. Nee. Het is Trouble.

'Godallemachtig,' snauwt hij over zijn schouder. 'Verdomde dwaas. Kijk nou wat je gedaan hebt.'

De man achter hem lacht verbaasd. 'Kalm aan, beste kerel. Het was een ongeluk.'

Op dat moment draait Ben zich om en herkent hij meneer Alexander Traherne.

Meneer Alex herkent hem op hetzelfde moment ook en zwijgt. De lichtblauwe ogen kijken hem schattend aan. Misschien denkt hij aan laatst, toen Ben hem met mevrouw Dampiere voor gek heeft gezet, en waarom zou hij geen wraak nemen? Maar dan ziet hij de lege rietvelden om hen heen. Er is niemand die hem kan helpen als het er hard aan toe mocht gaan. In plaats daarvan schudt hij dus even met zijn schouders en trekt zijn das recht.

Hij is een lafaard, denkt Ben. Dat is hij. Hij is verdomme een lafaard. Alleen maar goed om paarden de vernieling in te helpen.

'Leen me jouw paard,' zegt meneer Alex kalm, 'dan ben je een beste kerel.'

Ben snuift. 'Dat had je gedacht.'

Meneer Alex kijkt hem even aan en veegt dan zijn handen af. 'Pas op, m'n jongen. Het heeft geen zin om brutaal te zijn tegen je meerderen. Geef me nu je paard, dan praten we er niet meer over.'

'Ik ben uw jongen niet,' snauwt Ben hem toe. 'Dat ben ik nooit geweest.'

Naast hem blijft Trouble van de een naar de ander kijken, haar oren opstekend en trachtend alles te volgen, voor het geval ze haar een bevel geven.

Ben voelt zich ziek. Hij is beschaamd, want deze situatie is zijn schuld. Als hij niet zo veel tijd had doorgebracht met haar te onderrichten, was meneer Alex nooit met haar gaan rijden. Dan was ze gewoon een redelijk paard dat met plezier het rijtuigje van juffrouw Sibella trok en zich verheugde op een dutje en wat mals hooi. Hij heeft haar dit aangedaan. Elke man doodt datgene wat hij liefheeft.

Hij merkt een beweging op bij zijn schouder en wanneer hij omkijkt ziet hij meneer Alex weglopen. Hij heeft kennelijk de hoop op een rit naar huis opgegeven en besloten te gaan lopen. 'Hé!' schreeuwt Ben. 'Waar denkt u heen te gaan?'

'Naar huis!' roept meneer Alex zonder zich om te draaien. 'Niet dat jij daar wat mee te maken hebt.'

'En Trouble dan?'

'Hoezo?'

'U kunt haar hier toch niet zo laten liggen. U moet haar uit haar lijden helpen.'

'Ik stuur wel iemand om dat te doen.'

'Maar dat duurt uren! Kijk dan naar haar. U kunt haar zo niet achterlaten.'

Meneer Alex wuift geïrriteerd en loopt door.

Ben denkt erover hem achterna te gaan, maar ziet ervan af. Hij moet nu aan Trouble denken.

Ze probeert dichter bij hem te komen, maar natuurlijk kan ze dat niet. Ze staat daar maar te beven. Naar hem te kijken. Laat me alsjeblieft niet alleen, vraagt ze hem.

'Maak je geen zorgen, schatje,' zegt hij. 'Ik ga nergens heen.'

Hij haalt zijn mes tevoorschijn en houdt het achter zijn rug terwijl hij, voortdurend pratend om haar niet bang te maken, naar haar toe loopt. Wanneer hij bij haar komt, legt hij zijn vrije hand op haar trillende schoft en beweegt hem langzaam, onder haar manen, langs haar hals omhoog. Ze is gloeiend heet en druipt van het zweet. Die idioot moet als een krankzinnige gereden hebben. 'Het is al goed, meisje,' mompelt hij. 'Het is nu gauw voorbij.' Zijn ogen branden en er zit een brok in zijn keel, maar op de een of andere manier slaagt hij er toch in zijn stem kalm te houden. Min of meer.

Ze heeft haar oren platgelegd en kijkt hem aan met haar grote, donkere, fluweelzachte ogen. Ze probeert hem te vertellen hoeveel pijn ze heeft. Ze vertelt het tegen haar vriend. De enige die ze hiermee vertrouwt.

Hij brengt zijn vrije hand omhoog naar haar voorlok en legt hem dan over haar oog. Gedurende een ogenblik dat hij nooit zal vergeten voelt hij de lange wimpers tegen zijn handpalm trillen. Dan heft hij zijn andere hand en steekt het mes onder haar oor met een krachtige duw diep in haar hersenen.

Heel even verstijft ze, dan gaat er een huivering door haar heen en valt ze op haar zij neer. Hij knielt naast haar neer, streelt haar wang en ziet het grote oog glazig worden. Hij mompelt steeds weer: 'Het is al goed.' Het bloedt stroomt over zijn dijen. Hij voelt zich duizelig en misselijk. En plotseling heel erg moe.

'Wat voor de duivel denk je dat je daar aan het doen bent?' klinkt een stem.

Ben knippert met zijn ogen. Wie is dat? Het lijkt van heel ver weg te komen.

'Wie heeft jou toestemming gegeven mijn paard te doden?' zegt meneer Alex achter hem.

Als in een waas draait Ben zich om en kijkt naar hem op.

Meneer Alex is teruggekomen en staat ongeveer een meter van hem vandaan: handen op de heupen, zon in de rug, gezicht in de schaduw.

'Ik... ik heb u een dienst bewezen,' mompelt Ben. 'U liet haar...'

'Ze is van mij. Wie heeft jou toestemming gegeven?'

Vermoeid staat Ben op. Hij kijkt naar het mes in zijn hand. Hoe is dat daar in 's hemelsnaam gekomen? Hij laat het in het stof vallen. Hij is zo moe. Zo verdomde moe. Waarom kan meneer Alex zijn mond niet houden?

'Ik zei, wie heeft jou toestemming gegeven?'

'Hou je kop,' mompelt hij. Zijn hand is kleverig van het bloed. Het begint onder zijn nagels al zwart te verkleuren. Hij veegt het onhandig af aan zijn dijbeen.

'Je denkt dat je bijzonder bent, is het niet?' zegt meneer Alex. 'Om de een of andere reden die mij volkomen ontgaat, denk jij dat je het recht hebt tegen je meerderen te spreken alsof...'

Er komt nog meer, maar Ben luistert niet. Hij knijpt zijn ogen tot spleetjes tegen het zonlicht, haalt uit en geeft meneer Alex een korte, harde vuistslag tegen zijn kaak.

Meneer Alex gromt en valt neer in een wolk van stof.

Ben staat boven hem en schudt met zijn hand tot het gevoel erin terugkeert. 'Ik zei dat je je kop moest houden,' mompelt hij. Dan loopt hij naar Viking, maakt het dier los, springt in het zadel en rijdt weg.

'Heb je wat onder de leden, meisje?' vraagt Grace McFarlane met haar handen op haar heupen.

Evie schudt haar hoofd.

'Nou! Je werkt te hard. Altijd met je neus in dat verdraaide boek.'

'Ik wil weten wat er gebeurd is,' mompelt Evie.

Grace glimlacht trots, schudt haar hoofd en hurkt neer om in het vuur te porren. 'Jij en je boeken.'

Als ze toch eens wist, denkt Evie, terwijl ze gaat verzitten. Als ze toch eens wist wat haar dochter de onderwijzeres zat te lezen.

Het is bijna etenstijd. Op het erf is het donker – of toch niet helemaal, want aan de andere kant van het dorp is meneer Cameron het riet aan het afbranden. Ze doen dat altijd 's nachts, zodat ze verdwaalde vonken kunnen zien en meteen doven. In de vroege ochtend beginnen ze dan te oogsten. Het is veel gemakkelijker als de rommel is afgebrand, maar je moet wel snel werken, anders bederf je de oogst.

Het is een van haar herinneringen van toen ze nog klein was, in bed liggen luisteren naar het verbranden van het riet. Het geluid van de mannen die naar elkaar roepen; het geknetter en gebulder van de vlammen. Ze stelde zich altijd voor dat de mannen het grote, hongerige vuurbeest tot leven wekten... maar het altijd insloten, en nooit lieten ontsnappen. Ze vond die vuren geruststellend.

Maar vanavond niet. Vanavond is alles verkeerd en verward. Ze maakt zich zorgen over Ben. Waarom heeft ze hem over het roodharige meisje verteld? En waarom juist nadat ze het maanden stil had gehouden? Was het toeval? Of werd ze zelf gebruikt door de geest van het duister? Alles wat ze aanraakt lijkt fout te gaan. Misschien zou ze weg moeten gaan; weg uit Trelawny en naar een ander land. Of zelfs maar naar Kingston. Weggaan en opnieuw beginnen.

'Evie,' zegt haar moeder.

'Zo meteen,' mompelt ze. Ze kijkt naar het journaal, zonder de beelden te registreren.

Zes jaren verstreken sinds Congo Eve haar broertje Job heeft verloren en bijna krankzinnig werd van verdriet. Zes jaar sinds Cyrus Wright haar de shay-shay zag dansen met Strap, en hem aan meneer Traherne verkocht. Sindsdien heeft de regen hen één keer in de steek gelaten, en de oude meneer Alasdair heeft zijn jongste zoon Allan naar Schotland gestuurd om het familielandgoed te beheren. En meneer Alasdairs oudste zoon, meneer Lindsay, heeft een zoon op de wereld gezet, Jocelyn.

Evie is de tel kwijtgeraakt van de keren dat haar naamgenote is weggelopen, teruggehaald en gegeseld. Een keer is ze weggelopen naar Caledon, om erbij te zijn toen haar kleine zusje Leah trouwde met een Coromantee-veldslaaf. Twee keer is ze zwanger geweest. Beide keren heeft ze een miskraam gehad, *'dat zegt ze althans,'* schreef Cyrus Wright, *'maar ik verdenk haar ervan dat ze een van haar smerige negerdrankjes heeft gebruikt om het kwijt te raken.'*

Het is nu 1824, en er is een kleine opstand geweest in Golden Grove, in de naburige parochie, die bloederig is onderdrukt. *'Diverse verhangingen en langzame verbrandingen,'* noteerde Cyrus Wright, die daar per se getuige van wilde zijn. 'Cum *Congo Eve achter de schuur,* stans, *achterwaarts.'*

26 september 1824 *Vannacht heeft een orkaan het rieten dak van de kuiperij en de dakspanten van het Necessary House geblazen. De bossen van Clairmont Hill zijn kaal als de bomen in Engeland na het vallen van de bladeren. Congo Eve zei dat het een voorteken was, maar ik antwoordde dat het dan een goed voorteken moest zijn, omdat mijn huis gespaard was.*

29 september *Vond haar met Strap in het drooghuis. Hij droeg de blauwe jas die ik haar jaren geleden heb gegeven en die ze zei kwijt te zijn. Ik schreeuwde tegen Strap en hij sloeg me tegen de grond en vluchtte, maar ik heb mijn negers achter hem aan gestuurd en die hebben hem teruggehaald. Als het fatsoen me er niet van had weerhouden andermans neger met de zweep te geven, had ik het zeker gedaan. Toen ze hem terugbrachten naar Parnassus, schreeuwde hij me toe dat ik niet veel langer in een gave huid zou rondlopen. Ik was erg van streek en moest een glas cognac nemen. Congo Eve zei geen woord, en keek me alleen maar aan.*

30 september *Ik heb gehoord dat meneer Traherne Strap alleen maar heeft gegeseld. Ben erg verbolgen, want dat is een veel te lichte straf. Die neger zou opgehangen moeten worden.*

12 november *Congo Eve weer weggelopen. Toen ze werd teruggebracht, vertelde ze met al haar schaamteloosheid dat haar zuster Leah een dochtertje had gekregen, genaamd Semanthe. En wat dan nog, zei ik, als het wicht toch binnen een week dood is? Dat gebeurt niet, schreeuwde ze, want dit is een Coromantee-kind; het is Leah niet met geweld opgedrongen door een buckra-man. Ik zei dat ik er niets meer over wilde horen, maar ze wilde niet zwijgen en tartte me door te zeggen dat het kind groot en sterk zou worden en alle kunsten zal kennen die zij en haar zuster haar maar kunnen leren.*

'Kom, Evie,' zegt haar moeder weer. 'Het wordt koud.'

Evie slaat het boek dicht en staart naar het beschimmelde kalfsleer. In haar oren buldert het: *Semanthe, Semanthe, Semanthe.*

Semanthe, de dochter van Leah. Semanthe, de blinde oude obeah-vrouw die bij de kalebasboom aan Evie is verschenen toen ze tien was. Semanthe. Haar grootmoeder.

Congo Eve en Evie McFarlane behoren tot dezelfde familie!

Ze draait zich om en staart naar het huis waar ze is geboren en getogen. Het is een huis met twee kamers, gebouwd van steen, gebouwd om te blijven. Dat moet wel. Haar overgrootmoeder Leah heeft het eigenhandig neergezet toen ze met juffrouw Kitty, de jonge bruid van meneer Jocelyn, in 1848 naar Fever Hill kwam.

Overgrootmoeder Leah was toen al weduwe, maar had het huis zelf opgemetseld met rode klei en melasse en vermalen botten, en speciale as die ze zeventien jaar lang in een *yabba* had bewaard. As van de ruïnes van het grote huis van Fever Hill, dat afbrandde tijdens de Black Family Rebellion waarbij haar man stierf. En toen het huis werd gebouwd, weefde haar blinde dochter Semanthe het dak; uit sterke palmbladeren en een paar bezweringen.

Congo Eve en Evie McFarlane. Familie. Evie vraagt zich af wat het betekent. Is het een teken? Een verhaspelde boodschap van de geesten? Ze weet het niet. Ze weet alleen dat alles in een verkeerd patroon samenkomt.

Haar moeder komt naast haar op het trapje zitten en strekt haar benen uit. Haar schenen zijn donker mahoniekleurig naast Evies koffiekleurige huid. 'Ik weet iets wat je zal opvrolijken,' zegt ze en ze brengt haar hand omhoog om een lok haar uit Evies gezicht weg te strijken. Ondanks al haar verwarring is Evie ontroerd, want Grace McFarlane is geen moeder van liefkozingen.

'Die buckra-jongen,' zegt Grace, 'Ben Kelly, met zijn groene kattenogen?'

Evie kijkt gealarmeerd op.

Grace glimlacht. 'Hij heeft gisteren meneer Alex op zijn gezicht geslagen!'

Evie is geschokt. Lieve hemel, Ben, waar ben je mee bezig?

Maar haar moeder slaat op haar dijbeen en lacht, want ze heeft altijd al een hekel gehad aan de Trahernes. 'Ze zeggen dat meneer Alex vreselijk kwaad is! Hij heeft een kneuzing zo groot als een kalkoengierei op zijn knappe smoeltje. En net op tijd voor de Maskerade!'

Evies gedachten krioelen als zwarte mieren. Alles raakt met elkaar verstrikt, als boomwurgers. Ze kan het patroon nog niet zien, maar ze voelt wel dat het iets kwaads is. Als zij meneer Cornelius niet had ontmoet in Bamboo Walk, had ze niet naar de kliniek gehoeven; en dan zou ze Ben niet zijn tegengekomen en hem over het roodharige meisje hebben verteld; en dan zou *híj* niet van streek zijn geraakt en zo kwaad zijn geworden dat hij meneer Alex zou slaan. En nu dat verband met Congo Eve, een verband waaraan ze niet kan ontkomen. Wat betekent het allemaal? En hoe kan ze het kwaad tegenhouden?

Een week voor kerst is de lucht 's ochtends koel. Sophie kon haar eigen adem zien terwijl ze op Romilly Bridge stond te wachten. Tegen de middag zou het weer warm zijn, maar nu was alles heerlijk fris en waren de kleuren helder en schoon. Zwarte zwaluwen doken omlaag om uit de rivier te drinken. Ze zag een flits oranjegeel van een wilde kanarie en regenbooggroen van een kolibrie. Een zilverreiger vloog langs de smaragdgroene bladeren van de reuzenbamboe.

Ze legde haar handen op de door de zon verwarmde brugleuning, ademde de frisse, groen geurende lucht diep in, keek naar haar paard, dat van de varens stond te eten, en begon bijna hardop te lachen. Ze voelde zich bang en opgewonden, en ontzet over wat ze ging doen. Nu en dan zwol haar hart pijnlijk op door een golf van verrukking.

Ze had gehoopt hem hier aan te treffen toen ze arriveerde. Maar natuurlijk, bedacht ze toen, het was negen kilometer van Falmouth en hij kon misschien niet zo gemakkelijk wegkomen.

Een geluid achter haar. Ze draaide zich om en zuchtte toen teleurgesteld. Het was maar een grondduif. Ze glimlachte, maar het voelde geforceerd aan. Waar was Ben?

Ze liep naar de rivieroever en plukte een rode heliconia. Ze gooide een van de grote spitse bloembladeren in het voorbijglijdende water. Tegen de tijd dat ik ze er allemaal in heb gegooid, is hij hier.

Maar dat was niet zo.

Misschien had hij haar briefje niet gekregen. Misschien had oudtante May het in haar hoofd gehaald om haar levenslange gewoonte te veranderen en een ochtendritje te gaan maken.

Of misschien, dacht ze plotseling terneergeslagen, heb je je vergist. Misschien was zijn kus slechts een impuls geweest. Waarom zou hij je weer willen zien? Hij ziet er zo goed uit en jij bent lang niet knap genoeg voor hem. En je loopt mank.

'Hoe weet je dat hij niet op je geld uit is?' had Cameron met zijn gebruikelijke botheid gezegd toen hij haar gisteravond na het eten had gevraagd even met hem door de tuin te lopen.

'Dat zeg je alleen,' had ze geantwoord, 'omdat je hem niet kent.'

'En ken jij hem wel?'

'Ja.'

'Weet je dat zeker?'

Ze gaf geen antwoord. Tot hij erover begon had ze geen moment aan geld gedacht. Ze wist dat het naïef was, maar ze wist ook dat Ben er evenmin aan had gedacht. Ze dachten alleen maar aan elkaar. En bovenal dachten ze niet aan de toekomst. Hoe konden ze? Ze hadden geen toekomst.

Zij en Cameron hadden in het blauwe maanlicht gewandeld, terwijl Scout door de struiken draafde en de vleermuizen door de lucht vlogen. Ze keek naar Cameron terwijl hij zijn sigaar rookte, maar kon zijn stemming niet peilen. Hij kon ondoorgrondelijk zijn als hij dat wilde.

Hij bleef plotseling staan, gooide zijn sigaar neer en drukte hem uit met zijn hak. 'Het gaat hierom, Sophie,' zei hij op vlakke toon, 'dat ik niet wil dat Madeleine gekwetst wordt. Door niemand. Zelfs niet door jou.'

Ze hapte naar adem. 'Ik zou Madeleine nooit kwetsen,' zei ze. 'Nooit.'

'Maar dat is wel precies wat er zal gebeuren als je hiermee doorgaat.'

'Cameron..'

'Je zult onvermijdelijk een schandaal veroorzaken en dat zal...'

'Waarom moet er een schandaal van komen?'

'Sophie, denk na! We leven in een echte, imperfecte wereld. Niet de wereld zoals jij die misschien graag zou zien.'

'Maar als we dat ooit willen veranderen, moeten we toch zeker...'

'Ik sta niet toe dat Madeleine gekwetst wordt omwille van een theorie,' onderbrak hij haar met een vastberadenheid die haar met de ogen deed knipperen.

En toen ze daar naar hem op stond te kijken voelde ze plotseling een overweldigende eenzaamheid. De man die voor haar stond hield zo veel van haar zus dat hij tot alles bereid was om haar te beschermen. Hij zou voor haar sterven als dat nodig was. Voelde Ben hetzelfde voor haar? Voelde zij hetzelfde voor Ben? Hield ze echt van hem? Was dit hoe liefde voelde? Hoe kon ze dat nou weten? Hoe kon ze dat weten?

Ze hoorde iemand aan de rand van de open plek. Sophie verstarde.

Deze keer was het geen gronddduif, maar een zwart jongetje op weg naar school. Hij was barrevoets, gekleed in opgelapte maar bijzonder schone katoenen hemd en korte broek, schopte een onrijpe mango als een voetbal voor zich uit en floot tussen zijn tanden. Hij zag Sophie en schonk haar een stralende glimlach. 'Morgen, juffie Sophie!' riep hij beleefd.

Ze dwong zich zijn glimlach te beantwoorden en groette terug.

Toen hij weg was, zakte het stof langzaam weer neer.

Het werd warmer. Het lied van de krekels won aan kracht. Uit het buffelgras kwam een mangoeste tevoorschijn die haar onverschillig aankeek. Ze voelde een strakke band om haar borst toen ze hem in de varens zag verdwijnen.

Hij komt niet, dacht ze, en de woorden drongen scherp en diep in haar hart.

Hij komt niet.

Een van de zwarten stampt op Bens knie en de pijn ontvouwt zich als een zwarte bloem.

De soort pijn die waarschijnlijk duidt op een breuk, denkt hij bij zichzelf. Als het dan toch al gebroken is en ze je alleen daar blijven slaan, komt het wel goed met je.

Maar natuurlijk doen ze dat niet.

Ze vielen hem aan op Arethusa Road toen hij terugkwam van een rit: drie grote, zwijgende zwarten die hij nooit eerder had gezien. En dat is logisch. Meneer Alex kan natuurlijk niet de jongens van Parnassus sturen.

Ze kwamen van achteren op hem af en trokken hem van Vikings rug het suikerrietveld in. Hij slaagde er nog in er eentje een flinke stomp in de ribben en een andere een gebroken jukbeen te bezorgen voor ze hem tegen de grond werkten. Maar ze weten wat ze doen: afgemeten, precies, niet te zichtbaar – die klap in zijn gezicht was een vergissing – en ze hebben geen knuppels, en dat is tenminste iets, want het betekent dat ze er waarschijnlijk niet op uit zijn hem te doden.

Het bloed is zout-zoet in zijn mond. Hij ruikt hun zweet en hoort hen grommen, maar hij kan niet veel zien door al het bloed. Hij kan echter nog wel wat zien – rode flitsen en gras – en dat is goed, want het betekent dat zijn ogen niet kapot zijn.

Weer een trap in zijn ribben, met deze keer een kreun die van hem zou kunnen zijn en weer zo'n zwarte bloem in zijn zij. Gelukkig kerstfeest, denkt hij. Hij begint te lachen, en kan niet meer ophouden. Hij hapt naar adem en hijgt wanneer ze hem slaan. Er komen bloedbelletjes uit zijn mond. Gelukkig kerstfeest, verdomme.

Mompelde een van hen 'genoeg', of hoopte hij dat alleen maar? Het is moeilijk te zeggen, want hij voelt zich erg zweverig. Sorry, Sophie, mompelt hij. Het komt eruit als een verstikt gekreun.

Heel klein en helder verschijnt er een beeltenis van haar voor zijn geestesoog. Het is alleen niet Sophie zoals ze nu is, maar toen ze klein was, de eerste keer dat hij haar zag in Portland Road.

Hij klampt zich aan het beeld vast. Sophie in haar gestreepte rode jurk en zwarte kousen, met een zwart fluwelen lint in haar haar, en de wimpers met gouden puntjes die hun schaduw op haar wangen werpen als ze hem haar boek laat zien. 'Het is *Black Beauty,'* zegt ze ademloos tegen hem, 'Maddy heeft het me gegeven voor mijn verjaardag en het is zooo mooi. Ik heb het al twee keer gelezen.'

Sorry, Sophie, zegt hij in zijn hoofd tegen haar. Sorry, mijn lief.

Dat is zijn laatste gedachte voor alles zwart wordt.

14

'Hij heeft kennelijk een soort ongeluk gehad,' zei Madeleine toen ze op kerstochtend de kerk uit liepen.

'Wat bedoel je, een "soort"ongeluk?' vroeg Sophie. 'Wanneer?'

Madeleine hield even haar pas in om drie oude dames voor te laten gaan, die net als de kerkversieringen wegkwijnden in de hitte. Het was een lange dienst geweest en iedereen verlangde naar de lunch. Er hing een doordringende geur van reukwater en eau de cologne, met een onderstroom van zweet.

'Wanneer?' vroeg Sophie opnieuw, op dringende toon.

Madeleine opende haar parasol en keek tussen de menigte rijtuigen uit naar Cameron. Hij nam nooit deel aan de dienst, maar kwam hen naderhand soms ophalen en wisselde dan een paar woorden met de dominee, waarmee hij vermoedens dat hij een totale heiden was de kop indrukte.

'Ergens de afgelopen week,' zei Madeleine, die Cameron wat verderop in de straat zag staan.

'Afgelopen week? Maddy, hoe kon je dat voor me verzwijgen?'

'Omdat het niet ernstig is. Hij is in orde.'

'Waarom is hij dan niet hier? Waarom heeft oudtante May zich door iemand anders naar de kerk laten rijden?'

'O, kijk,' zei Madeleine, 'daar is Rebecca Traherne. Denk erom, je bent morgen ziek, dus gedraag je nu niet al te fit.'

Ze praatten even met Rebecca en daarna opende Sophie opnieuw de aanval. 'Hoe ben je het te weten gekomen?' vroeg ze terwijl ze onder een kassieboom stonden te wachten tot de menigte op de stoep wat uiteen was gegaan.

'Zoals je alles hier te weten komt, van de bedienden natuurlijk,' zei Madeleine.

Sophie beet op haar lip. 'Hoe erg is het?'

'Ik zei toch dat hij in orde is.'

'Waarom heb je het me dan niet eerder verteld?'

Madeleine antwoordde niet.

'Maddy, als je me nu niet alles vertelt vraag ik het aan Poppy of Braverly, of...'

'O, goed dan.' Ze keek snel om zich heen en zei toen: 'Hij is een paar kilometer buiten de stad gevonden door een wiedploeg, naast Arethusa Road. Hij moet van zijn paard gevallen zijn...'

'Ben? Hij is de beste ruiter van heel Trelawny.'

'...hoe dan ook,' zei Madeleine met een vermanende blik, 'ze hebben hem naar Prospect gebracht omdat dat het dichtste bij was, en een van Grace's nichten heeft hem opgelapt. Snijwonden en kneuzingen, zijn knieschijf gestoten, en een paar gekneusde ribben. Je ziet dus dat ik het me wel genoeg aantrek om navraag te doen. Maar dit is alles wat ik weet.'

Sophie verwerkte het zwijgend. Om hen heen stonden kerkgangers in kleine groepjes te praten. Rijtuigen vertrokken in stofwolken. Negergezinnen liepen in hun gesteven zondagse kleren voorbij met hun schoenen in hun handen. Madeleine speelde met de sluitklem van haar tasje. Ze maakte zich duidelijk ook zorgen om Ben. Sophie vermoedde dat ze haar niet alles had verteld wat ze wist. Er lag echter een koppig trekje rond haar mond dat Sophie waarschuwde dat ze niet verder moest aandringen.

'Is hij nog steeds in Prospect?' vroeg Sophie.

Madeleine schudde haar hoofd. 'Ik geloof dat ze hem naar Bethlehem hebben gebracht.'

Sophie schudde gefrustreerd haar hoofd. Natuurlijk, naar Bethlehem, net toen dr. Mallory de kliniek had gesloten voor wat hij grimmig 'de feestelijkheden' noemde.

Zwijgend liepen ze de straat op naar de plek waar Cameron met het rijtuig stond te wachten. Fraser zat naast zijn vader, zijn cadeautjes in zijn handen geklemd. Hij sprong op toen hij Sophie zag en zwaaide zo hard dat hij uit het rijtuig zou zijn gevallen als Cameron de teugels niet in zijn ene hand had genomen en met de andere een handvol matrozenpak had beetgepakt.

Net voor ze binnen gehoorsafstand kwamen, wendde Madeleine zich tot Sophie en zei zacht: 'Sophie, je mag hem niet gaan opzoeken. Je moet me beloven dat je dat niet zult doen.'

Nu was het Sophies beurt om koppig te kijken.

'Wat zou het voor zin hebben?' ging Madeleine verder. 'Grace en haar mensen kunnen net zo goed voor hem zorgen als jij.'

'Maar...'

'Laat hem met rust, Sophie. Maak het niet nog erger voor hem dan het al is.'

Sophie staarde haar aan. 'Wat bedoel je daarmee?'

Madeleine keek ongelukkig.

'Maddy... het was toch een ongeluk, nietwaar?'

Ze hadden echter het rijtuig bereikt en Fraser sprong eruit, zwaaiend met zijn nieuwe rode vlieger. Er was geen tijd meer om te praten.

Tijdens de rit terug naar Eden dacht ze na over wat ze zou doen. Ben had problemen en was gewond. Ze was er vrij zeker van dat Madeleine haar verder niets meer zou vertellen. De vraag was, wilde hij haar zien? Hij was immers niet naar haar toegekomen op Romilly Bridge en ze had sindsdien ook niets van hem gehoord. En na het ongeluk – of wat het dan ook was – had hij haar helemaal niets laten weten.

Uiteindelijk besloot ze niets te doen – althans niet vandaag. Ze kon moeilijk tijdens de kerstlunch een paard zadelen en naar Bethlehem rijden.

Gelukkig was Cameron met zijn gedachten bij de oogst en had Madeleine haar handen vol aan de kinderen, dus geen van beiden merkte dat Sophie nauwelijks iets zei. Na de lunch reed Cameron naar Maputah, en bracht Madeleine de kinderen tot rust met een spelletje. Sophie schreef een briefje naar Rebecca Traherne, waarin ze zich excuseerde voor de Maskerade van de volgende dag, en las de kinderen verhaaltjes voor. Daarna wendde ze hoofdpijn voor en ging vroeg naar bed.

Tweede kerstdag begon bewolkt en koel – 'gurig' zoals de bedienden het noemden – en iedereen was ingetogen en wat humeurig. Na het ontbijt nam Sophie het kleine rijtuigje om Clemency op te halen op Fever Hill. Clemency had botweg geweigerd haar dode kind alleen te laten op eerste kerstdag, maar had er na veel overreding in toegestemd tweede kerstdag te komen en te blijven slapen om Sophie te helpen met de kinderen terwijl Madeleine en Cameron op Parnassus waren. Natuurlijk had Clemency nu spijt van haar zwakte en probeerde ze uit alle macht onder het bezoek uit te komen. Dat was dan ook de reden dat Madeleine Sophie had gevraagd haar te gaan halen.

Ze zou toch wel gegaan zijn, want ze moest Evie naar Ben vragen. Tot haar ergernis waren de McFarlanes echter niet in het oude slavendorp. Volgens Clemency brachten ze Kerstmis 'ergens' met familieleden door. Clemency wist niet meer waar.

Terug op Eden gebruikten ze ter ere van Clemency een uitgebreide lunch. Daarna reed Cameron naar de westelijke rietvelden bij Orange Grove, terwijl Madeleine zich terugtrok om zich te baden en verkleden voor de Maskerade, en Clemency en Sophie de kinderen amuseerden. Clemency deed dat althans, door een enorme kerstboom te tekenen en hen te helpen die te versieren en inkleuren. Sophie deed alsof ze toekeek en dacht na.

Ben was helemaal alleen op de wereld. Ze had nooit iemand gekend die zo alleen was. Hij had geen familie meer, en geen vrienden, behalve Evie, en die zag hem ook zelden. Grace en haar familieleden zorgden min of meer voor hem omdat hij haar in het verleden een dienst had bewezen, maar ze werden gemotiveerd door plichtsgevoel, niet door genegenheid. Hij was niet één van hen. In een land waar een man ofwel plantagehouder of bananenboer was, of neger, kleurling, koelie of Chinees, was Ben gewoon maar een arme blanke. Hoe zou hij zich voelen als ze hem niet kwam opzoeken nu hij gewond was?

Het antwoord, zo vertelde ze zichzelf streng, was dat het hem waarschijnlijk niets kon schelen. Hij had haar immers ook gewoon laten wachten op Romilly Bridge, zonder enige verklaring of verontschuldiging. Waarom zou hij haar willen zien?

Maar als hij dat nou wél wilde?

Om vijf uur vertrokken Madeleine en Cameron naar Parnassus. Ze gingen al zo vroeg weg omdat Cameron nog op Fever Hill langs moest om met de beheerder te praten.

'We zijn pas ergens vroeg in de ochtend terug,' zei Madeleine, met haar ogen rollend. 'Rebecca maakt altijd een enorm ontbijt klaar en tegen die tijd is iedereen zo moe dat ze er voorover invallen.

Poppy bereidde de kinderen voor om ze vroeg in bed te stoppen. Belle was nog wat zwakjes na de lichte koorts die ze vorige week had gehad en Fraser had te veel snoep gegeten. 'Ik heb de rest verstopt,' zei Madeleine toen ze Sophie even terzijde nam. 'Hij zal Clemency wel proberen te bewerken, dat doet hij altijd, maar ik reken erop dat jíj sterk bent.'

Beeldde Sophie het zich nou in, of legde haar zus speciale nadruk op dat 'ik reken erop dat jij...' *Je mag hem niet gaan opzoeken. Je moet me beloven dat je dat niet zult doen. Maak het niet nog erger voor hem dan het al is.*

Eindelijk vertrok het rijtuig in een wolk stof en daalde de rust neer over het huis. Het was twintig over vijf. Het zou nog twee tot drie uur licht blijven, en daarna zou er een bijna volle maan zijn. Tijd genoeg om naar Bethlehem te rijden. Ze zou om acht uur terug zijn. Negen uur, uiterlijk. En Clemency en Poppy konden op de kinderen letten.

Maar was dat wel eerlijk tegenover Clemency? Om haar alleen te laten en haar de leiding over het huishouden te geven?

En denk eens aan de vernedering als ze helemaal daarheen reed, alleen om tot de ontdekking te komen dat hij alweer weg was. Iedereen zou weten waarom ze gekomen was. Er zou om haar gelachen worden. De verliefde buckra-juffrouw, die wanhopig het spoor volgde van haar onwillige vrijer.

Clemency kwam de veranda op lopen, ging op de bank zitten

en schonk Sophie een van haar beverige glimlachjes. 'Ze zijn in diepe slaap,' fluisterde ze. 'Uitgeput, de arme schatten. Ik moet bekennen dat ik ook moe ben.'

Sophie dwong zichzelf tot een glimlach. Een hele avond met Clemency, ze kon het niet. Ze moest weten of Ben in orde was. Ze moest het met eigen ogen zien. Ze stond snel op. 'Weet je, ik geloof dat ik behoefte heb aan wat frisse lucht. Zou je het heel erg vinden als ik een ritje ging maken?'

Clemency's knappe jong-oude gezicht klaarde op. 'Lieveling, helemaal niet! Ik wilde jou juist vragen of je het erg vond als ik even naar mijn kamer ging voor een kort tukje, en misschien een gebedje.'

Sophie werd er triest van. 'Een gebedje' betekende waarschijnlijk dat ze uren op haar knieën zou zitten om Elliot om vergeving te vragen voor het feit dat ze hem in de steek had gelaten. 'Natuurlijk vind ik dat niet erg,' zei ze. 'Doe maar gewoon waar je zin in hebt, Clemmy. Ik ben over een paar uur terug, maar maak je geen zorgen als het wat later wordt. En wacht maar niet met het avondeten.'

Genoeg gepiekerd, zo hield ze zichzelf ferm voor terwijl ze haar rijrok en -laarzen aantrok. Hou nou maar eens op de dingen van alle kanten te bekijken en handel!

Ze schonk haar spiegelbeeld een vastberaden glimlach. Ze voelde zich nu al beter.

In vroeger tijden hadden de slaven drie feestdagen per jaar: eerste en tweede kerstdag en nieuwjaarsdag. Daar maakten ze volop gebruik van. Ze legden dan hun kleurloze, groflinnen kleding af en tooiden zich in de kleurigste stoffen die ze konden vinden, met enkelbanden van gedroogde rode bessen, kralensnoeren van blauwe klei en angstaanjagende maskers met koeienhorens. En tijdens die drie dagen trokken ze schreeuwend, dansend en trommelend door dorpen, steden en plantages in een gespeelde terugkeer naar het Afrikaanse vaderland dat ze waren kwijtgeraakt.

De Maskerade op Parnassus was een beschaafde veranglicaanste versie van die oude optocht. Een serene vrouwe Britannia voerde de optocht aan, gevolgd door de Montego Bay Coloured Troupe, die patriottische liedjes speelde. Dan kwamen een festivalkoning en -koningin in prachtige gewaden en met kronen van goudpapier, en een entourage van bedienden in mooie kostuums en met maskers van papier-maché op: de Zeeman, de Ruiter, de Loopjongen; en tot slot een gecivilиseerde versie (in scheepstenue) van de traditionele oproerkraaier Johnny Canoe. Na de optocht volgde een avondmaaltijd, een tableau vivant door de hoveniersvereniging van Falmouth, dansen en ten slotte een ontbijt. Dat was de Maskerade van de Trahernes op tweede kerstdag. Er klonk niets in door van die zwarte kerstdagen tweeënzeventig jaar geleden, toen de slaven maandenlang rellen schopten en meer dan vijftig huizen aan de Northside vernielden.

In Bethlehem, aan de rand van de Cockpits, waren daarvan echter nog wel echo's te horen. En daar was de optocht een terugkeer naar een duisterder, wilder verleden. Niemand had het over Johnny Canoe. Jonkunoo was er koning. Er waren geen ruiters en matrozen te zien; op hun plaats liepen halfnaakte mannen met groteske gehoornde maskers: Duivel, Paardenkop, Pitchy-Patchy, de Stier... springend, dansend en schreeuwend op de harde ritmes van fluit en trommel. Europa had plaatsgemaakt voor Afrika, Engels voor halfvergeten flarden Eboe en Koromantyn, namaakadel voor medicijnmannen en de Moeders der Duisternis.

Als kind had Sophie naar Jonkunoo-optochten gekeken met een mengeling van opwinding en afgrijzen, maar ze had altijd Cameron gehad om tegenaan te kruipen als het te eng werd. Nu ze haar paard vastzette aan een boom aan de rand van het dorp, was ze zich er echter scherp van bewust dat zij hier de enige blanke was.

De schreeuwende, trommelende, dansende menigte dromde samen op een door toortsen verlichte open plek. Ze zag gezichten die ze herkende, maar ze zagen er vreemd uit in de dansende schaduwen. Trommels dreunden in haar oren. De lucht was bezwangerd door de geur van pimenthoutvuren, gedroogd varkensvlees, vleesragout en rum. Ze had niet moeten komen. Ben kon onmogelijk hier zijn.

Ze stond onzeker aan de rand van de menigte, toen de Stier – de Jonkunoo zelf – voor haar sprong. Het masker met koeienhorens kwam tot vlak voor haar gezicht en ze ving achter de beschilderde spleetjes in het masker een alarmerende glimp op van donkere ogen waarvan het wit geel verkleurd was door hasjiesj. '*Jonkunoo!*' schreeuwde hij en vervolgens sprong hij weg.

Ze haalde beverig adem. Belachelijk dat ze bang was. Ze kende deze mensen.

Terwijl ze zich een weg baande door de menigte zag ze een kind dat ze herkende: het jongetje van Romilly Bridge. 'Nee, juffie Sophie,' antwoordde hij toen ze hem vroeg of hij de gewonde buckra-man had gezien. 'Hij is weggegaan.'

'Waarheen?' Hij haalde zijn schouders op en glimlachte haar bemoedigend toe. 'Niet ver.' Maar ze kon wel zien dat hij het echt niet wist, en alleen maar beleefd was.

Het was zoals ze had gevreesd. Ben was weg en ze had alleen maar zichzelf belachelijk gemaakt.

Toen zag ze Evie en werd ze overspoeld door opluchting.

Het meisje zat met haar moeder en de dorpsgrootmoeders onder de broodboom. Ze zat op haar hurken en staarde nietsziend naar de optocht. Toen ze Sophie opmerkte, gingen haar lippen vaneen in een zwijgend 'o' van verbazing. Ze keek om zich heen, gebaarde naar Sophie om te blijven waar ze was, en kwam naar haar toe.

'Wat doe je hier?' fluisterde ze hees. Ze zag er moe en bezorgd uit, en haar hand op Sophies arm was koortsachtig warm.

'Waar is Ben?' vroeg Sophie.

Evie beet op haar lip. Toen trok ze Sophie mee naar de relatieve privacy van een koffieveld achter de huizen.

'Evie, je moet het me vertellen. Hij is niet bij oudtante May, dat heb ik nagevraagd. Ze heeft hem ontslagen. Dus...'

'Hij is in orde,' zei Evie. 'Maak je maar geen zorgen, Sophie, hij is in orde.'

Sophie sloeg haar armen over elkaar en liep een paar passen. Toen was ze plotseling de tranen nabij. 'Wat is er gebeurd?'

Evie legde haar hand op Sophies rug en streelde die zachtjes. 'Ik weet het niet.'

'Nou, je weet vast meer dan ik. Maddy zei dat het een ongeluk was, maar...'

'Een ongeluk?' Evie snoof. 'Nee, hij heeft gevochten met meneer Alex, en toen...'

'Meneer Alex?' Sophie keek haar verdwaasd aan. 'Maar... je bedoelt toch zeker niet dat Alexander Traherne erin is geslaagd hem in elkaar te slaan?'

Evie barstte in lachen uit. 'Natuurlijk niet!' Ze veegde door haar ogen en was opeens weer de oude Evie. 'Nee, ze kwamen elkaar onderweg tegen en kregen mot... ruzie bedoel ik. Waarover weet ik niet, maar toen heeft Ben hem geslagen. En de volgende dag werd hij opgewacht door een stel mannen en in elkaar geslagen.'

'Wat voor mannen?'

Evie schudde het hoofd. 'Vreemden van elders.'

'Vreemden,' herhaalde Sophie. Waarschijnlijk had 'meneer Alex' de mannen ingehuurd. 'En waar is hij nu?'

'Ik weet het niet, Sophie. Hij is gisteren vertrokken. Hij kon een stuk meerijden op de ezel van oom Eliphalet, maar ik weet niet waarheen.'

'Welke richting? Noord? Zuid?'

'Noordwest.'

'Naar de rivier?'

'Ik denk het wel, maar ik weet het echt niet.'

Ik wel, dacht Sophie.

Het was bijna acht uur toen ze Romilly bereikte. Het begon al te schemeren. De meest directe route van Bethlehem naar Romilly zou het pad langs de Martha Brae zijn dat helemaal tot de ruïnes doorliep. Dat voerde echter langs het huis en ze wilde niet het risico lopen om Clemency of een van de bedienden tegen te komen. Dus nam ze de weg langs Maputah en de rand van de Cockpits, ging rechtsaf bij het kruispunt en via Eden Road naar Romilly. Ze had geluk. Iedereen was ofwel op een Jonkunoo-feest of sliep zijn roes uit. Het was erg rustig overal, want de bries van zee was allang gaan liggen en de landbries woei slechts zwakjes vanaf de heuvels omlaag.

Romilly leek verlaten toen ze er aankwam, maar dat had ze verwacht. Ze bond haar paard vast aan een ijzerhoutboom en liep te voet over het pad langs de rivier dat tot diep in de ruïnes van het vroegere slavendorp liep. Reuzenbamboe maakte het pad tot een schaduwrijke tunnel. Een dik bladertapijt dempte haar voetstappen.

Ben had zijn kamp opgeslagen in een ruïne met drie muren en zonder dak, een paar meter van de rivier vandaan. Hij had haar niet horen aankomen. Hij zat in hemdsmouwen op een blok steen bij een klein vuurtje, met zijn ene been recht voor zich uit, en een paar bamboekrukken op een deken op de grond.

De kant van zijn gezicht die naar haar gekeerd was, zag er normaal uit, maar ze zag wel het patchwork van paarsgele kneuzingen op zijn beide onderarmen, en het verband rond zijn knie. Zijn shirt hing tot zijn taille open, waardoor ze de tape rond zijn onderste ribben en daarboven nog meer schrammen en kneuzingen kon zien. Naast de krukken lag een kleine kalebas, met waarschijnlijk een zalfje van Grace erin. Er lag een rol tape naast, een roestige schaar, en een kannetje water dat hij waarschijnlijk boven het vuur warm had gemaakt. Het leek erop of hij begonnen was zijn verband te verschonen, maar toen de belangstelling had verloren.

Toen hij zich omdraaide om het vuur op te porren, zag ze de donkere kneuzingen op zijn jukbeen en rond zijn oog; de bloedkorsten op een diepe, verticale snee die zijn wenkbrauw in tweeën deelde. Het contrast met de ongehavende kant van zijn gezicht was schokkend.

Toen ze onder de reuzenbamboe vandaan stapte, zag hij haar. Hij bleef roerloos zitten. 'Ik dacht wel dat ik je hier zou vinden,' zei ze.

15

Hij antwoordde niet, maar was duidelijk zeer geschokt. Plotseling zag ze zichzelf zoals hij haar moest zien: haar haren bijna los, haar jasje en rijrok overdekt met stof. De verfomfaaide blauwkous, die haar onwillige prooi achtervolgde. Wat deed ze hier? Hij wilde haar niet. En waarom zou hij ook? Kijk hem nou. Na die starende blik had hij zijn ogen weer naar het vuur gewend. In profiel was de ongehavende kant van zijn gezicht onheilspellend knap.

Ze sprak verder: 'Waarom ben je niet in Bethlehem gebleven? Ik bedoel, daar zorgden ze voor je...'

'Omdat ik hierheen wilde,' onderbrak hij haar. In het licht van het vuur zag ze de donkere stoppels op zijn wangen. Ze maakten hem ouder, ruiger, een onbekende.

'Ik wilde alleen zijn. Oké?'

'Betekent dat dat je wilt dat ik wegga?'

'Ja,' zei hij zonder haar aan te kijken. 'Ik wil dat je weggaat. Je had niet moeten komen.'

'Maar ik kon niet...'

'Ik dacht dat je op Parnassus zou zijn. Bij dat feest.'

'Ik heb ze een briefje gestuurd om te zeggen dat ik ziek was.'

'Waarom heb je dat gedaan?'

'Wat denk je? Ik maakte me zorgen om je.'

'Dat is stom,' beet hij haar toe. 'Je had niet moeten komen.' Hij pakte een van de krukken om in het vuur te porren, maar gooide hem weer neer en vloekte zacht. Hij bewoog zich onhandig, zonder zijn gebruikelijke gratie. Op de een of andere manier gaf dat haar de moed om een stap dichterbij te komen en op een punt van de deken te gaan zitten, op veilige afstand. 'Wat is er met je been gebeurd?'

'Wat kan jou dat schelen?'

'O, helemaal niets,' pareerde ze. 'Daarom ben ik hier.'

Hij ademde in. 'Grace zegt dat ik mijn knieschijf heb gekneusd, of zoiets.'

Ze dacht daar even over na. 'En je ribben... doen ze pijn?'

'Nee.' Hij schokschouderde. 'Een beetje.' Hij reikte naar de kan water en stootte hem om. 'Verdraaid.'

Ze voelde dat ze bloosde. Ze boog voorover, zette de kan rechtop, pakte toen haar zakdoek uit haar zak en gaf hem die. 'Hier. Gebruik deze maar.'

Hij keek even naar de zakdoek en pakte die toen met een stuurse blik aan. Ze herinnerde zich een dertienjarige jongen die een boek kreeg aangeboden, en grauwde als een jonge vos, omdat hij niet wist hoe hij met vriendelijkheid moest omgaan.

Hij doopte de zakdoek in wat er over was van het water en deed een onhandige poging een lange, bloederige, open kneuzing in zijn zij schoon te maken. Toen moest ze haar blik afwenden. Hij was behoorlijk gespierd en onder de gebruinde huid die onderaan zijn keel eindigde, was zijn vel glad en bleek. Hij zag er zowel bekend als onbekend uit: jongen en man, vertrouwd en niet vertrouwd. Ze moest bijna huilen. Ze was blij dat ze in de schaduw buiten de lichtcirkel van het vuur zat, blij met het koele, verhullende maanlicht.

Om hen heen daalde de avond neer. Vuurvliegjes lichtten op tussen de klimplanten op de verbrokkelde muren. De lange sprieten van de gemberlelies glommen wit in het maanlicht. Het gezang van de krekels had plaatsgemaakt voor de heldere klanken van de kikkers. Sophie rook een zoete geur in de bries.

Toen ze om zich heen keek, zag ze links van haar een groepje orchideeën tegen een rots aan staan. De bleke, gedraaide blaadjes leken het maanlicht te vangen. Hun geur was zwaar en zoet. Misschien had hier tientallen jaren geleden wel een slaaf aan dit zelfde stukje rivier gezeten en deze zoete geur opgesnoven die haar aan begrafenissen deed denken.

Ze hief haar hoofd op en zag met een schok dat Ben naar haar zat te kijken. Zijn gelaatsuitdrukking was onherkenbaar in het maanlicht. Ze zei snel: 'Waarom ben je niet naar de brug gekomen?'

'Dat kon ik niet.'

'Waarom niet?'

Hij wendde zich weer naar het vuur. 'Luister, ik weet dat ik je heb gekwetst en dat spijt me, maar ik moest wegblijven. Als ik naar je toe was gekomen op de brug, zou ik je nog meer pijn hebben gedaan.'

'Ik begrijp het niet.'

'Dat hoeft ook niet.' Hij zuchtte. 'Het heeft niets met jou te maken, of met je knie.'

Niets met je knie te maken. Was ze zo doorzichtig en meelijwekkend? Ze rukte aan een winkelhaak in de deken.

'Sophie,' zei hij zacht.

Ze hief haar hoofd en keek hem boos aan.

'Sophie,' zei hij, 'hou nou eens op over die knie te piekeren.'

'Dat kun jij gemakkelijk zeggen. Jij loopt niet mank.'

Hij knikte naar zijn verbonden been. 'Nu wel.'

'Niet blijvend.'

'Hoe weet jij dat nou? Jij ook niet.'

'Wel als ik moe ben.'

'Nou en? Sophie... kijk me aan.'

Ze keek hem in de ogen. Hij was zo dichtbij dat ze de zwarte bloedkorst op zijn wenkbrauw kon zien, de kneuzingen aan de zijkant van zijn gezicht en zijn blinkende tanden tussen zijn lippen. En toen ze naar hem keek, realiseerde ze zich dat hij wel wilde dat ze bleef.

'Laat me eens kijken,' zei hij.

Ze schrok ervan. 'Wat?'

'Je knie. Laat me eens kijken.'

'Nee!' Ze trok haar rijrok strak om zich heen en ging erop zitten.

Hij keek even naar haar gezicht en knikte toen. 'Oké.'

Ze wreef over haar dijbeen. 'Het is alleen dat ik niet graag heb dat iemand hem aanraakt.'

'Waarom niet? Doet hij nog steeds pijn?'

'Natuurlijk niet.'

'Waarom dan?'

'Ik weet het niet. Ik wil het gewoon niet.'

Weer bleef het even stil tussen hen. In de rivier sprong een vis omhoog. In de bomen kraste een uil. Een zacht geritsel verried de aanwezigheid van een hagedis, of misschien een slang die op jacht was.

Zonder Ben aan te kijken trok Sophie haar rijrok tot iets boven haar knie. 'Beloof me dat je hem niet aanraakt.'

'Goed, dat beloof ik.'

Met haar onderlip tussen haar tanden reikte ze onder haar rok, maakte de kous los van de jarretel en begon de dunne zwarte zijde af te rollen.

'Laat mij dat doen,' zei hij.

'Nee!'

'Ja.'

'Nee.'

Ze zat plotseling ademloos te beven. Ze beefde zo hard dat toen ze haar handen naast zich neerzette en achterover leunde om hem dichterbij te laten komen, ze bijna door haar ellebogen zakte.

Ze keek toe terwijl hij zijn kruk pakte en zich moeizaam van de steen hees en naast haar op de deken kwam zitten. Zijn gezicht stond gespannen en ernstig toen hij zijn hand uitstak en zacht haar kous over haar knie omlaag rolde. Zijn vingers trilden. Ze siste toen hij haar huid aanraakte.

Hij hield op. 'Alles goed?'

Ze knikte. Ze wilde zeggen dat hij moest ophouden, maar kon het niet. Ze kon niet ademhalen.

Hij keek omlaag en zijn donkere wenkbrauwen kwamen samen in een frons. 'Weet je nog toen we kinderen waren, en je me je knie liet zien, in die keuken van jullie?'

Weer knikte ze.

'Je zei: "Kijk, Ben, ik heb een blauwe plek." Maar ik zag niets.' Hij zweeg even. 'Ik had nog nooit iemand gezien die zo schoon was als jij.'

Ze wilde zijn wang aanraken, maar kon het niet. Ze kon zich niet verroeren.

Hij rolde de kous omlaag tot net boven haar rijlaars, legde zijn warme hand op haar scheenbeen, bracht zijn hoofd omlaag en blies zacht over haar knie. Ze voelde zijn haren over haar huid strelen en toen de zachte aanraking van zijn hand.

'Je zei dat je hem niet zou aanraken,' fluisterde ze.

Hij hief zijn hoofd en keek haar in de ogen, liet toen zijn blik afdwalen naar haar mond. 'Dat was een leugen.'

Hij kwam dichter naar haar toe, en ze rook de aromatische geur van Graces zalf op zijn huid, en daaronder zijn eigen geur: de scherpe, schone geur van rood stof en gras. Hij boog zich naar haar toe en kuste haar licht op de mond.

Toen kuste hij haar weer, dringender dit keer. Hij duwde haar mond open met de zijne, en voor het eerst voelde ze de warmte en kracht van zijn tong. Ze was bang en nieuwsgierig en opgewonden. Ze wist niet hoe ze moest reageren. Ze probeerde te doen wat hij deed, sloeg haar arm om zijn nek en beantwoordde zijn kus.

Met die eerste kus liet ze al het andere achter zich en stapte ze een onbekend gebied binnen. En ze wist dat het voor hem ook zo was, want hij had dit weliswaar eerder gedaan, maar nog nooit met haar. Met die eerste innige kus lieten ze hun oude zelf achter zich en waren ze niet langer vrienden maar geliefden. En toen ze zijn ruwe wang tegen de hare voelde en zijn zachte haren onder haar pols, ervoer ze niet alleen haar eerste heftige golf van verlangen, maar ook een nieuwe tederheid voor hem, omdat hij dit samen met haar doormaakte, dezelfde vreemdheid en nabijheid voelde en tegen haar aan lag te beven. Ze begroef haar gezicht in zijn hals en pakte zijn schouder vast... en hoorde hem jammeren. 'Sorry,' mompelde ze en ze voelde dat hij glimlachte; vervolgens schudde hij en voelde ze de warmte van zijn lach tegen haar huid. Toen hief hij zijn hoofd naar haar op, vervaagde zijn glimlach en kuste hij haar opnieuw, harder en dringender.

Ze kropen dicht tegen elkaar aan – voorzichtig vanwege zijn ribben – en hij streek met zijn hand over haar zij en haar dij en onder haar heupen, en zij schoof haar handen onder zijn shirt en pakte de warme, harde spieren van zijn rug vast.

Plotseling wendde hij zich met een kreetje van haar af.

'Wat is er?' fluisterde ze. 'O god, heb ik je pijn gedaan?'

Hij schudde zijn hoofd. Hij zat voorover gebogen en haalde moeizaam tussen zijn tanden door adem.

'Ben?'

'We kunnen dit niet doen,' mompelde hij, nog altijd hoofdschuddend.

Ze legde haar hand op zijn schouder, maar hij schudde die van zich af. 'Dat kunnen we wel,' zei ze. 'Ik wil het.'

'Nee, nee.'

'Waarom niet?'

'Ik wil... ik wil je geen pijn doen.'

'Ben...'

'De eerste keer doet het pijn, Sophie. Het doet pijn.'

'Dat weet ik.' Ze probeerde er luchtig over te doen. 'Maar ik... ik verwacht dat het niet al te veel pijn zal doen. Ik bedoel, ik heb veel paardgereden, en altijd schrijlings, en dat schijnt...'

'Sophie, hou je mond,' zei hij zacht.

Ze beet op haar lip. Hij had gelijk, ze praatte te veel, maar ze was ook zo nerveus. Ze kon niet geloven waar ze mee bezig was. Ze zat hier in een ruïne en probeerde een man te verleiden. En plotseling verscheen er een beeltenis voor haar geestesoog van de merklap die in het huis van nicht Lettice in Londen boven haar bed hing. ONTUCHT LEIDT TOT ELLENDE EN DE HEL. HET HUWELIJK LEIDT TOT GELUK EN DE HEMEL.

Wat is ontucht? vroeg ze soms aan haar grote zus. *Ik weet het niet*, antwoordde Madeleine altijd. *Iets slechts, denk ik.* Maar jaren later had Madeleine haar apart genomen en haar rustig de waarheid verteld. Ze zei dat zij had geleden onder het feit dat ze het niet wist en dat ze Sophie dat wilde besparen.

Nu keek Sophie om zich heen naar de groepjes bleke lancifolia-orchideeën en de dikke strengen van de boomwurger, en ten slotte naar Ben, die naar zijn handen keek met een vreemde, woedende uitdrukking die hem heel jong deed lijken. 'Hou je van me?' vroeg ze zacht.

Hij gaf geen antwoord. Ze zag dat hij zijn hand door zijn haar haalde en toen de muis van zijn hand in zijn goede oog drukte.

'Hou je van me?' vroeg ze weer.

Hij ademde luidruchtig in en knikte toen.

'Dan komt het wel goed.'

'Dat weet je niet. Je weet er niets van.'

'Vertel het me dan. Laat het me dan zien.'

Hij schudde zijn hoofd. 'Je weet niet hoe afschuwelijk het kan zijn, hoe verknipt en smerig...'

'Maar niet tussen ons.'

Weer antwoordde hij niet, maar toen ze weer haar hand op zijn schouder legde, schudde hij die niet van zich af.

'Niet tussen ons,' zei ze weer, en ze ging achterover op de deken liggen en trok hem naar zich toe.

Het was na middernacht toen ze op Eden terugkeerde. Tot haar opluchting waren Madeleine en Cameron nog niet terug van Parnassus, en waren de anderen allemaal naar bed. Iemand had een brandende stormlamp voor haar op het dressoir achtergelaten.

Ze bracht haar paard naar de stallen, tuigde haar af, gaf haar te drinken en controleerde of er voldoende hooi in haar trog lag. Daarna liep ze om het huis heen naar de tuin.

Abigail en Scout kwamen de trap af om haar te begroeten. De oude hond verwelkomde haar slaperig, liep toen terug de veranda op en ging weer slapen. Scout ging naast Sophie op de onderste trede zitten en duwde zijn koude neus tegen haar hand.

Ze aaide hem over zijn zachte oren en snoof de frisse geuren van de maanverlichte tuin op: de groene geur van de boomvarens en het parfum van de sterjasmijn.

Ze voelde zich uitgeput maar ongelooflijk levendig. Ze voelde nog steeds het vage kloppen binnen in haar en de gevoeligheid van haar dijbenen. Ze voelde nog steeds het gewicht van zijn lichaam op het hare en rook hem nog steeds, en als ze haar ogen sloot, kon ze nog steeds de intimiteit oproepen, de ongelooflijke intimiteit. Ze wilde de hele nacht wakker blijven en dit nooit meer vergeten.

'Kom morgen bij me,' had hij gefluisterd toen ze samen naar de vuurvliegjes lagen te kijken en het zweet op hun huid voelden opdrogen.

'Waar?'

'Hier.'

'Ja, hier. Ja.'

Natuurlijk moest het Romilly zijn. Dat was perfect voor hen, omdat het in zekere zin niet echt was, maar een ruïne uit een andere tijd. Daar wilde ze nu echter niet aan denken. Ze wilde niet nadenken over consequenties, en over wat er verder zou gebeuren.

'Tante Sophie?' zei een stemmetje boven aan de trap.

Ze draaide zich om en zag Fraser in zijn nachthemd naar haar staan kijken. Ze stond op. 'Lieverd, je hoort in bed te liggen,' zei ze zachtjes. 'Het is afschuwelijk laat.'

'Mijn buik doet pijn.'

Achter hem op de veranda kwam Abigail overeind en probeerde hem terug naar binnen te duwen als een afgedwaalde pup. Hij duwde haar knorrig opzij.

Sophie zuchtte, liep de trap op en pakte zijn hand vast. Die was warm, maar niet koortsachtig heet. Ze bukte zich en drukte een kus op zijn slaperige wang. 'Je overleeft het wel,' zei ze.

'Maar het doet zo'n pijn,' hield hij narrig vol.

'Kom mee dan, dan zal ik eens naar je kijken.'

Samen liep ze naar binnen. Toen ze in de lichtcirkel van de stormlamp waren, knielde Sophie en drukte ze haar hand tegen zijn voorhoofd. 'Je hebt geen koorts,' stelde ze vast, 'en geen gezwollen klieren. Dat is goed. Je hebt gewoon te veel gesnoept, lieverd.'

'Ik heb helemaal geen snoepjes meer gehad sinds mamma is weggegaan,' bromde hij, 'behalve die Clemency me gegeven heeft.'

Ze moest glimlachen. 'Dan weet ik zeker dat je je gauw weer beter zult voelen. Kom. Ik zal wat melk met rabarberpoeder voor je maken en dan ga je snel terug naar bed.'

Een kwartier later lag ze in haar eigen bed, klaarwakker, naar de strepen maanlicht op de tegels te kijken.

Hij was zo voorzichtig en zo ernstig geweest toen hij de liefde met haar bedreef: alsof zij degene was met de kneuzingen, niet hij. Maar toen ze hem dat had proberen te vertellen, had hij teder zijn hand op haar mond gelegd. 'Sst, niet meer praten.' En daarna hadden ze hun lichamen laten spreken.

Ze duwde haar gezicht in het kussen en dacht aan de volgende dag in Romilly. Buiten tikte een boomvaren tegen de louvreluiken. In de verte kraste een uil. Met de nachtlucht kwam de vage, weeïg zoete geur van stefanotis binnen drijven.

Ze begroef haar hoofd in het kussen en viel in slaap.

In Bethlehem vertelde de geur van stefanotis Evie dat er iets mis was. Ze vroeg of haar moeder het ook kon ruiken, maar Grace keek haar alleen maar met samengeknepen ogen aan en schudde het hoofd.

Het was pakweg vier uur in de ochtend en de Jonkunoo-optocht was gestopt om te eten. De lucht was zwaar van de geur van gebakken broodboomvruchten en gekruid geitenvlees. Kinderen zaten bij elkaar met pisanggebakjes en stukken chocho-koek. Grootmoeders werden vrolijk en meisjesachtig van de rumpunch en gemberwijn.

Grace bracht Evie wat van haar favoriete gerecht: bataatpudding, gemaakt met veel kokosmelk en vanille, en overgoten met melasse. Ze kon geen hap eten. Er was iets ergs aan de hand. Dat gevoel had ze al de hele dag. Ze kon het niet uit haar hoofd zetten; en toch schoot het weg als een gele slang in zijn hol, telkens als ze er grip op probeerde te krijgen.

'Hier,' zei haar moeder, die naast haar kwam zitten en haar een groot glas koud drinken aanreikte. 'Een koel drankje om je hoofd tot bedaren te brengen. En ik heb er een druppel calvarie-olie bijgedaan om je te helpen je gedachten glad te strijken.'

Evie keek haar vragend aan.

'Nou, ik niet gek,' zei Grace snuivend. 'Je hebt zorgen in je hoofd, dus heb je wat inspiratie nodig.'

Haar moeder was niet te doorgronden. Net als je haar afdeed als een oude haveloze bergvrouw zonder opleiding, keek ze zomaar dwars door je heen.

Evie keek omlaag naar het sterke, rode mengsel van rum en hibiscusbladeren in haar handen. Ze nam een flinke slok. De bijtende warmte kolkte door haar binnenste. Het was voor meer dan de helft rum. In Bethlehem hadden ze hun drank graag sterk. Om haar heen krioelde de menigte als mieren in een mierennest. Het was net een groot geboortenachtfeest voor het hele dorp. En toch voelde ze de duisternis dichterbij komen. Waarom voelden zij dat niet?

Aan de rand van het dorp zag ze de fluweelzwarte schaduw van Patoo voorbij vliegen en ze hoorde zijn zachte *oehoe*. Diverse mensen keken angstig om zich heen en maakten een kruisteken, maar Grace zwaaide gewoon driftig met haar hand en riep tegen hem dat hij hun optocht met rust moest laten. 'Ga weg, Patoo! Ga iemand anders lastig vallen met je slechte nieuws!' De mensen lachten.

En weer rook Evie stefanotis. Zwaar en zoet, als bij een begrafenis. Wat was er aan de hand? Een paar dagen geleden had Ben haar verteld dat ze het mis had gehad wat het roodharige meisje betrof; dat het niet bedoeld was als waarschuwing voor hem, maar voor Sophie. Als ze zich daarin vergist had, wat had ze dan nog meer verkeerd gezien? Had ze het ook mis gehad wat meneer Jocelyn betreft? Ze dacht weer aan die dag op Fever Hill, toen ze in het rijtuigje van juffrouw Sibella zat en de oude meneer

Jocelyn achter Sophie aan zag lopen. Sophie en de kleine meneer Fraser.

Ze voelde iets kietelen aan haar blote enkel, keek omlaag en zag een klein groen duivelspaard – een bidsprinkhaan – over haar been kruipen. Peinzend veegde ze hem weg.

En opeens wist ze wat er mis was, met een zekerheid die haar vanbinnen ijskoud maakte. De oude meneer Jocelyn liep niet achter Sophie aan. Niet Sophie.

Ze greep haar moeders arm beet. 'Er is iets mis. We moeten naar Eden, snel.'

Sophie werd wakker geschud door Clemency, die doodsbang was. Fraser was ziek en ze wist niet wat ze moest doen.

'Hoe ziek?' mompelde Sophie slaperig.

'Ik ben bang dat ik het niet weet, liefje.'

'Clemency...'

'Ik weet het echt niet.' Ze stond naast het bed als een machteloze geest, handenwringend en zo heftig met haar hoofd schuddend dat haar grijs geverfde vlechten tegen Sophies gezicht zwaaiden.

Maar haar angst was terecht. Toen ze bij de kinderkamer kwamen lag Fraser te woelen in zijn bed. Hij vocht met een doodsbange Poppy, die hem in bedwang probeerde te houden. Belle zat op het andere bed, het oor van haar speelgoedzebra in haar mond, met grote donkere ogen naar hen te kijken.

Sophie voelde het koude zaad van de angst in haar binnenste ontkiemen toen ze zich over Fraser boog. Hij lag in een vreemd verwrongen houding, alsof hij zich wilde oprollen tot een bal, maar het niet kon. Zijn ogen waren dichtgeknepen tegen het licht, en zijn ademhaling was snel en oppervlakkig. 'Het doet zo'n pijn!' jammerde hij, Poppy bewerkend met zijn vuisten.

'Waar, lieverd?' zei Sophie. 'Vertel me waar het pijn doet.'

'Overal! Mijn hoofd en mijn buik en overal! Tante Sophie, laat die pijn weggaan!'

Sophie nam zijn kleine vuist in de hare. Die voelde koud aan.

Wat betekende dat? Ze keek naar de klok. Kwart voor twee. Twee uur geleden had hij alleen maar buikpijn gehad.

'Ik wist dat er zoiets zou gebeuren,' fluisterde Clemency handenwringend. 'Ik wist dat Elliot boos zou zijn als ik hem alleen liet...'

'Niet nu,' beet Sophie haar toe.

'Het doet pijn!' schreeuwde Fraser. Hij gooide zijn beddengoed van zich af en zou uit bed zijn gevallen als Sophie hem niet had opgevangen. In de gloed van het licht van de lamp zag ze een helderroze uitslag op de gladde huid van zijn kuiten.

Wat was dat? 'Clemency,' zei ze, zonder zich om te draaien, 'neem Belle mee en ga met haar in de bediendekamers slapen.'

'Wat, lieverd?'

'Ik zei dat je Belle nu meteen moet meenemen en in de bediendekamers moet gaan slapen. En kom niet terug voordat ik het je zeg. Begrijp je me? Zeg Braverly en Susan dat ze bij jullie moeten blijven en hier niet binnen mogen komen.'

'Maar lieverd...'

'In godsnaam, Clemmy, wat dit ook is, het kan besmettelijk zijn!'

Clemency's handen kropen naar haar keel.

'Poppy,' zei Sophie over haar schouder. 'Ga jij snel Moses wakker maken en zeg dat hij meneer Camerons paard moet zadelen en zo snel mogelijk dr. Mallory moet halen. Zo snel mogelijk, hoor je me? Hij moet tegen dr. Mallory zeggen dat het een spoedgeval is en dat hij onmiddellijk moet komen. En hij moet een man naar dr. Pritchard sturen, en ook een naar Parnassus om meneer en mevrouw te halen. Ga nu!'

Poppy rende weg.

Alsjeblieft God, zeg dat het mazelen zijn, dacht Sophie telkens weer toen ze haar met Fraser alleen hadden gelaten. Zeg dat het mazelen zijn of de bof, of iets anders waarvan we weten hoe we het moeten bestrijden.

Hij lag nog steeds te woelen en te kreunen, maar was toch iets rustiger sinds ze de lamp aan de andere kant van de kamer had gezet. Hij had geen koorts en ijlde niet. Toen ze probeerde zijn hoofd op te tillen om hem wat water te laten drinken, schopte hij door een zenuwtrekking tegen haar dijbeen. 'Sorry, tante Sophie,' mompelde hij.

'Het is niet erg, lieverd,' zei ze tegen hem terwijl ze zijn haren van zijn voorhoofd wegstreek.

'Wanneer gaat de pijn weg?'

'Gauw. Gauw. Als de dokters er zijn.' Ze voelde zich schuldig omdat ze hem misleidde. Het zou minstens twee uur duren eer dr. Mallory hier was en dr. Pritchard, in wie ze meer vertrouwen had, zou nog later arriveren. Twee uur, en ze kon niets voor hem doen, behalve proberen hem gerust te stellen en hem wat water laten drinken terwijl ze met groeiende wanhoop haar *Inleiding in de diagnostische geneeskunde* doorbladerde.

Al die tijd werd ze gekweld door de knagende gedachte dat dit op de een of andere manier haar schuld was. Wat zou er gebeurd zijn als ze de hele tijd hier was geweest, eerder een teken van ziekte had opgemerkt en meteen de dokter had laten halen? Wat zou er gebeurd zijn als ze thuis was gebleven en op hem had gelet, zoals Madeleine haar gevraagd had?

De grote, grijze ogen keken vol vertrouwen naar haar op en volgden al haar bewegingen toen ze het boek op het nachtkastje legde. Ze probeerde te glimlachen.

Zijn gezicht vertrok. 'Het doet pijn!'

'Ik weet het, lieverd,' mompelde ze. Ze ging op de rand van het bed zitten, nam hem in haar armen en streelde zijn haar. 'Ik weet het. Ik weet het, en het spijt me.'

Hij draaide zich om en sloeg op het kussen.

De uitslag was erger geworden, had zich over zijn benen en armen verspreid, en toen ze zijn nachthemd omhoogtrok, zag ze tot haar afgrijzen dat het ook op zijn hele romp zat. Hoe kon het zich zo snel verspreiden?

Ze werd bevangen door een vreselijke gedachte. Ze pakte haar boek en sloeg het open bij het register, achterin. De woorden dansten voor haar ogen en ze kon niet vinden wat ze zocht. Toen zag ze het. *Hersenvliesontsteking... zie Meningokokken, Meningitis.*

Het begon net licht te worden toen Evie en haar moeder op Eden aankwamen. Zo te zien waren meneer Cameron en mevrouw Madeleine net naar binnen gegaan, want het rijtuig stond nog voor de deur en het paard stond met gebogen hoofd uit te blazen.

Evie zag meteen dat het helemaal mis was. Mevrouw Madeleines bronskleurige satijnen avondmantel lag in het stof, vertrappeld door de paardenhoeven. Juffrouw Clemmy en de kleine juffrouw Belle stonden, angstig en met wijdopen ogen, in hun nachthemd buiten. Moses hield de teugels van het paard beet alsof hij niet in staat was los te laten. De oude Braverly wiegde heen en weer en zong zachtjes psalmen. En Poppy en Susan hielden elkaar kreunend vast. En Sophie zat in haar kamerjas op de drempel van de voordeur; verstard, haar lippen grauw, haar ogen in het duister starend.

'Sophie?' zei Grace.

Sophie hief haar hoofd op en probeerde de bron van het geluid te lokaliseren, alsof ze moeite had haar ogen scherp te stellen.

'Sophie.' Evie ging naast haar zitten en sloeg een arm om haar schouder.

'Het was hersenvliesontsteking,' zei Sophie. Haar stem klonk vlak, alsof ze helemaal leeg was vanbinnen. 'Dr. Mallory is gekomen en dr. Pritchard, en ze zeiden...'

Op dat moment klonk er vanuit het donkere huis een afschuwelijke, hartverscheurende schreeuw. Evie had nog nooit zoiets gehoord. Het was als van een dier dat werd geslacht. Sophie kromp ineen. 'Ik hield hem vast,' zei ze. 'Ik hield hem in mijn armen. En toen ging hij dood.'

16

Sophie was in haar kamer bezig toen er op de deur werd geklopt. Cameron vroeg of hij binnen mocht komen. Ze was verbaasd hem te zien, want het was halverwege de middag en hij was direct na de lunch vertrokken om te gaan werken.

'Ik dacht dat je in Maputah was,' zei ze.

'Dat was ik ook,' antwoordde hij vanuit de deuropening. Zijn ogen gingen naar de koffers om haar heen, maar hij zei er niets over. 'Ik vraag me af of je even tijd hebt.'

Ze keek naar de opgevouwen blouses in haar armen en legde ze op het bed. 'Natuurlijk. Zullen we naar de veranda gaan?'

Hij knikte en deed een stap opzij om haar te laten passeren.

Ze vroeg zich af of hij zich ook bewust was van de nieuwe formaliteit tussen hen. Ze bewogen zich zelfs anders dan eerst. Haar rouwjapon van saaie zwarte paramat leek haar een starheid te verlenen die zelfs oudtante May goedgekeurd zou hebben, terwijl Cameron de onbewuste gewoonte had ontwikkeld om de zwarte rouwband om zijn arm aan te raken, alsof het een kneuzing was.

Afgezien van Scout hadden ze de veranda voor zich alleen. Madeleine lag in haar kamer en Clemency zat Belle voor te lezen in de kinderkamer.

Cameron ging op de oude rieten bank zitten en Sophie nam de leunstoel ertegenover. Scout kwam overeind, dribbelde naar zijn baas en ging op zijn voeten liggen.

Cameron streek over zijn rouwband. Hij deed zijn best niet naar de opening tussen de lindebomen te kijken waar Frasers schommel had gehangen. Hij was afgevallen; zijn ogen waren bloeddoorlopen. Hij zag er uitgeput uit. Januari was de drukste maand van het jaar. Dan moest er op Maputah en Fever Hill vierentwintig uur per dag worden gewerkt, anders zou het suikerriet bederven. Een bankroet boven op het verlies van Fraser zou hard aankomen. Sophie vroeg zich af wanneer hij de tijd vond om te rouwen, en waar hij heen ging om te huilen. Zijzelf had gehuild tot ze niet meer huilen kon, en nu was ze te uitgehold door verdriet en schuldgevoel om nog iets anders te voelen dan een wanhopige vermoeidheid en een groot verlangen naar rust.

Cameron zag dat ze naar hem keek. Ze wisselden een gespannen, betekenisloze glimlach uit.

'Je wilde me spreken?' vroeg ze.

'Ik... ja.'

'Is er iets mis?'

Het was even stil terwijl ze daar allebei over nadachten. *Is er iets mis?* Alles was mis. Fraser Jocelyn Lawe lag nu drie weken op de begroeide helling achter het huis: de eerste op Edens nieuwe begraafplaats. Clemency had gezegd dat de witte marmeren grafsteen bijna net zo mooi was als die van Elliot, maar Sophie had hem zelf niet gezien. Ze kon er niet heen.

Ze was ook niet bij de begrafenis geweest. Ze was thuis gebleven terwijl Cameron de lijkkoets had gevolgd naar Falmouth, te midden van zijn medewerkers op het kerkhof had gestaan en ten slotte terug was gereden voor de begrafenis zelf. Clemency was een van de weinige aanwezige dames, samen met Olivia Herapath en, verbazingwekkend genoeg, Rebecca Traherne. De enige vrouwelijke vertegenwoordiging van de Monroes was oudtante May geweest, ijzig correct in strikte halfrouw. 'Volledige rouw zou ongepast zijn,' had ze op een onversaagde vraag van mevrouw Herapath geantwoord. 'Het kind was vier generaties verwijderd van de mijne.'

Madeleine was zelf ook niet naar de dienst geweest. Ze had simpelweg verkondigd dat ze nooit meer naar de kerk zou gaan; dat ze het gehad had met God.

Cameron keek even naar Sophie voor hij sprak. 'Moses zegt dat je het rijtuig hebt besproken voor maandag. Je wilt naar Montego Bay.'

Sophie vouwde haar handen in haar schoot. 'Ik hoop dat het goed is,' zei ze voorzichtig. 'Ik neem de trein van kwart voor negen naar Kingston en boek voor dinsdag passage naar Southampton.'

'Ga niet weg,' zei hij.

'Er zit niets anders op.'

Hij streek met zijn duim over zijn onderlip en keek haar peinzend aan. 'En als je nou halverwege van gedachte verandert en terug naar huis wilt?'

Ze glimlachte zwakjes. 'Ik denk niet dat dat zal gebeuren.'

Ze klonk echter zekerder dan ze zich voelde. Een deel van haar dacht dat ze het mis had... dat ze op de vlucht sloeg nu Madeleine haar het hardst nodig had. Maar het andere deel vertelde haar dat ze niet anders kon. Madeleine wilde haar niet meer hier hebben. Ze hadden er niet over gepraat... Ze hadden helemaal niet meer gepraat. Maar Sophie kon het voelen. Madeleine nam haar de dood van Fraser kwalijk. Of misschien kon ze Sophie gewoon niet vergeven dat die in zijn laatste uren bij hem was geweest in plaats van zijzelf, zijn moeder.

En altijd was er in Sophies achterhoofd de gedachte aan hoe veel slechter Madeleine zich zou voelen als ze er ooit achter kwam dat haar zus bij Ben was geweest in de nacht dat haar zoontje overleed.

Sophie had zich het hoofd gebroken over de vraag of ze het hun moest vertellen, maar had besloten het niet te doen. Waarom zou ze het nog erger maken dan het al was? In plaats daarvan had ze hun dus alleen verteld wat zij dacht dat ze aankonden: dat ze 's avonds was gaan rijden en rond middernacht thuis was gekomen, dat Fraser toen wat buikpijn had; dat ze de dokters had laten halen toen het erger werd en bij hem was gebleven tot hij stierf. Cameron had haar verbaasd aangekeken, alsof hij zich afvroeg waarom ze het nodig vond dat allemaal te vertellen. Madeleine had haar wezenloos aangestaard, alsof ze verwachtte dat er meer zou komen. Toen had ze een keer geknikt, was opgestaan en de kamer uitgelopen.

'Sophie,' probeerde Cameron opnieuw, 'als je nu naar Engeland gaat, dan is dat een vlucht.'

'Nee. Nee, het zal voor iedereen gemakkelijker worden als ik ga.'

'Niet voor mij,' zei hij zacht. 'Niet voor Madeleine.'

Ze schudde haar hoofd. 'Ze is beter af zonder mij. Bovendien heeft ze Clemency, en Grace.' Ze hoefde niet uit te leggen waarom Madeleine hen gemakkelijker kon verdragen. Clemency en Grace hadden allebei kinderen verloren.

'Je slaat op de vlucht,' zei hij weer.

'Cameron...'

'Het werkt niet, Sophie. Ik kan het weten. Ik heb het zelf geprobeerd.'

Ze gaf geen antwoord. Misschien had hij gelijk, maar ze had geen keus. Hoe kon ze op Eden blijven? Ze verdiende het niet. Ze verdiende niets meer.

En toch wilde ze ertoe worden overgehaald te blijven. Misschien had ze daarom haar passage naar Engeland nog niet geboekt.

Binnen ging een deur open en dicht. Ze keken beiden om en zagen Madeleine in haar roestkleurige Japanse kamerjas door de gang naar het badhuis lopen. Cameron keek haar na tot ze uit het zicht verdwenen was.

'Hoe is het met haar?' vroeg Sophie. 'Ik bedoel, echt?'

Cameron schudde zijn hoofd. 'Ik weet het niet. Ze praat niet met me. Dat wil zeggen, ze praat wel, maar ze is niet aanwezig.'

Het was waar. Madeleine slaapwandelde de dagen door. Ze had vlagen van activiteit, waarin ze rouwkleding naaide en het huishouden deed, maar vervolgens liet ze abrupt het hoofd weer hangen en verdween ze naar haar kamer om uren te slapen. Tegen Sophie was ze vriendelijk, zij het wat afstandelijk, maar ze keek haar zelden in de ogen.

Tot ieders verbazing was Clemency degene die het huishouden

draaiende hield. Ze was hopeloos geweest toen Fraser ziek was, maar wist precies wat ze moest doen nu hij was overleden. Het leek haar zelfs niet te storen dat ze Elliot zo lang alleen liet. Ze regelde gewoon alles, met een kordaat en resoluut pragmatisme dat geen moment wankelde. Ze was gewend aan dode kinderen. Ze leefde al dertig jaar met een dood kind.

Dus terwijl Cameron zijn uiterste best deed het suikerriet binnen te halen, en Madeleine de dagen door slaapwandelde, nam Clemency het heft in handen. Ze haalde Cameron er gemoedelijk toe over al het werk stil te leggen op de dag van de begrafenis, zodat de mannen Fraser de laatste eer konden betuigen. 'Ze zullen het verwachten, mijn beste Cameron. Op momenten als deze telt traditie zwaar.' Ze regelde vaardig alles voor de begrafenis. 'Het moet een mahoniehouten kist zijn; na hun vijfde jaar is het niet meer gepast kinderen in een witte kist te begraven.' Ze bestelde meters zwarte paramat, bombazijn en crêpe en liet Grace schorten en rouwbanden maken voor het personeel. Ze stuurde Sophie naar Falmouth om kaarten en briefpapier te bestellen met exact de juiste zwarte rand. En ze schreef tientallen fantastische bedankbriefjes voor de bloemen die binnenstroomden. 'Bloemen voor Eden,' merkte Madeleine met een wrange glimlach op. 'Wie had dat ooit kunnen denken?'

Het belangrijkste van al was echter dat Clemency die eerste ochtend, toen ze allemaal nog volledig van de kaart waren, Olivia Herapath had laten komen om de rouwfoto te maken. Ze deden dat zonder dat Madeleine het wist. 'Maar het zal later echt een grote troost voor haar zijn,' zei Clemency in een ademloos gefluister tegen Sophie. 'Weet je zeker dat je hem niet wilt zien, lieverd? Zo mooi en zo gelijkend. In zijn matrozenpak, met zijn favoriete soldaatjes en die nieuwe vlieger die hij van jou had gekregen. Weet je zeker dat je hem niet wilt zien? Goed, maar neem dan tenminste een lokje van zijn haar. Dat was ik bijna vergeten, maar Grace herinnerde me eraan net voor de kist gesloten werd.'

Sophie had zich echter vol afgrijzen van de kleine ivoorkleurige envelop met het zorgvuldig gevouwen blauwe zijdepapier erin afgewend. Ze wilde geen memento's. Die had ze niet nodig. Ze zag hem continu.

Ze zag hem in haar dromen en zodra ze wakker werd. Ze zag hem als ze de *Inleiding tot de diagnostische geneeskunde* opensloeg en de passage las die ze voor het eerst had opgezocht bij het licht van de lamp in de kinderkamer. *Geen enkele microbe kan sneller de dood brengen... We hebben geen enkel idee hoe het komt dat sommige patiënten slechts een milde infectie ondergaan, terwijl anderen binnen enkele uren aan de acute, ernstige vorm overlijden.* Belle had slechts milde koorts gehad en Fraser was overleden.

Cameron keek naar een hagedis die over de balustrade van de veranda liep. Sophie vroeg zich af of hij kwaad op haar was; of hij haar de dood van zijn zoon kwalijk nam. Maar hij zag er niet kwaad uit, alleen uitgeput en intens verdrietig.

De hagedis viel van de balustrade en liep in de richting van het afvoerputje. Scout gromde en stoof erachteraan. De hagedis verdween in de afvoer. Scout gromde vol afkeer en liep terug naar zijn baas.

'Cameron,' zei Sophie zacht.

Hij draaide zich naar haar om en probeerde te glimlachen.

'Je begrijpt toch waarom ik moet gaan?'

Hij aarzelde. 'Sophie, het was niet jouw schuld.'

'Hoe weet je dat?'

'Omdat,' zei hij mat, 'je meteen de dokters hebt laten halen zodra hij ziek werd. Eerder dan iemand anders gedaan zou hebben. En je hebt alles voor hem gedaan... alles wat je kon doen.'

Sophie keek hem zwijgend aan en haar ogen begonnen te prikken. Ze wilde hem geloven. Als ze hem kon geloven, kon ze op Eden blijven. Misschien kon ze dan zelfs Ben weer zien.

'Ik zeg dit niet opdat jij je beter voelt,' zei Cameron scherp. 'Ik zeg het omdat het waar is.'

'En als ik de hele tijd bij hem was geweest? Als ik niet was weggegaan en hem alleen had gelaten...'

'Dan zou hij toch zijn gestorven.'

'Hoe weet je dat? Dat weet je niet!'

Hij keek haar lange tijd strak aan. 'Omdat ik het aan dr. Pritchard heb gevraagd. En aan dr. Mallory. En ze hebben me allebei heel beslist verteld dat het absoluut geen verschil zou hebben gemaakt.'

Sophie bleef stomverbaasd zitten. Het was dus wel bij hem opgekomen haar de schuld te geven. Hij had erover nagedacht. En toen was hij, omdat hij Cameron was, achter de feiten aangegaan. Hij had het beide dokters gevraagd. Daarmee gaf hij blijk van een grote behoefte aan bevestiging. Ze vroeg zich af wat hij zou hebben gedaan als de dokters anders hadden geantwoord. *Ik wil niet dat Madeleine gekwetst wordt*, had hij ooit tegen haar gezegd. *Door niemand. Zelfs niet door jou.* Ze keek naar zijn krachtige, onverzettelijke gelaatstrekken en vroeg zich af of hij werkelijk geloofde – niet met zijn hoofd maar met zijn hart – dat haar volstrekt geen blaam trof.

Zelf kon ze dat niet geloven. Die nacht had iets onwerkelijks gekregen en ze kon de gebeurtenissen niet meer los van elkaar zien. Ze was met Ben samen geweest en toen was Fraser gestorven. Ze kon niet aan Ben denken zonder Frasers wijdopen grijze ogen te zien. *Ontucht leidt tot ellende en de hel.*

Er klonk een zacht geluid vanuit het huis en toen ze zich omdraaiden zagen ze Belle in de deuropening staan. Ze droeg een zwarte jurk met een brede, zwarte sjerp rond haar heupen, zwarte kousen en korte, zwarte laarsjes. Een zware strik gleed bijna uit haar haren. Ze fronste en hield de altijd aanwezige Spot bij zijn oor.

Ze was onmogelijk geweest sinds de dood van haar broer, het ene moment jammerend en hangerig, het andere driftig. Pas toen Clemency haar helemaal in het zwart had gekleed, was het iets beter geworden. 'Het is niet meer dan gepast,' had Clemency gemompeld toen Sophie protesteerde. 'En het zal haar het gevoel geven erbij te horen, en dat heeft ze nodig.'

Scout sprong op, liep naar het vijfjarige meisje en duwde zijn snuit tegen haar borst. Ze gaf hem een mep op zijn neus. Scout schudde zijn hoofd en liep terug naar Cameron.

'Pappa,' zei Belle, 'Clemency zegt dat ik binnen moet blijven, maar dat is saai. Waarom mag ik niet buiten spelen? Het is nog maar pas kerstmis geweest.'

Cameron knipperde met zijn ogen alsof hij haar maar met moeite herkende. 'Doe nou maar wat Clemency zegt,' zei hij zacht.

'Maar mag ik dan niet...'

'Nee. Nu nog niet.'

Belle stak pruilend haar onderlip naar voren. Ze drentelde naar de bank, leunde tegen haar vaders been aan en legde een kleine hand op zijn knie. 'Maar het is niet eerlijk! Iemand heeft de schommel weggehaald. Wil je ze alsjeblieft vragen hem terug te hangen?'

Cameron keek over zijn dochter heen naar Sophie en haalde hulpeloos zijn schouders op. De kinderen waren altijd Madeleines verantwoordelijkheid geweest. Hij had het te druk op de plantage om ze vaak te zien, behalve op zondag, maar dan was hij meestal te moe.

'We zullen zien,' zei Sophie tegen haar nichtje.

'Wie heeft hem eraf gehaald?' klaagde Belle. 'Ik wed dat Fraser ze een pak slaag zal geven als hij het merkt. En ik ook.'

Weer keek Cameron Sophie aan. '*Qu'est-ce que je peux lui dire? Elle ne comprend rien,*' zei hij.

'*Mais bien sûr,*' antwoordde ze. '*Elle est beaucoup trop jeune.*'

Natuurlijk begreep Belle het niet. Hoe kon je een vijfjarige uitleggen dat haar broer nooit meer terugkwam? Ook Fraser was te jong geweest. Hij was gestorven voor hij wist wat de dood betekende.

Nog altijd in het Frans vroeg Cameron aan Sophie of ze Poppy of Clemency wilde roepen, of wie dan ook, om zijn dochter mee te nemen.

Sophie dacht daar even over na, stond toen op. 'Ik denk niet dat ze Poppy nodig heeft, of Clemency,' zei ze in het Engels. 'Ze heeft jou nodig.'

Belle leunde nog steeds tegen zijn been. Fronsend en met het oor van de zebra in haar mond probeerde ze te volgen wat er gezegd werd. De stand van haar kin getuigde van een vastberadenheid die erg aan haar moeder deed denken.

Cameron keek even op haar neer. Zijn gezicht vertrok. Sophie vroeg zich af of hij aan al de middagen dacht dat hij aan het werk was gegaan zonder zijn zoon mee te nemen.

Hij veegde met zijn hand over zijn gezicht en schraapte zijn keel. Toen boog hij zich voorover, pakte zijn dochter onder de armen vast en zette haar naast hem op de bank.

Zo liet Sophie hen achter: naast elkaar op de bank, Belle zachtjes op de zebra mopperend vanwege een of andere ingebeelde overtreding, Cameron met zijn arm op de rugleuning achter haar, afwezig haar glanzende, donkere haren strelend terwijl hij naar de lindebomen staarde waar Frasers schommel had gehangen.

17

'Dus daar was je die nacht,' zei Madeleine de volgende middag tussen haar tanden door terwijl over ze de veranda heen en weer liep. 'Je was bij Ben Kelly.'

Sophie zat op de bank, zag haar zus handenwringen en hield haar adem in.

Het was als een donderslag gekomen, zonder waarschuwing. Ze was naar buiten gekomen om met Madeleine thee te drinken, en had haar alleen en gespannen wachtend aangetroffen. Kennelijk had Ben de vorige avond Moses een boodschap voor Sophie meegegeven waarin hij haar vroeg hem op Overlook Hill te ontmoeten, en had Madeleine die boodschap onderschept. *De vorige avond*. Dat betekende dat Madeleines woede niet net was komen opzetten.

'Ik had je gevraagd niet naar hem toe te gaan,' zei Madeleine kil. Haar gezicht was bleek, afgezien van een donkerrode vlek op beide wangen. 'Je had het me beloofd.'

Sophie deed haar mond open om te zegen dat ze dat helemaal niet had beloofd, maar sloot hem weer. Wat had het voor zin?

'Heb je met hem geslapen?' vroeg Madeleine onverwachts.

Sophie keek omlaag naar haar vuisten op haar schoot.

'O nee toch!' riep Madeleine uit. 'Het is waar, hè? Hij stuurde jou een uitnodiging... en dus liet je Fraser in de steek om naar hem toe te gaan. En toen heeft hij...'

'Zo is het niet gegaan.'

'Heeft hij je pijn gedaan?'

'Nee!'

'Mijn god. Mijn god.' Ze drukte beide handen tegen haar slapen en keek naar Sophie. Haar ogen stonden hard. Over haar gezicht lag een starheid die Sophie er nog nooit had gezien. 'Ik vergeef het hem nooit,' zei ze zacht.

Sophie staarde haar aan. Ze wisten allebei dat ze niet alleen Ben bedoelde. Ze bedoelde ook haar zus.

Sophie spreidde haar koude handen uit op haar knieën. 'Madeleine...' begon ze. 'Het was niet zijn schuld. Het was niet...'

Madeleine viel tegen haar uit. 'Praat hier nooit meer over. Hoor je me? Ik vergeef het hem nooit en ik hoop dat hij zal wegrotten in de hel.'

De boomvarens waren in nevel gehuld toen Sophie haar merrie over het bospad naar Overlook Hill leidde. Vogelgeroep weergalmde door de bossen: het schorre geratel van de kraaien, het zachte gesnater van de Amerikaanse fluiteenden, en de eenzame, explosieve kreet van de roodstaartbuizerd.

Het was gemakkelijk geweest om weg te komen. Cameron was bij het ochtendgloren al vertrokken en Clemency sliep nog. Belle zat in de kinderkamer plaatjes van pony's uit oude nummers van *The Equestrian Journal* te knippen. Madeleine was nog niet wakker. Na de scène de vorige dag op de veranda was ze naar haar kamer gegaan. Ze was er niet uitgekomen voor het avondeten en Cameron had Sophie verteld dat ze een slaappoeder had genomen en naar bed was gegaan. Hij had Sophie peinzend aangekeken en ze had zich afgevraagd hoeveel hij wist. Ze had niet de moed gehad het te vragen. Ze bleef steeds die blik in Madeleines ogen voor zich zien. De harde, beschuldigende, starende blik die haar vertelde wat haar zuster niet hardop kon zeggen: *Ik vergeef het je nooit.*

En wie kon het haar kwalijk nemen? Ze had Sophie gesmeekt niet naar Ben te gaan, maar ze was toch gegaan, en toen was Fraser gestorven. Die twee dingen hadden niets met elkaar te maken, maar in haar hart kon ze ze niet los van elkaar zien. Sophie begreep dat, omdat ze hetzelfde voelde. En nu wist ze meer dan ooit dat ze weg moest gaan. Weg van Madeleine en Cameron, van Eden en Ben. Ze voelde zich uitgeput en kwetsbaar, alsof ze bij de minste aanraking in stukken zou breken. Ze verlangde naar de grijze anonimiteit van Londen.

Met haar rijzweep duwde ze spinnenwebben opzij die boven het pad geweven waren. Dauwdruppels gleden langs de grote, wasachtige bladeren. Hagedissen renden omhoog tegen boomstammen die met klimplanten begroeid waren. Ze rook de scherpe geur van nieuw groen, en de zware, zoete geur van verval. De geur van Eden.

Morgen zou het niet meer zijn dan een herinnering. En zo hoorde het ook. Ze kon er niet meer tegen. Eden was een vreselijke plek geworden voor haar.

Ze bereikte een punt waar het pad geblokkeerd werd door een omgevallen broodboom. Ze stapte af om haar paard eromheen te leiden en zag een groepje lacifolia-orchideeën die op de bemoste stronk groeiden. Ze keek naar de lichtgroene blaadjes en ademde hun weeïge geur in. Met een doffe pijn herinnerde ze zich hoe ze hadden geglommen in het maanlicht net voor hij haar kuste. Goddank had hij niet voorgesteld haar in Romilly te ontmoeten. Dat had ze niet gekund.

Een half uur later bereikte ze de open plek rond de grote geestenboom. Hij stond onder de boom op haar te wachten. Zijn gezicht klaarde op toen hij haar zag. Hij kwam naar haar toe, nam de teugels van haar over en zette het paard vast. Daarna hielp hij haar afstijgen.

Hij had de krukken weggedaan. De blauwe plekken waren verdwenen. In het licht van het bos waren zijn ogen erg groen en de wimpers lang en zwart. Ze maakten dat hij er jong uitzag, en kwetsbaar.

'Ik heb je zo gemist,' zei hij, zijn hand tegen haar wang.

'Ik heb jou ook gemist,' mompelde ze.

Maar toen hij haar wilde kussen, draaide ze haar hoofd weg. Ze voelde zich ziek bij de gedachte aan wat ze op het punt stond te doen. Ziek en leeg van binnen.

'Alles goed?' vroeg hij.

'Nee.' Ze keek omlaag en zag dat ze met beide handen haar rijzweep omklemde. Waarom had hij haar gevraagd te komen? Dit maakte het alleen maar erger. Besefte hij niet dat het voorbij was?

Ze hoorde hem dichterbij komen, voelde zijn armen om haar heen toen hij haar tegen zich aan trok. Heel even sloot ze haar ogen, ontspande ze zich tegen zijn borst en luisterde ze naar zijn hartslag.

'Hoe is het met jou?' vroeg ze zonder hem aan te kijken. 'Hoe is het met je been? En... en je ribben. Is met jou alles goed?'

'Met mij?' Zijn lip krulde om.' Altijd.'

Laten we alsjeblieft hopen dat het waar is, dacht ze. Van dichtbij zag ze dat de snee op zijn wenkbrauw bijna genezen was en al de kleur kreeg van een vers litteken. Hij is taai, hield ze zichzelf voor, hij geneest snel. Zo zal het hiermee ook gaan.

'Het spijt me van de kleine jongen,' zei hij, haar armen strelend als om haar te verwarmen. 'Ik wilde Madeleine een briefje schrijven, maar ik had geen papier. Zeg haar alsjeblieft dat ik het heel erg vind.'

'Dat is geen goed idee.'

Het bleef even stil. Toen liet hij zijn handen zakken. 'Je hebt haar over ons verteld.'

'Ze ontdekte het door je boodschap aan Moses. Ik moest haar de rest ook vertellen.'

'O, Sophie.' Hij draaide zich om, liep een paar passen bij haar vandaan en kwam toen terug. 'Wat zei ze?'

Ze aarzelde.

'Ze geeft mij de schuld,' begreep Ben. 'Dat is het, nietwaar?'

'Waarom zeg je dat?'

Hij snoof. 'Omdat dat nu eenmaal gebeurt.' Hij haalde een hand over zijn gezicht. 'Jemig, Sophie.'

Ze voelde een steek van woede. Waarom dacht hij alleen aan hen, terwijl Fraser dood in het kleine marmeren graf achter het huis lag? Waarom kon hij haar niet laten gaan, zonder hen dit aan te doen?

Ze vroeg zich plotseling af of ze hem ooit echt gekend had. Nu ze hem daar zag staan, leek hij een onbekende. Er waren een paar knopen van zijn blauwe katoenen shirt, en zijn broek was gescheurd op de knie. Shirt en broek waren verkreukeld, alsof hij ze in de rivier had gewassen en niet de moeite had genomen ze goed te laten drogen.

Ze vroeg zich af hoe hij de afgelopen drie weken was doorgekomen. Misschien had hij een paar dagen in het riet gewerkt, of op een vissersboot of een koffieplantage; buiten slapen en zijn kostje bij elkaar scharrelen. Misschien had hij wel gestolen. Als kind was hij een dief geweest; daardoor had hij weten te overleven. En in Trelawny, waar niemand ooit zijn deur op slot deed, moest het gemakkelijk zijn. Hoe was het mogelijk dat ze drie weken geleden minnaars waren geweest? Drie weken. Ze was nu een ander mens.

Ze hief haar kin op en dwong zichzelf hem in de ogen te kijken. 'Ik ben naar je toe gekomen... omdat ik je iets moet vertellen.' Ze likte over haar lippen. 'Ik ga weg. Ik vertrek morgen naar Engeland. Ik kom niet terug.'

Tot haar verbazing trok hij alleen even zijn wenkbrauwen op. 'Dat is nogal plotseling.'

'Ik kan hier niet meer blijven.'

Hij krabde op zijn hoofd en knikte toen. 'Dat snap ik. Maar het zal een poosje duren voor ik je achterna kan komen. Ik moet eerst de overtocht verdienen en...'

'Nee. Dat mag je niet doen.'

'Wat?'

'Je mag me niet achterna komen. Het is voorbij, Ben. Dat is wat ik je kwam vertellen. We kunnen elkaar niet meer zien.'

Ze zag het besef tot hem doordringen, zag zijn gelaatstrekken verstarren. 'Nee,' zei hij. 'Dat kun je niet...'

'Ik moet wel.'

'Nee, luister. Ga niet naar Londen. Ga met mij mee. Ik heb erover nagedacht, ik heb het al helemaal uitgestippeld. We kunnen naar Panama gaan, of naar Amerika. Daar redden we ons wel. Niemand kent ons daar. We kunnen samen zijn.'

'Ben, ik kan niet met je samen zijn. Nergens. Niet na wat er gebeurd is.'

Hij stond met zijn handen naast zijn lichaam naar haar te kijken. 'Doe dit niet,' zei hij ten slotte.

'Ik moet wel.'

'Het is verkeerd. Het is...'

'Waarom moest je me vragen te komen?' barstte ze opeens uit. 'Waarom? Wat heeft het voor zin?'

'Ik moest je zien. Ik miste je.'

'Begrijp je het dan niet? We kunnen dit niet doen. Het is voorbij.'

'Nee, Sophie. Nee.'

Ze duwde hem opzij en rende naar haar paard. 'Ik moet gaan. Ik kan hier niet langer blijven.' Het verbaasde haar dat ze zo rustig klonk, terwijl ze vanbinnen kapot ging. Het verbaasde haar dat haar hand zo vast was toen ze de teugels over het hoofd van de merrie gooide, haar voet in de stijgbeugel zette en zich in het zadel hees.

'Als je dit doet,' zei hij, 'is het voor altijd. Begrijp je dat niet?'

'Natuurlijk wel,' beet ze hem toe, 'maar wat voor keus heb ik? Hoe kan ik met jou samen zijn na wat er is gebeurd?'

Evie wil alleen maar weg na wat er is gebeurd. Weg van Fever Hill en haar moeder; weg van Sophie en Ben en dat arme dode kind. En bovenal weg van zichzelf. Weg van Evie Quashiba McFarlane, de vieroogdochter van de plaatselijke obeah-vrouw.

Dus hier zit ze in een lege derdeklascoupé in de trein uit het raam te kijken wanneer de fluit gaat en ze Montego Bay achter zich laat. Haar hele leven is ze niet verder weg geweest dan Montpelier, vijftien kilometer verderop, maar nu heeft ze een kaartje helemaal tot Kingston. Zelfs in vogelvlucht is dat meer dan honderdvijftig kilometer.

Maar ze is blij. Echt waar. Ze heeft zo vol zwarte gevoelens gezeten dat het een grote opluchting is om onderweg te zijn. Thuis, familie, vrienden. Alles achtergelaten. Ook het verdraaide journaal van Cyrus Wright.

Gisteravond, nadat ze haar koffer had gepakt, was ze onder de akee gaan zitten om het uit te lezen. Nog maar een paar bladzijden. Het uitlezen en het dan samen met al het andere achterlaten. Het is 1825, een heel jaar nadat Cyrus Wright Congo Eve heeft betrapt met haar geliefde Strap, en hem terug heeft gestuurd naar Parnassus. Een jaar nadat Congo Eve wegliep om naar haar jongere zus Leah en haar pasgeboren dochtertje Semanthe te gaan.

4 oktober 1825 *De afgelopen week heb ik weer een aanval gehad van syfilis, maar ik heb een grote dosis kwikpillen genomen en voel me nu weer goed, dankzij de gratie Gods en mijn eigen nijverheid en onthouding.* Cum *Mulatto Hanah achter het rommelhok.*

7 oktober *Zag gisteravond Congo Eve de shay-shay dansen, helemaal alleen, bij het aquaduct. Aan haar enkel droeg ze een enkelband van kalkoengierkralen zoals die welke ze van haar broer Job had gekregen en die ik haar had laten weggooien. Ik was erg kwaad en schreeuwde dat ze moest ophouden, maar dat deed ze niet. Daarop heb ik haar geslagen en de enkelband van haar been getrokken, haar laten geselen en aan de ketting laten leggen.*

8 oktober *Ben vanochtend naar de stallen gegaan en heb haar losgelaten en haar gevraagd binnen te komen. Ze keek me heel vreemd aan en zei dat als dit leven was, ze er genoeg van had. Ik zei haar dat als ze zichzelf niet wil helpen maar mij blijft tarten, het ongeluk zeker haar lot zal zijn. Daarna wilde ze niets meer zeggen. Heb gestoofde hondsvis gegeten en een fles Franse cognac leeggedronken die de plantagehouder van meneer Traherne me heeft gestuurd. Ik heb te veel gedronken, en ben nu niet lekker.*

En daar hield het journaal abrupt op.

Er was nog genoeg ruimte voor meer – twee hele bladzijden – maar die waren leeg. Zelfs geen laatste regel in een ander handschrift, die duidelijk maakte wat er met Cyrus Wright was gebeurd. Dus Evie zou nooit weten of haar naamgenote met succes was weggelopen. Of dat ze Strap terug had gevonden, of een zekere mate van vrede.

Ze was zo kwaad geweest dat ze het boek in het water had willen gooien. In plaats daarvan was ze naar haar moeders huis gerend, had ze een kort briefje geschreven voor Sophie, het boek ingepakt en haar moeder gevraagd het mee te nemen naar Eden als ze daar weer heen ging.

Eden. Dat arme dode kind. Had ze haar tijd maar niet verspild aan dat verdraaide boek, en de tijd genomen om de tekens te doorgronden, dan had hij misschien nog geleefd.

Een paar uur voordat ze op de postkoets stapte, had ze erover gedacht naar mevrouw Madeleine te gaan en het haar te vertellen. Misschien zou het haar opluchten te weten dat meneer Jocelyn klaar had gestaan om haar kleintje bij de hand te nemen en te begeleiden naar de andere kant. Maar ze had er toch van afgezien. Hoe kon ze het mevrouw Madeleine vertellen, als door haar eigen fout de waarschuwing niet begrepen was?

Nee. Laat het maar zo. Laat alles maar achter.

Ze hoort de fluit van de trein. Ze draait haar hoofd om en ziet het riet voorbij suizen. Montpelier ligt al ver achter haar, net als Cambridge en Catadupa. Alles ziet er hier anders uit. De koeien die tussen de stoppels lopen zijn hier grijs in plaats van wit. Op een stoffig pad dragen twee vrouwen grote bundels suikerriet op hun hoofd, maar Evie kent ze niet. Als ze thuis was zou ze ze wel kennen. Met grote wilskracht zet ze alle gedachten aan thuis uit haar hoofd, leunt achterover en sluit haar ogen. Algauw valt ze in slaap.

Ze wordt wakker doordat de deur dichtvalt en er een man tegenover haar komt zitten. Hij is jong, misschien twintig of zo, zijn huid is heel donker en zijn kleren zijn slordig.

Plattelandsneger, denkt ze, hem van onder haar oogleden aankijkend. Hij is mager, maar zijn armen zijn gespierd en bedekt met een netwerk van opliggende aders door jaren hout hakken en oogsten.

De fluit gaat; de trein rijdt het station uit. Ze werpt een blik op het bord. SILOAH. Het zegt haar niets. Het is ver van huis. Ze is in een ander land.

De jongeman uit Siloah is verlegen. Met haar ogen nog steeds half gesloten ziet ze hem naar haar kijken. Hij doet erg zenuwachtig en kijkt af en toe bewonderend naar haar. God, denkt ze vermoeid, waarom hebt U me knap gemaakt? Wat heeft dit voor zin?

Eindelijk raapt de jongeman zijn moed bijeen, vangt haar blik en glimlacht. 'Het weer ziet er niet mooi uit, mevrouw,' zegt hij met een knikje naar buiten. 'Denkt u dat er regen komt?'

Hij noemt haar tenminste nog 'mevrouw'. Dat bespaart hem haar ergste minachting. 'Nou, meneer,' antwoordt ze op een koele maar niet onvriendelijke toon, 'ik geloof dat dat helemaal in Gods handen is.'

Hij knikt driftig. 'Een waar woord, mevrouw. Helemaal waar.'

Ze draait haar hoofd om en sluit haar ogen. Hij is een grote, zachtaardige boerenknecht die nooit onbeschoft zou praten tegen een vrouw. Maar ze kan het niet opbrengen om lang beleefd te blijven. Tegen hem niet, tegen niemand. Wat haar betreft kan Kingston niet snel genoeg komen. Ze wil de bewondering van de plattelandsnegers niet meer. Geen mooie praatjes meer van buckra-heren. Geen obeah en vieroognonsens meer, nooit meer de tekens van de geesten verkeerd begrijpen.

Wat een opluchting om van Trelawny weg te gaan! Je zou feest moeten vieren, meisje! Nu kun je een leuke, rustige baan zoeken op een leuke, rustige school en trouwen met een leuke, rustige kleurling. Misschien een dominee of een winkelier, dat maakt niet uit. Zolang hij maar een lichtgekleurde huid, een gesteven kraag en beschaafde Engelse manieren heeft. Zolang hij maar nooit in Trelawny is geweest. Ja. Je zou het moeten vieren.

Als ze haar ogen weer opendoet, hebben ze de hoge weidevelden bereikt. Ze ziet niets anders meer dan buffelgras. Voor het eerst begint de omvang van wat ze gedaan heeft aan haar te knagen. Ze kijkt naar de boerenknecht, maar die is in slaap gevallen. Ze steekt haar gezicht uit het raam en de tranen op haar wangen worden koud. Ze ziet kilometers ver niets anders dan buffelgras, wuivend onder de sombere hemel.

Sophie hoort de fluit van de trein, van ver weg meegevoerd op de wind, en houdt even op met inpakken. De spoorlijn is kilometers hiervandaan. Misschien heeft ze zich ingebeeld dat ze de fluit hoorde, omdat ze dat graag wil. Omdat zijzelf morgen ook in de trein zal zitten.

Ze verlangt ernaar het achter de rug te hebben. Ze verlangt ernaar Jamaica ver achter zich te laten. Ze verlangt naar de regenachtige straten van Londen; naar zwaar, geestdodend werk; naar vergeten.

Ze kijkt om zich heen in de kamer die Madeleine drie maanden geleden met zoveel zorg voor haar heeft klaargemaakt. Drie maanden pas. Hoe is het mogelijk? Ze herinnert zich dat ze in de trein zat met die Amerikaanse toeristen – hoe heetten ze ook weer – en de uren aftelde dat ze haar zus weer zou zien.

En moet je hen nu zien. Moet je het spoor van verwoesting zien dat ze achter zich laat. Fraser, Madeleine, Cameron. Ben. Ze krijgt het koud, elke keer als ze aan hem denkt. Ze heeft het gevoel van grote hoogte in een bevroren leegte te vallen. Ze ziet nog steeds zijn gezicht voor zich toen hij haar zag wegrijden. Voor één keer was hij er niet in geslaagd zijn gevoelens te verbergen. Hij was er kapot van geweest.

Maar hij is taai, houdt ze zichzelf telkens weer voor. Hij heeft al zoveel doorstaan, hij herstelt snel. Hij komt er wel overheen. Misschien nu al.

Het is vroeg in de avond als Ben de zee bereikt, en tegen die tijd is hij dronken. Hij strompelt ergens ten oosten van Salt Wash het strand op, tuurt naar het restje rum in de fles en neemt nog een flinke, verschroeiende teug. Hij heeft de hele dag gelopen. Aanvankelijk wist hij niet en kon het hem niet schelen waar hij heen ging, zolang het maar weg van Eden was. Hij liep westwaarts door de bossen en toen over de kale, verblindende rotsen aan de andere kant van de heuvel. Vandaar strompelde hij, steeds uitglijdend over de kiezels, de helling af, stak bij Stony Gap de rivier over en volgde die in noordelijke richting.

Na een uur of zo stond hij stil en keek om zich heen. Hiervandaan maakte de Martha Brae een grote bocht naar het oosten, om de rietvelden van Orange Grove heen; het meest westelijke deel van de Eden-plantage. Sophie is daar ergens, dacht hij. Ergens aan de andere kant van de rivier, voorbij die hectares vol golvend suikerriet. Hij beet op zijn tanden, keerde haar de rug toe en liep door de weidevelden van Stony Hill naar het noorden.

'S Middags bereikte hij Pinchgut, waar hij een fles rum kocht. Daarna bleef hij lopen tot hij niet verder kon... tot hij de zee bereikte.

De stoomfluit van de kustvaarder brengt hem weer tot zichzelf. Beneveld kijkt hij om zich heen, maar ziet niets. Die verdraaide bomen staan in de weg. Op de een of andere manier is hij van het strand af en aan de rand van het moeras terechtgekomen. Hij staat bij een lagune in een mangrovebos. Een lelijke, akelige plek. Lange, zwarte wortels steken in het water, dat zo smerig en bruin is als een riool.

'Welkom op Jamaica,' mompelt hij en hij proest het uit.

Achter hem, voorbij de mangroven, kan hij net de toppen van de kokospalmen langs het strand zien. Dat is dit land ten voeten uit. Vijftig meter verderop ligt het mooiste strand dat je ooit hebt gezien. Maar een paar passen daarvandaan is het of je de verf van het gezicht van een oude vrouw schraapt. Daaronder is alles lelijk en verrot. *Welkom op Jamaica.* Nou, van mij mag je het houden. Morgenvroeg staat hij aan de kade – pardon de oude Monroekade – om het eerste het beste baantje aan te nemen: op een bananenboot of wat dan ook, als hij hier maar weg kan.

Er gaat een rilling door hem heen. Hij is zijn hoed kwijtgeraakt en de zon is vreselijk heet, maar toch kan hij niet ophouden te rillen. Het is uren geleden dat hij Sophie zag wegrijden, maar hij kan nog steeds niet warm worden en hij heeft zo'n pijn in zijn borst. Erger dan gebroken ribben, dieper dan welke kneuzing ook.

Hij heeft het eerder gehad, jaren geleden, toen Kate stierf, en toen weer met Robbie. Het voelt aan alsof iemand zijn borstbeen met een bijl doormidden heeft geslagen.

Maar hoe kan hij dat nu voelen, terwijl hij had gezworen dat nooit meer te zullen voelen?

'Omdat, jij verdomde idioot,' mompelt hij terwijl hij op zijn hurken gaat zitten en naar zijn spiegelbeeld in het vuile bruine water kijkt, 'omdat je het hebt laten gebeuren. Niet dan? Je hebt haar zelf binnengelaten.'

Wat een dwaas was hij geweest om zo bij haar te bedelen. *Ik heb het helemaal uitgedacht. We kunnen naar Panama gaan, of naar Amerika. Daar kunnen we samen zijn.* Schandalig. Schandalig. Waarom zou ze met hem mee willen?

Hij neemt nog slok uit de fles. De sterke rum brandt door tot in zijn darmen.

Vergeet het, Ben Kelly. Sla het deksel dicht boven die hele stinkende troep. Sla het heel hard dicht.

Dan denkt hij ergens aan. Fronsend steekt hij zijn hand in zijn zak en haalt Sophies zakdoek eruit, die ze hem in Romilly heeft gegeven. Hij is vuil van het opgedroogde bloed, maar hij kan nog steeds de kleine geborduurde S op de punt zien. Waarom heeft hij de zakdoek bewaard? Hij is vergiftigd. Een vergiftigde zakdoek. Toen hij hem gebruikte om die wond schoon te maken, is iets van haar als etter zijn bloed binnengedrongen.

'Maar niet voor lang,' snauwt hij. Hij staat op, stoot zijn hoofd tegen een mangrovetak en vloekt hard.

Weer een snee in zijn slaap. De pijn vlamt door hem heen, maar het is een goed gevoel, schoon en scherp, en aan de buitenkant: niet zoals de pijn in zijn borst.

Hij strompelt naar de boom, zet zijn hand tegen de ruwe zwarte stam en neemt de houding van een bokser aan. Dan knalt hij zijn hoofd ertegenaan. Weer vlamt de pijn door hem heen. Er loopt bloed in zijn ogen. De huid op zijn wang barst open. Ja. Zo is het beter.

Warm, kleverig bloed stroomt over zijn gezicht, loopt in zijn mond en kleurt de zon rood. En naarmate de pijn in zijn hoofd aanwakkert, zakt de pijn in zijn borst verder weg – en gaat uiteindelijk onder, als een steen die in een mangrovemoeras wegzinkt.

Hij duwt zichzelf weg van de boom en strompelt terug naar de rand van het water. Aan de andere kant van de lagune draait een blauwe reiger zijn gracieuze nek om naar hem te kijken. 'Lazer op!' roept hij.

De reiger spreidt zijn vleugels en vliegt weg.

Hij duwt Sophies zakdoek in de hals van de fles, zwaait zijn arm naar achteren en gooit de fles zo hard hij kan in de richting van de vogel. 'Ga weg hier!' roept hij. 'Verdwijn en kom nooit meer terug!' Het bloed stroomt in zijn ogen en zijn hete tranen branden in de wond op zijn wang.

De fles valt zonder schade aan te richten in het moeras. De reiger draait landinwaarts en klapwiekt sereen langs de avondhemel weg.

DEEL 2

Londen 1910

18

Een koude, natte middag vroeg in april. De regen roffelde tegen de ruiten van het kleine, sjofele kantoor. Op straat trokken twee doorweekte paarden een kar vol kolen van de Lambeth Pier. Het gerommel van Waterloo Station zwol aan tot een gebulder toen de trein over de brug aan het eind van Centaur Street denderde.

Sophie zette de archiefdoos op haar bureau en keek er tevreden naar. Dit was het soort werk dat ze leuk vond: vredig, voorspelbaar en teruggetrokken. Dominee Agate zat boven in zijn werkkamer aan zijn Historie te werken. Regen hield de aanvragers weg, zodat ze het kantoortje van de St. Cuthbert's Charitable Society voor zich alleen had. Ze had niets anders te doen dan oude archiefstukken doornemen. De meeste ervan kon ze in de prullenmand gooien. En ze hoefde helemaal niets aan die andere kwestie te doen, de nog niet geposte brief in haar tas.

Ze zette de gedachte van zich af, opende de archiefdoos en keek de inhoud snel door. Tweeëntwintig jaar oude kwitanties van de Poor Law Guardians; verslagen van de Charity Organisation Society. O, mooi, nog een deel van het dagelijks register van de voorganger van dominee Agate, dominee Chamberlaine. Ze begon een vreemde fascinatie te ontwikkelen voor zijn onwrikbare cynisme.

'3 januari 1888,' had hij in zijn kleine, achterover hellende handschrift geschreven, *Mevrouw Eliza Green, 27 jaar oud, Old Paradise Street 10. Ze mag dan Groen heten, maar ze ziet er allesbehalve groen uit en haar gelaat is onappetijtelijk geel. Werkt als wasvrouw bij St.*

Thomas. Heeft tien kinderen gebaard, waarvan er vier leven. Echtgenoot zit in het gekkenhuis – en toch heeft ze de vermetelheid om een moederschapscertificaat te vragen om haar volgende bevalling te bekostigen! Heb haar gezegd dat als ze ervoor kiest zich onfatsoenlijk te gedragen, ze de gevolgen maar alleen moet dragen.

Weduwe Jane Bailey, 45 jaar oud, Orient Street 8. Buitengewoon alledaags uiterlijk. Is dertig jaar naaister geweest, maar heeft nu artritis en zit zonder betrekking. Wil een lening voor eten en brandstof. Lijkt zich naar behoren te schamen dat ze de parochie tot last is. Heb haar verteld dat we nooit geld lenen. Heb haar doorgestuurd naar het COS.

'Nog steeds met dezelfde doos bezig?'

Dominee Agate liet haar schrikken. Hij stond in de deuropening in zijn rode handen te wrijven en dwong zijn liploze mond tot een stroeve glimlach. 'Je weet toch dat we alleen de belangrijke dingen hoeven te bewaren? Je hoeft je niet bezig te houden met de oude registers van Chamberlaine.'

Ze beantwoordde zijn glimlach. 'Ja, natuurlijk.'

Zijn blik ging naar het register voor haar, maar hij was te laf om er iets van te zeggen. 'Voortreffelijk, voortreffelijk. Nog aanvragers terwijl ik boven was?'

'Twee slechts. Ik heb de ene een briefje gegeven voor het ziekenhuis en de andere wat terpentijnolie.'

Zijn mond verstrakte. 'Je weet dat je me gerust kunt roepen als...'

'Dat is erg vriendelijk. Maar het leek me niet nodig u hiermee lastig te vallen. Het ging alleen om een abces en een geval van kroep.'

'Aha. Juist.'

Ze wisten allebei dat als hij beneden was geweest er geen sprake zou zijn geweest van een briefje of gratis medicijn. Het was een spelletje dat ze speelden. Sophie beloonde zo veel mogelijk aanvragen, terwijl hij zijn best deed haar daarvan te weerhouden.

Hij was ook niet chagrijnig, maar ronduit gemeen. En hij kon bijna net zoveel redenen bedenken om een aanvraag af te wijzen als dominee Chamberlaine. Werklozen waren lui; ongehuwde vrouwen waren nauwelijks beter; zwarten, oosterlingen, joden en katholieken waren allemaal leugenaars. Soms benijdde Sophie hem om zijn beperkte visie.

'Voortreffelijk!' zei hij weer, handenwrijvend. 'Wel, wel. Ik zit boven achter mijn bureau, als je me nodig mocht hebben.'

'Dank u,' zei ze, en ze boog zich alweer over het register voor hij de kamer uit was.

Tot haar ergernis kon ze zich echter niet meer concentreren. Dominee Agate had de betovering van vreedzame eentonigheid verbroken en de buitenwereld weer binnengelaten. De regen leek niet minder erg te worden en ze was haar paraplu vergeten, dus ze zou nat worden op weg naar huis. En ze herinnerde zich dat ze om vier uur terug moest zijn, omdat ze Sibella had beloofd een kop chocolademelk met haar te gaan drinken bij Charbonnel's. En natuurlijk moest ze een beslissing nemen over de brief.

Die brief zat al twee weken in haar tas. Hij had haar vergezeld tijdens haar dagelijkse rit met de ondergrondse van Baker Street naar Lambeth North, tijdens haar lunchwandelingen naar de markt in The Cut, en tijdens haar eenzame avonden in de salon van mevrouw Vaughan-Pargeter in New Cavendish Street. Het werd echt belachelijk. Ze hoefde er alleen maar een postzegel op te plakken en hem in de brievenbus te gooien. De volgende ochtend zou haar advocaat haar instructies ontvangen en binnen een dag zou ze vrij zijn. Dus waarom kon ze het niet?

Het antwoord was eenvoudig. Ze was vergeten hoe ze beslissingen moest nemen. Ze had haar leven zo ingericht dat ze dat niet hoefde. Ze had zichzelf bevrijd van twijfels en – afgezien van Madeleines gekunstelde tweemaandelijkse brieven – van het verleden.

Maar was het juist wat ze deed? Wat zou Madeleine ervan zeggen? En Cameron? En Clemency? Wist ik het nou maar zeker, dacht ze. Kreeg ik maar een teken dat ik gelijk heb.

De bel boven de deur rinkelde en er kwam een man binnen, ineengedoken onder een druipende paraplu. Hij bracht een vlaag koude lucht mee.

In de verwachting dat het weer een aanvrager zou zijn, keek Sophie op. Ze zag een goed geklede zwarte man die beleefd op de mat bleef staan met zijn hoed in zijn hand. Hij was halverwege de dertig, stevig gebouwd en erg donker. Zijn magere, aantrekkelijke gezicht deed haar sterk denken aan Daniel Tulloch.

Dat gaf haar zo'n schok dat ze even alleen maar naar hem kon staren, en zich afvragen wat een jongere versie van Cornelius Trahernes stalknecht in Lambeth deed.

'Neem me niet kwalijk, stoor ik u?' vroeg hij met een plezierige, ongeschoolde stem.

Een Cockney-accent; hij kwam niet van Jamaica. Ze was geschokt door de hevigheid van haar teleurstelling. 'Uh... nee, helemaal niet,' zei ze.

'Ik wil niet lastig zijn.'

'Dat bent u niet.'

Ze glimlachten allebei wat onbehaaglijk.

Ze wilde dat ze het gevoel van zich af kon zetten dat zijn komst niet zomaar toeval was, maar zijn gelijkenis met Daniel Tulloch had haar uit haar evenwicht gebracht.

Ze keek toe terwijl hij zorgvuldig zijn paraplu uitschudde, zodat er geen druppels in haar richting spetterden. 'Het is alleen dat ik een poosje in Londen ben,' zei hij, 'en ik maak een ronde langs de oude plekjes. Was dit vroeger niet het COS?'

'Ze zijn verhuisd,' zei ze. 'Nieuw gebouw, om de hoek.'

'Aha, maar St. Cuthbert's draait nog steeds?'

Ze knikte. 'Zoals u kunt zien.'

'En u hebt de leiding?'

'O nee, ik ben maar een vrijwilligster.'

Hij keek naar het plankje met medicijnen achter haar. 'Een vrouwelijke arts?'

Ze keek omlaag en rangschikte de papieren op haar bureau. 'Nee, geen dokter, of verpleegster of wat dan ook. Ik deel alleen wat eenvoudige medicijnen uit en geef verwijsbriefjes voor het armenziekenhuis.'

Bij ieder ander zou ze gebelgd geweest zijn over de vragen,

maar hij was zo beleefd en bescheiden dat ze het niet erg vond. En toch ergerde het haar dat ze zichzelf definieerde in negatieve uitspraken. *Niet de leiding. Geen dokter of verpleegster. Of wat dan ook.* Waarom zou ze daar ophouden? *Niet getrouwd, niet verloofd* – hoewel dat misschien zou veranderen als Alexander in Londen bleef. Geen vriendinnen, tenzij je Sibella meetelde. Geen echte baan. Gewoon een zesentwintigjarige vrijwilligster die een huis deelde met de als weduwe achtergebleven zus van de oude mevrouw Pitcaithley.

Het was onplezierig om eraan te worden herinnerd hoezeer haar leven was gekrompen. Een stapel boeken uit Mudies bibliotheek, en zo nu en dan een lezing in het British Museum. Op zondag lunch met mevrouw Vaughan-Pargeter, omdat die zondags niet ging kaarten.

De zwarte man was opmerkzaam. Hij zag dat haar gelaatsuitdrukking veranderd was, bedankte haar beleefd en draaide zich om naar de deur. Ze voelde zich geroepen iets goed te maken. 'U zei dat u oude plekjes bezocht. Hebt u hier in de buurt gewoond?'

Hij draaide zich om. 'Wynyard Terrace nummer negen.'

Wynyard Terrace was een van de armere straten, die tot dusver aan de aandacht van de stadsvernieuwers was ontsnapt.

Weer ving hij haar gedachtestroom op en hij glimlachte. 'Mijn ma was te trots om de parochie tot last te zijn, dus stuurde pa ons altijd. We mochten het niet tegen haar zeggen.' Hij zweeg. 'Mijn naam is Walker. Isaac Walker.'

'Sophie Monroe.' Ze stond op en stak hem haar hand toe, die hij na een korte aarzeling vastpakte. 'Ik ben de oude gegevens aan het doornemen,' zei ze, op het register wijzend. 'Ik zal naar uw naam uitkijken.'

'Ik denk niet dat u hem zult vinden,' zei hij zacht.

Ze begreep wat hij bedoelde. Voor dominee Chamberlaine zou de jonge Isaac Walker al een *Aanvraag geweigerd* zijn geweest voor hij goed en wel binnen was.

'Nou,' zei hij, 'ik ga maar weer. Bedankt voor uw tijd.'

'Kom nog eens terug,' zei ze, en tot haar eigen verbazing meende ze het.

'Dank u. Misschien doe ik dat wel.'

De dag was verpest. Ze stond in het volle, vochtig stinkende compartiment terwijl de ondergrondse door de duisternis ratelde en deed haar uiterste best om haar gemoedsrust te hervinden. Ze hield zichzelf streng voor dat Isaac Walker gewoon een beleefde en vriendelijke Cockney was die goed terecht was gekomen. Goed, een zwárte Cockney die goed terecht was gekomen, wat het alleen maar ongebruikelijker maakte. En toch was het niet meer dan toeval dat hij net was gearriveerd op een moment dat zij op een teken hoopte. En toeval dat hij haar deed denken aan iemand die ze kende van Jamaica. Ze was boos op zichzelf. Was er niet meer voor nodig om haar moeizaam verkregen vrede te verstoren? Was er niet meer voor nodig om haar heimwee te bezorgen?

Ze stapte uit op station Baker Street, liep naar de eerste automaat die ze kon vinden en kocht een postzegel. Er was geen toeval voor nodig om haar een besluit te doen nemen. Ze kon wel over haar eigen lot beslissen. Maar toen ze een brievenbus had gevonden, kon ze zich er nog steeds niet toe brengen de brief te posten. Je bent zwak, zei ze vol walging tegen zichzelf. Zwak, zwak, zwak.

Sibella's koets stond voor het huis in New Cavendish Street en Sibella zat ongeduldig te wachten in de salon.

'Heb je om thee gevraagd?' vroeg Sophie terwijl ze haar handschoenen uittrok.

'Ik dacht dat we uitgingen,' zei Sibella fronsend. 'Je wilt toch niet zeggen dat je dat vergeten was?'

Sophie onderdrukte de opkomende irritatie. Ze was moe en wilde alleen zijn. Maar ze kon duidelijk niet onder de chocolademelk bij Charbonnel's uitkomen. Godzijdank ging Sibella volgende week weer naar huis.

Ze probeerde van onderwerp te veranderen. 'Wat heb je vandaag gedaan?'

'Mevrouw Vaughan-Pargeter heeft me rondgeleid,' zei Sibella op een beschuldigende toon die Sophie negeerde. 'We zijn naar dat nieuwe warenhuis geweest.'

'Selfridge's? Vind je dat niet geweldig?'

'Persoonlijk vind ik het veel te groot en nogal vulgair. En die kleren! "Strompelrokken"? En iets afschuwelijks dat ze een "kokerrok" noemen. Dat is voor jou allemaal prima, maar wie ook maar een beetje figuur heeft, kan er niets mee.' Dat was haar nieuwste klaagzang. Ze was dikker geworden sinds haar huwelijk en zelfs nu, in weduwenzwart, zag ze er bijna vet uit.

Sophie ging op de bank zitten en kneedde haar slapen; ze vroeg zich af hoe ze zichzelf in deze positie had gemanoeuvreerd: een onwillige reisleidster voor een vrouw die ze niet eens meer aardig vond. Ze was verbaasd geweest toen Sibella's brief de vorige maand was gearriveerd, want ze hadden niet met elkaar gecorrespondeerd sinds Sophie Jamaica had verlaten.

Zoals je ongetwijfeld al weet, had Sibella na een korte inleiding geschreven, *heb ik onlangs mijn lieve Eugene verloren.* Natuurlijk had Sophie dat gehoord. Madeleines brieven waren weliswaar kort, maar wel informatief; en zelfs Alexander dacht er zo nu en dan aan zijn zus te noemen. Van hem had Sophie gehoord dat het huwelijk geen succes was geweest. Nadat de wittebroodsweken verstreken waren, bracht 'lieve Eugene' al zijn tijd in Kingston door, waar hij voortdurend gokte tot hij uiteindelijk bezweek aan malaria. Hij en Sibella hadden grotendeels gescheiden geleefd, en ze was niet overweldigd geweest door verdriet. Ze had gewoon haar kleine huis op de Palairet-plantage opgegeven en de verstikkende invloed van haar schoonmoeder afgeschud en was teruggegaan naar Parnassus. De Palairets hadden haar zonder morren laten gaan, want ze had een dure smaak en haar enige kind was bij de geboorte overleden.

Ik was natuurlijk ontroostbaar, schreef Sibella bondig, *dus stuurt papa me naar Londen voor een verandering van omgeving. Ik zou jaren geleden al gekomen zijn als de prijs van suiker niet zo beestachtig was geweest, en als de vreselijke aardbeving van '07 er niet was geweest. Zo afschuwelijk was dat. Het huis van mijn lieve Eugene in de stad ging in rook op en zelfs papa's belangen werden erdoor geschaad. De verzekeraars waren absoluut walgelijk. Natuurlijk begrijp ik daar allemaal niets van. Bovendien, je zorgen maken over geld is vulgair, dus heb ik besloten dat niet te doen.*

Ik ben een maand in Londen en ik wil graag dat jij me rondleidt, omdat ik zeker weet dat ik niets aan Alexander zal hebben. Ik vrees echter wel dat ik in een hotel moet logeren, omdat papa ons huis aan St. Ames's Square heeft moeten verkopen. Is het niet vreselijk? Zoveel veranderingen. Het is niet eerlijk.

Zoveel veranderingen. Daar had ze de afgelopen drie weken voortdurend over geklaagd.

Nu zat ze lusteloos met een kwastje van een van mevrouw Vaughan-Pargeters kussens te spelen en keek ze afkeurend naar Sophies eenvoudige grijze kostuum. 'Alles is anders dan de vorige keer dat ik hier was,' mompelde ze.

'Zo is het leven,' zei Sophie zonder medelijden.

'En het is niet alleen Londen. Trelawny gaat absoluut naar de bliksem. Je zou terug moeten komen, zodat je het zelf kunt zien.' Haar toon impliceerde dat Sophie het de afgelopen jaren maar gemakkelijk had gehad en zich maar eens anders moest gaan gedragen.

'Het is afschuwelijk,' vervolgde ze. 'Er gaan elke dag plantages te gronde. De oude Mowat heeft zichzelf doodgeschoten.'

'Dat had je al gezegd.'

'En ik rekende er nog wel op dat Londen me zou opvrolijken.' Ze klonk gekrenkt, alsof Londen op de een of ander manier contractbreuk had gepleegd. 'Al die vreselijke autobussen. En "ondergrondse spoorwegen". Wat een belachelijk idee. Wie wil er nou in zo'n smerige trein onder de grond reizen?'

Sophie zuchtte. De ondergrondse was een regelrechte ramp geweest. Tijdens Sibella's eerste poging om in haar eentje van haar hotel in Berner's Street naar de winkels in Kensington te komen, was ze erin geslaagd het nieuwe station op Oxford Circus te missen en terecht te komen in Baker Street. Daar was ze op de lijn naar Waterloo gestapt, in plaats van die naar de Inner Circle te nemen, en toen South Kensington maar niet kwam, was ze zo van streek geraakt dat een stationskruier haar naar buiten had moeten helpen. Daarna had ze het hele systeem als onwerkbaar afgedaan en voor de rest van haar verblijf een koets van het hotel gehuurd. Ze had simpelweg de moed verloren. Ze was al tien jaar niet in Londen geweest en alles maakte haar doodsbang: het verkeer, de nieuwe telefooncellen, zelfs een zachtaardig vrouwtje met een collectebus. Ze riepen allemaal een angstig afgrijzen bij haar op... en daarom had ze Sophie nodig.

Toen Sophie haar met het kwastje zag spelen, voelde ze een vleugje sympathie. Waren ze eigenlijk wel zo vreselijk verschillend? In zekere zin had zij ook de moed verloren.

Het was een beschamende gedachte, die haar de vastberadenheid verleende die ze nodig had. Ze sprong overeind, liep naar de trekbel en belde om het dienstmeisje. Tegen Sibella zei ze: 'Ik moet alleen even iets aan Daphne geven en dan kunnen we gaan.' Toen maakte ze haar tas open en haalde de brief eruit.

'Daphne,' zei ze snel, zodra het meisje verscheen, 'wil je deze meteen gaan posten? Ik was het vergeten op weg naar huis, maar hij moet meteen weg.'

'Ja, mevrouw,' mompelde het meisje, en ze keek bepaald niet verrukt bij het vooruitzicht om in de regen naar de brievenbus te moeten rennen. Toen ze de brief van Sophie aannam, raakte ze echter Sophies ijskoude vingers aan en keek ze gealarmeerd op. 'Alles goed met u, mevrouw?'

'Prima,' zei Sophie glimlachend. 'Doe maar gewoon wat ik zeg, goed? Nu meteen?'

Sibella had niets gezien. Ze stond bij de haardmantel en keek in de spiegel naar haar rouwhoedje. 'Ik vind het echt verbazingwekkend,' merkte ze op, 'dat ze iemand hebben gevonden om het oude landgoed te kopen.'

'Welk landgoed?' mompelde Sophie, naar het raam lopend.

Kijk nou, zei ze bij zichzelf. Zo moeilijk was het toch niet?

'Dat van de oude Mowat, natuurlijk. Arethusa.'

Sophie schoof het gordijn opzij en keek naar de straat beneden haar. Het regende vreselijk hard. Ze zag een flinke oude dame in een regencape een kleine, drijfnatte spaniël meetrekken. Een lange, magere heer die betaalde voor een huurrijtuigje. En Daphne, ineengedoken onder een paraplu, rennend op weg naar de brievenbus.

Je hebt juist gehandeld, hield ze zichzelf voor. Toch voelde ze zich beverig en misselijk en ze kon maar niet warm worden.

'Ik kan me niet voorstellen wie ze bereid hebben gevonden het te kopen,' zei Sibella weer, nog steeds voor de spiegel.

'Wat?' zei Sophie.

'Arethusa! Luister je dan helemaal niet?'

'Ik neem aan dat iemand er een voorliefde voor opgevat heeft,' zei Sophie, haar ogen nog steeds op de straat gericht. 'Een koffieplanter of een rijke Amerikaan.'

Sibella snoof. 'Dat is tegenwoordig gemakkelijker gezegd dan gedaan.'

'Ach, ik weet het niet,' zei Sophie, terwijl ze zich van het raam af wendde. 'Ik heb net Fever Hill verkocht.'

Ze zou om Sibella's gezichtsuitdrukking hebben moeten lachen als ze zelf niet op het punt had gestaan in tranen uit te barsten. De ogen van haar vriendin gingen wijdopen, ook haar mond viel open en ging toen met een hoorbare klik weer dicht.

'Zeg geen woord,' zei Sophie. 'Ik wil er niet over praten.'

'Maar...'

'Sib, alsjeblieft! Kunnen we niet gewoon naar Charbonnel's gaan en rustig een kop chocolademelk drinken en doen alsof ik het niet gezegd heb? Ik zal je er morgen alles over vertellen. Dat beloof ik je. Maar niet vandaag. Morgen.'

Morgen... als meneer Fellowes de brief had ontvangen en ongetwijfeld zou mompelen: 'Wel, wel, dus ze heeft eindelijk besloten het door te zetten.' En dan zou hij iemand naar de advocaat van de koper sturen met de papieren die ze weken geleden al had ondertekend, en dan zou het gebeurd zijn. En echt te laat om nog van gedachten te veranderen.

Om aan Sibella's verbazing te ontsnappen draaide ze zich weer om naar het raam. Het huurrijtuigje reed weg en de lange, magere heer opende zijn paraplu. Hij keek naar Sibella's koets, schudde zijn hoofd en liep de straat op. Sophie hing het gordijn terug en wendde zich weer naar Sibella.

19

Eerwaarde Frederick Austen wierp een melancholieke blik op de koets die voor het elegante kleine huis stond te wachten, schudde toen zijn hoofd en liep de hoek om naar Mansfield Street. Wat een idioot was hij toch. Om de koetsier van het rijtuig in de stromende regen drie straten van het huis van zijn werkgever weg te sturen, alleen om de kans te hebben een glimp op te vangen van de fascinerende jonge weduwe die een dagelijkse bezoekster in New Cavendish Street leek te zijn. Hij had haar gezicht maar één keer gezien, maar dat was genoeg geweest. Ze was betoverend: grote blauwe ogen; een kleine, zachte mond; en werkelijk een verrukkelijk figuur. Zo'n mooie vrouw moest toch vast ook lief zijn?

Maar natuurlijk zou hij daar nooit achter komen, want hij zou nooit aan haar voorgesteld worden. Als ze zelfs maar naar hem zou kijken – of de hemel beware hem, tegen hem zou spreken – zou hij sterven van angst.

En waarom zou ze trouwens tegen hem spreken? Hij was de laatste man op aarde die de gunst van een dame zou winnen. Hij zag er uit als een struisvogel. Dat gold voor alle Austens. Het was een familietrekje. Ze hadden allemaal een lange, dunne nek en een grote haviksneus, en in zijn geval kwamen daar nog lichte wimpers en de rood omrande ogen van een slapeloze bij. Al met al was het dus maar beter als ze elkaar niet ontmoetten.

Hij sloeg linksaf naar Queen Anne Street, daarna rechtsaf naar Chandos Street en ging op weg naar het grote stenen huis aan Cavendish Square waar zijn werkgever al genoeg van kreeg.

Een rusteloze man, zijn werkgever. Humeurig. Ontevreden. Onvoorspelbaar. Een ruwe diamant. Werkelijk erg ruw.

'We zullen je mijn secretaris noemen,' had hij tijdens hun eerste bijzondere gesprek in het Hyde Park Hotel gezegd. 'Ik betaal je drie keer zoveel als wat normaal is, maar je zult er hard voor werken. Je zult tot taak hebben mij alles te leren wat ik wil weten.'

Een eigenaardig verzoek, vooral als het werd gedaan door een voormalige straatjongen (en wellicht nog erger) jegens een lid van de aristocratie. Maar aangezien Austen vier ongehuwde zusters, drie oude tantes zonder geld en een huis met negentig kamers in Tipperary had dat nodig een nieuw dak moest hebben, nam hij de betrekking aan. En daarmee begon het meest vermoeiende, alarmerende en amusante jaar van zijn leven.

Alles wat ik wil weten bleek echt alles te zijn. Wat je leest, hoe je praat; wat je aantrekt en wat je eet; waar je woont en waar je paardrijdt. Kortom, hoe je een heer bent.

Aanvankelijk was het alsof hij een wilde moest onderwijzen. Geschiedenis, godsdienst en kunst waren hem volstrekt onbekend. Hij had geen idee dat je in september naar Schotland ging voor de jacht en hij had zelfs nog nooit van Ascot gehoord. Maar als een onderwerp hem interesseerde, beet hij zich erin vast en maakte het zich eigen.

Austen had tot zijn verbazing gemerkt dat hij van het werk genoot. Hij genoot van de discussies en de woordenwisselingen. Hij genoot van het ruwe, goddeloze besef van moraal van zijn werkgever. Een paar maanden geleden waren ze aan de bijbel begonnen, en Austen had zich hogelijk verbaasd over de botte manier waarop zijn werkgever Jacob veroordeelde omdat hij zijn broer diens geboorterecht had afhandig gemaakt – om nog maar niet te spreken van de erfzonde. 'Dus volgens dit,' had hij gezegd, met zijn wijsvinger in het heilige boek prikkend, 'is het allemaal hun eigen schuld omdat Eva die appel aannam. Vrouwen, bedoel ik.'

Austen moest toegeven dat dat jammer genoeg het geval was.

'Maar hoe valt dat dan te rijmen met wat jij noemt "de plicht van een heer om het zwakkere geslacht te respecteren"?'

Austen was stomverbaasd. Tot dan toe had hij Genesis altijd los gezien van de juiste manier om een dame te behandelen.

'Het zwakkere geslacht?' Zijn werkgever snoof. 'Zij zijn anders wel degenen die jongen krijgen.'

'Kinderen,' corrigeerde Austen goedmoedig, want het corrigeren van het taalgebruik van zijn werkgever was een belangrijk onderdeel van zijn taak.

Zijn werkgever keek hem even aan. 'Austen, heb je ooit een vrouw een kind zien krijgen?'

Austen werd vuurrood en mompelde dat hij dat nooit had gezien.

De lip van zijn werkgever krulde om. 'Nee, dat dacht ik al.'

Hij lachte echter niet en daarom mocht Austen hem. Hij was op hem gesteld en tegelijk was hij bang voor hem. Hij was gesteld op zijn snelle verstand en heldere kijk op de wereld, op zijn luchthartige opvattingen over zijn grote rijkdom – verkregen, zo had hij vaag uitgelegd, dankzij 'een mijnbouwonderneming' samen met zijn zakenpartner in Brazilië. Hij vond het ook prettig dat hoewel zijn werkgever zijn accent wilde verbeteren, hij dat niet tot het uiterste doorvoerde. 'Ik kan niet gaan praten alsof ik van Eton kom,' zei hij droogjes, 'want dat is niet zo.' Maar bovenal bewonderde Austen de onverschilligheid van zijn werkgever jegens de mening van anderen, omdat hij daarin zo volstrekt afweek van hemzelf. Austen kon zelfs als hij zijn hoed liet vallen hevige aanvallen van verlegenheid krijgen.

Er was echter een andere kant aan zijn werkgever, die hij verwarrend en onbegrijpelijk vond. De duistere, zwijgzame stemmingen die soms dagen konden duren. En de afstand die altijd bewaard moest blijven. Twee maanden geleden, toen ze zich voorbereidden om naar Dublin te vertrekken, was Austen stomverbaasd geweest toen zijn werkgever bevel gaf al zijn volbloedpaarden te verkopen.

'Maar... ik dacht dat u aan ze gehecht was,' had hij tegengeworpen.

Zijn werkgever had hem met plotseling koude ogen aangekeken. 'Ik ben nergens aan gehecht,' had hij zacht gezegd, 'niet aan mijn paarden. Niet aan Isaac. Niet aan jou. Vergeet dat niet, mijn vriend.'

Altijd die afstand.

En het had niet lang geduurd voor hij wist dat *waarom* een vraag was die je niet mocht stellen. *Waarom gaat u nooit uit? Waarom neemt u de moeite uw spraak te verbeteren als het u helemaal niets kan schelen wat de mensen denken? Waarom hebt u een privé-detective ingehuurd? En waarom gaat u, sinds we in Londen zijn, elke middag alleen op pad?*

Zoals gebruikelijk was zijn werkgever er niet toen Austen het huis bereikte. Alleen meneer Walker was thuis, zoals Austen tot zijn onbehagen ontdekte toen hij naar boven liep en de deur van de salon opende. Hij bleef besluiteloos staan.

Meneer Walker, die in een gemakkelijke stoel zat, verstarde. Hij had een theekopje in de ene en de *Daily Mail* in zijn andere hand.

Hun onbehagen was wederzijds. Meneer Walker was veel conventioneler dan zijn zakenpartner en heel wat voorzichtiger – wat waarschijnlijk de reden was dat ze zo'n goed team waren geweest in Brazilië. Het betekende echter ook dat hij zich onplezierig voelde bij iemand als Austen, in wie hij zijn meerdere erkende.

En Austen wist gewoon niet hoe hij zich moest gedragen. Tot een jaar geleden had hij nog nooit een zwarte man gesproken – laat staan met een zwarte onder hetzelfde dak gewoond. Hij mocht de man wel. En respecteerde hem in zekere zin zelfs, maar hij kon zich niet bij hem ontspannen. Dat was zoiets als je ontspannen bij je butler.

Meneer Walker legde onhandig de *Daily Mail* op het tafeltje, stond op en wreef over zijn achterhoofd. 'De thee is koud geworden. Zal ik om nieuwe bellen?'

Austen bloosde. Het zou voor hen allebei vreselijk zijn als hij erbij ging zitten om thee te drinken. 'Nee, nee,' mompelde hij, 'ik wil u niet storen.'

Beneden viel de voordeur dicht en even later zag Austen zijn werkgever de trap op komen. Hij slaakte een zucht van verlichting.

Zijn werkgever keek van Austen naar zijn zakenpartner en grinnikte. 'Wat is er, Austen? Heb je weer met Isaac overhoop gelegen?'

Austens wangen werden rood. 'O, nee maar, meneer, ik zou niet durven...'

Zijn werkgever klopte hem op zijn schouder. 'Ik meende het niet.' Hij schonk zichzelf een kop koude thee in, dronk hem in één keer leeg en liet zich toen met de hem eigen gratie in een stoel vallen. 'En, wat heb jij gedaan, makker?' vroeg hij meneer Walker. Soms viel hij met zijn zakenpartner terug in zijn oude manier van praten. Austen vermoedde dat hij dat deed om zijn secretaris te plagen.

'Ben naar de dokken geweest,' zei meneer Walker, met een beschaamde blik op Austen.

'Waarom voor de duvel, Isaac?'

Meneer Walker schokschouderde. 'Weet niet. Ik ben ook naar het cos geweest. Tenminste, naar wat het cos was.'

'Maar waarom?'

'Weet niet. Om vroeger.'

Zijn partner schudde het hoofd. 'Godallemachtig, Isaac, je moet het eindelijk eens achter je laten.'

Isaac grinnikte en zijn partner gaf hem een goedmoedige stomp.

Austen voelde zich vreemd buitengesloten. Hij mocht zijn werkgever en wilde graag dat zijn werkgever hem mocht. Dit herinnerde hem echter aan school, toen de andere jongens hem naar Coventry stuurden voor de Griekse les. Nog steeds in de deuropening schraapte hij zijn keel.

Zijn werkgever keek hem aan. 'Wat is er, Austen?'

'Uhm. Niet "godallemachtig",' zei Austen zacht. 'Mag ik "lieve hemel" voorstellen?'

Zijn werkgever keek hem even aan en barstte toen in lachen uit. 'Waarom kom je niet naar binnen om een kop thee te drinken? En als je me er ooit op betrapt dat ik "godallemachtig" zeg, mag je me neerschieten, Austen. Afgesproken?'

Austen stond zichzelf een verlegen glimlach toe en liep langzaam naar de bank. 'Uitstekend, meneer Kelly,' zei hij.

Het is zondagmorgen. Ben is met zijn grote zus naar de gaarkeuken geweest om eten te halen en alles is top. Het is wat guur weer, maar de grote schaal pudding verwarmt zijn handen en de geur van de stukken vlees draait zijn buik in de knoop. Dit is het beste moment van de week, omdat hij Kate voor zichzelf heeft. Ze zegt dat als hij tien is hij alleen na naar de gaarkeuken mag, maar eerder niet, anders slaat een of andere vechtersbaas hem misschien in elkaar en gaat er met alles vandoor. Ben weet echter dat dat maar een smoesje is. De waarheid is dat ze het fijn vindt om met hem samen te gaan.

Kate is echt top. Ze heeft helderblauwe ogen en haar als koperdraad, en overal sproeten, waar ze een hekel aan heeft, maar die Ben prima vindt. Ze kan behoorlijk hard zijn; ze dwingt hem elke zondag zijn hoofd te wassen en geeft hem ervan langs als hij het niet doet, maar ze is zo scherp als de neten en heeft de hardste lach van heel East Street. En als ze een mop vertelt, kijkt ze altijd eerst naar Ben, alsof ze weet dat hij hem het eerst zal snappen. Pa vindt dat vreselijk, maar het maakt Ben zo trots dat het pijn doet.

Vandaag is ze helemaal opgetut, omdat ze naar haar vrijer gaat. Ze heeft haar blauwe jurk teruggehaald van de lommerd en ze heeft zelfs haar korset aangetrokken, wat betekent dat Jeb Butcher niet ver uit de buurt kan zijn.

En inderdaad, hij staat op de hoek van Walworth Place op hen te wachten. Hij is straatventer. Tot Kate gek op hem werd, wilde Ben ook altijd straatventer worden, en een katoenfluwelen jas dragen en een broek die onder de knie uitloopt als een kaarsensnuiter. Maar de laatste paar maanden heeft Kate het er soms over om bij Jeb te gaan wonen. Natuurlijk is dat een grapje, maar alleen al de gedachte bezorgt Ben pijn in zijn borst.

Nu hebben ze dus East Street bereikt. Als ze bijna bij nummer 39 zijn, verdwijnt Jeb naar huis. Dan zegt Ben tegen Kate: 'Ik heb een cadeautje voor je.'

'Een cadeautje?' Ze grinnikt naar hem. 'Dat is leuk.'

'Hier,' zegt hij trots. Het is een pijp, een echte witte kleipijp met een

lange steel voor lekkere zoete rook, precies zoals ze het lekker vindt. Hij wacht al dagen op een kans om haar de pijp te geven.

Ze pakt hem aan en haar gezicht vertrekt.

Zijn goede stemming verdwijnt. Verdorie. Ze is er niet blij mee.

'Waar heb je deze vandaan, Ben?'

'Gewoon, gevonden.'

'Je bedoelt gepikt.'

'Nee hoor.'

'Wel waar. Het is de pijp van de oude mevrouw Hanratty. Ik heb gezien dat ze hem gebruikte.'

Ben zegt niets. Hij en Jack hebben het oude vrouwtje een paar dagen geleden omgeduwd en haar spaargeld gepikt dat ze in haar lange onderbroek had genaaid. Lachen! Wat hebben ze gelachen! Daar lag ze in de goot, schreeuwde moord en brand en trappelde met haar magere gele benen als een kever.

Ze bleek alleen een paar shilling en haar gelukspijp bij zich te hebben, en een twijgje dat volgens Jack heide was. Dus Jack nam de poen en gaf Ben de pijp en gooide de rest in het riool. Maar naderhand wilde Ben dat ze het oude mensje haar heide hadden laten houden.

Kate geeft hem zonder een woord de pijp terug en ze gaan naar binnen. Ze is behoorlijk kwaad, maar ze kan er verder niets over zeggen omdat ze thuis zijn.

Kate zet de pudding op tafel en iedereen pakt een lepel en begint te eten: Jack en Lil en pa, en ma met de baby slapend aan haar borst. Robbie zit zoals gewoonlijk in zijn hoek naar de spin te kijken. Dat doet hij de hele dag. Misschien denkt hij dat de spin iets anders zal gaan doen dan alleen maar op de loer liggen in haar web.

Ben probeert Kates blik te vangen, maar ze wil niet naar hem kijken. Ze is kwaad en hij weet waarom. Mevrouw Hanratty is een buurvrouw. Je jat niet van de buren.

Hij voelt zich warm en geprikkeld. En daardoor wordt hij kwaad op Kate, omdat zij hem dat gevoel geeft. Wat moet hij doen, sorry zeggen soms? Nou, vergeet het maar.

Pa veegt de laatste stukjes vlees uit de pan en kijkt Kate aan. 'Je bent lang weggebleven. Waar ben je geweest?'

'Naar de gaarkeuken,' bijt Kate hem toe, 'waar dacht je anders?'

Jack en Lil en Ben houden hun hoofd gebogen. Ma kijkt van pa naar Kate en draait een lok oranje haar om haar magere vinger. Ze kan nu elk moment beginnen te snuffen.

Ben legt zijn lepel neer... zachtjes, om pa niet kwaad te maken. Als pa vandaag nou maar eens in een goeie bui was, en verhalen vertelde en lachte, zoals soms. Als hij nou maar niet op Kate viel.

'Je bent bij Jeb Butcher geweest,' zegt pa, haar aankijkend.

'Dat is niet waar,' zegt Kate.

Kate komt overeind en gaat bij het raam staan, haar armen om haar middel geslagen. Pa kijkt naar haar. Hij kijkt naar de manier waarop haar rokken over haar heupen hangen en haar borsten omhooggeduwd worden. Ben kent die blik. Op dezelfde manier keek Jack naar Lil afgelopen zomer, toen het zo heet was dat ze in hun nakie sliepen.

Nou ja, nadat Jack in Lil had gezeten, waren ze daarna snel genoeg weer vrienden, dus misschien zal het met pa en Kate ook zo gaan? Wat bonje en daarna weer vrienden. Dan hoeft Kate ook niet bij Jeb te gaan wonen.

'Je was bij Jeb Butcher,' zegt pa weer.

'Dat is niet waar,' zegt Ben, haar dekkend. 'We hebben een omweg genomen omdat... omdat er brouwerspaarden op Walworth Place waren.'

Pa's groene ogen richten zich op hem als een zoeklicht. 'Wat zeg je nou?'

Ben slikt. 'Nou, ik hou niet van brouwerspaarden. Daar ben ik bang van.' Dat is echt waar. Alleen waren er geen brouwerspaarden te zien op Walworth Place. Alleen Jeb.

Pa buigt zich over de tafel heen in zijn richting. Hij is zo dichtbij dat Ben de kolen aan hem kan ruiken, en het fijne zwarte stof in de diepe lijnen langs zijn neus en mond kan zien. Die mond. Lippen als van een standbeeld en de mondhoeken zo scherp dat ze met een mes gesneden konden zijn. Hij kan je met die mond een glimlach schenken waardoor je je helemaal te gek voelt, of hij kan je zo de waarheid zeggen dat je wel in het riool zou willen wegkruipen. En je weet nooit wat het zal worden. Je weet alleen dat je er alles voor over hebt om aardig door hem te worden gevonden, als je maar wist hoe.

'Bang?' zegt pa met een snerende stem die Bens buik doet samentrekken. 'Bang van een stel knollen?'

'Ze hebben grote voeten,' mompelt Ben.

'Grote voeten!' zegt pa. 'Ze trappen je met die grote voeten als ze merken dat je bang bent! Maar als je ze niet laat zien dat je bang bent, is er niks aan de hand. Weet je dat nou nog niet?'

Ben schudt zijn hoofd. Hij vindt het vreselijk dat pa denkt dat hij laf is, maar hij moet Kate dekken. 'Het is niet zo dat ik helemaal niet van paarden hou,' mompelt hij. 'Alleen niet van brouwerspaarden.'

Pa snuift. Maar opeens sneert hij niet meer, maar lacht hij. 'O, dus je hebt het alleen niet op brouwerspaarden begrepen?'

Ben kijkt hem weifelend aan en knikt dan.

'Nee maar,' zegt pa, de anderen aankijkend. 'We hebben een kleine advocaat in ons midden! Een advocaat die alles verdraait en met woorden speelt!'

Lil giechelt. Jack en ma doen mee, maar dat is eerder van opluchting dan van plezier. Kate gaat weer aan de tafel zitten. En Bens buik ontspant zich weer.

Alles zou in orde zijn als Kate maar weer naar hem wilde kijken. Maar ze is nog steeds kwaad over de pijp van mevrouw Hanratty.

Dus na het eten gaat hij even weg. En als hij een uur later terugkomt zijn de gordijnen dicht. Pa en ma zijn in de achterkamer en de anderen in de voorkamer. Jack ligt te slapen, Lil wiegt de baby op haar schoot en Robbie zit in zijn hoek naar de spin te kijken.

Kate zit bij het raam met haar blad op haar knieën viooltjes te maken. Ze heeft een stuk van het krantenpapier voor het raam teruggevouwen om wat licht binnen te laten en ze ziet er heel mooi uit. Dat koperkleurige haar en de papieren viooltjes op het dienblad en het blauwe glazen potje met lijm. Al die mooie kleuren.

Ben schuift naar haar toe, blijft uit de buurt van de viooltjes om ze niet vies te maken. Hij zegt: 'Ik heb de pijp teruggebracht naar mevrouw Hanratty.'

Ze maakt nog een viooltje af en legt het op het dienblad.

'Ik heb geen sorry gezegd,' mompelt hij, 'maar hem gewoon op haar bed gelegd, waar ze hem zeker zal vinden.'

'Dat is goed,' zegt ze zonder hem aan te kijken.

Later zit hij met Robbie naar de spin te kijken, als ze bij hem neerhurkt en hem een mok in de handen drukt. Het is haar eigen tinnen mok met de rozen erop geschilderd, die ze van Jeb heeft gekregen. 'Bouillon,' zegt ze.

Daar is hij gek op. En ze heeft het precies gemaakt zoals hij het het lekkerst vindt, met een snee brood erin en een dot reuzel erbovenop. Ze moet naar hiernaast zijn geweest om het water te koken.

Hij kijkt haar vragend aan. 'Is dat om die pijp?'

Ze houdt haar hoofd schuin. 'Misschien. Voorzichtig, want het is heet.'

'Gloeiend heet,' mompelt hij.

Ze grinnikt. 'Harder, idioot, ik versta je niet.'

'Zachter,' pareert hij, 'anders wordt de baby wakker.'

Ze geeft hem zachtjes een draai om zijn oren en gaat weer aan het werk.

Ben schoot wakker toen Norton de gordijnen opentrok. Heel even wist hij niet waar hij was. Zijn hart ging tekeer. Hij bleef stil liggen, verzette zich tegen de trekkracht van de droom.

Buiten was het nog donker. De regen tikte tegen de ruiten. De straatlantaarn scheen in zijn ogen. Zeven uur en het vuur brandde al in de haard. Ergens rond vijf uur was er waarschijnlijk een dienstmeisje naar binnen geslopen om het aan te maken. Ze had hem niet wakker gemaakt. Hij sliep als een dode sinds hij in Londen was.

En nu droomde hij ook van de doden.

Hij wreef over zijn gezicht, drukte zich op een elleboog omhoog en keek naar Norton, die het dienblad op de tafel zette. De droom bleef hangen. Hij kon hem niet van zich af schudden. Al die kleine details. Die blauwe jurk van haar. De rozen op de mok. Zijn angst dat ze misschien weg zou gaan. Twintig jaar geleden en hij was er nog niets van vergeten.

De onverstoorbare Norton porde in het vuur, maakte het gaslicht aan en liep toen naar de kleedkamer om de kleren van zijn meester klaar te leggen. Hij deed alles zonder een woord te zeggen. Ben had 's ochtends een hekel aan praten.

Ben stapte uit bed, trok zijn kamerjas aan en bleef een poosje naar het vuur staan kijken. Zelfs zonder het vuur zou het warm zijn geweest in de kamer, want hij nam altijd huizen met warmwaterbuizen in elke kamer. Wat had het voor zin om rijk te zijn als je niet warm kon blijven?

Hij keek de slaapkamer rond. In de gouden gloed van het gaslicht zag het meubilair er weelderig uit zonder opzichtig te zijn. De diepe kleur van geboende mahonie. De donkerblauwe glans van de gordijnen van zijdedamast. De rijke glans van in marokijnleer gebonden boeken. Wat zou Jack hiervan gedacht hebben? Of Lil, of Kate?

Waarom had hij nu, na al die jaren, over hen gedroomd?

Norton verscheen in de deur van de kleedkamer en schraapte discreet zijn keel. 'Gaat u vanochtend uit rijden, meneer?'

'Nee,' snauwde Ben.

'Uitstekend, meneer.'

Ben liep naar het raam en keek naar buiten. De hemel werd al lichter en de regen nam af. 'Bij nader inzien, toch maar wel.' Hij had net een driejarig paard gekocht: een grote, felle vos, die flink aangepakt moest worden. Het was een uitdaging, maar hij wist dat als hij haar over een paar maanden doorverkocht, ze een veel beter paard zou zijn.

'Uitstekend, meneer,' zei Norton, waarop hij zich stilletjes terugtrok.

Norton was de perfecte bediende: hij praatte zacht, liep zacht en stoorde zich volstrekt niet aan het humeur van zijn baas. Natuurlijk wist niemand wat hij werkelijk over Ben dacht – een man voor wie hij vijf jaar geleden de straat zou zijn overgestoken om hem te ontwijken. Maar wie kon dat wat schelen, zolang hij zijn werk deed?

Soms moest Ben zichzelf er nog aan herinneren dat hij rijk was. Het had iets van toneelspelen. Isaac had dat gevoel ook. 'Ik weet het niet, Ben,' had hij eens gezegd. 'Tegenwoordig ben ik "meneer

Walker" of gewoon "meneer", maar vanbinnen ben ik nog steeds de oude Isaac, de negerjongen uit Lambeth.' Voor Ben gold dat net zo. En er was veel aan zijn rijkdom dat hem verveelde. Je voortdurend omkleden, en al dat ceremonieel bij de maaltijden, bedienden die om je heen sluipen. Je dag van tevoren moeten plannen. *Gaat u vanochtend uit rijden, meneer?* Hoe moet ik dat verdomme nou weten, ik ben net wakker.

Hij schonk zichzelf een kop koffie in en liep terug naar het raam. De koffie smaakte goed. Dat mocht ook wel, want hij had er genoeg voor betaald. Zes shilling het pond in een of ander winkeltje in Piccadilly. En toen hij ermee thuiskwam had hij commentaar gekregen van de kok – niet in zijn gezicht natuurlijk; hij had het via Austen gehoord. Hij werd kennelijk niet geacht zelf koffie te gaan kopen. Om de een of andere reden was een doos sigaren of een kratje wijn prima, maar verder niets.

Nou, hij kocht verdorie wel wat hij zelf wilde. Dat deed hij graag. Dingen kopen. En ze dan weer wegdoen. Dat was het mooie aan geld; het was volstrekt voorspelbaar. Je koopt een lekkere bordeaux of een goede sigaar en je weet wat je krijgt. Geld laat je niet in de steek, niet zoals mensen.

Maar zes shilling het pond! Hoe rijmde je dat met de sixpence die Kate vroeger kreeg voor een gros papieren viooltjes?

Weer dat knagende gevoel van verlies. Die verdomde droom. Hij had nooit gedroomd tot hij terugkwam naar Londen. Panama. Sierra Leone. Brazilië. Hij had overal geslapen als een baby. Misschien kwam het door zijn terugkeer naar Londen. Daar waren immers nog allerlei andere herinneringen dan die aan Kate en Jack en de anderen. Cavendish Square was niet ver van Portland Road. Hij had er laatst zelfs over gedacht daarheen te lopen, om te kijken of de fotostudio er nog zat. Hij had zichzelf er op het nippertje van weten te weerhouden.

Misschien was het de gedachte daaraan – of zijn pogingen niet aan haar te denken – die hem zo gespannen hadden gemaakt.

Onwillekeurig keek hij naar het schilderij boven de haard. Het was een olieverfschilderij van Montego Bay dat hij in Parijs had gezien en had gekocht. Het was niet erg goed, maar de kunstenaar wist in elk geval hoe koningspalmen er uitzien, en poinciana's en bougainvillea.

Vreemd, maar hij miste Jamaica nog steeds. Waarschijnlijk was hij daarom in Brazilië terechtgekomen: omdat hij zich daar thuis had gevoeld, met al die papegaaien en zwartjes. En nu hij in Londen was, ging hij soms helemaal naar de tuinen in Kew, gewoon om in het palmenhuis te staan en de warme, vochtige, groene geur op te snuiven en te kijken of de vanille al in bloei stond.

'Norton,' zei hij over zijn schouder.

De bediende kwam binnen. 'Meneer?'

'Ik ben van gedachte veranderd. Ik ga niet rijden. Ik ga naar Kew.'

'Uitstekend, meneer,' zei Norton.

20

'Maar Kew,' zei Sibella nors, terwijl de trein door de voorsteden ratelde, 'is zo vreselijk kleinburgerlijk. Ik begrijp niet waarom we niet naar Richmond kunnen.'

'Omdat,' antwoordde haar broer met een geamuseerde blik op Sophie, 'het een koude, natte ochtend is en we ons lekker willen warmen in het palmenhuis, in plaats van kou te gaan staan lijden bij een zootje ondervoede herten.'

'Ze zijn niet ondervoed,' protesteerde Sibella. 'Het is een koninklijk park. Voor zover ik weet heeft Kew niets koninklijks.'

Ze wendde zich naar het raam en bestudeerde haar spiegelbeeld. Tevreden met haar nieuwe mantel met zakken en kraag van sabelbont hernieuwde ze de aanval. 'Al die vreselijke rijtjeshuizen. En tramsporen, en... en dagjesmensen.'

Sophie vroeg zich geamuseerd af of Sibella geloofde dat zijzelf buiten die classificering viel. 'Ik denk,' zei ze, 'dat we op een woensdagochtend in april niet veel last zullen hebben van de menigte.'

Sibella negeerde haar. 'Ik geef echt de voorkeur aan Richmond. En ik wilde dat nieuwe theater zien. Het moet erg chique zijn.'

'Je kunt de nieuwe brug in Kew zien,' zei Sophie.

'Probeer niet me te paaien,' mopperde Sibella, en ze wendde zich weer naar het raam.

Opnieuw wisselden Sophie en Alexander een blik. Alexander rolde met zijn ogen. Hij had zich, zeer tot Sophies opluchting, op het laatste moment bij hen gevoegd. Sibella was onmogelijk geweest sinds ze haar over Fever Hill had verteld.

'Maar het is jullie familiezetel!' had ze op gechoqueerde toon geklaagd toen ze aan hun chocolademelk zaten. Ze had natuurlijk Sophies verzoek om het onderwerp te laten rusten naast zich neergelegd.

'We hebben geen familiezetel,' had Sophie afgekapt. 'We zijn geen aristocraten. En zelfs als we dat wel waren, dan zou Strathnaw onze "zetel" zijn. En je herinnert je misschien dat Madeleine dat jaren geleden al heeft verkocht.'

Ze had gemeend dat dat een krachtig argument was, maar Sibella had het gewoon van tafel geveegd. 'Ik moet er niet aan denken wat Clemency zal zeggen.'

Dat drukte Sophie in de verdediging. 'Clemency kan toch niet in haar eentje op Fever Hill blijven wonen. Bovendien heb ik begrepen dat ze nu al heel veel tijd doorbrengt op Eden.'

'Maar toch...'

'Sibella, het is gebeurd. Ik heb de papieren getekend. Ik...'

'Maar waarom?'

Toen had Sophie haar voorbereide toespraak gehouden: dat ze zich moreel verplicht voelde om Cameron de kosten van haar opleiding terug te betalen, en dat ze mevrouw Vaughan-Pargeter wat meer wilde betalen voor haar kost en inwoning. Sibella had geluisterd en op scherpe toon gevraagd hoeveel ze Cameron dan wel terug wilde betalen, maar had volstrekt niet doorgehad dat Sophie niet de hele waarheid vertelde.

De ware reden dat ze Fever Hill had verkocht was eenvoudig. Ze moest haar banden met Jamaica doorsnijden. Door zich van Fever Hill te ontdoen, sneed ze zichzelf los van de pijn en spijtgevoelens. Ze had zichzelf eindelijk bevrijd.

Maar waarom voelde ze zich dan niet beter?

'Wanneer vertellen we het Alexander?' had Sibella gevraagd, terwijl ze in haar chocolademelk roerde.

'Nog niet,' had Sophie geschrokken gezegd. 'Ik moet het eerst aan Madeleine en Cameron schrijven.'

Sibella had haar geschokt aangekeken. 'Bedoel je dat je het hun niet verteld hebt? O, Sophie!'

Weer had ze gemeend zich te moeten verdedigen. 'Waarom zou dat er iets toe doen? Ik kon ermee doen wat ik zelf wilde.'

'Maar...'

'Sib, alsjeblieft! Laten we over iets anders praten. En geen woord tegen Alexander tot ik het zeg.' Daarna had ze een plechtige belofte tot zwijgen van haar vriendin gekregen en stapten ze eindelijk van het onderwerp af.

Wat je gedaan hebt was goed, dacht ze bij zichzelf toen zij en Alexander door de druipende groene jungle van het palmenhuis liepen. Ze waren alleen, want Sibella had ervoor bedankt 'het vijfde wiel aan de wagen' te zijn en was een andere kas gaan bekijken. Je moest jezelf lossnijden, en dat heb je gedaan. En nu ben je vrij.

Wat deed ze dan op de enige plek in Londen die haar aan Jamaica herinnerde?

Ze hief haar hoofd op en bestudeerde de ingewikkelde groengouden bladeren van de boomvaren, die heel goed in de tuin van Eden zou kunnen staan. Ze ademde diep in. De lucht was warm en vochtig als in het bos op Overlook Hill. Alleen de geluiden waren anders. In plaats van krekels hoorde ze hier het zachte zoemen van de luchtbevochtigers, en het discrete mompelen van de welgestelde bezoekers die de palmen bewonderden.

Alexander stak zijn hand omhoog en hield een varenblad weg van haar hoed. 'Ik heb gehoord,' zei hij, 'dat er een heel aardige verzameling orchideeën te zien is in kas nummer vier. Wil je die zien?'

'Niet echt,' antwoordde ze. 'Eerlijk gezegd houd ik niet van orchideeën.'

'Om je de waarheid te zeggen, ik ook niet. Ik ben misschien een vreselijke cultuurbarbaar, maar ik vind het altijd net of ze niet goed in elkaar gezet zijn.'

Ze glimlachte.

Charmante, knappe, weinig eisende Alexander. Wat was hij veranderd. Als iemand haar twee maanden geleden had verteld dat ze vrienden zouden worden, zou ze het niet geloofd hebben.

Alexander Traherne? Die luie, verwaande jongeman? Maar, zoals Sibella maar bleef zeggen, Alexander was veranderd. Hij gokte niet meer en had al zijn schulden afbetaald. Hij ging zelfs regelmatig bij zijn moeders rijke tante Salomon op bezoek. 'En wat die kwestie met die stalknecht betreft,' had Sibella Sophie toevertrouwd, 'niemand was heviger geschokt dan Alexander toen hij merkte dat papa die kerel in elkaar had laten slaan. Hij heeft hemel en aarde bewogen om het goed te maken, maar natuurlijk had die kerel het land al verlaten. Ingescheept naar Peru, of Panama of zoiets.'

Die kerel. Met haar talent voor het aanpassen van de waarheid had Sibella voorgewend Bens naam te zijn vergeten... om maar niet te spreken van het feit dat haar vriendin ooit verliefd op hem was geweest. Haar snelle zijdelings blik om te zien hoe Sophie het opnam verried haar echter.

Ze liepen een van de rustiger paden in die langs de lange kant van het palmenhuis liepen. Alexander tikte met zijn wandelstok op de stenen en fronste zijn voorhoofd. 'Sophie,' begon hij zonder haar aan te kijken.

'Ja?'

Hij aarzelde even. 'Dat werk dat je doet. Dat... vrijwilligersgedoe?'

'Je bedoelt bij St. Cuthbert's?'

Hij knikte. 'Je bent daar zeker vreselijk aan gehecht?'

Zijn vraag verbaasde haar. Hij had er nooit eerder iets over gezegd, behalve om haar te plagen.

'Ik weet het niet,' zei ze. 'Ik denk het wel. Het geeft me het gevoel nuttig te zijn.'

Hij knikte. 'Zie je, ik vroeg me af of je vreselijk ongelukkig zou zijn als de omstandigheden je daar weg zouden halen?'

Ze begreep waar hij heen wilde en vroeg zich af hoe ze hem kon ontmoedigen.

'Ik bedoel,' vervolgde hij, 'waarom een achterbuurt? Je zou jezelf overal nuttig kunnen maken. Niet dan? Je bent toch niet per se gebonden aan Lambeth of... of zelfs aan Londen?'

Hij had natuurlijk gelijk. Maar de vraag 'waarom een achterbuurt' was niet zo eenvoudig te beantwoorden. Zelf had ze nooit een bevredigend antwoord kunnen bedenken, hoewel ze zich in een sombere stemming wel eens afvroeg of Lambeth niet een manier was om in zekere zin contact te houden met het verleden. Met Ben. Maar dat was natuurlijk absurd. En de enige reden dat ze daar nu aan dacht was dat ze nog wat van streek was over Fever Hill.

'Ik zou er morgen weg kunnen,' zei ze met een scherpte die Alexander verbaasde.

'Aha,' zei hij, 'ik hoopte eigenlijk dat je dat zou zeggen.'

Ze liepen zwijgend verder. Toen bleef Alexander opeens staan, zette zijn hoed af en haalde zijn hand door zijn gouden krullen.

Nee maar, hij is nerveus, dacht ze verrast. Hij was nooit nerveus. Ze vond het lichtelijk ontroerend.

Hij zette zijn hoed weer op en schonk haar een quasi-zielige glimlach. 'Je hebt zeker al wel een idee van wat er nu gaat komen.'

'Alexander...'

'Luister alsjeblieft naar me. Ik beloof je dat het niet lang zal duren.' Hij zweeg even. 'Ik weet dat ik in het verleden nogal eens een scheve schaats heb gereden. Ik bedoel, ik heb wat geliefhebberd met kaarten en... nou ja, dat soort dingen.'

Ze verbeet een glimlach. *Dat soort dingen* omvatte waarschijnlijk champagnesoirees in Spanish Town met dames van twijfelachtige reputatie en in hoog tempo oplopende schulden bij de wedrennen.

'Maar ik geloof werkelijk,' vervolgde hij op oprechte toon, 'dat ik eindelijk op het goede spoor zit. Ik weet dat je niet echt van me houdt. Ik bedoel... niet *op die manier*.'

'Ik ben erg op je gesteld,' antwoordde ze. 'Dat is waar. Dat weet je toch?'

Hij glimlachte zwakjes. 'Het is heel lief dat je dat zegt. Maar zie je, ik ben *meer* dan op je gesteld. En ik geloof echt, ook al klinkt dat vreselijk arrogant, dat ik je gelukkig kan maken.'

Dat geloofde zij ook. Hij was attent, hoffelijk, knap. En iedereen die ze kende zou een huwelijk goedkeuren. Natuurlijk zou hij haar gelukkig maken. Tenminste, zo gelukkig als ze verdiende te zijn.

'Ik denk dat je waarschijnlijk gelijk hebt,' zei ze.

Weer dat zwakke glimlachje. 'Betekent dat dat je erover na zult denken?'

Ze keek naar hem op. In het groenige licht waren zijn ogen van een heldere, boeiende kleur turquoise. Zijn gezicht was glad als een klassiek standbeeld.

'Ik zal erover nadenken,' zei ze.

Ze liepen over het smalle pad naar het eind van het palmenhuis. Voor hen klom een vanilleplant langs de vezelige stam van een palm omhoog. Er vielen druppels omlaag van een bosje varens. Daaronder zag Sophie, onaangenaam verrast, een kluitje orchideeën.

Ze hadden buisvormige, bladloze stengels en onopvallende lichtgroene bloemen. En het waren niet, zo hield ze zichzelf geschrokken voor, dezelfde als die ze die avond in Romilly had gezien. Ze leken er wel op, maar als je beter keek, zag je duidelijk verschillen.

Ze vroeg zich plotseling af of mensen orchideeën op een graf zetten. Ze vroeg zich af wat voor bloemen Madeleine op Frasers graf zette; op het graf dat zij, Sophie, nog nooit had gezien.

'Zie je,' zei ze zonder zich naar hem om te draaien, 'over het algemeen genomen ben ik nu al gelukkig.'

'Is dat echt zo?' vroeg hij zacht.

Ze beet op haar lip. 'Ik ben... tevreden.'

'Maar je mist Jamaica.'

'Nee.'

'Sophie... jawel. Ik heb gezien hoe stil je wordt wanneer Sib erover praat; wanneer we hierheen komen om naar de palmen te kijken. Je mist het, en je bent er bang voor.'

Ze keek hem verbaasd aan. Ze had niet gedacht dat hij zo scherpzinnig was.

'Je bent bang voor Eden,' vervolgde hij, 'vanwege wat er met je neefje is gebeurd. En toch mis je het verschrikkelijk. Maar zie je dan niet dat dit je kans is? Je zou naar huis kunnen gaan zonder naar huis te gaan. Je zou gelukkig kunnen worden op Parnassus, daar zou ik voor zorgen. En niemand zou ook maar de minste druk op je uitoefenen om naar Eden te gaan, niet als jij dat niet zelf wilde.'

Ze wendde haar hoofd af en keek door de glazen wanden van het palmenhuis naar buiten. Een paar dames met enorme hoeden en gekleed in modieus gedrapeerde mantels liep met onvaste schreden over het gazon in de richting van de tearooms. Een oudere heer stond op het grind even stil en leunde op zijn wandelstok. Een tengere, donkerharige man in een jas van astrakanbont kwam de aangrenzende kas uit en liep snel weg. Iets aan zijn manier van bewegen deed haar aan Ben denken. Hij had dezelfde gratie, hetzelfde gespannen air van waakzaamheid.

Wat mankeert je, dacht ze boos. Waarom doet elke knappe, donkerharige man je aan Ben denken? Maar natuurlijk kende ze het antwoord. Het kwam door Fever Hill, en door Isaac Walker, en die belachelijke orchideeën. Door de honderden kleine dagelijkse toevalligheden die haar altijd weer aan Jamaica herinnerden. Alexander had het mis. Ze kon niet naar huis. Nooit meer.

Ze draaide zich naar hem om en keek hem aan. 'Mijn beste Alexander,' zei ze zacht. 'Het spijt me, maar ik kan niet met je trouwen.'

Hij was te goed opgevoed om daar slecht op te reageren. Zijn gezicht vertrok enigszins maar hij wist toch een glimlach te produceren. 'Het is omdat je niet om me geeft,' zei hij zacht. 'Dat is het, nietwaar?'

'Dat is het helemaal niet,' zei ze naar waarheid. In tegendeel, het feit dat ze niet van hem hield vormde zijn belangrijkste aantrekkingskracht. Ze wilde geen liefde. Ze had genoeg van de liefde. Ze wilde alleen maar vrede, en misschien een beetje genegenheid.

Hij rechtte zijn schouders en glimlachte opnieuw zwakjes.

'Nou, laat me je dan waarschuwen. Ik zal je over een maand of wat weer vragen. En wie weet, als ik geluk heb, zeg je misschien zelfs ja.'

Ze zette alle gedachten aan Fever Hill en orchideeën en Ben vastberaden uit haar hoofd en beantwoordde zijn glimlach. 'Wie weet doe ik dat op een dag wel, ja,' zei ze.

De engel zonder hoofd zat heel recht op de sarcofaag bij het hek rond de begraafplaats, de benen onder het marmeren gewaad nonchalant over elkaar geslagen. Het leek alsof hij net was neergedaald om zomaar even wat na te denken op een van de graven van de rijken.

De inscriptie luidde: GEORGE SOLON LADD, 47 JAAR, UIT SAN FRANCISCO, 1889.

Ver van huis, dacht Ben.

Hij liep langzaam over het brede grindpad, tussen de kleine bataljons van de hogere klasse van doden. Scherpe granieten obelisken en raamloze mausoleums. Een hele samenscholing van engelen, die elkaar sereen negeerden.

Kensal Green necropolis. *Necropolis*. Dat had hij moeten opzoeken. Het betekende een dodenstad. Hij probeerde zich voor te stellen dat zijn familie hierheen werd gebracht. Kate en Jack, Lil en Robbie en ma. Het lukte hem niet. Ze hadden hun hele leven in de stad gewoond, en de stad had hen gedood. Hoe kon hij hen meeslepen naar weer een andere stad, en hen hier voor eeuwig achterlaten?

En zelfs als hij dat wel kon, zouden ze toch tot de mislukkingen behoren. Overal waar hij keek zag hij Sir William zus en Rechter zo. Een lid van het parlement, een lid van het koninklijk genootschap, een commissaris van de Londense politie. Die laatste bracht een wrange glimlach om zijn lippen. Hij zag Jack al naast een smeris te ruste liggen. Arme Jack. Hij zou geen oog dichtdoen.

Nee, het was een vergissing geweest om hierheen te komen. Net zoals het een vergissing was geweest om naar Kew te gaan.

Dat verdomde Kew. Maar hoe had hij kunnen weten dat hij haar daar zou zien? Hoe had hij dat nou kunnen weten?

Sibella Traherne. *Juffrouw Sibella,* had hij haar in gedachte automatisch genoemd, maar hij had zichzelf gecorrigeerd. Bovendien was ze geen Traherne meer, maar een Palairet. En misschien weduwe – tenzij ze om haar vader of om die broer van haar rouwde. Gelukkig had ze hem niet herkend. Ze had hem alleen heel even aangekeken toen ze elkaar in de kas passeerden, hem terloops beoordelend zoals elke jonge vrouw elke man onder de zestig beoordeelt. Ze was wat zwaarder geworden sinds de laatste keer dat hij haar had gezien, maar ze was nog steeds knap op een dierlijke manier, hoewel ze een ontevreden rimpel tussen haar ogen had en enigszins op de dierbare overleden oude koningin begon te lijken. In haar jongere jaren, natuurlijk.

Wel, wel, had hij gedacht toen hij haar voorbij liep. Sibella Palairet in Londen. Maar waarom eigenlijk niet? Ze komt waarschijnlijk eens per jaar hierheen om te gaan winkelen, en het contact met haar vriendinnen te onderhouden. Waarschijnlijk ziet ze Sophie regelmatig.

Jemig. Sophie! Toen had hij geweten dat hij uit Kew weg moest.

Nu hij daaraan dacht, versnelde hij zijn pas en liep hij snel door de hoofdstraat van de necropolis, zijn voetstappen krakend op het grind. Hij passeerde een goed gekleed stel dat een wandeling maakte en keek hen woedend aan.

Misschien was het wel helemaal een vergissing geweest om naar Londen te komen. Het idee dat hij haar toevallig tegen zou kunnen komen, had hem hier immers jaren weggehouden. Tot hij op een ochtend wakker was geworden en had gedacht: Hoe is het mogelijk? Je laat haar bepalen wat je doet! Als jij naar Londen wilt, dan ga je gewoon. Laat je door haar niet tegenhouden.

Mooie woorden, dacht hij terwijl hij over het grind liep, maar het bleef niettemin een vergissing. Knarsetandend liep hij snel over het pad tussen de zwijgende taxussen en de fluisterende populieren, tot hij eindelijk uitkwam op een goedverzorgd gazon voor de kapel. Hij merkte dat hij naar een enorme, zes meter hoge sokkel stond te kijken die een ereplaats midden op het gazon had. Op de sokkel stond een rijkelijk versierde sarcofaag, gedragen door vier gevleugelde leeuwen. De inscriptie aan de zijkant luidde: SOPHIA 1777-1848. HARE KONINKLIJKE HOOGHEID PRINSES SOPHIA, 5E DOCHTER VAN ZIJNE MAJESTEIT KONING GEORGE III.

Prinses Sophia. Hij vergat adem te halen. Het leek wel een boodschap, speciaal voor hem. *Je mag dan denken dat je iemand geworden bent, Ben Kelly, maar de waarheid is dat je niet tot de hogere klasse behoort en daar ook nooit toe zult behoren. Er zijn dingen die altijd net zo ver buiten je bereik zullen blijven als prinses Sophia op haar voetstuk.*

Prinses Sophia. Verbazingwekkend dat het allemaal met zo'n dreun terugkwam. De pijn. Het verlies. De woede. Sophies bleke, vastberaden gezicht in de gevlekte schaduw van het bos toen ze hem vertelde dat ze wegging, dat het voorbij was. Nonchalant zijn dromen kapotmaakte, zoals een kind een zandkasteel laat instorten.

Prinses Sophia. Voor altijd buiten bereik.

Hij zette de kraag van zijn astrakanmantel op en liep snel door de Griekse zuilengang van de kapel en aan de andere kant de trap af. Hij liep snel, en struikelde over Austen, die daar zowat op zijn knieën zat.

'Jij!' riep Ben. 'Wat doe je verdorie hier? Loop je me achterna?'

Austen bloosde en struikelde in het gras. 'Nee... nee, natuurlijk niet,' stamelde hij.

'Wat zit je daar verdorie dan te doen?'

Austen stak zijn handen uit naar een bosje lelies die hij in het gras had laten vallen. Zijn grote adamsappel ging op en neer. 'Uh. Mijn grootmoeder opzoeken?'

Ben knipperde met zijn ogen. 'O, sorry. Het is gewoon dat ik niet had verwacht je te zien.' Hij draaide zich op zijn hielen om en liep terug naar waar hij vandaan was gekomen. Laat Kensal Green necropolis maar zitten. Laat dat hele stomme idee maar zitten.

Achter hem hoorde hij aarzelende voetstappen. Toen hij zich omdraaide zag hij Austen op discrete afstand achter hem aan komen. 'Ik dacht dat je je grootmoeder kwam opzoeken,' zei Ben grof.

Austen gaf dat karakteristieke ineenduikende knikje ten beste dat Ben altijd aan een struisvogel deed denken. 'En mijn moeder,' zei hij ineenkrimpend, het bosje lelies als bewijs omhooghoudend. 'Ze ligt hier vlakbij, net voorbij de kapel.'

Maar natuurlijk, dacht Ben. Waar kon ze ook anders liggen dan langs de hoofdweg, met de rest van het hoge volk. Desondanks voelde hij zich opnieuw geroepen zijn excuses aan te bieden. 'Sorry,' mompelde hij. 'Ik zal je alleen laten.'

'O nee, alstublieft, u hoeft voor mij niet te gaan,' zei Austen.

Ben haalde zijn schouders op. 'Zoals je wilt.' Hij ging wat langzamer lopen.

Austen ging met hem in de pas lopen. Ze passeerden weer de kapel en even later bleef Austen staan voor een afzichtelijk mausoleum van roze gespikkeld graniet, bewaakt door vier slijkgroene marmeren schildwachten met tulbanden en grote snorren.

Geen engelen dus, dacht Ben, die een stukje doorliep om Austen wat privacy te geven.

Vanuit zijn ooghoek zag hij zijn secretaris bukken om de lelies voor de lege stenen deur te leggen. In het timpaan boven de deur getuigden vijf regels in grote Romeinse hoofdletters van de wapenfeiten van: GENERAAL-MAJOOR DE HOOGGEBOREN SIR ALGERNON AUSTEN KCB, VAN HET BENGAALSE LEGER EN LID VAN DE HOGE RAAD VAN INDIA, RIDDER IN HET LEGIOEN VAN EER.... enzovoort, enzovoort, enzovoort. Daaronder was in kleine Gotische letters toegevoegd: EUPHAEMIA, 1860-1889, WEDUWE VAN BOVENGENOEMDE EN GELIEFDE MOEDER VAN VIJF ROUWENDE KINDEREN.

Austen kwam overeind en ging naast Ben staan. Ben gaf een knikje naar de lelies. 'Zijn ze ook voor je ouweheer, of alleen voor je moeder?'

'Alleen voor moeder,' zei Austen verbazingwekkend vlot. Hij zag Ben kijken en lachte wat schaapachtig. 'Eerlijk gezegd heb ik nooit veel met de ouwe opgehad.'

'Ik ook niet met de mijne,' zei Ben.

Austen keek peinzend naar het grafschrift van zijn vader. 'Hij kon kinderen niet verdragen. We moesten altijd bij hem uit de buurt blijven. En als we dat soms vergaten en hij ons opmerkte, wuifde hij met zijn hand en mompelde "Verdwijn, verdwijn," en dan vluchtten we weg.'

Ben dacht dat het klonk als het aristocratisch equivalent van een draai om je oren.

Hij had het vreemde gevoel dat hij Austen nu ook een bekentenis moest doen. Dus legde hij in een paar woorden uit dat hij met de gedachte had gespeeld zijn familie te laten overbrengen naar Kensal Green. 'Natuurlijk,' voegde hij eraan toe, 'moet ik ze dan wel eerst vinden. En dat zal niet meevallen. Ze liggen niet bepaald in een mausoleum begraven.'

Austen knikte heftig. 'Vandaar de, uh, privé-detective?'

'Dat klopt.'

'Ik vroeg het me al af.'

Het bleef even stil.

Toen zei Austen: 'Het spijt me, dat was niet gepast.'

'Wat niet? Dat je het je afvroeg?'

'Nee, dat ik dat zei.'

Ben keek hem geamuseerd aan. Dat was wat hij zo waardeerde aan Austen: zijn discretie en zijn nauwkeurige manier van uitdrukken.

'Dus als de detective slaagt,' zei Austen, die moed putte uit Bens stilzwijgen, 'denkt u dan dat u het doorzet? Ik bedoel, de... uh... verhuizing naar Kensal Green?'

'Nee,' zei Ben. Hij keek om zich heen. 'Te sjiek. Te vol. En veel te koud.'

Austen begroef zijn grote neus in de kraag van zijn overjas en knikte. 'Waar dan, denkt u?'

Ben gaf niet meteen antwoord. Hij hield zijn pas in en keek over zijn schouder naar de sarcofaag van prinses Sophia. 'Ik weet het niet,' zei hij, niet genegen nog meer van zijn plannen te onthullen. 'Daar moet ik eens over nadenken.'

21

Sibella pakte de wandelstok van haar broer, trommelde tegen het dak van de koets en zei de koetsier dat hij om het park heen moest blijven rijden. Toen wendde ze zich met opeengeklemde lippen weer tot Alexander. 'Het wordt hoog tijd dat je het onder ogen ziet,' zei ze gewichtig. 'Je moet gewoon geld trouwen.'

'Maar dat probeer ik toch,' protesteerde hij. 'Het is toch niet mijn schuld dat ze nee zei.'

Hij keek met hartgrondige afkeer toe terwijl ze zich weer in de kussens nestelde. Ze genoot hier ontzettend van. Ze vond het heerlijk als hij zich misdroeg, want dan kon zij de verantwoordelijke zus spelen en 'haar plicht doen', zoals zij het noemde, door de steeds woedender boodschappen van de ouweheer over te brengen.

'Ik geloof niet,' zei ze streng, 'dat je de werkelijke ernst van de situatie begrijpt. Sophie Monroe is echt je laatste kans.'

'Míjn laatste kans?' zei hij verontwaardigd. 'En zijzelf dan?'

'Wat bedoel je?'

'Ach kom, Sib. Ik ben best op Sophie gesteld en zo, maar je moet toegeven dat ze wel een aantal forse nadelen heeft.'

'Zoals?'

'Nou, ze is bijvoorbeeld buitenechtelijk geboren. En ze is een vreselijke blauwkous. En beslist beschadigde waar, met die ziekte en zo, en die afschuwelijke kwestie over die stalknecht.'

'Het is juist door die "nadelen" dat jij zelfs maar een kans maakt,' beet ze hem toe. 'Ieder ander meisje met zoveel geld als zij zou jou nog niet met een stok aanraken.'

'O, nee maar...'

'Nou, het is waar! Zeg eens, Alexander, geef me een ruwe schatting. Hoeveel schulden heb je werkelijk bij de wedrennen?'

Alexander haalde zijn wijsvinger over zijn onderlip en vroeg zich af wat hij tegen haar zou zeggen. 'Ruw geschat, zou ik zeggen... zo'n vijfduizend?'

De ogen van zijn zus werden enorm groot. 'Alexander! Ik had nooit gedacht dat het zoveel zou zijn!'

O jawel, zei hij in gedachten tegen haar. En wat zou je het prachtig vinden als je wist dat het werkelijke bedrag vier keer zo hoog is.

Zelfs hij was zich ervan bewust dat twintigduizend wel erg veel was. Maar het was toch niet zijn schuld? Het was zo'n gezellig etentje geweest, en de mannen hadden elkaar wat zitten plagen en uitdagen en voor hij het wist zette hij een belachelijk bedrag in op het paard van Guy Fazackerly in de Silver Cup. En vervolgens had dat verdraaide beest het verprutst, en had hij niet anders gekund dan het verlies moedig dragen. Twintigduizend? Natuurlijk kon hij betalen. Laat hem alleen zijn naam voor een paar maanden op een schuldbekentenis zetten, zodat hij tijd had om het bij elkaar te krijgen.

En natuurlijk zou het hem lukken, op de een of andere manier. Hij kon er moeilijk vandoor gaan zonder te betalen bij kerels uit zijn eigen milieu. Bovendien was de schuldbekentenis geldig tot nieuwjaarsdag, dus hij had nog acht maanden. Tijd genoeg om met Sophie te trouwen. En tijd genoeg voor Sib om die rijke bewonderaar van haar aan de haak te slaan. Dat zou nog extra steun betekenen. Dus waarom probeerde ze hem nou zo op stang te jagen? Waarom waren vrouwen zo ontzettend dwaas?

Hij wendde zich tot haar met zijn charmantste glimlach. 'Sib, lieverd, is dit niet een tikje speculatief? De ouweheer heeft immers niet het eeuwige leven en dan ben ik landeigenaar, precies zoals de Almachtige het bedoeld heeft.'

'Luister je dan helemaal niet? Papa verliest werkelijk zijn geduld met jou!'

Alexander verbeet een geeuw. 'Het verbaast me dat hij nog geduld over heeft. Hij verliest zijn geduld al met me sinds ik acht ben.'

'Doe nou eens serieus. Als je niet teruggaat en de zaak met hem regelt, kan ik niet voor de gevolgen instaan.'

'Maar... wat wil hij dan dat ik doe?'

'Om te beginnen wil hij dat je hem een overzicht van al je schulden stuurt.'

'Hoe moet ik dat nou precies weten? Ik ben geen bankbediende.'

Ze slaakte een theatrale zucht. 'Doe je dat niet, dan wil hij een gedetailleerd voorstel van hoe je je problemen denkt op te lossen.'

'Maar dat kan ik niet!' riep Alexander uit. 'Ik heb geen geld. Wat wil hij dat ik doe, in een winkel gaan werken?'

'Doe niet zo belachelijk.'

'Wat dan? Ik heb alles al geprobeerd.'

Dat was waar. Hij had elk beroep geprobeerd dat voor een heer openstond. Hij had een benoeming bij de gardetroepen geaccepteerd, en het daarin een maand volgehouden. Hij had een week aan een bureau gezeten in de City. Hij had zelfs veertien dagen op een afschuwelijk advocatenkantoor gezeten. Het was gewoon niets voor hem.

'Waarom begrijpt niemand dat nou?' zei hij klaaglijk. 'Ik kan niet werken. Daar ben ik niet voor in de wieg gelegd. Het is een vervelende zet van de voorzienigheid, maar zo is het nu eenmaal. Ik ben een geboren landeigenaar.'

'Dat is allemaal goed en wel, maar ondertussen zul je toch ook moeten leven, niet dan?' Ze schudde het hoofd. 'Zo zonde dat je het niet kon opbrengen om hoffelijk te zijn tegen tante Salomon.'

'Hoe had ik dat moeten doen? Ik ben niet in de wieg gelegd om met joden om te gaan.'

'Als je haar fatsoenlijk had behandeld, had ze je tot haar erfgenaam benoemd.'

Hij dacht even na. 'Er is zeker geen kans meer dat de ouwe dame...'

'Geen schijn van kans. Ik ben vorige week bij haar geweest.'

En wat zul je daarvan genoten hebben, dacht hij, haar met afkeer aankijkend.

Het was allemaal zo vervelend. Waarom deed iedereen zo moeilijk tegen hem? Hij had zo weinig nodig. Een aardig huis, een paar leuke paarden en misschien een stel polopony's. Fatsoenlijk gekleed gaan en misschien zo nu en dan een etentje geven voor vrienden. Een leuk meisje in een mooi appartementje, misschien een bezoek aan een van de betere huizen wanneer de lieve meid niet kon.

Hij liet zijn gedachten afdwalen naar de lieve meid die hij op Jamaica had achtergelaten. Hij moest eigenlijk een kleinigheidje voor haar kopen wanneer hij weer in West End was. Misschien zo'n Japanse papieren parasol? Die zou niet al te duur zijn, en wat zou ze hem dankbaar zijn. Meisjes als zij waren snel tevreden.

'Wat je goed moet begrijpen,' zei Sibella, 'is dat papa niet veel meer door de vingers zal zien.' Ze opende haar nieuwe krokodillenleren handtas, keek fronsend naar de inhoud en sloeg hem weer dicht. 'Hij heeft het er serieus over om je uit zijn testament te schrappen, en Lyndon tot zijn erfgenaam te benoemen.'

Alexanders mond werd droog.

Lyndon, erfgenaam van Parnassus? Schofterige kleine Lyndon met zijn haviksneus en vette, zwarte haren? Het was onvoorstelbaar. Zo diep zou de ouweheer toch zeker niet zinken?

'Natuurlijk moeten we dat voorkomen,' zei Sibella. Hij had duizend maal liever met haar te maken dan met Davina. 'En de eerste stap is dat je je schulden betaalt. Dat moet echt.'

Alexander dacht even na. 'Als jij met die financier trouwt die de ouwe op het oog heeft, dan zal hij toch zeker...'

'Meneer Parnell,' zei Sibella ernstig, 'is vreselijk bekrompen. Als hij maar iets over je gokschulden hoort, dan verdwijnt hij beslist voorgoed. En als dat zou gebeuren, God vergeve, dan zou ik zonder echtgenoot zitten en papa zonder zakenpartner, en dan zou jij, broertjelief, voor altijd in de kou staan.'

'Wat ons weer bij Sophie Monroe brengt.'

'Precies.'

'Maak je geen zorgen, Sib. Ze draait wel bij, het kost alleen wat tijd.'

'Jammer genoeg, Alexander, heb je niet erg veel tijd.' Ze zweeg even. 'Ze is van plan een deel van haar fortuin aan haar zwager te geven.'

Alexander staarde haar aan. 'Maar.... je zei dat ze Fever Hill nog maar net had verkocht. Je hebt nooit gezegd...'

'Nou, dat zeg ik nú toch?'

Hij wendde zijn hoofd af en keek uit over het park. 'Hij zal het natuurlijk niet aannemen.'

'Waarom niet? De hemel weet dat jij dat wel zou doen.'

'Ja, maar ik ben Cameron Lawe niet.'

Sibella snoof, als om te zeggen dat de man die een geschenk van enkele duizenden ponden zou afwijzen nog geboren moest worden. 'Hoe dan ook, ik neem aan dat je nu begrijpt dat er haast geboden is?'

Alexander knikte langzaam.

'Goed,' zei Sibella beslist. 'En je bent het ermee eens dat je zo snel mogelijk terug moet naar Jamaica om het uit te praten met papa en die kleine vervelende Lyndon voor eens en altijd op zijn plaats te zetten?'

'En de beste manier om dat te doen,' zei Alexander, 'is door Sophie Monroe mee te nemen als mijn verloofde.'

'Precies.'

Weer streek hij met zijn wijsvinger over zijn onderlip. Toen keek hij haar glimlachend aan. 'Maak je dan maar geen zorgen, zus. Het is zo goed als geregeld.'

Ze keek hem sceptisch aan.

'Maak je geen zorgen!' zei hij weer. 'Ik ben niet geboren om te falen.'

'Je kunt altijd zien bij wie het bergafwaarts gaat,' legde Austens werkgever uit, 'aan de toestand van de ramen.' Hij keek omhoog naar de smalle, zwarte huizen die over de straat heen naar elkaar toe leken te buigen. 'Als je gordijnen én jaloezieën hebt, ben je rijk. Als je de gordijnen hebt moeten verkopen, dan begint de situatie hachelijk te worden. En als je alleen nog maar kranten-papier hebt, is het zo goed als gedaan.'

Hij zette zijn kraag op en kneep zijn ogen half dicht tegen de regen. Ze waren zonder paraplu naar buiten gegaan en werden behoorlijk nat, maar dat leek hij niet te merken.

'Het is vreemd,' vervolgde hij, 'maar tussen gordijnen én jaloe-zieën en krantenpapier zit vaak niet meer dan stomme pech. Een val van een ladder. Een aanval van koorts. En plotseling lig je in de goot en kom je er niet meer uit.'

Hij was al dagen in een vreemde stemming. Rusteloos en boos, en onvoorspelbaarder dan ooit. Twee keer had Austen toen hij 's nachts naar beneden ging om een boek te halen, zijn werkgever in zijn Turkse kamerjas voor het raam naar buiten zien kijken.

En vanmiddag had hij plotseling besloten Austen mee te nemen op wat hij 'een kleine rondleiding' noemde. 'Het wordt tijd dat je je eigen stad leert kennen,' had hij met een boze gloed in zijn ogen gezegd.

Ze verlieten Denmark Street, baanden zich een weg tussen de menigte door naar Shaftesbury Avenue en sloegen daarna Mon-mouth Street in. Austen wist plotseling niet meer waar hij was. Hij had nooit zoveel tweedehands kleren gezien: rekken vol vet-tige rokken en gerafelde jassen in de regen. 'Waar komen die al-lemaal vandaan?' vroeg hij zich hardop af.

Zijn werkgever keek hem geïrriteerd aan. 'Van dode mensen. Wat dacht je dan?'

Austen knipperde met zijn ogen. 'Maar... dat kan toch nooit ge-zond zijn.'

'Wat geeft je het idee dat het gezonder is als het van een kleer-maker komt?'

Ze bleven stilstaan voor een smalle winkelpui. Zijn werkgever knikte als om te illustreren wat hij net had gezegd. Binnen zag Austen een jonge vrouw op een kruk zitten. Ze werkte aan een jas. Ondanks de kou had ze niet meer aan dan een rok van pope-line en een vies geworden bloes, maar omdat ze de mouwen nog niet aan de jas had vastgenaaid, had ze haar armen daarin gestoken voor de warmte. Austen kon zien dat ze geen korset droeg. Als ze hoestte, wiegde alles heen en weer onder haar bloes.

'Dat,' zei zijn werkgever emotieloos, 'is de reden dat je nooit moet bezuinigen op je kleermaker. Ze heeft een gemene hoest en ze kan zich geen kolen veroorloven, dus waarom zou ze de mouwen niet gebruiken om een beetje warm te blijven? En als dat arme wicht iets heeft opgelopen is de kans groot dat jij het ook krijgt wanneer je je mooie nieuwe pak aantrekt.'

Austen zweeg. Hij herinnerde zich dat zijn zuster Iphigeneia afgelopen kerst ternauwernood een aanval van tyfus had overleefd, kort nadat ze haar nieuwe winterjapon thuisbezorgd had gekregen. Hij herinnerde zich dat verband alleen maar omdat Iffy had geklaagd dat ze het ellendige ding moest laten innemen omdat ze zoveel was afgevallen.

'Kom mee,' zei meneer Kelly. 'Ik wil een kijkje gaan nemen in mijn oude buurt.'

Tot Austens opluchting hielden ze een rijtuigje aan. De koetsier kreeg opdracht hen naar East Street te brengen, ten zuiden de rivier. Toen ze voorbij de Strand reden, zei hij abrupt: 'Herinner je je Holeywell Street nog?'

Austens oren werden rood. 'Uh, ik geloof niet dat ik...'

'Natuurlijk wel! Iedereen kende Holeywell Street. De beste pornowinkels in Londen. Mijn zus Lil verdiende aardig wat met het poseren voor foto's. Zonde dat ze het hebben platgegooid om ruimte te maken voor de Strand.'

Austen voelde zijn gezicht warm worden. Hij begon weerzin te voelen tegen de 'kleine rondleiding'. Wat hoopte zijn werkgever ermee te bereiken? Wilde hij hem vernederen? Hield hij hem verantwoordelijk, als lid van de hogere klasse?

Ze staken de rivier over. Uiteindelijk stopte het rijtuigje in een smerig deel van Lambeth. Austen tuurde ongerust naar buiten. Tot zijn intense opluchting zei zijn werkgever tegen de koetsier op hen te wachten. 'We zijn er,' zei hij met een ironische klank in zijn stem. 'East Street. Tjonge, het is wel veranderd.'

Ten goede of ten kwade, vroeg Austen zich af. Hij weerstond ternauwernood de aandrang zijn zakdoek te pakken en die tegen zijn mond te drukken.

Hoge, grauwe gebouwen torenden boven hen uit. Ze hingen vol met door roet besmeurd wasgoed. Midden in de straat borrelde iets bruins en olieachtigs omhoog uit een verstopte rioolbuis, waaruit een stank opsteeg die zo hevig was dat hij vlekken voor zijn ogen kreeg en zijn uiterste best moest doen om niet te gaan kokhalzen. Drie jongetjes met gezichten vol vlooienbeten staarden hen vanuit een deuropening aan. Een vies uitziende vrouw krabde onder haar oksel met een hevigheid die alleen maar op luizen kon duiden. Boven haar oor zat een bloederige plek naakte huid, waar een pluk haar uit haar hoofd was getrokken.

'Hier stonden vroeger gewoon huizen,' mompelde Kelly hoofdschuddend. 'Vijf gezinnen in een huis. Niet van deze smerige flats.'

'Ik dacht dat u ten noorden van de rivier woonde,' zei Austen op enigszins scherpe toon.

'Shelton Street? Dat was pas later, nadat ma was gestorven.'

Een van de jongetjes kwam voorzichtig dichterbij. Hij had smerige blote voeten en een spits, intelligent snoetje en hij leek te beoordelen wat hij van hen kon stelen. Austens werkgever had naar de ramen staan kijken, maar voelde op de een of andere manier aan dat de jongen hen stond op te nemen. Hij draaide zich om. 'Laat het maar uit je hoofd,' zei hij zacht.

De jongen keek hem in de ogen en week terug.

Austen zei: 'U zegt net dat uw moeder is overleden. Hoe... uh?'

Zijn werkgever schudde het hoofd. Er was geen emotie op zijn gezicht. 'Ik weet het niet. Op een dag werd ze gewoon niet meer wakker. We dachten dat pa haar misschien harder had geslagen dan anders.' Hij zweeg even. 'Het was zomer. Het duurde een week voor we het ons konden veroorloven haar te begraven. Poeh. Die stank. Dat vergeet ik nooit meer.'

Austen slikte moeizaam.

Ze draaiden zich om en liepen terug naar het rijtuig, maar na een paar passen werd Austen zich ervan bewust dat het jongetje hen volgde. Zijn werkgever lachte. 'Hij geeft het niet op, is het wel? Hier dan.' Hij wierp de jongen een soeverein toe. 'Dat is voor je volharding.'

Vlak bij het rijtuigje keek hij een laatste keer achterom. 'Kijk, zie je dat daar?' Hij wees omhoog naar een van de ramen. 'Kranten. Ik zei het toch. Het klopt altijd. En die daar,' zei hij met enige afkeuring in zijn stem, 'die hebben pretenties. Oud behang van een bouwterrein.'

Austen was geïrriteerd. 'Wat mankeert daaraan? Ze doen tenminste hun best.'

'Wat?' sneerde zijn werkgever. 'Om respectabel te zijn?'

'En wat dan nog?'

'Respectabel. Respectabel!' Zijn groene ogen schitterden. 'Het is het hunkeren naar respectabel zijn dat de mensen hier houdt. Isaacs ma was "respectabel". Hij vertelde me eens dat ze haar hoed opzette als ze haar stoepje ging schrobben. En als ze wat naar de lommerd moest brengen dan hield ze het onder haar jas, zodat niemand het zou zien.' Hij zweeg even. 'Austen, als ik zo was geweest, dan zou ik hier nog steeds zitten, in East Street. En dan zou ik vol ontzag opkijken naar mensen als jij.'

Austen wist niet wat hij moest zeggen.

Ze stapten in het rijtuig en gingen op weg naar het liefdadigheidsinstituut voor de armen in Centaur Street. Toen ze over de keitjes ratelden, schraapte Austen zijn keel. 'Vergeef me, meneer Kelly, maar ik meen u iets te moeten vragen. Waarom hebt u me vandaag meegenomen?'

'Wat bedoel je?'

Austen voelde dat hij bloosde. 'Ik vraag het omdat ik me niet aan het gevoel kan onttrekken dat u van mijn onbehagen geniet, en ik geloof niet dat dat eerlijk is. Ik bedoel, het is duidelijk dat ik niets van de armen weet, maar ik vind niet dat u mij daarvoor ter verantwoording kunt roepen of... of me kunt vernederen. U wist zelf tot voor kort immers ook weinig of niets over... nou ja, over...'

'... over herensociëteiten,' vulde zijn werkgever aan, 'en Fortnum's en paardrijden in Rotton Row.' Hij tikte met zijn nagel tegen zijn tanden. 'Waarom heb ik je vandaag meegenomen? Dat heb ik me zelf ook al afgevraagd. Maar je hebt het mis. Het was niet om je te vernederen. Daar dacht ik helemaal niet aan.'

Austen knipperde met zijn ogen.

'Ik veronderstel dat ik... een getuige wilde.'

'Een getuige?' Austen begreep er niets van.

Zijn werkgever keek naar de mensen die zich in de regen voorthaasten. 'Zoveel veranderingen,' zei hij zacht. 'De helft van de oude sloppenwijken is verdwenen, de woonkazernes platgegooid. Zelfs Holeywell Street is er niet meer. Het is alsof het nooit gebeurd is. Alsof geen van hen ooit...' Hij zweeg hoofdschuddend.

'Ik weet niet zeker of ik het begrijp,' zei Austen.

'Ik weet ook niet zeker of ik dat wel wil,' beet zijn werkgever hem toe.

Austen vouwde zijn handen over zijn wandelstok en besloot niets meer te zeggen.

Uiteindelijk stopte het rijtuigje voor een armoedig huisje in een straat met kinderkopjes, net ten zuiden van Waterloo, met aan het eind een spoorbrug. Boven de deur hing een afbladderend bord: ST. CUTHBERT'S CHARITY FOR THE DESERVING POOR. Door de groezelige ruiten kon Austen binnen met moeite enkele mensen onderscheiden. Hij wilde net opmerken dat het nogal druk leek toen hij de koets aan de andere kant van de straat zag staan.

Zijn hart sloeg een slag over. Het was de koets van de fascinerende jonge weduwe in Cavendish Street. Hij wist het zeker, want hij herkende de L-vormige kras op het deurpaneel. 'Gaan we... naar binnen?' vroeg hij met verstikte stem.

Zijn werkgever schudde het hoofd. 'Nee, ik wilde het alleen maar zien.'

Austen was zo teleurgesteld dat hij bijna ineenkromp. 'Dat is toch zonde,' probeerde hij. 'Ik bedoel, nu we helemaal hierheen zijn gekomen.'

Weer dat hoofdschudden.'Ga jij maar, als je wilt. Ik blijf hier.'

'Nee, nee,' mompelde Austen. Als zijn werkgever niet mee naar binnen ging, durfde hij niet.

Meneer Kelly boog zich voorover en tikte tegen het dak van het rijtuigje om de koetsier duidelijk te maken dat ze konden vertrekken. Weer een kans gemist, dacht Austen, bevend van zelfverachting. Ik bedoel, verdorie, dit was waarschijnlijk de beste kans die je ooit zult krijgen. En die heb je nu door je handen laten glippen.

Toen het rijtuig de straat uit reed, hoorde Sophie de geprikkelde smeekbede om rust van dominee Agate aan, terwijl ze haar best deed het gefluisterde verzoek van de oude mevrouw Shaughnessy, die een briefje vroeg voor het ziekenhuis, te verstaan, tegen mevrouw Carpenter zei dat ze op haar beurt moest wachten, en haar best deed Sibella te negeren, die met haar zakdoek tegen haar mond gedrukt bij het raam stond.

'Sophie, schiet alsjeblieft op,' zei Sibella, haar stem verheffend om boven het dreinen van mevrouw Carpenters baby uit te komen. 'Ik kan de koets niet veel langer laten wachten in een buurt als deze.'

Dominee Agate wierp haar een woedende blik toe, die ze negeerde.

'Ik ben zo klaar,' zei Sophie, opgelucht toen de dominee zich boven terugtrok. Ze gaf mevrouw Shaughnessy het gevraagde briefje en pakte een flesje kalmerende siroop van de plank dat ze aan mevrouw Carpenter gaf. 'Driemaal daags een theelepeltje,' zei ze. Ze probeerde niet naar de baby te kijken, die erg lelijk was en de gewoonte had alles vol te smeren met snot.

'Zo,' zuchtte ze toen de deur dichtviel. Ze ging aan haar bureau zitten, zette haar ellebogen op een stapel van de registers en legde haar hoofd in haar handen. Ze voelde een ritmisch bonken in haar slapen. Haar ogen deden pijn van vermoeidheid. Ze had al dagen niet fatsoenlijk geslapen. Ze was bezorgd over Fever Hill en vroeg zich af of Madeleine haar brief al had ontvangen.

Waarom was alles zo ingewikkeld? Ze wilde dat het volgende week was, en dat Alexander en Sibella weer veilig met de boot op weg waren naar Jamaica. En ze wilde dat ze de kracht had om de rest van de registers van dominee Chamberlaine weg te gooien, in plaats van de stapel op haar bureau te laten groeien, zoals nu. Ze begon zijn meedogenloze sarcasme vreemd deprimerend te vinden.

Sibella staarde met afschuw en fascinatie mevrouw Carpenter na, die met het jammerende kind op haar heup de straat overstak. 'Sophie, hoe kun je dit verdragen? Ik had er zelfs niet over gepeinsd om hierheen te komen als ik had geweten dat het maar half zo erg was.'

'Ik heb je niet gevraagd te komen,' mompelde Sophie onbeleefd.

Sibella perste haar lippen samen. 'Nou, vergeef me dat ik een vriendin wilde bevrijden uit de gruwelen van de Bakerloo-linie.'

Sophie antwoordde niet. Ze keek neer op het bovenste register, dat open op de stapel lag. '22 januari 1889,' las ze. 'Mevrouw Bridget Kelly, East Street 39.' Het adres kwam haar vaag bekend voor.

'Verwachtte je bezoek?' vroeg Sibella.

'Wat?'

'Dat rijtuigje. Het stond voor de deur stil en reed toen weer weg.'

'Misschien waren ze verdwaald,' zei Sophie.

East Street. De Kelly's uit East Street.

O, nee.

We woonden in twee kamers aan East Street, had hij ooit tegen haar gezegd. Ze had er in jaren niet aan gedacht – had er niet aan willen denken – maar nu was de herinnering zo duidelijk dat ze hem bijna voor zich zag.

'Als je klaar bent,' zei Sibella ongeduldig, 'dan kunnen we gaan. Sophie? Luister je wel?'

'Wat? Nog even.' Ze raakte aarzelend het register aan en was plotseling bang. Ze wilde niet weten wat erin stond. Waarom zou ze? Dat was allemaal jaren geleden.

Mevrouw Bridget Kelly, las ze, *East Street 39. Ierse immigrante. 32 jaar oud, maar ziet er uit als 50, zo versleten en onverzorgd is ze. Echtgenoot Padraig is kolensjouwer, momenteel 'niet lekker' (dwz dat hij drinkt), is ontslagen omdat hij een bijeenkomst van de bond bijwoonde en er nu achter komt dat de wereld hem wel kan missen. De familie is vijf weken huur schuldig à 10,- per week, verhuurster vraagt direct 15,-, wat mevrouw Kelly niet zegt te hebben; ze zegt dat ze naar goedkopere woonruimte moeten verhuizen als ze het geld niet krijgt. Ze verdient 2,60 per week met stukwerk en de kinderen dragen bij. De oudste zoon, Jack, 14, werkt als ploegbaas voor 4,- per week. De meisjes, (Katherine, 15, en Lilian, 13) zijn zijdewinders voor elk 2,-, maar het is alom bekend dat ze zich met immorele activiteiten bezighouden, hoewel mevrouw Kelly dat natuurlijk ontkent. Benedict, 8, is 'waarschijnlijk op school'. Robert, 2, is zwakzinnig en heeft Engelse ziekte; en de baby in haar armen is geel en onaantrekkelijk.*

Benedict, dacht ze verdoofd. Ik heb altijd gedacht dat het Benjamin was, of alleen maar Ben. Ze deed geen poging zichzelf ervan te overtuigen dat dit een ander gezin was. Natuurlijk was dat niet zo. Was dit de werkelijke reden dat ze voor St. Cuthbert's was gaan werken? Was dit de reden dat ze, zonder het zichzelf toe te geven, de vele exemplaren van dominee Chamberlaines registers had doorgewerkt? Wel, dan had ze nu haar beloning gevonden. Dit misselijkmakende bonken van haar hart. Deze knagende overtuiging dat waar ze ook ging en wat ze ook deed, ze nooit van hem bevrijd zou zijn.

'Sophie,' zei Sibella, 'ik begin echt mijn geduld te verliezen.'

'Kom zo,' mompelde ze.

Dominee Chamberlaine had nog meer geschreven:

De Kelly's zijn duidelijk verre van respectabel, en verdienen geen enkele hulp. Ik heb dat mevrouw Kelly in duidelijke bewoordingen te kennen geven, en voorgesteld dat ze, omdat ze katholiek zijn, het probeert bij de leiding van het St. George's. Ze zei dat ze haar daar al hadden weggestuurd en dat wij haar laatste hoop waren. Niet bepaald complimenteus! Aanvraag afgewezen.

Sophie staarde naar het kleine, achterover hellende handschrift. Toen sloot ze het register, pakte de hele stapel op en gooide die in de prullenbak. Ze propte er een oude krant bovenop. Ze kwam overeind, veegde haar handen af aan haar bovenbenen, alsof ze elk spoor van hem weg wilde vegen. 'Zo,' zei ze. 'Zo.' Toen wendde ze zich tot Sibella. 'Ik pak even mijn hoed en dan kunnen we gaan.'

22

Alles werd anders toen pa werd ontslagen. Toen ze nog in East Street woonden, was Ben altijd samen met Jack of Lil. Maar nu zijn ze naar de noordkant van de rivier verhuisd en Lil is de hele dag in Holeywell Street. Jack heeft een baan in de haven en is verhuisd naar een logement in West India Dock Road. Ben had nooit gedacht dat hij hem zou missen, maar dat is wel zo.

Hij had ook nooit gedacht dat hij ma zou missen, of de baby, maar die mist hij ook. Alles is anders. Pa zit de hele tijd in de Lion en als hij terugkomt loopt hij tegen Kate te schreeuwen of zit hij als een kat naar haar te kijken, wat nog erger is. Kate is ook veranderd. Ze is voortdurend op haar hoede als pa thuis is, en ze lacht niet meer.

Robbie is de enige die hetzelfde is gebleven. Hij heeft niet eens gemerkt dat ze uit East Street zijn vertrokken. Zocht gewoon een hoek voor zichzelf uit in de nieuwe kamer en ging op een spin zitten wachten. Gisteren heeft Kate Ben verteld dat er iets mis is met Robbie. 'Er zit een schroefje bij hem los,' zei ze. 'Jij moet op hem passen, Ben. Jij bent nu de grote broer.'

Door de manier waarop ze het zei werd hij helemaal koud vanbinnen. 'Maar jij bent er toch ook,' zei hij. 'Jij past ook op hem.'

Ze legde het viooltje neer dat ze net af had en pakte een ander. 'Ja, maar niet voor altijd.'

'Waarom niet?'

'Daarom niet.'

'Maar je gaat toch mee hop plukken, hè? Eind van de zomer gaan we altijd naar Kent voor de hop.'

Ze opende haar mond, maar deed hem weer dicht. 'Als ik kan wel.'

Dat was gisteren. Het knaagt de hele tijd al aan hem. Wat bedoelde ze met 'als ik kan wel'? Wat bedoelde ze?

Dus was hij vanmorgen naar de haven gegaan om het Jack te vragen. Maar Jack wilde niet praten. 'Donder op,' zei hij zonder zijn pas in te houden. 'Als ik praat onder het werk word ik buiten geschopt. Weet je dat niet?' Dus was Ben de hele dag daar blijven hangen, wachtend tot hij klaar was. Maar toen de fluit ging, duwde Jack hem opzij en verdween hij in het logement.

Ben wist dat hij hem niet achterna moest lopen. Jack is nu een havenarbeider. Hij slaat je zo verrot. Ben heeft een hekel aan de haven – en niet alleen omdat die hem zijn grote broer heeft afgenomen. Hij haat al die getatoeëerde Laskaren en zwarten en Amerikanen. Hij haat het kabaal van de stoomkranen en het geratel van de karretjes. Maar bovenal haat hij de suiker.

De eerste keer dat hij hier kwam vond hij het geweldig. Zakken en zakken vol. De kade ligt er vol mee, bruin en kleverig; de lucht is vergeven van de geur van suiker. Dus je stopt gauw je zakken vol en propt je mond vol – en even later zit je op je knieën en kots je alles weer uit. De geur van de suiker trekt overal in: in je kleren, en je huid en je dromen. Ook nu hij terugloopt naar Shelton Street hangt de geur om hem heen.

Hij is doodmoe. Zijn voeten kloppen en doen zeer, hij ziet zwarte vlekken voor zijn ogen en heeft zo'n honger dat het pijn doet. Maar hij loopt net de straat in als hij zich herinnert dat hij nog naar de apotheek moest om voor Lil voor een penny 'medicijn' te halen. Barst. Ze zal wel kwaad zijn dat hij het vergeten is.

'Wat is het dan voor medicijn?' had hij die ochtend gevraagd toen ze hem de penny had gegeven.

Ze rolde met haar ogen. 'Moet je dat dan weten?'

'Kom op, Lil, waar is het voor?'

Ze grinnikte. 'Je snijdt er een stukje af en rolt er pilletjes van en voilà, je bent niet zwanger meer.'

'Ga weg!'

'Het is echt waar. Het is fantastisch spul. Je moet alleen uitkijken, want het is lood, dus als je er te veel van neemt, word je blauw en ga je de pijp uit. Vreselijk.' Ze trekt een raar gezicht en ze moeten allebei lachen.

Lil is een prima meid, maar ze zal toch tot morgen moeten wachten, want hij is te moe om nu nog terug te gaan. Het is trouwens niet zijn schuld als zij een kindje moet krijgen.

Zodra hij het huis binnen gaat weet hij dat er problemen zijn. Een hoop geschreeuw en gesmijt boven – bij hen. Hij blijft met een zwaar gemoed onder aan de trap staan. Hij wil geen problemen. Hij wil gewoon met Robbie in een hoek kruipen en een tukje doen.

Opeens gaat de deur open en komt pa naar buiten. Hij strompelt de trap af, ziet Ben en blijft dan staan. Hij is flink in de olie en staat niet erg stevig op zijn benen; maar toch stevig genoeg om Ben bij zijn schouder te pakken en als een rat door elkaar te schudden.

Ben weet dat hij het beste zijn mond kan houden. Hij haalt geen adem en verroert zich niet. Hij wacht gewoon tot er een eind aan komt. Pa kijkt hem van heel dichtbij in de ogen. Hij ziet er kwaad uit, maar ook beschaamd. Dan gooit hij Ben tegen de muur en loopt naar buiten. Ben wrijft over zijn schouder en staat op. Niks beschadigd, denkt hij. Pa zit de eerstkomende paar uur in de Lion, dus alles is top.

Een paar minuten later komt Kate de overloop op. Zijn hart staat stil. Ze is helemaal opgetut in haar blauwe jurk en de hoed met de viooltjes op de rand. Haar ene oog zit bijna dicht en ze mist de knopen van haar jas. Dan ziet hij het valies in haar hand. Het voelt alsof hij een trap in zijn buik heeft gekregen. Nee, nee, nee.

Hij zet zijn pet terug op zijn hoofd en trekt een vrolijk gezicht. Misschien gaat ze dan niet weg. 'Waar ga je heen?' vraagt hij op opgewekte toon.

Ze komt de trap af; het valies bonkt tegen haar dijbeen. Dan gaat ze op de onderste tree zitten. 'Kom eens hier, Ben,' zegt ze heel zacht.

Van dichtbij ziet hij dat haar goede oog heel blauw is, maar roodomrand. 'Ben,' zegt ze, hem over zijn arm wrijvend als om het gemakkelijker te maken. 'Ik moet ervandoor, Ben.'

Hij doet zijn mond open, maar er komt niets uit. Hij staat daar maar te happen als een vis op het droge.

'Ik moet wel. Ik kan hier niet langer blijven.'

Hij probeert te slikken, maar het lukt niet. Er zit een brok in zijn luchtpijp. Het lijkt wel een stuk brood.

'Ik ga naar Jeb,' zegt ze, zonder hem aan te kijken. 'Ik stuur je bericht zodra ik weet waar we gaan wonen. Maar je moet me beloven dat je het niet tegen pa vertelt.'

'Kate... nee.' Hij probeert haar gezicht aan te raken, maar mist en slaat een viooltje van haar hoed. Hij raapt het op, veegt het schoon en probeert het terug te steken, maar het lukt niet. Alles draait, hij ziet bijna niets.

'Als ik hier blijf, maak ik hem nog eens dood. Of hij mij.'

'Ik zal hem voor je doodmaken,' stamelt hij.

Ze streelt zijn wang. 'Dat zou je nog doen ook , kleine domoor. Dat is nóg een reden dat ik moet gaan.'

Hij pakt haar hand beet. 'Ik ga met je mee.'

Haar gezicht vertrekt. 'Dat kan niet.'

'Waarom niet? Ik zal heel...'

'Ben... nee. Jeb kan jou er niet bij hebben. Hij kan het zich niet eens veroorloven mij bij zich te nemen, laat staan jou en Robbie...'

'Robbie kan me niks schelen!'

'Nou, dat zal toch moeten. Jij moet hier blijven en voor hem zorgen. Jij bent nu de grote broer.'

'Nee... Kate, nee. Nee!'

Hij schreeuwt nog steeds als ze hem opzij duwt, de deur openrukt en de straat op rent.

Er klopte iemand op de deur van de werkkamer. Ben hief zijn hoofd op van zijn handen en keek zonder iets te herkennen om zich heen. Hij ademde diep in en wreef door zijn gezicht. Toen schraapte hij zijn keel. 'Wat is er?' zei hij.

De butler opende de deur. 'Een meneer Warburton voor u, meneer.'

Ben keek op de klok op zijn bureau. Tien uur in de ochtend. Warburton was op tijd, zoals gewoonlijk. Privé-detectives schenen dat belangrijk te vinden. Hij keek naar zijn handen op het bureaublad van groen marokijn, en spande zich in om terug te keren tot de werkelijkheid. Het was drie uur geleden dat hij was ontwaakt uit de droom, maar hij kon die nog steeds niet van zich af schudden. Hij voelde zich leeg, en ervoer een beklemmend besef van verlies.

De butler schraapte discreet zijn keel.

Ben keek om zich heen en rechtte zijn schouders. 'Laat hem maar binnen,' zei hij.

Sophie hoorde de voordeur steels, bijna samenzweerderig zacht open en dicht gaan. Ze trok haar kamerjas aan en liep naar de overloop om te luisteren.

Beneden in de gang stuurde mevrouw Vaughan-Pargeter het dienstmeisje weg en stapte op haar tenen naar voren om Sibella Palairet te begroeten. 'Het spijt me zo, beste meid,' fluisterde ze, daarbij zo hard haar hoofd schuddend dat haar gepoederde wangen beefden en haar kralen rammelden op haar in chiffon geklede lijf, 'maar ik vrees echt dat ze helemaal niemand wil zien.'

'Zelfs mij niet,' mompelde Sibella geschokt.

Mevrouw Vaughan-Pargeter schudde het hoofd. 'Het punt is dat ze nog steeds zo afschuwelijk somber is. Ze eet geen hap. Lijkt zich nergens voor te kunnen interesseren. Het is allemaal de schuld van die vreselijke, vreselijke man.'

'Ja maar...'

Hun stemmen vervaagden toen ze de salon binnen gingen.

Sophie liep terug naar haar kamer, deed de deur dicht en leunde ertegenaan. Haar bed leek vreselijk ver weg. Ze liet zich omlaag glijden naar de vloer en sloeg haar armen om haar knieën.

Die vreselijke, vreselijke man.

Maar dominee Agate was niet vreselijk. Hij had gewoon gelijk. Hij had het recht gehad om kwaad te zijn en ontsteld, en opgelucht. Hij was met recht boos geworden. 'Dat kind had wel dood kunnen zijn!' had hij gebulderd, zwaaiend met het flesje. Een opiaat dat sterk genoeg was om een volwassen man in diepe slaap te brengen... en Sophie had het aan mevrouw Carpenter gegeven om haar baby rustig te krijgen.

Dat kind had wel dood kunnen zijn!

Natuurlijk was dominee Agate kwaad geworden. Wat kon het hem schelen dat Sophie zich gewoon vergist had? Wat kon het hem schelen dat de baby uiteindelijk zonder nadelige gevolgen wakker was geworden, nadat hij zijn moeder voor het eerst in maanden een beetje rust had gegund? Het punt was dat dominee Agate verantwoordelijk was. Er waren vragen gekomen van de voorzitter en de St. Cuthbert's Guardians, en een strenge brief van de dokter in het ziekenhuis. Mevrouw Carpenter was naar binnen gestormd en tegen hem tekeergegaan als een viswijf in de hoop een financiële vergoeding te krijgen.

Dat kind had wel dood kunnen zijn!

De woorden dreunden in haar oren, weergalmden tegen de muren. Ze werd gekweld door de willekeurigheid van het geheel, door het volstrekte uitblijven van een waarschuwing. Ze was die noodlottige dag begonnen zoals ze talloze andere dagen begonnen was: ze had zich gewassen en aangekleed, ontbeten en haar post geopend. Daarna was ze met het gebruikelijke besef van plezierige eentonigheid en lichte ergernis op weg gegaan naar St. Cuthbert's. Ze had wat gekibbeld met de dominee. 's Middags was het druk geweest, en Sibella was onaangekondigd verschenen. En toen was ze zonder het te beseffen over de rand van een afgrond gestapt. Ze had mevrouw Carpenter het verkeerde flesje meegegeven. Alleen de ijzersterke constitutie van het kind had een beschuldiging wegens doodslag voorkomen. Als het kind iets zwakker was geweest, of mevrouw Carpenter iets guller met de 'kalmeringssiroop', had Sophie Monroe nu de dood van een kind op haar geweten gehad. *Sophie Monroe, kindermoordenares.* Telkens als ze daaraan dacht, brak het koude zweet haar uit.

Ze kon nooit meer terug naar St. Cuthbert's. Ze kon niemand meer onder ogen zien. Elke gedachte aan Ben en het register van dominee Chamberlaine was opzij geduwd. Fever Hill deed er niet meer toe. Niets deed er nog toe behalve dit.

Dominee Agate had gelijk gehad. Ze had het recht niet om te proberen mensen te helpen. Het recht niet om zelfs maar in de buurt van een zieke te komen. Ze had het gevoel vanaf de rand van een vulkaan omlaag te kijken, de dunne korst beneden haar te zien openbarsten en de kolkende oranje lava eronder te aanschouwen. Een kleine vergissing en er was een kind dood. In een onbewaakt moment het verkeerde flesje van een plank gepakt. Een symptoom niet opgemerkt of onderkend. De schijnbaar ongevaarlijke buikpijn die een dodelijke hersenvliesontsteking blijkt te zijn.

Ze herinnerde zich die eerste dagen na Frasers dood alsof het allemaal opnieuw gebeurde. Iedereen vertelde haar dat het niet haar schuld was. Maar dat was het wel. Zij wist dat. *Zij wist het.*

Ze keek naar haar juwelendoosje op de kaptafel. Onderin lag een klein envelopje van ivoorkleurig karton met een dichtgevouwen stukje blauw papier; en daarin zat een lok van het haar van haar neefje. Clemency had het haar opgedrongen op de dag dat ze Eden had verlaten; ze had die keer niet geweten hoe ze het moest weigeren. Al die jaren had het envelopje op de bodem van haar juwelendoosje gelegen: ongeopend, onbekeken, maar nooit helemaal vergeten. Nu kon ze het bijna vanzelf open zien gaan.

Dat kind had wel dood kunnen zijn!

Hoe had ze ooit de zieken durven helpen? Hoe had ze ooit ook maar iets gedurfd?

De privé-detective zat op het puntje van zijn stoel en stak zijn vinger achter zijn goedkope kraag. Hij was eerlijk, nauwgezet, vindingrijk en nerveus. Ben vermoedde dat hij ergens een nerveuze vrouw en een zootje nerveuze kinderen had.

'Tot dusver,' zei de detective, nerveus in zijn aantekenboekje turend, alsof dat een onthulling zou bevatten die hij tot nu toe over het hoofd had gezien, 'zijn er enige vorderingen geboekt wat betreft... de moeder, meneer.' Hij zweeg even. 'Jammer genoeg, blijken de... uh, resten nogal ontoegankelijk te zijn.'

Ben leunde achterover in zijn stoel en tikte met zijn vulpen op het bureaublad. 'Wat betekent dat?'

Weer stak de detective een vinger onder zijn kraag. 'Het spijt me het u te moeten meedelen... dat wil zeggen... er hebben uh... bouwactiviteiten plaatsgevonden op wat ooit de begraafplaats was.'

'Wat voor bouwactiviteiten?'

'Een... een brouwerij.'

Ben dacht even na en barstte toen in lachen uit. Arme ma. Ze had tijdens haar leven al niet veel geluk gehad, en nu hadden ze verdorie een brouwerij boven op haar neergezet.

De detective was van zijn stuk gebracht. Hij keek omlaag naar zijn aantekeningen en wendde toen zijn blik af. Hij deed alsof hij belangstelling had voor de inrichting van de werkkamer.

Ben hield even abrupt op te lachen als hij begonnen was. Weer tikte hij op het bureaublad. 'Hoe zit het met... de oudste dochter?' Het irriteerde hem dat hij zich er niet toe kon brengen haar naam te noemen, maar dat kon hij echt niet. Niet na die afschuwelijke droom.

'O ja,' zei de detective, opgelucht dat hij weer tussen de rails zat. 'Katherine.' Zijn gezicht werd somber. 'Het spijt me, meneer. Nog niets.'

Ben legde de pen neer en masseerde zijn slapen.

'Maar de jongere broer,' zei de detective iets opgewekter, 'dat begint er redelijk veelbelovend uit te zien. Ja, ik denk dat ik wel kan zeggen dat we over een paar weken...'

Ben keek hem aan. 'Weet u zeker dat hij het is?'

'Nou... ja, ik geloof het wel.'

'Ik wil geen geloof. Ik wil zekerheid.'

De detective slikte. Hij zag er uit als een konijn dat gevangen was in het stroperslicht. 'Natuurlijk, meneer. Daar is meneer altijd heel duidelijk in geweest. En ik heb alles hierin genoteerd... de identificatiemiddelen. De naamplaten, de kruisbeelden, enzovoort.' Hij hield het aantekenboekje als bewijs omhoog. 'Vertrouw er maar op, meneer. Ik zal geen vergissingen maken.'

'Dat is u geraden,' zei Ben zacht, de detective nog steeds aankijkend. 'Ik zal het weten als u me valse inlichtingen geeft. Denk daarom.'

Er verscheen een dun laagje zweet op het voorhoofd van de detective. 'Meneer, ik zou er niet over peinzen... heus. Ik zou er niet over peinzen...'

Ben leunde achterover in zijn stoel en haalde een hand over zijn ogen. Hij walgde van zichzelf omdat hij zo tekeerging tegen deze zielenpoot. Natuurlijk zou die arme drommel niet durven te liegen. Daarom had hij de klus immers gekregen.

'Verder nog iets?' vroeg hij wat kortaf.

De detective bestudeerde zijn aantekenboekje met een hoopvolle blik, maar toen zakten zijn schouders omlaag. 'Niet als zodanig.' Hij leek plotseling zijn levenslust te verliezen. Hij scheen te denken dat hij ontslagen zou worden.

Opnieuw masseerde Ben zijn slapen. Al die inspanningen, en nog steeds kon hij Kate niet vinden. En dat wilde ze wel. Dat was toch zo? Daar ging dit allemaal om. De dromen. En die keer in Jamaica dat ze aan Evie verschenen was. Maar waarom Jamaica? Waarom alleen in Jamaica en niet in Brazilië, Sierra Leone of Panama? *Jamaica.* Hij ging rechtop zitten. Was dat wat ze hem probeerde te vertellen? Zijn hart ging tekeer. Hij vergat zijn vermoeidheid. *Jamaica.* Hij liep al een tijdje met het plan om terug te gaan; alleen al om ze daar te laten zien wat hij had bereikt, en misschien om er een paar mensen een lesje te leren. Waarom had hij hier niet eerder aan gedacht? Het was perfect. De schone, zoete lucht. De warmte. De kleuren. Alles wat ze niet hadden gehad toen ze nog leefden. Hij keek naar de detective, die gedwee en met gebogen hoofd zat te wachten tot hij ontslagen zou worden.

'Over een paar dagen,' zei Ben, 'ga ik voorgoed weg uit Londen.'

De detective keek op en schonk hem een verslagen glimlachje. 'Natuurlijk, meneer.'

'Ik vertrek naar Jamaica.'

De smalle schouders zakten omlaag. 'Ja, meneer, Natuurlijk.'

'Ik wil dat u uw werk voortzet. Verdubbel uw inspanningen. Ik zal u een maandelijks voorschot betalen. Laten we zeggen, tien pond. Is dat voldoende?'

De mond van de man viel open. Er verschenen twee rode vlekken op zijn vaalgele wangen.

'Is dat voldoende?' vroeg Ben opnieuw.

'Ja, meneer. Zeker, meneer. En... als ik het mag zeggen, meneer, buitengewoon gul.'

'Ik wil wekelijks een verslag, zonder mankeren.'

Wekelijks verslag, schreef de detective in zijn zorgvuldige handschrift op, en hij onderstreepte het twee keer. Toen hief hij met een bijna gretige blik zijn hoofd op. 'En waar zal ik, uh...'

Ben wuifde de vraag weg. 'Mijn secretaris regelt de details. Maar zorg er wel voor dat u de verslagen aan hem adresseert, niet aan mij. De hooggeboren Frederick Austen, Fever Hill, Trelawny.'

De detective knikte en schreef het allemaal op.

Het doek was gevallen voor de eerste akte van *Il Trovatore*, en Sibella had zich weggehaast om met een kennis in een andere loge te gaan praten nadat ze Alexander had weggestuurd om champagne te bestellen. Sophie wilde geen champagne, maar Sibella had aangedrongen: 'Je kunt niet naar de opera gaan en dan geen champagne drinken.'

'Kunnen we de champagne niet drinken zonder de opera?' opperde Alexander.

'Sukkel,' zei Sibella. 'Doe wat je gezegd wordt en ga champagne halen.'

Toen ze weg waren, speelde Sophie met het kwastje aan haar tas. Ze hoopte dat ze gauw terug zouden komen. Het was de eerste keer sinds veertien dagen dat ze het huis had verlaten en ze kon het idee niet van zich afzetten dat iedereen naar haar keek. *Dat is die vrouw die bijna een baby had gedood. Betreurenswaardig geval.*

Het was belachelijk, want niemand wist van de baby van mevrouw Carpenter, en als dat wel zo was geweest, hadden ze zich er niet druk om gemaakt. Maar ze had zichzelf niet in de hand. Tot haar opluchting kwam Alexander al snel terug met een ober die een ijsemmer, glazen en twee flessen Piper-Heidsieck droeg.

Ze voelde een golf van dankbaarheid toen ze Alexander bezig zag met de ober. Te bedenken dat ze nog maar veertien dagen geleden naar het vertrek van de Trahernes had verlangd. Maar toen was dat bij St. Cuthbert's gebeurd. En daarna had Sibella stilletjes hun verblijf verlengd, om haar vriendin door wat zij 'alles' noemde heen te helpen. En nu kon Sophie hen niet meer missen. Ze wílde hen niet meer missen, nooit meer.

Soms waarschuwde een deel van haar verstand haar dat ze te afhankelijk van hen werd, maar dan keerde de werkelijkheid weer terug. Ze wérd niet afhankelijk, ze wás het al. Het was een waanidee geweest te denken dat ze iets anders kon zijn.

Ooit had ze geloofd dat ze onafhankelijk kon zijn, dat ze op eigen houtje iets kon bereiken. Nu wist ze dat dat een vergissing was geweest. Dat had St. Cuthbert's haar wel geleerd.

'Sophie,' zei Alexander, terwijl hij de ober hun loge uit stuurde en haar een glas champagne aanreikte. 'Sophie... ik vraag me af of ik even met je zou kunnen praten.'

'Dat doe je toch al,' zei ze glimlachend en ze nam een slok van de champagne. Dit was precies wat ze nodig had: ijskoud en droog en heerlijk.

'Inderdaad,' mompelde hij, en zweeg toen weer, alsof hij naar woorden zocht.

Ze wist wat er ging komen. Ze had er veel over nagedacht, en ze wist dat ze de juiste beslissing zou nemen.

'Ik weet niet of je het je nog herinnert,' begon hij, 'maar een paar weken geleden zei ik dat ik een poosje zou wachten, alvorens je weer te vragen of je...'

'Ja,' zei ze.

Hij keek haar vragend aan.

'Ja,' zei ze weer. 'Het antwoord is ja, Alexander.'

23

Fever Hill verraste Ben volkomen. Hij had nooit verwacht dat hij het mooi zou vinden. Hij had het in een opwelling gekocht, omdat hij het leuk vond zich hun gezichten voor te stellen wanneer ze erachter kwamen. Maar toen hij het zag, werd hij er verliefd op.

Hij arriveerde in mei, net na de regens, toen de hele plantage barstte van het leven. De lucht was vol gezoem, gegons en getjilp. De bomen stonden in volle bloei: citroengele kassiebomen en zachtroze oleanders; vermiljoenkleurige poinciana's en kobaltblauwe palissanders. Op een ochtend stond hij op de marmeren trap uit te kijken over de golvende suikerrietvelden en dacht tot zijn verbazing: ja, ik ben thuis.

Voor het eerst in zijn leven voelde hij vrede. Geen rusteloosheid meer, geen duistere stemmingen. Geen dromen meer over vroeger. Dat had hij allemaal in Londen achtergelaten.

Twee maanden lang leefde hij er in vrede. Het runnen van de plantage liet hij over aan de manager die dat onder Cameron Lawe had gedaan. Zelf kocht hij een half dozijn volbloedpaarden en begon ze te trainen. Isaac logeerde soms weken achtereen bij hem. Hij ging liever wandelen en de heuvels ontdekken dan dat hij zijn eigen plantage in Arethusa runde, aan de andere kant van Falmouth. Zelfs Austen genoot en had wat schaapachtig bekend dat hij het heerlijk vond vogels te observeren.

De weken gleden voorbij. Ben zag geamuseerd dat Isaac en Austen eindelijk aan elkaar gewend raakten en er af en toe zelfs samen op uit trokken om vogels te bestuderen of de omgeving te verkennen. Zelf bracht hij zijn dagen door met lange ritten en zijn avonden met laat opblijven, rum drinken en de nieuwste krat met boeken doorwerken. Hij was tevreden.

Toen kwam er, halverwege juli, een telegram van de detective: *Uw broer Robbie, zusters Lilian en Katherine gevonden. Verslag volgt. Verzoek om instructies.*

Robbie, Lil en Kate. Gevonden. Na al die tijd. Hij stond op de veranda naar het telegram te staren en probeerde een vreemd, knagend gevoel van ongerustheid te onderdrukken.

Ze verdienen het om hier te zijn, hield hij zichzelf boos voor. Ze verdienen het om de stank en de herrie van Londen te verruilen voor de vrede van Fever Hill. Toch kon hij het idee niet van zich afzetten dat wat hem in Londen zo had geplaagd, hem nu hierheen zou volgen.

Twee dagen later namen hij en Austen de trein naar Kingston. Ze begonnen direct alles te regelen voor het overbrengen van de lichamen. Ze brachten uren door in expeditiekantoren en het telegraafkantoor. Ben dwong zichzelf ertoe over zijn broer en zusters te spreken als 'de stoffelijke resten', en het deksel hard neer te gooien op alle gedachten aan de ruige, speelse straatkinderen met wie hij was opgegroeid. Toen hij er niet langer tegen kon, liet hij de rest over aan Austen en ging hij met Evie lunchen.

Hij nam haar mee naar het Constant Spring Hotel, een kleine tien kilometer buiten de stad, leunde achterover in de huurkoets en genoot van haar plezier. Ze vond het heerlijk. De rit door de heuvels vol poinciana's en bougainvillea. Het grote hotel met zijn gemanicuurde tuinen en prachtige dinerterrassen en de enorme Franse menukaart die niets Jamaicaans bevatte. Ze genoot van het feit dat al hun medegasten – voornamelijk rijke Engelse en Amerikaanse toeristen – blank waren, afgezien van een rijk gezin van kleurlingen dat ze meende te mogen negeren omdat ze donkerder waren dan zij.

Ze droeg een strakke jurk van groene zijde die haar slanke figuur prachtig omsloot, en een hoed van fijn, licht stro met een brede rand, die elegant versierd was met crèmekleurige zijdebloemen. Zowel de jurk als de hoed zag er duur uit en Ben vroeg zich af hoe ze zich die kon veroorloven van haar salaris als onderwijzeres. Hij schoof dat echter terzijde als zijnde niet zijn zaken en vertelde haar dat ze er betoverend uitzag.

Ze nam het compliment met een statig knikje in ontvangst, boog zich toen naar hem over en fluisterde: 'Onze medegasten denken waarschijnlijk dat ik je minnares ben.'

'Dat vroeg ik me al af,' antwoordde hij. 'Vind je dat erg?'

Ze hield haar hoofd schuin en keek hem aan, glimlachte toen en schudde het hoofd. 'Zolang jij het maar uitlegt aan het hoofd van de school als er praatjes de ronde gaan doen.'

'Ik sta tot je beschikking,' zei hij met een gemaakte buiging.

Ze nam een slokje champagne en keek hem ondeugend aan. 'En hoe zit het met jou, Ben? Heb jij al een minnares genomen?'

'Je weet heel goed dat ik die niet heb,' zei hij op milde toon. Hij had kunnen weten dat ze dat zou vragen. Ze leek het zich aan te trekken dat hij op dertigjarige leeftijd nog steeds ongehuwd was.

'Tjee!' zei ze en ze viel terug in *patois* om hem te plagen. 'Jij mij voor gek houden, jongen? Waar jij op wachten? Je moet wanhoop van elke deftige matrone aan de Northside zijn.'

'Heel triest, dat ben ik met je eens,' zei hij droogjes. 'En jij? Wanneer stel je me voor aan je mysterieuze vrijer?'

Evie snoof. 'Nooit, als het aan mij ligt.'

'Waarom niet?'

'Omdat je hem het hemd van het lijf zou vragen en die arme man op de vlucht zou doen slaan. Je gedraagt je soms net of je mijn grote broer bent.'

Hij schoof zijn glas water iets naar rechts. 'Zo voel ik me soms ook.'

'Maar Ben,' zei ze zacht. 'Ik heb geen grote broer nodig. Ik ben achtentwintig.'

En natuurlijk had ze gelijk. Ze was heel goed terechtgekomen. Ze had een uitstekende betrekking als onderwijzeres aan een van de beste meisjesscholen op het eiland, en een leuk klein huis in een groene, nette straat in Liguanea, op de hellingen boven Kingston. Ze praatte zelfs anders: met een verengelst Creools accent dat alleen af en toe voor de grap terugviel in *patois*.

Het was allemaal ver verwijderd van het oude slavendorp. En Ben wist wel beter dan haar daaraan te herinneren. Ze was in al die zeven jaar niet terug geweest naar Trelawny. Ze sprak nooit over haar moeder of over de visioenen die ze als meisje had gehad.

Kort na zijn terugkeer had hij haar daarnaar gevraagd. Ze was tegen hem uitgevallen: 'Dat is voorbij! Ik zou het op prijs stellen als je daar nooit meer over begint.' Te oordelen naar de hevigheid van haar reactie was het helemaal niet voorbij. Maar dat had hij niet gezegd.

De ober kwam hun glazen bijvullen en Evie stak voorzichtig haar lepel in haar ananasijs. 'Waarom heb je het gekocht, Ben?' vroeg ze plotseling. 'Waarom heb je Fever Hill gekocht?'

Hij nam een sigaar uit zijn sigarendoosje en draaide die tussen zijn vingers om. 'Daar had ik zin in,' zei hij scherp.

Als ze zijn scherpe toon al opmerkte, liet ze daar niets van blijken. 'Maar je had elke plantage op Jamaica kunnen kopen. Waarom Fever Hill? Is het vanwege S...'

'Ik weet het niet,' beet hij haar toe. 'Kunnen we ergens anders over praten?'

Ze keek hem even aan. Haar amandelvormige ogen waren onmogelijk te peilen. Toen legde ze haar lepel neer en nam een slokje champagne. 'Je hebt het gekocht omdat het van Sophie was,' zei ze rustig.

'Evie...'

'...omdat je haar niet kunt vergeten. Omdat ze je hart gebroken heeft.'

'Ik heb het gekocht,' zei hij tussen opeengeklemde tanden door, 'omdat het te koop kwam en ik het wel leuk vond om Cornelius Traherne een hak te zetten. En kunnen we nu alsjeblieft over iets anders praten?'

Ze zette haar glas neer en keek glimlachend naar hem op. 'Cornelius Traherne een hak zetten. Dat is iets waar ik helemaal achter sta.'

Hij deed alsof hij het grappig vond, maar ze liet zich niet voor de gek houden. Ze had de dag verpest en dat wist ze – hoewel ze niet erg berouwvol leek.

Tijdens de rest van de lunch deden ze hun best een goede stemming te bewaren, daarna bracht hij haar terug naar Liguanea en zette haar voor haar huis af. Ze liet hem beloven gauw weer naar de stad te komen en toen hij antwoordde dat hij het druk had op Fever Hill glimlachte ze slechts en wenste hem geluk. Hij vroeg haar niet wat ze bedoelde.

Terug in het hotel vond hij een briefje van Austen: *Moest wegens complicaties m.b.t. verscheping terug naar Port Royal. Irritant, maar kan het wel oplossen. Verwacht rond zes uur terug te zijn.* Ben vloekte zacht. Hij wilde nu niet alleen zijn. Hij wilde niet de kans krijgen om na te denken over wat Evie had gezegd. Hij liep de veranda op, bestelde thee en een krant. Een poosje stond hij met zijn handen in zijn zakken naar de vredige groepjes toeristen te kijken die onder de koningspalmen wandelden, en naar de vissersboten die in de haven dobberden.

Het Myrtle Bank Hotel was het beste in de stad. Het stond op een magnifieke plek aan Harbour Street met uitzicht op de zee. Zoals veel gebouwen in Kingston was het tijdens de aardbeving van drie jaar geleden verwoest, maar prachtig herbouwd. Alles eraan was nieuw en luxueus. Net als ik eigenlijk, dacht Ben. Het idee amuseerde hem en maakte dat hij zich iets beter voelde.

De thee werd gebracht, samen met de *Daily Gleaner*. Hij ging zitten en dwong zichzelf elk artikel op elke bladzijde te lezen, vastbesloten de duistere stemming op afstand te houden. Hij worstelde zich door het buitenlandse nieuws heen dat via de telegraaf binnen was gekomen, en door de plaatselijke gebeurtenissen. Hij kwam erachter wiens paard de King's Purse had gewonden tijdens de bijeenkomst in Spanish Town, en dat het Jamaica Coloured Choir een succesvolle tournee door Engeland maakte, en dat de dochter van de gouverneur de volgende ochtend met de *Atranta* vertrok voor een vakantie in het vaderland.

Daaronder stond een klein artikeltje dat hij bijna over het hoofd had gezien, omdat een ober kwam vragen of hij nog iets meer nodig had.

Gisterenochtend gearriveerd met de oceaanstomer, las hij terwijl hij de man wegwuifde, *de bekende financier dhr. Augustus Parnell, in gezelschap van dhr. Alexander Traherne van Parnassus, mevr. Sibella Palairet en mej. Sophie Monroe, voorheen van Fever Hill. De groep zal twee weken in het Myrtle Bank Hotel verblijven alvorens door te reizen naar Trelawny. Met groot genoegen heeft uw correspondent vernomen dat dhr. Traherne en juffrouw Monroe zich onlangs hebben verloofd.*

Het diner was achter de rug en de gazons van het hotel baadden in een gouden gloed. Vuurvliegjes dansten rond de hibiscusstruiken. Vleermuizen doken achter de motten aan die rond de elektrische lampen op de terrassen fladderden. Het water van de haven glom in het koele maanlicht. Het zag er vredig uit. Ben, die met Austen op het balkon van zijn suite stond, wilde dat hij ervan kon genieten. Zijn besef van vreugde was echter weggespoeld als water in het zand. Eerst Evies kruisverhoor en daarna die regels in de krant. De rust stelde niet veel voor, dacht hij, als er niet meer voor nodig was om hem te verstoren.

Hij stak een sigaar op en bestudeerde de kleine poelen van geel licht op de terrassen, waar heren in rokkostuum en met sieraden behangen dames bij de koffie met likeur zachtjes zaten te praten. Hij zag niemand die hij herkende en verafschuwde zichzelf omdat hij keek.

Austen, naast hem, vroeg of er iets mis was.

Ben schudde het hoofd. 'Herhaal nog eens wat je gezegd hebt.'

Austen aarzelde. 'U bedoelt over de... uh, regelingen?'

'Ja, natuurlijk,' beet Ben hem toe. 'Wat dacht je anders dat ik bedoelde?'

Austen antwoordde niet.

Ben drukte zijn sigaar uit en pakte een nieuwe. 'Neem het gewoon nog eens door, wil je?'

De kelner kwam het serviesgoed van de maaltijd opruimen en

zette koffie en cognac neer. Austen wachtte tot de man weg was en nam toen alles nog eens door. Ben wendde zijn blik weer naar de terrassen en hoorde er geen woord van.

Ze hadden in zijn suite gedineerd omdat het idee haar in de openbare ruimtes tegen te komen hem niet aanstond. Hij haatte zichzelf om zijn lafheid... en nog meer om zijn stommiteit. Waarom was het nooit bij hem opgekomen dat ze zou kunnen terugkeren naar Jamaica? Waarom was het nooit bij hem opgekomen dat ze zou kunnen trouwen... en dat als ze dat deed het voor de hand lag dat ze de meest geschikte kandidaat zou kiezen, Alexander Traherne?

Een paar regels in de krant en zijn rust was verdwenen. Was er niet meer voor nodig?

Maar waarom zou het er iets toe doen waar ze was en wat ze deed? Een paar regels over iemand die hij jaren niet had gezien? Waarom zou dat er iets toe doen?

Hij rookte zijn sigaar en liep over het balkon heen en weer, zich ervan bewust dat Austen hem observeerde. Hij voelde zich zwaar van woede... en van iets anders: een soort angst.

Fever Hill was maar zes kilometer van Parnassus vandaan. Zou ze in het grote huis gaan wonen met haar nieuwe echtgenoot, of zou Cornelius hen het huis in Waytes Valley geven? Zou hij ademloze verslagen in de *Falmouth Gazette* te lezen krijgen over de huwelijksviering en... de doopvieringen? Zou de jonge mevrouw Traherne hem verdrijven van Fever Hill, zoals ze hem eerder al van Jamaica had verdreven?

Nee. Nee. Dat zou hij niet toestaan.

Achter hem stopte Austen zijn verhaal en vroeg of hij wat cognac wilde. Ben schudde het hoofd en bleef heen en weer lopen.

En toch, als je erover nadenkt, peinsde hij toen hij een mangoeste stilletjes over het gazon zag lopen, heb je geluk gehad. Als je dat stukje in de *Gleaner* niet had gelezen, had je haar overal wel tegen het lijf kunnen lopen. Nu kun je tenminste zelf het tijdstip bepalen en er op je eigen manier mee omgaan. Als je het zo stelde, klonk het zo slecht nog niet. Het zou zelfs leuk kunnen zijn.

Hij maakte zijn sigaar uit onder zijn hiel en wendde zich tot Austen. 'Het klinkt allemaal goed wat je geregeld hebt,' zei hij. 'En bij nader inzien denk ik dat ik toch die cognac maar neem.'

Sophie was bang geweest voor haar terugkeer naar Jamaica. De *Atranta* zou vrijdag om zeven uur in de ochtend aanmeren, en twee uur daarvoor was ze al aan dek geweest met een menigte slaperige Amerikaanse toeristen die zich op hun eerst glimp van de haven van Kingston verheugden. Alexander, Sibella en Gus Parnell waren nog niet wakker, en dat kwam haar prima uit. Ze wilde alleen zijn. Toen de eerste scherpe groene bergen aan de horizon verschenen moest ze vechten tegen haar tranen.

De zon klom hoger en begon te branden. De kleuren werden zo intens dat het pijn deed aan haar ogen. Ze zag hoge, smaragdkleurige toppen afsteken tegen een hemel in fel tropisch blauw; wit zand en glimmende rode daken, en hoge, stekelige koningspalmen; een vlammenzee van poinciana's langs Harbour Street. Ze voelde een schok van pijnlijk verlangen en een vreemd soort ontzetting, alsof ze was ontwaakt uit een grauwe, veilige droom die jaren had geduurd.

Een uur later stond ze met de anderen op de kade, omringd door de vertrouwde chaos van Kingston op een doordeweekse ochtend. Ze rook wierook uit de Chinese salons en gekruide kokos uit de pannen met maïspap; stof en paardenmest en pindarotsjes die plakkerig lagen te worden in de zon. Ze werd overweldigd door het lawaai van de West India Regimental Band, die de boot kwam begroeten en gedaver van trams en sleperswagens. Ze baande zich een weg tussen schitterende stapels snapper en papegaaivis, en handkarren van straatventers vol met de laatste junipruimen en de eerste sinaasappelen. In een waas van rood stof zag ze onzekere toeristen met nieuwe helmen op en witte kleren aan, en zakenlui in jacquet en met zwarte hoge hoeden op; Chinese mannen op de fiets, Oost-Indische meisjes in kleurige sari's; vissers in blauwe werkbroeken en met jippa-jappahoeden op. Kinderen renden tussen de benen van de mensen door. Op de telegraafpalen zaten kalkoengieren het tafereel te bestuderen met de ernst van doodgravers.

Voor het eerst in jaren vulden de rijke klanken van het *patois* haar oren. *'Vijf pence voor rit naar hotel, meneer! Maar vijf pence voor rit!' 'Mandvol, mevrouw! Vis, alle soorten vis!' 'Paradijspruimen! Mango, rijpe mango!'* Ze voelde zich gekneusd en rauw. Ze was maar al te blij dat Alexander de leiding nam.

Dat deed hij nu al twee maanden, en na de aanvankelijke bevreemding had ze gemerkt dat ze het een grote opluchting vond. Hij had alles geregeld. Hij had de verlovingsannonce in *The Times* geplaatst, en met mevrouw Vaughan-Pargeter geregeld dat haar spullen werden ingepakt; hij had zelfs met zijn zuster overlegd over de uitzet. Ten slotte had hij passage geboekt naar Jamaica en tegen Sophie gezegd dat ze natuurlijk op Parnassus moest logeren, dat ze nergens anders heen hoefde als ze niet wilde.

Ze wisten allebei dat 'nergens anders' Eden betekende, maar dat ze dat nog niet aankon. In haar korte brieven aan Madeleine had ze de kwestie van een bezoek vermeden, en ze merkte met een steek van pijn dat haar zus hetzelfde deed en zich beperkte tot uitingen van lichte verbazing over de plotselinge verloving, en voorzichtige goedkeuring gaf. Het bizarre was dat Madeleine niets zei over Fever Hill. En na haar eerste brief, waarin ze de verkoop ervan had aangekondigd, had Sophie niet meer de moed gehad er opnieuw over te beginnen.

Maar wat was het bijzonder om een toeriste te zijn op Jamaica. Om kamers te nemen in een luxe hotel aan Harbour Street, in plaats van het weekend door te brengen bij de schoonzus van mevrouw Herapath in Half Way Tree. Sophie merkte tot haar verbazing dat ze het erg prettig vond. Een toeriste is immers slechts op doorreis. Een toeriste kan vertrekken wanneer ze maar wil.

Het was maandagmiddag, hun vierde dag in Kingston, en zij en Sibella waren net teruggekeerd in het hotel na een dag winkelen. Ze waren naar Dewey's in King Street geweest voor luchtig ondergoed, en naar Joseph's in Church Street voor canvasschoenen en overschoenen, en een half dozijn andere winkels die ze zich nauwelijks nog herinnerde. De straten waren nu echter ondraaglijk heet geworden, want de zeebries die ze in Kingston 'de dokter' noemden was gaan liggen en de landbries zou pas over een paar uur opsteken.

Zowel Alexander als Gus Parnell waren 'voor zaken' weg en Sibella had verklaard helemaal opgebrand te zijn. Ze was naar boven gegaan om een poosje te gaan liggen. Sophie had geen zin om hetzelfde te doen; ze was naar buiten gelopen, had een tafeltje in de schaduw gevonden en een kop thee besteld.

Na het stof en het lawaai van de straten waren de tuinen heerlijk koel en rustig, met slechts hier en daar een paar rijke toeristen die in stilte van het uitzicht genoten. Ze leunde achterover in haar stoel, wuifde zichzelf koelte toe met haar handschoen en keek naar de wilde amandelboom boven haar – een steeds wijzigend patroon van enorme donkergroene bladeren, kleine lichtgroene bloesems en stukjes hete blauwe lucht.

Een paar gele vogeltjes zaten elkaar achterna tussen de takken en vlogen toen door de tuin weg. Een kolibrie kwam zich tegoeddoen aan de bloesems, zijn kleine vleugeltjes een waas van fel donkergroen, zijn lange, dunne staartveren zwevend op een heel licht briesje.

Het is niet te geloven, dacht Sophie terwijl ze de kolibrie van bloem naar bloem zag gaan. Ik ben terug in Jamaica. Niet te geloven.

'Het is niet te geloven,' zei een zachte beleefde mannenstem vlak achter haar. 'Is dit werkelijk Sophie Monroe, na al die tijd terug in Jamaica?'

De stem was vreemd bekend, en toch ook onbekend. Ze draaide zich om, haar hand boven haar ogen, maar hij stond met zijn rug naar het zonlicht en aanvankelijk kon ze zijn gezicht niet onderscheiden. Toen werd de zon zwart en kreeg ze zwarte vlekken voor haar ogen. Nee. Niet hij. Dat kon niet.

Hij stond naar haar te kijken met zijn hoofd een beetje schuin en een geamuseerde uitdrukking op zijn gezicht. Hij droeg een wit linnen pak en een panamahoed en hij stond met beide handen in zijn broekzakken, volstrekt op zijn gemak. 'Je bent het toch, hè?' zei hij. 'Mag ik even gaan zitten, of verwacht je iemand?'

Ze slikte moeizaam. Toen, nog steeds niet in staat te spreken, knikte ze en gebaarde naar de rieten stoel aan de andere kant van het ronde tafeltje.

Niets was nog echt. Ze zat niet onder een wilde amandelboom in de tuin van het Myrtle Bank Hotel. Ben stond niet naast haar. Dat kon gewoon niet.

En toch was het waar. Hij was het echt. Dezelfde groene ogen, hetzelfde knappe gezicht, dezelfde slanke, gracieuze gestalte. Zelfs het dunne verticale litteken over zijn rechterwenkbrauw.

Hij was dezelfde... en toch ook weer niet. Hij was erg veranderd. De laatste keer dat ze hem had gezien was hij bont en blauw, en onverzorgd, zijn kleren gekreukt na een haastige wasbeurt in de rivier, zijn gezicht lijkbleek toen ze hem vertelde dat het voorbij was tussen hen. De slanke jonge heer die nu tegenover haar zat was volkomen beheerst. Zijn kleding getuigde van een nonchalante, ongekunstelde élégance en hij sprak beleefd-afstandelijk en zonder een spoor van het Cockney-accent.

'Ben?' zei ze stompzinnig. Het kwam er krassend uit. Ze voelde dat ze bloosde.

Hij ging zitten, legde zijn hoed op de grond naast zijn stoel, sloeg zijn benen over elkaar, leunde achterover en glimlachte naar haar. Het was een charmante glimlach zonder gevoel erachter – een sociale glimlach – en helemaal niets voor Ben. Tenminste niet de Ben die zij had gekend. Vroeger was het ofwel die argwanende, woeste grijns geweest, of de zeldzame, oprechte, adembenemende glimlach die haar bijna in tranen deed uitbarsten.

Hij zei dat ze er opmerkelijk goed uitzag en vroeg wat ze had gedaan sinds hij haar voor het laatst had gezien. Had ze haar studie nog afgemaakt?

'Nee,' zei ze. Ze mompelde iets over St. Cuthbert's.

'Vrijwilligster in het liefdadigheidswerk,' zei hij, 'wat interessant. En ben je al lang terug op Jamaica?'

'Vier dagen,' zei ze.

'Zo, zo,' zei hij. 'Ik was een paar maanden geleden nog in Londen, we moeten daar dus ongeveer tegelijk zijn geweest. Is het niet bizar dat je mensen die je kent altijd net misloopt?'

Toen zag hij de saffieren en diamanten aan haar vinger en vroeg wie hij moest feliciteren.

Ze wapende zichzelf en vertelde hem dat het Alexander Traherne was.

Hij keek lichtelijk verbaasd en toen vaag geamuseerd. 'Ik hoop dat je gelukkig wordt,' zei hij, met het onechte plezier waarvan men blijk geeft als het om het huwelijk gaat van iemand om wie men niet veel geeft.

'Het heeft in *The Times* gestaan,' mompelde ze.

'Dat neem ik wel aan,' zei hij, 'maar ik vrees dat ik niet altijd tijd heb om de krant te lezen als ik in Londen ben.'

De thee arriveerde en ze vroeg met gesmoorde stem of hij een kopje mee dronk. Ze vond dat ze klonk alsof ze een script voorlas, maar als hij het al merkte liet hij dat niet blijken. Hij pakte zijn hoed, stond op en bedankte: 'Nee, ik moet gaan, maar ga jij je gang, je moet uitgedroogd zijn.'

Ze staarde naar de theeboel. Ze durfde de spullen niet aan te raken. Als ze dat deed, zou ze de theepot laten vallen of het kopje breken.

Er viel een onbehaaglijke stilte. Zij had tenminste het gevoel dat die onbehaaglijk was, maar Ben stond gewoon met een hand in zijn zak, zichzelf koelte toe te wuiven met zijn hoed.

'Ik begrijp het niet,' zei ze plotseling.

Hij keek glimlachend op haar neer. 'Wat begrijp je niet?'

'Ik weet... Ik bedoel, je bent... je bent...'

'Rijk?' hielp hij haar.

'Ja.'

'En had je daar echt niets van gehoord?'

Ze schudde haar hoofd.

Hij lachte zacht. 'Dan lijkt het erop dat we allebei slecht ingelicht zijn! Hoewel ik moet zeggen dat ik vind dat ik een beter excuus heb dan jij. Zie je, ik lees op Fever Hill geen kranten.'

De grond leek op en neer te gaan. 'Fever Hill?' zei ze.

Hij lachte en schudde het hoofd. 'Werkelijk, Sophie, weet je dat ook al niet? Ik neem aan dat je je zus nu flink hard zult aanpakken, omdat ze je niet beter heeft geïnformeerd!'

24

'Het leek me het beste om te wachten,' zei Madeleine bij de thee op Parnassus, 'en het je persoonlijk te vertellen.'

Sophie zag de blik die haar zus uitwisselde met Sibella en realiseerde zich met een schok dat Sibella al die tijd van Ben op de hoogte was geweest. 'Nou,' zei ze zo luchtig als ze kon, 'nu ik hier ben, kun je me alles vertellen.'

Madeleine bracht haar theekopje naar haar mond en zette het toen weer neer. Ze probeerde op haar gemak te lijken, maar slaagde daar evenmin in als Sophie. Het was voor het eerst in zeven jaar dat ze elkaar zagen. Sibella had aangeboden hen alleen te laten, maar Sophie had haar gesmeekt te blijven. Ze was te zenuwachtig om alleen te zijn met haar zus.

'Er valt niet zoveel te vertellen,' zei Madeleine, in haar thee roerend en Sophies blik ontwijkend. 'Volgens Olivia Herapath heeft hij een tijdje in Panama gezeten, en toen een gekleurde ingenieur ontmoet... degene die Arethusa heeft gekocht. Ze gingen naar Sierrra Leone om goud te zoeken, maar vonden niets en probeerden het toen in Brazilië, waar ze wel succes hadden. Dat wil zeggen,' voegde ze eraan toe, 'ze vonden het vooruitzicht op goud. Ik begrijp niet helemaal hoe het zit, maar Cameron zegt dat ze heel goedkoop de rechten hebben gekocht en ze toen met enorme winst aan mijnbouwondernemingen hebben verkocht, en daarna de zaak zelf met nog grotere winst hebben verkocht. Het schijnt dat meneer Walker – dat is de ingenieur – een minderheidsaandeel had omdat hij alleen de onderzoeksexpertise leverde, terwijl meneer Kelly,' haar wangen kleurden, 'het brein achter het geheel was. Hij kwam met het idee om de informatie te verkopen in plaats van zelf te gaan delven, en daarom is hij zoveel rijker.'

Meneer Kelly. Wat bizar om te horen dat Madeleine hem zo noemde. De laatste keer dat ze het over hem had gehad, was ze bijna gek geweest van verdriet. *Ik vergeef het hem nooit,* had ze geroepen. *Ik hoop dat hij zal wegrotten in de hel.*

En ik, vroeg Sophie zich af, terwijl ze naar haar zus keek, die omstandig in haar thee zat te roeren. Heb je mij vergeven? Of zul je me altijd op afstand blijven houden?

'Het heeft even flink wat opschudding veroorzaakt,' vervolgde Madeleine op vlakke toon, 'maar dat is allemaal weer overgewaaid. En natuurlijk mengt hij zich niet onder de hogere klasse.'

'Gelukkig niet,' zei Sibella, blozend van verontwaardiging. Het stak haar kennelijk bijzonder om Ben Kelly als buurman te hebben.

Sophie stelde zich de consternatie op Parnassus voor toen ze het nieuws vernamen. Een voormalige stalknecht – hún stalknecht – als nieuwe eigenaar van Fever Hill! Cornelius zou laaiend zijn geweest, en de arme Rebecca gebroken.

'Is het echt overgewaaid?' vroeg ze.

Madeleine beet op haar lip. 'Er is wel wat geroddeld,' zei ze voorzichtig.

Wel wat geroddeld. Sophie waardeerde de poging van haar zus om het te minimaliseren, maar ze kon zich de aard van de roddels voorstellen. Natuurlijk zou niemand iets recht in haar gezicht zeggen, maar iedereen zou zich haar buitengewoon ongepaste band met de knappe jonge stalknecht van Parnassus herinneren. Wat zou Olivia Herapath ervan genieten! *'Is het geen giller? Die jongen uit die achterbuurt koopt haar plantage! En net nu ze op het punt staat te gaan trouwen, het arme kind. Ik zou er alles voor over hebben om erbij te zijn als ze elkaar tegenkomen.'*

Er viel een onbehaaglijke stilte. Toen kwam Sibella hen te hulp door haar bewondering uit te spreken voor de cadeaus die Sophie had meegebracht uit Londen. Een pocketcamera voor Madeleine, die in een van haar brieven had geschreven dat ze de fotografie weer had opgepakt; een gepatenteerde thermosfles voor Cameron; een schilderijlijst voor Clemency, en voor Belle een elektrische zaklamp op batterijen die ze nu in de struiken aan de andere kant van de pergola aan het uitproberen was.

Sophie deed haar best om mee te doen, maar wist dat ze faalde. Ze was zich pijnlijk bewust van het verschil tussen deze thuiskomst en de vorige. Zeven jaar geleden had ze geen cadeaus nodig gehad om goedkeuring te oogsten. Haar welkom was oprecht geweest, en had op Eden plaatsgevonden. Nu zaten ze op Italiaanse smeedijzeren stoelen onder Rebecca Trahernes rozenpergola en bleef het gesprek heel oppervlakkig. Zelfs toen Sibella tactvol naar binnen ging – 'om dat nummer van *Les Modes* te halen voor Madeleine' – veranderde dat niet. Madeleine vroeg naar de uitzet en Sophie vertelde haar wat een godsgeschenk Sibella was geweest, en maakte een grapje over de afkeer van duizendpoten van Gus Parnell. Ze spraken niet over Fever Hill. Of over Ben. Ze wandelden onder de hele pergola door, zagen Belle tevoorschijn komen uit de struiken en keken boos toen ze met de zaklamp in hun ogen scheen.

'Ze wordt een mooie meid,' stelde Sophie vast.

Madeleine zuchtte. 'Ze is echt een kwajongen. Rijdt de hele plantage over en geeft de stalknechten het nakijken.' Ze zweeg even. 'Cameron wil haar naar school sturen, maar ik geloof niet dat ze er klaar voor is.'

Natuurlijk niet, dacht Sophie met een steek van pijn. Madeleine had al een kind verloren. Hoe kon ze er nog een verliezen, ook al was het maar aan een meisjesinternaat in Kingston? 'Je hebt vast gelijk,' zei ze dan ook.

'Denk je? Ik weet het niet. Cameron heeft ergens wel gelijk. Ze ziet zelden kinderen van haar leeftijd, afgezien van de zwartjes. En ze heeft een morbide trek die me zorgen baart.'

Sophie keek haar verbaasd aan. Was dit haar manier om het gesprek op Fraser te brengen?

'Ze lijkt nooit met haar poppen te spelen,' vervolgde Madeleine met haar blik op haar dochter gericht, 'ze houdt alleen maar begrafenissen voor ze.'

'Maar dat doen toch veel kinderen, niet dan?'

'Ja, maar die van Belle zijn zeer uitgebreid. Echte Jamaicaanse negernachten, met uitgedroogde erwten in de zakken en limoenschijfjes op de ogen.'

'Dat is om te voorkomen dat ze geesten worden,' verklaarde Belle, 'die haar naam had horen noemen en dichterbij was gekomen.

'O, dat begrijp ik wel,' zei Sophie tegen haar. 'Op jouw leeftijd was ik gefascineerd door geesten. Ik was erg ziek, zie je en ik... nou ja,' ze zweeg verward, 'ik was er gewoon door gefascineerd.' Ze had willen zeggen dat ze bang was geweest om dood te gaan en zelf een geest te worden, maar dat had ze nog net voor zich kunnen houden.

Belle keek met hernieuwd respect naar haar op. 'Mamma heeft me nooit verteld dat je ziek bent geweest,' zei ze met een beschuldigende blik naar Madeleine. Toen wendde ze zich weer tot Sophie. 'Hoe ben je beter geworden? Heb je het de geestenboom gevraagd?'

'Dat heb ik inderdaad gedaan, ja.'

Belles mond viel open. 'Hoe? Heb je een offer gebracht? Wat heb je...'

'Belle,' zei haar moeder, 'zo is het genoeg.'

'Maar mamma...'

'Ik zei, zo is het genoeg. Ga maar aan mevrouw Palairet vragen of je even naar de stallen mag om de paarden gedag te zeggen.'

Sophie voelde een steek van herkenning toen ze Belle onwillig zag weglopen. Ze was zelf ongeveer van Belles leeftijd geweest toen ze naar Jamaica kwam. Ze was dol geweest op Fever Hill en doodsbang voor de geestenboom aan de andere kant van het gazon; ze was idolaat geweest van haar oudere zus en – hoewel ze dat destijds niet besefte – hopeloos verliefd op Ben. Hij was als een donkere geest met heldere ogen uit een andere wereld geweest: smerig, wild met een angstaanjagend grote mond, maar zich altijd sterk bewust van wat zij dacht en voelde. Hoe had dat allemaal zo kunnen veranderen? Hoe was het mogelijk dat hij was veranderd in die beleefde, onverschillige man in het witlinnen pak? Hoe kon wie dan ook zo sterk veranderen?

Naast haar tekende Madeleine met de punt van haar parasol een kruis op de stenen en vroeg wanneer het zou gaan gebeuren.

'Wanneer zal wát gaan gebeuren?' vroeg Sophie.

'De bruiloft. Ik had het over de bruiloft.'

'O, dat weet ik niet. We hebben nog geen datum vastgesteld.'

'Aha.'

Ze liepen een paar passen verder. Toen zei Madeleine: 'Wil je op Eden trouwen?'

Sophie aarzelde. 'Cornelius stelde Parnassus voor.'

'Wat een goed idee,' zei Madeleine met een enthousiasme dat Sophie pijn deed. 'Dat is veel passender,' vervolgde Madeleine zonder haar aan te kijken. 'Het huis en het landgoed zijn veel groter en het is veel handiger voor mensen die uit de stad komen.' Ze zweeg even. 'Ik vroeg me af... Er liggen nog steeds wat spullen van je in onze logeerkamer. Zal ik die hierheen sturen, zodat je ze kunt uitzoeken?'

'Als je dat wilt doen.'

'Ik regel het meteen.' Ze zette een opgewekt gezicht op. 'Ik had me erop verheugd Alexander te zien, maar ik begrijp dat hij...'

'Naar Kingston, ja. We waren namelijk van plan daar veertien dagen te blijven, maar toen veranderde ik van gedachten. Hij moest daar nog wat zaken afhandelen, dus hij ging terug.' Ze wist dat ze te veel praatte, maar ze begon moe te worden van dit beleefde gebabbel.

'Sophie...' zei Madeleine, met haar parasol spelend, 'je houdt toch wel van hem, is het niet?'

Sophie was verrast. Ze was vergeten hoe direct haar zus kon zijn. 'Waar heb je het over?'

'Het is gewoon dat het, nou... nogal plotseling kwam. Dus vroeg ik me dat af.'

'Ik ben erg op Alexander gesteld,' zei Sophie, en ze bevestigde dat met een glimlach.

'O, Sophie.'

'Waarom "O, Sophie"? Het is waar. Heus.'

Toen kwam er een onwelkome gedachte bij haar op.

'Ik moet misschien vermelden... Alexander weet niets van Ben. Ik bedoel, hij weet wel dat ik... verliefd op hem was. Maar hij weet niets van wat er die nacht gebeurd is.'

Madeleine keek haar aan. 'Ik weet zeker dat dat beter is,' zei ze, haar lippen daarbij nauwelijks bewegend.

'Dat dacht ik ook,' zei Sophie. 'Ik vond alleen dat je het moest weten. Dat is alles.'

Madeleine knikte en ze liepen in gespannen stilzwijgen verder.

Wat er die nacht gebeurd is. Wat een verzachtende manier om het uit te drukken. Sophie had er al spijt van. Hoe kon ze dat zo zeggen als ze nog steeds het gevoel van zijn rug onder haar handen kon oproepen. De schone, scherpe geur van zijn huid. De warmte van zijn mond. Ze was plotseling de tranen nabij. Ze plukte een roos af en begon er de blaadjes af te trekken. 'Hoe kon je het voor me verzwijgen?' zei ze fel. 'Hoe kon je me terug laten komen zonder me te waarschuwen dat hij hier was?'

Madeleines gezicht vertrok. 'We dachten dat je dat al wist.'

'Wat? Hoe kwam je op dat idee?'

'In hemelsnaam, Sophie, je had hem net Fever Hill verkocht!'

'Maar ik wist niet dat hij de koper was! Daar had ik geen idee van.'

'En wij hadden er geen idee van dat je het verkocht.' Madeleine opende haar parasol met een rukje, liep een paar passen en kwam toen terug. Ze had haar lippen op elkaar geklemd en er glommen tranen van boosheid in haar ogen. 'Ik kan me niet voorstellen hoe je het in je hoofd hebt gehaald om het te verkopen. En ik begrijp niet waarom je ons daarbuiten hebt gehouden.'

'Omdat jullie zouden hebben geprobeerd me tegen te houden.'

'Natuurlijk zouden we dat hebben gedaan!'

'Madeleine, het spijt me. Het spijt me dat ik het je niet verteld heb, maar toch had je me moeten waarschuwen dat Ben hier was.'

'Nee,' zei Madeleine, het hoofd opheffend alsof ze een aanval afweerde. 'Nee. Ik wil niet meer over hem praten.'

'Maar Madeleine...'

'Ik kan het niet,' zei haar zus woedend tegen haar. 'Ik kan het gewoon niet. Voor jou is het anders, Sophie, jij bent weggeweest, van alles vandaan. Maar voor mij is er niets veranderd. Begrijp je dat niet? Er is niets veranderd.'

Sophie keek naar het mooie, gekwelde gezicht van haar zus en vroeg zich af hoe ze ooit had kunnen hopen dat de dingen nu anders zouden zijn. 'Natuurlijk,' zei ze op zachte toon. 'Ik begrijp het. Er is niets veranderd.'

Nu heb ik dus mijn antwoord, dacht ze toen ze Madeleine snel weg zag lopen om haar dochter te zoeken. Ze heeft me niet vergeven. Ze beseft het zelf misschien niet eens, maar het is waar. Ze heeft me niet vergeven. En dat zal ze waarschijnlijk nooit doen.

Hop plukken in Kent vindt Ben het leukste dat er is. Dat was het tenminste tot Kate wegging. Elk jaar in september maakten hij, Jack en Kate de lange wandeling naar het zuiden, om het geld van de trein uit te sparen. Dit jaar is Ben alleen. Hij is nog nooit eerder alleen gegaan en het voelt een beetje vreemd, maar hij heeft het Kate beloofd, dus heeft hij geen keus. Bovendien is hij bijna tien en hij kent de weg.

Alleen al de gedachte aan Kate doet pijn in zijn borst. Hij heeft haar nauwelijks nog gezien sinds ze is weggegaan, omdat zij en Jeb helemaal in Southwark wonen, vlak bij Jamaica Road. Ben kan alleen af en toe een halfuurtje naar haar toe op zondagmiddag, als hij weg kan komen zonder dat pa het in de gaten heeft.

Nu gaat hij dus naar Kent. Het is twee dagen lopen, en natuurlijk gaat hij naar dezelfde boerderij als altijd, naar boer Rumbelow, een paar kilometer ten westen van Leigh. Hij vormt een koppel met een oude kerel die Roger heet; Roger trekt en Ben plukt. Roger houdt dus met een stok met een haak eraan de lange takken omlaag en Ben plukt de hop eraf tot hij zijn armen bijna niet meer voelt. Ze zijn niet zo snel als volwassen kerels en kunnen het niet zo lang volhouden als de gezinnen, maar wie maalt daarom? Ze doen het goed. En als je de slag eenmaal te pakken hebt, is het fantastisch. Die schone gele hop die afsteekt tegen de schone blauwe lucht, en de bloemengeur en het rondzwevende goudstof. En als de fluit gaat, ga je bij je mand staan en wacht je tot ze de oogst komen opmeten. De kou kruipt omhoog en je voeten raken verdoofd, maar algauw is het tijd om te eten, en dat is prima in orde bij boer Rumbelow, want ze scheppen je bord helemaal vol.

Hij en Roger doen ongeveer zeven bussels per dag, dat is een shilling voor hen samen, verdeeld in zeven pence voor Ben en vijf voor Roger, omdat Ben het meeste werk doet. Dus na aftrek van een penny per man voor het eten en twee voor een nacht in de schuur, verdienen ze niet slecht. Ze zijn zelfs rijk.

En het is top in Kent. Een keer tijdens lunchtijd zag Ben in het veld iets verderop een paar paarden spelen. Hij had nooit geweten dat paarden konden spelen, maar deze deden dat wel; ze schopten hun hoeven omhoog en beten elkaar speels in de nek, en galoppeerden zomaar wat rond... of misschien gewoon omdat ze gelukkig waren. Het was het mooiste wat hij ooit had gezien, die spelende paarden. Of dat zou het geweest zijn, als Kate het ook had kunnen zien.

Nu is de hop geplukt; Roger is weer vertrokken naar een stadje dat Somerset heet, en Ben is op weg naar huis. Een hoop poen in zijn zakken, maar hij gaat toch gewoon te voet terug naar Londen. De trein kost immers een halve kroon en dat is zonde van het geld, niet dan?

Het is koud en mistig, zo'n dikke, gele mist waarvan je keel gaat dicht zitten en je ogen van gaan prikken. Ben loopt al anderhalve dag rond en hij is doodop, dus hij gaat een koffiehuis binnen en vraagt om een penny-mix. Maar het meisje kijkt hem alleen maar aan.

Weet ze niet eens wat een penny-mix is? 'Dat is voor een halve penny thee,' bijt hij haar toe, 'en voor een halve penny suiker, en een kamperfoelie. Oké?'

Dus krijgt hij eindelijk zijn penny-mix en hij zit daar van zijn thee te genieten en begint weer gevoel in zijn voeten te krijgen. Hij kijkt om zich heen. En dan staat er een kerel op en laat een halve gehaktbal op zijn bord liggen. Dat is nog eens een lekkere maaltijd.

'Een penny per dag, meer heb je niet nodig,' zegt hij tegen de Kate in zijn hoofd. 'Je koopt een penny-mix, doet er lekker lang mee en kijkt goed om je heen. Je weet nooit wat mensen op hun bord laten liggen. Een penny per dag en je kunt eten als een koning.'

Dan krijgt hij het opeens zo moeilijk dat hij bijna begint te huilen. Hier zit hij te doen alsof hij met Kate praat, omdat de echte Kate niet bij hem is. Slippers Place, waar ze woont, ligt behoorlijk buiten zijn route, maar hij gaat er toch heen. Ze is niet thuis. De vrouw in de kamer ernaast zegt dat ze een baan heeft in een fabriek waar ze paraplu's maken en dat ze pas over een paar uur thuiskomt. Dus vraagt hij haar om Kate te vertellen dat Ben langs is geweest en gaat hij op weg naar huis.

Het is helemaal donker als hij Shelton Street bereikt; hij is doodop en de pijn in zijn borst is erger. Hij had er zo op gerekend Kate te zien in Slippers Place. Pa is goddank niet thuis, maar Lil is er wel, klaar om weg te gaan, en Robbie springt met een grote grijns te voorschijn uit zijn hoek. 'Ben!'

'Ja, wie dacht je anders dat het was?' zegt Ben lachend en hij geeft hem een tikje tegen zijn hoofd.

'Alles goed, Ben?' vraagt Lil, terwijl ze haar hoed opzet. Ze is magerder dan toen hij wegging en haar hoest is nog niet beter.

'Alles goed, Lil,' antwoordt hij.

'Hoeveel heb je verdiend?'

Hij maakt een lichte buiging. 'Vijftien shilling en zes pence, mevrouw.'

'Nou, als ik jou was, zou ik het maar verstoppen, anders pakt hij het je zo af.' Ze weten allebei dat ze de ouwe bedoelt.

'Hoe is het met hem?' vraagt Ben.

'Kweetnie. Ik zorg dat ik weg ben voor hij thuiskomt.' Ze kijkt hem even aan. 'Hij gaat maar door over Kate. Hij zou me dwingen het te vertellen als ik hier bleef. En ik meen het over je poen, Ben. Verstop het, of hij slaat je in elkaar en pakt het je af.'

'Hij zal me toch wel slaan,' zegt Ben. En hij maakt zich geen zorgen om de poen; hij heeft al tien shilling weggestopt achter de schoorsteen, en de andere vijf en de zes pence in zijn zak gehouden, zodat pa toch iets van hem kan afpakken en niet helemaal zal over koken.

Hij geeft Lil twee shilling cadeau en zegt tegen Robbie: 'Hier Rob, ik heb wat voor je meegebracht.' Hij haalt de stropop uit zijn zak die hij van een vensterbank in Kent heeft gepikt. 'Hij heeft stekelhaar, net als jij, alleen is het goudkleurig en dat van jou rood.'

'Goud,' zucht Robbie, en hij pakt de pop voorzichtig vast.

Ben grinnikt. 'Geen echt goud, kleine stommerd.'

Maar Robbie luistert niet. Hij neemt zijn schat mee naar zijn hoek en stelt hem voor aan de muur. Hij praat tenminste ergens tegen, denkt Ben. Hij wendt zich weer tot Lil. 'Heb je Kate nog gezien?'

Ze haalt haar schouders op. 'Zo nu en dan.'

'Alles goed met haar?'

Ze werpt een blik in Robbies richting en gaat dichter bij Ben staan. 'Ze krijgt een baby.'

'Jeetje.'

'Zeg dat wel,' zegt Lil. 'Zeg het maar niet tegen pa.'

'Natuurlijk niet.'

'Ik meen het, Ben. Hou het stil. Hij is nog steeds woest op haar. Luister, ik moet weg. Maar vertel hem niet waar ze is, oké?'

Ben is kwaad. 'Denk je dat ik een idioot ben?'

Ze ontbloot haar gele tanden in een glimlach. 'Rustig aan, Ben.'

Als ze weg is, is het donker en stil. Ben gaat op het matras bij het raam liggen en na een poosje nestelt Robbie zich als een mager katje tegen hem aan. Ben sluit zijn ogen en denkt aan de spelende paarden in het veld. Alles wordt lekker wazig, tot hij plotseling overeind wordt getrokken.

'Waar is ze?' brult pa, hem als een rat door elkaar schuddend.

Het grote gezicht is zo dichtbij dat Ben het kolenstof in de kleine putjes kan zien zitten. Zijn adem stinkt. De groene ogen zijn bloeddoorlopen. Hij is goed bezopen. Ben had weg moeten blijven toen hij de kans had. Hij doet alsof hij nog half in slaap is en mompelt: 'Waar is wie?'

Maar pa trapt er niet in. Hij schudt Ben zo hard door elkaar dat hij zijn arm bijna uit de kom rukt. 'Je weet wie, vuile kleine rioolrat! Kate! Moet ik een gat in je kop slaan, of ga je me vertellen waar ze is?'

Ben deed zijn ogen open en staarde naar het zonlicht op de dakspanten. Hij bleef naar het gouden licht op het gouden hout liggen kijken terwijl de droom langzaam vervaagde en zijn hartslag weer normaal werd.

Hij hoorde het dienstmeisje op haar tenen binnenkomen, het dienblad neerzetten en toen 'Morgen, meneer Ben,' mompelen voor ze weer op haar tenen naar buiten liep. Hij stond op, trok zijn kamerjas aan en liep het balkon op.

Het eerste wat hij had gedaan toen hij Fever Hill kocht, was de galerijen openbreken en het licht binnenlaten. Geen schaduwen meer, zelfs als dat betekende dat hij ook de warmte binnenliet. Hij had nooit iets tegen warmte gehad. En nu had hij een weids uitzicht over het terrein en het roestrode pad dat tussen de hoge koningspalmen door kronkelde, tot voorbij de nieuwe fabriek aan de voet van Clairmont Hill, en het oude slavendorp aan de andere kant, en de ruïnes van de oude fabriek; en nog verder tot de golvende rietvelden van Alice Grove, en de poorthuizen in de verte die de noordelijke grens van zijn grond aangaven. Daarachter zag hij nog het land van Parnassus, en de grijsblauw glimmende zee.

Vreemd, te bedenken dat de bovengalerij waar hij nu stond ooit het domein was geweest van oudtante May. Ze had hier gezeten in haar mahoniehouten stoel met rechte rugleuning, en alles in de gaten gehouden wat er gebeurde: de nemesis van huisbedienden zowel als veldwerkers. Soms meende hij haar vanuit zijn ooghoeken te zien. Kunnen mensen al bij je komen spoken voor ze dood zijn?

Hij schoof dat idee terzijde. Hij wilde niet aan geesten denken. Hij leunde op de balustrade, ademde diep in en wachtte tot de zeebries zelfs de laatste restjes van zijn droom had weggeblazen. Een maand geleden zou hij er hevig door van streek zijn geweest, maar nu begon hij het te begrijpen. Evie zei wel eens dat als een geest iemand iets duidelijk wilde maken, die soms 'naar die persoon toe droomt'. En in het begin had hij gedacht dat Kate naar hem toe droomde. Nu dacht hij daar anders over. Hij had zich gerealiseerd dat hij alleen over vroeger droomde als hij aan Sophie had gedacht. Op de een of andere manier waren de dromen met haar verbonden.

De eerste waren gekomen toen hij de aankoop van Fever Hill had rondgemaakt. En ze kwamen opnieuw nadat hij haar in Kingston had gezien. Ze hielden verband met elkaar. Maar hoe?

Hij had immers van Kate gehouden – hij hield nog steeds van haar – en hij hield niet van Sophie. Niet meer.

Ze was zo veranderd. Vroeger praatte ze de oren van je hoofd, vooral als ze nerveus was. Maar die dag in de tuin van het hotel had ze nauwelijks een woord gezegd. Het was alsof haar geestkracht uit haar was weggevloeid en alleen dat lusteloze, onderdanige, bange ding was overgebleven. Die dag in de tuin van het hotel. Hij kromp ineen als hij eraan dacht. Hij had het er veel te dik opgelegd. Vooral dat accent. *Je ziet er opmerkelijk goed uit... Je zult wel uitgedroogd zijn... Ik neem aan dat je je zus flink gaat aanpakken...* Godallemachtig, hij had net als Austen geklonken.

De oude Sophie zou dat meteen doorgehad hebben. Ze zou hem genadeloos hebben teruggepakt; dat deed ze altijd. De nieuwe Sophie had hem alleen maar aangestaard. Ongelooflijk dat hij ooit van haar had gehouden. Maar wat had ze met Kate te maken?

Hij streek met zijn duim over zijn onderlip. Er was maar één manier om daar achter te komen, dacht hij. Verschuil je niet langer op Fever Hill en stap op ze af. De Lawes. De Trahernes. Sophie Monroe. Stap recht op ze af en bijt je erdoorheen.

Hij ging terug naar binnen, schonk een kop thee voor zichzelf in en stak een sigaar op.

De beste Chinese thee in een porseleinen kopje, dacht hij, en een goede havanna-sigaar. Niet echt een penny-mix, maar ook niet slecht.

Dat was bijna voldoende om een glimlach op zijn gezicht te brengen.

De vroege ochtendzon speelde met de blauwe en groene chintz van Evies beddensprei, en op de hoed, handschoenen en parasol die al klaar lagen. Ook al was het zaterdag, Evie was al uren op, want ze nam altijd ruim de tijd om zichzelf voor te bereiden wanneer haar geliefde haar mee uitnam. Zaterdag was hun dag. Soms kon hij ook door de week wegglippen, maar de zaterdag was voor hen gereserveerd. Daarom had ze snel iets moeten regelen toen Ben vorige week onverwachts langskwam en haar meenam naar Constant Spring.

Ze glimlachte bij de herinnering. Lieve hemel, wat zou het er hard aan toe gaan als die twee elkaar hier ooit zagen! Dat was het punt wat Ben betrof. Hij mocht er dan anders uitzien dan zeven jaar geleden, hij mocht zich anders kleden en anders praten, maar vanbinnen was hij nog steeds hetzelfde. En je wist nooit wat hij zou kunnen doen.

Haar geliefde daarentegen was een perfecte heer. Hij was in feite overal perfect in.

Beneden hoorde ze de sleutel omdraaien in het slot. Haar hart maakte een sprongetje. Ze had hem twee dagen geleden een sleutel cadeau gegeven, maar dit was de eerste keer dat hij hem gebruikte. Een sleutel voor een geliefde. Wat schokkend, een onderwijzeres die zoiets deed. Maar ze kon er niets aan doen; ze was verliefd op hem.

Ze hoorde zijn vertrouwde voetstappen op de trap en staarde naar haar spiegelbeeld terwijl hij de overloop bereikte en stilstond voor haar slaapkamerdeur. Haar ogen waren helder, haar lippen vochtig en vol en iets vaneen. Aan de andere kant van de deur zei zijn vertrouwde stem zacht: 'Evie? Ben je daar?'

Ze wachtte heel even alvorens te antwoorden, om nog even van het gevoel van verwachting te genieten. 'Ik ben hier,' zei ze zo rustig als ze kon. 'Je kunt binnenkomen als je wilt.'

Een gedempte lach. 'Als ik wil? Nou, ik geloof wel dat ik dat wil!'

Toen zwaaide de deur open en binnen een tel lag ze in zijn armen, hield hij haar dicht tegen zich aan en drukte hij zijn mond op de hare. Ze haalde haar vingers door zijn goudblonde krullen en mompelde: 'Alexander, Alexander, ik heb je zo gemist.'

25

'Ik begrijp echt niet,' zei juffrouw May Monroe koeltjes, 'waarom u me met een bezoek vereert, meneer Kelly. Als ik u zo tenminste moet aanspreken.' Haar ijzig-blauwe blik bleef even op Ben rusten en gleed toen opzij naar Austen, die zichtbaar ineenkromp.

Ben onderdrukte een glimlach. Het oude mens begreep heel goed waarom hij hier was. Ze speelde alleen graag spelletjes.

En waarom ook niet? Ze was een opmerkelijke eenennegentigjarige. Ze hield nog steeds hof in haar verduisterde salon; zat stijf rechtop, alsof ze weigerde de rugleuning van haar stoel aan te raken; en kleedde zich onberispelijk, in een japon van tinkleurige zijde met hoge kraag, die geen enkele concessie deed aan de verstikkende warmte van deze septemberdag. Misschien was ze een beetje gekrompen in haar korset, maar haar geest was duidelijk nog zo scherp als een diamant. En net zo koud.

'Het is vriendelijk dat u me wilde ontvangen, juffrouw Monroe,' zei hij op vlakke toon.

'Inderdaad. En nu wil ik antwoord op mijn vraag. Waarom bent u hier?'

Hij beantwoordde de strakke blauwe blik. 'Ik ben van plan me onder de hogere kringen te gaan mengen. Mijn eerste gedachte was natuurlijk dan ook het *de facto* hoofd daarvan te bezoeken.'

Een kille beweging van de lippen die een glimlach zou kunnen zijn. 'U hebt Latijn geleerd, meneer Kelly. Wat vreselijk grappig.'

Ben antwoordde niet.

'Het spijt me echter te zeggen dat ik u niet kan helpen. U kunt u onmogelijk onder de hogere kringen mengen. U bent een koetsier.'

Naast hem hapte Austen naar adem. 'Ik ben wel erger dingen geweest dan een koetsier,' zei hij met een glimlachje, 'maar het zit zo, juffrouw Monroe. U had kunnen weigeren me te ontvangen, maar hebt dat niet gedaan. Dus geloof ik dat ik mezelf enige hoop kan toestaan.'

'Dat is geen juiste gevolgtrekking.'

'Waarom hebt u me dan boven laten komen?'

'Omdat het me amuseert te zien wat er van u geworden is.'

Er moest meer achter zitten. Het oude mens had een hekel aan amusement.

'U bent een begaafde jongeman, meneer Kelly,' zei ze koeltjes, 'maar ik herhaal, wat wilt u van me?'

Ben aarzelde. 'U bent er ongetwijfeld van op de hoogte,' zei hij, 'dat het bal op Parnassus deze zomer is afgelast... uit respect voor het overlijden van de koning.'

De oude dame boog haar grijze hoofd. 'Dat is me meegedeeld.'

Hij knikte. 'En het was juist om dat te doen.' Hij zweeg even. 'Het feit dat de suikerprijzen nog nooit zo laag zijn geweest doet voor een man als Cornelius Traherne natuurlijk niet terzake. Het had niets met geld te maken.'

De in handschoenen gestoken klauwen pasten hun greep op de ivoren kop van haar stok aan. Nu had hij haar belangstelling. Een kans om de Trahernes in verlegenheid te brengen.

'Ik dacht dus,' ging Ben verder, 'dat ik misschien zelf iets van... amusement zou kunnen organiseren. Misschien met Kerstmis.'

De blauwe ogen glommen. 'Maar wat heb ik daarmee te maken?'

Ben keek haar aan. 'Ik hoopte dat u zou willen komen. Dan komen alle anderen ook.'

'Ik ga nooit uit.'

'Ik dacht dat u hiervoor misschien een uitzondering zou willen maken. Of in elk geval uw koets en uw bediende zou willen sturen. Ik heb begrepen dat u dat soms doet.'

Met verbazingwekkende kracht ramde ze haar wandelstok op de parketvloer. 'Ik herhaal, ik ga nooit uit.'

Austen ging ongemakkelijk verzitten in zijn stoel, maar Ben liet de stilte voortduren. Hij had dit wel verwacht. Geen enkele stad valt bij de eerste aanval. En hij verdomde het om te gaan smeken.

Toen de stilte lang genoeg had geduurd, pakte hij zijn hoed op en stond op om te vertrekken. Maar terwijl hij dat deed, ging de deur open en kondigde Kean mevrouw Sibella Palairet aan.

Plomp en knap in modieus zwart en wit, kwam de jonge weduwe binnen, een en al glimlach voor juffrouw Monroe. Ze zag Ben niet. Austen sprong overeind en kleurde felrood toen juffrouw Monroe hem aan haar voorstelde. De glimlach van de jonge weduwe werd zeer innemend toen ze hoorde dat hij hooggeboren was, maar bevroor toen ze zich omdraaide en Ben herkende.

'Mevrouw Palairet,' zei hij met een knik en een vage glimlach.

Ze herstelde zich. 'Ik geloof niet dat we al zijn voorgesteld, meneer.'

Ben lachte. 'Men stelt zich zelden voor aan zijn stalknecht.'

Dat leverde hem een zacht gejammer van Austen op en een onpeilbare blik van juffrouw Monroe. Ben vroeg zich opnieuw af wat ze van plan was.

De oude dame strekte haar klauwen op de knop van haar wandelstok en wendde zich tot hem. 'Wat uw plannen betreft, meneer Kelly, het zou kunnen dat ik besluit mijn koets en mijn bediende te sturen.' De ijzig-blauwe ogen hielden even de zijne gevangen, gleden toen naar mevrouw Palairet, en daarna weer naar hem. 'Het zou kunnen,' zei ze weer.

Wat wil ze verdorie, vroeg hij zich af. Hij keek naar de kleine weduwe, en toen weer naar de oude heks. Is het mogelijk, dacht hij plotseling, dat ze dit zo gepland heeft? Was het niet zomaar toeval dat zijn bezoek samenviel met dat van Sibella Palairet? Sibella Palairet... *néé Traherne*.

Toen begon het hem te dagen. Het was belachelijk. Dat kon niet. De oude heks stelde een akkoordje voor. De sociale steun van haar koets en haar bediende tijdens zijn feest met kerst in ruil voor een korte affaire met de plompe kleine weduwe?

Nee, dat kan het niet zijn, zo hield hij zichzelf voor. Zelfs juffrouw Monroe zou niet...

En toch, als je erover nadacht, misschien toch wel. En het zou uitermate effectief zijn. Een dergelijk schandaal zou de Trahernes van hun sociale voetstuk stoten én de rijke meneer Parnell op de vlucht jagen, waarmee de hoop van Cornelius op steun voor zijn kwijnende financiën vervlogen zou zijn. En juffrouw May Monroe zou drieënzeventig jaar nadat ze was beledigd door het huwelijksaanzoek van een parvenu, eindelijk haar wraak hebben.

Vooropgesteld, natuurlijk, dat Ben haar spelletje meespeelde.

Terwijl hij de jonge weduwe beleefde, nietszeggende opmerkingen hoorde maken tegen de hopeloos verliefde Austen, herinnerde Ben zich mevrouw Dampiere. Hij herinnerde zich hoe het voelde om gebruikt te worden. Hij wilde plotseling naar buiten.

Hij verdween abrupt en liet juffrouw Monroe niet blijken dat hij haar spelletje doorzag. En toen ze weer beneden op straat stonden, mompelde hij een excuus tegen de verdwaasde, zwijgende Austen en liep hij in zijn eentje de stad in om wat frisse lucht te happen.

Hij voelde zich boos en teleurgesteld. Wat een idioot was hij geweest. Werkelijk te hopen dat die oude heks hem tot haar kringetje zou toelaten, gewoon omdat hij het haar vroeg!

Hoe naïef! Hij had moeten weten dat sociale acceptatie altijd een prijs had. En in zijn geval was die prijs een vrijpartij met Sibella Palairet. Eens een stalknecht, altijd een stalknecht, zo leek het. Natuurlijk zou het voordelen hebben als hij besloot die prijs te betalen. Hij zou onder andere de Trahernes woedend maken. Maar op deze manier wilde hij dat niet aanpakken. Dit was... laaghartig. Een vreemd woord voor een voormalig straatschoffie, maar zo was het wel.

Hij liep er nog steeds over na te denken toen hij de hoek omsloeg naar King Street en bijna tegen Cameron Lawe op liep. Zonder erover na te denken deed Ben een stap achteruit en tikte met een gemompelde verontschuldiging zijn hoed aan. 'Ik hoopte al dat ik u tegen het lijf zou lopen,' zei hij.

Cameron Lawe keek hem aan zonder uitdrukking op zijn gezicht. Toen tikte hij tegen zijn hoed, deed een stap opzij en liep zonder een woord te zeggen door.

Het was vroeg in de middag en King Street was leeg, dus was er niemand die had gezien dat hij afgewezen werd. Niettemin steeg de warmte naar zijn gezicht. Dat een oude heks in Duke Street zei dat hij er niet bij hoorde, was één ding, maar dat hij met de nek werd aangekeken door een man die hij altijd had gerespecteerd was iets heel anders. Hij verachtte zichzelf om zijn zwakheid, maar hij wilde dat Cameron Lawe hem aardig vond. Of hem in elk geval zijn goedkeuring gaf.

Hij voelde zich erg alleen toen hij de straat doorliep en op het plein uitkwam. Het was geen marktdag, dus er waren maar enkele venters. Hij voelde hun ogen op hem gericht toen hij hen voorbijliep. Ze waren waarschijnlijk alleen maar nieuwsgierig, maar hij kon zich niet aan het idee onttrekken dat ze over hem oordeelden. *Je hoort er niet bij,* leken ze te zeggen. *Je kunt zo hard je best doen als je wilt om ertussen te passen, maar het zal niet lukken. Je zult altijd het straatschoffie blijven dat goed terechtgekomen is.*

Maar waarom zou hij zich daar nu iets van aantrekken, vroeg hij zich kwaad af. Je hebt er nooit bij gehoord. Dat heb je nooit gewild. Wie zijn die mensen, dat je je er iets van moet aantrekken wat ze denken?

Toen hij het plein overstak kwam er een herinnering bij hem boven. Vijftien jaar eerder had hij over ditzelfde stoffige plein gelopen en zich net zo kwaad en eenzaam gevoeld als nu – en toen een bekend gezicht gezien dat oplichtte van vreugde toen ze hem zag.

Waarom moest hij daar nu weer aan denken?

De bank waar ze destijds op had gezeten stond nog steeds voor de rechtbank. Maar in plaats van de jonge Sophie Monroe zat er een knap, donkerharig meisje van een jaar of twaalf op dat hem pijnlijk aan Madeleine herinnerde. Ze droeg een witte katoenen overgooier met volants over een rood met groen geruite jurk; op haar hoofd stond een ver naar achteren geschoven strohoed. Ze had haar moeders levendige teint, en iets van haar vaders sterke wil in de vorm van haar mond. En ze keek intens nieuwsgierig naar Ben, al probeerde ze dat niet te laten merken.

Hij stak zijn handen in zijn zakken en liep naar haar toe. 'Hallo,' zei hij.

'Hallo,' zei ze verlegen.

'En, heb je dat gestreepte paard nog steeds?'

Ze bloosde van genoegen. 'Ik had niet gedacht dat je je me nog zou herinneren.'

'Dat had ik van jou ook niet gedacht.'

'Natuurlijk herinner ik me je nog. Je zei dat Spot een gebroken kanonbeen had en dat ik hem het beste kon doodschieten.'

'En heb je dat gedaan?'

Ze lachte. 'Nee! Ik heb hem nog steeds. Hij woont op mijn bed. En ik heb nu ook een echt paard. Een pony eigenlijk.'

'Hoe heet hij?'

'Muffin. Ze is kastanjebruin en erg fel.'

Ben deed zijn best niet te glimlachen bij de gedachte aan een felle muffin. 'Dat zijn kastanjebruine pony's vaak,' zei hij.

'Ik bedoel niet dat ze slecht gehumeurd is,' zei ze snel, alsof ze het gevoel had haar paardje ontrouw te zijn. 'Ze is heel gehoorzaam. Bij mij in elk geval.'

'Dat is goed om te horen.'

Het was een prettige verandering om eens met iemand te praten die blij was hem te zien, en hij kwam in de verleiding nog een poosje te blijven, maar dat kon hij moeilijk doen na wat er zojuist tussen hem en haar vader was voorgevallen. 'Ik denk dat ik maar beter kan gaan,' zei hij.

Haar gezicht betrok. 'O, maar ik heb nog hopen tijd, echt waar. Ik wacht op papa en hij blijft altijd eeuwen weg als hij naar de zadelmaker is.'

'Daarom kan ik niet blijven,' zei Ben. 'Zie je, je vader en ik kunnen niet zo goed met elkaar overweg en ik wil niet dat jij door mij problemen krijgt.'

'O.' Ze zoog haar lippen naar binnen. 'Het zal wel door het

weer komen. Iedereen is altijd knorrig voordat de regens komen, zelfs papa. En als de regens dan komen is iedereen nog steeds knorrig, omdat het regent.'

Ben grinnikte. Het gesprek vrolijkte hem op. 'Dat zal het dan wel zijn,' zei hij.

'Ik bekeek hem dus van boven tot onder,' zei Sibella met stralende ogen, 'en zei heel stellig: "Ik geloof niet dat we al aan elkaar zijn voorgesteld, meneer." O, je had zijn gezicht moeten zien! Hij wist niets meer te zeggen. Helemaal van zijn stuk gebracht.'

Sophie knarsetandde en verzette zich tegen de aandrang om het uit te gillen. Sibella moest dat verhaal al honderd keer verteld hebben. Ze was stralend van triomf teruggekeerd uit Falmouth, nadat ze 'die Kelly' flink op zijn nummer had gezet.

In de dagen die volgden bleef ze het verhaal vertellen aan iedereen die maar wilde luisteren, tot Sophie zich begon af te vragen of er iets meer achter die stralende ogen en kleur op haar wangen stak dan gewoon woede. Zelfs de volstrekt onverstoorbare Gus Parnell begon zijn geliefde bedenkelijk aan te kijken. Uiteindelijk riep Cornelius zijn dochter bij zich in zijn werkkamer. Toen Sibella daar weer uit kwam beefde ze en zag ze bleek, en daarna vertelde ze nooit meer hoe ze Ben Kelly op zijn nummer had gezet.

Sophie had geen medelijden met haar. Elke keer dat Sibella dat verdraaide verhaal had verteld, had iedereen naar haar gekeken, om te zien hoe ze het opvatte. Ze herinnerden zich allemaal de gebeurtenis zeven jaar geleden... ook al wist geen van hen hoe ver het feitelijk gegaan was.

September maakte plaats voor oktober, maar er kwam nog steeds geen regen. De hitte nam toe. De mensen werden opvliegend. En Sophie begon te beseffen dat het een grote vergissing was geweest om erin toe te stemmen met Alexander te trouwen.

Toen ze net in Jamaica waren, was ze gewoon dankbaar geweest omdat ze in de watten werd gelegd en de wereld op veilige afstand werd gehouden, maar naarmate de maanden verstreken was ze steeds rustelozer geworden. Ze was niet gewend om te lanterfanten, en op Parnassus werden de dames niet aangemoedigd actief te zijn. Alexander had op zachtaardige toon te kennen gegeven dat hij het afkeurde dat ze alleen ging rijden; en hij wilde ook niet dat ze haar oude vriendin Grace McFarlane opzocht. 'Het geeft geen pas om met dat soort volk om te gaan,' zei hij met een stralende glimlach. 'Vooral niet met de McFarlanes.'

'Waarom niet?' vroeg ze verbaasd. 'Ik ben al met Evie bevriend sinds we kinderen zijn.'

'Jawel,' zei hij geduldig, 'maar je bent nu geen kind meer.'

'Maar over een maand of zo komt ze terug voor de feestdagen. Je wilt toch zeker niet zeggen dat ik haar niet mag zien?'

'Ik kan me niet voorstellen waarom je dat zou willen,' zei hij zacht, 'als je bedenkt waar ze woont.'

Hij hoefde niets meer te zeggen. Evies moeder woonde nog steeds in het oude slavendorp op Fever Hill. Natuurlijk zou Sophie daar niet heen gaan.

Hij mocht wat dat betreft dan gelijk hebben, maar het veranderde niets aan haar overtuiging dat haar huidige leven een leugen was. Ze hoorde niet op Parnassus. Ze paste er niet tussen. Het was dwaas geweest te denken dat ze erbij zou kunnen horen.

Maar hoe kon ze Alexander de bons geven, Alexander die altijd zo aardig en attent was, en die haar nooit iets had misdaan? Het zou haar grootste en meest vernederende ommezwaai ooit zijn.

Ze stelde zich de consternatie op Parnassus voor. Ze was maandenlang hun geëerde gast geweest. Rebeccca had haar overladen met kleine cadeautjes. Sibella had haar als een zuster behandeld. Cornelius had zelfs een paard voor haar gekocht. En alles was al geregeld. De advocaten hadden alles op papier gezet. De uitzet was gekocht; iedereen verwachtte dat het huwelijk door zou gaan.

En bovendien, als ze al de moed vond de verloving te verbreken, waar kon ze dan heen? Ze was nog steeds niet terug geweest naar Eden, zelfs niet voor een middag; ze kon de gedachte eraan niet verdragen. Er was dus geen sprake van dat ze daar haar toevlucht kon zoeken. Dan bleef alleen Londen over, en mevrouw Vaughan-Pargeter.

De dagen gingen over in weken en ze deed niets. Ze hield eindeloze, bittere woordenwisselingen met zichzelf. Ze noemde zichzelf een leugenaar, een hypocriet en een hopeloze lafaard. Ze liet alles op zijn beloop.

Halverwege oktober kwam eindelijk de regen; hij veranderde de wegen in rivieren en maakte haar tot een gevangene van het huis. Ze sloot zich op in haar kamer en nam de kist met 'spullen' door die Madeleine haar had toegestuurd. Ze bracht uren door met het lezen van een door meeldauw aangetast journaal van een opzichter van Fever Hill, dat haar de ogen opende voor echt ongeluk, en haar deed verlangen naar het echte Jamaica, en naar het gezelschap van Grace McFarlane en Evie. Ze liet alles op zijn beloop.

Eindelijk, op een middag na een wel heel hevige stortbui, kon ze er niet meer tegen en was ze vastbesloten het met Alexander uit te praten.

Ze trof hem aan in zijn werkkamer, waar hij de krant zat te lezen. 'Alexander,' zei ze zodra ze binnenstapte, 'we moeten eens ernstig praten.'

'Je hebt volkomen gelijk,' zei hij, met een glimlach naar haar opkijkend. 'Ik heb je vreselijk behandeld. Ik ga voortdurend naar Kingston en laat jou hier alleen.'

'Daar wil ik het niet over h...'

'Maar ik beloof je dat het allemaal anders wordt wanneer we getrouwd zijn,' onderbrak hij haar op oprechte toon. 'Ten eerste wonen we dan in Waytes Valley en heb je dus je eigen huis. Dat zal je iets te doen geven.'

Ze knarsetandde en vroeg zich af hoe ze moest beginnen.

Alexander moest iets aan haar gezicht hebben gezien, want hij legde zijn krant weg, kwam naar haar toe en sloeg zijn arm om haar schouders. 'Weet je, beste meid, het wordt echt tijd dat we een datum vaststellen. Wat zeg je ervan, hè? Wanneer gaat het gebeuren?'

Zo bedaard als ze kon draaide ze zich uit zijn armen. 'Daar wilde ik het met je over hebben.'

Zijn gezicht klaarde op. 'Ik kan je niet zeggen hoe blij ik daarmee ben. Nou, vertel. Wanneer?'

Ze keek naar hem op. Hij verwachtte zo weinig van haar en was altijd zo goed gehumeurd. En zo gelukkig. 'Uhm... volgend voorjaar?' zei ze. Lafaard, lafaard, lafaard. Nu heb je het nog veel erger gemaakt.

'O, nou,' mompelde hij licht fronsend. 'Duurt dat niet nog vreselijk lang? Ik dacht eigenlijk aan november of zo.'

Haar maag draaide zich om. 'Maar... dat is volgende maand al.'

Hij schonk haar zijn charmantste glimlach. 'Ik weet dat het gemeen is je zo op te jutten, maar ik heb zo genoeg van dat wachten.'

'November is te snel,' zei ze, zich afwendend zodat hij haar gezicht niet kon zien.

'Goed dan. Wat vind je ervan om het verschil te delen en er december van te maken?'

'Wat vind je van na Kerstmis?' opperde ze zwakjes.

Hij aarzelde nog even en glimlachte toen. 'Het zij zo. Januari. Ik ga het snel tegen de ouweheer vertellen. Hij zal in de wolken zijn.'

Ze schonk hem een gespannen glimlachje.

Toen hij weg was, liep ze naar buiten, de galerij op en keek naar de regen die de grond geselde en het pad rood kleurde. Ze was een vreselijke lafaard. Ze had haar kans gemist en het alleen maar moeilijker gemaakt om met hem te breken.

De weken die volgden waren een wervelwind van activiteit. De uitnodigingen werden verstuurd; het huwelijksontbijt werd gepland alsof het een militaire operatie betrof; elke dag nam Sophie zich voor iets te zeggen en elke dag verstreek zonder dat ze dat had gedaan.

Toen, op de vijfentwintigste november, gebeurde er iets wat het allemaal nog veel erger maakte. Iedereen in Trelawny die ook maar iets voorstelde ontving een gegraveerde uitnodiging met vergulde rand en van een onberispelijke eenvoud. *'De heer Benedict Kelly, thuis op maandag zesentwintig december om acht uur, Maskerade. Dans. Graag uw antwoord.'*

De Northside-society vermaakte zich kostelijk met geschokte reacties.

'Schandalig,' verklaarde Sibella, haar ogen wijd opengesperd.

'Die man is een ploert,' zei Gus Parnell tevreden.

'Natuurlijk is hij dat, mijn beste man,' grinnikte Cornelius en sloeg hem op zijn rug. 'Alleen een schurk zou de regels in de wind slaan door zich nergens te laten zien en vervolgens te verwachten dat iedereen voor hem door het stof kruipt, alleen omdat hij geld heeft. Ik noem dat extreem ploerterig.'

'Maar hoe kan hij zelfs maar denken dat we hem zouden wíllen kennen?' vroeg zijn oudste dochter Davina zich hardop af.

'Het is ondenkbaar dat we dat zouden willen,' zei Olivia Herapath. 'Een man zonder afkomst? Zonder opvoeding? Wie waren zijn ouders? Wie waren zijn grootouders?'

'In mijn tijd,' zei de oude mevrouw Pitcaithley, zeer van streek, 'werden heren geboren, niet gemaakt. Ik begrijp er helemaal niets van.'

Clemency verraste iedereen door te zeggen: 'Ik heb hem altijd graag gemogen.' Ze had zich verbazingwekkend goed aan de verhuizing van Fever Hill naar Eden aangepast en maakte nu vaak met haar kleine rijtuigje de rit van Eden naar Parnassus.

'O, tante Clemmy!' riep Sibella ongeduldig uit. 'Je hebt die man nog nooit gezien!'

'Ja, dat heb ik wel, meisje,' antwoordde Clemmy mild. 'Jaren geleden, toen hij nog klein was. Ik heb hem een gemberbonbon gegeven. Ik geloof zelfs dat hij er meer dan een heeft gegeten. Ik vraag me af of hij zich me nog herinnert.'

'Wat ter wereld doet dat er nou toe?' zei Sibella fel. 'Waar het om gaat is dat niemand erheen kan gaan. Daar gaat het om.'

'Ik ben het met je eens,' zei Alexander en keek daarbij naar Sophie. 'Vind je ook niet, liefste?'

Ze gaf haar vriendelijkste glimlach ten beste en zei dat ze het natuurlijk met hem eens was. En iedereen knikte en probeerde niet te laten merken dat ze wanhopig graag zouden weten hoe ze zich werkelijk voelde.

Ze zouden zich zeer verbaasd hebben als ze hadden geweten hoe heftig haar reactie was geweest. Een week lang al liep ze zichzelf te hekelen omdat ze te laf was om met Alexander te breken, maar nu was dat allemaal overspoeld door haar woede jegens Ben. Tweede kerstdag – de avond dat zij naar hem toe was gegaan in Romilly, de nacht dat Fraser was gestorven. Hoe kon hij dat doen? Hoe kon hij?

Een week later werd de *beau monde* weer op stelten gezet, toen bekend werd dat niemand minder dan juffrouw May Monroe de uitnodiging had aangenomen: althans in zoverre dat ze had laten weten haar koets en haar bediende Kean te zullen sturen.

'Ik neem aan dat het dan in orde is?' vroeg Rebecca Traherne met haar hand tegen haar wang.

'Ik zou zeggen van wel,' zei Cornelius. 'Je kunt moeilijk een familie tegenspreken die zo oud is als de Monroes.' Daarbij maakte hij een beleefd buiginkje naar Sophie.

'Dat staat buiten kijf,' stemde Olivia Herapath in. 'Werkelijk, ik beschouw het als mijn plicht om te gaan. Bovendien is het intrigerend. Ik heb gehoord dat hij vreselijk knap is, én rooms-katholiek. Ik ben altijd nogal op katholieken gesteld geweest. Een vleugje wierook is net zo opwindend als zwavel, vind je ook niet?'

'Ik zou het voor geen geld willen missen,' zei Davina met een blik vol zusterlijk sarcasme op Sibella.

Sibella zei niets. Ze keek het laatste nummer van *Les Modes* door, op zoek naar ideeën voor nieuwe jurken.

'Maar je denkt toch wel dat het gepast is?' blèrde de arme mevrouw Pitcaithley.

'Geloof dat maar.' Cornelius wierp een blik op Gus Parnell, die zwijgend zat te mokken. 'Iedereen zal er zijn, gewoon omdat ze het niet kunnen verdragen er niet bij te horen. Ik heb gehoord dat zelfs de oude ma Palairet niet de moed heeft om weg te blijven.'

Alleen Clemency bedankte, uit loyaliteit jegens Madeleine en Cameron, die zich per kerende post hadden verontschuldigd.

'We kunnen onmogelijk gaan,' zei Sophie toen ze Alexander later opzocht in zijn werkkamer.

'Waarom niet, liefje?' vroeg hij, met een glimlach opkijkend van de brief die hij had zitten schrijven. 'Ik vind dat we wel moeten gaan.'

Ze staarde hem aan. 'Maar dat kan ik niet. Dat kan ik echt niet.'

Hij stond op, liep om zijn bureau heen naar haar toe en pakte haar bij de hand. 'En dat,' zei hij zachtaardig, 'is nou juist de reden dat we wel moeten gaan. We moeten iedereen laten zien dat die man niets meer voor je betekent.'

'Dat kan ik ook wel laten zien door thuis te blijven.'

'Nee, dat kun je niet,' zei hij geduldig. 'Lieveling, de mensen vergeten niet snel. Het doet me pijn dit te moeten zeggen, maar je hebt je in hun ogen nogal verlaagd met die kleine episode.'

'Verlaagd?'

'Maar natuurlijk. Een verbintenis buiten haar eigen milieu verlaagt een meisje altijd.'

Ze deed haar mond open om te protesteren, maar hij gaf haar geen kans. 'Ik zeg dit niet om je van streek te maken, liefje. Het is allemaal voorbij, maar begrijp je niet dat je daarom juist wel je opwachting moet maken? Om iedereen duidelijk te maken dat het niets te betekenen heeft.'

Ze begon boos te worden. 'Dus ik word geacht de Maskerade van de heer Kelly te bezoeken omdat hij niets voor me betekent, terwijl ik Evie McFarlane niet mag zien, terwijl zij mijn vriendin is? Nee, Alexander, daar zie ik echt de logica niet van in.'

'Dat vind ik ook helemaal niet nodig,' antwoordde hij kordaat. 'Je hoeft je alleen maar door mij te laten leiden.'

Toen Sophie de deur achter zich had dichtgegooid met een kracht die door het hele huis weergalmde, bleef Alexander een ogenblik zwijgend zitten en masseerde zijn slapen.

Verdorie nog aan toe! Het was allemaal zo'n knoeiboel. Sophie liep te mokken, het gezicht van de ouweheer stond op onweer en er was een bijzonder onbeschaafde brief gekomen van Guy Fazackerly, die wilde weten wanneer hij zijn schuld zou voldoen. *TWINTIGDUIZEND POND* had hij in beledigende hoofdletters geschreven, *absoluut verschuldigd op nieuwjaarsdag*. Waar maakte de man zich druk om? Realiseerde hij zich niet dat Alexander, nu de datum voor het huwelijk was vastgesteld, naar de joden kon gaan om het geld te lenen? Realiseerde hij zich niet dat hij zijn smerige geld heus wel zou krijgen, tot de laatste cent? Wat waren sommige mensen toch ongemanierd.

En nu was daar nog die andere kleine onaangename kwestie bij gekomen.

Op het vloeiblok voor hem lag Evies brief. Hij had die zitten herlezen toen Sophie binnenkwam en had hem net op tijd kunnen omdraaien. Nu pakte hij hem met verveelde afkeer weer op.

Liefste Alexander,

Waarom ben je niet naar me toe gekomen of heb je me niet geschreven? Het is weken geleden dat ik je mijn nieuws heb verteld en ik heb sindsdien niets meer van je gehoord. Is dat aardig? Je hebt beloofd me op te zoeken. Je hebt beloofd me te helpen. Ik ben zo alleen. Ik kan het niemand vertellen en ik kan nergens anders aan denken. Ik weet niet wat ik moet doen. Mijn lief, ik heb je harder nodig dan ooit...

Verdorie nog aan toe! Waarom raakten vrouwen dan ook in moeilijkheden? Mannen hadden elke dag met veel lastiger zaken te maken en maakten er nooit zo'n heisa over. Hijzelf had de kwestie van zijn verloving met Sophie direct met Evie geregeld, zodra hij van de boot was gestapt! Het was moeilijk geweest, maar het was hem gelukt. Dus waarom kon Evie haar eigen kleine probleempje niet zelf aanpakken? Trouwens, als je erover nadacht, had ze hem vreselijk misleid. Hij had altijd aangenomen dat een meisje als zij afdoende op de hoogte was als het om dit soort dingen ging. Dat ze wel zou zorgen niet in dit soort moeilijkheden te geraken – of, als dat toch gebeurde, tenminste zou weten hoe ze er weer uit moest komen. Hoe had hij kunnen weten dat ze zo onvoorzichtig zou zijn om zichzelf zwanger te laten maken? Nee, als je het eens goed bekeek, was hij inderdaad vreselijk misleid.

De klok op de boekenplank sloeg half zeven. Hij slaakte een enorme zucht. Over tien minuten moest hij zich gaan verkleden voor het diner. Verdraaid, waarom had een man nooit zelfs maar de tijd om adem te halen?

Met het gevoel dat hem een enorme loer was gedraaid door de wereld in het algemeen en door vrouwen in het bijzonder, pakte hij zijn pen op en begon te schrijven.

Beste Evie,

Ik heb je uitdrukkelijk gevraagd me nooit te schrijven. Door dat toch te doen heb je het allemaal vreselijk moeilijk voor me gemaakt. Ik weet dat ik heb gezegd dat ik zou komen, en dat doe ik ook wel weer... mettertijd. Maar je moet begrijpen dat ik, toen je me een paar weken geleden je nieuws vertelde, zo geschokt was dat ik nauwelijks wist wat ik moest beginnen. En vergeef me, maar ik moet je dit vragen: weet je absoluut zeker dat het van mij is? Als je zegt dat dat zo is, zal ik je natuurlijk op je woord geloven; niettemin acht ik het mijn plicht je die vraag te stellen.

Verder moet ik toegeven dat ik tot die ruwe bewustwording meende te mogen aannemen dat je wist hoe je dit soort onplezierigheden kon voorkomen. Je moet toch toegeven dat je me nooit iets anders hebt doen geloven, en dat mijn aanname dus gerechtvaardigd was. Ik kan er nog aan toevoegen dat je timing in deze kwestie nauwelijks slechter had kunnen zijn, gezien mijn aanstaande huwelijk.

Niettemin zal niemand kunnen zeggen dat ik me aan mijn plicht onttrek. Daarom sluit ik een biljet van vijf pond in, wat jou naar ik hoop in staat zal stellen je probleempje direct, voorgoed en naar tevredenheid op te lossen.

Ik hoop bij je langs te kunnen komen wanneer ik weer in de stad ben. Maar intussen smeek ik je, alsjeblieft, alsjeblieft niet meer te schrijven. Groet, AT.

26

Waar zijn de geesten als je ze nodig hebt, dacht Evie, die op het graf van haar grootmoeder zat. Elke avond sinds ze was teruggekeerd naar Fever Hill was ze naar de rand van haar moeders erf gegaan en had ze de geesten om advies gevraagd: om een teken over de vraag of ze het kind moest krijgen of zich ervan moest ontdoen. Maar er kwam niets. Alleen de donkere bomen bogen zich naar haar over om naar haar gedachten te luisteren.

Lieve hemel, wat een dwaas was ze geweest! Hoe had ze ooit kunnen denken dat ze goed genoeg was voor Alexander Traherne? Een hete golf van schaamte spoelde over haar heen toen ze zich haar geheime fantasie herinnerde: dat hij zich zou realiseren dat hij niet met Sophie in het huwelijk kon treden en in plaats daarvan met haar zou trouwen; dat hij haar trots mee zou nemen naar Parnassus en haar aan zijn familie zou voorstellen. En ze zou zich tot zijn vader wenden met een kille glimlach, en hem uitdagen zich het angstige meisje te herinneren dat hij zeven jaar geleden in het suikerrietveld had proberen te verkrachten. Lieve hemel, wat dwaas.

Gemurmel van stemmen dreef op de zoete avondlucht naar haar toe. Ze keek over haar schouder naar het huis, waar haar moeder met haar nicht Cecilia en de oude nana Josephine haar pijp zat te roken. Voor het eerst in jaren wilde ze bij hen gaan zitten. Ze wilde haar schoenen uitschoppen en het stof tussen haar tenen voelen, gewoon bij hen gaan zitten en een poosje praten. Maar dat kon ze niet. Datgene wat ze in zich droeg, scheidde haar van hen.

En de tijd begon te dringen. Halverwege oktober had ze ontdekt wat er aan de hand was. Ze had het Alexander drie dagen later verteld en hij had beloofd haar te zullen steunen. En ze had hem geloofd.

Aanvankelijk had ze, toen ze niets van hem hoorde, gedacht dat hij ziek was. Maar na enkele wanhopige weken was de brief gekomen. *Je hebt het vreselijk moeilijk voor me gemaakt... Je timing had nauwelijks slechter kunnen zijn... Weet je absoluut zeker dat het van mij is? Ik smeek je, alsjeblieft, alsjeblieft, niet meer te schrijven.*

Schrijven? Hoe kon hij denken dat ze na zo'n belediging ooit nog contact met hem zou willen opnemen? Ze lag elke nacht wakker, in gedachten tegen hem schreeuwend. Ze stond elke morgen dodelijk vermoeid en nog steeds schreeuwend op. Al die leugens. De kussen, de liefkozingen, de vurige beloftes. Sophie betekende niets voor hem, had hij gezegd. Hij hield van Evie.

En waar draaide het uiteindelijk op uit? Op een klamme omhelzing en een goedkoop etentje in een restaurant ver uit de buurt. Een papieren parasol en een biljet van vijf pond.

Ze had het geld bij zich, onder het lijfje van haar jurk, zoals eens het gouden kettinkje dat zijn vader haar ooit had gegeven, maar dat ze was kwijtgeraakt bij de worsteling in Bamboo Walk. *Zijn vader.* Waarom had ze niet beseft dat ze precies eender waren?

Een bries deed de pimentboom boven haar ruisen. Ze drukte haar knokkels in haar ogen tot ze sterretjes zag. Lieve god, meid! Hou op over het verleden te peinzen en denk na! De tijd dringt. Het is al vijftien december; je bent al meer dan drie maanden heen. Je moet iets doen.

Maar wat?

Het weg laten halen? Als ze betrapt werd, kwam ze misschien in de gevangenis. Dat zou het einde van alles betekenen. En als ze het kind kreeg, zou dat evengoed het einde van alles zijn. Ze zou nooit meer les kunnen geven, nooit meer kunnen dromen van een respectabel huwelijk met een respectabele man. Haar leven zou voorbij zijn.

Ze wist niet wat ze moest doen. Ze verlangde ernaar met iemand te praten. Ben misschien, of Sophie. Maar Sophie was wel de laatste tegen wie ze het kon vertellen.

Ze hoorde iets achter haar, opende haar ogen en zag haar moeder naast het graf van nana Semanthe met haar handen op haar heupen op haar neer staan kijken. 'Wat is er met je aan de hand, meisje?' vroeg ze zacht.

'Niets,' mompelde Evie.

Haar moeder haalde een sliertje tabak tussen haar tanden uit. 'Je bent al een poosje terug, en hebt nauwelijks twee woorden gezegd. Je zit zwaar te denken, en hebt ook zware gevoelens. Waar of niet?'

Evie schudde haar hoofd.

'Liefdesproblemen? Liefdesproblemen daarginds?'

Evie dacht even na en knikte toen.

'Een buckra-man met mooie praatjes.'

Evies hoofd schoot omhoog. 'Waarom zeg je dat, moeder?'

'Tss! Ik niet gek. Wat voor naam heeft hij, die man?'

Maar weer schudde Evie het hoofd. Eén ding was zeker: haar moeder mocht het nooit weten. Grace McFarlane had in het verleden duistere dingen gedaan. Als ze er ooit achter kwam wie haar dochter dit had aangedaan, zou hij niet lang meer leven. En dan zou Grace worden opgehangen voor moord en hadden de Trahernes gewonnen.

'Moeder,' zei ze, haar benen van de grafzerk zwaaiend, 'maak je maar geen zorgen. Het is voorbij.'

'Evie...'

'Ik zeg dat het voorbij is. Het is uit. En nu ben ik moe. Ik ga naar bed.'

Ze werd de volgende morgen vreemd helder wakker. Ze wist weliswaar nog steeds niet wat ze moest doen, ze wist alleen zeker dat ze die dag een besluit zou nemen. Terwijl ze naar meneer Anancy keek, die zijn web maakte onder het dakspant, vroeg ze zich af waar die zekerheid vandaan kwam. Had er in haar slaap een geest naar haar toe gedroomd?

Ze trok haar stadskleren aan en zei tegen haar moeder dat ze naar het busha-huis ging om met meneer Kelly te praten.

'Wat jij willen van hem?' zei haar moeder met een onderzoekende blik. 'Is hij de vrijer?'

'O, moeder! Natuurlijk niet!'

'Echt waar? Zweer je op de bijbel?'

'Hij is als een broer voor me. Dat weet je.' En ik hoop innig, voegde ze er in stilte aan toe, dat hij dat nu ook zal zijn.

Tot haar ongenoegen was Ben echter niet thuis. 'Ik vrees dat hij is gaan rijden,' zei de lelijke zwarte man die de veranda op kwam lopen. Hij was erg zwart en had een intelligent, hoekig gezicht dat haar deed denken aan een jongere versie van haar neef Danny Tulloch. Ze had meteen een afkeer van hem.

'Mijn naam is Isaac Walker,' zei hij glimlachend en stak zijn hand uit.

Ze schonk hem een miniem knikje en negeerde de hand. 'Evie McFarlane,' mompelde ze. Zo zwart als een neger uit de Kongo, dacht ze minachtend. Te zwart, te lelijk en veel te beleefd. Wie denkt hij wel dat hij is?

Zijn glimlach werd breder toen hij haar naam hoorde. 'De dochter van Grace McFarlane. Ik verheugde me er al op...'

'Vertel meneer Kelly alstublieft dat ik geweest ben,' zei ze kil, en draaide zich om.

'Weet u zeker dat u niet wilt wachten? Of... kan ik hem een boodschap doorgeven?'

Ze keek hem aan met de minachting die alleen een mooie vrouw kan voelen voor een lelijke man. 'Geen boodschap. GoedEDAG, meneer.'

Ze liep woedend het pad af. Probeer me maar niet met mooie praatjes te paaien, zei ze in gedachten tegen Isaac Walker. Met uw guitige glimlach en uw leugenachtige, zoetsappige manieren.

Nu wist ze waar de nana's en haar moeder de vorige avond over hadden zitten kletsen. Een rijke, zwarte man in het busha-huis – en ongetrouwd! Wat zou het mooi zijn als het wat zou worden tussen hem en hun Evie! En natuurlijk, zo hield ze zichzelf tandenknarsend voor, is hun Evie voor niemand anders goed genoeg. Niet goed genoeg voor een blanke man met blauwe ogen en gouden krullen.

Haar woede hield ongeveer twee kilometer aan. Tegen de tijd dat ze Fever Hill Road had bereikt, bleef er alleen nog een koud afgrijzen over. Ze besefte nu dat haar plan om Ben op te zoeken niets anders was geweest dan een vertragingstactiek. Ben kon haar niet vertellen wat ze moest doen; ze moest de beslissing zelf nemen.

Het was donker tegen de tijd dat ze terugkwam bij het huis van haar moeder en de fufu stond te pruttelen op het vuur. 'Jij weet acht uur geweest?' zei Grace op scherpe toon. 'Waar jij hele dag geweest?'

'Weg,' prevelde Evie. Ze gooide haar hoed op de grond en liet zichzelf op het stoepje neervallen. Ze was doodmoe. De stank van de hut van de toverdokter hing nog steeds in haar kleren. Ze vroeg zich af of haar moeder het ook rook.

'Waar "weg"?' vroeg Grace.

'Gewoon weg. Neef Moses heeft me een lift gegeven naar Montego Bay en ik heb wat gewinkeld.' Wat in zekere zin waar was.

'Gewinkeld? Nou! Ziet er niet naar uit dat je wat gekocht hebt.'

'Dat heb ik ook niet.' Dat was een leugen. Het kleine bruine flesje medicijn in haar zak had haar de helft van Alexanders vijf pond gekost. De rest was opgegaan aan een treinkaartje naar Montpelier en een plaats in de postkoets van Montego Bay naar huis. Ze was de hele dag onderweg geweest. De hele dag had ze de ogen van de mensen op zich gericht gevoeld, en zich hun zwijgende veroordeling voorgesteld; zelfs in Montpelier, waar niemand haar kende.

Haar moeder porde in de sintels en kwam naast haar zitten. 'Evie,' zei ze, 'die vrijer van je.'

Evie verstijfde.

'Nee, ik wil niet dat je iets zegt. Luister gewoon.' Ze zweeg even. 'Je weet dat het geen zin heeft met dat soort man verwikkeld te raken.'

Evie schonk haar een vermoeide glimlach. 'Ja, moeder, dat weet ik.'

Grace bestudeerde haar gezicht. 'Evie... heb je me iets te vertellen?'

Evie keek haar aan zonder met haar ogen te knipperen. 'Nee.'

Grace geloofde haar, knikte kort en liep terug naar het vuur.

Evie ging er ook naar zitten kijken. En het leek alsof ze in de sintels weer de alwetende blik van de toverdokter zag toen hij haar het medicijn had gegeven.

Zijn hut stond aan de rand van Montpelier. Om er te komen moest je langs het Montpelier Hotel – *het prachtigst gesitueerde hotel van Jamaica*, volgens de reisboeken. Een jaar geleden, aan het begin van hun romance, had Alexander beloofd haar daar eens mee naar toe te nemen. Nu had ze in het voorbijgaan alleen maar de enorme poorten gezien, en een laan met statige haagbeuken die naar een sprookjespaleis voerde dat ze nooit zou zien.

De hut van de toverdokter had naar geiten, geperste olie en hasjiesj gestonken. Hij had vochtige gele ogen en tandeloos tandvlees, die hij in een voortdurende grijns ontblootte. 'Beetje kinine,' had hij gegrinnikt, terwijl hij met zijn scherpe nagel tegen het flesje tikte, 'en boerenwormkruidolie, peterselie-olie en nog wat andere dingen. Denk erom dat je het helemaal opdrinkt als een brave meid!'

Boerenwormkruidolie en nog wat andere dingen. Het klonk onschuldig, maar ze twijfelde er niet aan dat het zou werken als ze besloot het te gebruiken. Dergelijke mengsels waren geheim en moeilijk verkrijgbaar, maar ze bestonden al heel lang. Ze herinnerde zich een stuk uit het journaal van Cyrus Wright. Congo Eve had een miskraam gehad. Hij verdacht haar ervan een 'smerig negerdrankje' te hebben gedronken om dat te bewerkstelligen.

Naast haar pakte haar moeder een stok en tekende een cirkel in het stof. 'Weet je, Evie, je vader was ook een buckra-heer.'

Evie steigerde. 'Dat weet ik, moeder. Maar alleen omdat jij het met een buckra-man hebt aangelegd wil nog niet zeggen dat je mij kunt vertellen...'

'Nee, dat bedoel ik ook niet.' Ze tikte met de stok in de cirkel en fronste haar voorhoofd. 'Ik ga je iets vertellen, Evie. Ik heb het niet met je vader aangelegd. Hij heeft het met mij aangelegd.'

Evie keek haar aan. 'Wat bedoel je?'

Grace schokschouderde. 'Je weet wat ik bedoel. Jaren geleden ben ik op een middag op weg naar Salt Wash. Ik ga binnendoor over Pimento Piece in de richting van Bulletwood en hij rijdt daar en ziet me. En hij is te sterk voor me.' Ze opende haar handen als om de rest aan te geven.

Evie staarde haar aan. Grace heeft op de alledaagse toon gesproken die ze ook gebruikt als ze het bijvoorbeeld over een bedorven mand yams heeft. Evie probeerde iets te zeggen maar er kwam geen geluid uit. Ze schraapte haar keel. 'Bedoel je... dat hij je gedwongen heeft?'

Haar moeder snoof. 'Nou, ik heb hem er in elk geval niet om gevraagd,' zei ze droogjes.

Evie likte over haar lippen. In al haar overpeinzingen over haar vader was het nooit bij haar opgekomen dat hij zich misschien aan haar moeder had opgedrongen. Grace McFarlane? De Moeder der Duisternis? Dat kon toch niet?

Haar moeder kraste de cirkel door en gooide de stok weg. 'Het gebeurt,' zei ze op effen toon. 'Vrouwen hebben heel, heel veel moed nodig om in deze slechte wereld te leven.'

Evie schudde niet-begrijpend het hoofd. 'Maar... heb je dat ooit tegen iemand verteld?'

Haar moeder snoof weer.

'Maar je had naar de magistraat kunnen gaan..'

Haar moeder gooide haar hoofd in haar nek en joelde: 'Hemelse vrede, meisje! Jij onderwijzeres, maar weet net zo weinig als een pasgeboren kind! Wat had iemand kunnen doen als ik verteld had? De man was te sterk! Hoor je me? Te sterk in elke zin.'

'Maar... wat heb je dán gedaan?'

Ze schokschouderde. 'Heb heel veel nagedacht. Heb erover gedacht ver weg te lopen. Of het aan de Vrouwe van de Rivier over te laten. Of ver weg te gaan en tovermedicijn te nemen om het in mijn buik te doden.' Ze fronste. 'Jou te doden, bedoel ik.'

Evie schrok. Tot dusver had ze alleen aan het ding in haar buik gedacht als haar grootste probleem. Voor het eerst realiseerde ze zich nu dat het een kind was. Zou zij de moed – of de verdorvenheid – hebben om te doen wat haar moeder niet had gekund?

Grace duwde zich overeind van het stoepje en hurkte bij het vuur neer. Ze tilde het deksel op en de vertrouwde geur van tijm, callaloo en aromatische hete pepers vulde de lucht. 'Maar ik blij hoe het uitgevallen is,' zei ze, in de pan roerend. 'Mijn eigenste dochter.'

Evie knipperde met haar ogen. Zulke dingen zei haar moeder anders nooit. Maar waarom zei ze die nu dan wel? Was dit het teken waarop ze had gewacht? Vertelden de geesten haar dat ze het medicijn weg moest gooien en het kind moest krijgen?

'Moeder,' zei ze zacht. 'Waarom vertel je me dit nu?'

Grace schokschouderde. 'Jij moet een keer horen. En ook,' voegde ze er met een wrange glimlach aan toe, 'jij liefdesproblemen. Alleen maar eerlijk ik jou over mijn problemen vertel.'

'Maar waarom heb je het me nooit éérder verteld?'

'Was niet nodig! Allemaal verleden tijd.'

'Vergeven en vergeten? Dat is niets voor jou.'

Ze zuchtte. 'Soms kun je wraak krijgen voor jezelf, Evie. En soms niet. Die man – jouw vader – heeft heel veel slechte dingen gedaan. Hij uiteindelijk wraak voelen, maar niet van mij.'

'Wie was hij?' vroeg Evie abrupt.

Grace zuchtte. 'Nee, Evie, wat voor zin...'

'Vertel het me.'

'Nee.'

'Ik ben een volwassen vrouw. Ik hoor de naam van mijn vader te kennen.'

Langdurig stilzwijgen. Haar moeder bracht de lepel naar haar mond en blies de damp weg om de fufu te kunnen proeven. Daarna voegde ze nog wat tijm toe, knikte tevreden en legde het deksel terug. 'Nou, goed dan,' zei ze. 'Misschien jij gelijk, misschien is tijd.' Ze stond op en pakte Evie bij de pols. 'Kom.'

Ze leidde haar tussen de bomen door naar de graven achteraan het erf. Ze bleef staan naast het graf van overgrootmoeder Leah en legde Evies hand plat op de koude steen. 'Eerst moet je zweren. Zweren op je overgrootmoeder Leah dat je nooit zult proberen hem ermee te confronteren of overbluffen.'

'Waarom niet?' riep Evie fel.

'Jij niet geluisterd, meisje? Hij te sterk! Hij zal je kwaad doen!'

Evie dacht even na en zwoer toen.

Haar moeder knikte tevreden. 'Nou, goed dan. Nu zal ik zeggen. Jouw vader. Hij is Cornelius Traherne.'

Evie wankelde, leunde toen over de grafzerk heen en braakte.

De kruising aan de voet van Overlook Hill geeft de grens van Eden-land aan. Als je daar stilstaat met Eden achter je, heb je drie keuzes. Rechts verdwijnt het pad in de diepe bossen van Overlook Hill, klimt helemaal tot aan de open plek bij de grote geestenboom en kronkelt dan de rotsachtige westelijke helling af naar de Martha Brae en de brug bij Stony Gap. Links loopt de vertrouwde, veilige weg naar het oosten, naar de fabriek bij Maputah en vandaar verder naar Bethlehem, Simonstown en Arethusa. Maar rechtdoor – naar het zuiden – dat is het smalle pad vol stenen dat naar het verre gehucht Turnaround kronkelt, waar de Cockpits beginnen.

De Cockpits zijn van niemand. Ze zijn het domein van bergbewoners en geesten. De Cockpits vormen een uitgestrekte, vijandige wildernis vol diepe ravijnen en hoge, groene, conische heuvels vol plotselinge afgronden, behekste grotten en verborgen zinkputten. En als je in moeilijkheden geraakt, kun je lang wachten op hulp. De bergbewoners zijn niet gesteld op vreemden. Ze zijn de afstammelingen van weggelopen slaven, en net zo hard en stil als het land zelf. Ze komen alleen de heuvels uit bij ziekte of voor een negennacht; verder blijven ze in hun afgelegen, nooit bezochte nederzettingen. Look Behind. Disappointment. Turnaround.

'Turnaround,' zei Belles moeder altijd tegen haar, 'betekent: draai om. Dus wat doe je als je bij het kruispunt komt?'

'Omdraaien,' antwoordde Belle dan.

Haar moeder had een hekel aan de Cockpits. Belle wist niet precies waarom, behalve dat ze er ooit, nog voordat Belle geboren was, een vervelende ervaring had gehad. Daarom had ze Belle laten beloven om nooit, maar dan ook nooit, in haar eentje verder te gaan dan het kruispunt. En dat was ook de reden dat Muffin nu uit gewoonte inhield bij het bereiken van het kruispunt.

Het was half elf in de ochtend. Belle voelde de zon op haar hoed en schouders branden. Het lawaai van de krekels was oorverdovend. Net als het bonken van haar hart. Voor haar klom het pad door een nauwe engte vol doornstruiken en gevallen rotsblokken alvorens uit het zicht te verdwijnen op zijn weg naar Turnaround.

Draai om.

Maar haar belofte aan haar moeder kon in geval van nood vast wel opzij geschoven worden, redeneerde ze. In de zak van haar rijrok zat het wensenlijstje dat ze twee weken eerder had gemaakt. *Dat papa en mama gelukkiger zijn en* nooit meer ruzie maken. *Dat de suikerprijzen stijgen of we een schat vinden, zodat papa niet meer zo hard hoeft te werken. Dat tante Sophie op bezoek komt en het goedmaakt met mama.* Ze wist niet goed hoe ze ze kon verwezenlijken, maar ze wist dat ze het moest proberen. Er was immers niemand anders om dat te doen.

Twee weken geleden was ze midden in de nacht wakker geworden van luide stemmen op de veranda. Ze had in haar bed naar het muskietennet liggen staren en nauwelijks adem durven halen. Haar ouders hadden nooit ruzie. Niet echt ruzie.

Nog steeds met ingehouden adem had ze het net opengeduwd en tegen Scout gefluisterd dat hij moest blijven waar hij was. Toen was ze op haar tenen naar de deur van haar kamer gelopen die toegang gaf tot de veranda, en had ze naar buiten gekeken.

Haar moeder liep in haar lange, roestkleurige kamerjas over de veranda heen en weer. Ze was op blote voeten, en dat had Belle nooit eerder gezien. Haar lange donkere haar zat in de war. 'Nog een kind?' riep ze. 'Hoe kun je dat zelfs maar voorstellen? Hoe durf je dat te berde te brengen?'

'Madeleine, zachtjes,' zei papa. Zijn stem klonk zacht, maar Belle hoorde dat hij boos was. Ook hij droeg zijn kamerjas, en op de een of andere manier schrok Belle daar nog het meest van. Het was alsof de ruzie te ernstig was om tot hun eigen kamer beperkt te kunnen blijven, en was overgekookt tot op de veranda.

'Denk je dat we hem zomaar kunnen vervangen?' beet haar moeder hem toe.

Het bleef even stil voordat haar vader antwoord gaf. 'Ik denk,' zei hij zacht, 'dat als je nadenkt over wat je zojuist hebt gezegd, je daar spijt van zult hebben.'

'Waarom? Dat is toch wat je bedoelde, of niet?'

'Mijn god, Madeleine, hij was ook *míjn* zoon!'

'Ja, en nu wil je doen alsof hij nooit bestaan heeft!'

'Madeleine... stop. Stop.' Zijn stem klonk nu scherp. Belle had hem die toon maar twee keer eerder horen gebruiken. 'Doe dit niet,' zei hij. 'Duw me niet van je weg.'

Mama draaide zich om en keek hem aan. Ze ademde moeizaam, had haar armen strak tegen haar zijden gedrukt, maar Belle zag dat ze beefde. Alsof ze wist dat ze te ver was gegaan.

Even stonden ze elkaar zwijgend aan te kijken. Toen liep papa naar haar toe, legde zijn handen op haar schouders en trok haar tegen zich aan. Even later sloeg ze haar armen om hem heen. Belle zag dat haar handen zich aan zijn rug vastklampten. Hij wiegde haar heen en weer en praatte zacht tegen haar. Belle zag dat haar moeders schouders begonnen te schokken en hoorde toen haar diepe, pijnlijke, oncontroleerbare snikken.

Belle was bang. Het was al erg genoeg om je ouders ruzie te zien maken, maar het was nog erger om je moeder te zien huilen.

'Ik weet niet wat er allemaal gebeurt,' prevelde haar moeder tegen zijn borst aan. 'Ik dacht dat we er overheen waren, jaren geleden al. Maar nu is ze terug en alles komt plotseling weer boven en ik lijk maar niet... Ik kan niet...'

Toen boog papa zijn hoofd naar het hare toe en mompelde hij iets wat Belle niet kon verstaan. Na een poosje knikte mama en leunde ze tegen hem aan alsof ze uitgeput was. Daarna liepen ze langzaam terug naar hun kamer.

Maar nu is ze terug. Dat kon alleen op tante Sophie doelen. En dat verbaasde Belle, want ze was dol op tante Sophie, en ze wist dat dat voor papa en mama ook gold. Maar het feit bleef bestaan dat alles in orde was geweest tot tante Sophie terug was gekomen. Dat was toch zo? Of had Belle alleen maar gedacht dat alles in orde was?

Muffin schudde met haar hoofd en snoof, wachtte ongeduldig op een beslissing over het kruispunt. Belle streelde haar pony's hals en zei dat ze rustig moest zijn.

Een week na de ruzie op de veranda was er iets anders gebeurd dat Belle aan het denken had gezet. Ze had haar vader vergezeld bij een van zijn zeldzame bezoeken aan Parnassus. Hij en tante Sophie waren op het gazon gaan wandelen, terwijl Belle een eindje achter hen liep. Papa had zich plotseling naar tante Sophie omgedraaid en zacht gezegd: 'Sophie, kom naar Eden. Het is er tijd voor. Echt waar.' Belle had de indruk dat het niet de eerste keer was dat hij het vroeg. Maar tante Sophie sloeg haar armen over elkaar en schudde haar hoofd. Ze zag er triest uit, en papa ook.

'Een paar dagen maar,' zei hij, 'of een middag.'

Tante Sophie keek naar de grond. 'Ze wil me niet,' zei ze zacht.

'Jawel. Ze beseft het misschien zelf nog niet, maar ze heeft je nodig. Dat is wat haar zo ongelukkig maakt.'

Maar tante Sophie schudde weer het hoofd. 'Ze neemt het mij nog steeds kwalijk.'

'Wat? Fraser?'

'Het is waar, Cameron. Ik weet dat ze het me kwalijk neemt.'

'Denk je dat echt? Of is het zo dat jij het jezelf kwalijk neemt?'

Tante Sophie gaf geen antwoord.

Dus uiteindelijk slaakte papa een zucht, boog zich voorover en kuste haar op de wang en toen waren ze vertrokken.

Belle begreep het niet. Kwalijk? Wat bedoelden ze met kwalijk? Niemand kon er iets aan doen dat Fraser gestorven was. Dat wist ze omdat papa het haar had uitgelegd. Fraser was erg ziek geworden en de dokters konden hem niet redden, dus was hij doodgegaan. Net als de jonge mastiff die in oktober longontsteking had gekregen.

Weer schudde Muffin met haar hoofd. Belle keek weifelend naar het pad.

In de veiligheid van haar eigen kamer had haar plan zo simpel geleken. Van alle wensen op haar lijstje was *dat we een schat vinden* nog de duidelijkste. In *Verhalen van de rebelse slaven* stond een verhaal over de Spaanse kruiken die de boekaniers hadden gevuld met gouden dubloenen en in grotten in de Cockpits hadden verborgen. En volgens de plattegrond in haar vaders werkkamer waren er diverse veelbelovende grotten vlak bij het pad naar Turnaround. Dus waarom aarzelde ze nog? Het kon niet anders. Dat wist ze. Ze had alles al geprobeerd. Ze had gebeden. Ze had tante Clemmy's dode baby om hulp gevraagd. Ze had zelfs geprobeerd het aan Grace McFarlane te vragen.

Dat was het ergste van alles geweest. Ze had om middernacht op het kruispunt gewacht in de nacht waarvan Braverly had gezegd dat Grace met de grote geestenboom op Overlook Hill ging praten. Maar Grace had er zo anders uitgezien in het blauwe maanlicht: als een echte heks. Ze droeg een spookachtig witte hemdjurk die tot boven haar kuiten omhoog was getrokken, een witte hoofddoek en een ketting van papegaaiensnavels die een afschuwelijk, zacht geluid maakten als ze liep. Belle had geen adem durven halen. Ze had zich in de schaduw verborgen tot Grace voorbij was en had toen de hele weg terug naar huis gerend.

Dat was twee dagen geleden. Het was nu negentien december – twee hele weken na de ruzie op de veranda – en ze had er genoeg van zichzelf steeds voor lafaard uit te maken.

Bovendien had ze zichzelf en Muffin zorgvuldig beschermd tegen de geesten: ze had een takje rozemarijn en vogelmelk op haar taille gespeld en ook een flink bosje aan de voorhoofdsriem van de pony gehangen. Er kon hen niets gebeuren!

Terwijl ze zichzelf dat voorhield pakte ze de teugels en stuurde Muffin het pad naar Turnaround op.

Aanvankelijk leek het pad geruststellend veel op andere paden. Ze herkende kamperfoelie en een kalebasboom, varkensgras, boterbloemen en kruiptijm. De grond klom echter steil en algauw liep ze met Muffin aan het leidsel achter haar aan tussen overhangende wanden en neergevallen rotsblokken en doornstruiken door. Ze hoorde geen vogeltjes; zelfs het gezang van de krekels leek gedempt. Ze voelde ogen op zich gericht, maar toen ze omkeek, zag ze niemand... al merkte ze tot haar schrik wel op dat ze het kruispunt niet meer kon zien.

Het werd warmer. De zon stond hoog aan de hemel en scheen zo fel op de rotsen dat het pijn deed aan haar ogen. Voor haar splitste het pad zich. Ze herinnerde zich van de kaart dat als je rechts aanhield je bij het gespikkelde gedeelte kwam waar de grotten waren. Dat dacht ze tenminste.

Het was middag toen ze het vond. Het pad had zich nog vaak gesplitst, maar ze had elke verandering van richting telkens duidelijk gemarkeerd door een knoop in een kluit gras te leggen, zoals haar vader haar had geleerd. Ze dacht aan hem toen ze een bocht om ging en het zag: een donkere opening, zo'n twintig meter de helling op, half verborgen door een meidoorn en een gordijn van boomwurgers, maar onmiskenbaar een grot.

Ze raakte de rozemarijn aan haar taille aan. Die leek nu akelig ontoereikend. Wat voor nut hadden kruiden tegen geesten en misschien wel tegen de Oude Heks zelf? Ze was echter te ver gekomen om nu nog om te draaien. Ze bond Muffin vast aan een doornstruik en begon te klimmen.

Toen ze dichterbij kwam zag ze dat de opening van de grot omringd was door stekelige wilde pijnbomen en een kleine, kruipende plant met grijsgroene stengels en kleine, bobbelige, groene bloemetjes. Orchideeën, dacht ze met bonkend hart. *Geestenorchideeën*. Ze wilde maar dat ze zich de naam niet had herinnerd.

Ze hoorde gekreun in de grot. Belle verstarde. Diverse mogelijkheden tolden door haar gedachten. Het Spookkalf? De Oude Heks? Een geest?

Weer een kreun. Deze keer klonk het dierlijker. Een gewonde

kat? Een geit? Klonken gewonde geiten zo? Met de kruiden stevig in haar vuist geklemd kroop ze dichterbij.

Een vlaag koele, naar aarde ruikende lucht woei in haar gezicht. Aanvankelijk zag ze niets, maar toen haar ogen aan het duister gewend waren geraakt kon ze de ruwe wanden onderscheiden vol vleermuismest, een aarden vloer en in een hoek een verkreukelde deken van zelfgesponnen wol met een grote donkere vlek erop. Haar hart maakte een sprong. Naast de deken lag een vrouw: ineengedoken, bewegingloos en zo grauw als een geest. Het was Evie McFarlane.

27

Dat meisje heel ziek, zeiden de stemmen in de wanden van de grot. *Baby dood, hij dood in haar. En zeker weten, dat meisje ook klaar om dood te gaan.*

Drup, drup, drup deed de bron achter in de grot. *Vader, broer, minnaar. Zonde, zonde, zonde.* Pijn brandt in haar buik. Ze schreeuwt. Maar het enige geluid dat ze maakt is een zacht gepiep.

Een poosje geleden kwam er een meisje binnen dat haar wat te drinken gaf. Ze voelde de streling van zachte kinderharen tegen haar wang. Maar toen drukte het meisje een takje rozemarijn in haar hand, fluisterde dat ze hulp ging halen en verdween weer in de muren.

Nu hoort Evie alleen nog het *drup, drup* van de zonde, en het gemurmel van de grotmensen. *Wat jij doen in dit oude stenen hol, meisje? Dit geen plaats voor jou... Dit ongelukkige plek vol geesten en begraven herinneringen...*

Dan hoort ze een nieuwe stem, een vrouwenstem. *Als dit leven is, dan wil ik niet meer...*

Wie zei dat? Was het Congo Eve, of Evie McFarlane?

Een vrouw heeft heel veel moed nodig om in deze slechte wereld te leven... Heb jij moed, Evie? Heb je lef?

'Jezus, Evie, Jezus...' mompelt de man die naast haar neerknielt.

Ben? Wat doet Ben hier in de heuvels? Is hij ook dood? Zit hij samen met Evie McFarlane en Congo Eve en de jaloerse, fluisterende geesten gevangen in dit oude stenen hol? Ze hoort kiezels rollen wanneer hij achter in de grot omlaag glijdt naar de bron.

Dan zijn terugkerende voetstappen en het gekletter van de emmer die hij neerzet. 'Jemig, Evie...' Zijn stem is onvast en hij vloekt voortdurend zachtjes.

Koelte vloeit in haar mond. Ze slikt, hoest en probeert weer te slikken. Koelte vloeit tot diep in haar binnenste, tot helemaal onderin, waar het vuur huist.

Hij begint haar nek en armen te wassen, maar ze duwt hem weg... of probeert dat althans. 'Verdorie, Ben,' zegt ze, 'ik ben een vrouw, niet een van je paarden.' Maar de woorden komen niet uit haar mond. Het enige wat ze hoort is een zacht gekras.

Hoe komt hij aan die emmer? O ja, nu herinnert ze het zich weer. Die had zij toch zelf meegebracht? Ze had het helemaal gepland. De emmer en de deken, de homp hard deeg en het kleine flesje bitter bruin medicijn. De gedachte daaraan doet haar bijna kokhalzen.

Ben neemt haar in de kromming van zijn arm om haar te helpen drinken. Pijn vlamt door haar buik. Ze opent haar ogen, maar het is niet Ben die op haar neerkijkt, het is Cyrus Wright.

'Ga weg,' prevelt ze. 'Jij gemene klootzak van een ouwe vent... ga weg.'

Maar Cyrus Wright luistert niet. Terwijl hij haar nog steeds in de kromming van zijn arm houdt, trekt hij zijn jasje uit en rolt het op tot een kussen. Het voelt zacht aan als hij haar erop legt. Het ruikt naar paarden en sigaren en is nog warm van zijn lichaam.

Ze moet in slaap gevallen zijn, want wanneer ze weer wakker wordt, is Cyrus Wright weer in de muren verdwenen en is ze alleen. Het is zo stil dat ze het stof over de vloer kan horen fluisteren, en het druppen van de bron en het eindeloze gemurmel van de grotmensen, die hun betovering uitspreken zodat zij in slaap valt.

Toen ze weer wakker werd waren de grotmensen verdwenen. Ze hoorde alleen nog de wind fluisteren in de meidoorn bij de opening van de grot, en de hoge, eenzame kreet van een roodstaartbuizerd. De pijn was er nog steeds, diep in haar buik, maar nu doffer en niet meer brandend, zoals eerst. *Baby dood, hij dood.* Tranen brandden in haar ogen. Ze knipperde ze weg. Nieuwe tranen lieten hete, zoute sporen op haar wangen achter.

Ze draaide haar hoofd om en het felle licht door de opening van de grot zond glassplinters door haar hoofd heen. Ze kreunde.

Een donker rotsblok naast de meidoorn bewoog en veranderde in Ben. Hij kwam naar binnen, knielde naast haar neer en hield zijn hand bij haar lippen om haar te laten drinken. Het water smaakte naar aarde en ijzer. Weer voelde ze de koude kracht ervan door haar binnenste vloeien. De kracht van de Cockpits.

'Hoe lang ben je al hier?' vroeg ze, verbaasd over de zwakte van haar stem.

'Een paar uur,' antwoordde hij.

'Hoe heb je me gevonden?'

'Hoe voel je je?'

Ze wendde haar hoofd af. Bij de ingang van de grot lag een kleine groene hagedis te zonnen. Evie keek naar de vloeiende beweging van zijn flanken: in, uit, in, uit. Ze likte over haar lippen. Zonder haar hoofd om te draaien vroeg ze: 'Wat heb je met de deken gedaan?'

'Die heb ik verbrand,' zei hij.

Ze probeerde te slikken, maar haar keel zat dicht. 'Was er iets... kon je iets zien?'

'Nee. Niet veel.'

Ze kneep haar ogen stijf dicht, maar de tranen kwamen er toch tussendoor.

Hij bleef zwijgend naast haar geknield zitten met zijn hand op haar schouder terwijl zij huilde. Weer hoorde ze de roodstaartbuizerd in de heuvels: hoog, ver weg en eenzaam. Het eenzaamste geluid op aarde.

Toen ze was opgehouden te huilen zei Ben: 'Evie. Je moet me iets vertellen.'

Ze draaide zich weer naar hem om.

'Toen je lag te ijlen noemde je me Cyrus. De achternaam verstond ik niet...'

'Wright. Cyrus Wright.'

'Is hij de vader?'

Ze schudde het hoofd. 'Cyrus Wright is lang geleden gestorven. Dat hoop ik tenminste.'

Het bleef even stil terwijl hij daarover nadacht. Toen zei hij: 'Wie is dan de vader?'

Ze gaf geen antwoord.

'Evie?'

'Ben... nee. Dat zeg ik niet.'

'Maar...'

'Ik zei nee.'

Weer stilte. Toen zei hij zacht: 'Evie, waar dacht je mee bezig te zijn? Waarom ben je niet naar mij toe gekomen? Ik had je bij de beste dokters gebracht.'

'De beste dokters zijn blank. Ze zouden een mulat als ik niet behandelen.'

'Dan had ik je naar een zwarte dokter gebracht.'

'Er is maar één zwarte dokter op de Northside, en dat is mijn neef.'

'En je wilt niet dat iemand het weet. Dat is het, nietwaar? Ben je daarom hierheen gegaan?'

Ze knikte.

'Zelfs je moeder niet?'

'O nee! Vooral zij niet.' Ze zweeg even om wat van haar kracht te herwinnen. 'Ze denkt dat ik in Mandeville ben, bij een vriendin. En dat moet zo blijven, Ben. Dat moet je me beloven.'

Hij knikte, maar iets in zijn ogen gaf haar een onbehaaglijk gevoel.

'Hoe heb je me gevonden?' vroeg ze.

Hij vertelde haar dat hij in de heuvels aan het rijden was geweest en toen een angstig meisje op een pony was tegengekomen. 'Ze brabbelde iets over iemand die ze had gevonden in een grot, dus gingen we terug hierheen en... daar lag jij.' Hij schraapte zijn keel. 'Ik heb voor je gedaan wat ik kon en daarna Belle naar huis gebracht. Nou ja, tot aan het kruispunt.'

Ze fronste haar voorhoofd. 'Heette ze Belle?'

'Ja, Isabelle Lawe.'

Ze sloot ontzet haar ogen. Ze zag Belle voor zich, die opgewonden aan haar ouders vertelde wat ze in de heuvels had meegemaakt; wat inhield dat de oude Braverly het inmiddels ook wist, en Moses en Poppy, en het merendeel van Trelawny. Inclusief haar moeder.

'Maak je geen zorgen over Belle,' zei Ben, die raadde waar ze aan dacht. 'Ze zal er geen woord over zeggen.'

Ze keek hem argwanend aan. 'Waarom niet?'

'Omdat het enige waar ze nog aan kon denken toen we het kruispunt hadden bereikt, was wat ze van haar ouders te horen zou krijgen omdat ze zich in de Cockpits had gewaagd. Dus stelde ik een verbond voor. Ik zou haar niet verklappen, als zij jou niet verklapte.'

'En weet je zeker dat ze zich daaraan zal houden?'

Zijn lip krulde om. 'O ja.'

Ze bestudeerde zijn gezicht. 'Er is nog iets wat je me niet vertelt.'

Hij draaide zijn hoofd naar de opening van de grot en toen weer terug naar haar. 'Ik heb hulp laten halen.'

De moed zonk haar in de schoenen. 'Wat voor hulp?'

Hij streek met zijn duim over zijn onderlip. 'Ik kwam de jonge Neptune Parker tegen, en heb hem weggestuurd voor spullen en paarden.'

Verschrikkelijk! Neptune Parker was een achterneef van haar! Ze deed haar mond open om te protesteren, maar weer leek Ben haar gedachten te lezen. 'Maak je geen zorgen, hij weet niet dat je hier bent. Wat hem betreft heb ik gewoon iets interessants gevonden in een grot.'

Ze voelde echter dat er nog meer was. 'Heb je Neptune alleen voor spullen weggestuurd?'

Weer wendde hij zijn blik af. 'Nee, ik heb hem ook een briefje meegegeven.'

'Een briefje?'

Hij antwoordde niet.

'Wie heb je een briefje gestuurd, Ben? Wie?'

Hij keek haar aan. 'Ze zal met niemand praten, Evie. Je weet dat je haar kunt vertrouwen.'

Geschokt besefte ze wie hij bedoelde. Maar dat had ze kunnen weten! Het draaide bij Ben altijd om dezelfde vrouw. Altijd. Ook al zou hij dat zelf nooit toegeven.

Ze probeerde zich op haar elleboog op te richten, maar de pijn dwong haar weer te gaan liggen. 'Och, nee toch, Ben! Sophie is wel de laatste die je het had moeten vertellen!'

'Luister,' zei hij tussen zijn opeengeklemde tanden door, 'ik wil haar net zo min hier hebben als jij. Maar ik moest iemand laten komen. En zij zal tenminste enig idee hebben van wat ze moet doen.'

Sophie had geen idee van wat Ben meende dat ze zou kunnen doen, maar zijn verzoek was zo buitengewoon dat ze er meteen aan voldeed. *E.M. heeft je nodig. Breng medicijn mee. Vertel het tegen* niemand *(ook niet tegen Neptune). B.K.* Wat potloodkrabbels op een stukje papier. In een paar seconden tijd ging ze van verbazing dat hij haar om hulp vroeg, via verontwaardiging om zijn arrogantie naar grote angst om Evie. *Breng medicijn mee.* Waarvoor?

Gelukkig was ze alleen toen het briefje kwam. Alexander was naar een polowedstrijd in Rio Bueno, Cornelius was met Gus Parnell naar Montego Bay, Rebecca deed haar middagdutje en Sibella bracht tot Sophies opluchting de dag door bij Davina en de kleine Irvings in Ironshore. Ze was de laatste tijd onmogelijk: humeurig, rusteloos en prikkelbaar, maar ze had het nauwelijks gemerkt toen Sophie zei dat ze hoofdpijn had en thuisbleef.

Het was verbazingwekkend gemakkelijk geweest om ongezien weg te komen – hoewel dat waarschijnlijk te danken was aan het netwerk van bedienden dat samenzwoer om haar te helpen. Neptune Parker was familie van Danny Tulloch, de hoofdstalknecht, en ook van Hannibal, de tweede lakei; en op Parnassus betekende dat meer dan trouw aan de meester en meesteres.

Tot haar ergernis wilde Neptune haar echter niet vertellen waar ze heen gingen. Hij was beleefd en respectvol, maar onvermurwbaar. In gespannen stilzwijgen reden ze door de rietvelden naar de zuidoostelijke grens van de plantage. Tegen de tijd dat ze Fever Hill Road bereikten, had Sophie er genoeg van. 'Neptune, wat is er in hemelsnaam aan de hand?' vroeg ze, haar paard inhoudend.

De jongen keek ongelukkig naar de grond en schudde zijn hoofd. Hij was lang en ernstig, had een smal, pienter gezicht en was duidelijk gekozen om zijn zwijgzaamheid.

'Ik weet het niet, juffrouw Sophie,' mompelde hij. 'Meneer Ben zei alleen dat ik u snel moest gaan halen.'

'Maar waar gaan we dan heen? Je moet me iets vertellen, anders ga ik niet verder mee.'

Hij keek zo ongelukkig dat ze zich schuldig voelde. 'Ergens in de buurt van Turnaround,' mompelde hij.

'Turnaround? Maar dat is kilometers ver weg, in de Cockpits!'

'Ja, juffrouw.'

'Wat is daar dan?'

'Ik weet het niet, juffrouw.'

Ze gaf het op. Het was niet eerlijk om hem aan een kruisverhoor te onderwerpen. Bovendien was er, gezien Bens waarschuwing over Evie, weinig meer dat ze kon vragen.

Ze reden door de poort van Fever Hill, het pad op, haalden bij de stallen alleen even verse paarden, en wat Neptune laconiek 'spullen' noemde, alvorens het stroompje van de Green River in zuidelijke richting te volgen, naar de Martha Brae. Sophie had geen tijd om om zich heen te kijken, of iets meer dan vage spijt te voelen bij dit korte weerzien met de plek waar ze haar leven op Jamaica was begonnen.

Nu ze echter zuidwaarts reden door de jonge rietvelden van Glen Marnoch, realiseerde ze zich dat ze op weg waren naar Eden. Als ze de Martha Brae bereikten, zouden ze of rechtsaf moeten slaan naar Stony Gap of linksaf naar Romilly. En als ze naar Turnaround moesten, was de weg via Romilly het kortst. Romilly lag op Eden. Alleen al bij de gedachte daaraan brak het koude zweet haar uit. Ze wist meer dan ooit dat ze niet naar Eden kon.

Tegen de tijd dat ze de Martha Brae bereikten, kneep ze hard in de teugels om het trillen van haar handen te stoppen. Neptune stopte even om de paarden te laten drinken, maar zij bleef in het zadel, klaar om haar paard te keren en te verdwijnen.

Eden was adembenemend dichtbij. Als ze een steen de rivier over gooide, kwam die op Eden-grondgebied terecht. Tussen de overhangende pluimen van de reuzenbamboe door zag ze het jonge riet van Orange Grove, waar zij en Evie altijd verstoppertje speelden. Een kilometer verder stroomafwaarts lag Romilly. En op de zacht rode oever aan de overkant had de oude Braverly Fraser leren vissen, in de laatste zomer van zijn korte leven.

Te veel herinneringen. Veel te veel herinneringen. Ze kon niet terug. Cameron had niet geweten wat hij van haar vroeg.

'Juffrouw Sophie?' zei Neptune.

Ze schrok op.

Hij keek haar vreemd aan en ze realiseerde zich dat hij al een paar keer haar naam moest hebben gezegd. 'Gaan we nu? Ja?'

'Dat hangt ervan af,' zei ze. 'Welke kant op?'

Hij keek haar verbaasd aan, wendde toen zijn paard naar rechts in de richting van Stony Gap. Meneer Ben had hem gezegd niet over Eden te rijden, legde hij uit.

Ze hoorde hem nauwelijks. Ze beefde van opluchting.

Ze volgden de rivier stroomopwaarts naar de brug bij Stony Gap en toen ging Neptune haar voor over een pad dat ze niet kende, dat vlak langs de kale westelijke helling van Overlook Hill en daarna in zuidelijke richting om de voet heen voerde en net ten zuiden van het kruispunt uitkwam.

Nu ze Eden kon vergeten had ze tijd om over Ben na te denken. Ze had hem niet meer gezien sinds die dag bij het Myrtle Bank Hotel. Ze wilde hem niet weerzien. Vooral niet na die uitnodiging voor zijn Maskerade op tweede kerstdag. Wat voor spelletje speelde hij dit keer? Waar had ze zich mee ingelaten?

Een uur later hield Neptune in naast een stompe kalebasboom, steeg af en wees naar de half verborgen ingang van een grot zo'n twintig meter de helling op. Ben was nergens te zien.

'Is hij daar?' vroeg Sophie, naar de grot wijzend.

Neptune schudde zijn hoofd. Bens hoed lag niet meer op het rotsblok bij de meidoorn, wat inhield dat hij kennelijk ergens anders heen was gegaan.

Zijn afwezigheid verbaasde haar. Ze had net vijftien kilometer gereden in de brandende zon en hij had niet eens het fatsoen hier te zijn wanneer ze arriveerde. Ze klemde haar tanden op elkaar en steeg af, bond haar paard vast en vroeg stijfjes aan Neptune haar voor te gaan.

Hij weigerde beleefd. Hij had strikte orders gehad niet in de buurt van de grot te komen.

Ze wist niet of ze zich daardoor beter of slechter moest voelen, maar toen ze de zadeltas losgespte met de medicijnen die ze met hulp van de huishoudster van Parnassus haastig bijeen had geraapt, voelde ze voor het eerst angst. Ze keek naar het donkere gat in de heuvelhelling. Wat zou ze daarbinnen aantreffen? En wat meende Ben dat ze zou kunnen doen? Ze was geen dokter. Ze was niet eens verpleegster.

Ze ademde diep in en schonk Neptune een naar wat ze hoopte geruststellende glimlach was. 'Nou dan,' zei ze kordaat, 'als meneer Ben terugkomt van waar ter wereld hij ook is, wil je misschien zo vriendelijk zijn hem te vertellen waar ik ben.' Toen hees ze de zadeltas over haar schouder en begon te klimmen.

Een uur later kwam ze, haar handen afdrogend aan een zakdoek, de grot uit. En daar zat hij: op de grond halverwege de helling, met zijn rug naar haar toe en zijn ellebogen op zijn knieën.

Hij sprong overeind toen hij haar hoorde. 'Hoe is het met haar?' vroeg hij.

Geen groet. Geen *bedankt dat je gekomen bent*. Wat kon het hem schelen dat ze alles uit haar handen had laten vallen om vijftien kilometer door de hete middagzon te rijden? Wat kon het hem schelen dat ze zich beverig voelde, en misselijk van de stank van bloed en wanhoop in die grot?

Haar woede inslikkend legde ze een vinger tegen haar lippen en gebaarde hem haar naar beneden te volgen.

Neptune moest weggegaan zijn om de paarden te laten drinken, want naast de kalebasboom stond alleen nog een keurig stapeltje voorraden. Sophie vond een lage houten kist in de schaduw, ging zitten en legde haar hoofd in haar handen.

'Hoe is het met haar?' vroeg Ben weer.

'Ik heb haar een koortsverlagend middel en een slaappoeder gegeven,' mompelde ze.

'En?'

'En ze slaapt,' beet ze hem toe. Ze zette haar hoed af, gooide hem op de grond en masseerde haar nek. 'Ze is buitengewoon zwak en terneergeslagen... wat goed te begrijpen is. En ze is woedend omdat je mij hebt gesommeerd te komen.'

Ze had 'gesommeerd' afkeurend bedoeld, maar hij negeerde dat. 'Maar komt het weer in orde met haar?' drong hij aan.

'Voorzover ik het kan beoordelen, ja.'

Zijn gezicht stond gespannen. Hij leek haar niet te geloven.

Op scherpe toon zei ze: 'Het verbaasde me je hier niet aan te treffen toen ik arriveerde. Waar was je?'

Hij knipperde met zijn ogen. 'Wat? Ze had om vogelmelk gevraagd, dat was ik gaan zoeken.'

Ze keek naar zijn lege handen. 'Geen wonder dat je het niet hebt gevonden. Het groeit hier niet.'

Hij luisterde niet. Hij keek omhoog naar de grot, zijn blik doordrongen van bezorgdheid.

Niet voor het eerst vroeg ze zich af of hij de vader van Evies kind was. Maar als dat zo was zou hij toch zeker wel beter voor haar gezorgd hebben?

Hij wendde zich weer tot haar. 'Heeft ze je verteld wie de vader is?'

Ze schudde het hoofd. 'Wie is het? Weet jij dat?'

'Natuurlijk niet. Daarom vraag ik het aan jou.' Hij zag iets in haar blik en schudde zijn hoofd. 'Je dacht dat ik het was.'

'Die gedachte kwam wel bij me op, ja.'

'Denk je nou werkelijk dat als ik de vader was, ik haar hierheen gestuurd zou hebben?'

'Ik zei alleen dat ik eraan gedacht heb. Ik...'

'Vroeg of laat,' onderbrak hij haar, 'zal ze me zijn naam moeten vertellen. En dan breek ik al zijn botten.'

Ze kon zien dat hij het meende. Ze benijdde Evie bijna omdat ze zo'n hevige bezorgdheid bij hem opwekte.

Hij keek haar weer aan en bestudeerde haar gezicht. 'Weet je absoluut zeker dat het weer goed komt?'

'Dat heb ik je al gezegd, zo zeker als ik het kán weten.'

Hij keek haar even aan, liet zich toen op een rotsblok vallen, zette zijn ellebogen op zijn knieën en legde zijn hoofd in zijn handen. 'God,' mompelde hij. 'God.'

Pas toen realiseerde ze zich hoe bezorgd hij was geweest. En terwijl ze naar hem keek, dacht ze ergens aan. Die dag in de kliniek, toen ze hem naar zijn zus had gevraagd. *Raakte ze zwanger? Moest ze naar een... een aborteur? Zo noemen ze dat toch?* Hij was ineengekrompen alsof ze hem geslagen had. Het had duidelijk een zenuw geraakt. Misschien had wat er met Evie was gebeurd ook een zenuw geraakt, misschien had het slechte herinneringen bovengebracht.

Die dag in Bethlehem. Ze herinnerde zich elk detail. Belle, die naast de broodboom gehurkt zat met Spot. Ben, die het speelgoedbeest in zijn handen omdraaide en plotseling glimlachte. Het korte, verbazingwekkende moment toen hij haar voor het eerst had gekust.

Ze voelde plotseling een enorme triestheid. Wat waren we nog kinderen, dacht ze. En kijk ons nu eens. Evie ligt in die grot te huilen om haar dode kind; ik zit op Parnassus gevangen in een onmogelijke verloving. En Ben... hoe zit het met Ben?

Ze keek naar zijn gezicht toen hij zijn rug rechtte. Zijn rijkdom leek hem weliswaar gezag te hebben gebracht, maar geen geluk of vrede.

Hij droeg geen hoed en zag er enigszins verfomfaaid uit in zijn rijbroek, stoffige laarzen en opgerolde hemdsmouwen. Hij zag er hetzelfde uit als vroeger. Het was bijna alsof de afgelopen zeven jaar niet hadden plaatsgevonden... alsof ze gewoon een middag was gaan rijden en hem in de heuvels was tegengekomen. Alleen het litteken dat zijn wenkbrauw in tweeën deelde getuigde van het verstrijken van de tijd.

Ze keek naar de donkere haren die in zijn ogen vielen. Het leek wreed dat ze zich nog precies herinnerde hoe het aanvoelde om het uit zijn gezicht weg te strijken. Het was zo oneerlijk. Wat had het voor zin om zich dat te herinneren? Hij dacht daar duidelijk niet meer aan.

Er viel een onaangename stilte. Toen zei hij: 'Ik neem aan dat ik je hoor te bedanken dat je gekomen bent.'

'O, alsjeblieft,' zei ze truttig, 'doe niets omdat je vindt dat het zo hoort.'

Dat leek hem te verrassen. Toen krulde zijn lip om. 'Ik hoop dat dit jou geen problemen zal bezorgen?'

'Wat voor problemen?'

'Ik bedoel met je... verloofde.'

Ze voelde dat ze bloosde. Tot dat moment was ze Alexander helemaal vergeten. Het was niet bij haar opgekomen dat ze door hierheen te komen al zijn verboden had overtreden: geen lange ritten maken, niet naar Evie McFarlane gaan, geen contact met Ben Kelly hebben. 'Het zal geen problemen geven,' zei ze vastberaden. 'Neptune was erg discreet.' Ze zweeg even. 'Over Neptune gesproken, je had hem gezegd Eden te mijden. Waarom?'

Hij haalde zijn schouders op. 'Ik kan niet goed overweg met je zwager, zoals je ongetwijfeld wel zult weten.'

'Nee, dat wist ik niet. Ik zie hen niet vaak.' Zodra ze het gezegd had, wilde ze dat ze haar mond had gehouden. Maar ze was moe en voelde zich erg weerbarstig. Dat was altijd zo als ze met Ben samen was.

Zoals ze al had gevreesd haakte hij erop in: 'Hoe bedoel je, je ziet hen niet vaak?'

'Gewoon wat ik zeg. Ik ben daar al een tijd niet geweest.'

'Hoe lang is een tijd?'

Ze antwoordde niet.

'Je bent er sinds je vertrek niet meer geweest, bedoel je dat?'

Verdorie, waarom trok hij nou weer net de goede conclusie?

'Zeven jaar,' zei hij ongelovig. 'Onvoorstelbaar.'

Wat zou hij haar zielig vinden. Zo bang voor het verleden dat ze het niet eens kon opbrengen om een keer op bezoek te gaan. Hij, daarentegen, leek het allemaal met verbazingwekkend gemak achter zich te hebben gelaten.

Ze zag hem zijn horloge tevoorschijn halen, er fronsend naar kijken en het toen dichtklappen. 'Het wordt laat,' zei hij en hij stond op en veegde zijn handen af. 'Neptune zal zo wel terugkomen met de paarden. Hij zal je naar huis brengen.'

'Dank je,' antwoordde ze, 'maar ik blijf hier en help je Evie naar huis te brengen.'

'Ze gaat niet naar huis.'

Ze knipperde met haar ogen. 'Wat bedoel je?

'Ze wil hier blijven tot ze beter is.'

'Wat? Maar dat kan niet.'

'Probeer haar dat maar te vertellen.'

'In een grot! Maar...'

'Luister, ze wil niet dat iemand het weet, vooral haar eigen familie niet. En voor het geval je het vergeten bent, je hoeft in dit verdomde land maar één keer te spugen en je raakt een half dozijn McFarlanes, Tullochs of Parkers.'

'Dat ben ik niet vergeten,' snauwde ze terug. 'Ik ben niets vergeten.'

Hij keek haar nieuwsgierig aan en zei toen: 'Je hoeft je geen zorgen te maken. Het komt wel goed met haar. Ik blijf vannacht bij haar, en morgen...'

'Morgen kom ik kijken hoe het met haar gaat.'

'Dat is niet nodig.'

'O, ik denk het wel.'

Hij zuchtte. 'Het zou je niet lukken zonder dat je verloofde het te weten komt.'

'Laat dat maar aan mij over,' beet ze hem toe. Ze wist niet precies hoe ze het voor elkaar zou krijgen, maar ze liet zich in elk geval niet wegsturen als een dienstmeisje.

Hij zette zijn handen op zijn heupen, liep een paar passen naar boven en draaide zich toen naar haar om. Ze dacht dat hij tegenwerpingen zou maken, maar in plaats daarvan zei hij eenvoudigweg: 'Ik geloof dat ik me bij je moet verontschuldigen.'

Ze was verrast. 'Waarvoor?'

'Die dag in Kingston. Ik heb het je nogal moeilijk gemaakt.'

Ze dacht er even over na en hief toen haar kin op. 'Weet je wat,' zei ze met een deftig accent, 'ik geloof dat je inderdaad gelijk hebt.'

Hij lachte. 'Goed. Dat heb ik verdiend. Ik wil tot mijn verdediging aanvoeren dat ik denk ik nog steeds wat boos op je was. Maar dat is nu voorbij.'

Ze kreeg een wee gevoel onder in haar maag.

In de verte naderde Neptune met de paarden. Ben keek even naar hem en wendde zich toen weer tot haar. 'Zeven jaar geleden,' begon hij, maar zweeg toen met een frons.

'Ja?' zei ze. 'Wat, zeven jaar geleden?'

Weer keek hij naar Neptune, die nog steeds buiten gehoorsafstand was. 'Gewoon dit,' zei hij. 'Ik was een dwaas, en je had gelijk. Je had gelijk dat je er een eind aan maakte. Het zou niet gewerkt hebben.'

Ze duwde zichzelf langzaam overeind, raapte haar hoed op en stofte hem af. 'Waarschijnlijk niet,' gaf ze toe.

Hij knikte ernstig. 'Ik vond gewoon dat dat even gezegd moest worden, dat is alles.'

'Ik begrijp het.'

'Nou. Ik zal Neptune vragen je terug te brengen.'

'Ja. Dank je.'

Hij dacht even na, stak haar toen zijn hand toe. 'Dag, Sophie.'

Ze keek er zwijgend naar, schudde hem toen de hand, keek hem aan en probeerde te glimlachen. 'Dag, Ben,' zei ze.

28

Kerstmis is aan de Northside een vreemde tijd van het jaar. De mensen vieren het op de gebruikelijke manier door naar de kerk te gaan en te veel te eten en Johnny Canoe-optochten te houden, maar er is altijd een geest aanwezig op het feest: de schaduw van de grote slavenopstand van Kerstmis 1831. De blanken noemen het de Kerstoproer; de zwarten de Black Family War. Iedereen kent wel iemand die het heeft overleefd. Iedereen kent de verhalen. Tweeënvijftig plantages aan de Northside vernield. Tientallen grote huizen in de as gelegd, duizenden hectares suikerriet in brand gestoken. Fever Hill, Kensington, Parnassus, Montpelier; zelfs het bezit van de oude Duncan Lawe in Seven Hills... dat hij twee jaar later uit verbittering over de bevrijding van de slaven omdoopte tot Burntwood.

Oudtante May was twaalf jaar oud toen ze naast haar onheilspellende oude vader Alasdair Monroe op de wagen zat en hun huis in vlammen zag opgaan. Ze zag de suikerrietvelden vernield worden, en de suikerfabriek aan de voet van Clairmont Hilll; ze zag de grote schoorsteen als een kathedraal neerstorten. En zeven weken later, nadat de opstand meedogenloos was onderdrukt, zat ze weer naast haar vader en keek naar de ophangingen op het plein. Tijdens de opstand waren veertien blanken en ongeveer tweehonderd slaven gedood. Nog eens pakweg vierhonderd werden er gedood tijdens de vergeldingsmaatregelen die de oude Alasdair mede had gearrangeerd.

In de tachtig jaar sindsdien had oudtante May nooit gesproken over wat ze had gezien... behalve één keer, tegen Clemency. En jaren later, tijdens een bewolkte kerstavond waarop Clemency dringender dan gewoonlijk om een verhaaltje voor het slapen werd gevraagd, had zij het de dertienjarige Sophie verteld.

Sindsdien had Kerstmis voor Sophie altijd een duistere onderstroom gehad. Het voelde nooit meer helemaal echt. Het was een tijd waarin licht en donker, leven en dood, heden en verleden zij aan zij dansten tijdens de grote Maskerade. Frasers dood had nog een laag van duisternis toegevoegd. Kerstmis was een tijd geworden waarin vreselijke herinneringen zonder waarschuwing naar boven kwamen. Ze kon aan de thee zitten met Rebecca Traherne, of Clemency voorlezen uit het modebericht in de zaterdagbijlage, en dan stond ze plotseling weer in haar nachthemd op de stoep van Eden, ingespannen te luisteren of ze al een rijtuig hoorde naderen in de duisternis. Ze hoorde het zachte ruisen van de bronskleurige satijnen avondmantel die in het stof neerviel. Ze zag het bloed wegtrekken uit de wangen van haar zus. En daarna die vreselijke, wanhopige dierlijke kreet.

Licht en donker, heden en verleden, leven en dood. Niet echt, niet echt.

Nu zat ze hier in haar baljurk naast Alexander – de man die in heel korte tijd een vreemde voor haar was geworden – terwijl de faëton langzaam het pad opreed naar het grote huis van Fever Hill. Het was zeven dagen geleden sinds die vreemde ontmoeting met Ben in de Cockpits. Sindsdien had ze een dubbelleven geleid. Beleefde, slaapverwekkende dagen op Parnassus werden onderbroken door wilde ritten naar de heuvels om Evie op te zoeken. Niemand leek haar afwezigheid op te merken. Niets leek nog echt.

Ze draaide zich om naar Alexander. Hij was in een kwade bui, want Cornelius had Lyndon bij zich in zijn koets genomen en hen naar het tweede rijtuig verbannen; maar zelfs een slecht humeur kon zijn knappe uiterlijk niet bederven. Hij had de zeeman als kostuum gekozen; het strakke, witte uniform met gouden tressen paste hem perfect. Geen wonder dat Evie verliefd op hem was geworden, dacht ze.

Ze kon het nog steeds niet goed geloven. Twee dagen geleden had ze Evie een paar boeken gebracht, en was ze tot de ontdekking gekomen dat Evie niet alleen snel haar kracht herwon, maar ook haar woede. Er was haar een onbedachtzaam woord over Parnassus ontglipt en Sophie had de rest geraden. Evie en Alexander. Al die bezoeken aan Kingston 'voor zaken'. Natuurlijk.

Evie had haar kin omhoog gestoken en haar aangekeken met een koele, uitdagende blik, waaruit ze de angst niet kon verbannen. 'Als het je tot troost is,' had ze gezegd, 'het is lang voordat jij hem in Londen ontmoette al begonnen.'

'Ik heb geen behoefte aan troost,' had Sophie geantwoord. 'Het is alleen... onverwacht. Dat is alles. Het kan me niet eens iets schelen. Echt niet.'

Maar in de dagen die volgden merkte ze dat dat niet helemaal waar was. Het zat haar wel dwars. Het zat haar dwars dat ze zich zo in hem had vergist. Het zat haar dwars dat ze zich zo gemakkelijk had laten beetnemen. Het zat haar dwars dat hij alleen op haar geld uit was geweest.

En dan die vreselijke hypocrisie! Dat hij haar rustig durfde te waarschuwen voor de ongepastheid van een vriendschap met een mulattenmeisje, terwijl hijzelf datzelfde meisje zwanger had gemaakt en daarna aan de kant had gezet.

Nou nou, dacht ze toen de faëton het pad op reed, hoe heeft het zo ver kunnen komen? Hier zit je dan, met die zwakke, leugenachtige, ontrouwe man, die je zo snel mogelijk na de kerstdagen de bons wilt geven... Hier zit je, op weg naar Fever Hill, voor een gemaskerd bal dat door Ben wordt gegeven. Er klopt allemaal niets van. Het is niet echt.

Er waren veel koetsen, dus ze schoten slecht op. Ze wendde haar hoofd af en probeerde zich te concentreren op de flakkerende lichtjes die tussen de koningspalmen hingen. Robijnrood, saffraangeel, azuurblauw, smaragdgroen. Ze ving een glimp op van het grote huis op de heuvel, helder verlicht door elektrische lampen. Dat kon Fever Hill niet zijn. Het was niet echt, niet echt.

Ze kwamen langs het meer en het aquaduct en de door klimplanten overwoekerde ruïne van de oude fabriek. Zonder waarschuwing vlamden toortsen op tussen de ingestorte stenen muren. Een donkere gestalte sprong tussen het vuur door, met ontblote borst. Hij leek onmenselijk door een angstaanjagend masker met stierenhorens. Ze hapte naar adem. Het was plotseling zeven jaar geleden. Ze was weer bij de Junkanoo-optocht in Bethlehem, op zoek naar Ben. Niet echt, niet echt.

'Kennelijk,' zei Alexander naast haar, 'laat onze meneer Kelly de arbeiders hun eigen optocht houden... bij de oude fabriek, nou vraag ik je. Gezien het feit dat de slaven die tijdens de opstand hebben platgebrand, vind ik dat van zeer slechte smaak getuigen.'

Sophie antwoordde niet. Ze herinnerde zich de geur van pimentrook in Bethlehem, de knagende angst dat ze Ben niet zou vinden.

Maar dat was toen, zo hield ze zichzelf voor, en dit is nu. *Het is allemaal voorbij*. Dat had hij gezegd. Ze had hem sinds die dag in de heuvels niet meer gezien, want hij zorgde er altijd voor dat hij weg was als zij Evie opzocht. Maar daar was ze blij om. Ze wilde hem niet weerzien. En ze wilde hem vanavond ook niet zien. Wat had het voor zin? Het was allemaal voorbij.

'Je grootvader,' onderbrak Alexander haar gedachten, 'zou zoiets nooit hebben goedgevonden.'

'Wat voor iets?'

'Een Johnny Canoe-optocht bij de oude fabriek. Luister je dan niet?'

Ze keek omlaag en realiseerde zich dat ze haar handen tot vuisten had gebald. Alexander wist nog niet dat ze Evie had ontmoet, maar hij leek de verandering in haar te hebben aangevoeld; hij leek vastbesloten haar in een gesprek te betrekken.

'Kennelijk,' vervolgde hij, naar haar kijkend, 'heeft onze meneer Kelly zijn familie hierheen gehaald voor Kerstmis. Is dat niet aardig? Hoewel het feit dat ze allemaal dood zijn er natuurlijk wel een domper op zet.' Hij zweeg even. 'Ik heb gehoord dat hij de kisten bij de ruïnes van de stookhuizen heeft staan. Net voorbij jullie familiebegraafplaats.'

'Ik weet het,' zei ze scherp. 'Sibella hoorde het drie dagen geleden in de stad en vertelde het ons. Weet je dat niet meer?'

'Ach ja, dat is waar. Lieve Sib. Ze schijnt nogal door onze knappe meneer Kelly gefascineerd te zijn geraakt.' Hij sloeg zacht met zijn handschoenen op zijn dijbeen. 'Het moet vreselijk lastig zijn geweest om de zwartjes zover te krijgen dat ze de doodkisten aanraakten. Denk je ook niet?'

Weer antwoordde ze niet.

'En ik heb gehoord dat hij een mausoleum wil bouwen. Dat is toch wel extreem vulgair.'

'Er zijn wel meer mensen die een mausoleum bouwen.'

Hij glimlachte. 'Ik wist dat je hem uiteindelijk zou verdedigen.'

'Waarom zeg je dat?'

'Maar liefste, ik begrijp niet dat je dat zelfs maar kunt vragen, na je heimelijke ontmoetingen met hem in de heuvels.'

Ze keek hem verrast aan.

Hij sloeg nog steeds zachtjes met zijn handschoenen op zijn dijbeen en leek niet gekwetst. 'Het spijt me dat ik het ter sprake moest brengen,' zei hij, 'maar het leek me het beste.'

'Hoe heb je dat ontdekt?' vroeg ze. 'Heb je me laten volgen?'

'Doet dat er iets toe?'

Ze schudde langzaam het hoofd. Na wat hij Evie had aangedaan deed niets er nog toe. En toch voelde ze zich belachelijk genoeg schuldig. Ze had tegen hem gelogen en was betrapt. 'Misschien kan het je enigszins tot troost zijn,' zei ze, 'dat het geen rendez-vous was. Er is niets tussen mij en meneer Kelly.'

'Ik heb zelfs geen moment gedacht dat dat het geval was. Het probleem is echter, dat andere mensen het zo niet zullen zien.'

Ze keek naar het masker op haar schoot. Het was diep middernachtelijk blauw, net als haar japon, en bezet met kleine briljantjes. Ze kon het nu niet dragen. Ze had genoeg van maskers. Wat voor zin had het, om tot na de kerstdagen te wachten om het er met hem over te hebben? Waarom niet nu meteen?

Ze hief haar hoofd. 'Ik ben de heuvels in gegaan om Evie te helpen,' zei ze kalm. 'Herinner je je Evie nog? Evie McFarlane?'

Hij knipperde zelfs niet met zijn ogen.

'Ze had hulp nodig,' vervolgde ze. 'Want zie je, iemand – een man – heeft haar vreselijk in de steek gelaten.'

'Dus vluchtte ze de heuvels in?' Hij trok een wenkbrauw op. 'Lieve hemel, wat die mensen al niet doen.'

'Alexander,' zei ze vermoeid, 'laten we niet langer doen alsof. Ik kan niet met je trouwen. Ik weet wat er met Evie is gebeurd.'

Weer stilte. Hij streek met zijn duim over zijn onderlip en schonk haar toen een quasi-zielige glimlach. 'Nou en? Wat dan nog?'

Ze knipperde met haar ogen.

'Het spijt me vreselijk als ik je gekwetst heb, beste meid,' zei hij zacht, 'maar je moet begrijpen dat het niets te betekenen had. Dat heeft dat soort affaires nooit.'

'Voor Evie betekende het wel iets.'

'Nou, dat had niet zo moeten zijn. Ze wist heel goed waar ze aan toe was. En ik heb haar nooit iets beloofd.'

'En is het dan in orde?'

'Het is... nou, het maakt het tot een van die dingen die voortdurend gebeuren. Dat weet iedereen.'

Toen ze niet antwoordde, pakte hij haar band beet en gaf er een kneepje in. 'Je wilt me straffen, dat begrijp ik best. En ik moet toegeven dat het erg ondeugend van me was. Maar nu ben ik gestraft en ik beloof je dat ik het nooit meer zal doen. Geen escapades meer. Ik zal de trouwste echtgenoot in het hele christendom zijn. Dat beloof ik je.'

Ze opende haar mond om te antwoorden, maar hij drukte een vinger tegen haar lippen.

'Wees redelijk, liefste. Vergeef ons onze zonden, weet je nog?'

'Nee, je begrijpt niet...'

'Het spijt me voor je, maar ik denk het wel. En ik vind dat je mij mijn kleine zonde moet vergeven, zoals ik jou de jouwe vergeef.'

'Jij... vergeeft mij?' zei ze ongelovig.

Hij glimlachte. 'Maar natuurlijk.'

'Waarvoor in hemelsnaam? Ik heb je gezegd dat er niets gaande is tussen mij en...'

'Maar dat is er wel geweest, nietwaar?'

Weer keek ze hem aan.

'Zeven jaar geleden,' vervolgde hij, nog steeds op die zachte, verontschuldigende toon, 'heb je – hoe kan ik het zeggen zonder in smakeloosheid te vervallen – heb je die man gekend, in de bijbelse zin van het woord.'

Ze slikte. 'Hoe lang weet je dat al?'

Hij lachte kort. 'Echt iets voor jou om het niet eens te ontkennen!'

'Waarom zou ik? Hoe lang weet je het al?'

'O, al eeuwen. Die lieve Sib telde twee en twee bij elkaar op nadat je zus zich iets liet ontglippen toen je net naar Engeland was vertrokken. En natuurlijk kon ze het niet laten mij dat te vertellen.' Hij zweeg even. 'Maar dat doet allemaal niet terzake, liefje. Het punt is dat je je echt geen zorgen hoeft te maken. Ik zal het tegen geen levende ziel vertellen.'

De manier waarop hij dat zei was allesbehalve geruststellend.

'Wat bedoel je?' vroeg ze, slecht op haar gemak.

'Het is werkelijk verbazingwekkend, hoe er in dit soort zaken met dubbele maten gemeten wordt. Vind je ook niet?'

Ze likte over haar lippen. Ze begon te begrijpen waar hij op aanstuurde.

'Stel je voor dat we een experimentje zouden uitvoeren: dat we de heren van de sociëteit een verhaaltje zouden vertellen over juffrouw Monroe en een vreselijke bruut van een stalknecht... en een ander verhaaltje over meneer Alexander Traherne en een knap mulattenmeisje. Weet je wat ze zouden zeggen? Ze zouden mij een klap op mijn rug geven en me een flinke vent en een echte geluksvogel noemen, terwijl jij, arme lieveling... ach, jij zou je nergens meer kunnen vertonen. En ik verafschuw de gedachte aan wat dat schandaal zou kunnen betekenen voor je zus en dat lieve dochtertje van haar. De mensen kunnen zo vreselijk gemeen zijn.'

Ze deed haar mond open om te antwoorden, maar juist op dat moment reden ze bij het huis voor. Knechten in livrei maakten de portieren van het rijtuig open en er was geen tijd meer om verder te praten.

Ben had het idee dat iedereen het vreselijk naar zijn zin had. Dat wil zeggen, iedereen behalve de gastheer. Hij zag de oude mevrouw Palairet voorbij schuifelen aan de arm van haar neef, een lange jongeman die voor de feestdagen was overgekomen uit Engeland. De oude dame knikte naar Ben en de jongen uit Engeland schonk hem een wat langgerekte glimlach.

Ben neeg zijn hoofd. Hij had niet de illusie dat ze hem als een van hen accepteerden. De Northside Society – de tweehonderd rijkste bewoners – was alleen naar het feest gekomen om hem met hun in geitenleer gestoken klauwen te verscheuren. Toen was er echter iets vreemds gebeurd. De gasten hadden tot hun verbazing gemerkt dat, dankzij Austen, alles piekfijn geregeld was, en dus hadden ze maar besloten ervan te genieten. Zelfs Isaac en Austen hadden het naar hun zin. Isaac – een van de pakweg tien mannen in zeemanskostuum – stond te praten met een groepje rijke bananenplanters uit Tryall, en zelfs Austen liep rond met de aangeboren vriendelijkheid die verlegen edelen leken te bezitten. Hij had de dokter als kostuum gekozen, en de donkere overjas stond hem erg goed, evenals het diepzwarte masker, dat zijn grote neus aan het gezicht onttrok. En omdat hij goed kon dansen had hij geen gebrek aan partners. Hij had zelfs met Sibella Palairet gedanst, al was hij te verlegen geweest om iets te zeggen.

Ben zag de kleine weduwe nu met Augustus Parnell door de balzaal zwieren. Ze was als een van de eersten gearriveerd, met haar schoonmoeder, bij wie ze de kerstdagen doorbracht. Ben had een gesprek met haar tot dusver uitgesteld. Ze had het begrip 'halve rouw' voor het feest erg vrij geïnterpreteerd en was gekleed in een sterk ingesnoerde creatie van zachtpaarse satijn, met een mooi maar ondoelmatig klein masker van goudkleurige kant en zachtpaarse zijden seringen op haar hoofd. De seringen herinnerden Ben aan Kates imitatieviooltjes. *Sixpence het gros, maar je moet je eigen papier en lijm kopen.* Hij prentte dat goed in zijn geheugen en dronk zijn glas leeg.

De kleine weduwe had hem zien kijken. Ze draaide zich om naar Parnell en praatte met hem, zij het met een zijwaartse blik van bestudeerde onverschilligheid waar ze niemand mee voor de gek hield.

Ben had het al weken voor zich uit geschoven, maar vanavond zou hij moeten beslissen. Hij moest of zijn belofte aan de oude heks in Duke Street nakomen en de kleine weduwe verleiden, of hij moest haar gaan vertellen dat hij zich niet aan de afspraak kon houden. Dat was een vernederende gedachte, die hem het gevoel gaf er minder bij te horen dan ooit. Hij keek om zich heen in de enorme, stralend verlichte balzaal. Wat deed hij hier? Hoe had het zover kunnen komen?

Fever Hill – zijn dierbare oude huis van vrede en stilte en warm zonlicht – was overspoeld door mensen. Overal waar hij keek zag hij elektrische kroonluchters, een kleurig waas van satijn, een kunstmatig woud van varens en reusachtige schalen vol orchideeën.

Die stomme orchideeën. Hij had ze als steek onder water voor Sophie bedoeld. 'Houd de toon gewoon Jamaicaans,' had hij tegen Austen gezegd toen ze de organisatie van het feest bespraken. 'Het eten, de versieringen, allemaal Jamaicaans. En veel orchideeën. Zorg daarvoor.'

Dat was geweest voor hij haar in de heuvels had ontmoet, maar hij was vergeten de instructie te wijzigen, dus stonden er overal orchideeën: grote rode Broughtonia's, witte, wasachtige Dames de Noce, tere Lancifolia's met geaderde bloemblaadjes.

Het zware parfum herinnerde hem pijnlijk aan Romilly. Het onderstreepte ook het feit dat Madeleine en Cameron niet van gedachte waren veranderd, zoals hij had gehoopt, maar waren thuisgebleven. En om het allemaal nog erger te maken was de groep van Parnassus nog niet gearriveerd... en als ze dat al deden, zou ze wat er op Romilly was gebeurd zich vast niet meer herinneren. Waarom zou ze anders over twee weken met Alexander Traherne trouwen?

Ja, het had helemaal verkeerd uitgepakt. Een Maskerade op tweede kerstdag! Waarom had hij dat bedacht? Had hij die dag in de heuvels tegen haar gelogen? Was het allemaal omdat hij nog steeds kwaad op haar was, zonder het zelf te weten?

Hij kreeg het plotseling benauwd, negeerde zijn gasten, liep snel de balzaal door en vandaar naar de achterkant van het huis.

Op de nieuw aangelegde zuidelijke gazons zou het avondeten worden opgediend. Bij het stookhuis hing een heel varken boven een barbecue van pimenthout te braden; dichter bij het huis liepen bedienden in livrei heen en weer en zetten grote zilveren schalen vol Jamaicaanse delicatessen op lange, met damast bedekte tafels. Barbeel- en schildpadsoep; oesters in hete pepersaus; jonge duifjes en gebakken zwarte landkrabben.

Als jongen zou hij een arm hebben afgestaan voor een maal als dit. Hij stelde zich voor hoe zijn broers en zusters zich erop stortten en daarna dicht bij elkaar gingen liggen slapen.

Hij verlangde ernaar om naar de ruïne aan de andere kant van de heuvel te gaan om in het donker bij hen te zijn. Drie zware, mahoniehouten kisten, verzegeld met lood, met daarin wat er over was van Robbie, Lil en Kate. De gedachte aan hen daar in de ruïne gaf hem het gevoel een geest te zijn. Hij kon het allemaal niet met elkaar rijmen, zijn broer en zusters daar, en hij hier.

Op een andere tafel zetten twee dienstmeisjes mango's en vijgen naast een schaal gekonfijte gember neer. In het midden stond een grote, kristallen schaal met rode sterappels en nootmuskaat en room: een oude Jamaicaanse favoriet, matrimonium geheten. Ook dat was een steek onder water naar Sophie. Niet dat ze het zou merken.

Hij bedacht hoe zielig hij op haar moest overkomen. Dit alles, alleen om haar te laten zien wat hij bereikt had. Waarom had het hem zo lang gekost om zich dat te realiseren? Zelfs laatst nog, toen Evie het weer eens had gezegd, had hij glashard ontkend. 'Ben,' had ze gezegd, 'wanneer zie je het eindelijk eens onder ogen? Alles wat je doet, doe je vanwege haar.' Hij was sprakeloos geweest van boosheid. Als ze niet zo zwak was geweest had hij haar door elkaar geschud.

En toch had ze gelijk. Fever Hill kopen; terugkomen naar Jamaica; dit idiote feest organiseren, het was allemaal vanwege Sophie. Maar wat kon haar dat schelen? Ze ging met Alexander Traherne trouwen. Hij dacht aan haar die dag in de heuvels, toen ze tegen hem was uitgevallen. Hij had het mis gehad toen in Kingston. Ze was geen spat veranderd.

Een bediende liep voorbij met een dienblad vol champagne. Ben ruilde zijn lege glas om voor een vol en liep terug naar binnen. Het was tijd om weer de plichtsgetrouwe gastheer te spelen; om terug te keren naar zijn post op de noordelijke veranda en de laatkomers te begroeten. Elf uur. Nog zeven uur te gaan. Hé ho.

En kwam ze aan de arm van haar verloofde de trap op.

Ben zag haar voor ze hem zag en daar was hij blij om. Ze droeg een strakke jurk met hoge taille van middernachtelijk blauw, doorschoten met veranderlijk zeegroen. De jurk was voor en achter in een diepe V uitgesneden – zo diep dat haar bleke schouders bloot bleven – en werd alleen door twee dunne blauwe bandjes opgehouden. Geen sieraden en geen masker. Het golvende lichtbruine haar was bij de slapen naar achteren getrokken en hing los op haar rug, slechts bijeengehouden door een smal, blauwzijden bandje met een kleine emaillen vis erop.

Hij wist meteen wat het voorstelde. Ze was de Vrouwe van de Rivier... de schimmige sirene die in de Jamaicaanse rivieren huist en mannen naar hun ondergang lokt. Jaren geleden had ze hem verteld dat ze als kind vaak naar de Martha Brae ging om de Vrouwe van de Rivier te vragen over hem te waken. Was ze dat vergeten? Of was dit ook een sluwe steek onder water, net als de orchideeën en het matrimonium in zijn geval?

Hij stapte naar voren om hen te begroeten. 'Ik dacht dat de Vrouwe van de Rivier alleen op het middaguur verscheen,' zei hij terwijl hij haar kort de hand schudde.

Ze schonk hem een bestudeerde glimlach. 'In heel zeldzame gevallen maak ik een uitzondering.'

'Ik voel me vereerd dat je dat voor mij hebt gedaan.' Hij wendde zich tot Alexander Traherne en stak hem zijn hand toe.

'Hoe is het, Kelly?' vroeg de verloofde, maar net zijn vingertoppen aanrakend.

'Hoe is het, Traherne?' antwoordde Ben op dezelfde toon.

Traherne negeerde dat. 'Ik zie dat je het voorrecht van de gastheer gebruikt en zowel het masker als de fijne kleding achterwege laat. Ik moet zeggen dat ik je benijd om je jacquet. Dit zeemansuniform is verstikkend warm. En ik heb altijd een hekel gehad aan maskers.'

'Draag het dan niet,' zei Ben glimlachend. Hij wendde zich weer tot Sophie. 'Weet je, het verbaasde me te zien dat je mijn uitnodiging had aangenomen. Dat had ik niet verwacht.'

'Alexander vond dat we dat moesten doen,' antwoordde ze liefjes.

Ze leek gespannen en Ben vroeg zich af of ze ruzie hadden gehad. Onenigheid tussen geliefden, dacht hij zuur; met de pret van het goedmaken nog in het vooruitzicht. 'Dus je gehoorzaamde je verloofde,' merkte hij op. 'Wat vreselijk gepast.'

Dat stond haar niet aan. De deukjes bij haar mondhoeken werden onheilspellend dieper. 'Was dat het rijtuig van oudtante May daar bij de trap?' vroeg ze. 'Ze heeft dus woord gehouden?'

God, wat was ze gevat. Als je haar stak, stak ze meteen terug.

'We zijn allemaal benieuwd wat je hebt moeten doen om haar over te halen,' zei ze.

Hij kromp ineen. Ze kon onmogelijk iets van hun smerige kleine afspraak weten. Niemand wist ervan, behalve hijzelf en de oude juffrouw Monroe. 'Ik heb haar een belofte gedaan,' zei hij luchtig.

'Wat voor belofte?'

'Dat kan ik niet zeggen.'

Alexander verborg een gaap. 'Wat vreselijk intrigerend,' mompelde hij. 'Kom, liefste, we mogen onze gastheer niet voor onszelf opeisen.'

Sophie had Ben echter ineen zien krimpen en gaf niet op. 'En ben je van plan je belofte te houden,' vroeg ze, 'wat die dan ook is?'

Op dat moment verscheen Sibella Palairet op de galerij, aan de arm van de jongeman uit Engeland en resoluut niet naar Ben kijkend. Ze zag er verhit en mooi uit, en in zekere zin beklagenswaardig.

'Ben je van plan je belofte na te komen?' vroeg Sophie weer.

'Ik weet het niet,' mompelde Ben.

'Dat weet je niet? Maar wanneer denk je dan te beslissen?'

Hij draaide zich naar haar om, keek in haar honingkleurige ogen en bleef kijken.

Jaren geleden, toen hij pas op Jamaica was, had de oude Cecilia Tulloch hem voor de Vrouwe van de Rivier gewaarschuwd. *Kijk haar niet in de ogen, jongen,* had ze met opgestoken wijsvinger gezegd, *anders ben je verloren.*

Kijk haar niet in de ogen, jongen. Geloof maar dat ik daar zestien jaar later nog aan denk, dacht hij, terwijl hij diep in de honingkleurige ogen keek. Hij keek van Sophie Monroe naar haar verloofde en weer terug. Ach, wat doet het er ook toe, dacht hij. Ze trouwt over een paar weken. Wat doet het er allemaal nog toe?

'Ik denk,' zei hij langzaam, 'dat ik me misschien toch maar aan mijn deel van de afspraak zal houden.'

'Wanneer?' vroeg ze.

'Wanneer wat?'

'Wanneer houd je je aan die mysterieuze afspraak?'

Hij dacht even na. 'Later vannacht.'

29

Telkens als Sibella Ben Kelly zag, kreeg ze een wee gevoel in haar maag. Ze had zich nooit eerder zo gevoeld en ze vond het vreselijk. Het was angstaanjagend en vernederend. Ze wilde niet dat er een eind aan kwam. Ze kon hem nu zien walsen met Olivia Herapath. Ze vormden een vreemd stel: de kleine, dikke aristocrate, buitengewoon kleurrijk in een felbedrukte japon en de hoofddoek van een obeah-vrouw, en de lange, slanke avonturier in het onberispelijke zwarte jacquet en smetteloos wit linnen. Je moest wel heel goed kijken om het enige detail in zijn kleding op te merken dat niet paste: de knopen van zijn hemd waren niet de verplichte eenvoudige parels, maar kleine, zwarte diamanten.

'Zwarte diamanten,' had Alexander tegen zijn vrienden gemompeld. 'Dat noem ik duivels vulgair.'

'Of gewoon alleen duivels?' schimpte Dickie Irving.

'Wat? Duivels?' zei Walter Mordenner, die altijd wat langzamer was. 'Denk je dat dat is wat hij voor moet stellen? Nou, dat is wel een erg wrange grap!'

Sibella vond het helemaal niet grappig. Ben Kelly maakte haar doodsbang. Hij maakte dat ze zich ademloos en verward voelde: hevig verlangend om hem weer te zien, maar sprakeloos van angst wanneer ze hem dan zag. En sinds die onvergetelijke episode op Fever Hill Road, drie weken geleden, had ze elke nacht van hem gedroomd. Levendige, koortsige, afschuwelijke dromen, waarin hij dingen met haar deed die... Nee, nee, ze kon er zelfs niet aan denken. En toch liet ze hem in die dromen begaan.

Ze jammerde en kreunde om meer. En wanneer ze wakker werd jammerde ze nog steeds, en wilde ze terug naar de droom. Ze kende zichzelf niet meer. Er huisde een andere vrouw in haar: een wild, vrouwelijk dier dat vocht om naar buiten te komen. Het had geen zin zichzelf voor te houden dat hij een schurk was, in de goot geboren en zonder een druppel fatsoenlijk bloed in zijn lijf. Dat kon haar niet schelen. Ze wilde niet met hem praten. Ze wilde gewoon dat hij haar weer kuste.

Daarom was ze nu hier, in deze grote, volle balzaal, en telde ze de minuten tot ze naar hem toe kon gaan. *De begraafplaats, middernacht,* had er op zijn briefje gestaan. Ze voelde zich zwak worden telkens als ze eraan dacht.

Hij had de hele avond niet met haar gedanst of gesproken, afgezien van de korte begroeting bij haar komst. Als dat briefje niet in haar uitnodiging had gezeten, had ze kunnen doen alsof ze zich alles had ingebeeld. Maar daar stond het, in grote, zwarte letters. *De begraafplaats, middernacht; op z'n minst om terug te geven wat je laatst liet vallen.*

Op z'n minst? Wat bedoelde hij daarmee? De begraafplaats? Om middernacht? Ze zouden daar alleen zijn. Absoluut alleen. Ze stelde zich het lange gras voor dat glom in het maanlicht. Ze zag zichzelf liggen als een offer op een marmeren graftombe: de ogen gesloten, de handen onder de borsten gevouwen. Passief, zich overgevend aan hem.

Ze kon plotseling niet langer in de balzaal blijven. Ze baande zich een weg door de menigte, liep de veranda op en daarna de trap af naar de gazons. Daar nam ze diepe teugen van de warme avondlucht. De geur van sterjasmijn drong haar keel binnen. De lampjes die tussen de bomen hingen, werden een kleurig waas.

'Ben je onwel geworden?' vroeg een mannenstem achter haar.

Ze draaide zich om. Haar hart bonkte van teleurstelling. Gus Parnell stond op de onderste traptrede naar haar te kijken. 'N-nee,' stamelde ze. 'Er is niets aan de hand, dank je.'

Hij droeg het kostuum van de Dokter: hetzelfde als die arme lelijke Freddie Austen. Maar anders dan bij Austen stond het Parnell niet. Hij zag er uit als een doodgraver. 'Vergeef me,' zei hij, 'maar je lijkt enigszins verhit.'

'Dat komt door de drukte in de balzaal. Het is een ongebruikelijk warme avond, vind je niet?'

'Ik vrees dat ik niet in de positie verkeer om te bepalen wat ongebruikelijk is en wat niet, omdat dit mijn eerste kerst in de tropen is.'

'Ach, natuurlijk. Daar stond ik niet bij stil.'

'Maar als je het te opwindend vindt wil je misschien wat ijs?'

Ze dwong zich tot een glimlach. 'Wat attent. Zou je zo vriendelijk willen zijn het voor me te halen?'

'Dat beschouw ik als een eer.'

Ze keek hem na. Toen pakte ze haar rokken bijeen en rende om het huis heen naar de gazons aan de westkant, zodat hij haar niet zou kunnen vinden wanneer hij terugkwam.

Telkens als ze aan Gus Parnell dacht, werd ze moedeloos. Als ze niet heel goed oppaste, zou ze hem nog gaan haten. Ze kenden elkaar nu zeven maanden en stonden op het punt zich te verloven, maar hij praatte nog steeds tegen haar alsof ze elkaar net ontmoet hadden. Ze probeerde zich voor te houden dat het wel beter zou worden als ze eenmaal getrouwd waren, maar ze wist dat dat niet zo was. Je zou een man als hij evengoed kunnen vragen vriendschap te sluiten met zijn lakei als een echt gesprek te voeren met een vrouw.

En toch, als hij haar een aanzoek deed, was ze van plan het aan te nemen. Als ze niet opnieuw trouwde, was ze niets; dan kon ze net zo goed dood zijn. En papa verwachtte het van haar. Dat had hij haar tijdens dat vreselijke gesprek in zijn werkkamer heel goed duidelijk gemaakt. Hij had de steun van Parnell nodig voor Parnassus. Waarom aarzelde ze eigenlijk? Gus Parnell was een heer en enorm rijk. Ze zou alles krijgen wat ze hebben wilde: huizen in Belgrave Square en Berkshire, een *hôtel* in Neuilly en een jachtverblijf in Schotland; rekeningen bij Worth en Poiret. Al haar vriendinnen zouden haar benijden.

'Maar je houdt niet van hem,' had Sophie laatst nog gezegd, op die gekmakende rechtstreekse manier van haar. Sibella was tegen haar uitgevallen. 'Wat doet dat ertoe? Ik "hield" niet van Eugene, maar we konden prima met elkaar overweg.'

Sophie had haar lange tijd weifelend aangekeken. 'Maar... maakte Eugene je gelukkig?'

'O, Sophie, wees toch niet zo'n kind! Wat heeft dat er nou mee te maken?'

Daarna had Sophie niets meer gezegd. Ze had alleen Sibella's schouder aangeraakt en haar aangekeken met een sympathie die maakte dat Sibella haar door elkaar wilde schudden.

Wat wist Sophie er nou van? Helemaal niets. Ze geloofde nog steeds dat het huwelijk draaide om huwelijkscadeaus en 'mensen gelukkig maken'. Nou, het werd tijd dat ze de waarheid ontdekte. Het huwelijk betekent een hijgende, zwetende man die bij je binnendringt terwijl hij zijn hand op je mond drukt om je kreten te smoren. Het huwelijk betekent negen maanden van de meest afschuwelijke vernederingen. Het betekent dat je als een dier wordt behandeld door afkeurende oude dokters met een stinkende adem en levervlekken op hun handen. Het betekent twee dagen ellende en pijn, en dan een dood kind; en te horen krijgen dat je er niet over moet blijven piekeren, omdat er gauw genoeg nieuwe baby's zullen komen. Dát betekent het huwelijk. En het werd hoog tijd dat Sophie dat ontdekte.

Een uitbarsting van muziek vanuit de balzaal. Ze draaide zich om en zag Ben Kelly op de veranda langzaam als een wolf in schaapskleren tussen zijn gekostumeerde gasten door lopen.

Alle gedachten aan het huwelijk waren vergeten. Gus Parnell hield op te bestaan. Ze kon aan niets anders meer denken dan hoe ze zich had gevoeld toen die man haar op Fever Hill Road had gekust.

Het was zo onschuldig begonnen. En niemand – werkelijk niemand – kon zeggen dat het aan haar gedrag had gelegen. Daar had ze veel over nagedacht en ze wist het heel zeker. Dat was een grote troost. Ze was naar Falmouth geweest en kwam net de kleine studio van Olivia Herapath uit toen ze op de stoep tegen hem op botste. Ze was heel even gealarmeerd geweest. Ze was alleen, zag nergens bondgenoten en zelfs geen voorbijganger die haar kon beschermen. En de laatste keer dat ze elkaar hadden ontmoet, had ze geprobeerd hem de grond in te boren en had hij haar uitgelachen.

Tot haar opluchting lachte hij nu echter niet. Hij nam alleen beleefd zijn hoed af, vroeg hoe ze het maakte en liep toen de paar meter mee naar haar rijtuigje. Hij hielp haar instappen, maakte haar een compliment over Princess, haar kleine, grijze merrie en vertrok.

Na een paar passen draaide hij zich echter om en stelde voor dat, omdat het marktdag was en nogal druk op de Coast Road, ze misschien beter via Fever Hill Road naar huis kon gaan, waardoor ze Parnassus vanaf de achterkant, door de suikerrietvelden, zou bereiken. Het was een volstrekt fatsoenlijk voorstel van een heer aan een dame en ze bedankte hem, zonder te laten merken of ze zijn advies wel of niet zou opvolgen.

Toen ze echter met haar kleine rijtuigje over Fever Hill Road reed, begon haar hart te bonken. En tegen de tijd dat ze de stad had verlaten en het deel van de weg had bereikt waar die door de reuzenbamboe in een groene tunnel verandert, was ze licht in haar hoofd van verwachting.

Het is gewoon het gebrek aan lucht, zo hield ze zichzelf voor, maar ze vertraagde het tempo van Princess en luisterde ingespannen of ze niet een ruiter achter haar hoorde. Natuurlijk hoorde ze niets.

Toen kreeg ze het idee dat de merrie een beetje mank liep. Niet overdreven ernstig, maar het leek Sibella toch beter te stoppen in de schaduw van de reuzenbamboe en te wachten tot er iemand kwam die haar zou kunnen helpen. Anders zou Princess misschien kreupel worden.

En na een paar minuten kwam hij.

'Het is waarschijnlijk maar een steentje,' zei hij, terwijl hij afsteeg om naar de merrie te kijken. 'Maar we willen niet dat ze daar een bloeduitstorting door krijgt, wel?'

Ze zat heel rechtop in haar rijtuigje en bewoog haar hoofd nauwelijks. 'Moet u eerst uw paard niet vastbinden?' opperde ze timide, want hij had de teugels losjes over het zadel laten hangen.

Hij keek haar over zijn schouder aan. 'Maak je geen zorgen. Ze weet dat ze niet weg mag lopen.' En de grote, slanke vos bleef inderdaad geduldig bij haar baas staan.

Om de een of andere reden begon Sibella hevig te blozen. Ze keek toe terwijl hij zijn handschoenen uittrok en bij zijn hoed in het gras gooide en daarna voorzichtig het rechtervoorbeen van de merrie optilde en de zachte onderkant van de hoef met zijn vingers betastte.

Ze werd duizelig. Een heer, zo hield ze zich voor, had niet zulke bruine handen, of zulke zwarte haren op zijn pols. Haar hart begon te bonken.

'Kijk eens aan,' zei hij. Hij haalde een klein mes uit zijn zak, verwijderde een kiezeltje, zette de hoef van de merrie weer neer en streelde afwezig over het been.

Sibella keek naar zijn kaaklijn en de manier waarop zijn donkere haren voor zijn ogen vielen, en voelde zich helemaal week worden.

'Je kunt nu wel met haar naar huis,' zei hij, zijn haren naar achteren gooiend toen hij naar haar opkeek. 'Maar doe het rustig aan.'

Ze knikte. Ze durfde niets te zeggen.

'En als je op Parnassus bent,' vervolgde hij, haar nog steeds aankijkend en tegelijk de hals van de merrie strelend, 'kun je misschien tegen de oude Danny zeggen dat ze een sneetje in de zool heeft. Laat het hem uitwassen met wat carbololie.'

'Carbololie,' stamelde ze, naar zijn mond kijkend. Hij had een prachtige mond, net de mond van een standbeeld.

'Inderdaad,' zei hij, 'carbololie.'

Ze probeerde te slikken. 'De hele hoef?' mompelde ze. Haar lippen voelden warm en gezwollen aan.

Hij schudde het hoofd. 'Alleen het sneetje. Hier, zal ik het je laten zien?'

Ze zei geen ja. Ze kon zich althans niet herinneren dat ze ja had gezegd. Maar het volgende moment tilde hij haar uit het rijtuigje – heel respectvol, daar mankeerde niets aan – en stond ze naast hem in die fluisterende, schaduwrijke tunnel van reuzenbamboe.

Hij bukte om de hoef van de merrie op te pakken en het haar te laten zien, en daarbij zag ze dat zijn schouderspieren zich onder zijn jas aanspanden. Toen zette hij de hoef weer neer, rechtte zijn rug en herhaalde de instructies voor Danny. Ze keek naar zijn mond en hoorde geen woord van wat hij zei. Toen pakte hij zijn zakdoek en veegde zijn handen schoon. 'Weet je,' zei hij kalm terwijl hij zijn zakdoek weer wegstopte, 'ik heb aan je lopen denken.' Toen legde hij zijn handen luchtig op haar schouders, boog zich voorover en kuste haar.

Ze had er al honderden keren aan teruggedacht, maar kon zich nooit precies herinneren hoe het was gebeurd. Het ene moment stond ze naast hem te bedenken dat hij groter was dan ze zich herinnerde, en dat er kleine bruine vlekjes in zijn groene ogen zaten, waarbij ze zich afvroeg of dat een teken van gevaar was; en het volgende moment had hij zonder geweld of dwang zijn handen op haar schouders gelegd – *zachtjes, zachtjes, niet overhaasten* – en zijn mond op de hare gedrukt.

Ze had nog nooit zoiets heerlijks ervaren als die kus. De warmte, de duizeligheid, het duizelingwekkende plezier dat ze niet eens voor mogelijk had gehouden. Hij opende haar lippen met de zijne en drong haar mond binnen – *zachtjes, zachtjes, niet overhaasten.* Haar knieën knikten; ze kreunde als een dier en sloeg haar armen om zijn nek. Ze opende haar mond zo wijd ze kon. Ze klampte zich aan hem vast tot ze geen lucht meer kreeg, tot ze zwarte vlekjes voor haar ogen zag. Toen nam hij zijn mond van de hare en ging naar het gevoelige plekje onder haar kaak, en het genot was zo intens dat ze bijna flauwviel.

Plotseling, maar net zo stijlvol als hij begonnen was, hield hij op. 'Het spijt me,' prevelde hij. 'Ik neem aan dat ik dat niet had moeten doen.'

Ze kon niets zeggen. Ze klampte zich nog steeds aan hem vast, hijgend en bevend als een dier.

Zonder nog iets te zeggen leidde hij haar terug naar haar rijtuigje, pakte haar bij haar middel en zette haar met gemak op het bankje. Toen legde hij de teugels in haar handen en zei dat ze de merrie rustig naar huis moest laten lopen. Hij leek volstrekt onverstoord en scheen zich er vooral zorgen om te maken dat zij en haar paard veilig thuiskwamen.

Ze zat te beven in haar rijtuigje. Ze proefde hem nog steeds, voelde nog steeds de kracht van zijn handen op haar schouders, en de warmte van zijn mond tegen haar hals.

In een waas zag ze hem naar zijn paard lopen, maar toen hield hij zijn pas in en bukte hij om iets van de grond te rapen. Het was het roze, zijden sjaaltje dat ze om haar hals had gehad.

Hij liep naar haar terug als om het aan haar te geven, maar leek zich toen te bedenken. Hij vouwde het sjaaltje op en stak het in zijn borstzak. 'Misschien een andere keer,' zei hij met omkrullende lippen.

Ze antwoordde niet. Daar was ze niet toe in staat. De woorden wilden niet komen. Pas nadat ze de afslag naar Parnassus had bereikt herinnerde ze zich dat het sjaaltje een cadeau was geweest van Gus Parnell, evenals de diamanten broche die erop zat. Maar wat doet dat er nu nog toe, dacht ze terwijl Princess door de rietvelden stapte. Alles is veranderd. Alles.

Dat was drie weken geleden. Sindsdien had ze in een wervelwind van angst en spijt en schandalig verlangen geleefd. Ze bleef die kus herbeleven. Hoe had het kunnen gebeuren? Hoe had ze het kunnen laten gebeuren? Ze gaf niets om hem. Hij was zo ver beneden haar stand dat het zelfs niet paste met hem in dezelfde kamer te zijn. En toch... toch verlangde ze hevig naar hem.

Maar een vrouw zo te kussen! Was dat een talent waarover straatjongens beschikten? Of wisten ook heren hoe je zulk genot moest schenken? Eugene in elk geval niet. Hij had zoenen als een onsmakelijke tijdverspilling beschouwd. Hij had alleen geweten hoe hij haar pijn moest doen.

Elke zondag in de kerk had ze gebeden om alles over Ben Kelly te mogen vergeten. In plaats daarvan dacht ze tot haar afgrijzen bijna constant aan hem. En ze merkte dat ze naar mannenmonden keek. Het maakte niet uit waar of wie het was; ze kon niet anders dan kijken en vergelijken. De bovenlip van haar broer Alexander vormde bijna permanent een genotzuchtige 'M'. Haar vader had een vlezige onderlip die donkerpaars werd als hij kwaad was. Gus Parnell had helemaal geen lippen.

Hoe kon dat nou? Hoe was het mogelijk dat een hooggeboren man helemaal geen lippen had, terwijl een schurk uit de goot een mond had zo mooi als die van een standbeeld?

'O, hier ben je,' zei Gus Parnell.

Ze draaide zich om.

'Liet ik je schrikken?' zei hij terwijl hij haar het ijs gaf. 'Neem me niet kwalijk.' Hij zweeg even.'De lucht is echt aangenaam aan deze kant van het huis. Ik begrijp heel goed waarom je hier de voorkeur aan gaf.'

Ze mompelde haar dank en boog zich over het ijs. De eerste hap was heerlijk koel tegen haar gezwollen lippen.

'Ik denk dat je gevaar liep oververhit te raken,' zei Parnell, haar strak aankijkend.

Ze dwong zich tot een glimlach.

Middernacht op de begraafplaats, dacht ze. En het is pas half twaalf.

Ze vroeg zich af hoe ze Parnell kwijt zou kunnen raken, en hoe ze het volgende halve uur moest doorkomen.

Alexander zag dat zijn zuster Gus Parnell opnieuw met een voorwendsel wegstuurde en vloekte zacht. Wat voor spelletje dacht dat stomme, kleine kreng te spelen? Zag ze niet dat Parnell niet veel meer zou pikken? Dacht ze soms dat rijke, bewonderende bankiers aan de bomen groeiden? Hij graaide nog een glas cognac van een passerend dienblad en dronk het in één keer leeg. Toen liep hij de trap af naar het gazon om een sigaar te roken.

Alles liep in het honderd en hij wist niet wat hij moest doen. Goeie genade, het moest echt wat worden tussen Sib en Parnell. Als Parnell eenmaal veilig was binnengehaald, kon hij beslist bij hem lenen. Maar dacht ze daar ooit aan? Dacht ze ooit aan iemand anders dan zichzelf?

Hij had Parnell nodig, en Sophie. Maar nu deed Sophie moeilijk vanwege dat mulattenmeisje. Wat waren vrouwen toch hypocriet. Hij kon de keren niet tellen dat Evie had gezegd dat ze van hem hield. Liefde? Was het liefde om zijn vooruitzichten te verpesten met een ruzie?

Hij draaide zich om en staarde naar het stralend verlichte huis. Het leek niet mogelijk dat God zo oneerlijk kon zijn. Dat een lage schurk als Ben Kelly bij machte was duizenden te verspillen! Het huis leek in niets meer op de afbladderende ruïne van een jaar geleden. De galerijen waren opengebroken, het houtwerk vervangen, de tuinen opnieuw ingericht en nieuwe terrassen aangelegd. Zelfs de volière van de oude Jocelyn was herbouwd. Het was zo afschuwelijk oneerlijk. Wat had die schurk gedaan om dat alles te verdienen?

De wereld was gek geworden. Nog maar vijf dagen, dan moest hij zijn schuld afbetalen en geen van die smerige joodse geldschieters wilde hem iets lenen. Ze hadden allemaal de geruchten gehoord dat het niet helemaal lekker liep met Sophie, en dat de ouweheer erover dacht hem Waytes Valley weer af te nemen. Alles ging naar de knoppen. En die gemene kleine Lyndon genoot met volle teugen en liep voortdurend hatelijk naar hem te grijnzen. Zelfs Davina begon gemene grappen te maken over een carrière als schapenboer in Australië. Lieve hemel, wat moest hij doen? Hij kon Sophie moeilijk dwingen met hem te trouwen. Ondanks zijn poging in het rijtuigje wisten ze dat allebei. Maar was het mogelijk dat hij haar nog zou kunnen overhalen? En zo niet, zouden ze dan vrienden kunnen blijven – althans in die mate dat zij hem het geld gewoon zou willen lenen? Hij had daar in de loop van de avond veel over nagedacht en bij tijd en wijle had het een goede kans geleken. Maar dan was er altijd nog die zwager van haar. Cameron Lawe zou beslist alles verpesten.

Dus wat moest hij nu doen? Als Sib zichzelf nou belachelijk maakte en Parnell van de haak liet glijden? Als Sophie nou niet zou bijdraaien? Als nieuwjaarsdag nou aanbrak en verstreek zonder dat hij het geld had terug betaald?

Dan was hij verloren. Hopeloos verloren. Het nieuws dat Alexander Traherne zijn schuld niet had afgelost zou als een lopend vuurtje de ronde doen. Hij zou uit elke club gezet worden waar hij ooit lid van was geworden. De ouweheer zou hem zonder een cent wegsturen. Hij zou niemand meer hebben. Dan kon hij zich net zo goed van kant maken.

En dat allemaal voor een onbetekenende gokschuld. Het was zo verschrikkelijk oneerlijk.

Hij gooide zijn sigaar weg en bleef even besluiteloos staan. Hij moest iets doen. Maar wat?

Bij zijn voeten lichtte zijn sigaar even op in het donker. Fronsend drukte hij hem met zijn hiel uit en liep terug naar het huis.

Het was kwart voor twaalf; Sophie had er genoeg van. Ze had een langzame gavotte gedanst met Cornelius en nog een met Alexander, die de hele avond nauwelijks een woord tegen haar had gezegd. Ze had aan de maaltijd de zakenpartner van Ben Kelly, meneer Walker, ontmoet en hem tot haar verbazing herkend als de mysterieuze zwarte heer van St. Cuthbert's acht maanden geleden. Hij had echter alles verpest door naar 'juffrouw McFarlane' te vragen en zij had zich geroepen gevoeld te zeggen dat ze niets wist, waarop hij na een geforceerd glimlachje was weggelopen. Het was een kleine valse noot in een avond die uit niets dan valse noten bestond.

Ze vond het vreselijk om terug te zijn op Fever Hill. Voor haar zou het altijd een magische plek blijven van schaduwen en fluisteringen, en een huis dat zijn verval droeg met een verbleekte elegantie. Ze vond het vreselijk om het helder verlicht en overspoeld door nieuwsgierige roddelaars te zien. Het was alsof de tekortkomingen van een oude tante tentoon werden gesteld aan een gevoelloos publiek. En wat het nog erger maakte was dat het haar aan Maddy herinnerde. Maddy, duizend kilometer hiervandaan op Eden. Alles was verkeerd.

Ze vond het vreselijk om terug te zijn en ze vond het vreselijk om verkleed te zijn. Tijdens het eten was haar sleep vast komen te zitten onder een stoel en toen zij in het damestoilet zat terwijl het dienstmeisje de scheur repareerde, had ze zichzelf in de spiegel gezien. Wat had haar bezield om als de Vrouwe van de Rivier te komen? Ze zag er mager en hologig uit: als iemand die verdronken was.

Daarna was ze teruggekeerd naar de balzaal en had een hele tijd met een starre glimlach rond haar lippen naar het zachte geklaag van de oude mevrouw Pitcaithley staan luisteren en naar het dansen van Ben Kelly gekeken. En geleidelijk hoorde ze aan het geroddel dat de publieke opinie in zijn voordeel begon te keren. Maar natuurlijk, dacht ze wrang. Hij is rijk, knap en vrijgezel, en zij hebben huwbare dochters.

Uiteraard is er de kwestie van afkomst om rekening mee te houden – maar zoals ik altijd al heb gezegd, hoewel gebrek aan afkomst ongelukkig is, is het niet echt een tekortkoming. Hoe moet de Society zichzelf immers vernieuwen als er geen nieuw bloed inkomt? Wat waren de Trahernes drie generaties geleden? En zelfs de Monroes – ik bedoel, de hedendaagse Monroes, niet die arme oude Jocelyn – ach, die zijn immers ook niet uit een fatsoenlijk huwelijk geboren...

Wat zijn de mensen ook grillig, dacht ze toen ze vanuit de balzaal de noordelijke veranda op stapte, en daarbij bijna tegen een van die stomme schalen met orchideeën aan liep. Zeven jaar geleden had iedereen vol afgrijzen gereageerd omdat Sophie Monroe vriendschap sloot met een stalknecht. Nu dronken ze maar al te graag zijn champagne en dansten ze in zijn balzaal.

Ze zag Alexander staan aan de andere kant van de galerij en dook weg achter de orchideeën. Ze vroeg zich af waarom hij die onhandige poging tot een dreigement nodig had gevonden? Hij moest toch weten dat hij haar niet kon dwingen met hem te trouwen.

Maar hoe moest het dan met Eden? Dat was het probleem. Alexander was rancuneus genoeg om een of ander schandalig gerucht over haar en Ben de wereld in te helpen. En als Cornelius, de machtigste financier aan de Northside, hoorde dat ze niet met zijn zoon wilde trouwen, kon zijn goodwill bij de Lawes wel eens vervliegen als ochtendmist in de zon. En dan had ze Eden weer in problemen gebracht.

Dat vond ze veel erger dan de rest. Veel erger dan de woede van de Trahernes, erger dan de vernedering van de herroepen uitnodigingen, de beleefde briefjes bij de teruggestuurde huwelijkscadeaus en de roddels.

En waar kon ze heen na Parnassus? Eden was geen optie. Maar ze kon ook nauwelijks ergens anders aan de Northside blijven. Terug naar Engeland? Ze werd somber bij het idee. Ze wist dat als ze Jamaica nu verliet, ze nooit meer terug zou komen. Het zou de ultieme nederlaag zijn.

Ze zag zichzelf al bij mevrouw Vaughan-Pargeter wonen, interend op het geld dat ze had overgehouden aan de verkoop van Fever Hill. Ze zou van Bens geld leven.

Ze zag hem nu bij de deur, te midden van een groep mensen, naar de wals staan kijken. Hij had sinds de vreemde begroeting bij haar aankomst niets meer tegen haar gezegd. Hij was niet één keer naar haar toe gekomen om iets over Evie te zeggen, wat ze wel had verwacht. Hij had haar echter ook niet ontlopen. Hun wegen hadden elkaar die avond verschillende keren gekruist. Elke keer had hij beleefd geknikt en was gewoon doorgelopen. Wat hem betrof hadden ze kennelijk afscheid genomen in de heuvels; verder viel er niets te zeggen.

Ze zag hem iets voorover buigen om met de vrouw naast hem te praten. De vrouw keek hem luisterend aan en met een schok herkende Sophie Sibella Palairet. Ze keek met volstrekte concentratie naar Ben op, haar lippen licht vaneen, haar blik strak op zijn mond gevestigd.

Sophie keek van Sibella naar Ben en weer terug. Ze herinnerde zich de oude koets langs de kant van de oprijlaan, met de bediende van oudtante May erin. Ze had het gevoel te vallen. Kon dat de mysterieuze 'afspraak' zijn?

Het was niet mogelijk. En toch pasten alle stukken perfect in elkaar, als een Chinese puzzel. Wat een fantastische wraak zou het zijn voor oudtante May: het zou een eind maken aan het Parnell-Palairet-huwelijk en tegelijk de Trahernes te schande maken. Daar was niet meer voor nodig dan een ijdele, domme, zichzelf misleidende weduwe, mooi verpakt in mauvekleurige satijn en goudkant. En Ben zou het doen ook. Hij kon niet vergeten zijn wat de Trahernes hem hadden aangedaan.

Daar draait het met dit hele bal om, dacht ze plotseling: de Trahernes laten zien wat hij bereikt heeft, en hen tegelijk ten val brengen. En het ergst van alles, dacht ze terwijl ze een orchidee uit een schaal plukte en hem uit elkaar trok, was dat hij het die dag in de heuvels al moest hebben geweten.

Ze voelde zich beverig en misselijk. Ze had nooit gedacht dat hij zo veranderd kon zijn – dat hij tot zoiets berekenends, smerigs en vernietigends in staat was.

Dit, dacht ze ongelovig, is echt het einde. De Ben die je hebt gekend bestaat niet meer.

Ze opende haar hand en liet de bloemblaadjes vallen. Toen hief ze haar hoofd op en zocht naar hem door een waas van tranen.

Hij was weg. En Sibella ook.

30

'Voor de laatste keer!' schreeuwt pa. 'Waar is Kate?'

'Ik weet het niet,' stamelt Ben.

Pa pakt hem bij zijn arm, rukt hem overeind en slaat hem. Klets, klets, klets. De kamer tolt. Hij ziet lichtflitsen voor zijn ogen.

Robbie zit ineengedoken in de hoek, met zijn gezicht naar de muur, te wiegen. Goed zo, jongen, zegt Ben zwijgend tegen hem. Blijf daar maar zitten en laat mij dit regelen.

'Waar is ze verdomme heen?' roept pa, hem door elkaar schuddend tot zijn arm bijna uit de kom wordt gerukt.

'Ik weet het niet,' zegt Ben tussen opeengeklemde tanden door.

Pa slaat hem nog een paar keer en gooit hem dan tegen de muur. Meer lichtflitsen. Zout-zoet bloed vult zijn mond. Hij glijdt langs de muur omlaag. Nog één flinke trap, denkt hij mat, en het is gedaan met je.

Pa staat wankelend boven hem. Hij stinkt zwaar naar bier, maar staat bepaald niet op het punt om bewusteloos te raken, wat pech is voor Ben. 'Dus je gaat het me niet vertellen, hè?' zegt hij heel kalm.

Beverig veegt Ben zijn gezicht af aan zijn mouw. Hij probeert zich te bewegen, maar kan het niet. Zijn benen gehoorzamen hem niet.

Pa draait zich om, strompelt naar de hoek, pakt Robbie bij zijn enkel en tilt hem van de grond op. Robbie zegt niets; hij geeft zelfs geen kik. Hij hangt daar maar ondersteboven te bungelen, zijn stropop tegen zijn borst geklemd.

'Laat hem met rust,' zegt Ben, het bloed uit zijn ogen vegend. 'Hij weet niets, hij is maar een idioot.'

'Dus je gaat het me niet vertellen, hè?' zegt pa over zijn schouder. Hij

zwiert Robbie aan zijn benen rond, alsof hij van plan is hem met zijn hoofd tegen de deurstijl te slaan. 'Weet je dat zeker?'

'Hou daarmee op,' fluistert Ben.

'Robbie of Kate? Wat wordt het?'

Ben komt moeizaam overeind en drukt zich tegen de muur aan. Zijn hoofd barst bijna uit elkaar van de pijn. 'Hou daarmee op!'

'Waarom zou ik? Robbie vindt het niet erg, wel, Rob?'

Al die tijd zwiert hij hem rond, het kleine hoofd met het peentjeshaar komt steeds dichter bij de deurstijl. Robbie klemt zijn pop tegen zich aan en geeft geen kik, maar zijn mond staat wijdopen van afgrijzen.

'Kom op, Ben,' zegt pa. 'Jij mag kiezen.'

Ben draait zich om en drukt zijn voorhoofd tegen de muur. Vochtig stuukwerk valt naar beneden. Zijn ogen zijn heet en prikken, en er zit een grote brok in zijn keel. Hoe kan hij kiezen? Hoe kan hij verdomme nou kiezen?

Kate is groot en sterk, denkt hij bij zichzelf. Ze kan wel tegen pa op en ze heeft Jeb om op haar te passen. Maar Robbie kan zich tegen niemand verweren. En hij heeft alleen Ben maar.

'Kom op, Ben,' zegt pa weer. 'Wat wordt het? Robbie of Kate?'

'Ben?' jammert Robbie. 'Ben!'

'Slippers Place,' krast Ben tussen grote, schokkende snikken door.

'Wat?' zegt pa. 'Wat zei je daar?'

Ben drukt zijn hoofd tegen de muur; het stuukwerk wordt een zachte pulp van bloed en tranen. 'Ze woont aan Slippers Place. Slippers Place bij Jamaica Road. En laat hem nou los!'

Het zonlicht viel op zijn ogen en hij werd wakker. Hij lag te zweten. Zijn hart bonkte. Hij wist niet waar hij was.

Je had het hem niet moeten vertellen, Ben. Je hebt de verkeerde keus gemaakt, nietwaar? Je had hem niet over Kate moeten vertellen.

Onder zijn hand veranderde het bebloede stuukwerk in het gelakte oppervlak van zijn nachtkastje. Hij bracht zijn hand naar zijn wang en veegde de tranen weg.

Je bent Kate kwijtgeraakt, dacht hij, en daarna ben je Sophie kwijtgeraakt. Daarom komt die droom steeds terug. Het ene verlies roept het andere verlies op.

Het zwijgzame dienstmeisje liep van het raam naar het bed en hield hem een presenteerblaadje voor met een kleine, crèmekleurige envelop.

'Wat is dat?' mompelde hij, zich op een elleboog opduwend. Zijn horloge op het nachtkastje vertelde hem dat het negen uur in de ochtend was. Hij had maar iets meer dan een uur geslapen. De laatste gast was kort na zeven uur vertrokken.

'Een boodschap, meneer Ben,' mompelde het meisje, haar ogen beleefd afgewend. 'Het rijtuig wacht op antwoord. Ze zeggen dat het dringend is.'

Zacht vloekend pakte hij de envelop en scheurde hem open. Hij keek wat erin zat. Het was een bericht van de kleine weduwe. Hij verfrommelde het en gooide het door de kamer.

Van wie had je dan gedacht dat het zou zijn, vroeg hij zich vol afkeer af. Sophie Monroe, die je schrijft om je te bedanken voor het feest? Hij herinnerde zich hoe ze had gekeken toen ze de trap op kwam met haar verloofde. De sardonische gloed in haar honingkleurige ogen; het spottende trekje rond haar mond. *En wanneer houd je je aan die mysterieuze afspraak?*

Hij wreef met zijn hand over zijn gezicht. Hij voelde zich uitgeput en nog steeds dronken, zwaar van vermoeidheid en zelfwalging. De droom maakte hem neerslachtig. Onrecht en verlies, dacht hij. Is dat alles wat er is?

Naast het bed schraapte het dienstmeisje haar keel. 'Het rijtuig wacht, meneer Ben, het wacht op antwoord.'

Hij dacht aan de kleine weduwe met haar te strakke jurk en haar kunstbloemen. Ze had een mauvekleurige satijnen lint om haar hals gehad, net een hondenriem. Net een hondje. *Je had het niet moeten doen, Ben.*

Hij had een vieze smaak in zijn mond. Hij pakte de karaf, schonk zichzelf een glas water in en dronk het in één keer leeg. 'Zeg de jongen maar dat er geen antwoord is,' mompelde hij.

Een half uur later was hij aangekleed en liep hij de trap af toen hij Isaac in de gang zag staan. Zijn partner had zijn stadskleren aan en er stond een groot valies bij zijn voeten.

Ben bleef op de onderste trede staan en pakte geschrokken de trapleuning vast. Isaac dreigde al dagen weg te gaan – ze konden het niet zo goed meer vinden sinds hij zich het belachelijke idee in zijn hoofd had gehaald dat er iets tussen Ben en Evie was – maar had zich er telkens weer toe laten overhalen te blijven. Tot nu toe, althans.

Ga niet weg, smeekte Ben hem zwijgend. Niet nu. Niet vandaag. Alsjeblieft. Hardop zei hij: 'Dus je gaat weg.'

Isaac draaide zijn hoofd naar hem om en wachtte tot drie bedienden met sinaasappelboompjes in potten in hun armen voorbij waren gelopen. Toen ze weg waren, zei hij: 'Ik ben nog een week of zo op Arethusa. Daarna vertrek ik.'

'Waarheen?'

'Weet ik niet. Dat hangt ervan af.'

'Isaac...'

'Ik denk erover het te verkopen. Als ik dat doe, mag jij het eerste bod uitbrengen.'

'In godsnaam, Isaac! Dat interesseert me niets.'

Isaac keek naar hem op, zijn gezicht vertrokken. 'Wat interesseert je wel, Ben?'

Ben negeerde die vraag. 'Voor de laatste keer, er is niets tussen mij en Evie McFarlane. Niets dan vriendschap.'

'Zeg me dan waar ze is.'

Ben aarzelde. 'Nee.'

'Waarom niet?'

'Ze wil niet gevonden worden.'

'Ik geloof je niet. Ik zal haar vinden, Ben. Met of zonder je hulp. Dat meisje zit in moeilijkheden. Dat kon ik zien toen ze die dag hierheen kwam. Ze heeft een vriend nodig.'

'Ze heeft een vriend.'

Isaac schudde verdrietig zijn hoofd. 'Je vertrouwt me nog steeds niet, is het wel?'

'Natuurlijk vertrouw ik je.'

'Nee, dat doe je niet. Je vertrouwt niemand. Dat heb je nooit gedaan.' Hij zette zijn hoed op en pakte zijn valies. 'Tot ziens, Ben, en veel geluk. Ik heb zo het idee dat je dat nodig zult hebben.'

Ben bleef op de trap staan luisteren naar het geratel van het verdwijnende rijtuig. Onrecht en verlies, dacht hij. Hij kon zich niet herinneren zich ooit zo gedeprimeerd te hebben gevoeld.

Ach, barst. Als Isaac weg wilde moest hij dat weten. Bovendien was hij geen vriend. Hij was niet meer dan een zakenpartner.

Hij dwong zichzelf tot een schouderophalen, stak zijn handen in zijn zakken en liep naar buiten, het gazon aan de zuidkant op, waar het opruimen in volle gang was. In het felle decemberlicht bood het gazon een troosteloze aanblik van omgekeerde stoelen en vuile glazen, en grote schalen orchideeën die bruin werden aan de randjes. Overal waar hij keek waren knechten en dienstmeisjes bezig dingen op te ruimen, op te rapen en recht te zetten. Geen van hen keek hem aan.

Hij vroeg zich af of ze bang voor hem waren. Of stoorden ze zich aan het feit dat hij ook ooit een bediende was geweest? Dat hij geen heer was en dat ook nooit zou worden?

Hij liep langs de zijkant van het huis, vond een schaduwplekje onder de broodboom en vroeg om een fles champagne. Toen leunde hij achterover en keek naar een koppeltje ruziënde vogels in de volière.

Het vreemde was dat hij Isaac gemakkelijk had kunnen geruststellen over Evie, want ze zou vandaag terugkomen uit de grot in de heuvels. Waarom had hij dat niet tegen Isaac gezegd? Was het omdat Isaac verliefd was? Omdat dat wel het laatste was wat Ben nu wilde zien? Was dat het?

De champagne werd gebracht. Hij dronk het eerste glas in één teug leeg en wachtte op de kunstmatige stemmingsverbetering. Het koppeltje vogels verkeerde nu echt in oorlog.

Er had hier een volière gestaan zolang iedereen zich dat kon herinneren, maar tot Ben hem had laten restaureren was het een ruïne geweest. De oude meneer Jocelyn had hem in de jaren veertig gebouwd voor zijn jonge bruid, Catherine McFarlane – en hem een jaar later, toen ze stierf, laten vernielen. Er werd gezegd dat hij nooit over haar dood heen gekomen was, dat hij nooit meer naar een andere vrouw had gekeken.

Stom van hem, dacht Ben wrang toen hij zichzelf nog een glas inschonk.

Er kwam een schaduw voor de zon langs en toen hij opkeek zag hij Austen voor zich staan. 'Hallo, Austen,' zei hij, 'ga zitten en neem wat te drinken.'

Austen ging onzeker op het andere uiteinde van de bank zitten, maar wuifde de champagne weg. 'Nee, dank u, meneer Kelly.'

Ben keek hem aan. Austen noemde hem tegenwoordig alleen nog 'meneer Kelly' als hij met respect behandeld wilde worden. En het was niet moeilijk te raden wat hem vanochtend dwars zat.

'Nou,' zei Ben, zich nog een glas inschenkend. 'Wat heb je op je lever?'

Austen schraapte zijn keel en keek fronsend naar zijn voeten. 'Ik heb begrepen dat er een rijtuig hier was. En een briefje van... van een dame.'

'Dat klopt.'

'Mag ik vragen waar het over ging?'

'Ik denk het niet,' zei Ben.

Weer schraapte Austen zijn keel. 'Meneer Kelly, ik moet met u praten.'

'Dat doe je toch al, niet dan?'

'Niet als werkgever en secretaris, maar van man tot man.'

Ben zuchtte. 'Het punt is, Austen, dat ik erg weinig geslapen heb en me niet zo lekker voel. Kan het wachten?'

'Ik vrees van niet.'

Ben keek hem verbaasd aan. Hij had zijn secretaris niet zoveel wilskracht toegedicht. Of inlevingsvermogen. Alsjeblieft, bad hij, niet nog een die verliefd is. Ik lijk erdoor omringd te zijn. Hij ademde langzaam uit. 'Vooruit dan maar,' zei hij.

Er verschenen rode vlekken op Austens magere wangen en zijn adamsappel ging op en neer. 'Vannacht zag ik iets. Ik bedoel, ik zag u en mevrouw Palairet... praten, en toen... toen verdween u allebei. Dus dacht ik...' zijn gezicht zag vuurrood, 'dat wil zeggen, ik zag genoeg om me reden tot bezorgdheid te geven.'

Ben vond zijn fijngevoeligheid vreselijk irritant. 'Ja, natuurlijk,' beet hij de man toe. 'Je zag iets, maar nam er geen deel aan. Zo gaat het toch al je hele leven?'

Austen trok aan zijn neus. 'Meneer Kelly. Ik moet u vragen... bent u... dat wil zeggen, bent u van plan met haar te trouwen?'

Ben knipperde met zijn ogen. 'Met wie?'

'Mevrouw Palairet.'

Ben keek hem aan en barstte toen in lachen uit. 'Sibella? Natuurlijk niet!'

Weer trok Austen aan zijn neus. Toen zette hij zijn handen op zijn knieën en stond snel op. 'Dan moet ik u tot mijn spijt zeggen dat ik geen dag langer in uw dienst kan blijven.'

Ben keek even naar hem op en zwaaide toen met zijn hand in de lucht. 'Doe niet zo belachelijk, Austen. Je weet niet eens wat er...'

'Met alle respect, meneer Kelly, maar het is helemaal niet belachelijk. Het is het enige eerbare dat een kerel kan doen.'

Ben was stomverbaasd. Hij had wel gelezen over mannen die vrouwen op een voetstuk plaatsten – hij had Austen er vaak mee geplaagd dat hij zo'n man was – maar hij had het nooit eerder geloofd. 'Austen,' zei hij vermoeid, 'wees niet zo stom. Er is echt geen reden om ruzie te maken.'

'Integendeel, meneer Kelly,' zei Austen zacht.

Hij meende het. Ben werd vreselijk somber. Eerst Isaac, nu Austen. Onrecht en verlies. Nee, nee, nee. Hij leunde voorover met zijn ellebogen op zijn knieën. 'Ik kan uitleggen hoe het zit met mevrouw Palairet,' zei hij zacht. 'Maar alsjeblieft. Ik vraag je – ik vraag je! – om te blijven.'

Austen dacht na, schudde toen het hoofd, draaide zich om en liep over het gazon weg.

Ben leunde achterover op het bankje en keek hem na. Een paar minuten later stopte het koetsje aan de voorkant van het huis. Austen kwam met zijn tassen naar buiten en reed de oprijlaan af.

Twee man weg, geen meer te gaan, dacht Ben. Nu ben je helemaal alleen. De hevigheid van zijn verdriet verbaasde hem. Hij schonk zichzelf nog een glas in, luisterde naar de krekels, die steeds luider gingen zingen, en keek naar de kibbelende vogels. Vanuit het niets kwam hem een beeld voor ogen van Sophie, de vorige avond tijdens het eten. Er was iemand op haar sleep gaan staan en die was gescheurd. En heel even, voor de beleefdheid de overhand kreeg, had ze op het punt gestaan tegen diegene uit te vallen. Hij kende die uitdrukking zo goed: de vlammende ogen, de schaduwen bij haar mondhoeken die dieper werden. Hij was altijd dol geweest op die blik.

Hij stond snel op en liep een paar passen het gazon over, draaide zich toen om en ging weer op het bankje zitten. Op de oprijlaan keek een man die de lampen aan het opruimen was, hem even nieuwsgierig aan. Hij kon doen wat hij wilde, maar hij had nergens zin in. Hij kon een eind gaan rijden op een van zijn prachtige volbloedpaarden. Hij kon hier blijven zitten en de hele dag champagne drinken. Hij kon naar zijn werkkamer gaan en de plannen voor het mausoleum bekijken. Of hij kon de heuvels in gaan en Evie ophalen en naar haar moeder brengen.

Maar hij had daar allemaal geen zin in. Hij kon doen wat hij wilde, maar er was niets – absoluut niets – waar hij zin in had. Hij voelde zich vreselijk ellendig. Hij had zelfs geen idee hoe hij de dag moest doorkomen.

De nacht van Bens Maskerade zat Sophie op de bovengalerij van Parnassus te wachten tot de zon opkwam. Ze was grimmig op Fever Hill blijven rondhangen in de hoop dat Sibella terug zou komen, maar dat gebeurde niet. Rond twee uur, toen ze het niet langer kon verdragen, had ze Alexander, die nog steeds cognac zat te drinken met een groepje oude racemakkers, daar gelaten en was ze met Rebecca en Cornelius naar huis gegaan.

'Er is toch niets mis, liefje?' had Rebecca gefluisterd toen ze in de koets hadden plaatsgenomen.

Sophie had haar de hand gedrukt en geprobeerd te glimlachen.

Wat kon er nou mis zijn, dacht ze. Ik heb net uw zoon de bons gegeven, en Ben Kelly heeft een verhouding met Sibella. Natuurlijk is er niets mis.

Op Parnassus aangekomen was ze meteen naar haar kamer gegaan. Ze had niet eens geprobeerd te slapen, maar was op de galerij gaan zitten, luisterend naar het gefluister van de wind in het suikerriet en de verre kreten van Patoo.

Het was de ochtend van de zevenentwintigste december. Zeven jaar geleden was ze met Ben in Romilly geweest. Ze herinnerde zich elk detail. De geur van de orchideeën. Het heimelijk geritsel van de nachtdieren op de rivieroever. Wat had hij er jong uitgezien: zo voorzichtig en ernstig toen hij haar kous omlaag rolde en haar knie aanraakte.

Ze probeerde aan hem te denken zoals hij nu was, maar kon het niet. Telkens als ze het beeld opriep, drong zich een ander beeld op: Ben zoals hij was geweest op de open plek op Overlook Hill zeven jaar geleden; bleek, geschokt en niet in staat te begrijpen dat zij een eind aan hun relatie maakte.

Tot nu toe had ze zich nooit durven afvragen hoe het geweest zou zijn als ze de moed had gehad met hem samen te zijn. Wat had het voor zin? Ze had gelijk gehad.

Maar wat als...

Ze hadden nu man en vrouw kunnen zijn, en samen op Fever Hill wonen. Ze hadden misschien kinderen kunnen hebben. Ze probeerde zich voor te stellen hoe hun kinderen er uit zouden zien. Zouden ze donker en knap zijn, zoals hij? Of gewoontjes, zoals zij?

Rond vijf uur veranderde het lied van de krekels. Het werd luider. De bries vanuit zee kwam opzetten. Een vlucht grasvinken daalde neer op de hibiscusstruiken langs de trap.

Ze trok haar knieën op onder haar nachthemd en trok haar sjaal dichter om zich heen. Zevenentwintig december. Zeven jaar geleden was ze bij Ben geweest, en was Fraser gestorven.

Ze vroeg zich af of Madeleine op de veranda op Eden tussen de geruite kussens zat, met haar knieën opgetrokken onder haar nachthemd, denkend aan Fraser. Ze drukte haar knokkels tegen haar ogen. Alles was fout gegaan, fout, fout. Waarom zat ze hier in dit grote huis met het koude hart, terwijl Ben daarginds was met Sibella? Waarom was zij hier, terwijl Madeleine zonder haar op Eden was? Hoe had ze dit kunnen laten gebeuren? En hoe kon ze het weer in orde maken?

Rond elf uur werd ze gewekt door een dienstmeisje dat op haar arm tikte. Verdwaasd hief ze haar hoofd op. Haar ogen voelden zanderig aan en haar nek deed zeer door de houding waarin ze had geslapen. Het meisje vertelde haar dat juffrouw Sibella beneden in de blauwe salon zat en dat ze haar meteen wilde spreken. Sophie was op slag klaarwakker.

'Ik moest je spreken!' riep Sibella uit toen Sophie de salon binnenkwam.

Sophie keek over haar schouder om te zien of de deur dicht was en wendde zich toen weer tot Sibella. Ze zag er vreselijk uit: de knopen van haar japon zaten scheef dicht en haar gezicht was gezwollen en gevlekt van het huilen.

Sophie kon het niet opbrengen medelijden met haar te hebben. Ze kon er alleen maar aan denken hoe Sibella naar Ben had opgekeken toen ze naast hem in de balzaal stond; hoe ze naar zijn mond had gekeken. 'Wat wil je?' vroeg ze bot.

Sibella draaide aan de ringen rond haar plompe vingers, wierp zich toen op de bank en barstte in tranen uit.

Sophie keek zwijgend toe en wenste dat ze een miljoen kilometer daarvandaan was.

'Ik schaam me zo!' snikte Sibella. 'Ik voel me zo smerig en... en vernederd. Ik... ik heb geschreven. Ik heb hem gesmeekt... ik heb zelfs bij zijn huis gewacht op antwoord.' Er welde een schreeuw op uit haar keel. 'Weet je wat hij heeft gedaan?' Ze streek haar haren uit haar gezicht en haar ogen waren roodomrand en woedend. 'Hij zei dat er geen antwoord was! Kun je het je voorstellen? Geen antwoord!'

Sophie wilde zich helemaal niets voorstellen. Ze deed haar best niet aan Ben en Sibella samen te denken.

Sibella pakte echter haar hand vast en trok haar naast zich op de bank. 'Je moet met hem gaan praten.'

'Wat? Maar...'

'Sophie, je moet! Er is niemand anders die me kan helpen.'

Sophie probeerde haar hand los te trekken uit de koortsige greep, maar Sibella liet niet los. 'Ik begrijp er niets van,' zei ze zo zachtaardig als ze kon opbrengen. 'Je bent moe en van streek. Je moet naar bed.'

Sibella staarde haar niet-begrijpend aan en begon toen weer te huilen.

Het dienstmeisje stak haar hoofd om de deur, maar Sophie gebaarde haar weg te gaan terwijl Sibella zich snikkend aan haar hand vastklampte.

Geleidelijk, schoorvoetend kreeg Sophie flarden van het verhaal te horen. Het had iets te maken met een verdwenen sjaaltje en een diamanten broche – allebei cadeautjes van Gus Parnell – en een belofte van Ben om ze terug te geven... een belofte die hij niet had gehouden; en een middernachtelijk rendez-vous op de begraafplaats. De gedachte aan het rendez-vous deed haar meer pijn dan wat dan ook. Een rendez-vous van geliefden tussen de graven van de Monroes. Het trof haar als een messteek.

En nu deed Parnell volgens Sibella moeilijk en eiste hij dat stomme ding te zien, en papa was boos op haar en wat moest ze nou doen?

'Jij moet ze terug gaan halen,' zei ze, zo hard in Sophies hand knijpend dat haar ringen in haar vlees drukten. 'Hij is een leugenaar en een schurk, maar naar jou zal hij luisteren, dat weet ik zeker. Hij zal ze teruggeven als jij het hem vraagt.'

'Sibella,' zei ze vermoeid, 'hij zal naar niemand luisteren, het minst van iedereen naar mij.'

Sibella ademde beverig in en wreef met haar vingers door haar ogen. 'Maar er is niemand anders. Je bent mijn enige vriendin.'

Haar enige vriendin?

Sibella merkte haar aarzeling op. 'Zeg dat je zult gaan. O, Sophie, zeg alsjeblieft dat je zult gaan!'

Wat kun je nou eigenlijk tegen hem zeggen, vroeg ze zich af toen ze tussen de poorthuizen van Fever Hill door reed. De poorthuizen waren voor de Maskerade ontdaan van klimplanten en voor het eerst sinds zij ze kende was het wapen van de Monroes duidelijk te zien. Ze vroeg zich af wanneer Ben het weg zou laten halen. Voor een man die een rendez-vous met zijn geliefde had op de begraafplaats van de Monroes was dat waarschijnlijk slechts een kwestie van tijd.

Ze reed langzaam de oprijlaan op. Twee keer trok ze de teugels aan en dacht erover terug te gaan, Sibella haar eigen smerige karweitjes op te laten knappen. Gedachteloze, ongevoelige Sibella die – als ze het zich überhaupt al herinnerde – ongetwijfeld had aangenomen dat Sophie al jaren over haar gevoelens voor Ben heen was.

De mannen die de gekleurde lampen tussen de palmen vandaan haalden keken haar met onverholen nieuwsgierigheid aan. Ze negeerde hen. Voor de honderdste keer vervloekte ze Sibella. Om haar ijdelheid. Om haar zwakheid. Om haar schoonheid.

Eindelijk bereikte ze het huis. Nu was er geen tijd meer om zich te bedenken. Er kwam een jongen aanrennen om voor haar paard te zorgen. Er kwam een meisje de trap af gelopen om haar naar binnen te begeleiden. Ze werd meteen naar de werkkamer gebracht. Het was haar grootvaders werkkamer geweest en het verbaasde haar hoe weinig er veranderd was. Nog steeds boeken van de vloer tot het plafond, olieverfschilderijen van Jamaica aan de muren en voor de deuren die naar de zuidelijke veranda leidden, een groot bureau van walnotenhout.

Ben zat aan het bureau met iets wat er uitzag als bouwtekeningen voor zich. Toen ze binnen werd gelaten, stond hij op en klaarde zijn gezicht even op. Toen zag hij echter haar ijzige uitdrukking en werd de zijne ondoorgrondelijk. Hij zag er bleek en moe uit en had donkere kringen onder zijn ogen.

Net goed, dacht ze grimmig, aan Sibella's gezwollen, betraande gezicht denkend. *Ik voel me zo vernederd. Zo smerig en beschaamd.* Ben en Sibella op de begraafplaats. Het leek onmogelijk.

Ze duwde de beelden weg die voor haar geestesoog bleven verschijnen.

'Ik had niet verwacht dat je me zou ontvangen,' zei ze terwijl ze de werkkamer doorliep.

'Ik had niet verwacht dat je zou komen,' kaatste hij terug. Hij gebaarde naar een stoel aan de andere kant van het bureau en ging zelf weer zitten.

Ze nam plaats en sloeg haar handen in elkaar. Ze voelden beverig en koud aan. 'Hoe kon je het doen?' vroeg ze zacht.

Hij trok zijn wenkbrauwen op. 'Wat heb ik nu weer gedaan?'

'Probeer je er niet uit te kletsen. Ik kom net van Sibella. Ze is er vreselijk aan toe.'

'Ik neem aan dat dat betekent dat ze niet van het feest genoten heeft.'

Ze keek naar haar handen. Het leek onmogelijk dat hij het als een grap kon afdoen. 'Ik weet dat het is omdat ze een Traherne is,' zei ze zacht. 'Ik weet dat het daar allemaal om ging. Maar ik had nooit gedacht... Ik heb nooit geloofd dat je zo diep kon zinken.'

'En dat geloof je nu wel?' Hij schonk haar een glimlachje. 'Je gelooft wel meteen het ergste van me, nietwaar?'

'Je hebt haar gebruikt. Je hebt haar gebruikt om bij oudtante May in de gunst te komen.'

Er verscheen een donkere blos op zijn wangen, maar hij herstelde zich snel.

'En natuurlijk gebruiken mensen in de hogere kringen elkaar niet,' zei hij droogjes. 'Dat vergeet ik telkens weer.'

'Het minste dat je kunt doen,' zei ze tussen haar tanden door, 'is me die snuisterijen van haar teruggeven.'

'Aha, dus daar kom je voor.' Hij leunde achterover in zijn stoel. 'Ze heeft problemen met haar geliefde – haar geliefde die ze, mag ik wel zeggen, verafschuwt – en nu stuurt ze jou om het vuile werk op te knappen.'

Sophie bloosde.

'Zie je,' zei hij fronsend, 'je beschuldigt mij ervan dat ik haar gebruikt heb. Maar de niet-ingewijden zouden eerder denken dat zij jou gebruikt. Hoewel dat natuurlijk onmogelijk is, nietwaar, want in hogere kringen gebruikt men elkaar niet. Ik bedoel, zij gebruikt Gus Parnell niet om zichzelf van een comfortabele toekomst te verzekeren. En haar vader gebruikt haar en Parnell niet om financiële zekerheid te herwinnen. En haar broer gebruikt jou niet om een eind te maken aan zijn eigen probleempjes...'

'Alexander heeft geen problemen,' beet ze hem toe, maar toen ergerde ze zich aan het feit dat ze hem verdedigd had.

'Dat maakt alleen maar duidelijk hoe weinig je weet,' merkte hij op. Hij tikte bedachtzaam met zijn nagel tegen zijn tanden. 'En hoe zit het met jou?' vroeg hij plotseling. 'Waar gebruik jij Alexander voor?'

'Wat bedoel je?'

'Waarom trouw je met hem? Is het om jezelf een toevluchtsoord te bezorgen? Een veilige en zekere plek, ver weg van Eden, zodat je nooit meer...'

'Ik ben hier niet gekomen om ruzie te maken,' onderbrak ze hem. 'Geef me gewoon de sjaal en de broche, dan ga ik weer.'

'Waarom zou ik?'

'Omdat je ze niet nodig hebt! Je hebt al wat je wilde. Je houdt ze alleen om iets duidelijk te maken.'

'Is dat zo? En wat wil ik dan duidelijk maken?'

'Je wilt ons laten zien hoe machtig je bent geworden.'

Hij lachte. 'Denk jij dat ik daar die paar snuisterijen voor nodig heb?'

'Kennelijk wel.'

Zijn glimlach verdween abrupt. Hij stond op, liep om het bureau heen, leunde ertegenaan en keek met zijn armen over elkaar geslagen op haar neer. Zijn ogen schitterden. Plotseling gealarmeerd vroeg ze zich af of hij gedronken had. 'Je denkt zo snel het slechtste van me,' zei hij zacht, 'dat je me weinig keus laat.'

Hij bleef nog even naar haar kijken, duwde zich toen van het bureau af, liep naar de boekenplank, opende een grote cederhouten kist en haalde er een klein pakje van bruin papier uit. Hij gooide het voor haar op het bureau neer. 'Alsjeblieft,' zei hij. 'Een sjaal.

En een broche. Beide lichtelijk gebruikt. Net als de eigenares.'

Ze pakte het pakje en stond op om te gaan. 'Dank je,' mompelde ze. Ze voelde zich misselijk.

Hij liep weer om het bureau heen, opende de deuren naar de veranda en bleef met zijn rug naar haar toe naar buiten staan kijken. 'Als ze kwaad op me is,' zei hij over zijn schouder, 'is dat niet omdat ik naar haar toe ben gegaan op de begraafplaats, maar omdat ik niet ben gegaan.'

Ze staarde naar het pakje in haar handen en toen weer naar hem. 'Wat? Bedoel je...'

'Ze heeft gewacht, maar ik kwam niet opdagen. Daar. Nu weet je het.'

Ze dacht aan Sibella's woedende gezicht. *Ik voel me zo vernederd. Ik heb hem gesmeekt... Ik heb hem geschreven. Ik kreeg geen antwoord.* 'Je... je bent nooit van plan geweest haar daar te ontmoeten, is het wel?'

Hij lachte. 'O, zover zou ik niet willen gaan. De waarheid is dat ik er niet echt over heb nagedacht. Het was een beetje een spontane beslissing.'

'Ze heeft uren op je gewacht, in het donker.'

'Echt waar?'

'Daarna riskeerde ze een schandaal door hierheen te komen en je om haar spullen te smeken.'

'Nou en?' Hij draaide zich naar haar om. 'Dat zal haar goed doen. Dat dwaze mens heeft waarschijnlijk nog nooit van haar hele leven ergens om hoeven smeken. Nu weet ze hoe dat voelt.'

Ze keek weer naar het pakje in haar handen. Op de een of andere manier maakte het feit dat hij met Sibella had gespeeld het alleen maar erger. 'Als ik er niet om was komen vragen,' zei ze langzaam, 'zou je het dan hebben teruggestuurd?'

'Waarschijnlijk niet.'

'Waarom niet?'

'Waarom zou ik?'

'Maar... je zou haar geruïneerd hebben.'

Weer lachte hij. 'Is dat niet een beetje melodramatisch?'

Ze schudde het hoofd. 'Wat is er met je gebeurd, Ben?'
Hij keek haar ongeduldig aan.
'Kijk eens naar jezelf. Je hebt alles. Een enorm huis. Mooie kleren. Prachtige paarden. Maar vanbinnen ontbreekt er iets. ' Ze tikte tegen haar borstbeen. 'Hierbinnen. Daar is iets weg.'
In de lichte omlijsting van de deuropening was zijn gezicht donker. 'Ik denk dat je nu beter kunt gaan,' zei hij zacht.
'Wat is er met je gebeurd? Heeft de rijkdom al je gevoel weggebrand?'
Hij wendde zich weer naar de deuropening. 'Dat kwam niet door het geld.'

31

Uit het journaal van Cyrus Wright – deel twee

28 januari 1832 *Vreselijke ellende. Ik schrijf dit vanuit Falmouth, waarheen ik ben verhuisd met meneer Monroe en familie, omdat het land in de ban van verwoesting is. Slaven die in onbedwingbare razernij amok maken. Fever Hill tot as vergaan, net als Seven Hills, Parnassus en talloze andere. Alleen het huis van Mad Durrant op Eden is gespaard gebleven, omdat hij altijd onnatuurlijk mild is tegenover de negers, en nooit de vrouwen wil geselen, alleen de mannen. De militie patrouilleert dag en nacht. Ik bid tot God om ons te redden van de boze opzet van onze slaven. Heb Congo Eve aan de ketting gelegd om te voorkomen dat ze wegloopt, want Strap van meneer Traherne behoort tot de rebellen.*

Plons! Een zwaluw dook in het aquaduct om te drinken. Evie keek op van het boek.

Ze was pas een uur of zo terug, maar zat nu al weer op haar oude plekje op de muur, tegen de stam van de akee geleund en met haar blote voeten voor zich uitgestrekt in de zon. Tot haar opluchting was haar moeder weggeweest toen ze thuiskwam.

Vreemd. Ze had graag naar huis gewild, maar nu ze er was, verlangde ze terug naar de heuvels. In de grot had ze zich veilig gevoeld. Het was alsof daar iets aanwezig was dat over haar waakte, een schaduw in haar ooghoek. Hierbeneden voelde ze zich kwetsbaar. En wat meer zij, ze had een vreemd, gespannen gevoel. Ze had het die ochtend meteen al gevoeld toen ze wakker werd. Ze had het gevoeld tijdens de rit uit de heuvels met Ben. Ze voelde het nu ook. Een tinteling in de lucht. Een gevoel alsof er iets stond te gebeuren. Ze keek weer naar het boek op haar schoot. Was dit het? Het tweede deel van het journaal van Cyrus Wright. Sophie had het haar een paar dagen voor Kerstmis gebracht. Ze had tegen Evie gezegd dat ze het eerste deel een paar weken daarvoor had gevonden tussen de spullen die Madeleine haar had gestuurd en het in één ruk had uitgelezen. Daarna had ze juffrouw Clemmy in de dozen met meneer Jocelyns boeken op Eden laten zoeken en was het tweede deel tevoorschijn gekomen.

Sophie had het met enige triomf gezegd en dat had Evie ontroerd, maar ze had het boek niet in de grot willen lezen. Ze was bang geweest voor wat ze misschien zou vinden. Ze wilde niet tot de ontdekking komen dat Cyrus Wright uiteindelijk de geest van Congo Eve gebroken had, of dat hij haar te vaak geslagen had en stervend in een sloot had achtergelaten.

En toch moest ze het weten. Meer dan dat: ze voelde dat Congo Eve haar iets probeerde te vertellen. Misschien had het journaal daarom wel zijn weg naar haar gevonden.

Huiverend van verwachting sloeg ze het boek weer open en begon te lezen.

22 februari 1832 *Ben zojuist aan levensgevaar ontsnapt. Keerde vanuit Salt Wash terug naar Falmouth toen er plotseling een neger te voorschijn sprong en me van mijn paard trok. Het was Strap, erg veranderd, en ik schrok van zijn gelaatsuitdrukking. Hij sloeg me hard en schreeuwde: 'Dit is voor wat je Congo Eve hebt aangedaan!' Maar geloofd zij de Voorzienigheid, zijn slagen kaatsten af op mijn stok. Hij trok me het moeras in en ik schreeuwde moord en brand. Toen kwamen er enkele mannen van de militie aanrijden, pakten de schurk en sloegen hem wezenloos. Ik heb mijn elleboog gekneusd, erg pijnlijk, en was heel smerig van het moeras. Helemaal buiten mezelf van angst.*

7 maart *Dankzij de goedheid van de Voorzienigheid ben ik weer geheel hersteld en dolblij, want de opstand is onderdrukt. Meneer Monroe is zeer actief tijdens de zittingen. Ikzelf ben vele malen naar het plein geweest om getuige te zijn van de bestraffingen en heb gisteren gezien hoe*

Strap werd gegeseld en opgehangen. De bruut stierf redelijk mooi. Gedineerd met meneer Monroe: gegrilde schelpdieren, een ham en goed bier. Cum *Congo Eve in de kelder,* supra terram. *Heb haar over het einde van haar geliefde verteld. Hij is weg en komt nooit meer terug, zei ik. Laat dat een les zijn voor alle negers die hun hand opheffen tegen de blanke man. Ze zei geen woord. Ik houd haar vannacht aan de ketting.*

14 maart *Sinds mijn laatste woorden, een week geleden, ben ik doodziek geweest van de buikloop. Ik geloof dat Congo Eve me met een smerig negerdrankje heeft vergiftigd, want ze verdween in de nacht dat ik ziek werd. Heb er niet achter kunnen komen hoe ze uit de halsketting is ontsnapt, maar vermoed dat de andere negers haar hebben geholpen. Ze zijn bang voor haar omdat ze Obiah, Mial enz. beheerst.*

28 juli *Congo Eve nog steeds niet gevonden. Ze is al vier maanden weg en alle pogingen haar terug te vinden hebben gefaald. Ben zeer somber en word gekweld door nachtmerries. Ongetwijfeld nog niet geheel hersteld van de buikloop.* Cum *Jenny in Bullet Tree Piece,* sed non bene.

5 augustus *Een van Mad Durrants veldnegers heeft een vrouw die 'erg op Congo Eve lijkt' een paar weken geleden zuidwaarts zien gaan, op weg naar de Cockpits! Hebben mannen achter haar aangestuurd en een beloning uitgeloofd.*

6 augustus *Heb de veldneger van Mad Durrant zelf ondervraagd. Hij had de vrouw inderdaad zuidwaarts zien gaan, naar het gebied dat bekendstaat als Turn Around. Heb meer mannen met honden gestuurd.*

'Daar ben je,' zei Grace McFarlane.

Evie schrok op. Ze sloeg het boek dicht en klemde het tegen zich aan. Haar hart bonkte. *Het gebied dat bekendstaat als Turn Around.* Natuurlijk. Natuurlijk.

'Zo,' zei haar moeder. 'Je bent weggeweest.' Ze keek naar de blote voeten en schenen en de behoedzame uitdrukking van haar dochter, maar zei er niets over.

Evie knikte. Ja, dacht ze, ik ben weg geweest. Ik was in *het gebied dat bekendstaat als Turn Around*... misschien wel in dezelfde grot als waar Congo Eve zich al die jaren geleden verscholen hield. Ze was geschokt, maar niet vreselijk verrast. Een deel van haar – misschien het vieroogdeel dat ze zo haatte – had het misschien al die tijd al vermoed.

Grace haalde haar tong voor haar tanden langs en spuugde op de grond. 'Je ziet er mager uit, meisje. Alsof je ziek bent geweest, daar bij je vriendin in Mandeville.'

'Ik heb koorts gehad,' zei Evie.

'Hm.'

'Maar ik ben weer beter. Ik ben al veel sterker.'

Grace keek haar lang en onderzoekend aan. Toen knikte ze. 'Dat kan ik zien.' Ze gebaarde naar het boek. 'Heb je daar nog veel meer van?'

'Ik weet het niet.'

'Nou, als je klaar bent, kom dan maar terug naar het huis. Ik maak soep van rode erwten.'

Evie knikte.

Haar moeder draaide zich om. 'Zo, Evie,' zei ze over haar schouder. 'Je bent echt terug. Ja?'

'Ja, moeder,' zei ze, 'ik ben terug.'

Toen haar moeder weg was, zat Evie stilletjes bij het aquaduct naar de libellen te kijken die over het ondoorzichtige groene water scheerden. Ik ben terug, dacht ze. Maar voor hoe lang? En wat ga ik doen?

Weer dat gespannen gevoel van verwachting. De lucht voelde warm en zwaar en knetterde van energie. Ze sloeg het boek open. Er waren verrassend genoeg nog maar vijf bladzijden beschreven, de rest was leeg. Ze weerstond de aandrang om de laatste bladzijde eerst te lezen en ging verder waar ze gebleven was.

Het bleek dat Cyrus Wright in augustus 1832 de honden voor niets eropuit had gestuurd. De volgende aantekening bestond uit een paar kleine, beschimmelde knipseltjes uit de *Daily Gleaner*, zorgvuldig ingeplakt. Beide kwamen uit een rubriek die de verdwijning rapporteerde van verdwaald vee en weggelopen slaven. *1 januari 1835. Ontsnapt: Congo Eve, mulat, een meter vijfenzestig lang en gebrandmerkt met het merk CW op de linkerschouder, eigendom van de heer Cyrus Wright van Fever Hill. Degene die genoemde negerin bij ondergetekende terugbrengt, ontvangt een beloning van tien shilling. Cyrus Wright.* Het tweede knipsel bevatte een identieke advertentie die een jaar later was gedateerd. De beloning was verdubbeld.

Daarop volgden twee bladzijden met zeldzame, korte stukjes, vaak maar één per jaar. Er werd niet meer gesproken over het weer, over zijn seksuele uitspattingen of over wat hij had gegeten. Cyrus Wright had zijn plezier in de kleine dingen van het leven verloren. Maar zo nu en dan merkte hij op dat zijn gezondheid en stemming 'onveranderd' bleven. En elk jaar was er de grimmige aantekening dat Congo Eve nog steeds niet gevonden was.

Het voorlaatste stukje tekst was langer, maar beverig geschreven. Cyrus Wright was toen inmiddels tachtig jaar oud.

13 november 1849 *Congo Eve nog niet gevonden. Ze zou in de heuvels leven. Deze dag is meneer Jocelyn Monroe getrouwd met juffrouw Catherine McFarlane. Juffrouw McFarlane bracht diverse negers van de plantage van haar vader mee, waaronder Leah, de zuster van Congo Eve, en Leahs dochter Semanthe. De dochter is blind, maar lijkt op Congo Eve. Zowel moeder als dochter zouden in contact staan met Congo Eve, en van haar de onreine geheimen van Obiah en Mial hebben geleerd. Ik heb hen onvermoeibaar ondervraagd, maar ze weigerden iets over haar te zeggen.*

De laatste aantekening was van zes weken later en in een ander handschrift, groot en grof. 2 januari 1850. *Heden is de heer Cyrus Wright overleden in zijn slaap. Door Elizabeth Mordenner, zijn vrouw.*

Evie sloot het boek en legde haar handen op de kaft. Dus Cyrus Wright was gestorven in zijn slaap, met zijn vrouw naast zich... een vrouw waar hij niet één keer melding van had gemaakt in zijn journaal.

Het feit dat de man vredig was gestorven nadat hij was ontsnapt aan een bestraffing voor zijn wreedheden zou Evie ooit woest hebben gemaakt. Nu had ze bijna medelijden met hem. Uit zijn korte aantekeningen bleek duidelijk dat hij de rest van zijn leven – negentien jaar lang – gekweld was geweest door de wetenschap dat Congo Eve ergens in de heuvels in vrijheid leefde, in *het gebied dat bekend staat als Turn Around.* Hij mocht dan een poging tot vergiftiging hebben overleefd, hij mocht aan Straps aanslag op zijn leven zijn ontkomen, maar uiteindelijk had Congo Eve toch haar wraak gehad.

Evie had veel nagedacht over wraak toen ze in de grot op krachten lag te komen. Ze had haar moeder beloofd dat ze haar vader, Cornelius Traherne, nooit zou confronteren en ze was van plan die belofte te houden. En toch... Ze hunkerde naar gerechtigheid voor haarzelf en haar moeder, en voor het kind dat door incest was verwekt en dat ze in de grot had opgeofferd.

Maar wat moest ze dan doen? Moest ze haar voorouder navolgen en vergiftiging proberen? Of zich gedragen als een beschaafde twintigste-eeuwse onderwijzeres en hun de andere wang toekeren? Wie was ze? Dat was de vraag. Zolang ze dat niet had besloten, zou ze niet weten wat ze moest doen. Haar hele leven had ze blank willen zijn. Haar hele leven had ze Sibella Traherne benijd – de rijke, knappe, gedachteloze Sibella, die alles had wat Evie altijd had gewenst. Sibella Traherne. Haar halfzuster.

Maar die afgunst was er nu niet meer. Sibella was slechts een arme, zwakke vrouw die bang was voor haar eigen vader en de man verafschuwde met wie ze ging trouwen. En als Evie haar niet kon benijden, waarom zou ze dan blank willen zijn?

Ze was niet blank. Ze was een mulat. Ze was de vieroogdochter van Grace McFarlane, en familie van Congo Eve. Was dat niet iets om trots op te zijn? Was dat niet wat Congo Eve haar al die tijd al duidelijk probeerde te maken?

Een windvlaag bracht de akee boven haar hoofd in beweging. Ze keek om zich heen, naar de door klimplanten overwoekerde ruïnes van het oude slavendorp – het dorp dat Alasdair Monroe in zijn moordzuchtige woede tot de grond toe had laten afbranden na de Opstand. Toen kreeg ze een idee. Peinzend tekende ze met haar vinger een driehoek op de kaft van het journaal. Misschien is dat het, dacht ze. Haar hart versnelde van opwinding. Misschien is het tijd voor mijn eigen kleine kerstopstand.

Om bij de begraafplaats op Fever Hill te komen liep je het gazon achter het huis over en nam je het pad over de top van de heuvel en aan de andere kant tot halverwege naar beneden. Maar als je dan verder doorliep, kronkelde het pad door een bosje ijzerhout en kwam je uiteindelijk uit bij een door klimplanten overwoekerde ruïne in een donker klein valleitje. De mensen meden deze plek, want het was de ruïne van het oude zweethuis of slavenziekenhuis. Een plek van geesten en kwade herinneringen: sommige van lang geleden, sommige van niet zo lang geleden.

Juist omdat er niemand kwam, heerste er ook een vreemd soort vredigheid, althans voor Ben. Daarom had hij de drie doodskisten daar neer laten zetten, onder een tijdelijk bamboedak, tot het mausoleum gebouwd was. Het was ook de reden dat hij alleen hierheen was gekomen nadat hij Evie had opgehaald en naar huis had gebracht.

Hij zat op een blok steen met zijn ellebogen op zijn knieën en keek naar een duizendpoot die over de kist kroop waarin de resten van zijn broertje lagen. Het was er vredig, maar niet helemaal stil. Het lied van de krekels zwol aan en nam af, als het ruisen van de zee. Boven hem vloog een troep kwetterende kraaien. Een mangoeste kwam onder een dieffenbachia vandaan, zag Ben en verdween weer in het struikgewas.

Het leven ging gewoon door om hem heen. Druk, onverschillig, prachtig. Waarom kon hij dan geen vrede vinden? Hij had toch bereikt wat hij wilde? Hij had Robbie, Lil en Kate gevonden en hierheen gebracht, in de warmte en het licht. Waarom was dat niet genoeg?

'Wat wil je van me, Kate?' zei hij hardop.

Een boomklever ging op het dak van bamboe zitten en keek hem met een geel kraaloog aan.

'Ik heb de verkeerde keus gemaakt en daar heb jij voor geboet,' zei hij. 'Het spijt me. Ik heb geprobeerd het goed te maken. Wat wil je nog meer van me?'

De boomklever hupte over het dak verder en vloog weer weg.

Ben bleef zitten. Hij was duizelig en moe en nog steeds half-dronken en vol van zelfwalging. Die blik op Sophies gezicht. *Wat is er met je gebeurd, Ben? Daarbinnen is iets verdwenen.*

Hij had Fever Hill gekocht om haar terug te krijgen. Dat zag hij nu wel in. Hij had het gekocht omdat zij hier had gewoond, omdat zij ervan hield. Misschien was dat ook de reden dat hij er verliefd op was geworden.

Wat is er met je gebeurd, Ben? Daarbinnen is iets verdwenen.

Had ze gelijk? Was dat de reden dat Isaac was weggegaan? En Austen? Ach, maar wat had het voor zin je dat af te vragen? Wat had het voor zin?

Hij kwam langzaam overeind en liep het pad weer op. Hij was de heuvel al over en liep door het lange gras in de richting van de begraafplaats toen hij iets wits zag. Hij bleef staan. Zijn mond werd droog. Beneden hem, op het bankje onder de poinciana, zat een geest.

Ze was gekleed in doorschijnend wit, in de mode van twintig jaar geleden. Een hooggesloten blouse met vleermuismouwen, een klokvormige rok met een ceintuurtje om de taille, en een stro-hoedje met linten. Het beetje dat hij van haar gezicht kon zien was wasachtig geel.

Toen draaide ze zich om en glimlachte naar hem; hij zag een ontsnapte lok grijs geverfd haar en begon weer te ademen.

'Hallo, lieverd,' zei ze kalm. 'Ik vroeg me al af wanneer we elkaar tegen zouden komen.'

Hij nam zijn hoed af en liep naar haar toe. 'Hallo, juffrouw Clemmy.'

'Ik hoop dat je het niet erg vindt dat ik onaangekondigd hier ben, maar in je brief stond dat ik altijd mocht komen.'

'Dat meende ik,' zei hij. 'Ik ben blij u te zien, juffrouw Clemmy.'
Dat meende hij ook. Hij wilde niet meer alleen zijn. Hij had haar maar één keer eerder ontmoet en dat was jaren geleden, toen hij nog klein was en ze hem naar Fever Hill had laten komen voor een boodschap. Hij had destijds gedacht dat ze gek was en haar zielig gevonden. Maar ze had hem behandeld met de instinctieve beleefdheid waarmee ze iedereen behandelde, en dat was hij nooit vergeten.

Ze klopte op de bank naast haar en vroeg of hij bij haar wilde komen zitten. Ze klonk zo opgewekt alsof ze gezellig thee zat te drinken in plaats van dat ze met de geest van haar zoontje zat te praten.

Ben aarzelde. 'Wilt u liever alleen zijn met Elliot?'

Ze glimlachte. 'Weet je, hij is niet echt hier. Hij is in de hemel. Ik kom hier alleen naartoe omdat het hier zo mooi en rustig is. Het is hier veel gemakkelijker om zijn aandacht te trekken.'

Ben kon niets bedenken wat hij daarop kon zeggen. Dus gooide hij zijn hoed maar in het gras en ging zitten.

Juffrouw Clemmy vouwde haar bleke handen op haar schoot en keek naar een vlinder die op een grote graftombe aan de andere kant van de begraafplaats zat te zonnen.

Ben zei: 'U ziet er goed uit, juffrouw Clemmy.'

'Dank je, lieverd,' zei ze, nog steeds naar de vlinder kijkend. 'Ik heb het druk gehad, en ik moet zeggen dat het me goed bekomt. Zo veel te doen, met de zorg voor de kleine Belle – vreemd kind – en natuurlijk die lieve Madeleine.'

'Hoe is het met haar? Met Madeleine, bedoel ik.'

Haar knappe, jong-oude gezicht vertrok. 'Ze mist haar zus verschrikkelijk. Maar ze zijn allebei te trots om het goed te maken. Of misschien te bang voor wat er zal gebeuren als het niet lukt. Ik weet het niet. Maar ik weet wel dat niets in orde zal komen voor dat is uitgepraat.'

Ben antwoordde niet.

'Madeleine is in Falmouth,' vervolgde juffrouw Clemmy glimlachend. 'Ze brengt de dag door bij de Mordenners. Ik ga naar haar toe als ik hier klaar ben en de kleine Belle gaat ook mee om thee te drinken, op haar pony! Ze heeft Madeleine net zo lang aan haar hoofd gezeurd tot het mocht.'

Ben brak een grasspriet af en draaide die tussen zijn vingers rond. 'Zou u... zou u Madeleine mijn groeten willen overbrengen?'

Er kwam een verdrietige blik in de porseleinblauwe ogen van juffrouw Clemmy. 'O, het spijt me, lieverd, maar dat lijkt me niet verstandig. Zie je, ze associeert je met erg pijnlijke herinneringen.'

Hij slikte zijn teleurstelling in. 'Natuurlijk. Ik begrijp het.'

Ze klopte hem op zijn knie, als om hem op te beuren. 'Wel,' zei ze opgewekt, 'ik heb gehoord dat je je broer en zusters hierheen hebt laten komen. Dat vind ik zo leuk.'

Ze liet het als een picknick klinken en hij moest glimlachen.

'En waar zet je het mausoleum neer?' vroeg ze.

'Om u de waarheid te vertellen, juffrouw Clemmy, denk ik niet dat ik het laat bouwen.'

'Waarom niet? Ik hoorde dat de tekeningen al helemaal klaar zijn.'

'Dat klopt. En op papier ziet het er goed uit, maar het is niets voor hen. Het is te groots.' Hij keek naar de tombes die al tientallen jaren in het hoge gras stonden. 'Misschien hebben de Monroes het goed begrepen,' zei hij, naar de grote tombe wijzend waarop de vlinder nog steeds zat te zonnen. 'Misschien bouw ik wel zoiets als die daar.'

'Nee, die moet je niet namaken,' zei juffrouw Clemmy verbazingwekkend energiek. 'Dat is de tombe van de oude Alasdair. Die zou niet geschikt zijn.'

'Waarom niet?'

'O, hij was een vreselijke man. Werkelijk vreselijk. Hij is gestorven aan een beroerte kort nadat ze de slaven hadden bevrijd. Zijn bedienden haatten hem zo dat ze die tombe speciaal voor hem hebben gebouwd. De muren zijn zestig centimeter dik en het cement is gemaakt met de as van het oude huis en nog een paar dingen die niet genoemd hoeven te worden.'

Hij keek haar verbaasd aan. 'Hoe weet u dat allemaal?'

'Nou, omdat de moeder van Grace, de oude Semanthe, hem heeft helpen bouwen. De bedoeling was hem daarbinnen te houden, zie je. Te voorkomen dat hij ging wandelen.'

Ben dacht daarover na. 'En werkte het?'

'O, hemeltje ja. De Jamaicanen weten het een en ander over geesten.'

Ben zag de vlinder opstijgen van de tombe en bedacht hoe vreemd het was – hoe vreemd maar universeel – dat mensen zoveel belang hechtten aan het lichaam van een dode. De meeste mensen bewezen waarschijnlijk lippendienst aan het idee dat het lichaam als de geest eenmaal verdwenen was, niet veel meer was dan wat 'klei'. Maar dat was niet zo. Semanthe McFarlane had zich behoorlijk ingespannen om te voorkomen dat het lijk van Alasdair zou gaan wandelen. En hij, Ben, had zich eindeloos ingespannen om de overblijfselen van zijn broer en zusters te vinden en hierheen te halen. Waarvoor? Om hen te bevrijden? Om hen bij zich te hebben? Om boete te doen voor het feit dat hij leefde, terwijl zij dood waren?

Hij wendde zich tot juffrouw Clemmy en vroeg of zij in geesten geloofde.

'Maar natuurlijk, jongen. Jij niet?'

'Ik weet het niet. Vroeger niet. Ik weet nog dat ik toen mijn broer Jack stierf in de haven, dacht: nou dat was het dan. Alsof er een lamp uitgaat. En het was hetzelfde toen Lil de tering kreeg.' Hij kleurde. 'Sorry, ik bedoel tuberculose.'

Juffrouw Clemmy glimlachte en knikte, en wachtte tot hij verder zou gaan.

'Maar een paar jaar geleden zag Evie iets, iets wat ik niet kan uitleggen. Sindsdien weet ik niet wat ik moet geloven.'

Juffrouw Clemmy schudde haar hoofd. 'Dat arme kind. Ze heeft altijd al dingen gezien. Ze vond het vreselijk. Soms kwam ze huilend naar me toe.'

Nu was het Bens beurt om te glimlachen. 'Gaf u haar gemberbonbons?'

Ze keek verrukt. 'Dat deed ik inderdaad.' Ze bestudeerde zijn gezicht. 'Je was zo'n flinke kleine jongen. En je gaf zo vreselijk veel om Madeleine en Sophie.'

Ben antwoordde niet. Hij gooide het grassprietje weg, plukte een ander en begon de schutbladen eraf te trekken.

Een boomklever – misschien dezelfde als daarstraks bij de ruïne – ging op de tombe van Alasdair Monroe zitten, stak een glimmende vleugel uit en begon zich te poetsen.

Juffrouw Clemmy raakte zacht Bens schouder aan. 'Wie is Kate?'

Ben opende zijn mond om te antwoorden, maar deed hem toen weer dicht en schudde zijn hoofd.

'Het is namelijk zo dat ik je daarstraks gezien heb bij de ruïne,' zei ze. 'Ik kom altijd langs die kant, vanaf de Eden Road – dat is minder opdringerig dan langs het huis – en toen ik voorbijliep zei je sorry tegen Kate.'

Ben raapte zijn hoed op en draaide hem om in zijn handen, maar gooide hem toen terug in het gras. 'Kate was mijn oudste zuster,' zei hij.

'Aha. En waarom zei je sorry tegen haar?'

Hij had het nooit tegen iemand verteld, zelfs niet tegen Sophie. Maar iets in de zachtaardige directheid van juffrouw Clemmy gaf je het gevoel dat je alles tegen haar kon zeggen.

Dus vertelde hij het haar. Over zijn vader, die hem dwong te kiezen tussen haar en Robbie. 'Dus vertelde ik hem waar ze was,' zei hij. 'Ik dacht dat zij beter voor zichzelf zou kunnen zorgen dan Robbie.'

'Ach... en had je daar gelijk in?'

'Nee, ik had het niet erger mis kunnen hebben.'

Ze wachtte tot hij verder zou gaan.

'Ziet u, ik was vergeten dat ze een kind verwachtte. Ik was de loodstokjes vergeten. De meisjes kopen die en rollen er pilletjes van om ervan af te geraken... Nou ja, om uit de moeilijkheden te geraken.'

'O,' zei juffrouw Clemmy, en ze vouwde haar handen in haar schoot.

'Ze bleek te veel te hebben genomen en ze was er ziek van. Heel erg. Krampen en zo. Dus toen pa – mijn vader – haar vond was ze te zwak om zichzelf te beschermen.' Hij haalde diep adem. 'Ik dacht dat Jeb er wel zou zijn om op haar te passen, maar die was er niet, hij was ergens heen. Ze was alleen toen pa haar vond.'

'Wat gebeurde er toen?'

Hij schudde het hoofd. 'Ik weet het niet. Ze was dood toen ik daar kwam. Ze lag in de goot met een kant van haar gezicht helemaal ingedeukt.' Hij schraapte zijn keel. 'Ze was door het raam gevlogen. Ik neem aan dat hij haar gegooid had. Of dat ze gevallen was. Ik weet het niet. Toen ik daar aankwam, zat hij in de goot met haar in zijn armen. Hij bleef maar huilen.' Hij zweeg even. 'Vreemd. Dat herinner ik me nu pas weer.'

Juffrouw Clemmy maakte een klakgeluid dat zowel misplaatst als troostend was.

'Ik had de verkeerde keus gemaakt,' zei hij fronsend. 'Ik had een manier moeten zoeken om hen allebei te redden. Robbie en Kate, allebei.'

'Maar hoe had je dat gekund? Je was nog een kind.'

'Ik had het tegen hem op moeten nemen. Niet tegen de muur blijven hangen en hem vertellen waar ze was. Als ik het tegen hem had opgenomen, had Robbie kunnen vluchten en dan had het niet meer uitgemaakt wat pa deed.'

'Maar dan zou hij jou hebben doodgeslagen .'

Hij knikte. 'Dat bedoel ik. Ik heb de verkeerde keus gemaakt.'

De boomklever spreidde zijn vleugels, steeg op van de tombe van Alasdair Monroe en vloog naar het noorden. Hij vloog over het grote huis van Fever Hill en over de rietvelden van Alice Grove. Hij stak Fever Hill Road over en vloog in westelijke richting naar Parnassus. Maar toen hij over de rietvelden van Waytes Valley vloog, zag hij iets glinsteren. Hij zweefde omlaag en toen abrupt weer omhoog. Wat vanuit de lucht een verleidelijke glinstering had geleken was in werkelijkheid een brandende lucifer in de hand van een man. Met een verontwaardigde kreet vloog de boomklever oostwaarts, naar de stallen van Parnassus.

Beneden in Waytes Valley deed een bries van zee het droge riet ruisen. De vlam knetterde toen de handen de lucifer bij een paar droge bladeren hielden.

Het weer was dit jaar perfect geweest, met flinke regen in oktober en daarna een paar hete, droge maanden voor goede suiker. Terwijl sommige planters al voor Kerstmis waren begonnen de oogst binnen te halen, ging het op Parnassus wat langzamer en bleef veel van het riet op het land staan. Er gingen zelfs geruchten dat meneer Cornelius moeite had zijn veldknechten te betalen.

De bries wakkerde de vlammen aan. Een hand hield nog meer droge bladeren bij het vuur. De bladeren werden zwart, krulden om en rookten. Vonken vlogen de lucht in. De wind droeg de vonken landinwaarts. Ze dansten naar het zuiden, het droge, ruisende riet in.

32

'Als er een geest in de buurt is,' had Quaco tegen Belle gezegd toen hij haar op Muffin hielp, 'krijg je plotseling een warme wind in je gezicht en een heel zoete geur. Dan moet je snel wegwezen en heel veel zout strooien. Maar dat weet u allemaal al, juffie Belle. Waarom wilt u het weer horen?'

'Voor de zekerheid,' zei ze.

Maar hij had gelijk, ze wist het allemaal al. Ze wist dat geesten in ruïnes en op begraafplaatsen woonden, maar vooral in zijdekapokbomen. Ze wist dat bij volle maan alle geestenbomen in Trelawny van hun plaats komen en naar het bos gaan om met elkaar te praten. Allemaal behalve de grote geestenboom op Overlook Hill. De andere bomen komen naar hem toe.

Het was vanavond geen volle maan, en dat was goed. Bovendien werd het nog lang niet donker, want het was pas theetijd. Dat was tenminste zo in de buitenwereld. Hier in het bos op Overlook Hill was het half donker. Er heerste een vreselijke luisterende stilte die haar de adem benam.

Het hoorde niet zo stil te zijn in het bos. Er zou vogelgezang moeten klinken en het gezoem en gegons van insecten. De kleine wezens wisten echter dat ze van de open plek bij de grote geestenboom weg moesten blijven. Belle hoorde alleen haar eigen ademhaling en een blad dat van een boom viel en zachtjes op de grond neerkwam.

Ze legde haar hoofd in haar nek en keek naar de omgekeerde wereld van de geestenboom. De grote, uitgestrekte takken namen het zicht op de hemel weg: breed genoeg om een heel nest geesten ruimte te bieden. De rode slierten van de thunbergia en de gekronkelde koorden van de boomwurger hingen uit de boom omlaag. Spookachtig Spaans mos en scharlakenrode orchideeën hingen aan de vingers van de takken.

Ze wankelde. De geestenboom kwam dichterbij. In de enorme, gesteunde stam zag ze de donkere putjes waar er spijkers in geslagen waren. Quaco had gezegd dat als iemand ernstig ziek werd, dat kwam doordat de obeah-man zijn schaduw had gestolen en aan de geestenboom had gespijkerd. Ze vroeg zich af of de schaduwen nog steeds aan de spijkers hingen te kronkelen.

Haar hart begon te bonken. Stonden er soms ook geesten naar haar te kijken? Was Fraser bij hen? Was hij een van de zeldzame goede geesten, het soort dat Quaco een 'goede dood' noemde? Zou hij haar beschermen omdat ze familie was? Of was hij het andere soort geest, dat stenen naar mensen gooide en de hand op ze legde?

Ze voelde in haar zak naar de rozemarijn en het zakje zout. Ze wilde dat ze Muffin had meegebracht in plaats van haar bij het kruispunt vast te binden zodat ze niet bang zou worden. Ze wilde dat ze weg kon rennen. Maar ze moest een offer brengen.

Haar handen waren glibberig van het zweet toen ze de tas van haar schouder liet glijden en de fles rum eruit haalde die ze van een venter in Bethlehem had gekocht. Dat was pas een paar uur geleden, maar het leken wel dagen.

Ze was precies volgens plan bij Quaco weggeglipt. Ze waren na de lunch op weg gegaan naar de stad, en halverwege in Prospect gestopt om wat te drinken. Het was eenvoudig geweest om Quaco over te halen even een tukje te doen. En toen was zij verdwenen.

De snelste weg naar Overlook Hill was via Eden Road, over Romilly Bridge, dan naar het kruispunt en daar rechtsaf. Maar die route kon ze niet nemen, omdat ze dan kans liep papa tegen te komen. Dus in plaats daarvan was ze door Greendale Wood naar het oosten gereden, Greendale Bridge overgestoken en daarna door Bethlehem naar het zuidwesten gegaan en op de paden door het riet gebleven om te voorkomen dat ze te dicht langs thuis of de fabriek in Maputah kwam. Ze was trots geweest dat ze zelf de weg had gevonden, en toen ze bij Tom Gully was gestopt om Muffin wat te laten drinken, had het aangevoeld als een avontuur. Maar dat leek nu allemaal ver weg.

Ze wierp een weifelende blik op de fles rum in haar hand. Wat deed ze hier? Hoe durfde ze de geestenboom om hulp te vragen? En hoe bracht je trouwens een offer? Moest ze de hele fles leeggieten over de wortels? Of hem gewoon geopend neerzetten, zodat de geestenboom hem kon pakken wanneer hij wilde?

Ze besloot tot een compromis door de helft over de wortels te gieten en dan de fles tegen de stam te zetten. Ze deed het allemaal uiterst voorzichtig. Als je tegen een geestenboom stoot, kan hij kwaad worden en de hand op je leggen. Hoe doet een boom dat? Daar wilde ze niet over nadenken. Toen de halfvolle fles stevig in een plooi van de stam stond, haalde ze haar lijstje met wensen uit de tas en vouwde het open. Haar hart ging zo tekeer dat ze er misselijk van werd.

'Dit is mijn lijstje,' zei ze. Haar stem klonk vreselijk luid in de stilte en ze voelde dat de geestenboom voorover boog om te luisteren. Ze durfde niet op te kijken. *'Dat papa en mama gelukkiger zijn en nooit meer ruzie maken,'* mompelde ze. *'Dat de suikerprijzen stijgen of we een schat vinden, zodat papa niet meer zo hard hoeft te werken. Dat tante Sophie op bezoek komt en het goedmaakt met mama.'* Ze schraapte haar keel. *'Dat is het eind van mijn lijstje.'*

Ze vroeg zich af of ze nog meer moest zeggen. Het leek aanmatigend om 'dank u' te zeggen als ze nog niet wist of de geestenboom haar wilde helpen. Maar het zou erger zijn om ondankbaar te lijken. 'Dank u, grote geestenboom,' zei ze daarom met een respectvolle buiging. Toen vouwde ze het lijstje dicht en stak het achter de halfvolle fles rum.

De stilte was dieper dan ooit. Het enige wat ze hoorde was haar eigen ademhaling en weer een blad dat op de grond viel. Een ander vallend blad raakte haar hand, maar toen ze omlaag keek zag ze dat het helemaal geen blad was, maar een grote vlok as.

Verbaasd keek ze omhoog.

Er viel as omlaag uit de geestenboom. Zwarte vlokken, sommige wel zo lang als haar wijsvinger, dwarrelden tussen de bladeren door omlaag en vielen zachtjes op de varens en kruipplanten neer. Een afschuwelijk ogenblik lang dacht ze dat dit een teken moest zijn dat de geestenboom kwaad op haar was. Toen raakte een van de asvlokken haar gezicht en rook ze de bittere geur van verbrande suiker. Suikerriet, dacht ze opgelucht. Er is gewoon iemand bezig het suikerriet af te branden. Gewoon een alledaagse rietbrand om de bladeren weg te branden, zodat het riet gemakkelijk te oogsten is.

En toch... er was iets vreemds aan de hand. Zo was het bijvoorbeeld te vroeg op de dag om het riet in brand te zetten. En verder, wie had dat gedaan, en waar? Papa had er niets over gezegd. Fever Hill zou pas over een paar weken gaan oogsten; dat had papa aan het ontbijt verteld.

En ze moest weten waar het riet brandde, want dat was van invloed op haar route naar Falmouth. Ze was van plan geweest Muffin op te halen en dan onder Overlook Hill langs naar het westen te rijden en de rivier over te steken bij Stony Gap. Daarvandaan kon ze de andere oever van de Martha Brae volgen – waarbij ze dan wel over Fever Hill ging, maar daar zou niemand zich druk om maken – en dan door de rietvelden van Bellevue naar het oosten gaan en ergens ten noorden van Romilly uitkomen op de Eden Road. Misschien zou ze zelfs de Mordenners bereiken zonder dat mama erachter kwam waar ze was geweest.

Het probleem met dat plan was echter dat als papa het vuur had aangestoken in een van de rietvelden van Orange Grove aan deze kant van de rivier, hij haar vast en zeker zou zien, en dan zou ze een vreselijke straf krijgen.

Heel even werd haar angst voor de geestenboom opzij geschoven voor het vooruitzicht de woede van papa op te wekken. Ze vroeg zich af wat ze moest doen. Natuurlijk kon ze brutaalweg vanaf het kruispunt in noordelijke richting rijden: langs thuis, langs Romilly en rechtstreeks naar Eden Road en de stad. Maar dat zou nogal riskant zijn.

Een ander idee was om snel te voet op verkenning te gaan naar de westelijke rand van het bos, om te kijken welk rietveld papa aan het afbranden was, zodat ze dat kon vermijden.

Ze beet op haar lip. Het zou haar ongeveer een kwartier kosten om de westelijke rand van het bos te bereiken en die arme Muffin had al een hele tijd staan wachten. Maar anderzijds, als ze daarmee kon voorkomen dat papa haar betrapte...

Het bos om haar heen was stil en ademloos, alsof het wachtte op haar beslissing. Het enige geluid was het zachte neervallen van de as.

Beneden langs Fever Hill Road vatte een grote bos reuzenbamboe vlam. De vlammen raasden langs de bamboe naar boven. De droge bladeren knetterden en verbrandden. Daarna explodeerden de stengels met oorverdovende knallen, als pistoolschoten. Bens grote vos brieste en sprong schichtig weg.

'Rustig, Partisan,' zei hij tussen zijn tanden door, 'het vuur is nog niet hier.'

Maar de vos voelde de spanning van zijn baas aan en stapte gealarmeerd opzij. Ben trok de teugels strak en haalde zijn horloge uit zijn zak. Halfvijf. Pas een half uur sinds ze bericht hadden gehad over de brand. Het leek wel uren geleden. Een wirwar van bevelen, snelle beslissingen en gehaaste evacuaties. Nauwelijks tijd om het goed te beseffen. Brand in het riet. Een groot, hongerig beest dat vanuit Waytes Valley op hen toe kwam.

Hij rukte Partisans hoofd de andere kant op en reed in handgalop het pad naar de nieuwe fabriek op. Hij kon de rook al ruiken en moest zijn vos kort aan de teugel houden om te voorkomen dat de handgalop een volle galop werd. Zwarte as dwarrelde als sneeuw uit de hel neer op het rode stof. Niet veel tijd meer, dacht hij. Het verspreidt zich razendsnel.

Tot zijn opluchting was de nieuwe fabriek verlaten, net als de nederzetting van de veldknechten erachter. Hij reed over het pad terug en draafde toen over het pad langs het aquaduct om in het oude slavendorp te gaan kijken. Ook dat was leeg, godzijdank. Neptune had Grace en Evie dus weten over te halen om te vertrekken.

Ben reed dezelfde weg terug, dit keer heuvelopwaarts naar het grote huis. Een blik over zijn schouder vertelde hem dat de koningspalmen bij het hek al in lichterlaaie stonden. Het leek onmogelijk.

Het eerste wat ze over het vuur hadden gehoord was een opmerking over de geur van verbrande suiker en wat neerdwarrelende as. Enkele minuten later kwam een veldknecht in paniek op zijn ezel uit Waytes Valley aanrijden. Het vuur kwam met angstaanjagende snelheid zuidwaarts, in hun richting. Maanden van heet, droog weer hadden tot de perfecte omstandigheden geleid; en nu woei een lichte bries vanaf de zee de vlammen gestaag naar het zuidoosten.

Parnassus was volstrekt verrast, net als Fever Hill. Er was geen tijd om een gecontroleerd vuur langs Fever Hill Road aan te leggen en daardoor een brandgang te vormen die het vuur staande kon houden. Geen tijd om dat te doen rond de nieuwe fabriek of het grote huis van Fever Hill. Het was een kwestie van beslissen hoever ze zich terugtrokken en waar ze het vuur zouden bestrijden.

Uiteindelijk had hij de helft van zijn mannen naar het westen gestuurd om een brandgang te maken van oost naar west om de rietvelden van Glen Marloch te beschermen. De andere helft moest een brandgang langs Eden Road maken, van de rand van Greendale Wood tot helemaal bezuiden Romilly Bridge. Hij had weinig hoop dat Glen Marloch gered kon worden, maar als de tweede brandgang het hield, zouden in elk geval de oostelijke rietvelden van Greendale worden gered, evenals het land van Cameron Lawe bij Bullet Tree Walk.

Hij had ook een handvol ruiters uitgestuurd op alle beschikbare paarden om Isaac op Arethusa en Cameron Lawe op Eden te waarschuwen, en de tussenliggende nederzettingen te evacueren.

Tot slot had hij een ruiter naar Parnassus gestuurd – schijnbaar voor meer informatie over het vuur, maar feitelijk om te controleren of Sophie veilig was.

Zoals hij had gehoopt trof hij het grote huis leeg aan. Hij had het onmiddellijk geëvacueerd, alle mannen weggestuurd om te helpen met de brandgangen en de vrouwen in een wagen gezet. Nu controleerde hij het kookhuis, het washuis, de vertrekken van de bedienden. Alles verlaten. Iemand had er zelfs aan gedacht de volière open te zetten, zodat de vogels weg konden.

Terug op het pad hield hij in voor een laatste blik op het huis. Na de maanden van renovatie zag het er statig en sereen uit: als een oudere dame die ooit heel mooi was geweest en nog steeds een vage elegantie bezat.

Voor het eerst drong tot hem door hoe enorm de brand was. Het huis waar hij zo van hield lag precies op de weg van het vuur en hij kon niets doen om het te redden. Dit huis dat aan hem was toevertrouwd. Dit huis waarin de twaalfjarige Sophie maandenlang in bed had gelegen, een gevangene van haar ziekte. Dit huis waar de veertienjarige Ben Kelly bevend op de gekke juffrouw Clemmy had gewacht. Dit huis dat hem pas een paar maanden geleden met ouderwetse gratie opnieuw had verwelkomd en hem voor het eerst in zijn leven het gevoel had gegeven ergens thuis te zijn. En nu raakte hij het kwijt.

In de verte aan Fever Hill Road ging nog meer reuzenbamboe in vlammen op. Partisan brieste en verzette zich tegen de teugels. Alles gaat in rook op, dacht Ben.

Nee, niet alles, bedacht hij toen. Kate, Robbie en Lil waren in elk geval nog in orde.

Met een laatste blik op het huis draaide hij zich om, gaf zijn paard de sporen en draafde naar de stallen. Toen hij had vastgesteld dat die verlaten waren, stak hij de Green River over en reed door de rietvelden van Bellevue oostwaarts.

Hij had nog geen halve kilometer afgelegd toen hij de ossenwagen inhaalde waarop de kisten lagen. Tot zijn afgrijzen stond die akelig schuin. Een van de achterwielen zat vast in een irrigatiesloot. De vier veldknechten die bevel hadden gekregen ze in veiligheid te brengen stonden er hoofdschuddend bij.

'Hé, Amos!' riep hij terwijl hij zijn paard tot stilstand bracht. 'Wat sta je nou verdorie te doen?'

Amos keek hem schuldig aan. 'We proberen het wiel los te krijgen, meneer Ben.'

'Waar wacht je dan op?'

'Het vuur gaat zo snel als een zwarte mier, meneer Ben. We zagen net Garrick en Caesar langskomen; ze zeggen dat de brandgang bij Alice Grove het nooit zal houden en dat heel Glen Marnoch zal verbranden.'

'Wees dan maar blij dat jullie niet in Glen Marnoch zitten,' zei Ben. 'Vergeet dat dus en trek dat wiel uit die sloot!'

Aarzelend zetten de mannen hun schouders tegen de wagen. Ben realiseerde zich dat als hij niet was langsgekomen ze de wagen waarschijnlijk in de steek zouden hebben gelaten. Het waren goede, consciëntieuze, hardwerkende mannen, maar ze waren bang. En niet alleen voor het vuur. Het was eigenlijk te veel gevraagd van een Jamaicaan om drie doodskisten met machtige, ongebonden buckra-geesten te begeleiden.

Hij beet op zijn lip en keek over zijn schouder. In het noorden zag hij een reusachtige grijze rookwolk van zeker anderhalve kilometer breed. Amos had gelijk. Het vuur maaide door Alice Grove naar het huis en zou daarna Glen Marnoch verzwelgen, en Bellevue.

Hij keek naar de kisten op de wagen. Ze leken nu veel kleiner en kwetsbaarder. En met alleen ossen om de wagen te trekken, zouden ze pijnlijk langzaam vooruit komen, veel langzamer dan het vuur. Als ze paarden hadden, konden ze het redden, maar hij had alle paarden nodig gehad voor de boodschappers. Waar kon hij nu nog aan paarden komen?

Enkele kilometers verderop zag hij de guangoboom en de reuzenbamboe die het begin van Eden Road markeerden. 'Goed,' zei hij tegen Amos. 'We doen het zo. Jullie zetten die wagen zo snel mogelijk weer op de weg en gaan verder, en ik probeer ergens een paar paarden te lenen. Dan kom ik terug en rijd ik met jullie mee, zodat we ons allemaal snel in veiligheid kunnen brengen.' Zonder op antwoord te wachten gaf hij zijn paard de sporen en reed in volle galop naar Eden Road.

O, godzijdank. Daar in de verte kwam een rijtuig uit de stad aangereden. Wie het ook was, ze zouden hem zonder meer de paarden lenen. Een ongecontroleerde rietbrand is een bedreiging voor iedereen; dan helpt iedereen elkaar.

Toen hij dichterbij kwam zag hij echter tot zijn afgrijzen dat het juffrouw Clemmy was in haar kleine rijtuigje. Dat kan toch niet, dacht hij. Ze was drie uur geleden naar de stad vertrokken. Hij had haar zien gaan. Maar ze was het toch. En ze reed kalmpjes over Eden Road zuidwaarts, recht op het vuur af. Toen ze Ben zag, hield ze in en wachtte beleefd tot hij dichterbij kwam.

'Juffrouw Clemmy,' hijgde hij toen hij haar bereikte, 'wat doet u nou?'

Ze knipperde met haar ogen. 'Nou, lieverd, ik ga naar Eden...'

'Er is brand, juffrouw Clemmy. Ziet u dat niet? Eden Road zal afgesneden raken voor u daar bent.'

'O, dat weet ik ook wel,' zei ze tot zijn verbazing. 'Ik heb een jongen op een muilezel gezien en die vertelde het me. Hij zei dat Cameron en die aardige meneer Walker van Arethusa een brandgang aan het maken zijn aan de westkant van de weg, van Romilly helemaal naar...'

'Dat weet ik,' zei hij ongeduldig. 'Ik heb er mannen heen gestuurd om te helpen. En daarom moet u ook omkeren en teruggaan naar de stad. Het wordt hier een chaos.'

'Maar ik ga niet over Eden Road,' hield ze aan. 'Over een paar honderd meter sla ik af en neem ik het pad naar het oosten door Greendale Wood en dan via Bethlehem...'

'Juffrouw Clemmy...'

'Ik moet wel,' zei ze met verbazingwekkende vastberadenheid. 'Zie je, Belle is voor een van haar geheime missies de heuvels in gegaan en daarom moet ik...'

'Wat? Belle Lawe? Madeleines kleine meid?'

'Ze kan zo vreselijk ondeugend zijn! Ze werd verondersteld voor de thee naar de Mordenners te komen... maar dat had ik je geloof ik al verteld. Hoe dan ook, op de een of andere manier is Quaco haar uit het oog verloren en toen werd zijn paard kreupel, dus kon hij haar niet achterna gaan of Madeleine gaan waarschuwen – hij is helemaal buiten zichzelf, die arme jongen – en toen kwam ik hem op weg naar de Mordenners tegen. Was dat geen gelukkig toeval? Natuurlijk wilde hij met alle geweld zelf achter haar aan, maar ik dacht niet dat hij zou weten waar hij moest zoeken. Het leek me beter om zelf te gaan. Dus hier ben ik.' Ze keek hem met een triomfantelijke glimlach aan.

Ben masseerde het punt tussen zijn ogen. 'En denkt u wel te weten waar u moet zoeken?'

'O, ja. Ze is ofwel naar die grot bij Turnaround – ja, lieverd, ze heeft me er iets over verteld, maar ik heb het tegen niemand gezegd en zij ook niet – of naar Frasers graf op de helling achter het huis, of een half dozijn andere plekken die ik kan bedenken.' Ze boog voorover en voegde er samenzweerderig aan toe: 'Madeleine is nog bij de Mordenners en weet godzijdank van niets. Maar ik vind echt dat ik Sophie moet gaan helpen zoeken.'

'Sophie?' riep Ben.

Juffrouw Clemmy keek bezorgd. 'Had ik dat niet gezegd? Ik kwam haar tegen kort nadat ik Quaco had gezien. Ze ging de stad in, maar toen ik het haar vertelde, draaide ze meteen om en ging op zoek naar Belle, vandaar dat ik...'

'Waar ging ze heen?'

'Nou, naar Eden natuurlijk. Ik heb haar gezegd via Greendale te gaan zodat...'

'Te paard of in een rijtuig?'

'Op die kleine grijze merrie van haar. Ik geloof dat ze hem Frolic noemt?'

'Wanneer? Wanneer hebt u haar gezien?'

'Dat kan ik echt niet zeggen. Een poosje geleden, geloof ik.'

In de verte galmde weer een salvo pistoolschoten door de lucht. Meer reuzenbamboe, dichterbij dit keer. Nog niet bij Green River, dacht Ben. Hiervandaan zou hij in de verte het grote huis van Fever Hill moeten kunnen zien, maar hij zag alleen de reusachtige rookwolken. Weer dat schuldgevoel. Hij had het oude huis in de steek gelaten. Er was niemand die het zou zien branden.

O, o, Sophie, wat haal je in je hoofd? In je eentje naar Eden midden in een rietbrand?

Zijn gedachten raasden door zijn hoofd. Hij keek naar de dappere, dwaze vrouw in het rijtuigje en toen over zijn schouder naar de rietvelden. Ergens buiten zijn gezichtsveld reed de ossenwagen met zijn broer en zusters langzaam de veiligheid tegemoet. Als de mannen die niet al in de steek hadden gelaten.

Geen tijd. Geen tijd.

Sophie reed recht op het vuur af. Maar ze zou toch zeker wel omdraaien en naar de stad rijden om hulp te halen zodra ze zich realiseerde hoe ernstig de situatie was? Wat had het voor zin dat hij nu ging zoeken? Hij zou haar nooit vinden in deze chaos. En wat Belle Lawe betrof, hij kon wel een bericht naar haar vader sturen, die zou haar zeker vinden; Cameron had er geen behoefte aan dat Ben Kelly hem in de weg liep.

Hij dacht aan Robbie en Lil en Kate, gevangen in Bellevue, terwijl het vuur snel naderde. Hij kon hen niet weer verliezen. Niet weer. En Sophie zal zich wel redden, hield hij zichzelf voor. Ze durft vast niet helemaal naar Eden te rijden. Ze kan zichzelf er immers niet toe brengen terug te gaan.

Hij wendde zich tot juffrouw Clemmy, die gehoorzaam wachtte tot hij een beslissing had genomen. 'Juffrouw Clemmy,' zei hij, 'u moet teruggaan naar de stad. Nu meteen.'

'Maar...'

'Geen gemaar. Luister naar me. Ik kom net van Bellevue. Ik heb...'

'Ik weet het. De jongen op de muilezel vertelde het me. Je brengt je broer en zusters in veiligheid.'

Hij likte over zijn lippen, en zag toen iets achter haar. Godzijdank. Een paar honderd meter verderop kwamen veldknechten van Prospect aanrijden – ongetwijfeld om te helpen met de brandgangen. Hij wendde zich weer tot juffrouw Clemmy. 'Het punt is, dat ik terug moet naar de ossenwagen, anders laten de mannen hem in de steek. U moet me dus beloven dat u omdraait en teruggaat naar de stad.'

'Maar Belle dan?'

'Er komt een groep veldknechten achter u aan deze kant op, ziet u ze? Ik zal naar ze toe rijden en zeggen dat ze hun paard uit moeten spannen en een man naar meneer Lawe moeten sturen, zo snel hij kan, om te zeggen dat Belle vermist wordt.'

Ze deed haar mond open om te protesteren, maar hij overstemde haar. 'Juffrouw Clemmy, een man te paard is daar veel sneller dan u in uw rijtuigje. U moet me echt beloven dat u om zult keren, anders kan ik niet teruggaan naar mijn broer en zusters.'

Ze keek naar hem op met bezorgde, porseleinblauwe ogen. 'Natuurlijk beloof ik dat. Maar weet je zeker dat je de juiste beslissing neemt?'

'Wat?' zei hij fel, ongeduldig.

Ze gebaarde naar Bellevue. 'Ik bedoel, voor jezelf. Ik zou het vreselijk vinden als je weer de verkeerde keuze maakte.'

Hij trok aan de teugels en bracht Partisan dichter bij het rijtuigje. 'Wat bedoelt u?'

'Nou, je schijnt te denken dat Sophie in gevaar verkeert,' zei ze op de haar eigen zachtaardige manier. 'Dus teruggaan naar de ossenwagen is misschien de verkeerde keus. Denk je ook niet?'

Partisan schudde wild met zijn hoofd. Toen Ben omlaag keek, zag hij dat hij onbewust te hard aan de teugels trok. Het kostte hem veel wilskracht om ze los te laten.

'Sophie,' zei hij rustig, 'is niet in gevaar. Er zal haar niets gebeuren. Alstublieft, juffrouw Clemmy. Draai nu om en ga terug naar de stad.'

Sophie zal niets overkomen, hield hij zichzelf voor, gaf toen Partisan de sporen en reed naar de veldknechten. Ze draait wel om als ze het vuur ziet. Ze is niet helemaal gek.

33

Wat bizar, dacht Sophie, terwijl ze door Greendale Wood draafde, om juist deze dag uit te kiezen voor een bezoek aan Maddy in Falmouth. Het had een kans moeten zijn om haar zus op neutraal terrein te ontmoeten en iets van het contact te herstellen. In plaats daarvan reed ze nu door het bos op weg naar Eden, met een rietbrand ergens achter haar.

Eden. Ze wilde er nog steeds niet aan denken. Misschien zou er iets gebeuren dat voorkwam dat ze het bereikte. Misschien zou ze Belle onderweg wel inhalen of van iemand te horen krijgen dat ze al gevonden en naar de stad gebracht was. Ze haatte zichzelf om haar lafheid, maar kon het niet laten te bidden dat er zoiets zou gebeuren.

Er gebeurde echter niets. Ze reed over Greendale Bridge, wendde Frolic naar het zuiden en ging op weg naar Bethlehem. De rietvelden waren akelig verlaten; zwarte as dwarrelde zacht neer. As, zo ver naar het oosten? Maar Clemmy had toch gezegd dat het vuur in Waytes Valley was begonnen? Dat was kilometers hiervandaan.

Ze wilde er niet aan denken wat dat kon betekenen – of aan wat er ergens anders misschien gebeurde. 'Fever Hill in lichterlaaie, juffie Sophie,' had de jongen op de weg gezegd. *Fever Hill in lichterlaaie.* Waar was Ben dan? En hoe zat het met Cameron? En Belle?

Ze kwam niemand tegen, tot ze een paar honderd meter voor Bethlehem een bocht om ging en een kleine groep mannen met bijlen over hun schouders ontmoette. Ze renden naar het zuiden.

Ze zeiden dat ze uit Simonstown kwamen en op weg waren om te gaan helpen. Ze hadden Belle niet gezien en wisten zelfs niet dat ze vermist was. Ze hadden wel gehoord dat heel Orange Grove was opgegeven, en dat meneer Cameron een brandgang aan het maken was in noord-zuidrichting, om het huis, de oostelijke rietvelden en de fabriek bij Maputah te beschermen.

Als ze hem op tijd afkregen, zou de brandgang zich uitstrekken van Greendale Wood in het noorden tot helemaal voorbij de kruising in het zuiden. En als het werkte kon het vuur nergens anders heen dan naar het zuiden, de heuvels in. 'Meneer Cameron probeert het vuur naar het zuiden te duwen,' zei de oudste van de mannen, 'het bos in. En als het daar aankomt, brandt het zichzelf dood op de kale rotsen, als God het belieft.'

'Waar is meneer Cameron nu?' vroeg ze. 'Weet je dat?'

Hij schudde het hoofd. 'Misschien in Romilly? Misschien verder naar het noorden? Maar niet nodig dat u gaat, juffie Sophie, u kunt beter teruggaan, te veel rook daar. En geen zorgen over juffie Belle. Zij gauw veilig, want meneer Cameron gaat haar snel zoeken.'

Ze beet op haar lip. In de verte kon ze het dak van de kapel van Bethlehem boven de bomen uit zien steken. Vijf kilometer daar voorbij lag het grote huis van Eden. De man had waarschijnlijk gelijk, ze zou om moeten draaien en teruggaan naar de stad. Dat wilde ze in elk geval wel. En naar alle waarschijnlijkheid zou Cameron Belle ook zonder haar hulp wel vinden. Hij had haar vast al gevonden en haar naar haar moeder gestuurd.

Maar als dat nou niet zo was? Als het nieuws dat ze vermist werd hem niet eens bereikt had? Er leek geen uitweg te zijn. Als ze nu omkeerde en Belle iets overkwam, zou ze het zichzelf nooit vergeven. Ze wenste de mannen veel succes en zei hen te blijven uitkijken naar Belle. Toen spoorde ze Frolic aan tot een handgalop en ging op weg naar Bethlehem.

Toen ze in het dorp aankwam, was dat verlaten. Ze vertraagde tot draf en stak de open plaats voor de kapel over. Ze passeerde de oude kliniek – lang geleden verlaten door dr. Mallory – en de broodboom waaronder zeven jaar geleden een jonge stalknecht de dierbare speelgoedzebra van een vijfjarig meisje had onderzocht.

'Belle?' riep ze. Haar stem weergalmde akelig van huis naar huis, maar er kwam niemand naar buiten. Zelfs geen hond. Het enige wat ze hoorde was de verraderlijke fluistering van vallende as.

Ze reed naar de rand van het dorp en hield in bij Tom Gully, de ondiepe stroom die de grens markeerde tussen Bethlehem en Eden-grondgebied. Frolic boog haar hoofd om te drinken. Sophie had ook dorst, maar ze wist dat ze niet kon drinken. Haar keel zat zo dicht dat ze niet kon slikken. Nog geen meter van haar vandaan, aan de andere kant van het smalle lint van roestbruin water, lag Eden.

Het is maar land, hield ze zichzelf voor toen haar hart begon te bonken. Je hoeft je helemaal niet zo te voelen.

Het werkte niet.

De merrie was klaar met drinken en schudde haar hoofd.

Je bent een ellendige lafaard, zei Sophie tegen zichzelf. Belle heeft je nodig. Hoe kun je zelfs maar aarzelen? Ze keek over haar schouder naar het verlaten dorp en daarna voor zich naar het pad dat naar de fabriek bij Maputah leidde en vandaar naar het grote huis van Eden. Toen ademde ze diep in en stuurde de merrie de stroom over.

Niets is nog echt, dacht ze terwijl ze in handgalop naar het huis reed. Ze had het gevoel gevangen te zijn in een droom waarin ze de enige was die nog leefde.

Uit de macht der gewoonte reed ze om het huis heen en de tuin in, waar ze afsteeg en Frolic onder aan de trap vastbond. Het zag er allemaal pijnlijk vertrouwd uit, en akelig onaangeroerd door de catastrofe die het huis dreigde weg te vagen.

'Belle?' riep ze.

Geen antwoord.

De tuin was nog precies zoals ze hem zich herinnerde: dezelfde scharlakenrode hibiscus en groengouden boomvarens; dezelfde koningspalmen en witte bougainvillea. En daarginds bij de rivier dezelfde grote bedden vol vuurpijlen en rode heliconia's, en de wiegende pluimen van de reuzenbamboe, die het vuur in een tel de rivier over zouden dragen als Camerons brandgang het niet kon tegenhouden.

Alles was vreemd vredig, en vol vogels. Ze zag het smaragd van een kolibrie, het waas van een Jamaicaanse euphonia. Ze hoorde het snelle *zizizi* van suikervogels in de hibiscus, en de hoge trillers van een grasvink. Op Eden ging het leven door, in angstaanjagende onwetendheid van het vuur dat op het punt stond het weg te vagen. Het was bijna alsof er helemaal geen brand was. Afgezien van de zwarte as die zacht neerdwarrelde.

Ze draaide zich om en rende de trap op.

'Belle?' Haar stem weergalmde door het lege huis.

Overal zag ze sporen van haastig onderbroken leven. De bezem van een dienstmeisje, die op de tegelvloer was achtergelaten. Een exemplaar van de *Daily Gleaner*, achteloos op de geruite kussens van de bank gegooid.

Snel controleerde ze de slaapkamer, voor het geval Belle zich verstopt had en niet tevoorschijn durfde te komen. De logeerkamer en de kinderkamer waren leeg. Hoewel ze zich een indringer voelde, rende ze toch de kamer van Cameron en Madeleine binnen. Ook die was leeg, maar het leek alsof er net nog iemand was geweest. Het vogelvoederhuisje bij de open deur schommelde in de wind. Een van Camerons hemden lag op de grond.

Ze wilde weglopen toen ze de foto's op het nachtkastje zag staan. Er stonden er drie, naast een boek met een gele band en een gelakte ringenstandaard die ze Madeleine jaren geleden ooit voor haar verjaardag had gegeven.

De eerste foto was van Belle, acht jaar oud, die boos naar de camera keek en Spot stevig tegen zich aan geklemd hield. De tweede was een foto van Fraser. Hij droeg zijn geliefde matrozenpak, geen hoed. Zijn krulhaar was een bleek halo rond zijn gretige gezichtje. Hij stond trots naast Abigail de mastiff, met een handje op haar massieve zwarte hoofd en het andere op haar rug, alsof hij op het punt stond erop te klimmen en haar te berijden als een pony. Dat deed hij wel eens, herinnerde Sophie zich. En als hij eraf viel, duwde Abigail hem weer overeind en rende kwispelend en speels bijtend achter hem aan rond het huis, terwijl hij schaterde van plezier.

Verdriet welde op in haar keel en bleef er zitten als een brok vlees.

Ze rukte haar ogen weg van Fraser en keek naar de derde foto. Met een schok herkende ze zichzelf. Dat had ze niet verwacht. Sinds Frasers dood kon Madeleine haar nauwelijks nog in de ogen kijken. En toch stond er een foto van haar op Madeleines nachtkastje.

Madeleine had hem zeven jaar geleden genomen, op de dag van de picknick van het Historisch Genootschap. Op de foto stond Sophie onder een boomvaren; ze zag er pijnlijk verlegen uit in de onflatteuze lichtgroene jurk.

Die picknick. Ze herinnerde zich de rit terug naar Eden met Ben. Hij had de hele weg tot Romilly geen woord gezegd, en toen had ze hem gedwongen te praten en hadden ze ruzie gekregen.

Ze drukte haar hand tegen haar mond. Eerst Fraser. Toen Ben. Niet nu! Ze had nu geen tijd.

Ze rende aan de achterkant van het huis naar buiten. Daar bleef ze besluiteloos staan, niet wetend waar ze heen moest. Clemency had gezegd dat Belle weg was gegaan voor een van haar 'geheime missies in de heuvels'. Maar waarheen?

Zou ze werkelijk naar de grot bij Turnaround zijn gegaan, zoals Clemency geloofde? Het leek onwaarschijnlijk, omdat ze zo ontzettend geschrokken was toen ze Evie daar had zien liggen. Waarom niet iets dichter bij huis? Waar zou een kind met 'morbide trekjes' heen gaan voor een 'geheime missie'?

Ze stond na te denken toen haar blik op een beweging in het struikgewas viel.

Daar was het weer: iets bleeks in de dichte groene begroeiing van de helling. Het was maar een flits geweest, maar die benam haar even de adem. Even – heel even – had ze gemeend een blond kinderhoofdje te zien. Dat kon niet, hield ze zichzelf voor. Ze had het plotseling koud. Er zijn geen blonde kinderen op Eden. Niet meer.

'Belle?' riep ze. In de stilte klonk haar stem beverig en angstig. Ze schraapte haar keel. 'Fraser?'

Kraaien vlogen op uit de bomen. Toen ze weg waren heerste er een gespannen, luisterende stilte. Het was alsof de bomen, en het huis zelf, geschrokken waren toen ze die naam riep.

Ze likte over haar lippen en dwong zichzelf kalm te blijven. Denk aan Belle. Concentreer je op Belle. Waarheen kon ze zijn gegaan?

Fraser lag vrij dicht bij het huis begraven, een klein stukje de helling af. Vanwaar ze stond kon ze het pad zien: een smal maar veelgebruikt pad in een schaduwrijke groene jungle van suikerberken, broodbomen en grootbladige philodendrons. Kon Belle daar zijn?

Ze lijkt nooit met haar poppen te spelen, had Madeleine eens gezegd. *Ze houdt alleen maar begrafenissen voor ze.*

Het koude zweet brak haar uit. Ze kon daar niet heen gaan. Nee, nee, nee. Niet naar het graf.

O, het is prachtig, Sophie, had Clemency haar verzekerd. *Maddy heeft er een geheime kleine tuin van gemaakt. Ze heeft er allerlei soorten bloemen geplant. Ze heeft me eens verteld dat ze na zijn dood alleen maar dingen wilde laten groeien. Dat was het enige wat ze kon verdragen. Dingen laten groeien.*

Weer zag Sophie iets lichts bewegen. Haar mond werd droog. Nee. Het was gewoon een vogel. Of een gele slang, of... of iets. Niet de zachtaardige, blonde kleine jongen met zijn grijze ogen die zeven jaar geleden in haar armen was gestorven.

Weer riep ze Belle. Weer was er die gespannen, luisterende stilte. Een stilte die slechts werd doorbroken door de loom neerdwarrelende as. Ze ademde diep in en rende het pad op naar de begraafplaats.

Het was echt zo mooi als Clemency had gezegd. Een kleine,

ovale open plek omringd door boomvarens en wilde amandel en kaneelbomen, en beplant met een duizelingwekkende verscheidenheid van bloemen. Ze zag loodkruid en jasmijn en hibiscus; het subtiele mauve en groenachtig wit van orchideeën, en het stralende kobalt en oranje van de paradijsvogelbloem, Frasers favoriet.

Daar middenin stond een eenvoudige effen witte graftombe met een strakke inscriptie

Fraser Jocelyn Lawe
1897-1903

Eindelijk, na al die jaren, stond ze bij zijn graf.

Ze zag een vlok zwarte as neerkomen op het witte marmer. Aarzelend stak ze haar hand uit en veegde hem weg. De steen voelde glad en koel aan. Helemaal niet angstaanjagend, maar vreemd vertroostend.

'Het spijt me zo, lieve Fraser,' fluisterde ze. 'Het spijt me zo dat ik je niet heb kunnen redden.'

Ze keek om zich heen, bukte om een takje orchideeën af te plukken en legde het op het marmer. En dat maakte iets in haar binnenste los, bevrijdde haar.

Nu begreep ze eindelijk wat Ben ertoe had gedreven zijn doden naar Jamaica te halen. Hij had besloten niet langer voor ze weg te lopen. Hij had ze bij zich laten komen.

Ze rechtte haar schouders en veegde met haar vingers door haar ogen. Toen begon ze om zich heen te kijken, maar ze zag niets dat erop wees dat Belle hier was geweest. Geen rituele kruiden. Geen doorgesneden limoenen of andere anti-geestenmaatregelen die een kind zou kunnen nemen.

En zij, Sophie, kon het weten. Als kind had ook zij een morbide trek gehad. Ze was doodsbang geweest voor geestenbomen en had altijd een takje rozemarijn of vogelmelk bij zich.

Ze verstarde. *Geestenbomen.*

Ze herinnerde zich een flard van een gesprek. *Heb je het de geestenboom gevraagd,* had Belle haar op Parnassus gevraagd, terwijl ze Sophie strak aankeek met haar grote donkere ogen. *Heb je een offer gebracht?*

Plotseling wist Sophie het. Belles 'geheime missie' had niets met het graf van Fraser te maken. Ze was de grote geestenboom op Overlook Hill een offer gaan brengen. Ze was daarboven.

Een koude golf van afgrijzen spoelde over haar heen toen ze zich realiseerde wat dat betekende. Terwijl zij hier bij Frasers graf stond, was Cameron ergens in noordelijke richting hard aan het werk om een brandgang te maken helemaal van Greendale Wood tot voorbij het kruispunt. Zijn doel was de oostwaartse opmars van het vuur tegen te houden, zodat het alleen nog maar naar het zuiden kon. Naar Overlook Hill.

34

Belle was niet bij de geestenboom. Ze was er echter wel pas geweest. Dat wist Sophie zeker. Er stond een halfvolle fles rum tegen de stam aan, met om de hals een rood haarlint, netjes gestrikt.

'Belle?' schreeuwde ze. 'Belle! Ik ben het, tante Sophie! Waar ben je?'

Niets. As viel op het struikgewas neer. In het noorden hoorde ze gebulder. Het gebulder van het vuur.

Voor haar liep het pad verder tussen de bomen door naar de rand van het bos. Belle zou toch zeker niet die kant op zijn gegaan? Maar waar kon ze anders heen gegaan zijn? Als ze ergens in de buurt van het pad naar het kruispunt was geweest, had Sophie haar gezien.

Geen tijd om daar nu over na te denken. Ze stuurde Frolic vooruit, in westelijke richting.

Het was moeilijk, want het pad was overwoekerd. Ze was gedwongen af te stijgen en het paard te leiden. Ze moest vaak de stijgbeugels lostrekken uit het struikgewas en de merrie kalmerend toespreken. Maar Frolic liet zich niet kalmeren, want ze had de rook opgevangen. Ze had haar oren platgelegd en bleef nu met haar hoofd schudden en aan de teugels trekken, waardoor Sophie maar langzaam vorderde.

Ben, zo dacht Sophie, zou hebben gezorgd dat het paard rustig achter hem aan stapte, als een trouwe hond. Ze zette die gedachte van zich af. Ze wilde nu niet aan hem denken. *Fever Hill in lichterlaaie, juffie Sophie.* Maar hij had beslist weg weten te komen, zo hield ze zich voor. Daar is geen twijfel over mogelijk.

Een papegaai vloog krijsend boven het bladerdak. Ze voelde haar hart kloppen in haar keel. Beeldde ze het zich in of werd het warmer? De stank van verbrande suiker was in elk geval wel sterker, en de lucht werd heiig. En nog steeds zag ze geen teken dat Belle deze kant op was gegaan. Geen afgebroken takjes, geen paardenmest. Niets.

Na tien minuten, waarin ze amper vooruitgekomen was, zag ze een glimp vuilwitte lucht tussen de bomen. Ze versnelde haar pas en trok de onwillige Frolic met zich mee. Plotseling bereikte ze de rand van het bos. De stank van verbrande suiker sloeg als een muur in haar gezicht. Frolic brieste en rukte zo hard aan de teugels dat ze Sophie bijna omver trok. Het vuur was angstaanjagend dichtbij: een bulderende, knetterende muur van fel brandend oranje, nog geen kilometer van haar vandaan. Erachter waren de rietvelden van Orange Cove verdwenen in een vuilgrijs doodskleed van rook.

Frolic achter zich aan trekkend koos ze haar weg tussen de rotsblokken en doornstruiken en over de flank van de heuvel. Ergens op de zuidwestelijke helling was een pad dat naar de brug bij Stony Gap leidde. Aan deze kant van de heuvel was het vuur minder dichtbij. Maar door het bittere blauwe waas kon ze maar nauwelijks de reuzenbamboe langs de Martha Brae zien, amper een kilometer vanwaar ze stond.

'Belle!' riep ze weer. 'Belle!' Haar stem klonk zwak en ontoereikend in het gebulder van het vuur.

'Hier!' schreeuwde een stem, zo dichtbij dat ze bijna omviel.

Belle zat een meter of zes beneden haar op het pad. Ze was vies; haar gezicht en rijkostuum zaten onder het stof en het roet.

'Tante Sophie, het spijt me heel erg!' riep ze. 'Ik probeerde om te lopen om te kijken hoe ver het vuur was en toen gleed ik uit en stootte mijn knie en toen probeerde ik een andere weg naar boven te vinden en raakte ik verdwaald.'

Ze leek veeleer geïrriteerd dan bang, en na de eerste hevige golf van opluchting kwam Sophie in de verleiding om naar beneden te lopen en haar door elkaar te schudden. Toen zag ze echter dat

Belle haar schouders hoog opgetrokken had en haar gebalde vuisten stijf langs haar flanken hield.

'Het maakt niet uit,' zei ze, haar stem verheffend om boven het gebulder van het vuur uit te komen. 'Is alles goed met je?'

Belle knikte. 'Wat doen we nu?'

Sophie likte over haar lippen. 'Blijf waar je bent. Ik moet even nadenken.'

Vanwaar ze stond liep het pad steil over de kale westelijke helling omlaag naar Belle. Het was losse, steenachtige grond, met aan de linkerkant een steil ravijn van zo'n vijftien meter diep naar de met doornstruiken begroeide engte. Maar als ze daarlangs de voet van de heuvel konden bereiken, konden ze misschien bij Stony Gap komen voordat het vuur die vluchtweg afsloot en dan oversteken naar de veilige weilanden aan de andere kant van de rivier.

Het alternatief was terug het bos ingaan, langs de geestenboom en naar het kruispunt.

Elke zenuw in haar lichaam riep om de beschutting van het bos. Maar, dacht ze, als we het nou niet op tijd halen? Toen ze van Eden vertrok, had ze het geroep gehoord van Camerons mannen die bezig waren met de brandgang. Ze had geen tijd gehad om naar hen toe te lopen en te vragen hoe het ervoor stond, maar ze hadden niet zo ver weg geleken. Als ze nou eens, tegen de tijd dat zij en Belle het kruispunt bereikten, merkten dat ze juist waren afgesneden door de brandgang die Eden moest beschermen?

Of als ze zover niet eens kwamen, maar werden ingehaald door het vuur terwijl ze nog in het bos waren? Met angstaanjagende helderheid zag ze zichzelf en Belle door de struiken ploeteren. Ze zag brandende takken boven hen neerstorten. De hitte en rook zouden ondraaglijk worden en hen overweldigen.

'Blijf waar je bent,' zei ze tegen Belle. 'Ik kom naar je toe.'

Belle keek haar ontsteld aan. 'Maar Muffin dan? We kunnen haar niet achterlaten!'

'Wat?' riep Sophie, die haar best deed af te dalen zonder uit te glijden. Achter haar brieste Frolic en trok aan de teugels.

'Ik heb haar vastgebonden!' riep Belle, springend op haar plaats. 'Ze zal niet weg kunnen komen! Ze zal verbranden!'

'Nee, hoor,' zei Sophie, weinig overtuigend. Ze gleed uit over een losliggende steen en verloor bijna haar evenwicht. Kiezels rolden en sprongen omlaag en bleven liggen tussen de rotsblokken aan de voet van de helling. Ze likte over haar lippen. Het pad was steiler dan het er uitzag. O jee, dacht ze, ik hoop dat dit niet weer een van de befaamde vergissingen van tante Sophie is.

'Ik heb Muffin niet gezien toen ik hierheen kwam,' riep ze omlaag naar Belle, 'dus ze moet zich hebben losgerukt en zijn weggerend.'

'Weet je het zeker?' vroeg Belle weifelend.

'Absoluut.' Weer rukte Frolic aan de teugels.

'Tante Sophie...'

'Wat?' snauwde ze. Opnieuw een ruk aan de teugels. Stof en kiezels regenden op haar neer. 'Frolic, kom nou,' riep ze zonder om te kijken.

'Tante Sophie!' riep Belle. 'Kijk uit!'

Een grote steen vloog hard tegen haar schouder. Ze keek net op tijd achterom om te zien dat de merrie langzaam op haar knieën viel – langzaam, langzaam, als in een nachtmerrie – en toen over de kop ging en over het pad in haar richting gleed.

Ben was eerder bij de kruising dan de mannen van Cameron Lawe, maar het scheelde niet veel.

Hij hoorde hen door de dikker wordende rook heen, een paar honderd meter naar het noorden. De lucht stonk naar verbrande suiker. In het westen hoorde hij het geknetter en gebulder van het vuur dat Orange Grove verzwolg en in hun richting raasde.

De mannen onderbraken hun werk niet toen hij dichterbij kwam en dat had hij ook niet verwacht. Het zou niet lang meer duren voor het vuur hen bereikte, en als de brandgang het niet tegenhield, zou het eroverheen springen en het huis, de fabriek bij Maputah en de rest van de plantage verzwelgen. Tot zijn ontzetting had niemand Sophie of Belle gezien, maar ze vertelden hem dat meneer Cameron verderop was, bij Romilly, dus misschien moest hij daarheen rijden en met hem zelf praten?

Geen tijd, dacht Ben, terwijl hij Partisans hoofd de andere kant op rukte en terug naar het kruispunt galoppeerde. Geen tijd voor een woordenwisseling met Cameron Lawe. Bovendien lag Romilly aan de Eden Road en daar was Sophie niet langs gekomen. Ze was dwars door Greendale gereden, net als hij.

Maak niet weer de verkeerde keus, had juffrouw Clemmy tegen hem gezegd. Waarom had hij niet meteen naar haar geluisterd, in plaats van tijd te verspillen door terug te rijden naar de ossenwagen? Misschien betekenden die paar minuten van aarzeling wel het verschil tussen Sophie en Belle vinden en... niet. Misschien had hij toch verkeerd gekozen en was er geen weg terug meer. Hield het dan nooit op?

In gedachten zag hij Sophie zoals ze er die ene dag in zijn werkkamer uit had gezien... Nee, dat was pas vanochtend geweest, nietwaar? Vanochtend pas. Ze was kwaad op hem, maar er stonden tranen in haar ogen. Hij hield zichzelf voor dat dat toch iets moest betekenen... dat ze misschien toch nog steeds om hem gaf. Maar zelfs als hij het mis had – zelfs als haar gevoelens voor hem jaren geleden waren gestorven – dan deed dat er niet toe. Wat er wel toe deed was dat hij van haar hield, en dat ze zijn hulp nodig had.

Hij bereikte het kruispunt en kwam schuivend tot stilstand in een wolk van stof en as. Waarheen? Waarheen? Volgens juffrouw Clemmy was Belle op weg geweest naar de grot bij Turnaround. Maar als ze het nou mis had? Of als Belle de ene kant op was gegaan en Sophie de andere?

Hij steeg af en begon over het kruispunt rond te lopen, op zoek naar sporen. Partisan gooide zijn hoofd omlaag om te hoesten en stapte toen vermoeid achter hem aan.

Hij wist dat Sophie bij het huis op Eden was geweest; daarna was het spoor koud geworden. En de enige reden dat hij zeker was van Eden was door pure mazzel.

Aanvankelijk had hij, toen hij er aankwam, getwijfeld of ze het wel had gehaald, ondanks wat de mannen uit Simonstown hem hadden verteld. Maar toen herinnerde hij zich wat juffrouw Clemmy had gezegd over het graf van de kleine jongen. En toen hij dat eindelijk vond, vond hij ook, op het witte marmer, een twijgje lancifolia-orchideeën. Sophie was er geweest, nog geen uur geleden. Er liep nog steeds sap uit het afgebroken twijgje.

In het stof op het kruispunt vond hij een hoefafdruk: van een merrie, te oordelen naar de grootte. Een paar meter verderop vond hij de kleine, halvemaanvormige afdruk van een pony. Hij bleef kijken, maar de grond was te droog en te steenachtig en hij vond niets meer. Uit deze schamele aanwijzingen kon hij onmogelijk opmaken of Sophie en Belle samen waren geweest, of waar ze heen waren gegaan.

Kom op, Ben, welke kant? Turnaround? Het moest wel. Waar kon Belle anders heen zijn gegaan?

Hij klom weer in het zadel en wilde naar het oosten gaan toen hij achter zich een angstig gebries hoorde. Partisan zette zijn oren overeind en hinnikte ten antwoord.

Belle had haar pony goed verborgen en haar stevig vastgebonden aan een guangoboom net langs het pad dat de beboste flank van Overlook Hill op liep. De dikke, kleine, voskleurige pony had de rook allang opgevangen. Ze had haar ogen wijd opengesperd van angst en trok zenuwachtig aan de teugels. Aan haar voorhoofdsband bungelde een bosje verwelkte kruiden.

Bens hart zonk hem in de schoenen. Waar Belle ook was, ze moest buiten gehoorsafstand zijn. Ze zou haar dierbare pony nooit briesend van angst achterlaten.

'Jij moet Muffin zijn,' zei Ben terwijl hij van zijn paard sprong, Partisan vastbond en rustig naar de pony toe liep om haar niet nog banger te maken. 'Waar is het vrouwtje heen gegaan, Muffin? Waar is ze, hè?'

De pony deed een stap opzij en rolde met haar ogen, maar draaide haar oren om naar hem te luisteren.

'Rozemarijn en vogelmelk,' zei hij, terwijl hij de zadelriem losmaakte en het zadel van de brede, bezwete rug haalde. 'Wat wilde ze daarmee, Muffin?'

Voortdurend pratend maakte hij de kinriem los en trok het hoofdstel van het hoofd van de pony, maar liet de teugels om haar hals hangen, zodat hij haar toch in bedwang kon houden. Toen leidde hij haar – of beter gezegd, sleepte hij haar – terug het pad op. 'Ga maar dan,' zei hij, haalde de teugels over haar hoofd en gaf haar een klap op haar achterhand. 'En blijf hier niet rondhangen!'

Dat hoefde hij Muffin niet te vertellen. Ze sloeg met haar staart en rende de weg af in de richting van Maputah.

Rozemarijn en vogelmelk, dacht Ben toen hij weer in het zadel klom en opnieuw de richting van Turnaround koos. Wat wilde Belle daarmee? Wilde ze zich beschermen tegen geesten? Welke geesten? En waar?

Plotseling herinnerde hij zich Sophies vroegere angst voor geestenbomen en vielen de stukjes op hun plaats. *Een van haar geheime missies in de heuvels.* Geesten. De geestenboom op Overlook Hill.

O nee, dat kan toch niet waar zijn? Recht op het vuur af!

Hij keerde Partisan, galoppeerde terug naar het kruispunt en reed daarna het pad naar Overlook Hill op. Hij ging laag boven de bezwete nek van zijn ruin hangen toen die door de struiken liep. Er zwiepten takken in zijn gezicht, en herinneringen... Sophies gezichtsuitdrukking toen ze op de open plek bij de geestenboom stond, zeven jaar geleden. *Het is voorbij, Ben,* had ze gezegd. Nee, dat is het verdomme niet, dacht hij grimmig. Er is nog tijd. Er is nog tijd.

Weer vloog een papegaai krijsend over de bomen heen. Belle en Sophie wisselden gespannen blikken uit en renden verder door het bos. De geestenboom kan toch niet veel verder meer zijn, dacht Sophie. Heb je de juiste keus gemaakt door terug het bos in te gaan? Of zal dit avontuur op een catastrofe uitlopen? Haar adem raspte door haar longen. Haar onderarm klopte pijnlijk van haar val op de rotsen, waarbij ze een schaafwond had opgelopen. Ze was moe. Ze begon mank te lopen.

Het gebulder van het vuur klonk dichterbij. Links van haar hoorde ze takken branden – maar hoe dichtbij? Aan de voet van de heuvel? Vijftien meter? Ze had het gevoel te worden achtervolgd door een grote kat die hen elk moment kon bespringen.

'Weet je zeker dat Muffin veilig is?' vroeg Belle met een klein stemmetje. Ze kneep zo hard in Sophies hand dat het pijn deed.

'Ik weet het niet,' mompelde Sophie, te uitgeput om te liegen.

'Maar je had het gezegd!'

'Belle, ik weet het niet. Als ze geluk heeft, vinden de mannen haar als ze daar komen voor de brandgang.'

Belle leek tevreden gesteld.

Sophie wilde maar dat ze zichzelf ook zo gemakkelijk gerust kon stellen. De brandgang was nu een van haar grootste angsten. Wat als de mannen de kruising eerder bereikten dan zij, en ze gevangen kwamen te zitten tussen de ongecontroleerde brand achter hen en een gecontroleerde, maar niet minder dodelijk brand voor hen? Ze duwde de bladeren van een philodendron opzij en stapte de open plek bij de geestenboom op. 'Godzijdank,' zei ze hijgend en ze strompelde naar de boom en liet zich op een van de grote wortels neervallen. Hiervandaan kon het niet meer dan twintig minuten zijn naar de voet van de heuvel. Vooropgesteld natuurlijk dat ze nog twintig minuten hadden.

Belle keek haar angstig aan. 'Je moet daar niet gaan zitten,' zei ze, haar lippen nauwelijks bewegend.

'Heel even maar, om op adem te komen.'

'Je moet niet op zijn wortels gaan zitten. Dat is niet veilig.'

Sophie moest lachen. Veilig? Ze waren nergens veilig.

Ze was duizelig van vermoeidheid en haar knie begon stijf te worden. Het leek onmogelijk dat ze zo dadelijk zou opstaan en de heuvel af rennen.

Belle trok aan haar hand. 'Kunnen we nu alsjeblieft gaan? Alsjeblieft?'

Sophie ademde diep in. Om haar heen dwarrelde as omlaag. Ergens voor hen brieste een paard.

Een paard?

Plotseling kwam een grote, met schuim bevlekte ruin tussen de varens door de open plek op. Sophie sprong overeind toen Ben – Ben! – eraf sprong, naar haar toe rende en haar zo stevig bij de schouders pakte dat het pijn deed. 'Sophie! Hoe haal je het in je hoofd om hier op een boomwortel te gaan zitten?' Hij was buiten adem en overdekt met roet en zweet, en er liep een lange, bloedende striem over zijn wang.

'Ik zat niet... ik bedoel... ik heb Belle gevonden.' Ze hield Belles vieze vuist omhoog als bewijs.

'Het spijt me echt,' mompelde Belle met een zijwaartse blik op de geestenboom.

Ben liet Sophie los, wendde zich af en legde hoofdschuddend beide handen op de bezwete hals van de ruin. Toen zei hij: 'Wat heb je met je arm gedaan?'

'Ik ben gevallen,' rapporteerde Sophie. 'Hoe heb je ons gevonden? Heb je...'

'Heb je Muffin gevonden?' vroeg Belle. 'Ik had haar vastgebonden aan een boom, zodat niemand haar zou zien, en ze is vast vreselijk ba...'

'Ik heb haar gevonden,' zei hij. Hij wendde zich weer tot Sophie, haalde een zakdoek tevoorschijn en bond die zo strak om haar onderarm dat het pijn deed.

Ze gilde, maar hij negeerde haar. Hij had zich alweer omgedraaid naar Belle. 'Ik heb haar afgetuigd en laten gaan,' zei hij. 'Ze is vast al halverwege Simonstown.'

'O, dankjewel!' riep Belle opgelucht uit. Ze maakte zich duidelijk geen zorgen meer nu haar pony veilig was en zijzelf twee volwassenen had om voor haar te zorgen.

Sophie probeerde de zakdoek wat losser te maken. 'Hebben de mannen het kruispunt al bereikt?' vroeg ze aan Ben.

'Nog niet, maar ze zullen er nu snel zijn.' Hij gooide de teugels over het hoofd van zijn ruin en wilde opstijgen.

'Hoe snel?' wilde Sophie weten.

'Tien minuten? Ik weet het niet.'

'Dat halen we niet.'

'Jawel, als we hard rijden.' Hij draaide zich naar haar om en keek haar aan. 'Wat bezielde je om verdorie rond te gaan rijden tijdens een rietbrand?'

Ze kreeg de kans niet te antwoorden. Er weerklonken schoten door het bos toen een bamboebosje in vlammen opging en explodeerde. Belle schreeuwde, de ruin steigerde en vogels stoven krijsend op uit de bomen. Even had Ben zijn handen vol om zijn ruin rustig te krijgen. Toen wendde hij zich weer tot Sophie: 'Kom op, we moeten gaan. Waar is je paard?'

'Gevallen,' antwoordde Belle.

Hij staarde hen niet-begrijpend aan. 'Wat bedoel je?'

'We probeerden via de westelijke helling weg te komen,' zei Sophie, 'naar Stony Gap. Het was te steil en ze viel. Ik kon mezelf maar net in veiligheid brengen.'

Hij keek op haar neer alsof hij het maar niet kon begrijpen. Ze zag nu pas hoe uitgeput hij was. Zijn gezicht was vaal en hij had blauwe schaduwen onder zijn ogen.

'Ze had een stuiptrekking toen ze de rotsen raakte en lag toen stil,' stamelde Belle. 'We denken dat ze haar nek gebroken heeft.'

Ben luisterde niet. Hij keek van Sophie naar Belle en naar zijn ruin. Toen haalde hij zijn hand over zijn gezicht. 'Juist,' zei hij. 'Juist.'

Hij liep naar Belle, pakte haar onder haar armen en zette haar in het zadel. Toen liep hij naar Sophie. Voor ze het in de gaten had gaf hij haar een zetje en zat ze achter Belle in het zadel. 'Hou je hoofd laag,' zei hij, terwijl hij de stijgbeugels op maat maakte, 'en gebruik je hielen. Hij heet Partisan en hij heeft genoeg doorstaan, maar hij zal jullie voorbij het kruispunt brengen. Wat je ook doet, stop nergens voor. Blijf gewoon doorrijden, zo hard als je kunt, en schreeuw je longen uit je lijf, allebei, zodat de mannen jullie horen aankomen. Jullie halen het wel.'

Toen drong het tot haar door dat hij niet met hen meeging. Tot dat moment had ze gedacht dat het allemaal niet erger kon worden. Ze boog voorover en pakte hem bij zijn schouder. 'En jij dan?'

'Ik waag het erop,' mompelde hij terwijl hij de zadelflap omhoog duwde en de buikriem stevig aantrok.

'Ik laat je hier niet achter.'

'O ja, dat doe je wel.'

'Nee!'

'In godsnaam, Sophie,' barstte hij uit, 'gebruik je verstand! Eén uitgeput paard kan geen man én een vrouw én een kind dragen!'

'Ik laat je niet achter,' zei ze weer. Haar ogen begonnen te branden.

'Wat wil je dan doen?' schreeuwde hij. 'Als Partisan ons alledrie moet dragen redden we het geen van allen!'

Tranen brandden in haar ogen. Belle greep zich bevend aan Partisans manen vast.

'Luister,' zei Ben rustiger, 'voor één keer in mijn leven maak ik de juiste keus. Dat laat ik nu niet door jou verprutsen. Oké?'

'Keuze? Wat voor keuze? Waar heb je het over?'

Hij schudde echter alleen zijn hoofd en drukte haar Partisans teugels in de handen.

Weer een explosie van bamboe. De ruin brieste en deed geschrokken een stap opzij.

'Ga nu,' zei Ben, terwijl hij de teugels vastpakte en Partisan omdraaide. 'Maak dat je wegkomt.'

Sophie trok de teugels strak, boog voorover en greep zijn hand. 'Er is iets wat je moet weten,' zei ze vurig. 'Er is niets veranderd. Wat jou en mij betreft, bedoel ik. Wat ik voel... Het is nog steeds hetzelfde als het altijd is geweest. Altijd.'

Hij keek naar haar op en zijn ogen glommen. 'Ik weet het, liefje. Bij mij ook.' Toen trok hij haar naar zich toe en kuste haar hard op de mond. 'Beter later dan nooit, hè?'

'Beloof me... belóóf me dat je direct achter ons aan komt.'

Hij gaf geen antwoord.

'Ben, ik ga niet als je me niet...'

'Ga nu en breng je nichtje in veiligheid.'

'Ben, alsjeblieft...'

Hij gaf Partisan een klap. 'Rijden!'

Nog steeds huilend gaf ze de ruin de sporen.

Ze keek één keer achterom, en het laatste wat ze door een waas van tranen van hem zag was dat hij zich bukte, de fles rum naast de geestenboom pakte en een flinke teug nam.

Daarna werd hij omsloten door de bittere blauwe rook.

35

Het regende nog steeds toen Sophie en Belle het grote huis op Eden verlieten en langzaam langs de rivieroever naar Romilly reden. De wind was een paar uur daarvoor gedraaid en had de regen vanuit het noorden meegebracht. Geen tropische stortbui, maar een gestage motregen: 'ouwewijvenregen', zoals ze het op Jamaica noemden, want het ging maar door en door tot je dacht dat het nooit meer op zou houden.

'Hadden we niet bij het huis moeten wachten?' vroeg Belle met een klein stemmetje. Ze zat voor Sophie in haar regenjas en hield zich stevig aan de manen vast, want Partisan strompelde van vermoeidheid.

'Je vader moet weten dat je veilig bent,' mompelde Sophie. Het was waar, maar het was niet de hele waarheid. De waarheid was dat ze geen moment langer in het lege huis had kunnen blijven.

Ze hadden het kruispunt tegelijk met Camerons mannen bereikt en waren er onder luid maar uitgeput gejuich doorheen gekomen. Cameron zelf was nergens te zien en niemand leek te weten waar hij was. De mannen hadden voorgesteld dat ze naar het huis zou gaan om daar te wachten. Hij zou zeker snel komen.

Ze had het huis verlaten aangetroffen, precies zoals ze het enkele uren daarvoor had achtergelaten. Nadat ze Belle brood en melk had gegeven, was ze de veranda op gelopen om op Ben te wachten.

Hij kwam niet. Ze had zo ver mogelijk voorover geleund en zich ingespannen om door de dichte rook, de stoom en de motregen heen te turen die Overlook Hill omhulden en zichzelf voorgehouden dat hij het natuurlijk gered had.

Maar er kwam niemand. En ze bleef maar denken aan zijn blik toen hij haar opdroeg zonder hem te vertrekken. *Voor één keer in mijn leven maak ik de juiste keus.* Wat bedoelde hij daarmee? Het leek akelig veel op een grafschrift.

Een windvlaag deed de reuzenbamboe huiveren, en overspoelde hen met regendruppels. Partisan schudde zijn manen uit en ploeterde verder, en Sophie knarsetandde. Ze merkte vaag op dat ze nat en koud en uitgeput was, maar voelde het niet echt. Ze bevond zich in een lange donkere tunnel en kon maar één kant op: ze moest Cameron vinden, Belle bij hem achterlaten en Ben gaan zoeken. Verder deed niets er toe, want dat lag allemaal buiten de tunnel.

Ze draaide haar hoofd en zag aan de andere kant van de rivier het onaangeroerde suikerriet van Bullet Tree Piece, onnatuurlijk groen in het regenachtige licht van de ten einde lopende dag. Dat is goed, zo hield ze zichzelf verdoofd voor, het wil zeggen dat de brandgang het gehouden heeft. Ze wist dat het goed was, maar voelde het niet echt. Het lag buiten de tunnel.

Stemmen voor hen. Ze naderden Romilly. Ze bereikten de met klimplanten overwoekerde ruïne waar Ben zeven jaar geleden een vuurtje voor zichzelf had aangelegd. Ze keek uit naar lancifolia-orchideeën, maar zag er geen. Ze voelde dat als een slecht voorteken. Het ontbrak haar aan de kracht om zichzelf ervan te overtuigen dat het niets betekende.

Plotseling reden ze de bamboe uit en de open plek op. Partisan stapte tussen groepjes verbaasde veldknechten door die op de grond zaten uit te rusten.

'Kijk, daar is papa!' riep Belle, wriemelend voor haar in het zadel.

Cameron stond bij de brug. Hij had hen nog niet gezien. Hij was blootshoofds en doorweekt en was kennelijk net naar de ruiter toegelopen die uit de stad was aan komen rijden. Het duurde even eer Sophie haar zuster herkende. Ook Madeleine was blootshoofds en doorweekt, en vreemd genoeg gekleed in een bronskleurige middagjapon die onder het roet zat en die ze tot boven haar knieën had opgetrokken om schrijlings te kunnen rijden. Ze moest net zijn afgestegen, want ze greep Cameron bij de schouders en ze staarden elkaar geschokt aan, zich niet van hun omgeving bewust.

'Maar ik dacht dat ze bij jou was,' zei Cameron.

'Dat was ze ook!' riep Madeleine. 'Dat wil zeggen, ze was met Quaco onderweg, tot ze ervandoor ging. God weet waar ze nu is...' Haar stem brak.

Op dat moment sprong Belle van Partisans zadel in de modder. 'Hier ben ik! Ik ben gered!'

Ze draaiden zich om en zagen haar tegelijk. Madeleine drukte beide handen tegen haar mond. Cameron stapte naar voren, tilde zijn dochter op en hield haar stevig vast, hoog boven zich, alsof hij niet kon geloven dat ze het werkelijk was. Toen zette hij haar neer.

Madeleine zakte op haar knieën in de modder en pakte haar bij de schouders. 'Waar heb je gezeten?' Ze huilde en schudde haar dochter door elkaar.

Belle werd erdoor van haar stuk gebracht. 'De geestenboom,' stamelde ze.

'De geestenboom?' riepen haar ouders in koor.

'Allemachtig,' zei Cameron, 'wat deed je daar?'

'Ik bracht een offer,' zei Belle, die begon te begrijpen hoe diep ze in de problemen zat. 'Er was niemand thuis, dus dachten we dat we beter hierheen konden komen om te zeggen dat ik veilig was.' Ze keek naar Sophie, vragend om steun, maar Madeleine noch Cameron volgde de blik van hun dochter.

'Je zit onder het roet,' zei Belle tegen haar moeder. 'Ben je door het vuur gereden om me te zoeken?'

'Natuurlijk niet,' snauwde Madeleine, en hervond haar zelfbeheersing. 'Het was al voorbij tegen de tijd dat ik daar was. Wat voor offer?'

'Ik had een lijstje,' zei Belle op verdedigende toon. 'Tante Sophie was absoluut fantastisch! Ze is me helemaal naar Eden gevolgd, én ze raadde dat ik naar de geestenboom was gegaan, én ze heeft me in het bos gevonden... nou ja, niet echt in het bos, want tegen die tijd was ik...'

Terwijl ze ademloos doorratelde hief Madeleine haar hoofd op en zag Sophie.

Sophie steeg af, gaf de teugels aan Moses en liep naar haar toe. Ze voelde zich verdoofd en koud en ver weg, alsof ze van grote afstand naar haar zus keek.

Nog steeds op haar knieën op de grond pakte Madeleine haar hand beet. Haar gezicht vertrok. 'Je hand is ijskoud,' zei ze, 'en je hebt je regenjas vergeten.'

Sophie antwoordde niet. Als ze nu probeerde te spreken, zou ze in tranen uitbarsten.

'Dank je,' fluisterde Madeleine.

Sophie schudde haar hoofd. Ze probeerde haar hand los te trekken, maar Madeleine liet niet los. 'Dank je,' fluisterde ze weer.

'...en meneer Kelly was zo dapper,' zei Belle tegen haar vader. 'Hij gaf ons zijn paard. Het heet Partisan, omdat het paard van tante Sophie in het ravijn was gevallen, én hij heeft Muffin gered... Hebben jullie haar al gevonden?'

Cameron schudde zijn hoofd; hij had kennelijk moeite het allemaal te bevatten.

'Hij wilde niet met ons mee komen omdat hij zei dat hij ons te veel op zou houden. Hij zei dat een uitgeput paard niet een man en een vrouw en een kind kon dragen, dus moesten we hem achterlaten.'

Cameron wendde zich tot Sophie. 'Is dat waar?'

Ze knikte. 'Dat is zijn paard,' zei ze met een knikje naar Partisan. 'Hij zou ons te voet achterna komen,' vervolgde ze klappertandend, 'maar ik denk niet dat hij het gehaald heeft. Dat kan toch niet, wel? We hebben uren bij het huis op hem gewacht.'

Madeleine kwam voor haar staan en legde haar handen op haar schouders.

'Hij kan geen tijd hebben gehad om daar weg te komen, wel

dan?' zei Sophie op scherpe toon. 'Ik bedoel, we hebben het zelf ternauwernood gered, en wij waren te paard. Heeft het vuur... heeft het de heuvel bereikt?'

Cameron knikte.

'Misschien heeft hij een andere weg gevonden,' opperde Madeleine. 'Als iemand daar de weg weet, is het Ben.'

Sophies tanden klapperden zo hard dat ze nauwelijks kon praten. 'Ik ga hem zoeken,' zei ze, zich omdraaiend naar Partisan.

Cameron ging voor haar staan. 'Nee, Sophie,' zei hij.

'Maar ik moet. Ik moet hem vinden...'

'Sophie,' zei hij op vriendelijke toon, 'over tien minuten is het donker. Je bent uitgeput. En dit paard kan niet meer.'

'Maar...'

'Ik zal iemand sturen om hem te zoeken.'

'Kom mee, Sophie,' zei Madeleine achter haar. 'Je kunt vanavond niets meer doen. Ga mee naar het huis.'

Sophie keek van Cameron naar haar zuster en weer terug naar Cameron. 'Maakt hij een kans?

'Dat weet ik niet,' zei hij oprecht. 'Dat weten we morgen.'

Ze lag in haar oude kamer op Eden en probeerde te slapen. Ze was ook in Romilly, opgekruld op Bens deken, wachtend tot hij terug zou komen. Na een poosje voelde ze hem naast zich, tegen haar rug. Ze was zo moe dat ze zich niet kon verroeren. Ze wilde haar hand uitsteken en hem aanraken, maar haar arm was te zwaar. Ze kon zelfs de energie niet opbrengen om haar ogen open te doen. 'Ik ben blij dat je terug bent,' mompelde ze.

'Sophie,' fluisterde Madeleine.

Ze werd met een schok wakker. 'Wat? Wat?'

Het was donker in de kamer. Bij het licht van de ene kaars op het nachtkastje was Madeleines nachthemd een vage lichte vlek. 'Hij is veilig, Sophie,' zei ze, terwijl ze naast haar op het bed ging zitten. 'Ben is erdoor gekomen. We hebben het net gehoord.'

Ze wreef slaperig door haar gezicht. Ze voelde zich ziek van vermoeidheid. 'Waar? Waar is hij? Is hij gewond?'

Madeleine schudde haar hoofd. 'Ik geloof dat hij de nacht doorbrengt in een van de weilanden. Hij heeft een jongen gestuurd om te informeren of jij en Belle in veiligheid waren.'

Sophie leunde voorover en legde haar hoofd op haar opgetrokken knieën.

'Nadat hij jullie op de heuvel had verlaten heeft hij zijn weg gevonden naar Stony Gap,' vertelde Madeleine, die haar hand tussen Sophies schouderbladen legde en zacht over haar rug aaide. 'Hij bereikte het net voor het vuur. Kennelijk is hij van de brug in de rivier gesprongen. Dat zei de jongen. Maar goed, hij heeft een briefje gestuurd.'

Sophie ademde diep in. 'Wat staat erin?'

'Wil je dat ik het voorlees?'

Sophie knikte. Ze hoorde het ruisen van Madeleines nachthemd terwijl die zich dichter naar de kaars boog. *'Uiteindelijk heeft de Vrouwe van de Rivier me gered. Ben.'* Madeleine zweeg even. 'Meer staat er niet. Begrijp jij het?'

Sophie knikte. Na een poosje zei ze: 'Hoe laat is het?'

'Drie uur in de ochtend,' zei Madeleine, vouwde het briefje dicht en gaf het aan Sophie. 'Over een paar uur is het licht. Dan kun je naar hem toe.'

Sophie pakte het briefje aan en knikte.

'Het komt nu allemaal goed,' zei Madeleine, haar haren strelend. 'Ga nu eerst maar eens goed slapen.' Ze stond op om te gaan.

Maar Sophie pakte haar hand beet. 'Hoe is het met jou? En Cameron? En Belle?'

Madeleine glimlachte. 'Alles is goed met ons, dankzij jou.'

'Nee, dat bedoelde ik niet...'

'Dat weet ik, maar ik wel. Ik wel.'

Het bleef even stil, toen zei Sophie: 'En de plantage?'

Madeleine lachte. 'De plantage! Ach, maak je daar maar geen zorgen om. Cameron zegt dat als hij de klok rond werkt, hij nog heel wat van Orange Grove kan binnenhalen voor het bederft. En we hebben Bullet Tree Piece nog. Dus het ziet ernaar uit dat we nog niet geruïneerd zijn.' Ze zweeg even. 'Weet je dat het gerucht de ronde doet dat het is aangestoken?'

Sophie geeuwde luid. 'Echt waar?' Ze kon haar ogen nauwelijks openhouden van de slaap.

Madeleine klopte op haar schouder. 'Het zal wel een gerucht zijn. Ga jij nu maar slapen.'

36

De ochtend na het vuur ontwaakte Alexander voor het eerst in weken uit een rustige slaap. Hij voelde zich ontspannen en vredig. Nog in zijn nachthemd, en zelfs voor hij van zijn chocolademelk had geproefd, stuurde hij drie briefjes weg.

Het eerste was gericht aan Sophie, om haar te zeggen dat ze volstrekt gelijk had. Hij ontsloeg haar van haar belofte.

Het tweede was voor zijn verzekeraars, om ze te vertellen over de verwoesting van zijn huis en bezittingen in Waytes Valley, en ze te instrueren het verzekeringsgeld per omgaande op zijn rekening te storten.

Het derde briefje ging naar Guy Fazackerly en meldde dat de volledige schuld op nieuwjaarsdag zou worden voldaan.

Toen hij zijn zaken had afgehandeld, ging hij naar beneden om te ontbijten. Maar er was niemand, zelfs zijn moeder niet, die altijd zijn thee inschonk. Uiteindelijk kwam de butler binnen met een boodschap van zijn vader, dat hij in diens werkkamer werd verwacht.

Tot zijn opluchting ontving de ouweheer hem opgewekt en leek hij in een uitstekend humeur, hoewel Bostock, zijn gevolmachtigde, er zo afgetobd uitzag alsof hij de hele nacht niet had geslapen. De ouweheer stak een sigaar op voor zichzelf en gebaarde naar de doos. Een tijdlang zaten ze zwijgend te roken, terwijl Bostock iets verderop naar de vloer zat te staren.

Alexander begon zich af te vragen waarom hij hier was. Hij en de ouweheer hadden niet de gewoonte in vriendschappelijk zwijgen tegenover elkaar te zitten. Toen het hem lang genoeg had geduurd, veegde hij een pluisje van zijn broek en merkte op dat het erg vervelend was, van die brand.

Tot zijn verbazing wuifde de ouweheer dat weg. 'Die dingen gebeuren. Het betekent alleen dat ik de oogst wat vroeger binnen zal halen dan ik gepland had en heel wat meer geld kwijt zal zijn aan arbeidskrachten.' Hij leunde achterover in zijn stoel en grinnikte. 'Maar goed dat Waytes Valley nog niet van jou is, hè, jongen? Anders had je je nu heel snel de kunst eigen moeten maken om de oogst in hoog tempo binnen te halen!'

Alexander verstarde even, zijn sigaar halverwege zijn mond. 'Ik dacht dat het al wel van mij was,' zei hij met zorgvuldige nonchalance.

'O nee, beste jongen. Pas als je daadwerkelijk getrouwd bent.'

'Aha,' mompelde Alexander. Een tegenvaller. Een fikse tegenvaller. Vooral omdat hij net dat briefje aan Sophie had verstuurd. Hoewel... Hij kon haar gemakkelijk genoeg weer ompraten. Maar het was wel verdraaid zonde van dat verzekeringsgeld. Hardop zei hij: 'Dus de oogst gaat je aardig wat kosten? Zul je flink op kosten worden gejaagd?'

'Aanzienlijk, vrees ik. Ik zal hele hordes koelies uit St. Ann moeten laten komen om het voor elkaar te krijgen, en die zijn nooit goedkoop.'

'Maar wordt dat niet allemaal gedekt door de verzekering?' informeerde Alexander.

'Dat betwijfel ik,' zei de ouweheer, zijn sigaar bestuderend. 'Ze zijn gewoonlijk niet geneigd te betalen als het om brandstichting gaat.'

Alexander stikte bijna in zijn sigaar. 'Brandstichting?'

'Vreemd, nietwaar?' zei de ouweheer zonder hem aan te kijken. 'Bostock vertelde me dat hij een man zag met een doosje lucifers. De man "gedroeg zich verdacht", zoals ze dat zeggen.'

Alexander wierp een geschokte blik op Bostock, maar de gevolmachtigde bleef naar de vloer staren.

'Natuurlijk,' zei de ouweheer, zijn sigaar tussen zijn vingers ronddraaiend, 'zullen ze die kerel ophangen als ze hem vinden. En ik zal met het grootste plezier gaan kijken.'

Alexander likte over zijn lippen en vergat adem te halen.

'Hoe dan ook,' zei ze ouweheer kwiek, 'dat is niet waar ik je over wilde spreken.'

'Niet?' zei Alexander zwakjes. 'Is er nog meer dan?'

'O, zeer zeker,' zei de ouweheer. Toen hij weer naar zijn zoon keek stonden zijn kleine blauwe ogen veel minder hartelijk dan daarvoor. 'Ik neem niet aan dat je Parnell vanochtend hebt gezien?'

Alexander schudde zijn hoofd. Hoe kon hij nu aan Parnell denken? *Opgehangen*? Voor een paar rietstengels?

'Dat komt omdat hij is vertrokken,' verklaarde zijn vader. 'Nogal vroeg in de ochtend. Helemaal overstuur.'

Alexander rukte zichzelf terug naar het heden. 'Wat?' stamelde hij. 'Waar is hij heen?'

'Terug naar Engeland. Dat stond tenminste in zijn briefje. Hij had niet eens de moed het me persoonlijk te vertellen.' Hij nam een trek van zijn sigaar en kneep zijn ogen samen tegen de rook. 'Het spreekt voor zich dat het huwelijk met je zus van de baan is. Alles is van de baan. Inclusief mijn eigen zakelijke besprekingen met hem. Wat me op het moment in een bijzonder moeilijke positie brengt, moet ik zeggen.'

'Het spijt me,' zei Alexander mechanisch.

'Mij ook. Vooral omdat het schijnt dat ik deze ellende aan jou te danken heb.'

Alexander kreeg het koud. 'Aan mij?'

Hij vroeg zich af hoe Parnell erachter had kunnen komen van de brand... en waarom hij daar zo overstuur van was geraakt. Wat kon het Parnell schelen dat er een paar hectare suikerriet in rook opging? Hij snapte er niets van.

'Weet je waarom hij overstuur was?' hernam de ouweheer. 'Nee? Zal ik het je vertellen? Het schijnt dat hij iets heeft gehoord over jou en een mulattenmeisje.'

Het was alsof Alexander een harde stomp in zijn maag kreeg.

'Eerlijk gezegd,' zei de ouweheer, hem strak aankijkend, 'had ik gedacht dat er meer voor nodig zou zijn om hem bang te maken. Maar misschien zit het hem meer in de manier waarop die kleine hoer het bracht.' Hij zweeg even. 'Het is jammer dat hij niet verteld heeft wie het was. Ik zou haar graag in mijn handen krijgen.' Hij keek Alexander vragend aan.

Alexander antwoordde echter niet. Zo stom was hij niet. Als Evie zo vals was geweest over hem te klikken bij Parnell, kon je er niets van zeggen wat ze zou doen als hij de ouweheer over haar vertelde.

'Je ziet dus, Alexander,' zei zijn vader, terwijl hij zijn sigaar uitdrukte in de asbak, 'dankzij jou loopt je zus een zeer winstgevend huwelijk mis, en word ik gedwongen om aanzienlijk te bezuinigen. Misschien zal ik zelfs alles moeten verkopen.'

Alexander dacht in paniek na. Over vier dagen zou de wereld weten dat hij een schuld van twintigduizend pond niet had afbetaald. Daarbij kwamen nog de dreigende onaangenaamheden – hij kon zichzelf er niet toe brengen specifieker te zijn – over de brand. En hij hoefde thuis duidelijk geen sympathie te verwachten. Ondanks zijn schijnbare kalmte was de ouweheer woedend.

Zijn vader stond op en keek op zijn horloge. 'Ik ben blij dat we even gepraat hebben,' zei hij, 'maar ik zal je niet langer ophouden. Je boot vertrekt over ruim een uur.'

'Mijn boot?' vroeg Alexander zwakjes.

'De kustboot naar Kingston. Die zou je op tijd daar moeten krijgen om de pakketboot naar Perth te halen.'

'Perth?' riep Alexander uit. 'Maar... ligt dat niet in Australië?'

'Heel goed, Alexander.' De ouweheer liep naar de sigarendoos op de bijzettafel en pakte een nieuwe sigaar. 'Je kunt de details onderweg naar de stad bespreken met Bostock,' zei hij zonder zich om te draaien. 'O, en hij heeft enkele papieren die je moet tekenen. Afstand doen van je rechten, dat soort dingen.'

Er ontbrandde een vonk van rebellie in Alexanders borst. 'Ik doe nergens afstand van,' zei hij trots.

Zijn vader lachte. 'O, dat denk ik toch wel. Verzekeraars kunnen buitengewoon volhardend zijn bij het onderzoeken van een brand. Kop op, ouwe jongen,' vervolgde de ouweheer kwiek. 'Je krijgt een toelage van twintig pond per maand...'

'Twintig pond per maand?' riep Alexander uit. 'Maar daar kan ik onmogelijk van leven!'

'...twintig pond per maand,' zei zijn vader onverstoorbaar, 'op voorwaarde dat we je nooit – nooit – meer zien. En nu wegwezen.' Hij draaide zich om naar de sigarendoos en sloeg het deksel met een klap dicht. 'En zeg je moeder gedag voor je gaat.'

Het is vroeg in de ochtend in Salt Wash. Evie helpt het ontbijt uitdelen aan de veldknechten voordat ze aan de oogst beginnen. Er heerst een feestelijke sfeer in het dorp. Iedereen logeert bij iedereen en iedereen helpt mee. Het lijkt wel of de slavenbevrijdingsdag en Kerstmis en het eind van de oogst op één dag samenvallen. Zelfs haar moeder neemt het verlies van haar huis niet zo zwaar op als ze had verwacht. 'Ik kom wel aan nieuwe spullen,' zei ze met een schouderophalen. 'Bovendien was het tijd voor een verandering.'

Ja, denkt Evie, terwijl ze een grote lepel groene-bananenpap in een uitgestoken kom schept. Het is tijd voor een verandering. En ze verbijt een glimlach. Vanbinnen kan ze niet ophouden te glimlachen. Voor het eerst in maanden borrelt ze over van plezier. Wraak smaakt goed! Toen ze eerder die ochtend langs Coast Road wandelde, passeerden haar twee koetsen, en de herinnering daaraan is als een kooltje vuur in haar buik. Ja, wraak smaakt goed.

In de eerste koets zat meneer Alexander, op weg naar de kade. Lieve god, wat zag die man bleek! Hij staarde voor zich uit alsof hij een geest had gezien. De koets was haar al bijna gepasseerd toen hij naar buiten keek en haar opmerkte – en dat was nog het beste geweest van alles: op zijn gezicht te lezen dat zij hem dit had aangedaan.

Neptune zei dat toen meneer Cornelius hoorde dat meneer Parnell was gevlucht, hij alles wat op zijn haardmantel stond kapot had gegooid. Alles! Je zou bijna medelijden krijgen met Alexander. Bijna.

De tweede koets kwam iets later, toen ze al was afgedraaid naar Salt Wash. Hij reed in de tegenovergestelde richting, naar Montego Bay. In die koets zat meneer Austen, die Bens secretaris was geweest, samen met zijn nieuwe werkgever, meneer Augustus Parnell.

Meneer Parnell keek in het voorbijgaan naar Evie, maar zag haar niet echt. Waarom zou hij? In zijn ogen was ze gewoon maar een kleurlinge. Hoe kon hij weten dat zij hem het briefje had geschreven dat overal een eind aan had gemaakt?

Vreemd, vreemd, hoe eenvoudig het was geweest, en hoe effectief! Meneer Augustus Parnell had de afgelopen maanden met plezier van alles door de vingers gezien van zijn aanstaande schoonfamilie: de rokkenjagerij van vader en zoon; de verliefdheid van zijn eigen verloofde op Ben. Maar wat voor hem de deur had dichtgedaan was het vooruitzicht een kleurlinge als schoonzus te krijgen. Er was niet meer voor nodig geweest dan de simpele onthulling dat Cornelius Traherne een gekleurde dochter had – een donkere halfzus van juffrouw Sibella – om hem op de vlucht te doen slaan. Het idee om een mulat in de familie te hebben was kennelijk meer dan hij kon verdragen.

Vreemd, vreemd. Ze had de afgelopen dagen met allerlei irreële ideeën gespeeld om wraak te nemen op de Trahernes: vergif, schaduwen vangen... Elk idee was nog krankzinniger dan het vorige. Uiteindelijk was het in al zijn eenvoud tot haar doorgedrongen. Wat Congo Eve en overgrootmoeder Leah haar hadden meegegeven – ja, wat ook haar eigen moeder haar had meegegeven – ging niet alleen om een vieroog zijn en de mensen de hand opleggen. Het ging erom dat ze zichzelf moest zijn, Evie Quashiba McFarlane. En toen ze dat eenmaal had uitgedokterd, was de rest al snel op z'n plaats gevallen.

Zacht neuriënd liep ze naar het kookhuis om meer pap te halen en keerde toen terug naar het begin van de rij. Ze kwam net weer in het ritme van het uitdelen, toen de volgende in de rij het verpestte door niet door te lopen. 'Toe nou,' zei ze zonder op te kijken.

De kom bleef waar die was.

'Wat is er nou?' zei ze. 'Wil je ontbijt of niet?'

'Ja, juffrouw,' zei Isaac Walker, 'dat wil ik zeker.'

Ze knipperde met haar ogen.

Hij zag er moe uit; zijn nette kleren waren verkreukeld en zwart van het roet. En hij stond daar maar aan de kop van de rij: niet glimlachend, maar wel bijna. Evies goede humeur verdween op slag. Die man had iets wat haar bang maakte. Iets aan de manier waarop hij naar haar keek met zijn vlugge kleine ogen: niet zoals een man gewoonlijk kijkt als hij een knappe vrouw ziet, maar zoals mensen naar elkaar kijken wanneer ze vriendschap willen sluiten.

Ze wilde echter geen vriendschap met hem sluiten. Ze wilde met niemand vriendschap sluiten. 'Als u uw ontbijt wilt,' zei ze pinnig, 'kunt u beter doorlopen en het gaan opeten, meneer Walker. En ga nu opzij, want ik heb werk te doen.'

'Ik wilde me er gewoon van overtuigen,' zei hij op zijn rustige, vriendelijke manier, 'dat met u en uw moeder alles goed is.'

'Alles is in orde,' beet ze hem toe. 'Moeder is daarginds bij nicht Cecilia. Dat is het tweede huis aan de rechterkant, bij de broodboom. Waarom gaat u niet even bij haar kijken?'

'Nee, dank u,' zei hij beleefd. 'Ik kwam voor u.'

Haar nekharen gingen overeind staan. 'Ik ben bezig,' snauwde ze.

'Dat zie ik,' antwoordde hij.

Zijn uitdrukking was moeilijk te peilen, maar hij was beslist niet uit het veld geslagen. Ze vroeg zich plotseling af hoeveel mensen zijn zachtaardigheid al hadden verward met zwakheid.

Ze fronste, keek naar de pap in de ketel en begon hem bij elkaar te schrapen. 'Ik ben nog heel lang bezig,' zei ze dreigend.

'Neem zoveel tijd als u wilt,' zei hij. 'Ik kan wachten.'

Het was een vreemde ervaring om over Eden Road naar het noorden te rijden. Rechts stond het frisse, door de regen schoongespoelde riet van Bullet Tree Piece, en links de troosteloosheid van Bellevue. Leven en dood naast elkaar, dacht Sophie, met alleen een weg ertussen.

Het was een afschuwelijke gedachte. Ze bleef maar bedenken dat als alles gisteren iets anders was gelopen – als Ben er iets langer over had gedaan om te beslissen wat te doen of waarheen te gaan – ze nu niet naar hem op weg zou zijn, maar naar zijn begrafenis.

Het had zo weinig gescheeld dat ze geen blijdschap of zelfs maar opluchting kon voelen. Ze had het gevoel voorover gebogen aan de rand van een diep zwart gat te staan en de bodem dichterbij te zien komen.

Ze bereikte de naargeestige, verbrande grote guangoboom die de afslag naar Fever Hill aanduidde en reed de rietvelden in, over hectare na hectare zwijgende verlatenheid. Eindeloze rijen verbrande rietstengels, als een leger van zwarte skeletten. Niets roerde zich. Haar paard stapte behoedzaam over de zwarte bodem, waardoor de scherpe geur van as vrijkwam. Een eenzame kalkoengier vloog op van het land en klapwiekte weg.

Ze vond Ben een paar kilometer verderop, bij de zwartgeblakerde resten van de wagen waarover Clemency haar had verteld. Hij was blootshoofds en zat met opgetrokken knieën op de grond naar de overblijfselen te staren. De hitte van het vuur moest immens zijn geweest, want er was niets anders van de kisten over dan een hoopje rokende sintels.

Hij draaide zich om toen ze dichterbij kwam en keek naar haar, maar hij kwam niet naar haar toe. Plotseling opgelaten steeg ze af. 'Ik heb je briefje gekregen,' zei ze.

Hij knikte. Hij droeg dezelfde rijkleren als de vorige dag, met een schoon katoenen hemd, waarschijnlijk geleend. Hij had zich gewassen maar niet geschoren en zag er erg somber uit. De schram op zijn wang was opgedroogd tot een korst.

Ze bleef een paar passen bij hem vandaan staan. 'Volgens Madeleine ben je in de rivier gesprongen om aan het vuur te ontkomen.'

Hij knikte. 'Dat leek het beste wat ik kon doen.' Zijn stem klonk rauw.

Ze vroeg zich af of het door de rook of door het huilen kwam. Zijn ogen waren roodomrand, zijn wimpers piekerig. Ze probeerde zich voor te stellen hoe het moest zijn om je broer en zusters helemaal uit Londen hierheen te halen, en ze dan te verliezen door een rietbrand. Ze zou heel graag naast hem neerknielen en haar armen om hem heen slaan, maar iets zei haar afstand te bewaren. Hij leek haar hier niet te willen hebben. Hij wilde haar niet eens aankijken.

Zo luchtig als ze kon zei ze: 'Belle wil weten of je een alligator tegen bent gekomen.'

Hij probeerde te glimlachen, maar zonder veel succes. 'Hoe is het met haar?'

'Ze is boetvaardig. En ze blijft iedereen maar vertellen dat Partisan een held is. Vanochtend heeft ze haar speciale warme mengvoer gemaakt voor hem en Muffin, en toen ik wegging was ze hun manen aan het vlechten.' Ze wist dat ze te veel praatte, maar ze kon er niets aan doen. Ze begon zich zorgen om hem te maken.

'Dus je bent terug op Eden,' zei hij.

'Ja. Nou, het is een begin.'

Hij knikte. 'Dat is goed. Het is goed dat je terug bent.'

'Madeleine wil dat je komt logeren, tot je opnieuw kunt gaan bouwen. En Cameron ook.'

'O ja?' Hij schudde zijn hoofd. 'Ik denk niet dat ze dat willen. Niet echt.'

'Je hebt het mis. En Madeleine wist dat je me niet zou geloven, dus heeft ze me een briefje meegegeven.' Ze gaf het hem en hij stond op en liep een paar passen bij haar vandaan om het te lezen. Hij deed er lang over, vouwde het briefje toen zorgvuldig weer dicht en stak het in zijn borstzak.

Hij schraapte zijn keel. 'Bedank haar maar van me,' zei hij over zijn schouder, 'maar ik kan het beter niet doen.'

'Ben, wat is er?'

Hij wierp haar een blik toe, bukte zich en pakte een handvol as, opende zijn hand en keek toe terwijl het wegdreef op de wind. 'Kijk om je heen, Sophie. Alles weg.'

'Maar... je kunt toch nog wel een deel van het riet binnenhalen? En...'

'Dat is het niet,' onderbrak hij haar. 'Natuurlijk kan ik nog wel een deel van het riet binnenhalen. Natuurlijk heb ik nog geld op de bank. Daar gaat het niet om.' Hij zweeg even. 'Het was het huis van de Monroes. Het huis van je grootvader. Daarna was het van mij, en nu is het weg.' Hij keek naar de restanten van de doodskisten. 'Alles is weg. Ik heb niets kunnen redden.'

'Wat bedoel je? Je hebt iedereen er levend uit gekregen. Je hebt mij en Belle gered.'

Hij antwoordde niet. Ze keek toe terwijl hij naar de andere kant van de wagen liep, een stuk houtskool afbrak en tussen zijn vingers verkruimelde. En eindelijk begon ze het te begrijpen. Het ging niet om de vernietiging van het huis, of zelfs niet om het verlies van de stoffelijke resten van zijn broer en zusters. Het ging althans niet alléén om die dingen. Hij was gewoon aan het eind van zijn Latijn. Ze had hem altijd gezien als iemand met een onbegrensd vermogen om terug te vechten. Wat er ook gebeurde, hij zou altijd opstaan en opnieuw beginnen, want zo was hij nou eenmaal. Nu realiseerde ze zich dat niemand daartoe in staat is; niet eindeloos.

Ze volgde hem naar de andere kant van de wagen. 'Gisteren, op Overlook Hill,' begon ze, 'vertelde je me dat je deze keer de juiste keus maakte. Ik weet pas sinds vanochtend wat je daarmee bedoelde.' Ze zweeg even. 'Clemency kwam na het ontbijt. Ze vertelde me over Kate. Over de keus die je moest maken toen je nog een kind was.'

Weer die geforceerde glimlach. Het was pijnlijk om te zien. 'Alles wat ik doe verbrandt tot as.'

'Als je niet zo uitgeput was, zou je weten dat dat absoluut niet waar is.'

Hij knikte, maar ze kon zien dat hij haar niet geloofde.

Ze probeerde een andere aanpak. 'Je hebt eens gezegd dat je net bent als je vader. Dat je de dingen kapotmaakt waarvan je houdt. Geloof je dat nog steeds?'

Hij antwoordde niet meteen. 'Arme klootzak,' zei hij uiteindelijk. 'Weet je, toen hij stierf, was hij niet veel ouder dan ik nu ben. Hij heeft na Kate niet lang meer geleefd.'

'Betekent dat dat je hem vergeven hebt?'

'Ik weet het niet. Misschien.'

'Vind je niet dat het tijd wordt dat je jezelf vergeeft?'

Hij aarzelde. 'Sophie, ik heb hen hierheen gebracht om ze bij me te hebben. Ik weet dat het vreemd klinkt, maar dat betekende iets voor me. En kijk nu eens. Niets dan as, weggeblazen door de wind.'

'Wat is daar zo erg aan?' zei ze opzettelijk bot. 'Ze zijn hier buiten in de zon en de frisse lucht, dat is een prima plek voor ze.'

Hij antwoordde niet.

'Ben...' Ze legde haar handen op zijn schouders en draaide hem om. 'Kijk jezelf nou eens. Je bent helemaal alleen hierheen gegaan terwijl je uitgeput bent. Wanneer heb je voor het laatst geslapen?'

Hij fronste.

'Daar komt nog bij dat je al God weet hoelang niets hebt gegeten, en dat je net je thuis bent kwijtgeraakt. Natuurlijk ben je terneergeslagen.' Ze legde haar handpalm tegen zijn ruwe wang, ging toen op haar tenen staan en kuste hem op de mond.

Hij beantwoordde haar kus niet.

'Ga mee naar het huis,' zei ze snel, om haar verwarring te verbergen. 'Ik bedoel, naar Eden. Eet wat en slaap eens goed, en ik beloof je dat je je daarna beter zult voelen.'

Hij keek, nog steeds fronsend, op haar neer. Opeens ademde hij diep in, sloeg zijn armen om haar heen en trok haar dicht tegen zich aan. Hij hield haar zo stevig vast dat ze nauwelijks adem kon halen.

Ze voelde zijn hart tekeergaan. Zijn adem was warm tegen haar slaap. Ze rook zijn scherpe, schone geur van gras en rood stof en Ben. Ze sloeg haar armen om hem heen en legde haar hoofd tegen zijn nek.

Toen ze elkaar eindelijk loslieten, veegden ze allebei tranen weg.

'Wat er ook gebeurt,' mompelde hij tussen zijn tanden door. 'Je trouwt niet met die Alexander Traherne.'

Dat kwam zo onverwacht dat ze begon te lachen. 'Wat?'

'Ik meen het, Sophie. Hij...'

'Ik weet het! Ik heb op tweede kerstdag onze verloving verbroken.'

Hij keek haar verward aan. 'Wat?'

'Tijdens je Maskerade.'

'Maar... daar heb je me niets van verteld.'

'Daar heb je me de kans niet voor gegeven. Je had het te druk met Sibella te verleiden.'

'Ik heb haar niet verleid...'

'Ik weet het, ik weet het.' Ze begon zich weer gelukkig te voelen. Kibbelen was altijd een goed teken.

'Vertel me eens eerlijk,' zei hij, haar in de ogen kijkend, 'vind je het echt niet erg van het huis?'

Ze schudde haar hoofd. 'Nee! We bouwen wel een nieuw huis. En volgend jaar met Kerstmis geven we een enorm feest en nodigen we iedereen in Trelawny uit. Ook oudtante May.'

Hij keek haar strak aan, alsof hij nog steeds niet kon geloven dat ze het echt meende.

'En we maken drie stapeltjes voor de antwoorden,' vervolgde ze. 'Een stapeltje voor aanvaarde uitnodigingen, een stapeltje voor verontschuldigingen en een voor "nog in geen duizend jaar".'

Ben lachte.

Nawoord van de auteur

Net als bij *De schaduwvanger* moet ik wederom mijn neef en nicht, Alex en Jacqui Henderson van Orange Valley Estate, Trelawney, Jamaica, bedanken voor hun hulp tijdens mijn onderzoek voor dit boek. Dat geldt ook voor mijn tante, Martha Henderson.
Graag wil ik hier ook wat punten behandelen die met het verhaal zelf te maken hebben. De belangrijkste Jamaicaanse families en landgoederen in het boek zijn geheel fictief, en ik heb me enige vrijheden veroorloofd met de lokale geografie rond Falmouth om de landgoederen Eden, Fever Hill, Burntwood en Parnassus een plaats te geven. Wat het patois van de Jamaicaanse bevolking betreft heb ik niet geprobeerd dit heel precies weer te geven, maar het wat toegankelijker te maken voor de doorsnee lezer met zoveel mogelijk behoud van de kleurrijkheid.

Michelle Paver

Heeft u genoten van dit boek?

Kijk dan uit naar deel drie van de Eden-trilogie, waarin u kunt meeleven met Madeleine en Sophie, en kennismaken met Lydia.